한국 근대문학의 지실

Branches and Fruits of Korean Modern Literature

30

한국 근대문학의 지실

조동길

책머리에

이 책은 그동안 필자가 써온 논문들 가운데 일부를 골라 만든 것이다. 재주도 모자라는데다 학계의 주목을 받지도 못한 글들을 써왔기에 이런 책을 내는 게 참 부끄럽고 낯이 간지럽다. 그러나 모자란 논문을 가끔 찾는 분들도 있어서 그런 분들을 위해 쉽게 자료를 찾으시라는 소박한 뜻에서 책을 만들기로 했다.

책의 표제를 정하면서 '지실(枝實)'이라는 생소한 어휘를 선택하였다. 한국 근대문학을 하나의 나무에 비한다면 거기에는 뿌리나 둥치, 줄기 같은 것도 있을 게고, 또 가지나 잎, 열매 등도 있을 터다. 흔히 앞의 것에 비중을 많이 두고 뒤의 것을 소홀히 하는 게 세상의 이치이겠으나, 하나의 나무가 온전히 존재하려면 당연히 가지와 열매도 있어야 하며 그것들은 그 나름의 의미와 가치를 지닌다고 생각한다. 이 책에 수록한 글들은 문학사의 핵심쟁점이나 전문 연구자가 많이 거론하는 것에서 조금 비켜 서 있다. 필자 또한 변방에서 창작과 연구를 수행하다 보니 소위 중앙에서 활동하는 주류 학자 분들과는 좀 거리가 있기도 하다. 덧붙여 필자가 생업을 이어가고 있는 공주에 관한 몇 편의 글 역시 이런 사정에서 자유롭지 못하다. 이런 복합적인 이유로 책 이름을 그렇게 정했다.

1부에는 몇몇 작가에 대한 글들을 모았고, 2부에는 작품에 관한 글들로 채웠다. 그리고 3부에는 통시적 성격의 글과 필자가 살고 있는 공주의 문학에 관한 글 몇 편을 실었다. 이 책을 볼 분들에게 미안한 것은 이 논문들 가운데는 발표된 지 오래된 것들도 있어서 최근의 연구 성과를 반영하지 못하고 있다는 점이다. 하지만 작가나 작품에 관한 논의가 시대를 넘어 읽힐 보편성이 존재할 수도 있다는 생각으로 안위를 삼고자 한다. 또한 이는 교수로 살아온 30여 년 동안 소설집이나 산문집 등은 몇 권 냈지만 변변한 연구 서적은 내지 못한 처지에서 비교적 희소성을 가졌다고 생각되는 것만을 고른 고심의 결과임을 혜량해 주시기 바란다.

출판계의 어려운 여건에도 불구하고, 좋은 책을 많이 출판하여 학계에 크게 기여하고 있는 푸른사상사에서 책을 내게 되어 매우 영광스럽고 기쁘다. 어지러운 글들을 깔끔한 책으로 만들어 주신 한봉숙 사장님과 직원 여러분에게 고마운 인사를 드린다. 아울러 난잡한 원고를 말끔하게 정리해준 오석균 박사에게도 고마운 마음을 전한다.

갑오년 벽두에
금강과 계룡산을 바라보는 연구실에서
조 동 길

제1부 작가, 문학의 이론

제3부 시대, 지역의 문학

제1부

작가, 문학의 이론

제1장

이근영(李根榮) 소설 연구

■■■

1. 서론

이근영은 민족 분단체제로 인해 오랫동안 독자들의 시야에서 사라졌었던 작가 중의 한 사람이다. 다행히 정부에서 취한 월북작가에 대한 해금조치[1]로 그의 작품이 일반인에게 공개되었으나, 아직 널리 읽혀지고 있지는 못한 실정이다. 그 이유는 대체로 두 가지로 추정해 볼 수 있을 듯하다. 하나는 우리 현실 여건상 여전히 월북작가에 대한 부정적 의식이 온존하고 있다는 점이고, 또 하나는 그의 작품이 다른 월북작가나 동시대의 여타 작가에 비해 문제성이 좀 약하다는 것으로 생각해 볼 수 있을 것 같다. 전자에 대해서는 분단 50년이 지나도록 해결되지 못하고 있는 우리 민족의

1 1988년 7월 당시 문화공보부에서는 월북작가 가운데 북에서 고위 관료를 역임했거나, 문예 단체의 고급 간부로 있던 다섯 명을 제외하고, 나머지 모든 사람에 대해서는 그 작품의 출판과 판매 및 독서와 연구에 제한을 두지 않는다고 공식 발표하였다.

비극적 현상 때문이니 시간의 경과를 기다리는 것 외에 다른 방도가 없겠으나, 후자에 대해서는 그 타당성 여부를 면밀하게 따져 보는 태도가 절실히 필요하다 하겠다. 어떤 작가나 작품에 대해 학술적 검증을 거치지 않은 채 선입견이나 편견에 의한 평가가 고착되는 것은 여하한 경우라도 옳지 않기 때문이다.

이근영은 문제성 있는 작품을 써서 문단에 큰 바람을 일으킨 그런 작가는 아니라고 할 수 있다. 예컨대, 그의 작품에는 벽초(碧初) 같은 투철한 역사의식도 없고, 구보(仇甫) 같은 실험성도 없다. 그런가 하면 춘원(春園)과 같은 강렬한 민족의식이나 지도자적 면모를 보여 주지도 못했고, 동인(東仁)과 같은 미려한 문체와 형식을 달성하지도 못했다. 민촌(民村)의 리얼리즘이나 유정(裕貞)의 해학성 같은 것도 찾아보기 어렵다. 다시 말해서 그의 작품은 그만의 독특한 세계를 구축하지 못하여 뚜렷한 특성이나 성격을 보여 주지 못하고 있는 것 같다는 말이다. 하지만, 그렇다고 하여 그를 곧바로 무능한 작가라고 규정하거나, 문학사에서 무시해 버려도 괜찮은 작가라고 단정해서는 곤란하다. 두말할 필요 없이 그러한 단정이나 규정은 실증적 작품 연구의 결과로서 도출되어야만 그 정당성을 인정할 수 있기 때문이다. 그런데, 지금까지의 이근영의 소설에 대한[2] 연구는 그 양도 매

2 지금까지 나온 연구 성과로는 개별 작품에 관한 간단한 단평이나 특정 시대의 문학을 연구하는 일환으로 그의 작품 몇 편을 가볍게 언급한 것들이 주류를 이루고 있으며, 종합적으로 논의한 것으로는 다음의 석사논문 두 편이 있을 뿐이다. 최근 나온 것으로는 그의 농민소설을 이야기구조 분석 방법으로 다룬 공종구의 논문이 주목할 만하다. (이연주, 「이근영 소설 연구」, 연세대 대학원 석사학위논문, 1993; 임정지, 「이근영 소설 연구」, 숙명여대 대학원 석사학위논문, 1993; 공종구, 「이근영 농민소설의 이야기 구조 분석」, 『국어국문학』 119호, 국어국문학회, 1997)

우 적을 뿐만 아니라, 그나마 되어 있는 것들조차도 전반적이고 깊이 있게 다루어지지 못했다. 개별 작품에 대한 연구는 거의 전무하다시피 하고, 선별적인 몇몇 작품만을 대상으로 한 것들도 그것들을 시기별로 나누어 작품 내용을 요약 · 해설하는 정도에 그치고 있다.

이에 본 연구에서는 그의 월북 후의 작품[3]은 제외하고, 월북 전의 작품만을 대상으로 하여 그 작품이 가지고 있는 시대적 의미를 심도 있게 검토하고, 또 지금까지는 거의 이루어지지 않은 소설 미학적 측면도 아울러 살펴보려고 한다. 이런 연구를 통해 이 작가가 문학사에서 받고 있는 대우가 과연 정당한지 검증될 것이며, 나아가 통일 이후에 우리 문학사를 새로 쓸 경우 그러한 검증 결과가 유용하게 활용될 수 있을 것이라는 기대도 가져 본다.

2. 생애와 문학 활동

이근영은 1909년 전북 옥구군 임피면 읍내리에서 농민의 아들로 태어났다.[4] 어머니의 극진한 교육열로 빈농의 가정이었음에도 향리에서 소학교

---

3 그는 월북한 후에 북한에서 꽤 긴 기간 동안 작품 활동을 해 왔다. 1953년 장편 『청천강』, 1956년 「첫수확」, 1966년 장편 『별이 빛나는 곳』, 1970년대 초 「소원」, 「그들은 굴하지 않았다」, 1980년대 초 장편 『어머니와 아들』 등이 그가 북한에서 쓴 작품들이다. (이명재 편, 『북한문학사전』, 국학자료원, 1995, pp.364~365 참조) 그러나, 이들 작품을 모두 포괄하는 연구는 아직도 여러 한계에 부딪치고 있다. 그런 작업은 통일이 이룩된 뒤에나 가능해질 것이므로 섣불리 북한에서의 작품 활동을 연구 범위에 포함시키는 것은 나중에 오류로 남을 위험성이 다분하다고 하겠다.

4 국내의 여러 문인사전이나 문학선집 연보에 그의 출생 연도가 1910년으로 되어 있으나,

를 마칠 수 있었고, 서울로 유학하여 중동중학을 마친 후, 1934년에 보성전문 법과를 졸업했다. 이 과정에서 가정 경제 형편을 고려해 볼 때 매우 힘든 생활을 했으리라 추측된다. 졸업하던 해에 바로 동아일보사에 입사하여 1940년 신문이 강제 폐간될 때까지 근무했다. 신문이 폐간되자 대중잡지 『春秋』의 편집 일에도 종사했고, 잠시 서울에서 교편을 잡기도 했다. 해방 후에는 고향에서 함라국민학교의 교사였던 부인 이창렬과 함께 잠시 머물기도 했으며, 부인과 같이 서울로 올라온 뒤로 통신사, 신문사(서울신문) 등에 근무하기도 했다. 또한 좌익계열 문인 단체인 "조선문학가동맹"에 가담하여 "농민문학위원회" 사무장을 맡아 일하기도 하였다.[5] 그러다가 월북을 하게 되는데[6], 북한에 가서는 주로 농민을 작중인물로 한 소설을 많이 썼으며, 대략 1980년 초까지 생존하면서 작품 활동을 하고 있었던 것으로 확인되고 있다.[7]

전홍남의 자세한 조사에 따르면 경주이씨 이집찬의 2남 2녀 중 막내로 1909년에 태어난 것이 확실해 보인다. 이에 대한 자세한 내용은 전홍남, 「이근영의 문학적 변모와 삶」(『문학과 논리』 제2호, 태학사, 1992), p.259 주 5 참조. 한편, 전홍남의 이 논문은 『한국언어문학』 제30집(한국언어문학회, 1992)에 「이근영론」이란 제목으로도 실려 있는데, 제목과 소목차의 문구만 조금 바뀌었을 뿐 그 내용은 완전히 동일한 것이다.

5 임정지, 앞의 논문, p.13.

6 그의 월북에 대해서는 자료에 따라 그 시기가 서로 다르게 되어 있다. 대체로 1947년 겨울~1948년 정부수립 이전 설, 1948년 말~1949년 초 설, 한국전쟁 와중 설 등 세 견해가 있는데, 앞의 전홍남 논문에서는 현지 조사와 증언 청취를 바탕으로 세 번째 견해를 조심스럽게 내세우고 있다. 그러나 중요한 것은 그 시기가 아니라 그가 자진하여 월북했다는 것이다. 이런 점은 그와 가까웠던 사람들의 증언을 통해 확인되고 있으며, 특히 딸 하나를 제외한 전 가족을 함께 데리고 간 것은 그런 사정을 뒷받침해준다 하겠다.

7 주 3의 사전 참조.

그의 성격은 대체로, 내성적이었다는 증언과 호활하고 넉살이 좋았다는 증언이 엇갈리고 있는데[8], 좌익에 대한 사상적 경도와 혼란기의 단호한 결단 등을 주목해 볼 때, 의지가 굳고 신념이 강했던 인물이었음을 어렵지 않게 짐작해 볼 수 있겠다.

그의 문학 활동은 동아일보사에 입사한 다음 해인 1935년 『新家庭』에 「금송아지」를 발표하면서 시작된다. 이 무렵 우리 문단은 일제의 탄압이 가중되면서 KAPF가 해산되고 창작 방법에 대한 모색과 실험이 진행되고 있던 때였다.[9] 이에 따라 이근영도 그의 첫 작품을 기존 작가들이 흔히 쓰지 않던 독특한 수법으로 창작한 것처럼 보이는데, 그것은 바로 풍자적 색채다. 아마도 비슷한 시기에 활약했던 채만식 같은 작가의 간접적 영향도 있지 않았을까 추측된다. 그러나 그의 그러한 창작 방법은 오래 지속되지 못한다. 그 이유는 그가 본격적인 문학 수업을 받지 못했고, 또 그가 가지고 있던 사상적 편향이나 직장의 업무 등과도 관련이 있는 것이 아닌가 한다.[10] 그럼에도 불구하고 그는 주목 받는 신진작가로서 위치를 굳히게 되

---

8 전홍남, 앞의 논문, p.260 주 10 참조.

9 이 시기 이후 해방까지를 전형기라 명명하여 그 내용을 모색비평, 세대론, 신체제론의 셋으로 나누어 논의하는 학자(김윤식)도 있는데, 특히 모색비평의 경우 문단의 주조였던 이념이 퇴색하게 될 때 우리 문학이 나아가야 할 방향에 대한 탐구가 그 중심을 이루고 있음은 더 설명이 필요 없을 것이다. 이에 따라 비평가와 작가들은 창작 방법에 대한 이론적 논쟁과 작품을 통한 실천을 활발하게 전개하여 문단이 풍성해지는 역설적 상황이 오게 된다(김윤식, 『한국근대문예비평사연구』, 일지사, 1976, pp.202~212 참조).

10 앞에서 살펴본 바와 같이 그는 학창 시절 법학을 전공했고, 신문사에서도 문화부가 아닌 사회부에서 기자로 근무했다. 또한 문학 단체나 써클(동아리) 같은 데 가입하여 활동한 경력도 찾아보기 어려우며, 특별히 사사(師事)한 선배가 있었는지도 확인이 잘 안 된다. 그러므로 그의 문학 수업은 개인적 차원에서의 취향이나 여기(餘技)로 출발되었을 가

는데, 당시 문단 인구가 영세했던 사정이나 인텔리 기자의 신분 등도 그를 확고한 위치로 고정시키는 데 일정 부분 기여했을 것으로 보인다. 여하튼 그는 문단의 주목 받는 신진작가로서 뚜렷한 특징이 없는 여러 작품을 계속 발표해 나간다. 첫 작품 이후 해방될 때까지 그가 발표한 작품들[11]은 대략 두 그룹으로 나눌 수 있는데[12], 그 하나는 농촌을 배경으로 하여 순박한 농민들이 당해야 하는 고통과 고향을 떠날 수밖에 없는 아픈 현실을 내용으로 하는 것이고, 또 하나는 도시를 배경으로 하여 지식인들이 실직과 궁핍 속에 의지를 꺾거나 파멸되어 가는 모습을 내용으로 하는 것들이다. 그런데, 이런 내용들은 대체로 그 자신의 체험과 밀접히 관련되어 있어서 그의 작품을 신변소설로 보는 견해[13]가 나오게 된 것이 아닌가 한다. 다시 말해서, 그의 작품들은 제재의 면에서 봤을 때, 거개가 그의 고향을 중심으로 한 농촌 사회 및 농민들의 삶이나, 도시의 교사 혹은 기자 신분의 지식인들을 작중인물로 하고 있어서, 소설을 통한 객관적 현실의 반영이나 냉

능성이 많다.

11 현재까지 확인된 것으로는 월북하기 전까지 장편소설 『제3노예』를 비롯하여 단편소설 19편을 쓴 것으로 되어 있다. 이 중 『고향 사람들』(영창서관, 1943)이란 소설집에 단편 11편이 수록되어 있다.

12 그의 작품을 네 그룹으로 나누어 보는 견해도 있다. 즉, ① 부박한 소시민들의 욕망구조나 지식인 사회의 타락상과 병리 현상을 비판적으로 형상화한 것, ② 궁핍한 생존 조건 속에 서도 훼손되지 않은 농민들의 건강한 공동체적 정서와 순후한 심성에 대한 믿음을 형상화한 것, ③ 지식인의 고뇌와 비애를 형상화한 것, ④ 영락한 처지의 불행한 인간 군상들의 비극적 삶을 형상화하고 있는 것이 그것이다(공종구, 앞의 논문, p.374). 그러나, 크게 보면 이 분류도 작품의 공간적 배경을 중심으로 한 두 분류를 시각을 달리하여 좀 상세하게 나눈 것으로 볼 수도 있겠다.

13 이연주, 앞의 논문, p.38.

철한 사회 비판을 수행하는 데 장애가 되고 있는 것 같다는 말이다. 작가 자신의 직접적 체험이 소설화될 때, 작가의 소설 구성과 서술 기술이 부족할 경우 거리감의 미확보로 인해 객관성 유지와 비판 기능에 문제가 올 수 있다는 것은 상식이기 때문이다.

해방 후에는 좌익계열 문학 단체에 가담하여 열심히 활동하면서 당대의 혼란한 사회상과 지식인들의 부박한 삶을 그리는 작품을 몇 편 발표한다. 기존 연구 성과 가운데는 이 시기의 작품을 다룬 것이 제일 많다.[14] 그만큼 현실에 밀착해 있었다는 얘기도 될 수 있겠다. 이런 사실은 이 시기에 작품은 쓰지 않고 문학 단체 활동에만 전력을 기울였던 다른 사람들과 비교하여 볼 때, 그 작품의 가치를 따지기 이전에 그의 작가적 자세와 태도의 성실성을 엿볼 수 있는 대목이기도 하다.

북한으로 간 뒤에는 그곳에서 상당한 대우를 받으며 작가 생활을 계속한 것으로 보인다. 많은 월북 문인들이 몇 차례에 걸쳐 숙청되는 와중에서도 그는 여전히 살아남아 꾸준히 작품을 썼을 뿐 아니라, 우리말의 문법 연구에도 열중하여 그 업적을 책으로 냈고,[15] 또한 북한에서 "4 · 15창작

---

14 중요한 것을 몇 개 들어 보면 다음과 같다.
박재섭, 「해방기 소설 연구」, 서강대 대학원 석사학위논문, 1985; 신덕룡, 『진보적 리얼리즘 소설 연구』, 시인사, 1989; 이우용, 「해방소설의 인간상 연구」, 건국대 대학원 박사학위논문, 1991; 이우용, 『해방공간의 문학연구 Ⅱ』, 태학사, 1990; 임진영, 「8 · 15직후 단편소설 연구」, 연세대 대학원 석사학위논문, 1988; 정호웅, 「해방공간의 소설과 지식인」, 『한국학보』 1989 봄호; 한형구, 「해방공간의 농민문학」, 『한국학보』 1988 가을호.

15 『조선어이론 문법: 형태론』이란 국어학 관련 서적을 출판하기도 했으며, 『문화어학습』이라는 잡지를 통해서는 조선어 사용에 관한 독자 문의 사항 해설을 맡아 일하기도 했다. 또 어떤 경로를 통한 것인지는 모르나, 그는 언어학박사라는 칭호를 받기도 했다(이연주, 앞의 논문, p.62 참조).

단"과 함께 가장 규모가 크고 신뢰를 받고 있는 "우산장 창작실" 소속 작가로 활동을 계속해 왔기 때문이다.

그러나 그가 북한에서 쓴 작품은 아직 우리에게 금기의 영역으로 남아 있고, 동시에 그 작품들의 가치 판단 기준은 우리와는 전적으로 상당한 거리가 있기 때문에, 현시점에서 그가 남북한에서 발표한 모든 작품을 망라하여 그를 완전하게 하나의 작가론의 연구 대상으로 삼을 수는 없다고 생각된다. 그런 작업은 아마도 민족 통일이 이루어져 양쪽에서 각기 축적된 문학 유산들을 공정하게 평가하고 논의할 수 있는 기준이 마련된 후에나 가능할 것이다.

3. 작품에 관한 연구

앞에서 본 바와 같이, 그가 월북 전에 쓴 작품은 장편 하나를 포함하여 단편소설 19편인 것으로 알려져 있다.[16] 이들 작품은 대략 그 제재와 배경을 중심으로 하여 나누어 볼 때, 두 그룹으로 분류될 수 있다. 이러한 분류 방법 외에 그의 작품들을 더 세분하여 여러 항목으로 나누어 살필 수도 있겠으나, 작품 하나하나가 가진 독자성을 너무 중시할 경우 분류하는 의미 자체가 줄어들 수도 있으므로, 논의의 편의를 위해 본고에서는 두 가지로

16 자료에 따라 한두 편씩의 차이는 있으나, 그의 작품 세계를 살피는 데 그러한 차이는 별 영향력이 없다고 여겨져서 기존의 알려진 작품만을 대상으로 하도록 하겠다. 현재 그에 대한 종합적 연구가 미진한 점을 감안하면, 앞으로 그의 전기나 작품 자료에 관한 실증적 연구가 더 진행되었을 때, 지금까지 알려지지 않았던 다른 작품이 발굴될 가능성은 충분히 남아 있다고 보겠다.

만 나누어 살펴보도록 하겠다.

1) 농촌 사회 현실과 농민들의 삶

주지하다시피 1930년대 후반기에서 해방까지는 일제의 식민 통치 기간 중 가장 가혹하고 악랄한 시대였다고 할 수 있다.[17] 대다수의 농민들이 경작지를 소유하지 못하고 소작농 상태에 있었을 뿐 아니라, 광산이나 공장 등의 근로 조건도 무리한 생산성 높이기로 인해 더욱 악화되어 사상자가 많이 발생하고 있었기 때문이다. 그뿐 아니라 삶의 조건이 극도로 나빠져 국내에서 살기 어려운 많은 사람들이 불가피하게 만주나 일본 등 해외로 강제 이주하는 상황도 나타나고[18], 민족의 최후 자존심이라 할 말과 글은 물론 성과 이름까지도 강제로 바꿔야 하는 상황에까지 이르게 되었다. 또한 대다수의 지식인들은 그들의 지식을 활용할 수 있는 기회를 거의 갖지 못한 채, 실업 상태에서 궁핍과 싸워야 했으며, 한편으로는 변절과 전향이라는 회유와 협박 속에서 고뇌해야만 했다. 이러한 시대적 상황 아래서 우리 민족은 참으로 어려운 생활을 영위하지 않을 수 없었다.

이근영은 바로 이러한 시대적 상황에서 그의 작품 활동을 시작했다. 따라서 그의 작품 속에 농민들의 비참한 삶, 지식인들의 고뇌와 자조가 자주 나오는 것은 그 시대를 살았던 동시대의 작가로서 자연스러운 현상의 하

---

17 조동길, 『한국현대장편소설연구』, 국학자료원, 1992, pp.11~16.

18 만주와 연해주에 1930년대를 기준으로 약 150만 명이 이주하였고, 1937년을 기준으로 일 본에도 약 70만 명이 거의 강제로 이주하였다(한국민중사연구회, 『한국민중사 Ⅱ』, 풀빛, 1986, p.206).

나라고 볼 수 있겠다. 그러면 그의 작품에 나타나고 있는 농촌 사회 현실과 농민들의 삶의 양상을 구체적으로 검토해 보기로 하자.

그의 작품 가운데 농촌을 배경으로 하는 것으로는 「堂山祭」(『비판』, 1938. 10.), 「崔고집先生」(『인문평론』, 1940. 4.), 「故鄕 사람들」(『문장』, 1940. 12.), 「밤이 새거든」(『춘추』, 1941. 7.), 「農牛」(『신동아』, 1936. 6.), 「장날」(『인민평론』, 1946. 3.), 「安老人」(『신세대』, 1948. 5.), 「고구마」(『신문학』, 1946. 6.) 등 여덟 편이 있다. 이들 중 앞의 네 편은 소설집 『고향 사람들』에 수록되어 있다.(소설집에 수록된 작품에는 그 말미에 발표되었던 지면과 호수가 밝혀져 있다.)

「堂山祭」는 농촌 총각 덕봉이를 중심으로 한 그의 가족과, 그가 좋아하는 순님이라는 처녀와 그녀의 가족, 그리고 지주로서 마을의 지배자인 윤참판 등이 등장하는 중편 길이의 소설이다. 작품 초두의 보금산에 얽힌 전설 소개며, 마을 공동체의 전승 풍속인 당산제 묘사 등 전통적 요소를 통해 당시의 농촌 사회 실상과 농민들의 의식을 수용하려 한 작가의 의도는 어느 정도 성과를 거두고 있는 것처럼 보인다. 그러나 이 작품에서 우리가 주목해야 할 것은 전원문학적인 그러한 모습이 아니다. 한 해의 농사를 시작하는 당산제에서부터 다음 해의 당산제에 이르기까지 1년간 농촌 사회에서 일어나는 농민들의 삶을 실감나게 그리면서 '고지' 제도, 가마니 치기, 가뭄과 기우제, 여성(처녀)의 매매, 노름 등 당시 농촌에서 일어날 수 있는 온갖 세태는 물론 농촌의 피폐화와 붕괴되는 농민의 생활을 담아낸 것에 주목할 필요가 있다. 이러한 시각은 당시 농촌 사회의 실상을 있는 그대로 작품 속에 담으려 한 의도로 해석할 수 있는데, 문제는 이 작품에서 소설의 미학과 그러한 기능이 서로 상충된다는 데 있다. 작가가 아무 의식 없이 현실을 있는 그대로 그리기만 해서 그 임무가 끝난다고 볼 수는 없다. 아무리 당위성 있고 강한 주장을 담고 있다고 해도 그것이 소설의 자율적 생명력을 저해하고 있다거나, 미학적 결함을 지니고 있다면 좋은 작품이라고 하기는 어려울 것이다. 이 작품에는 이름이 부여된 인물만 12명이 나오고, 자립적 삽화가 최소한 스무 개도 넘는다. 단편소설의 형식에서 소위 '총체성'을 달성하기는 지극히 어렵다는 게 상식이다. 너무 많은 삽화와 인물로 인해 작품의 핵심이 모호해지고, 중심 갈등이 부각되지 못해 이야기가 매우 느슨해지는 건 당연하다 하겠다. 그럼에도 불구하고 이 작품은 '부스러기를 모아 전체를 이루는' 무시하지 못할 성과를 거두고 있다. 더욱이 발표 당시의 제반 여건을 고려할 때 이만한 성과는 드문 예에 속한다고 할 수도 있다. 특히 어쩔 수 없이 딸을 팔아야 하는 부모의 처지나, 사랑하는 여자를 구하기 위해 평생을 머슴으로 일해도 좋다는 덕봉의 생각 및 노름이라도 해서 팔린 여자를 구할 돈을 마련하겠다는 행위는 비장하기까지 한 장면이다. 반면, 강도를 잡고 보니 사랑하는 여자의 오빠였다거나, 강렬한 사랑을 가지고 있으면서도 함께 도망가자는 여자의 요청을 들어주지 못하는 덕봉의 성격, 식구를 위해 기도하는 동생에게 그까짓 기도는 하지 말고 일이나 하자는 충고 등은 소설 구성상의 취약점이거나 혹은 시대적 굴절 양상을 내보이는 모습이라 할 수 있겠다.

「崔고집先生」은 최하원이라는 시골 노인을 중심인물로 하고 있으나 엄격한 의미에서 그가 농민 신분은 아니므로 농민소설이라 하기는 어려울 것 같은 작품이다. 그는 감사의 손자이고 군수의 아들이니 출신으로 보면 지배층의 인물인 셈이다. 그는 어려서부터 신동이란 소리를 들으며 글씨와 그림에 탁월한 재주를 보였으나 집안이 아무리 어려워도 서화를 파는 일은 절대로 하지 않으며, 주위 사람들의 존경을 받아 면장에 추대되었어도 거절하는 모습을 보인다. 손자 영길이가 학비를 내지 못해 학교에서 쫓겨나자 학교를 방문하여 사정해 보지만 거절당하고, 경찰서로 찾아가 항의해 보지만 웃음거리만 된다. 이웃 사람이 빚에 몰린 나머지 야반도주를 하고 채권자들이 나머지 재산을 가지고 다툴 때 조정자 역할을 하기도 한다. 그러한 그도 아들 가르치는 것만은 어쩔 수 없어, 그 아들이 여자 문제로 맞아 앓다가 죽어 버리자 결국은 마을을 떠나게 된다. 그림과 글씨를 정표로 동네 사람들에게 나누어 주자 그들은 3백 원이라는 거금을 걷어 이사 비용이라고 준다. 그는 떠나면서 꼭 돌아오겠다, 죽어서라도 고향으로 돌아오고야 말겠다고, 그렇게 자손에게 유언이라도 하겠다고 하면서 떠난다.

이 작품에서 주목할 것은 만주로의 이주 문제다.[19] 빚에 쪼들렸건, 살 길이 막막해서건 태어나 자란 고향을 등지고 낯선 땅으로 떠나는 것은 우리 민족의 정서상 죽음에 버금가는 고통이라 할 수 있다. 그것이 정책적으로 장려되고 강제되는 시대 상황을 이 작품은 직접적으로 다루기보다 당사자의 개인적 이유를 통해 그리고 있어서 절박성이 좀 떨어지는 감이 있다. 더구나 중심인물인 최하원이 농민 아닌 고지식할 정도의 선비 신분으로 설정된 것이 그런 점을 더욱 강화하는 것으로도 볼 수 있겠다. 특히 그가 고향을 떠나는 직접적 이유가 아들의 불미스런 죽음으로 되어 있는 것은 현실 감각의 부재와 연관되어 있는 것으로 해석할 수 있어서 아쉬움이

19 이 문제에 관한 학술적 연구 업적으로는 다음 논문이 참고할 만하다.
이형찬, 「1920～1930년대 한국인의 만주이민연구」, 한국사회사연구회편, 『일제하 한국의 사회 계급과 사회 변동』, 문학과지성사, 1988.

남는다. 이러한 점을 배제하고 작품을 보았을 때는 최하원의 쇠락한 선비 모습만 부각되어 또 다른 문제가 야기될 수도 있을 것이다.

「故鄕 사람들」은 그가 소설집을 낼 때 표제작으로 한 것으로 보아 아마도 스스로 자부심을 가진 작품인 것처럼 보이는데, 점쇠란 인물을 중심인물로 하여 일본으로 갈 노무자를 모집하는 이야기를 다루고 있다. 허 참판 머슴 사랑방에 모인 사람들은 동네 길 나는 이야기며, 제사 술 얻어먹을 궁리, 인력거꾼인 석만이 타박 주기, 이야기책 보는(읽는) 일, 점쇠의 밀항 실패 이야기 등으로 가난하지만 훈훈한 분위기를 보인다. 그들은 경제적으로 궁핍하기는 하지만 사람 사이의 순후한 인정과 따뜻한 온정을 공유하고 있다.[20] 일본 술집으로 팔려 간 화선이를 잊지 못해 애태우는 점쇠는 그녀의 사진 한 장을 간직한 채(나중에, 사진을 보다가 바람이 불어 연못에 빠뜨려서 잃어버리지만) 다시 만나기를 고대한다. 그에게는 일본으로 가기 위해 궤짝 속에 들어가 화물로 위장하고 배를 타서 일본 땅에 내리기까지 했으나 발각되어 쫓겨 온 경력도 있다. 마침 김주사란 사람이 일본으로 갈 탄광노무자 30명을 모집한다며 갈 의향이 없느냐고 묻는다. 그는 대뜸 찬성하고 같이 갈 사람을 모으러 간다. 봉갑이와 같이 가자고 합의한 다음 그는 공사장에 가서 다른 사람들에게도 권유한다. 그들 패에서 따돌림을 받던 석만이가 가겠다고 나서자 께름칙하지만, 워낙 살기가 어려울 때라 준다는 돈의 액수에 팔려 인원수는 곧 채워진다. 출발 전날 학교 교실에서 송별회가 열린다. 그들은 석만이와 화해하고 마지막으로 함께 농악을 울린다. 누군가의 제의로 성황당으로 몰려가 풍물을 치며 앞으로 무사하기

20 공종구, 앞의 논문, p.374 참조.

를 기원한다.

이 작품은 앞부분의 농촌 풍경 묘사와 거기에 사는 사람들의 오밀조밀한 정서가 마치 잘 익은 술처럼 따스하고 정감 있게 그려져 있는 반면, 뒷부분에는 정책상 강요되었던 일본에로의 노동력 동원에 은연중 동조하는 듯한 냄새를 풍기고 있어 혼란스러운 느낌을 준다. 일본 가는 일에 동의하고 자의로 나서는 당사자들이야 판단력에 문제가 있어 그렇다 쳐도 작가까지 거기에 동조하는 것은 문제가 있다고 해야 할 것이다. 현실에 대한 객관적 성찰과, 허구로 형상화된 작품 세계는 분명히 달라야 한다. 달리 말해, 작가는 자기가 보고 들은 것을 그대로 쓰기만 해서는 곤란하다. 세계관과 가치관의 작용으로 그것을 보다 의미 있는 체계로 전환시키지 않으면 좋은 작품이 될 수 없다. 당시에 분명히 일본행을 강요하는 장치가 있었을 것임에도(동시대의 다른 작가의 작품에, 가기 싫어하는데도 불구하고 가지 않을 수 없었던 사람들의 이야기 있는 것으로 보아 검열을 피하기 위한 것이라는 논리는 설득력이 없을 것임) 그것을 외면하고, 개인적 이유로 자발적 참여를 한다던가, 관제 냄새가 나는 송별회 모습을 긍정적으로 그리고 있는 것 등은 작가의식의 면에서 흠이 될 수밖에 없을 것이다. 따라서 이 작품은 고향 사람들에 대한 애정, 혹은 아픔을 위무하려기보다 굴절된 시국 상황을 반영하는 쪽에 무게 중심이 있지 않나 하는 안타까운 생각이 든다. 다만, 전반부의 농촌 사회 현실 수용은 그 서정성이나 정감의 면에서 작가의 고향 사람들에 대한 애정이 잘 표현되어 있으며, 작가로서의 역량도 유감없이 발휘되어 있다고 할 수 있다.

「밤이 새거든」은 50여 세의 머슴인 권수가 병이 들어 공동묘지 근처로 출막(出幕)을 나온 이야기다. 출막이란 요즘으로 치면 전염병 환자를 격리

시키는 조치와 같은 것이다. 권수는 위가 아픈 환자이니 실은 출막 대상이 아닌데도 가족도 없이 혼자 머슴살이를 하는 처지라 자청해서 나온 것이다(노동력을 상실한 머슴은 죽은 목숨이나 다름없으니까). 동료 머슴인 천복이가 잘 돌보아 주기는 하지만 그는 살 의욕을 잃은 채 죽을 날만 기다린다. 김서기의 출상 상여를 보며, 또 돈과 관련된 야박한 세상인심을 보며 살아야 되겠다는 실낱같은 희망을 가져 보기도 하지만, 여전히 절망적인 상태는 변함이 없다. 그러다가 천복이가, 그전에 같이 살림을 차렸던 동지매집이라는 여자를 찾아 데려오자 그는 살아야겠다는 의욕을 갖게 된다. 그것은 여자에 대한 증오와 삶의 희망이 뒤섞인 최후의 힘이었다. 날이 새면 막에서 나가 방을 얻어 같이 살자는 여자의 상냥한 말을 믿으며 그는 밤이 새기를 기다린다.

이 작품은 『춘추』라는 잡지에 발표되었는데, 이 월간지는 일제 말기 우리말과 글의 사용이 금지된 가운데 나오던 종합지로서 당시의 여건상 친일적 색채를 가지지 않을 수 없었던 성격의 잡지다.[21] 따라서 이 잡지에 실리는 작품은 시국에 순응하는 것이든가 또는 전혀 현실과 무관한 제재의 것만이 가능했을 것이다. 이런 점을 감안해 보면, 이 작품의 제재 선정이나 사건 처리 방식은 충분히 납득이 가고도 남는다. 이색적인 소재를 통해

---

21 김근수, 「친일언론강요시대의 잡지개관」, 『한국잡지개관 및 호별목차집』, 한국학연구소, 1988, p.859 참조. 이 잡지는 동아일보 폐간 후 그 기자였던 양재하가 중심이 되어 1941년 2월 창간하였고, 1944년 10월 통권 39호로 종간되었다. 초기에는 게재되는 논문이나 문학작품이 충실했으나 말기에는 내선일체화운동의 친일지로 전락했다. 한편, 앞에서 설명한 바와 같이 이근영은 이 잡지의 편집에 종사한 일이 있어 몇 작품을 여기에 게재한 것이 아닌가 한다.

독자의 흥미를 붙들어 두면서 한 인간의 죽음에 대한 불안과 삶을 향한 애착을 담담히 담아내고 있는 이 작품은, 비교적 깔끔하게 짜인 구조와 인정세태에 대한 비판적 시각을 무리하지 않게 다루고 있어 그 문학적 성취도가 인정될 만하다 하겠다. 다만, 당시의 시대에 대한 작가의 책무랄까 하는 점에서는 그 안이함이 문제될 수 있겠고, 마지막 문장에서 '밤은 깊어져 갈 뿐이고 다시 밝아질 것 같지는 않다'[22]는 작가의 개입은 옥의 티와 같은 흠이라고 할 수 있을 것 같다.

「農牛」는 50세가 넘은 서생원이 주인공이다. 젊었을 때 장사로 소문이 날 정도로 힘이 센 그는 씨름판에서 소를 네 마리나 탔지만 세 마리는 술과 계집으로 탕진하고, 지금 기르고 있는 소는 마지막 소의 손자뻘 되는 것으로 그 소로 구루마도 끌고 남의 논도 갈아 주면서 살고 있다. 스무 살이 넘은 아들은 보통학교의 최우등생이었으나 학비가 없어 농사를 짓고 있고, 아내가 병이 나서 빚을 얻어 쓰기까지 했으나 끝내는 상처를 하고 만다. 아들이 윤 면장네 작은아씨를 희롱했다고 하여 아니꼬운 호령을 듣고 아들을 다그치지만 사실이 아님을 알게 된다. 윤 면장은 남의 논을 가는 서생원에게 자기 논을 먼저 갈라고 억지를 부리고, 그것을 거절하자 당장 빚을 갚던가 아니면 소를 내놓으라고 협박한다. 아내의 제삿날이 되어 장을 봐 가지고 와 보니 윤 진사가 소를 끌어가 버려 아들과 함께 그 집으로 가 다시 소를 끌고 온다. 그 과정에서 약간의 실랑이가 있었고, 윤 진사가 상처를 입는다. 화가 난 윤 진사는 동네 노인들을 충동질하여 서생원의 볼기를 때리기

22 권영민 외, 『한국단편소설대계 17-이근영 편』, 태학사, 1988, p. 243. 본문 인용은 이 도서를 이용하며 편의상 '작품집'이라 약칭하고 페이지만 표시하기로 한다.

로 한다. 볼기를 맞으러 가야 하는가를 고민하고 있을 때, 구장이 와서 형식적인 것이니 가서 맞는 시늉만 하면 된다고 설득을 하여 그 장소로 간다. 가서 막 매를 맞으려고 하는 찰라 덕쇠를 비롯한 마을 사람들이 몰려와 훼방을 놓는 바람에 볼기 맞는 일은 중단되고 만다.

이 작품은 순박한 농민 서생원이 부당한 권력과 힘 앞에서 무력하게 무너져 내리려는 순간, 가난하지만 옳은 뜻을 가진 친구와 동료들의 합심으로 위기[23]를 넘긴다는 내용으로 되어 있다. 이 작품에서는 윤 면장으로 대표되는 지배층의 억지와 무도함이 어떻게 선량한 다수의 농민을 핍박하고 있는지, 그리고 그러한 부당함을 극복하기 위해서는 어떻게 대응해야 하는지를 잘 보여 주고 있다. 또한 빈곤으로 교육을 받지 못하는 소년, 상처한 남자가 여자를 쉽게 맞아들이는 세태(서생원은 상처한 지 1년 만에 세 여자를 후처로 맞았다가 모두 내쫓았음), 머슴 사랑방 풍경, 농촌의 청춘 남녀들이 벌이는 사랑, 전근대적인 볼기 때리기 풍속을 재현해 보려는 것으로 명맥을 유지하는 구세대의 의식과 태도 등 당시 농촌 사회의 모습을 충실하게 담고 있기도 하다. 작가의식의 면에서 본다면 이근영의 여러 작품 가운데서 가장 선명한 것 중의 하나라고 할 수 있겠다.

「장날」은 해방의 감격 속에서 당시 농민들이 보여 주는 여러 모습을 내용으로 하고 있는 작품이다. 판술은 일본 구주로 징용을 갔다가 1년 7개

---

23 이것을 '위기'라고 표현한 것은 단순히 매 몇 대 맞는 것이 문제되는 것이 아니고, 작품 속에 나오는 사람들의 생각, '서생원이 만일 볼기 맞는 날이면 가난뱅이 우리들 전부가 볼기 맞는 것'(작품집, p. 487)이라는 인식과 관련되어 있다. 즉, 죄 없이 서생원이 볼기를 맞는 일은 그들 집단 전체의 자존심이나 지위에 대한 부정이라는 생각을 그들이 공유하고 있기 때문에 그것은 서생원 개인만의 문제가 아닌 것이다.

월 만에 화선이라는 술집 여자와 가까워져 그녀의 제의로 함께 도망을 친다. 의협심이 강한 그는 32세가 되도록 여자를 모르고 지냈으나 화선이가 봉변을 당하고 있을 때 구해줘 서로 좋아하는 사이가 된 것이다. 밀항선을 타고 귀국한 그들은 여수 근처의 해안에 내린다. 내리고 보니 바로 해방이 된 시점이었다. 많은 사람들이 갑자기 맞은 해방으로 인한 혼란에 빠져 우왕좌왕하며 일본인에 대한 보복이나, 사소한 시비로 싸움을 벌이기도 한다. 뜻있는 사람들은 여러 사람이 모인 자리에서 강연을 하기도 했는데, 판술은 '일본의 압박에서는 해방되었다 하더라도 가난한 것과 무식한 것으로부터 해방이 아니 되고서는 독립한 보람이 어데 있겠습니까'(작품집, p.533) 하는 말에 크게 감동을 한다. 고향으로 돌아오니 사람들이 정거장에서 환영회를 해주는데, 그날은 마침 장날이라 많은 사람이 모였다. 판술은 귀국 동포를 위한 기금을 모으는 일에 앞장서고, 완고한 아버지는 아들이 일본에서 데리고 온 술집 여자를 며느리로 인정을 하게 된다.

해방은 우리 민족에게 압제의 사슬에서 풀려나는 일이기도 하지만, 동시에 비극의 씨앗이기도 했다.[24] 충분히 준비되지 못한 상태에서 '갑자기' 맞은 해방은 혼란과 분열의 싹을 잉태하고 있었기 때문이다. 특히 그것은 민족 지도자들의 경우에 더욱 심했으며, 그것을 바라보는 평범한 서민들에게는 한층 더 혼란스러웠을 것이 당연하다 할 것이다. 이 작품에는 서민들의 해방을 맞는 현장이 생생하게 묘사되어 있다. 평상시 같으면 큰 싸움으로 갈 일도 금방 화해하는가 하면, 민족을 위한 일이라는 말에 선뜻 돈

24 김상선, 『광복 뒤의 우리 문학 연구』, 집문당, 1996, p.22.

을 내기도 한다. 완고한 노인이 술집에 있던 여자를 순순히 며느리로 받아들이는 '의외'의 일이 일어나기도 한다. 그러한 일들은 해방이라는 감격 속에 흥분되고 너그러워지는 사람들의 자연스런 모습이라 할 수 있다. 다만, 이 작품을 통해 작가는 사상 편향적인 모습을 보이고 있는 것이 주목된다. 당시 이 작가가 처해 있었던 문단적 상황, 혹은 언제나 강경한 목소리가 주도권을 잡기 마련인 고금의 진리를 반영하는 것처럼, 이 작품에는 좌파적 시각이 점점이 박혀 있다. 여기서 그것의 타당성 여부를 따지는 것은 별 의미가 없다. 당시의 시대와 현실을 파악하고 성찰하는 작가의 시각에 그런 특징이 있다는 사실의 확인이 중요한 것이다. 이 작품이 1946년 3월에 발표되었으니, 적어도 해방 후 약 6개월 정도의 세월에 작가는 이미 나름대로 어떤 '판단'을 내리고 있었던 셈이었던 것이다.

「고구마」는 앞의 작품에서 한 걸음 더 나아가 작가의 사상적 경향을 더욱 선명하게 보여 주는 작품이다. 60세의 박도주는 3남 3녀의 아버지로 아들 하나가 징용에 간 것을 제외하면 어려운 시절을 비교적 무탈하게 살아온 노인이다. 일제말의 농산물 생산 장려책으로 고구마를 심으라고 해도 그는 고집스레 콩을 심었던 인물이다. 그러나 일부 심었던 고구마가 풍작을 이루자 생각이 바뀌어 다음 해에는 소작 농지에 더 많이 심는다. 그것은 지주인 강주사가 고구마로 많은 돈을 번 반면, 자신은 저장했던 것이 다 썩어 버려 손해를 본 것을 벌충하자는 생각에서였다. 농사는 잘 되었으나 지주의 횡포로 많은 양을 빼앗기고 억울해 한다. 마침 독립이 되어 소작료에 대한 불만도 논란이 된다. 농악 대회에서 1등을 하여 동네에서 잔치를 벌이던 중 사람들이 강주사네 집으로 몰려가게 되는데, 그 와중에서 강주사가 봉변을 당한다. 강주사의 아들이 군산에 주둔하고 있던 미군과 통하여, 군인들이 와서 박노인을 연행해 간다. 난생 처음 자동차를 타고 군인들에게 연행되어 가는 박노인은, 도중에서 농민조합 결성을 축하하는 시위대의 행렬을 보게 되고, 사람들은 만세를 부른다.

이 작품에 대해서는 그간 많은 논의가 이루어졌다. 주로 전망의 문제와 관련하여 검토한 것[25], 전형성의 인물로 논의한 것[26], 노동계급의 이념에 입각한 당파적 형상의 척도로 보는 것[27], 지주－작인의 관계 및 매판적 자산계급과의 대립으로 보는 것[28] 등 다양하다. 그런데 한 가지 특이한 것은 그러한 논의의 초점이 '전망의 과장', '낙천적 성격으로 인한 한계' 등으로 귀결되고 있는 점이다. 이러한 논의들을 보면서 필자가 느끼는 것은 우리 소설 연구에서 지나치게 서양식 이론적 틀에 매달려 도식적 적용이 이루어지고 있지 않나 하는 우려다. 사회주의 체제 안에서 이루어진 사회주의적 리얼리즘 이론의 명료성과 선명성이야 쉽게 시비 삼기가 힘들 정도로 강고하지만, 그것이 우리 소설 연구에 무차별적으로 적용되어 매도하는 도구로 쓰이는 데에는 선뜻 동의하기가 어렵다. 더욱이 검열과 통제로 작가의 표현의 자유가 극도로 제한 받던 시대의 작품이나, 혼란기의 와중에서 정확한 판단이 가능하지 않았던 시기의 작품에, 사회주의 체제가 현실적 가치로 작용하고 그것을 의무로 실현해야 했던 환경 속의 작가가 쓴

25 다음의 논문이나 책에서 이 문제에 대해 상세히 살피고 있다.
임진영, 「8 · 15직후 단편소설연구」, 연세대 대학원 석사학위논문, 1988; 김재용, 『민족문학운동의 역사와 이론』, 한길사, 1990; 신형기, 『해방기 소설연구』, 태학사, 1992.

26 이연주, 앞의 논문.

27 신형기, 앞의 책.

28 임정지, 앞의 논문.

작품을 따지는 논리를 그대로 대응시키는 것은 이미 나와 있는 답을 새삼스레 더듬는 것과 마찬가지이겠기 때문이다. 그렇다고 하여 이 작품이 가지고 있는 결점을 모두 용인하자는 얘기는 아니다. 그것은 그것대로 따져야 하겠지만 그 경우에도 발표 당시의 상황이나 작가의 처지 등이 고려되어야 하지 않겠는가 하는 것이다. 이런 시각에서 봤을 때, 이 작품에서는 해방을 전후한 시기에 우리 농민들이 겪어야 했던 농촌 현실로서의 실상, 시대 상황과 관계없이 농사에만 열중하였던 농민들이 제도와 외적 여건에 의해 희생당하는 모습, 시세에 재빨리 편승하는 인간 군상 및 세태에 대한 비판, 그리고 당시 작가가 선택하였던 이데올로기에 대한 신념 등이 중요한 의미로 다루어져야 할 것이라 생각된다.

「安老人」은 67세의 안노인이 해방을 맞아서도 여전히 엄청난 공출량에 시달리고 있는 처지를 그리고 있다. 평생을 농사만 지으면서 열심히 일했건만 자기 땅을 소유하지 못한 안노인으로서는 과도한 소작료와 공출의 억압으로부터 자유로울 수가 없다. 그는 인간으로서의 최소한 생존을 위한 곡식은 숨겨 놓고 공출로 내놓지 않아도 된다는, 그것은 농사를 지은 사람의 당연한 권리가 아니겠느냐는 소박한 생각을 갖고 있다. 그 나머지는 땅 소유자나 대처 사람을 위해 기꺼이 내겠다는 것이다. 그러나 그에게 할당된 공출량은 터무니없이 많다(열두 섬 추수에 열 한 섬이 공출로 할당되었음). 결국 그는 공출 내기를 거절하다가 관청 사람들에게 잡혀간다. 끌려가면서 딸에게 '나 없는 동안은 죽 먹지 말고 밥을 먹어라. 나 하나 안 먹는 것으로 말여'(작품집, p.569)라고 말한다.

콩트인 짧은 길이의 이 작품에서 안 노인을 통해 전망이나 전형성 등을 따지는 것은 무리일 듯싶다. 그보다는 오히려 일제시대나 해방 뒤에도 여전히 꿋꿋하게 일관된, 땅과 곡식에 대한 안노인의 태도가 더 중시되어야 할 것 같다. 작가도 그런 외적 여건의 변화에 따른 농민의 의식 변화나 세계관의 문제 같은 것보다는 안 노인이라는 한 인간의 성격 창조에 더 비중을 둔 것이 아닐까 한다. 정직하고 순박한 농민으로서, 나름대로 고집처럼 가지고 있는 농사짓는 사람으로서의 정당한 권리, 그런 것을 교육이나 의식화로 주입 받은 것이 아니라 천성으로 깨달아 신앙처럼 가지고 있는 안 노인은 그 나이의 농민들 대다수를 대표한다고도 볼 수 있겠다. 이런 점이 인정될 수 있다면, 이 작품은 소설적 완성도가 높이 성취된 작품 중의 하나라고 평가할 수 있을 것이다.

이상에서 농촌을 공간적 배경으로 하고 있는 여덟 편의 작품을 살펴보았다. 일제강점기에 쓴 다섯 편의 작품에서는 당시 농촌 사회의 실상이 여러 삽화를 통해 적절하게 수용되고 있으며, 서정적 문체로 농촌의 전통적 정경을 잘 묘사하여 일단 농민소설로서의 성과를 상당히 이룩하고 있다고 볼 수 있다. 그러나 굴절된 시국 상황을 받아들인 부분이나, 현실을 도외시한 비일상적 제재 선정 등은 일정한 비판을 모면하기 어려운 감이 있는 것도 사실이다. 해방 뒤에 발표한 세 편의 작품에서는 좌파적 시각이 배어들어간 게 특색이다. 당시 작가가 처해 있었던 상황의 반영일 것으로 추측된다. 하지만 이 작품들을 철저히 그 이론 틀로 분석하여 '한계'나 '과장'으로 보는 것에는 동의하기 어려운 점이 있으며, 작품 연구에서 발표 당시의 여건을 참작하는 것도 필요하다는 점을 지적하였다.

2) 도시의 궁핍과 지식인의 대응

도시를 공간적 배경으로 하고 있는 작품으로는 아홉 편의 단편과 한 편의 장편이 있다.[29] 「理髮師」(『문장』, 1939. 6), 「금송아지」(『신가정』, 1934. 8), 「菓子箱子」(『신가정』, 1936. 11), 「適任者」(『비판』, 1939. 1), 「日曜日」(『동아일보』, 1939. 연재), 「孤獨의 辯」(『문장』, 1940. 7), 「少年」(『춘추』, 1942. 8), 「말하는 벙어리」(『조선문학』 속간호, 1936. 11), 「濁流 속을 가는 朴敎授」(『신천지』, 1948. 6), 『제3노예』(『동아일보』, 1938. 2. 15~6. 26 연재, 아문각에서 1949년 단행본으로 출간) 등이 그것이다.

이들 작품이 발표된 1930년대 후반기와 해방 공간은 앞에서 설명한 바와 같이 극도로 통제된 시기며, 혼란기라고 할 수 있다. 식민지 시대의 지식인들은 정신적 · 물질적 측면에서 소외당하고 있다는 느낌을 공통적으로 확인할[30] 수밖에 없었을 것이며, 또한 폐쇄적 비관주의자로서의 견해에[31] 빠지지 않을 수 없었을 것이다. 또한 해방 공간의 지식인들은 앞날을 예측할 수 없는 혼돈과 무질서 속에서 섣불리 자신의 진로에 대해 판단을 내리기가 어려웠을 것이다. 따라서 이러한 시기에 동시대 지식인 그룹의 선두에서 있다고 할 수 있는 작가들은 매우 곤혹스러운 세월을 보내야 했을 것이며, 작품을 쓰는 일에도 몇 배 힘든 고뇌를 겪어야만 했을 것이다.

---

29 이 밖에 「흙의 풍속」(『춘추』, 1943. 5~9), 「追憶」(『예술』, 1945. 12) 등의 작품이 목록으로 확인되고 있으나, 이들을 굳이 포함시키지 않더라도 그의 작품 전반의 의미를 살피는 데 큰 지장은 없을 듯하여 이들 작품에 대한 검토는 후일의 기회로 미룬다.

30 조남현, 『한국 지식인소설 연구』, 일지사, 1984, p.134.

31 김윤식 · 김현, 『한국문학사』, 민음사, 1973, p.184.

이 시기에 산출된 소설 가운데 지식인을 작중인물로 한 작품들은 대체로 지식인에 대한 비판 및 지식인 상호간의 갈등을 다루고 있는 것이 대부분이다.[32] 지식인에 대한 비판은 허명주의적 가치관이나 유행 사조에 따르는 것을 비판하는 것으로 많이 나타나고, 지식인 상호간의 갈등은 전대 소설에 비해 더 크게 문제시되어 리얼리즘 방법으로 다루어지는 게 특색이다.[33] 그러므로 이러한 작품들은 구체적으로는 야유, 조소, 풍자, 냉소주의 등의 방법으로 창작되는 게 보통이다. 또한 작가 스스로를 작중인물로 한 사소설(私小說) 형태의 작품도 많이 나오게 되는데, 이 경우에는 실직과 궁핍 등이 주요 내용을 이루게 된다. 이근영의 도시를 배경으로 한 작품도 이 범주에서 크게 벗어나지 않는다고 할 수 있다. 그러면 이런 점을 염두에 두면서 작품을 검토해 보기로 하겠다.

「금송아지」는 이근영의 데뷔작인데, 고등교육을 받은 여자로서 가세도 괜찮은 '선히'라는 여자가 돈 많은 사람의 후처로 들어가 사는 이야기다. 순전히 남자의 재산과 지위 때문에 한 결혼인 셈이다. 백화점 경품으로 나온 금송아지를 타려고 선히는 필요 없는 물건을 많이 사고, 심지어는 전실 딸 '양숙이'를 핑계 대고 남편에게 돈을 타다가 물건을 사지만 허탕만 친다. '양숙이'가 양산 하나를 사고 달랑 한 장 얻은 경품권을 아범에게 주는데, 아범은 그걸로 금송아지를 타게 된다. 이 작품은 재물에 집착하는 한 지식인 여성의 허영심을 통렬히 비판하고 있다. 특히, 가진 것 없는 아범에게 그 행운이 돌아간다는 결말부의 반전은 그 비판을 더욱 강화시키고

32 조남현, 앞의 책, p.181.

33 위의 책, 같은 곳.

있다. 힘을 가진 자의 패배를 통해 그들의 허세와 부당한 욕망을 조소하고 공격하는 풍자의 전형적인 방법이다. 이렇게 봤을 때, 이 작품은 소설 기법상 풍자적 특색을 잘 구현한 작품이라고 평가할 수 있겠다.

「理髮師」는 신문기자인 1인칭의 작중화자가 선을 보기 위해 지방으로 내려갔다가 그곳 이발소에 들러 이발사의 이야기를 듣는 내용으로 되어 있다. 이발사의 처가 이발용 면도칼로 자살을 했고, 그 원인이 내가 선을 보기로 한 송 진사네 집 아들과 연관되어 있다는 것이 중심 이야기다. 그런데 이 작품은 송 진사의 가문에 대한 이야기와 이발사의 과거 가정사가 뒤섞여 있어서 작품의 중심이 모호해졌을 뿐 아니라, 이발사의 처가 자살한 신문 보도의 선정적 조작이 비중 높게 다루어지는 등 단편이 갖추어야 할 요소를 상당 부분 위배하고 있다. 이근영의 작품 중 그 수준이 많이 떨어지는 작품 중의 하나라고 볼 수 있겠다.

「菓子箱子」는 박일문이라는 교사가 중심인물이다. 일본에서 대학을 졸업하고 교사가 된 그는 1년 만에 병이 나 직장을 쉬고 요양을 한다. 가정은 집세도 밀릴 정도로 어려워진다. 건강이 회복되면 당연히 복직될 것으로 믿고 있는 그에게 후배 '정춘만'이 나타나 교장, 교무주임 등과 어울려 다니며 그의 자리를 차지하려 한다. 내키지 않았음에도 교장에게 선물하려고 외제 과자를 사 가지고 오지만, 집세 문제로 실랑이를 하다가 상자를 찢어 버린다. 다음날 교장 집에 갔을 때, '정춘만'이 놓고 간 두 개의 과자 상자를 보며 그들에게 마음속으로 욕을 한다.

이 작품은 지식인의 실직과 취업난, 그리고 세상사는 처세술 등에 대해 비판적으로 접근하고 있다. 양심적 지식인인 박일문은 상식과 정의를 믿으며 강직하게 살려 하지만, 다른 사람들은 아부와 야합 등으로 그를 곤경 속에 몰아넣는다. 이는 당시 전도된 가치의 사회와 도덕적 불건전성에 냉소적으로 접근하는 것이기도 하다.[34] 아쉬운 것은 박일문이 겪는 고통이 그 자신의 개인에 머무르고 만다는 점이다. 그는 자신의 불행이 어디에서 초래되었는지에 대해 철저한 인식을 하지 못하고 있으며, 따라서 그에 대한 대응도 자신의 내부 갈등에 그쳐 버리고 말게 된다. 상황에 대한 인식이 정확해야 그에 따른 대처도 명확해질 수 있다. 박일문의 협소한 의식은 결국 작가의 동질적인 의식에서 기인한 것이라고 볼 수 있을 것이다.

「適任者」는 집세 밀린 집의 사람들을 쫓아내는 흉악한 용모의 사람 이야기다. 신문이 정간되는 바람에 실직자가 된 1인칭의 작중화자는 집세를 못 내 쫓겨날 처지에 놓여 있다. 그 임무를 맡은 사람이 은행에서 일부러 고용한 아주 흉악한 용모의 사람이다. 나는 그에게 모욕을 당한다. 얼마 후 친구의 부탁으로 어떤 회사를 맡아 운영하게 되는데, 거기에서 부채를 진 사람들 쫓아내는 일로 채용한 사람이 바로 그 사람이어서 나는 그의 상사가 되게 된다. 나중에 그 사람이 일을 하다가 부상당하여 입원했다는 이야기를 듣는다. 이 작품은 성격 창조라는 면에서 일단 성공을 거두고 있다. 외모 묘사와 그가 하는 일이 잘 조화되어 단편의 작중인물로서 손색이 없다. 그러나 그 인물이 중심인물이 아니고 주변적 인물로 설정되어 효과는 반감되고 있다고 보인다. 또 신문 정간으로 인한 실직이야 그렇다 쳐도, 갑자기 친구 회사의 운영을 맡기로 한 것이나, 거기에 그 인물이 채용되어 상하 관계가 형성되는 것 등은 우연이거나 작위적인 면이 많다. 이는 소설 구성 기법상의 미숙함 때문이라고 보인다.

---

34 전홍남, 앞의 논문, p.267.

「日曜日」[35]은 30대의 교사 정현우가 부당한 교육계의 현실에 반발하여 사직한다는 내용이다. 친구 아들의 전학 문제가 잘 안 되어 현우는 모욕감을 느낀다. 고학생이 찾아와 부탁을 하자 애인의 생일 선물 살 돈을 줘 버린다. 부잣집 딸인 애인 '혜경이'가 찾아와, 전당포에 시계를 맡기고 그 돈으로 영화를 보고 식사도 한다. 귀갓길에 교무주임을 만나게 되는데, 돈 많은 사람의 아들이 전학을 오게 되었다며 그 사람을 소개한다. 하숙집에 와서 사직서를 쓴다. 이 작품은 원래의 제목처럼 '현우'의 아침에서부터 저녁까지 하루의 일과를 순차적으로 쓴 것인데, 불필요한 에피소드가 너무 많이 나열되어 있어서 작가의 의도가 어디에 있는지 파악하기 어려울 정도다.[36] 사직서를 쓰는 일도 그 필연성이 약해 보이며(혹, 부잣집 딸인 '혜경'과 상의하여 동의를 얻은 것으로 보아 여자의 보호 장치를 믿은 때문인지는 모르겠다), 사직서를 쓰고 그 현장을 떠난다고 해서 문제가 해결될 리 없으니 그것은 일종의 도피 행위라고도 볼 수 있다. 그렇다면 현우는 지식인으로서 비겁한 사람이 되는 셈이다. 이런 점에서 이 작품은 썩 잘 된 것이라고 보기는 어려울 것 같다.

「孤獨의 辯」은 1인칭의 작중화자가 늑막염으로 입원하여 고용한 간병인

35 이 작품은 동아일보에 「探求의 一日」이란 제목으로 4월 9일부터 5월 7일까지 약 한 달간 17회에 걸쳐 연재되어 발표되었는데, 나중에 작품집을 낼 때 그 제목을 「日曜日」로 바꾸고, 내용도 일부 손질하였다. 그러나 손질된 것은 부분적인 것에 그치므로 작품집에 수록된 것을 대상으로 한다.

36 잘 알려진 박태원의 「小說家 仇甫氏의 一日」이란 작품은 구보의 하루 일상사와 그에 따른 생각을 순차적으로 서술하고 있는데, 거기에도 자질구레한 삽화가 무질서하게 나열되어 있는 양상은 똑같으나, 그것들은 전체의 소설을 이루는 부분으로서의 기능을 수행하도록 되어 있다. 그러나 이 작품은 창작 의도에서 차이가 있을 뿐만 아니라, 개별 삽화들이 별 연관 없이 흩어져 있어서 혼란스러운 느낌만 주고 있다.

여인에 관한 이야기다. 채용된 여자는 젊은 나이의 과부인데 환자들 사이에 평이 좋지 않다. 그녀는 남편이 죽고 나서 식모살이도 하는 등 고생하다가 간병인이 되었는데, 용모는 괜찮으나 행실 때문에 사람들의 호감을 사지 못한다. 옆방 환자와 친해져 퇴원할 때 같이 나간 그녀는 남편과 만주로 가게 되었다고 나에게 편지를 하지만, 나중에 알고 보니 그것은 꿈이었을 뿐 다시 식모 노릇을 하고 있다는 걸 알게 된다. 이 작품도 잘 된 것으로 보기는 어려울 것 같다. 나의 삶에 대한 애착이나 죽음에 대한 불안 이야기가 중심인지, 여자의 기구한 삶의 역정이 중심인지 모호하여 이야기가 균형 있게 취급되지 못했으며, 여자의 삶도 성격에 걸맞은 일관성을 보여 주지 못하고 있다. 구조도 단단한 소설적 짜임이라기보다는 수필 같은 느슨함으로 되어 있고, '나'라는 인물도 가족이 없는 독신으로 설정되어 있는데, 간병인을 둘 정도의 경제력에 대한 설명은 전혀 없다. 차라리 나를 단순한 매개자로 하고 여자의 삶을 주축으로 하여 이야기를 짰더라면 하는 아쉬움이 남는다.

「少年」은 15세 된 1인칭 화자가 공장 직공 생활을 하면서 독학으로 바이올린 공부를 하는 이야기다. 소학교 담임이 그의 소질을 인정해 주고 악기까지 주며 격려했으나 진학을 못하고 공장에 들어가 일을 한다. 그러는 가운데도 음악가가 되겠다는 꿈은 버리지 않는다. 마침 회사에서 사원들 장기 자랑 대회가 있어 거기에 나가 바이올린을 연주하여 1등을 한다. 회사에서는 승진시켜 줄 테니 약 광고에 나가라고 한다. 나는 그 제의를 거절하고 꼬마 아이들을 모아 놓고 연주를 한다. 이 작품은 진정한 예술가로서의 삶이 얼마나 어려운가를 한 소년을 통해 보여 주고 있다. 배고픈 시대에 예술이란 것은 어쩌면 사치인지도 모른다. 그런데도 수많은 사람들이 가난을 감수하면서까지 예술을 지키고 지속하는 것은 무슨 이유 때문인가. 그것은 아마도 예술적 성취에서 오는 정신적 희열과 아름다움을 추구하는 인간의 본능 때문일 것이다. 그런데 이 작품에서는 그런 문제를 나이 어린 소년 주인공을 통해 그리고 있어서 그 설득력이 떨어지고 있는 것 같다. 특히 그가 회사의 제의를 거부하고 사직을 하며 하는 말은 나이에 어울리지 않는 어른들의 말로 되어 있어서 그런 느낌을 더욱 강하게 한다. 제약회사와 바이올린을 연결시킨 것은 절묘한 설정이라 할 수 있으나, 주인집 남자의 친구이며 음악가 부부인 송민하는 소년의 음악적 재능을 인정하고 그 정열을 부러워하면서도 소년을 위한 행동에는 미온적이어서 자연스럽지가 못하다.

「말하는 벙어리」는 '최만희'라는 웅변가를 주인공으로 하고 있다. 최만희는 귀국 웅변회에서 청중의 소란 행위가 있어 11년간 웅변이 금지되었다가 해제되어 다시 연단에 섰으나 참담한 결과를 맞는다는 내용이다. 웅변가에게 웅변이 금지된 11년의 세월은 벙어리로 산 것이나 마찬가지였다. 다시 말을 하게는 되었으나 고보(高普)의 교장이 된 그에게는 의식의 변화가 오게 된다. 그래서 '빈곤과 조선'이라는 제목의 웅변 원고를 쓰면서도 예전 형사의 협박을 상기하여 하고 싶은 핵심 내용은 넣지를 못한다. 그런 원고를 가지고 연단에 섰으니, 알맹이는 빠진 채 기교로서의 웅변만 남아 청중들의 야유를 받는 건 당연한 일이라 하겠다. 그가 웅변에서 내놓은 빈곤 대책이라는 것은 노동과 계급을 부정하고 수양을 강조하는 시국순응 일색이었기 때문이다. 이 작품에서는 지식인의 허위의식이 여지없이 폭로되고 있다. 다시 말해 그 이름으로 인해 많은 사람들의 기대와 존경을 받던 지도자들이 자기 한 몸의 영달과 보신을 위해 민족을 배반하고 훼절하는 모습이 신랄하게 비판되고 있는 것이다. 심지어 자기 자식들마저 아버지를 용납하지 못해 다투게 되는 장면은 비판의 강도를 더욱 높여 준다 할 것이다. 특히 노동운동을 하는 친구의 점잖은 충고 앞에 그는 '낙후한 인텔리'[37]로서 처절한 열패감에 젖게 되는데, 이는 시국에 굴복한 지식인이 받아야 하는 당연한 수모라 할 수 있다. 허명과 허울만으로 지도자 행세를 하려는 지식인, 그것이 얄팍한 기교와 껍질만 남은 임기응변의 웅변을 하다가 봉변을 당하는 것으로 그려진 이 작품은, 그 의식의 건강성이나 독자에게 주는 심리적 효과, 그리고 사건 구조의 극적인 짜임과 유려한 진행 등 여러 면에서 높이 평가받을 만한 작품이라고 할 수 있다.

「濁流 속을 가는 朴敎授」는 그동안 여러 연구자에 의해 다양한 논의가[38] 이루어진 작품인데, 해방 직후 사회의 혼란상을 미제 식민지 정책, 이데올로기를 동원한 동료 교수 공격, 학생들의 동맹 휴학, 좌우의 대립에서 오는 테러, 농민조합 문제에 대한 갈등 등을 통해 그리고 있다. 이 작품에 나오는 인물들은 사회주의 사상을 가지고 현실을 변혁해 보려는 사람들(김교수, 강익주, 유군 등), 외세와 결탁하여 사리사욕을 채우는 사람들(윤교수, 장연만), 중립적 위치에서 피해를 당하는 사람(박교수) 등으로 분류해 볼 수 있다. 이런

---

37 이연주, 앞의 논문, p.25.

38 많은 논의 가운데 몇 가지만 들어 보면 다음과 같다.

① 사회주의의 도래를 지향하는 역사에의 참여를 고양화(이재선, 『현대한국소설사』, 민음사, 1991, p.73) ② 해방직후 대학 캠퍼스를 배경으로 삼은 정신적 풍경화, 현실성과 구체성을 분명하게 내보이는 사회학적 상상력의 산물(조남현, 「해방직후 소설에 나타난 선택적 행위」, 이우용 편, 『해방공간의 문학연구 Ⅱ』, 태학사, 1990, p.64) ③ 현실에서의 부정적 전망을 낙관적 전망으로 전이시키며 좌우익의 대립상을 밀도 있게 그림(이우용, 「해방직후 소설의 현실인식문제」, 위의 책, p.89) ④ 관념적 지식인의 탈각 과정을 제시함(박재섭, 「해방기 소설 연구」, 위의 책, p.215) ⑤ 좌우 중간파 대립 속에서 중간파의 관념성 극복 및 문학의 근본적 당파성 제시(임진영, 「8 · 15직후 단편소설연구」, 위의 책, p.291)

분류는 실상 당시 지식인 전체를 분류할 수 있는 기준이기도 하다. 다시 말해 이 작품은 해방 직후의 양심적 지식인들이 겪어야 했던 고뇌와 갈등, 부정적 지식인 군상들의 한심한 작태, 그리고 불투명한 미래에 대한 불안과 혼란 등을 거의 총체적으로 담고 있다는 말이다. 반면, 이런 작가의 의도가 단편이라는 한정된 형식과 용량으로 인해 제한을 받고 있는 점은 부득이한 사정이긴 해도 여전히 아쉬움이라 할 것이다. 이 작품에서 주목할 것은 작가의 시선이 변혁 쪽 사람들에게 돌려져 있다는 것이다. 그것은 앞에서도 말한 바와 같이 타당성 여부를 떠나 작가의 현실의식의 발현이라는 면에서 의미가 있다 할 수 있다. 당시의 혼란한 시대 상황에서 지식인으로서의 작가가 신념으로 선택한 판단이고 결단으로 볼 수 있기 때문이다.

「제3노예」[39]는 '허일'이라는 사람을 주인공으로 하여 '신희경', '은엽', '김의순' 등 여인들과의 관계를 축으로 하고, '박인준'과 '윤필호'로 대표되는 비슷한 처지의 직업을 갖지 못한 친구들, 그리고 노동운동가이며 사상가인 '문성진'이라는 사람과의 관계를 고리로 하여 전개되고 있는 장편소설이다. 폐병 환자인 부잣집 딸 '희경'과의 정략적 결혼(5백석거리의 토지를 주

39 이 작품은 1938년 2월 15일부터 6월 26일까지 96회에 걸쳐 동아일보에 연재되어 발표되었다. 연재가 끝난 후 단행본으로 출간하려 하였으나, '검열제'라는 폭압에 걸려 뜻을 이루지 못했는데(단행본 출간 시 작가가 쓴 「後記」의 기록), 해방 후 1949년 4월 아문각에서 357면의 책으로 간행되었다. 연재본과 단행본 사이에는 약간의 차이가 있어서, 소설의 결말 부분이 다소 다르게 되어 있다. 95회와 96회, 2회분이 이에 해당되는데, 주인공 허일이 병원에서 퇴원한 후 노동운동 쪽으로 나간다는 것은 동일하나, 단행본 쪽이 보다 강경하여 의순과 함께 문성진(경찰에 체포되었다가 탈출함)의 길을 따라 재출발하는 것으로 되어 있다(연재본에는 노동자의 마음이 신성할 것이라 하여 그 길을 갈 것을 암시하는 정도에 그치고 있음). 이는 검열로 삭제되었던 부분을 다시 복원한 것으로 볼 수 있을 것이다.

기로 한 조건), 하숙집 주인인 '은엽'과의 관능적 관계 및 재산을 매개로 한 결혼, 옛 스승의 딸인 '의순'이라는 여인과의 관계 등은 이 소설을 전개시키는 중심축인데, 이들 여인과의 관계가 흥미 위주의 통속성을 보이는 점은 신문 연재와 검열이라는 조건을 감안해도 문제로 남는다 할 것이다. 한편, 지조를 중히 여겨, 뜻을 꺾은 부친에 대해 실망하고 세상 모든 남자들을 불신하며 독신으로 지내겠다는 의순이와, 노동운동가이면서 사상가인 문성진이라는 인물은 이 작품에서 긍정적 인물로 그려지고 있는데, 그것이 검열 등의 외적 여건에 의해 충분히 다루어지지 못한 아쉬움은 있으나[40], 당대의 현실과 관련하여 작가의 의식이 나타난 것임은 분명하다 할 것이다. 다만 소설적 형상화와 사건 구조의 필연성이라는 면에서 드러나는 취약점은 그런 성과와는 별개로 논의되어야 할 것이다. 그럼에도 불구하고, '지조와 사상을 일제 앞에 팔아 버리는 무리를, 황금에 팔려 다니는 사람, 황금 앞에 비굴한 사람에게 비유하여 그려보려 했다'[41]는 작가의 의도는 그 실현의 성패 여부를 떠나 소중한 의미를 갖는다고 할 수 있을 것이다. 특히 허일이가 새로 소유하게 된 농토를 둘러보러 갔을 때 그곳 소작인들이 보여주는 모습의 묘사나, 문예 잡지를 창간하고 운영하는 실태 및 사실적 묘사와 갈등 등은 어떤 작품에도 뒤지지 않는다 할 것인데, 그런 성과조차 전반적인 통속성이란 비판에 가려져 매몰되는 것은 안타까운 일이라 생각된다.[42]

---

40 이를 '현실성을 벗어난 추상적 낙관주의'라고 비판적으로 보는 견해도 있다(이연주, 앞의 논문, p.33).

41 이근영, 「後記」, 『제3노예』, 아문각, 1949, p.358.

42 이 작품의 그러한 성과를 포함한 작가의 의도와 현실의식을 추출하고, 반면 소설 미학적으로 문제가 되는 부분을 집중적으로 분석하는 작업은 다른 기회로 미룬다.

이상으로 도시를 배경으로 하여 궁핍과 지식인의 대응 모습을 그린 작품을 살펴보았다. 이들 작품에 나오는 인물들이 겪게 되는 갈등의 원인은 대체로 궁핍에 그 근원이 닿아 있고, 이는 작가의 현실 파악 시각을 노정(露呈)한 것이라 볼 수 있을 것이다. 다만 그것이 당대 사회에 대한 깊은 통찰이나 사회의 구조적 모순에 입각하여 심도 있게 고뇌한 결과의 산물이 되지 못하는 것은 아쉬움이라 할 것이며, 작가의 한계를 드러내는 한 양상이라고도 할 것이다. 대체로 지식인들로 설정된 인물들은 긍정적 인물보다는 부정적 인물이 더 많은데, 이는 작가의 창작 방법과 연관되는 문제로서 그 효과의 극대화를 고려한 것으로 해석할 수 있을 것이다. 이 경우에 그 문학적 성취 정도를 따지는 것은 또 다른 문제라 할 수 있다. 또한 인물들이 갈등 상황에 대처하는 태도나 자세도 매우 중요한 부분이라 할 수 있는데, 이들 작품에서는 무력한 모습으로 되어 좌절하거나 소극적 대응을 하는 것이 많아 작가의 현실 대처와 미래 대응에서 비판을 받을 소지가 다분히 있음을 부인하기 어렵다 할 것이다.

4. 소설 서술 기법 및 작가의 현실의식

작가가 아무리 좋은 이야기 감을 가지고 있다 하더라도 그것이 작품으로 형상화되는 과정에서 실패로 귀결될 가능성은 얼마든지 있다. 작가의 문학적 역량, 혹은 소설의 구상 및 서술에서 나타나는 기법이 미숙할 경우 그것은 필연적 현상이기 때문이다. 이렇게 소설의 가치를 평가하는 중요한 요인 중의 하나이며, 소설 서술 과정에서 작용할 수 있는 작가의 개별적 특질을 포괄적으로 소설 미학이라고 부를 수 있을 것이다. 그런데, 소설의 미학을 따지는 일은 '동적 개념을 정적인 것으로 변환시켜야 하는'[43] 어려움이 있는 게 사실이다. 하지만, 그렇다고 하여 소설 미학에 대한 탐구가 불가능하다거나 필요 없다고 할 수는 없을 것이다. 작품에 대한 평가와 분석은 주관적 판단을 자제하고 어디까지나 객관성을 바탕으로 한 '일정한 기준'에 의해 수행되어야 할 당위성도 부인할 수 없기 때문이다.

소설의 형성은 '주어진 현실이나 상상적인 세계를 재구성하여 새로운 질서를 부여'하는[44] 과정을 통해 이루어지는데, 이때 역사의식이나 사상성 같은 것이 작품의 질을 결정하는 주요 요소가 된다고 할 수 있다. 그런데, 그것은 '작가가 인간적으로 성숙하면서 현실을 바라보는 태도나 관점을 부단히 수정 발전시켜 가는 과정을 통해 창출'될[45] 수 있으므로, 작가는 단순한 장인적 기교만으로 좋은 작품을 쓸 수는 없다. 반면 소설은 독자에게 '전달'되어야 성립할 수 있기 때문에 작가는 소설 서술에서 그 전달의 방법, 다시 말해 화자의 설정 · 시점의 선택 · 문체의 결정 등을 심각하게 고려해야 한다. 이런 고려를 기반으로 하여 소설은 '간결하고 정밀한 표현과정을 통해서 독자들의 상상력을 자극'[46]하는 서술이 되어야만 소기의 성과를 거둘 수 있다. 따라서 우리는 소설의 내용을 이루는 주제나 작가의식과 함께 전달 기법적 차원의 서술 기법을 소설 평가의 주요 기준으로 삼아 논의할 필요가 있는 것이다.

---

43 정한숙, 『현대소설작법』, 도서출판 장락, 1994, p.20.

44 구인환, 『소설론』, 삼지원, 1996, p.138.

45 위의 책, p.141.

46 조남현, 『소설원론』, 고려원, 1985, p.208.

이근영은 앞에서도 잠시 언급한 것처럼 문학 공부를 전문적으로 한 작가는 아니다. 물론 작가 수업이 반드시 전문적 공부만으로 되는 것은 아니지만, 요즘과 달리 문인 숫자도 적고 작가 역량의 공개적 검증 절차도 미비하였던 시대에는 작가가 되기 위한 수련이 개인적 차원에서 이루어질 수밖에 없었을 것이다. 그러한 사정은 이근영의 작품에서 여러모로 노출되는 미학적 결함과 연결되어 있다고 보인다. 그러면 구체적으로 그의 작품에 나타나는 소설 미학적 특징과 취약점을 검토해 보기로 하겠다.

이근영의 소설은 대부분 자신의 체험을 내용으로 하고 있다고 볼 수 있는데, 이는 소설 서술에서 신변사 위주의 전개인 사소설의 특징으로 나타난다. 지식인을 작중인물로 한 상당수의 작품이 화자를 1인칭으로 설정하고 있을 뿐만 아니라, 직접 체험을 시간 순으로 진술하고 있는 형태를 택하고 있는 것은 그런 사실을 뒷받침한다. 1인칭 화자로 되지 않은 작품들도 그 구성에서 현란한 기교를 보이기보다는 차분하고 담담한 톤으로 서술되고 있어서 마치 수필을 읽는 듯한 느낌 속에 빠져 들게 한다. 이러한 특징은 큰 시각으로 보았을 때, 현실의 객관적 반영이나 자질구레한 일상사 묘사를 모태로 하는 리얼리즘의 수법과 맥락이 닿는다. 그런데 리얼리즘에서는 단순한 현실의 복사나 기계적 재현을 이상으로 하지 않는다. 복잡한 논의가 필요하겠으나, 간단히 말해 거기에는 문학이 사회 역사적인 결정 인자들과 맺고 있는 긴밀한 관련성이 배제되어서는 안 된다는 게 핵심 논리 중의 하나다. 그러므로 현실의 객관적 반영이나 사소한 일상사 묘사를 중시한다는 말 속에는 작가의 현실에 대한 어떤 의식이나 신념이 전제되어 있다고 보아야 한다. 또한 그 의식이나 신념은 불합리한 현실 사회 현상의 타파나 미래에 대한 진보적 관점을 담보로 하는 게 보통이다. 이런 점에서 보았을 때, 이근영의 소설 서술 기법은 근본적으로 취약성을 가질 수밖에 없다. 그는 당대 현실에 대한 명확한 통찰이나 그에 따른 행동 방향을 유보한 채 자신의 주변 체험을 작품화하고 있기 때문이다. 이럴 경우, 선정된 제재를 재해석하고, 작중인물을 새롭게 창조하여 사건의 구조를 의미 있는 것으로 바꾸는 작업 같은 것은 당연히 멀어질 수밖에 없을 것이다. 도시를 배경으로 한 작품 대부분과 일제강점기에 발표된 농촌 배경의 작품이 거의 이 범주에 속한다고 볼 수 있을 것이다.

다음으로는 풍자적 색채를 보이는 기법을 들 수 있다. 「금송아지」, 「말하는 벙어리」, 「適任者」 등이 이에 해당되는데, 힘과 재산(물적, 지적)을 가진 사람들이 여지없이 패배하여 조소의 대상이 되는 것은 그에 대한 공격의 효과로 볼 수 있으며, 아울러 그것은 잘못된 인식이나 행위에 대한 교정의 기능도 수행한다고 할 수 있다.[47] 다만 아쉬운 것은 그러한 풍자의 기법이 완벽하게 구사되지 못하여 그 효과가 미약하다는 점이다. 아마도 이 작가가 이런 수법을 더욱 연마하고 세련되게 구사하는 작품을 계속 썼더라면 우리 소설사에서 중요한 위치를 점했을 것이 틀림없다. 이근영의 여러 작품 가운데 가장 우수한 축에 드는 작품이 바로 이 계열이라고 볼 때, 이 점은 더욱 아쉬운 일이라 하겠다.

소설의 인물은 그 소설 전체의 성패 여부를 가름하는 주요 요소라 할 수

47 풍자가 대상에 대한 부정과 공격으로 웃음을 유발하고, 그러한 부정과 공격을 이용하여 부정의 대상을 개량(改良)하거나 교정(矯正)함으로써 긍정적 세계로 전환하려는 의도를 갖고 있다는 것은 잘 알려진 사실이다(강태근, 『한국현대소설의 풍자』, 삼지원, 1992, pp.27~28 참조).

있다.[48] 이런 점에서 작가들은 인물 창조에 고심하고, 연구자들은 소설 연구에서 인물 분석을 주요한 작업으로 수행한다고 볼 수 있다. 이근영의 소설에 나오는 인물들은 몇 작품을 제외하고는 그 특징이 뚜렷하지 못한 취약성을 드러내고 있다. 이는 자신의 주변을 벗어나지 못한 제재 선정에서 오는 귀결이라고 할 수 있겠는데, 많은 인물들이 고유의 성격을 가지지 못함으로써 독자들에게 강한 인상으로 기억되지 못할 뿐 아니라 주제의 구현에도 장애로 작용하는 게 아닌가 한다. 그런 가운데도 「適任者」에 나오는 험상궂은 용모의 사내나, 「安老人」에 나오는 안노인 등은 선명하고 강렬한 인물로서 그 성격이 아주 잘 부각되었다고 볼 수 있다. 이근영의 전 작품 가운데 이러한 인물 설정의 효과로 인해 가장 뛰어난 문학적 성취를 이룩한 작품으로 위의 작품들을 손꼽을 수 있다.

문체를 살피는 일은 통계적 방법, 심리학적 방법, 의미론적 방법, 기능적 방법 등이 있어[49] 매우 복잡한 과정을 필요로 하는데, 여기서는 그러한 구체적 방법을 적용한 상세한 작업은 피하고 눈에 띄는 몇몇 특징만을 간략히 언급하고자 한다. 그의 문체적 특징은 특징이 없는 게 특징이라 할 수 있다. 다시 말해 그만의 고유한 언어 사용 관습이라든가, 문장의 길이나 구조에 나타나는 변별성, 어휘 선정의 배타적 차별성 같은 것이 거의 나타나지 않는다는 것이다. 이는 정교한 통계적 분석으로 얻은 결론은 아니지만, 소설을 읽어 가는 중에 체감되는 것도 전적으로 무시할 수는 없는 일이기 때문에 터무니없는 지적이라고만 할 수는 없을 것이다. 그렇다고 하여 이

48 조남현, 위의 책, p.130.

49 김상태 · 박덕은, 『문체론』, 법문사, 1994, pp.127~163 참조.

런 '평범함'을 곧바로 가치 판단의 기준으로 사용해도 된다는 뜻은 아니다. 소설 속에 간혹 보이는 오문이나 교정 과정의 실수로 보기 어려운 오류는 당시 한글 맞춤법이 사회화되지 못한 사정을 감안한다 해도, 이 작가가 문체에 대해 섬세하게 고려하기보다 다른 요소에 더 치중했다는 해석이 가능하므로, 실재적 현상이 그러하다는 지적일 뿐인 것이다.

그밖에도 갈등의 조성에 도식적인 면이 보이는 것이라든지, 소설의 장르적 본질에 대한 의식이 미흡하여 단편소설에 걸맞은 인물과 삽화의 처리로 되지 못한 점, 플롯의 밋밋함으로 인해 구조가 느슨해진 점 등 여러 가지 논의해 보아야 할 사항이 더 있겠으나, 위에서 고찰한 것만으로도 그의 소설 서술 기법에 대한 대강의 이해는 가능하다고 보이므로, 보다 더 상세한 논의는 차후의 과제로 넘기도록 하겠다.

작가의 현실 인식이 어떠했는가를 살피는 일은 그렇게 용이한 작업이 아니다. 그것은 표면에 직설적으로 나타나 있지 않고, 대개 작품 속에 용해되어 은밀하게 감추어져 있기 때문에 더욱 그러하다. 그러나 작가는 아무 이유 없이 작품을 쓰는 것이 아니므로 분명히 작품 속에는 작가의 어떤 의도가 숨어 있게 마련이다. 일단 그러한 작가의 의도를 주제라고 했을 때[50], 이 주제 속에는 작가의 제재를 해석하는 관점이나 현실에 대한 어떤 판단이 내재해 있다고 보아야 할 것이다. 그렇다면 작가는 작품을 쓰면서 동시대의 현실에 대해 어떤 발언을 하고 있는 셈이며, 그 발언은 현실적 맥락에서 의미적 기능을 수행한다고 볼 수 있으므로, 작품을 통해 작가의 현실에 대한 태도나 의식을 살피는 것은 그 당위성이 인정될 수 있는 것이다. 그

---

50 한국현대소설학회, 『현대소설론』, 평민사, 1996, p.234.

러한 작업은 작가가 선정한 작품의 재료, 그 재료를 해석하여 작품으로 만드는 과정, 갈등의 조성과 그 해결 방향, 작중인물의 언행에 나타나는 의식과 이념 등을 구체적으로 검토함으로써 실천될 수 있을 것이다.

농촌을 배경으로 한 이근영의 작품에 나오는 재료들을 살펴보면, 농민의 삶에 나타나는 민족 고유의 전통적인 모습 및 정서를 담은 것과, 당시 시대 상황을 반영하는 동시대의 현실을 담은 것이 중심을 이룬다. 전자에는 전설, 사랑방 풍경, 음식, 놀이, 젊은 남녀들의 애정 문제, 가족 관계, 머슴, 고지, 농악, 풍물, 장날 풍경, 다양한 세시풍속 등의 민속 같은 것이 해당될 것이고, 후자에는 신교육, 새로운 문물, 만주나 일본으로의 이주, 외세의 유입, 징용, 공출 같은 것이 해당될 것이다. 그리고 그 바탕에 깔려 있는 공통적인 것은 궁핍이다. 이런 사실에는 당시 농촌 현실을 총체적으로 수용하려 했다는 긍정적 의미를 부여할 수 있는 반면에, 작가의 명확한 입장이 표명되지 못하게 하는 부정적 기능도 함께 내재해 있다고 해석할 수 있다. 그 시대가 식민지 모순으로 말해질 수 있는 민족모순과, 소유와 분배의 왜곡에서 오는 계급모순이 혼재해 있던 시대이기는 하지만, 작가가 어느 관점을 선택하는가 하는 것은 매우 중대한 차이로 그의 작품에 나타나게 된다. 그러한 차이가 바로 작가의 동시대에 대한 현실의식을 결정한다고 할 수 있다. 이근영의 작품에서는 그러한 의식이 철저한 편이 못 되는 것으로 나타난다. 일부 작품을 제외하면, 어느 쪽으로도 그 입장이 결정되지 못하고 유보되고 있는 것이다. 한 가지 중요한 특색은 해방 전에 발표된 작품에서 그렇게 유보적이던 태도가 해방 직후 발표된 작품에서는 상당히 명료해진다는 점이다. 구체적으로 좌파적 시각이 그것인데, 그것은 작가 자신의 시대에 대한 '판단'의 결과로 보이며, 식민지

시대와 해방 공간의 시국 인식 및 표현의 자유 문제 등과 결부되어 있는 것으로 생각해 볼 수 있을 것이다. 거듭 말하거니와, 이런 문제를 살피면서 유의해야 할 것은 그렇다고 하여 이 작가가 덜 훌륭하고 가치가 낮다는 식의 평가는 조심해야 한다. 그런 것을 따져 작가의 우열을 가리겠다는 것은 어리석기 짝이 없는 일이다. 다만 우리는 그 특색을 찾아내 오늘과 내일의 우리 문학에 한 토양으로 삼기만 하면 되는 것이며 그 근본 의도도 여기에 있는 것이다.

도시를 배경으로 한 작품에는 대부분 교수, 교사, 기자, 실업가 등의 지식인이 작중인물로 되어 있다. 대개 지식인은 어떤 상황에 대한 판단이나 인식에서 중요한 역할을 담당하며 그로 인한 영향력도 큰 만큼 한 시대를 주도하는 계층이라고 할 수 있다. 그들의 임무가 잘못되었을 때, 그 사회 전체가 불행에 빠지는 예는 과거 역사에서 얼마든지 찾을 수 있다. 특히 사회가 외적 여건에 의해 통제되고 표현의 자유가 억압되어 있는 상황에서 지식인이 택하는 태도는 중대한 의미를 갖는다. 많은 사람들이 그런 태도를 규범으로 삼아 행동할 수 있기 때문이다. 이런 점에서 지식인이 작중인물로 된 소설은 작가의 동시대 현실에 대한 인식을 드러내는 중요한 매개물이 된다고 할 수 있다.

이근영의 소설에 나오는 지식인들은 대체로 현실의 벽에 부딪쳐 패배함으로써 무기력한 모습을 보이는 것이 특색이다. 그들은 사회의 부당한 모습에 저항하거나 부조리한 현상에 대해 투쟁하지 않는다. 일부 그러한 모습을 보이는 것도 「日曜日」의 정현우처럼 개인적 이유나 호기쯤으로 처리되고 있다. 대부분은 그저 자조하거나 운명처럼 부당한 현실을 수용해 버리고 만다. 그 밖의 지식인들은 그러한 태도와 아무 관계없이 사는 소시민적 지식인이거나, 자신의 문제도 해결하지 못하고 사는 무능력한 사람들로 되어 있다. 이는 작가의 그 시대에 대한 인식의 반영으로 볼 수 있다. 식민지 현실에 대한 철저하지 못한 인식, 그에 따라 당연히 초래될 수밖에 없는 행동 양식의 공동화, 그것이 지식인을 작중인물로 한 이근영 소설의 취약성이다. 물론, 당시의 시대적 여건이 그러한 점을 강요하고 있었던 것을 인정한다 해도, 같은 시대의 다른 작가들 예컨대, 이기영, 한설야, 채만식, 현진건, 박태원 등이 보여 주었던 작품 세계와 비교해 볼 때, 작가의 현실 인식에서 그 취약성이 지워지기는 어려울 것이 아닌가 한다. 다만 해방 이후 발표된 작품에서 좌파적 지식인에 대한 우호적 시각이 보이는 것은 작가의 '신념'과 관련되는 것으로 변모된 모습이라 할 수는 있으나, 그 경우에도 적극적인 행동 양상으로 나타나 있지는 않다. 아마도 작가의 기질, 혹은 혼란한 시대의 예측 불가능성 등이 그런 모습을 은연중 강요했는지도 모를 일이다.

이상에서 작가의 현실의식에 관해 살펴 본 결과, 해방 전의 작품에서는 농촌을 배경으로 한 것이나 도시를 배경으로 한 것이나 공통적으로 동시대 현실(식민지시대)에 대한 명확한 인식이 부족하고, 따라서 그에 따른 작중인물의 의식이나 행동에도 불투명한 점이 많다는 것을 알 수 있었고, 해방 공간의 작품에서는 어느 정도 명료해져 좌파적 시각이 보이는 것이 확인되나 그것 역시 작가의 기질적 영향으로 강력한 모습을 하고 있지 못한 것을 볼 수 있었다. 이런 점은 이 작가의 소설이 갖는 일정한 취약성의 한 단면이라고 볼 수도 있겠다.

5. 결론

민족 분단으로 인해 아직도 독자들에게 자유롭게 읽히지 못하고 있는 작가 중의 한 사람인 이근영은 식민지 시대인 1930년대 중반부터 북한 체제 안에서 1980년대까지 활동한 우리 소설사의 중요한 작가 가운데 하나라고 할 수 있다. 그런데도 분단 이후 북에서 쓴 작품은 말할 것도 없고, 월북 이전에 남쪽에서 발표된 작품에 대해서조차 아직 논의가 미진한 편이다. 단편적인 논의를 바탕으로 문학사에서 언급되는 그에 대한 평가나 문학사적 위상이 과연 정당한 것인지를 점검해 보기 위해 이 작가의 월북 전 작품 모두를 대상으로 연구를 하게 되었다.

먼저, 이 작가의 생애와 문학적 활동을 간략히 살폈다. 농촌에서 태어나 어린 시절을 보냈고, 전문학교를 졸업한 후 신문사에 입사하여 기자 생활을 오래 했으며, 해방 공간에서 북으로 가 긴 기간 동안 작가로서 활동한 경력이 있음을 여러 자료를 바탕으로 확인하였다. 이런 사실은 그의 농촌을 배경으로 한 소설이나, 도시를 배경으로 하여 기자나 교사 등 지식인을 작중인물로 한 작품에 그대로 반영되어 나타났다고 볼 수 있으며, 특히 본격적인 문학 수업 과정이 미비하였다는 추정이 중요하게 지적되었다.

작품에 관한 연구는 장편 하나와 단편 17편을 대상으로 하여 검토하였다. 농촌을 배경으로 한 작품에서는 서정적 문체로 농촌의 정경을 묘사하고 전통적 농촌 정서를 수용한 점 등이 긍정적 성과로 평가될 수 있는 반면에, 시국의 굴절된 시각을 받아들이거나 비현실적 제재를 선정하는 등의 문제점이 있음을 볼 수 있었다. 해방 후의 작품에서는 좌파적 시각이 엿보이는데, 이는 당시의 시대에 대한 작가의 '선택'의 결과로 보았다. 도시를 배경으로 한 작품에서는 지식인이 작중인물로 설정된 것이 많은데, 이들은 대체로 궁핍한 조건 속에 있으며 그럼에도 상황에 대한 태도에서는 무력한 모습으로 되어 있어 시대에 대한 작가의 태도가 유보되고 있음을 볼 수 있었다. 해방 후 발표된 작품에서는 좌파적 시각이 주목되는데, 분명한 태도 표명이 아닌 암시적 수준에 그치고 있어 그것을 작가적 기질이나 시대의 영향이 아닐까 추정하였다. 또한 지식인을 부정적으로 묘사한 특색도 볼 수 있었는데, 이는 주제 부각을 위한 장치로 볼 수 있음을 밝혔다.

소설 서술 기법은 작품의 '전달'이라는 측면에서 매우 중요한 의의를 갖는다고 볼 수 있는데, 이 작가의 경우 일부 작품에 나타나는 풍자적 색채, 몇 작품에 보이는 인물의 성격 부여의 뛰어난 성과, 농촌 배경 소설에 보이는 서정적 문체 같은 것은 돋보이는 작가의 역량이라 할 만하다. 반면, 작품 서술에서 전반적으로 취하고 있다고 보이는 리얼리즘적 방법에서 보이는 취약성, 갈등의 조성과 해결에 나타나는 밋밋함, 불필요한 것처럼 보이는 삽화의 잡다한 나열, 장르의 본질에 대한 인식의 불충분함 등은 작품의 성과를 훼손하는 요인으로 작용하는 듯하다는 견해를 피력했다. 작가의 현실의식이라는 면에서 봤을 때는, 당대 현실을 구성하는 근본 기저에 대한 인식의 미비로 인하여 동시대 현실에 대해 뚜렷한 입장 표명이 유보되어 있는 것을 볼 수 있었으며, 해방 후 발표된 작품에서는 좌파적 시각이 혼란기의 한 대안으로서 제시되기는 하였으나 명백하고 강력한 모습은 아니어서 그것이 작가의 기질적 요인이나 시대 상황의 영향이 아닐까 추측해 보았다. 아울러 이런 문제를 논의하면서 사상성이나 역사의식 등을 기준으로 작가의 우열을 가름하는 일이 문학 연구의 본질에서 벗어난다는 점을 고려해야 할 것이라는 의견도 덧붙였다.

위와 같은 논의를 바탕으로 하여 종합적으로 이근영의 작품에 대한 필자 나름의 의견을 말하는 것으로 이 연구를 마무리하도록 하겠다. 해방 전이나 후의 작품을 망라하여 동시대 현실의 문제를 제재로 하여 창작된 작품들은, 그 현실 인식이나 소설 서술 기법의 측면에서 부분적인 성과는 인정할 수 있으나, 전반적으로 여러 면에서 취약성을 보이고 있다는 것이 필자의 견해다. 반면 비교적 그런 것을 떠나 창작된 작품들은 그 문학적 성취가 상대적으로 인정될 수 있을 것 같은데, 풍자적 색채의 작품들이나 인물의 성격이 잘 부각된 작품이 거기에 해당된다. 이런 관점에서 봤을 때, 이근영 작품 가운데는 「農牛」, 「금송아지」, 「밤이 새거든」, 「適任者」, 「말하는 벙어리」, 「安老人」 등이 문학적 성취도가 높은 작품이라 할 수 있겠다. 작가로서는 버리다시피 하여 작품집에 싣지도 않았던 작품이나 통제된 시대에 소일 삼아 쓴 작품들이 여기에 속하는 것을 보면, 또 하나의 역설을 보는 것 같기도 하여 작가의 의욕이나 욕심이 작품의 성과와 반드시 일치하는 것이 아니라는 진리를 새삼 확인하게 된다.

끝으로, 분단된 우리 민족의 통일이 빨리 이루어져, 북한에서 쓴 작품들이 모두 자유롭게 검토되고 논의되어 이 작가에 관한 종합적인 연구가 수행됨으로써 우리 소설사에서 정당한 자리매김이 이루어지기를 기대하며 글을 마친다.

제2장

민태원(閔泰瑗) 시탐(試探)

■■■

1. 서론

우리나라에서 고등교육을 받은 장년층치고 '민태원'이란 이름을 기억하지 못하는 사람은 드물 것이다. 그의 명문「靑春禮讚」이란 글이 국어 교과서에 수록되어 있었기 때문에, 자습서와 문제집에서 그에 관한 간단한 약력과 대표적인 저서 및 작품명 몇을 반복하여 보아 온 것이 오랫동안 기억 속에 남아 있기도 하겠지만, 간혹은 그 글의 웅려한 문체와 젊은 시절의 뜨거운 열성에 부합되는 글의 내용으로 인하여 그 이름이 각인된 사람도 적지 않을 것이다.

그러나 대학에 들어오게 되면 특별한 독서 취미를 가진 사람을 제외하고는 그의 저술이나 글을 읽을 기회가 거의 없게 된다. 심지어는 한국 문학을 전공하는 학생들조차 4년 내내 그와 접할 수 있는 기회는 거의 없는 형편이며, 따라서 그에 관한 본격적 연구나 관심조차도 표명되고 있지 않은 게 현실이다. 그렇게 된 이유는 두 가지로 생각해 볼 수 있다. 하나는 선배들이 연구해 놓은 것이 전무한 형편이니 그 인습을 그대로 답습하는 병폐일 것이요, 또 하나는 그의 문학 활동성과가 보잘 것이 없어서 연구할 만한 가치가 없다는 판단 때문일 것이다. 그러나 이 두 가지 이유 가운데 후자는 잘못된 선입관이거나 오해일 소지가 다분하다. 왜냐하면 그와 같은 판단이 나오기 위해서는 당연히 그에 관한 정밀한 연구가 뒷받침되어야만 하기 때문이다. 하지만 그런 연구 성과는 별로 발견되지 않는다. 결국 수많은 한국 문학 연구자나 공부하는 학생들 사이에서 그에 관한 논의가 전혀 이루어지고 있지 못한 현실은 어느 누구도 그의 연구에 손대지 않았다는 초보적인 이유로 귀결된다. 이런 현상이 이루어진 책임은 우리 모두에게 있지만, 더 큰 책임은 어느 서지학자의 지적처럼 문학사가들에게 있다 할 것이다.[1]

지금까지 민태원에 관해 쓰인 글은 그의 저작 및 작품 자료를 일차 발굴 정리한 백순재(白淳在)의 글(주 1의 글)과, 언론인으로서의 활동을 간략히 조명한 이한용(李漢鎔)의 글[2]이 거의 모두인 것 같다. 그런데 그의 외손인 김태상이 앞의 백순재의 것보다 훨씬 상세한 자료의 목록과 외조의 약력을 조사 작성한 자료가 있어, 이 글을 쓰는 데 많은 도움을 받게 되었다.[3]

본고에서는 지금까지 거의 이루어지지 않은 그에 관한 연구를 시도하는 것인 만큼, 우선 그 생애를 살펴보고, 그의 활동을 세 영역으로 나누어

---

1 백순재, 「민태원의 문학과 『청춘예찬』의 문제점」, 『한국문학』 49호, 1977. 11.

2 이한용, 「인물론－우보 민태원」, 『월간 신문과 방송』 1977년 3월호.

3 숭조(崇祖)의 갸륵한 정성에 경의를 표하고, 어렵게 수집하고 작성한 자료를 흔쾌히 열독하고 활용하게 해준 호의에 감사드리며, 이 글 말미에 그 목록을 첨부하도록 하겠다. 참고로 이 자료는 출판되지 않은 미공개의 수기본(手記本)이다.

언론인, 작가, 수필가로서의 활동과 업적 및 성과를 살펴보고자 한다. 물론 우리에게 관심 있는 부분은 작가로서의 활동이다. 따라서 작품 분석에 중점을 두도록 하겠으며, 어느 면에서 수필가로서의 활동도 그에 포함시킬 수 있겠으나 장르가 다르므로 일단 구분키로 하겠다. 또한 많은 논설을 써서 남기고 있는데 이는 어떤 면에서 사상가로서의 그의 면모를 드러내는 일이겠으므로 본고에서는 이 부분을 제외하기로 하였다. 후일 그의 전인적인 면모를 살피는 글이 쓰일 때는 그런 글들이 매우 소중한 자료가 될 수 있을 것이다.

2. 생애[4]

민태원(호: 牛步, 富春山人, 필명: 閔苔原)은 1894년(고종 31년) 12월 28일(음력) 충청남도 서산군 음암면 신장리에서 민참현공(閔參玄公)의 5남 1녀 중 4남으로 출생하였다. 그의 조부는 '산청 현감(山淸 縣監)'을 지낸 분이었기 때문에 주위에서는 그의 집을 '민산청댁'이란 택호로 불렀다고 한다.

그는 어려서부터 집에서 『천자문』, 『동몽선습(童蒙先習)』, 『소학』, 『대학(大學)』 등의 한서(漢書)를 읽고 공부하였으며, 1909~1910년경 서울로 올라와 수하동에 있는 공립보통학교에 입학하였고 그 후 한성관립고보를 다녔다고 한다.[5]

---

4 이 부분의 작성에는 앞의 주2의 글과 주3의 자료가 큰 도움이 되었다.

5 그의 상경 연도는 확실하지 않으나 1924년에 쓴 수필 「追億과 希望」에 16세에 고향을 떠났다고 했으니(『개벽』 46호, p.151) 역산해 보면 만 나이로 했을 때 1910년, 보통 우리나라 나이로 하면 1909년이 되겠다.

1920년에는 일본에 유학하여 와세다(早稻田)대학 정경과에 입학하였고, 1923년 동 대학을 졸업하였다.

언론인으로서의 출발은 1917년 『매일신보(每日申報)』 기자로 입사하면서 시작되었다. 이 신문사의 입사에는 하몽 이상협(何夢 李相協)의 추천이 크게 작용했으며, 실제로 그의 일생에서 이상협의 영향은 매우 컸고, 거주하는 집도 마당 하나를 격한 이웃이었다고 한다.[6]

1923년 대학 졸업 후 귀국하여 이상협이 일하고 있던 동아일보사에 입사하였고, 아마도 그동안의 언론 활동 경력이 인정되었던지 곧 사회부장, 정치부장 등의 요직을 맡아보게 되었다.(당시 이상협은 편집국장을 맡았음.)

1924년, 이상협과 새로 들어온 고하 송진우(古下 宋鎭禹)가 신문 제작에 관해 의견 충돌을 일으켜 불편한 관계가 되자, 당시 동아일보에 큰 영향력을 갖고 있던 인촌 김성수(仁村 金性洙)와 고하의 관계를 고려하여 하몽은 신문사를 떠나게 된다. 이상협의 동아일보 사직은 많은 사원의 이탈로 이어진다. 1, 2차에 걸쳐 전무, 부장, 기자가 대거 사임하였는데 민태원은 1차로 동아일보를 떠나는 사람이 되었다.

곧바로 이상협이 조선일보로 옮겨서 그 재건에 나서자 민태원도 곧 합류하여 편집국장의 직책을 맡았다. 지면 혁신 등 조선일보의 새로운 출발에는 30대의 왕성한 활동력을 발휘하던 그의 힘이 크게 작용했을 것임은 쉽게 짐작할 수 있겠다. 그는 1927년 말까지 약 4년간 이 신문사에서 열심히 일했다.

1928년 경영난에 빠진 『시대일보(時代日報)』를 이상협이 인수하여 『중외

---

6 이한용, 앞의 글, p.81.

일보(中外日報)』로 제호를 바꾸어서 발행하였는데, 민태원은 이 과정에서 큰 역할을 담당했다. 즉 그동안 정력적으로 일하던 조선일보사를 사임하고 중외일보의 편집국장으로 자리를 옮긴 것이다. 약간의 모험성이 없었으면 어려운 일이었을 것이다. 그러나 이 신문은 뜻대로 운영이 되지 않아 그가 편집국장으로 3년여, 그리고 편집 고문으로 있는 동안 많은 고충을 겪어야만 했다. 이 무렵 그는 오랫동안의 상심과 과로로 건강이 매우 나빠졌다.

만주사변 후 많은 동포들이 일제의 정책에 의해 이주의 길에 올랐다. 만주에는 1933년 경 약 80여만 명의 동포가 거주했는데, 어떤 독지가가 이들을 위한 신문 발간을 제의하여 민태원은 쇠약한 몸을 이끌고 신경(新京)으로 가 그 준비를 했으나 그 독지가의 번의로 그 일은 무산되고 말았다.

문학 활동은 1917년 당시 최남선이 발간하던 『청춘』 9호에 수필 「花壇에서서」를 발표한 것이 출발이 된다. 그 후 각종 논설문, 기행문, 수필 등을 여러 지지(紙誌)에 발표하였고 자기가 근무하던 『매일신보』, 『동아일보』 지면을 통해 여러 번안소설을 연재하였다.

소설 창작 활동으로는 '폐허(廢墟)'의 동인으로의 참가가 그 출발인 듯하다. 즉, 그 창간호에 「어느 少女」, 제2호에 「音樂會」 등의 작품을 발표했는데, 이들은 대개의 당시 소설이 그렇듯 체험적 신변소설의 형태로 되어 있다.[7]

---

7 전기(前記) 김태상의 자료 목록에는 「어느 少女」보다 앞서 발표된 「雪中梅」(『매일신보』 1919. 5. 29~8. 31연재)를 창작소설로 분류해 놓았으나 필자가 읽어본 바로는 창작소설로 볼 수는 없을 것 같다. 즉 러시아를 배경으로 하여 '매희'라는 한 여자의 운명담을 그린 이 작품은 번안소설일 가능성이 짙다. 다만 그 원작은 아직 확인하지 못했다.

그 후 몇 편의 작품을 더 썼으나 다른 글의 분량에 비해 창작소설의 양은 매우 적은 편이다. 말년에 쓴 몇 편의 역사소설은(『매일신보』에 연재한 것들) 자료의 영인 상태가 불명하여 많은 시간의 독서를 요함으로 본고에서 다루지 못하나 그의 역사의식이나 현실인식 태도를 살피는 좋은 자료가 될 수 있을 것이라 추측된다.

그의 사회 활동 경력으로는 동경 유학 시절의 유학생회장으로서의 활동, 파스큘라와의 관련설, 그리고 나중에 신간회의 모체가 된 정우회(正友會, 1926)의 결성에 참가한 것을 들 수 있다. 전기 이한용의 글에는[8] 그가 파스큘라의 모임을 '주도'했다고 되어 있으나 이는 아마도 그 단체의 성격과 활동을 잘 이해하지 못한 데서 오는 오해인 듯하다. 이 모임은 주지하다시피 KAPF 결성의 모체가 된 두 단체(염군사, 파스큘라) 가운데 하나인데 이에 관한 상세한 연구가 진행되어 그 성과가 많이 축적되었지만 어디에서도 그 이름은 발견되지 않는다.[9] 다만 당시 파스큘라에서 주최한 강연회에 민태원이 연사로 참석한 것은 기록으로 남아 있다. 즉 1925년 2월 7일자 동아일보에 보면 천도교 기념관에서 '문예 강연 및 시 각본 낭독회'가 있었는데 이때 민태원은 '저널리즘과 文芸'라는 제목으로 강연을 한 것으로 되

8 이한용, 앞의 글, p.84.

9 KAPF의 조직과 활동과정 및 해산을 다룬 글은 다음과 같은 연구들이 있다.
김윤식, 『한국근대문예비평사연구』, 일지사, 1976, pp.30~40; 유원석, 「식민지시대 프로문학 이론의 전개 과정」, 이득재 외, 『문학의 이론과 실천』, 사계절출판사, 1986, pp.314~361; 임규찬, 『일본프로문학과 한국문학』, 연구사, 1987; 박성구, 「일제하 프롤레타리아 예술운동연구」, 『한국사회사연구회 논문집』 12집, 『일제하 한국사회계급과 사회변동』, 문학과지성사, 1988, pp.284~378; 역사문제연구소 문학사연구모임, 『카프문학운동연구』, 역사비평사, 1989.

어 있다.[10] 따라서 이한용의 언급 및 그 언급을 토대로 하여 작성한 것처럼 보이는 김태상의 자료는 약간 문제가 있어 보인다. 혹, 연구업적 목록이 불충분한 자료 조사로 된 결과라고 생각해 볼 수 있지 않겠는가 하는 의문도 있을 수는 있겠으나 그 가능성은 매우 희박하다고 생각된다. 결국 여러 가지 정황을 종합해 볼 때 서술하는 인물을 미화하고자 하는 의도로 그렇게 된 것처럼 보이는데, 설령 민태원이 파스큘라 모임에 가담은 했다 하더라도 그 모임을 '주도'했다는 것은 납득키 어려운 언급이라 보인다.

그에 비해 '정우회(正友會)'의 가입과 활동은 매우 확실해 보인다. 이 민족운동은 '대중 교양', '민족 정치 운동', '타협적 혁명' 등의 강령을 가지고 있었는데,[11] 그 주도자는 백남훈(白南薰), 안재홍(安在鴻), 최남선(崔南善) 등이었다. 당시 안재홍은 조선일보사에 같이 근무하던 인사였다. 또한 그가 갑신정변과 김옥균(金玉均) 등에 관한 관심을 표명한 것이나, 그 무렵의 국내 정세, 조선일보가 가지고 있는 성격, 당시 그의 사회적 위치와 직업 등을 고려할 때 그런 사상운동에의 가입과 활동은 충분히 이해할 수 있는 일이다.

그의 사망년도에 관해서는 국내의 여러 문예사전에 모두 1935년으로 되어 있는데[12] 이는 명백한 착오이다. 당시 『매일신보』 1934년 6월 22일자 7면에 그의 사망 기사가 났고(6월 20일 오후 7시 사망), 동 23일자 신문에 24일에 우인장(友人葬)으로 영결식을 치른다는 기사가 게재되어 있다. 또한 그

10 김윤식, 『한국근대문예비평사연구』, 일지사, 1976, p.31 각주 참조.

11 이한용, 앞의 글, p.84.

12 문원각의 『한국문학대사전』, 성문각의 『세계문예대사전』, 신구문화사의 『국어국문학사전』, 일지사의 『국어국문학사전』 등.

의 주변 인물이나 가족들의 증언에도 1934년이라 되어 있다.[13] 그의 사인은 지병인 폐결핵이었다 한다.[14] 41세의 한창 일할 나이에 세상을 하직한 것은 문단이나 언론계 모두를 위하여 애석한 일이 아닐 수 없었을 것이다.

이상 한정된 자료를 중심으로 간략히 그의 생애를 살펴보았으나 그의 가계에 관한 고찰이나 성장과정, 학교 생활, 교우 관계, 결혼 관계, 사회활동 등에 관한 자료가 미비하여 매우 불충분한 것이 되고 말았다. 처음 시도하는 것인 만큼 우선은 이 정도로 아쉬움을 달래고, 후일 충분한 조사와 현장 답사 등을 통하여 미진한 것을 보완할 수밖에 없겠다.

3. 언론인으로서의 면모

앞의 생애에서 살핀 대로 그의 일생에서 가장 중심을 이루는 것은 언론인으로서의 활동이라고 생각한다. 다시 한 번 그 궤적을 정리해 보면,

1917년 (24세) 매일신보 기자
1919년 (26세) 동 편집장
1923년 (30세) 동아일보 정치부장
1924년 (31세) 조선일보 편집국장
1928년 (35세) 중외일보 편집국장
1931년 (38세) 동 편집고문
1932~3년경 (39~40세) 만주에서의 신문 발간 준비

이와 같이 되어 거의 일생을 신문사에서의 활동으로 보내고 있다. 그 지

13 김태상의 앞의 자료.

14 위와 같음.

위를 보면 일선 기자에서부터 시작하여 부장, 국장, 고문, 비록 실현은 못 되었지만 총책임자의 위치까지 이르고 있다. 다시 말해 신문과 함께 사회생활을 시작하여 신문과 함께 생을 마친 '신문인'이라 해도 과언이 아닐 것이다. 특히 3 · 1운동 후 민족지를 표방하고 나선 동아일보가 그의 중심 활동 무대인 것을 감안할 때 초창기 우리 언론사에 끼친 그의 업적은 매우 크다고 아니할 수 없을 것이다.

그렇다면 언론인으로서의 그는 어떤 언론관을 가지고 있었는가? 앞에서 잠시 언급한 대로 그의 언론인 생활에서 하몽 이상협의 영향은 매우 컸다. 언론계에서는 이상협의 후배 네 사람을 가리켜 '사천왕(四天王)'이란 말로 불렀다고 하는데[15] 그들은 석송 김형원(石松 金炯元), 종석 유광열(鍾石 柳光烈), 염파 정인익(念坡 鄭寅翼), 그리고 우보(牛步)였다. 왜 하필이면 불법 수호의 신장인 무시무시한 사천왕이란 이름을 붙였을까? 추측컨대, 눈을 부릅뜨고 조그만 부정의 출입도 허용하지 않으면서 절의 문 앞에 버티고 선 사천왕처럼 언론인으로서 추호의 사심도 없이 불정과 불의를 감시하며 공정무사한 필봉을 휘두르던 패기의 젊은 기자를 가리킨 것은 아니었을까? 그렇게 본다면 그가 단지 '직업인'으로서의 언론인에 그치지 않고 사명감과 긍지를 가진 투철한 신념의 언론인이었을 것임을 짐작해 볼 수 있겠다. 그러면 그의 언론관을 보여 주는 두어 가지 자료를 검토해 보기로 하자.

언론기관이란 것은 신문 잡지를 가리키는 것인 바 매일 간행되어 어떤 사물의 발전 상태나 실제 상황을 보도함으로써 주요 목적을 삼는 신문과,

---

15 이한용, 앞의 글, p.81.

주 1차씩 월 1차씩 정기로 발행되어 보도의 신속보다도 그 정확도 및 비판을 위조로 하는 잡지는 그 맡은 바 소임이 다소 다르다 할지라도 요컨대 언론 기관의 사명은 정확한 사실의 보도 및 그에 대한 공정한 비판을 함에 있는 것이다.[16]

언론의 사명을 신문과 잡지로 나누어 '정확한 사실 보도와 공정한 비판'에 둔 것은 세월이 아무리 흘러도 변할 수 없는 진리라 할 것이니 그의 언론관이 확고한 신념으로 차 있음을 보여 준다 할 것이다. 이어서 그는 그러한 추상적 원론에서 한 걸음 나가 그 당시 조선의 언론이 감당해야 할 사명을 다음과 같이 구체적으로 밝히고 있다.

그러면 현대 조선의 민간 신문 잡지는 어떠한 사명을 가지고 있는가. 이것을 일언으로 말하자면 그 둘 언론기관은(신문과 잡지, 필자) 모두 우리의 권리 신장과 의사창달과 지식흡수와 또는 방향 지시를 위하여 소개자 또는 비판자로서 더 많은 작용을 가지고 있는 것이다. (…후략…)[17]

당시 우리나라가 처해 있던 상황을 염두에 둔 지적이라 생각되는데, 그 네 가지가 모두 일반론적인 성격의 사명을 가리킨다고 볼 수도 있으나 '권리의 신장'과 '방향 지시'라는 항목은 보기에 따라 민족주의적 색채를 가진 것으로 볼 수도 있을 것이다. 다시 말해 추상적인 언론의 사명을 말하는 듯한 가운데 국권을 상실한 민족에게 그 회복과 행동 지침을 교시해야 한다는 것으로도 해석이 가능하다는 것이다. 더 직접적인 표현은 검열 등의

16 민태원, 「현하조선언론기관의 사명」, 『조선지광』 1928년 1월호, p.78. 맞춤법과 띄어쓰기는 요즘 말로 바꾸었으며 한자도 한글로 표기함. 한 가지 덧붙이면 이 글은 김태상의 자료 목록에 누락된 것임.

17 앞의 글, p.79.

문제로 곤란했겠지만, 이 정도의 암시와 비유만으로도 그 뜻은 어느 정도 전달될 수 있으니, 그의 사상적 편린을 엿볼 수 있는 대목이라 할 것이다.

또한 그는 기자에 관해 다음과 같이 그의 생각을 펼쳐 보이고 있다.

> 大記者와 名記者라는 것은 다 記者中 嶄然히 頭角을 나타낸 成功者의 이름이다. 그러나 우리는 大記者와 名記者를 동일한 것으로는 볼 수 없다. 즉 大記者가 同時에 名記者는 될 수 있으나 名記者가 곧 大記者라고는 생각할 수는 없는 점이 있는 것이니 大記者라 하면 그는 記者로서 大成되기 前에 먼저 人間으로서 大成함을 요한다. 그는 원만한 인격과 고매한 식견을 구비한 인사로서 그 經國濟世的 抱負를 지면을 통하여 전개하는 種型의 인사가 아니면 아니 될 것이니 그러한 人格과 식견이 있는 인사이고 보면 그가 붓을 들어 적는 것이 논평이든지 또는 市井의 雜事이든지 간에 그 붓을 지나서 보도되는 기사는 恒常 世道人心에 좋은 영향을 주어 나갈 수 있는 것이니 이러한 기자는 大記者인 동시에 名記者가 될 수도 있는 것이다.
>
> 그러나 소위 名記者라는 것은 꼭 이러한 자격을 구비치 않더라도 지리한 관찰과 민활한 행동과 誠勤한 봉사만 겸비하고 보면 만나는 사건의 진상을 直視하여 갈피를 분석하여 신속 정확한 보도로서 一世에 驍名을 날릴 수 있는 것이니 우리가 記者로서 소위 大記者를 上乘하라 하면 名記者란 次善의 地位를 不失한 것이며 어떠한 경우에 있어서는 차라리 大記者型의 人物보다도 오히려 名記者型의 人物을 더 필요하게 볼 수도 있는 것이다.[18]

대기자(大記者)와 명기자(名記者)의 의미 규정도 흥미롭거니와 결말 부분에 가서 대기자보다 명기자가 더 필요하다는 언급은 그의 기자관, 나아가 언론관을 보여 주는 중대한 대목이라 생각된다. 즉, 기자로서 인격과 식견까지 겸비한 대기자가 되는 동시에 명기자가 되는 것이 이상이겠지만 양자 택일의 경우 명기자 쪽을 지지하는 그의 태도는, 기자로서의 투철한 사

---

18 민태원, 「대기자와 명기자」, 『철필』 1호, 1930. 7.

명감과 직업의식 쪽을 더욱 강조한 것이라 보인다. 오늘의 시각에서 보더라도 전문직으로서의 '기자정신'을 강조한 것처럼 보이는 그의 명기자론은 음미할 만한 가치가 크다고 판단된다.

이상에서 간략히 살핀 대로 언론인으로서의 우보는 투철한 사명감과 확고한 신념을 가진 언론인으로서, 초창기의 우리 언론사에 뚜렷한 족적을 남긴 언론인이다. 위에서 살핀 바를 정리해 보면,

> 첫째, 그는 언론인으로 출발하여 언론인으로 생을 마친 초지일관의 언론인이었다.
>
> 둘째, 언론인으로서 선각자적 의식을 지닌 인물로, 당대를 사는 지식인다운 풍모를 보여주며 민족주의자적 색채도 가지고 있었던 것 같다.
>
> 셋째, 전문직으로서의 기자 정신을 의식하고 확고하게 가지고 있었던 것처럼 보인다.
>
> 넷째, 초창기의 우리 언론사에 평기자로부터 출발하여 간부에까지 이르는 등 언론 발전사에 커다란 공헌을 하였다.

등이 될 것이다. 앞으로 더 많은 자료의 발굴과 검토를 통하여 그의 언론활동과 언론관, 그리고 우리 언론사에의 공헌도 등이 연구 되어야 하리라고 보며 이 글에서는 우선 개략적인 언론인으로서의 면모를 일별하는 것으로 그친 점을 매우 아쉽게 여긴다.

4. 작가로서의 위상

민태원이 남긴 창작 소설은 대략 8편 정도 되는 것 같다. 김태상의 자료목록에는 9편으로 되어 있으나 그 가운데 「雪中梅」는 창작소설로 보기에

는 무리가 있는 것 같고[19], 만년에 쓴 매일신보의 연재소설 「세 번째의 信號」(1933. 5. 1~10. 7, 139회 연재), 「天鵞聲」(1934. 1. 1~4. 23, 109회 연재), 「새 生命」(1934. 4. 24~6. 22, 49회 연재 중 작가의 사망으로 중단) 등은 역사를 소재로 한 작품이거나(사도세자의 죽음과 관련된 비극을 다룬 「天鵞聲」) 미완성의 작품이어서(「새 生命」, 「세 번째의 信號」는 내용 확인 못함) 본격적 소설로 보기에는 어려울 것 같다. 그렇다면 구체적으로 논의가 가능한 작품은 5편 정도가 되는 셈이다.(앞에서 밝힌 대로 역사소설류는 따로 논의해야 할 가치가 있다.) 여기서 한 가지 주목해야 할 것은 콩트 두 편이 더 있다는 것인데, 필자가 보기에는 민태원의 창작 소설 가운데 가장 뛰어난 작품이 비록 두 편밖에 안되기는 하지만 바로 이 콩트라고 생각된다. 이에 관해서는 뒤에 자세히 검토하도록 하겠다. 그러면 그가 남긴 작품을 살펴 작가로서 위상을 살펴보기로 하겠다.

「어느 少女」는 지금까지 조사된 바로는 그의 첫 창작 소설인 것 같다. 이 작품은 『폐허』 창간호에 발표되었는데, 민태원의 작품에 관한 거의 유일한 언급이라고 보이는 백철의 『신문학사조사』에서는 이렇게 보고 있다.

> 田씨(전영택, 필자)의 소년작품과 아울러 이 시기의 자연주의적인 작품으로 기억할 短篇이다. 기구한 한 少女를 등장시켜 놓고 醜와 貧과 不幸을 그대로 스케치해 가는 태도는 이 시기의 자연주의적인 경향을 받고 있는 작가들이 공통으로 취했던 것인 듯하다.[20]

그러나 이 언급은 문예사조라는 한정된 시각만을 통해서 본 결과에 지

19 주 7 참조.

20 백철, 『신문학사조사』, 신구문화사, 1982, p.132.

나지 않는다. 우선 이 작품의 내용을 요약해 보면, 내외 단 두 식구 사는 작중화자 나의 집에 아기 보는 소녀(黙丹)가 오게 된 내력과 그 소녀의 집안 이야기, 그리고 그 소녀를 데려온 이후 집에서 일어난 일 등으로 구성되어 있다. 아홉 살 된 그 소녀는 세 살 때 모친을 여의고 아버지와 둘이 살면서 여섯 살부터 조석을 지어 먹는 일을 하는 처지다. 그러다가 집에 불이 나서 아버지는 어디로 가 버리고 혈혈단신이 된다. 그 후에 역시 조실부모하고 4촌집에 얹혀 있는 소년(大成)에게 민며느리로 갔으나 그 4촌 동서되는 여자가 하도 학대를 하여 결국 쫓겨난 처지에 있다. 그런 그녀를 구제할 겸 서울로 데리고 오게 되는 것이다. 서울로 온 이 소녀는 나의 친구로부터 '요물(妖物)'이란 말까지 들어가며 영악하고 당돌한 아이로 변해간다. 1년 정도 지나는 동안 그 소녀는 '애늙은이'라는 별명이 생길 정도로 인생에 대해 제 나름의 삶의 방법을 구축하게 되며, 지난날의 고생 탓과 그동안의 경험으로 웃음도 없고 부끄러움도 모르는 소녀가 된다.

이상의 경개를 통해 알 수 있듯이 이 작품은 작위적이라 할 만큼 기구한 한 소녀의 모습을 그리고 있다. 그런데 여기서 우리가 주목해야 할 것은 이 소녀의 그 기구한 경력과 체험을 단순히 그 소녀 개인적인 비극적 운명으로 보아야 하는가 하는 문제다. 특히 당시의 사회적 정황을 고려할 때, 소녀의 그러한 비극은 그녀 하나에서 그치는 것이 아니었을 것이다. 다시 말하면 그 소녀로 대표되는 무수한 우리의 소녀들이 동일한 질곡과 고통 속에 잠겨 있었다는 사실이다. 이렇게 본다면 이 작품은 리얼리즘 선상에서 이해되어야 할 당위성이 있는 것이며, 작가의 현실의식을 엿볼 수 있는 창구가 될 수도 있는 것이다. 한창 부모 앞에서 어리광이나 부릴 나이에 민며느리로 들어가 물 긷기, 보리방아 찧기 등의 중노동에 시달린다거나 남의 집 아이를 봐 주며 살아가야 한다는 것은 한 개인을 넘어서는 민족적 비극과 관련이 있다 할 수 있으며, 동시에 전근대적인 봉건 질서와 제도를 깨뜨려야 하는 민족적 과제와도 연관이 있는 것으로서, 이는 당시 우리 민족이 당면한 중요한 두 가지 명제라 할 수 있다. 그런 면에서 이 작품은 시대상의 반영과, 동시대의 핵심과제를 드러내는 의미 있는 역할을 수행하고 있다 할 것이다. 다만, 신변소설적 형태를 취한 것이 작품의 중량감을 감소시키는 듯한 아쉬움을 주며, 구성에서 약간 산만한 느낌을 주는 것, 좀 과장된 듯한 소녀의 경력 등이 이 작품을 완벽한 단편으로 보기 어렵게 하는 요인이 아닌가 한다.

「音樂會」는 역시 『폐허』 제2호에 발표된 단편이다. 이 작품도 『폐허』 동인으로 설정된 안홍석이란 청년 유학생이 주인공으로 되어 있어 신변소설 같은 느낌을 준다.[21]

이 작품은 임정자라는 일본 여자의 서울 독창회가 외견상 중심 소재로 되어 있으나, 실상은 안홍석과 심숙정이라는 두 청춘 남녀의 감정 및 관계가 더 핵심적인 위치를 차지한다고 볼 수 있다. 일본인 부부 임정열(문학가)과 임정자(성악가)는 서울에서의 독창회를 계획하였는데, 그것은 남편이 일본인으로서 조선의 예술에 대한 남다른 감흥과 애정을 가지고 있으나 두 나라의 관계가 점점 악화되자 고민에 빠지게 되고, 작은 일이나마 그 해소에 기여하고자 부인의 음악회를 통해 예술로서라도 접근해 보자는 의도였었

21 『폐허』의 동인은 김억, 남궁벽, 이혁노, 김영환, 나혜석, 민태원, 김찬영, 염상섭, 오상순, 김원주, 이병도, 황석우로 있어 안홍석이란 인물은 없다. 동인 중의 누구를 모델로 한 것인지, 아니면 순수한 가공인물인지는 알 수 없다.

다. 그 음악회의 주선을 안홍석이 맡게 되고, 그들 일행이 서울에 도착할 때 주최 측인 동양시보사에서는 하경자와 차혜경이라는 두 여자에게 마중을 나가도록 부탁한다. 하경자가 오빠라고 부르는 차광식이 그 신문사에 근무하고 있었기 때문이다. 마중하는 자리에서 일행과 함께 온 안홍석이 경자의 관심을 끌게 되고(경자는 동경 유학까지 한 인텔리 여성으로 직업을 갖고 있는 처녀다.) 경자의 친구 심숙정은 함께 음악회에 참석하였다가 안홍석에게 대단한 관심을 보인다. 경자가 주선하여 두 사람은 서로 만날 약속까지 하게 되나 숙정은 망설인다. 알고 보니 그 남자는 전에 자기와 결혼 얘기가 있던 사람으로 사진까지 바꾸어 보았던 사람이다. 홍석이 경자의 집에 와서 숙정을 기다릴 때 숙정은 연락을 받고도 오지 않는다. 홍석은 기다리다가 그 다음 날 일본으로 돌아가 다시 고독한 생활을 하게 된다.

서두 부분의, 기생들이 남자들과 같이 임정자 독창회 포스터를 보는 장면은 도입부의 기교로 설정한 것 같으나 별로 필요 없는 많은 사람들의 등장과 함께 이 작품을 매우 장황하게 만드는 원인이 되는 것 같다. 단편임에도 불구하고 14, 15명의 인물이 나오는 것은 우선 간결과 긴축을 생명으로 해야 할 단편의 효과를 저해한다. 그리고 군데군데 센티멘털리즘에 착색된 격앙된 표현이 잦게 나오고, 군더더기 같은 지루한 묘사도 많다. 이러한 요소들은 이 작품의 인상을 선명하게 하지 못하는 일차적 요인이 된다고 보인다.

이 작품의 중요한 의미는 당시 젊은 남녀들의 결혼관이나 이성에 대한 의식을 보여주는 데서 찾아져야 할 것 같다. 당시 전통적 인습과 근대적 의식의 대립은 많은 젊은이들이 고뇌하는 주제였을 것이다. 특히 결혼 문제에 이르러서는 더욱 그러했을 것이다. 그런 입장에서 본다면 이 작품은 동시대의 '진실'을 다루고 있는 셈이다. 그러나 그 취급 태도에 있어서 정면으로 다루지 못하고 부분적인 접근밖에 이루어지지 못한 것이 아쉬움이라 할 것이다.

소설 기법 면에서는 앞의 「어느 少女」보다 훨씬 뒤지는 것처럼 보인다. 산만한 구성, 장황한 묘사, 절제되지 못한 감정 노출, 과다한 인물의 등장 등이 그 이유가 된다.

이 작품에서 논란이 될 수 있는 것은 임정렬이란 인물의 행위다. 일본인으로서 조선의 예술을 사랑하고 두 나라 관계 악화의 해소를 위하여 부인의 독창회를 계획하는 행위가 그야말로 '인도주의'적 견지에서 행해진 것이냐, 아니면 어떤 정치적인 불순한 동기가 내포된 것이냐 하는 것은 민태원의 작가의식을 해명하는 데도 중요한 계기가 되리라고 본다. 기미 독립운동 직후의 사정 등을 고려해 볼 때, 아무래도 우리 쪽의 입장에서 보면 그것은 긍정적인 편으로 보기는 어려운 것이 아닌가 한다. 일본인으로서 조선 예술에 대한 애정과 감흥은 충분히 납득할 수 있는 일이겠으나 악화된 두 나라 사이의 긴장 해소란 결과적으로 우리 민족에게 부정적일 수밖에 없기 때문이다. 특히 민족이 극도의 곤궁에 처해 있을 때 순수예술이라는 고급 '사치성' 예술이 갖고 있는 비중을 생각해 보면 더욱 그렇다.

결국 이 작품은 동시대 젊은이들의 고뇌를 집어내어 다루고 있다는 긍정적 의미와, 시대상황과 관련하여 민족 현실을 제대로 취급하지 못했다는 안타까움 및 기법 면의 미숙함 등으로 말해질 수 있는 부정적 의미를 함께 가지고 있는 것처럼 판단된다.

「荒野의 나그네」는 『개벽』 35호에 발표된 단편이다. 이 작품은 1인칭 화자 내가 안홍석이란 친구와 일본의 유학생활 중에 겪은 일을 제재로 한 것이다. 앞의 「音樂會」에 나오는 안홍석이란 이름과 똑같은 인물이 나오고 있고, 작품 말미에 안홍석이 음악협회의 서기가 되어 음악가와 함께 2주일 예정으로 귀국하는 이야기 등이 있어 두 작품의 관련성을 보여 주고 있다. 그러나 이 작품은 그 분위기와 소재에 그런 약간의 유사성과 관련성이 있음에도 불구하고 전혀 별개의 독립된 작품이다.

이 작품은 동경의 하숙집에서 내가 만난 안홍석이란 기구한 청년의 일대기라 할 만하다. 그는 외아들로서 완고한 고집을 가진 아버지와 불화 상태로 지낸다. 그것은 그의 부친이 자식을 인격체로 대하지 않고 사유물이나 노리개 정도로 생각하는 데 대한 반발에서 유래된 것이다. 또한 아버지가 서모를 얻어 자기의 생모를 고생시키는 것에 대한 반항 심리도 곁들여 있다. 그는 처음 고보를 졸업하고 50도 안 된 부친이 돈을 벌어 자기를 봉양하라는 성화에 못 이겨 일어 선생 노릇을 잠깐 하다가 그만두고 집에서 놀게 되는데, 부친이 학교나 더 다니라고 하여 마음에도 없는 법률학교를 갔으나 회의를 느껴 중도에 그만둔다. 그 무렵 기독교에 심취하여 열심히 신앙생활을 하다 교회의 위선에 염증을 느껴 돌연 일본으로 떠난다. 일본에 와 학비 조달이 어렵게 되자 어느 집의 서사로 들어가게 되고 그 집 노인의 손녀와 사랑을 나누게 되나 신분의 차이 때문에 실패로 돌아간다. 그는 술집에 수백 원의 빚을 질 정도로 술을 마시고 하숙비마저 밀리게 되어 몰래 귀국해 버린다. 그 후 다시 일본에 온 그는 음악협회의 서기가 되고, 어느 음악가의 음악회를 계기로 다시 귀국하게 되어(2주일 예정) 조선에 나왔다가 그 길로 ○○신문사에 취직하게 된다. 문예란을 담당하게 된 그는 의욕적으로 일을 추진하여, 귀국한 나에게 원고 부탁까지 한다. 그러던 중 어느 날 나는 그의 죽음을 알리는 신문 기사를 보게 되고 그 사실이 믿기지 않아 그 묘지를 찾아갈 생각도 나지 않는다.

이상의 경개에서 보다시피 이 작품은 전근대와 근대의 충돌 과정에서 한 청년이 겪게 되는 고뇌와 갈등을 중심 소재로 하고 있다. 당대의 많은 청년들이 구도덕의 질서와 새로운 사상의 틈에서 큰 고통을 느꼈을 것이다. 특히 신교육을 받은 지식 청년들의 입장에서 보면 그러한 가정적 비극은 견디기 어려운 고뇌였을 것임이 틀림없다. 그리하여 방황과 번민에 괴로워했을 것은 어렵지 않게 짐작할 수 있는 일이다. 이런 점에서 이 작품은 당대 젊은 청년들의 보편적인 문제의식을 정공법으로 다루고 있다고 볼 수 있다. 그러나 그 취급 태도에 있어서는 상당 부분 피상적 수준에 머물고 있다. 그 핵심이 되는 갈등의 양상이 구체적으로 형상화되지 않고, 나와의 대화를 통해 직설적으로 토로되고 있는 것이라든지, 과장적인 느낌을 주는 부친의 언행에 관한 묘사라든지, 상투적인 표현의 반복이라든지 하는 것들이 그 이유가 될 수 있을 것이다.

기법적인 면에서 살필 때, 안홍석이란 인물의 설정과 형상화 과정은 상당히 높은 수준의 기교를 보여주고 있다고 보인다. 당대 지식인 청년으로서의 전형을 거의 모자람 없이 달성한 솜씨를 발휘하고 있다. 반면에 전체적인 짜임에 있어서는 몇 가지 문제도 있는 것 같다. 첫째 그의 죽음의 과정이나 원인이 불명인 채 신문기사로서 처리해 버리고 만 점이 지적될 수 있다. 글의 흐름으로 보아서 그의 죽음은 하등의 필연성도 없이 갑작스럽게 이루어지고 말았다. 다음으로는 단편에서 갖추어야 할 압축과 긴축의 구성에 반하는 군더더기가 너무 많이 개재되어 있는 점을 지적할 수 있다. 그의 과거 이력이 장황하게 펼쳐지고 있으며, 기독교에의 심취와 실망이라든가 서사로 들어간 집의 손녀와의 로맨스 전개, 음악협회 서기 직을 얻는 과정이나 하숙집 주인 노파의 시누이라는 술집 여자와의 석연치 않은 관계 등 단편에서 추구해야 할 단일한 구성과 효과를 감소시키는 요소가 너무 많이 개입되어 있는 것 같다. 이렇게 된 이유는 아마도 어느 누군가를 모델로 하여 작품을 썼기 때문이 아닌가 한다. 그 모델의 실제 일을 묘사하다 보니 그렇게 된 것 같은데, 두말할 필요 없이 소설은 현실과 가장 닮은 모습이면서 동시에 현실을 떠나야 하는 이율배반적인 장르이다. 특히 단편에서는 긴축 구성이 생명이기 때문에 아무리 실제 현실에서 소재를 가져왔다 해도 과감한 가지치기를 해야만 한다. 그리하여 꼭 필요한 재료만을 적재적소에 배치하는 고도의 기술이 필요한 것이다. 이렇게 볼 때 이 작품은 인물의 설정과 형상화, 그리고 당대의 핵심적 문제를 취급했다는 긍정적인 면과 그 기법 면에서 무리한 구성과 전개 등 부정적 면이 동시에 얘기될 수 있는 작품이라고 판단된다.

「어느 사람들의 會話」는 『신민』 창간호(1925. 5)에 수록된 콩트다. 3페이지가 못 되는 짤막한 작품으로 갑, 을, 병, 세 사람의 대화로만 구성되어 있다. 대화 내용으로 보아 갑과 을은 농사를 짓는 사람이고 병은 신분이 불확실하나 그들 둘보다는 지식 수준이 높고 의식이 강한 사람처럼 보인다.

갑과 을은 살기가 어렵다는 이야기를 하고 병은 그 원인과 해결 방법을 이야기한다. 갑과 을이 세금이 많아 못 살겠다고 하니까 병은 아무리 세금이 많아도 그것이 결국 국민을 위해 쓰이면 문제가 없다고 하면서 조선서는 그 대부분이 남의 손으로 새어나가기 때문이라고 계도해 준다. 그 다음 부분을 인용해 본다.

甲「참 그렇습니다. 그럴사록이 우리는 精神을 차려서 산업도 장려하고 근검 저축도 하여야 되겠지요」

乙「산업 장려는 맘대로 되는 줄 아나 장려할 ○○에서 장려를 해야지」

甲「대관절 모든 사람이 부지런히 일만 한다 하면 아무러키로 衣食이야 못하겠나.」

乙「흥! 나는 손톱발톱이 자처지도록 일을 하여도 밥도 먹을 수 없으니.」

丙「아무렴 그렇지요, 새어나가는 구멍을 막지 않고 물만 길어다 붓는 자는 愚者지요. 問題는 根本을 解決해야 됩니다. 그 前에는 도리가 없지요. 다만 그리하는 데는 勇氣가 필요합니다.」

乙「於此於彼 죽을 바에야 怯날 것은 무어 있냐.」

甲「흥!」[22]

이 작품의 마지막 부분이다. 더 이상의 설명이 필요 없을 정도로 우리 민족의 궁핍화 현상 원인을 확실하게 밝히고 있으며, 그 해소책으로는 '근본을 해결하는 용기'가 필요하다고 하여 질곡에 처한 민족 모순의 문제로 파악하고 있다는 사실 자체가 우리에게 대단히 소중한 의미로 다가오며, 또한 이 작가의 사상적 면모를 짐작케 해 주는 중요한 단서가 된다고 할 수 있다.

이러한 진지한 생각을 콩트의 형식을 빌려 형상화해 낸 작가의 솜씨도 탁월하다고 할 수 있다. 지문 없이 대화로만 구성한 기교도 그러하거니와, 대화의 형식을 취해 복잡할 수도 있는 생각을 여과해 낸 것 또한 비범한 재치로 보이며, 검열을 피해 나간 위장의 수법도 뛰어나다고 할 수 있다.

이상으로 그의 작품 몇 편을 대략 검토해 보았는데 그가 『폐허』의 동인이었다는 사실만으로 그의 작품 경향을 '퇴폐주의'나 '낭만주의' 등으로 짐

22 『신민』 창간호, 1925. 5. p.142. ○○ 부분은 영인 상태가 불명(不明)한 곳임.

작하는 것은 매우 무책임한 선입견임을 확인할 수 있다.[23] 실제 그의 작품에 관한 구체적인 논의가 지금까지 거의 이루어지지 않은 상황에서 대충 살펴본 바로는, 민족주의적 색채가 엿보이며 그 수법에 있어서는 리얼리즘의 선상에서 이해해야 할 필요성이 확인된다는 점이다. 이는 그가 당대 우리 민족이 처한 위치를 비교적 정확히 인식하고 있었다는 사실과 관련될 것이며, 앞으로 보다 면밀한 작품의 분석과 자료를 활용하여 그 논리를 다져야 할 부분이다.

작품의 형상화 과정에서 나타나는 문제점들은 소설의 형식에 관한 확고한 이해와 장르에 대한 의식이 부족한 것처럼 보인다는 것과 그 구성에 있어서 미숙함을 드러내는 것들이 지적될 수 있을 것 같다.

요컨대 그는 작가로서 몇 편 안 되는 작품을 남기고 있으나 지금까지처럼 동시대 작가들을 다루는 자리에서 제외되어서는 안 될 위치에 있는 작가이며, 동시에 문학사에 획을 긋는 비중 높은 작가로서 취급할 수 없음을 아쉬움 속에 인정하지 않을 수 없는 그런 위치의 작가라고 할 수 있을 것 같다.

5. 수필가로서의 실상

민태원은 우리에게 「靑春禮讚」이라는 명 수필 한 편으로 인하여 탁월한

23 김우종의 『한국현대소설사』(선명문화사, 1973, p.107)에서는 『폐허』의 경향을 일부의 퇴폐적 경향과 대개의 낭만적 경향으로 보고 있으며, 조연현의 『한국현대문학사』(인간사, 1968, pp.283~289)에서는 퇴폐적 낭만, 상징주의, 이상주의, 사실주의 등의 혼합으로 보고 있다.

문장가, 뛰어난 수필가로 깊이 인식되어 있다. 작품 하나하나는 독립된 자족적 실체고, 작품 한 편만으로도 얼마든지 명성을 길이 누릴 수는 있다. 그러나 최소한 한 편의 작품만 가지고 그 방면의 전문가로서 대가 취급을 받는다는 것은 예외적인 특별한 경우에 속한다고 할 수 있다. 민태원이 그 예외적인 경우에 해당되지 않는다고 할 수는 없지만 위와 같은 우리의 인식이 보다 확실한 정당성을 확보하기 위해서는 그가 남긴 여타의 수필 작품을 면밀히 검토하여 종합적인 판단을 내리는 일이 필요하다고 생각된다. 이런 점을 고려하여 여기서는 그가 남긴 수필 작품들을 소략하게나마 개괄하여 그 실상의 일단을 밝혀 보고자 한다.

그가 남긴 수필은 김태상의 자료 목록에 의할 때 7편정도 된다. 그러나 그 스스로의 지적에도 있듯이 「花壇에 서서」(『청춘』 9호, 1917. 7)는 지금까지 밝혀진 바로는 처음으로 발표된 그의 글이다. 아침에 일어나 세 평쯤 되는 화단 앞에 서서 거기 피어 있는 화초들을 보며 생명의 아름다움과, 그 화초들을 생장시키는 햇빛과 땅을 경이의 눈으로 재발견하는 내용이다. 아침의 상쾌함과 싱그러움을 맞는 하늘님에 대한 감사의 기도, 화초 가운데 한연(旱蓮)의 신비스러운 자태와 광채 등은 그의 자연 관찰이 종교적인 경지에까지 닿아 있음을 보여주는 대목이다. 온갖 화초를 길러내는 흙을 한 줌 들고 그 빛깔을 그려낸 부분('흰 빛, 검은 빛, 붉은 빛, 푸른 빛, 누른 빛이 다 섞여 인상파의 그림과 같은 색소의 공진회')이나 금, 은, 보석 같은 것으로의 비유는 세밀한 관찰인 동시에 새로운 발견이라 할 것이다. 이 수필은 그 문장도 단아할 뿐 아니라 그 내용이 자연의 신비로움과 생명의 토대인 흙에의 예찬으로 되어 있어 처음으로 발표된 글로서는 비교적 뛰어난 작품이라 보인다.

「自然의 音樂」(『청춘』 14호, 1918. 9)은 한 페이지 정도의 짤막한 글인데 닭,

시냇물, 뜸부기, 까치, 참새, 나뭇잎, 삽사리, 여치, 메뚜기, 파리, 종달새, 송아지, 바람, 폭포, 물방아, 꾀꼬리, 매미, 농부들의 농악소리 등을 의성어를 이용하여 열거한 재미있는 글이다. 그 의성어들의 표현도 재미있거니와 농부들의 농악(북, 꽹막이, 장고, 징) 소리로 결말을 삼은 의미도 가볍지만은 않아 보인다. 그 소리들을 열거하다 보니 자연히 그 문체가 판소리의 문체가 되어 버린 것도 특이하면서 재미있는 기교라고 볼 수 있겠다.

「窓前의 綠－枝」(『학지광』 22호. 1921. 6)는 동경 유학 시절 하숙집 창문 앞에 있었던 신나무(楓, 가여데)를 소재로 하여 나무의 아름다움을 세심히 관찰 묘사하였고, 사시에 따라 바뀌는 나무의 모습을 유려한 문체로 그렸다. 그러면서 미의 법칙으로는 '순(純)' '성(誠)' '변화(變化)'가 있어야 하고 이것들이 서로 배합되고 작용하여 미를 형성한다고 하였다. 그런 면에서 그 신나무는 동무이며 스승이 된다고 하였다. 이 수필은 그 내용의 깊이나 수준으로 보아 그의 전체 수필 작품 가운데 가장 높은 위치를 차지하는 작품으로 보고 싶다.

「青春禮讚」(『별건곤』 4권 4호, 1929. 6)은 너무도 잘 알려져 있어 그 내용을 소개할 필요가 없겠으나 현재 통용되고 있는 그 글이 원문과는 상당 부분 차이가 나고 있다는 지적은[24] 겸허하게 수용하여 학술적 연구에서는 신중히 대처하도록 해야 할 것이다.

이상에서 본 바대로 비록 몇 편 되지는 않으나 그의 수필가로서의 능력은 작가로서의 능력보다 훨씬 앞서 있다고 보인다. 문장에서도 글의 내용에 따라 문체를 달리 하는 등 문장가로서의 면모는 소설보다 수필에서 더

---

24 주 1의 글 참조.

욱 두드러지게 나타나고 있다. 요즘 너도 나도 내용도 없는 수필을 쓴다고 나대는 사람이 널려 있는데, 이 작가의 수필 몇 편을 정성스레 뜯어 읽어 보는 것은 매우 소중한 교훈을 얻는 길이 될 수도 있을 것이다.

6. 결론

민태원은 그 이름이 익히 알려져 있는 것과는 달리 그 실체적인 연구는 거의 이루어져 있지 않은 작가이다. 대부분의 문학사에서도 그는 『폐허』의 동인 명단 정도로나 끼어 있을 뿐이요, 국문학 전공 학생들조차 관심을 보여 주지 않는다.

이런 점을 감안하여 필자는 그 시론적(試論的) 탐구의 의도로 이 글을 작성하였다. 그 생애를 간략히 추적하여 일대기를 살펴보았고, 언론인, 작가, 수필가로서의 면모와 위상을 대략 점검하여 보았다. 이제 그 결과를 간추려 보면 다음과 같다.

그의 사회 활동은 언론인으로서 일관되었으며 그의 언론관이나 기자론은 투철한 작업의식과 확고한 사명감으로 차 있었다. 그는 우리 초창기 언론 발달사에 평기자부터 간부에 이르는 지위로 크게 기여하였다.

작가로서의 그는 몇 편의 작품을 남기고 있는데, 그 바탕을 이루는 것은 민족주의적 색채이며 리얼리즘의 선상에서 창작을 한 것이 긍정적 측면이라면 그 장르 의식이나 기법 면에서는 미숙함과 무리가 드러나는 것이 부정적 측면이라 할 것이다.

수필가로서의 그는 뛰어난 몇 편의 글을 남기고 있는데, 그 문체의 내용에 부합되는 다양함이 탁월하며 내용이 깊이가 있고 수준이 높아서 가히 수필문학의 한 정점이라 할 만하다.

결론적으로 말한다면, 그는 언론인으로서 선구적 역할을 담당하여 사회 활동을 하였고, 문학인으로서는 소설 창작보다 수필 분야에서 더 탁월한 능력을 발휘한 작가라고 할 수 있겠다.

끝으로 이 글에서 미진했던 부분과 앞으로 더 탐구되어야 할 과제를 지적해 보면 생애 부분에서 가계 및 성장 과정, 결혼, 교우관계, 사회 활동 등이 더 세밀히 탐구되어야 하며, 역사소설류에 관한 논의가 있어야 하고, 언론인으로서의 활동에 관한 상세한 자료 조사와 검토가 필요하며, 창작소설에 관한 다양한 시각의 분석적 연구, 수필 작품에 관한 보다 면밀한 연구, 전반적인 자료의 발굴과 정리, 번안소설류에 관한 연구, 많은 논설문에 관한 체계적 분류와 연구 등이 필요하다고 할 수 있다. 물론 이러한 연구들이 제대로 달성되려면 무엇보다도 먼저 각종 지지(紙誌)에 흩어져 있는 그의 글들을 모두 모아 전집으로 묶는 일이 급선무라 할 것이다.

※ (김태상이 작성한) 자료 목록

1. 수필 자료

순번	작 품 명	발 표 지	발표년월	필명
1	花壇에 서서	靑春 9	1917. 7.	牛 步
2	自然의 音樂	靑春 14	1918. 6.	〃
3	窓前의 綠-枝	學之光 22	1921. 6.	민태원
4	추억과 희망	개벽 46	1924. 4.	〃
5	雜誌			
6	청춘예찬	별건곤 4-4	1929. 6.	〃
7	소설 읽던 이야기	新小說 2-1	1930. 1.	〃

2. 소설 자료(창작)

순번	작 품 명	발 표 지	발표년월	필명
1	雪 中 梅	每中申報	1919. 5. 29~8. 31	富春山人
2	어느 少女	폐허 1	1920. 7.	민태원
3	音樂會	폐허 2	1921. 1.	민태원
4	劫 火	東明 4		
5	황야의 나그네	개벽 35	1923. 5.	민우보
6	적막의 반주자	生長 4		
7	세 번째의 신호	매일신보	1933. 5. 18~10. 7.	〃
8	천아성	〃	1934. 1. 1~4. 23	〃
9	새 生命	〃	1934. 4. 24~6. 22	〃

3. 소설 자료(번안)

순번	작 품 명	발 표 지	발표년월일	필명
1	哀 史	매일신보	1918. 7. 28~1919. 2. 8	민우보
2	부평초	동아일보	1920. 4. 1.~9. 4.	〃
3	무쇠탈	〃	1922. 1. 1.~6. 20	〃
4	서유기	박문서관	(단행본)	

4. 소설 자료(콩트)

순번	작 품 명	발 표 지	발표년월	필명
1	만 찬	東明 3	1923. 2.	민우보
2	어느 사람들의 회화	新民 1	1925. 5.	부춘산인

5. 희곡

순번	작 품 명	발 표 지	발표년월	필명
1	義의 太陽	四海公論 6. 7	1935. 6~7	

6. 기행문

순번	작 품 명	발 표 지	발표년월	필명
1	白頭山行	동아일보	1921. 8. 21~9. 8	민태원

7. 전기

순번	작 품 명	발 표 지	발표년월	필명
1	薄命志士 金玉均	三千里 2	1929. 9.	
2	甲申政變과 金玉均	을유문고 10	(단행본)	

8. 논설문, 기타

순번	작 품 명	발 표 지	발표년월	필명
1	조선의 鳥類	靑春 11.12.13	1917.	우보
2	厭妻症의 신유행과 여자교육	現 代 8	1920. 10.	
3	「조선민족미술관」의 설립과 柳氏	現 代 9	1921. 2.	
4	문단에 대한 요구	동아일보	1922. 1. 2	민태원
5	인격적 향상에 노력하자	신여성 20	1925. 3.	
6	문단에 대한 희망	生長 3	1925. 3.	민우보
7	경제적 파멸에 직면하여	新民 9	1926. 1.	
8	보기 싫은 현실의 幻影	〃 17	1926. 9.	민태원
9	반만년 文化上으로 보아	〃 19	1926. 11.	
10	길은 하나다	朝鮮之光 63	1927. 1.	
11	준비로의 두 가지	新民 21	1927. 1.	민우보
12	침체의 운명을 가진 부흥이 아닐까	〃 23	1927. 3.	〃
13	速成은 雜技이다.	〃 24	1927. 4.	민태원
14	口實이외에 잠재한 이유	〃 26	1927. 6.	〃
15	감시는 게을리 하지 마라	現代評論 6	1927. 7.	
16	교육자의 직업화가 폐단	新民 28	1927. 8.	민태원
17	改善할 두 가지	〃 31	1927. 10.	
18	全朝鮮 중등전문학생 웅변 들은 소감	별건곤 10	1927. 12.	민태원
19	回改도 그다지 不難하리라	新民 38	1928. 6.	
20	현대인의 화장 심리	現代婦人 4	1928. 6.	
21	결과만 보고 있겠다.	新民 41	1928. 9.	
22	조선의 신문 문예	한빛 9	1928. 9.	민태원
23	실행하기 쉬운 한 가지	별건곤 17	1928. 12.	〃
24	두뇌로써 지도하라	新民 50	1929. 6.	〃
25	한 의문	문예공론 2	1929. 6.	민우보
26	내 손으로 개척하자	學生 11	1930. 2.	
27	유교의 功罪	조선농민 63	1930. 5.	
28	대기자와 명기자	鉄筆 1	1930. 7.	
29	李太王 국장 당시	三千里	1934. 8.	

제3장

김동인 소설론

■■■

1. 서론

한국의 현대소설[1]이 언제부터 시작되었는가, 하는 문제는 아주 매력적인 연구 주제 가운데 하나임에도 불구하고 이에 대한 최근의 논의는 뜸한 편이다. 그 이유를 나름대로 유추해 보면, 그에 대해 충분한 논의가 이루어져 더 이상의 언급이 필요 없다거나 연구 주제로서 그 가치를 인정하기 어렵다는 공감대가 있어서 그런 것은 아닌 듯하다. 그보다는 오히려 거기에 적용할 개관적인 기준 마련이 매우 어렵다는 판단, 혹은 방대한 관련 자료

---

1 현대와 근대는 분명히 다른 개념을 나타내는 용어이지만 우리 학계에서는 이를 구분하지 않고 사용하는 관행도 거스르기 어려운 추세로 자리 잡고 있다. 근대가 '가치' 쪽에 더 비중이 두어진다면 현대는 '시기' 쪽에 더 비중을 둔다는 견해에 동감하지만, 서구적인 시각의 이런 역사 시기 구분의 개념을 우리가 반드시 따라야 할 이유도 없거니와 문학사 서술과 같은 특별한 경우를 제외하면 굳이 이 둘을 엄밀하게 구분하여 사용할 필요성도 크지 않다고 판단되어, 이 글에서는 이 두 용어를 구분하지 않고 편의적으로 문맥에 따라 적절하게 혼용하고자 한다.

를 섭렵해야 하는 현실적인 난관이 더 크게 작용한 결과가 아닐까 생각된다. 그러나 이 문제는 현대소설을 공부하고 연구하는 사람 입장에서 결코 논외로 취급할 사항이 아니다. 당장 언제, 어느 작품부터 공부해야 하는지가 문제가 될 것이며, 왜 그러한지를 논리적으로 설명할 수 있어야 비로소 학문이 될 수 있기 때문이다. 막연하게 개항이니, '갑오경장'이니, '3 · 1운동'이니 하는 사회변동적인 기점 이론, 또는 『무정』 혹은 염상섭 같은 특정한 작품이나 작가가 현대소설의 시작이라는 주장은 일리가 있는 반면 동시에 학문적으로 인정되기 어려운 여러 난점도 아울러 포함하고 있다.

현대소설의 시작을 따지는 문제는 당연히 문학사의 시기 구분 문제와 연관된다. 문학사의 시기 구분에는 여러 기준과 견해가 있겠으나, 작품 갈래층과 담당층이라는 두 가지 요소가 동시에 고려되어야 한다는 점은 누구도 부인하기 어려울 것이다.[2] 이는 달리 말하면 문학 작품의 내적 요인과 그 문학 작품이 산출되고 유통된 사회적인 요인을 함께 살펴야 한다는 주장이다. 이에 따른다면 갑오개혁이 아무리 큰 사회 변동이라 해도 그에 따른 문학 작품 내용의 변화가 없다면 시기 구분으로서 인정하기 어렵다 할 것이며, 마찬가지로 염상섭의 작품에 근대적인 요소가 충분히 포함되어 있다 해도 동시대의 독자층이나 사회와 유리되어 있다면 시기 구분의 조건으로서는 불충분하다 할 것이다. 이런 점에서 문학사를 기술할 때 문학 작품의 내용보다도 문학 활동 자체의 사회사적인 의미 규정을 살펴야 한다는 견해[3]나, 문학의 근대화와 사회의 근대화는 서로 뗄 수 없는 관계

---

2 조동일, 『문학연구방법』, 지식산업사, 1980, pp.242~243.

3 홍기삼, 『문학사의 기술과 이해』, 평민사, 1978, p.11.

에 있으며 다른 한쪽의 동시적인 발전이 없이는 어느 한쪽의 발전도 완전한 것일 수 없다는 언급[4]은 이와 그 문맥을 같이 하는 견해라고 볼 수 있을 것이다.

그동안 여러 학자들이 우리 문학의 근대성을 따지면서 그 기점에 대해서 다양한 의견들을 제기하여 왔다. 그런데 그 의견들은 대체로 위에서 말한 두 가지 요소 중에 어느 하나를 중심으로 개진된 성향이 있는 것처럼 보인다. 즉 획기적인 사회 변동이 있었으니 당연히 문학의 변동도 있었으리라는 추정 아래 부분적인 증거들을 모아서 이를 강조하거나, 또는 특정 작가나 작품을 그 대상으로 비정해 놓고 거기서 근대적인 요소를 찾아가는 방식으로 진행해 온 것 같다는 말이다. 예컨대 1970년대에 식민사관의 극복이라는 명제 아래 우리 근대문학의 기점을 놓고 김윤식 등이 제기했던 18세기 후반 영·정조 설은 당시 학계에 파문을 일으켰으나 그 후속 논의는 제대로 이루어지지 못했다. 아마도 그 파격성을 입증할 자료가 불충분했거나 아니면 그 방면 관련 학자들에게 크게 공감을 주지 못했기 때문이었을 것으로 추정된다. 동시에 1970년대라는 시대상황이 연구자들에게 더욱 현실적인 연구 주제를 암묵적으로 강요했기에 상대적으로 그런 추상적인 주제에 대한 관심을 쏟기 어려운 사정도 부분적으로 작용한 결과일 것이다. 하지만 이 견해의 가장 큰 문제점은 문학 외적인 여러 근대적 요소의 나열에 비해 그것이 반영된 문학 작품 자체가 불충분했다는 점일 것이다.[5]

---

4 김우창, 「한국 현대소설의 형성」, 『궁핍한 시대의 시인』, 민음사, 1982, p.72.

5 김윤식 · 김현, 『한국문학사』, 민음사, 1973. 이 책의 제2장 '근대의식의 성장'(1780년~1880년)은 총 9절로 이루어졌는데, 그 가운데 앞의 4개 절이 근대적인 사회 제도에 관해 서술되었다. 뒤의 5개 절이 근대문학 작품에 관한 내용인데 이도 상당 부분 사회적인 문제

현대소설의 기점을 논할 때 이런 문제점 외에 또 한 가지 간과하기 쉬운 것이 있다. 어떤 작품의 근대성을 논하면서 대개 그 작품의 내용을 중심으로 해서 해당 작가의 사상이나 의식이 얼마나 근대적인가는 치밀하게 논의하는데, 그 작품의 서술 방식이나 기법이 가진 근대성을 따지는 경우는 드물다는 것이다. 물론 작가의 의식은 당연히 작품 내용에 반영되기 때문에 그것이 근대적인가를 따지는 것은 근대성 논의에서 아주 효율적인 방법일 것이다. 그러나 한 작품이 근대소설로 인정받기 위해서는 작가의 의식 못지않게 그 서술 기법이나 전략에도 반드시 근대적인 방식이 적용되어 있어야 할 것이다. 문제는 이런 원칙에 동의하는 경우에도 과연 서술 방법의 근대성이라는 실체가 무엇인가에 대한 의문은 여전히 남는다는 것이다.

현대소설의 서술에서 지켜져야 할 몇 가지의 기본적인 원칙들이 없는 것은 아니다. 가령 이재선은 현대소설의 표현미학적 특성으로 영웅적 인물의 후퇴, 선형적 서술 구조의 약화, 전지적 주관적 서술자의 후퇴, 시간화 경향에서 공간화 경향으로의 이행[6] 등 네 가지를 들고 있다. 하지만 이 네 가지 특성이 현대소설의 서술 기법으로서 완벽한 조건인가는 더 살펴볼 여지가 있다. 다른 관점에서 보면 이 외에도 현대소설의 서술 기법에 대해 추가할 사항이 적잖게 있을 수 있기 때문이다.

그럼에도 우리는 대체로 현대소설의 서술과 표현 기법에 대해 어느 정도의 공감대를 가지고 있다. 실제로 국내외 학자들에 의해 저술된 현대소설의 서술 기법에 관한 전문적인 이론서도 많이 나와 있다. 그 이론들로

와 결부되어 서술되고 있다.

6 이재선, 『한국소설사』, 민음사, 2000, pp.16~33.

인해 아주 정교하고 내밀한 작품 분석은 물론 심도 있는 연구도 많이 이루어지고 있다. 그렇지만 이는 아주 최근의 현상이지 불과 몇 십 년 전만 해도 소설의 이론이나 서술 기법에 대한 학문적 성과는 아주 미미했었다.[7] 하물며 우리 근대문학의 초창기인 1910년대나 1920년대에는 아예 문학 이론서라는 것이 거의 존재하지 않았다고 보아야 할 것이고, 문학에 관한 논의는 물론 문학 이론을 따지는 것이 학문의 대상으로 취급받지도 못했다. 당시 문학에 종사했던 사람들은 모방할 선배들의 작품도 거의 없었거니와 체계적으로 문학에 대해 공부할 여건도 마련되지 못한 환경에서 문학 활동을 해야 했다.[8] 사정이 그러하다 보니 문학의 내용이나 기법의 근대성에 대한 관심보다는 무조건 새로운 것에 대한 관심과 실험으로 마음이 다급했을 것이다.

다행인지 불행인지 모르겠으나, 이런 상황에서 우리보다 앞서 서구적인 근대를 수용한 일본은 갈피를 잡지 못하고 헤매는 우리 문학 지망생들에게 구원의 등불이자 탈출구로 여겨졌을 것이다. 많은 지식인들이 일본 유학을 하면서 근대적인 학문을 공부했고 문학 영역도 예외가 될 수 없었다. 지사적 풍모를 드날리며 문학을 대중 계몽과 국권 회복의 수단으로 생각했던 몇몇 분들을 제외하고 나면 우리 근대문학의 주역으로 평가되는 분

---

7 소설 이론의 고전이라 하는 『소설의 양상』(E. M. 포스터), 『소설의 구조』(E. 뮤어) 등이 출판된 것은 1920년대였고, 그것이 우리나라에 번역되어 소개된 것은 1950년대였다. 필자의 경험에 의하면, 우리에겐 1960~70년대까지도 변변한 소설 이론서가 없어서 『문학개론』이나 『소설작법』류의 책을 보면서 공부해야 했었다.

8 가령 최서해는 문학수업을 하는 과정에서 12, 3세의 소년 시절, 장거리에 나가 신소설, 구소설을 닥치는 대로 구해 읽으면서 독학으로 소설 창작 공부를 했다고 한다(박상엽, 「서해와 그의 극적 생애」, 『조선문단』, 1935. 8, p.160).

들 가운데 일본의 영향에서 자유로울 수 있는 사람은 거의 없다고 보아야 할 것이다. 이런 사정이 '신문학사란 이식문화의 역사'라는 주장[9]을 배태하는 주요 근거가 되었다 할 것이다.

김동인은 위에 서술한 문단상황 및 문필 활동에 거의 철저하게 해당되는 인물이라 할 수 있다. 즉 그는 의식적으로 근대문학(개화기 소설이나 춘원의 계몽문학 아닌 예술성 위주의 문학)을 지향하면서 소설 창작을 시작했고, 서구적 근대문학이 활발하게 수행되던 일본에서 문학 공부를 했으며, 소설 이론에 대한 나름대로의 견해를 가지고 창작에 임한 작가다. 이런 점을 바탕으로 그동안 그에 대한 다양한 연구가 수행되어 왔다. 주로 그의 소설이 갖고 있는 근대성과 그 한계, 문학사적인 의의와 성과, 소설 미학적인 분석 등 많은 연구가 이루어졌다. 그러나 그의 문학론, 더 정확하게는 소설론에 대한 연구는 충분한 논의가 이루어지지 못한 것처럼 보인다. 일부 이루어진 연구[10]도 대체로 그 실체의 발굴과 평면적 논의에 그친 감이 있다.

이 논문에서는 김동인의 소설론의 실체는 무엇이고, 그것이 우리 현대소설의 서술 기법 및 전략으로서 어떤 의미와 가치가 있는지, 또는 그 한계나 문제점은 무엇인지에 대해 살펴보고자 한다.

---

9 임화, 「신문학사의 방법」, 『문학의 논리』, 학예사, 1940, p.827.

10 김봉진, 「김동인의 소설론 연구」, 한양대 대학원 석사학위논문, 1984; 조희성, 「동인의 『춘원연구』에 대한 고찰」, 숭전대 대학원 석사학위논문, 1977.

2. 김동인 소설론의 실체

김동인은 소설도 많이 썼지만 그에 못지않게 다른 작가나 작품에 대한 비평적인 글이나 문학 이론에 관한 글도 많이 썼다. 우리 근대문학 초창기였던 1910~20년대에는 전체 문인의 숫자가 기십 명에 지나지 않았다. 따라서 한 문인이 다양한 유형의 글을 쓰는 활동을 하는 것은 불가피한 현상이었을 것이다. 손가락으로 헤아릴 수 있을 만큼의 문인들밖에 없었을 때 그들이 한 장르만 고수하며 창작에 임하는 것은 쉬운 일이 아니었을 것이고, 또 당시 문학 수요층의 수준을 생각한다면 그런 일이 필요하지도 않았을 것이다. 따라서 그 당시에는 문인들이 여러 형태의 글을 쓰는 행위가 자연스럽게 받아들여졌을 것이다. 다시 말해 당시는 장르나 글의 수준보다는 문인이라는 이름 자체가 더 효용가치가 높던 시절이었고, 한 문인의 활동 영역이 문학 전 장르를 포괄하는 게 크게 이상한 일이 아니었다는 말이다. 실제로 육당이나 춘원은 시, 수필, 논설, 비평, 번역 등 분야를 가리지 않고 계몽을 위한 많은 글을 썼고, 다른 문인들도 본업인 시나 소설을 쓰는 것은 물론 자연스럽게 수필이나 비평적인 글을 쓰기도 했다. 그중에 유독 김동인은 비평적인 글을 많이 썼다.[11] 그리고 그 내용이나 수준이 우리 문학사에서 무시할 수 없을 만큼 비중이 높다는 데 주목할 필요가 있다.

김동인의 소설에 관한 비평적 성격의 글은 꽤 많이 있으나 그 핵심적인

---

11 조선일보사에서 총 17권으로 간행한 『김동인전집』 중에 한 권(제 16권)이 비평적인 글을 모은 것인데, 여기에는 이미 단행본으로 출간된 바 있는 『조선근대소설고』와 『춘원연구』를 비롯해서, 소설 이론을 포함한 소설에 관련된 글이 26편, 작가나 작품론을 위시한 문단에 관한 글이 26편 등 총 52편이 수록되어 있다.

내용은 「소설작법」[12], 「조선근대소설고」[13], 「춘원연구」[14]의 세 편에 집중되어 있다. 여기서는 이 세 편의 글을 중심으로 해서 김동인의 소설론은 과연 어떤 내용으로 되어 있는지 살펴보도록 하되, 특히 소설론이 집중적으로 다루어진 「소설작법」을 중심으로 하여 진행하도록 하겠다.

「소설작법」의 내용은 '서문 비슷한 것, 소설의 기원 및 역사, 구상, 문체'의 네 항목으로 되어 있다.

우선 '서문 비슷한 것'이라는 소 항목의 표제에 주목할 필요가 있다. 서문이면 서문이지 왜 거기에 하필 '비슷한 것'이라는 말을 붙였을까. 그것은 아마도 이런 종류의 글을 쓰기는 하면서도 그에 대해 상당히 못마땅한 심사가 반영된 것이 아닐까 한다. 실제로 글에도 그런 취지의 발언이 나온다.[15] 그는 객관적이고 절대적인 소설 작법이라는 것이 있을 수 없고 작가 개개인이 쓰는 취향대로 그것이 소설 작법으로 인정되어야 한다고 강조하고 있다. 따라서 「소설작법」이라는 글 같은 것은 쓸 필요도 없고 써서도 안 된다는 인식인 것이다. 다만 밥을 먹는 법이 따로 정해져 있지는 않아

---

12 『조선문단』 7~10호, 1925. 4~7.

13 『조선일보』, 1929. 7. 28~8. 16.

14 『삼천리』, 1934. 12~1935. 10 · 1939. 1~4. 『삼천리문학』, 1938. 1~4. 이 세 편의 글 중에서 「조선근대소설고」는 「춘원연구」와 묶여 1956년 신구문화사에서 단행본으로 간행되면서 『한국근대소설고』로 제목이 바뀌었다. 그리고 이 두 편의 글은 1964년 홍자출판사의 『동인전집』에도 그대로 수록되었고, 1988년 조선일보사의 『김동인전집』에도 한자를 한글로 바꾼 정도의 변화 외에 그 내용은 동일하게 수록되었다.

15 김동인, 「소설작법」, 『김동인전집 16』, 조선일보사, 1988, p.161. '독자에게 그 개념을 주려고 잡기 싫은 붓을 들고 어려운 글을 썼다.' 이하 이 책에서 인용되는 글은 따로 표시하지 않고 '전집'으로 약칭하며 페이지만 표시하기로 한다.

도 그것을 말할 수는 있는 것처럼 작가마다 다를 수밖에 없는 소설 작법에 대해서도 일정한 절차와 기본적인 격식은 말할 수 있지 않느냐는 취지에서 그 글을 쓰는 것이고, 그러면서 본인이 여기서 서술하려는 내용은 "땅에 심은 씨앗은 되지 못해도 그것이 잘 자랄 수 있게 하는 비료는 되지 않겠느냐"[16]고 말하고 있다.

「소설의 기원」에 관해서는 원시시대 사냥꾼의 무용담 같은 것에서 그 유래를 찾아야 한다고 말하고 있다. 즉 자신이 실제 겪은 일에 자랑삼아 사실이 아닌 것을 덧붙여 과장하는 데서 소설이 시작되었다는 것이다. 이것이 발전하여 신화나 전설이 되고 그 뒤 세월이 지나면서 소설의 전신이라 할 '기사담(騎士譚)'이 생겨났다는 것이다. 역사적으로 보면 약 6천 년 전에 이집트의 「웨스트카알 파파이러스」를 비롯해서 「농부 이야기」, 「바타의 이야기」 같은 것이 있었고, 이것이 그리스로 들어와 연애물어(戀愛物語)로 발달하고, 그 뒤 중세시대에 더욱 발전한 기사물어(騎士物語)가 나오게 되었다는 것이다. 그리고 이야기가 본격적인 소설로 바뀌게 된 것은 『돈키호테』가 최초이며 이는 "몇 천 년을 품고 있던 알이 껍질을 깨뜨리고 나온 것"[17]으로 보고 있다. 그 뒤에 영국, 프랑스, 러시아 등에서 사실주의 소설이 나왔고, 특히 미국에서 포우에 의해 단편소설이 독립적 형식으로 나오게 되었으며 "지금의 국제 소설계는 단편소설 전성기"[18]라고 보고 있다. 이상의 서양 소설 역사에 관한 서술의 끝에 동양의 소설 역사에 관해서는 자

---

16 위의 책, pp.157~158.

17 위의 책, p.160.

18 위의 책, p.161.

료는 모아 놓았으나 "쓰기가 싫어서" 그만둔다고 했다.

구상(構想)은 요즘 용어로 하면 구성 혹은 플롯에 해당된다. 김동인은 먼저 스티븐슨의 말을 인용하면서 소설을 쓰는 방법은 세 가지밖에 없는데, 그 세 가지란 바로 사건, 인물, 배경이라고 말한다. 이 세 가지로 소설이 성립하는 것이므로 소설 작법은 이 세 가지 중 하나를 붙들고서 그 나머지를 보충하는 것이 근본이라고 보고 있다.

사건은 "이야기 가음"으로서 "어떠한(복잡한 혹은 단순한) 통일된 이야기의 構實"[19]이라고 그 개념을 파악하고 있다. 독자들이 졸라의 작품을 읽으며 "하품 날 듯한 冗漫을 느끼며 때때로 참지 못하여 몇 페이지씩 뛰어넘으며 보는 것"은 거기에 "통일된 이야기"를 볼 수 없어서 그렇다는 것이다. 롤랑의 『장 크리스토프』 역시 마찬가지인데, 성격만 있고 이야기의 가음에 온전히 주의를 안 해서 하품을 나게 한다고 하였다. 반면에 춘원의 『무정』에 대해서는 "하는 수 없이 마지막 페이지까지 읽지 않을 수 없는 것은 그 플롯 때문"이라 하여 플롯이 살아 있다고 긍정적인 평가를 하면서도 동시에 사건 소설로서 "적어도 두세 사람은 죽어 버리지 않으면 단원(결말-필자)이 안 될 것을 춘원은 그 인물들을 너무 아꼈다"고 하여 이는 "치명상"이라고 부정적 평가도 하고 있다.[20] 또 『鬼의 聲』과 비교하여 "한 재미있는 사건 때문에 서두와 결말이 만들어진 것(『무정』)과, 애처로운 결말을 조상키 위해 서두와 사건을 만들어낸 것(『鬼의 聲』)"으로 그 차이를 설명하고 있다.

성격(性格, 인물)은 플롯과 함께 소설의 기초를 이루는 것인데, 예전의 재

19 위의 책, p.161.

20 위의 책, p.162.

미있던 이야기들이 지금 돌아보는 사람이 없게 된 것은 "플롯은 있었으나 거기에 성격이 없었으므로 그 인물이 모두 죽은 사람과 마찬가지"[21]이기 때문이라 하였다. 졸라의 작품이 이에 해당하며, 반대로 성격만 있고 플롯이 없어 그 결말을 어찌 맺을지 알 수 없는 투르게네프 같은 작가도 있다 하였다. 플롯이 뒷받침되지 못한 성격은 한낱 인물 전람회를 벗어나지 못할 것인데도 투르게네프가 수완이 비상하기 때문에 부자연함을 감추었다고 보고 있다.

분위기에 관해서는 "플롯이나 인물뿐으로는 또한 한 전기나 인물의 사업록에 지나지 못할 것으로서 소설이 되기 위해서는 그 전체를 포용한 분위기라는 것이 있어야 한다."고 하여 그 중요성을 강조하고 있다. 톨스토이의 『부활』에는 "인류 번민의 축도"라는 분위기가 있고, 이인직의 『鬼의 聲』에는 "첩 때문에 온갖 비극과 파란이 일어나는 당시의 귀족사회의 비통한 울부짖음"이라는 분위기가 있다 하였다. "조선에 처음으로 寫實小說을 내어놓은 이인직은 또한 우리에게 어떤 분위기를 붙들어 가지고 거기 적합한 인물과 사실을 만들어낸 소설, 배경소설을 보여 주었다"는 평가도 하고 있다.[22]

다음으로 이런 설명을 종합하여, 사건, 성격, 분위기(배경)-이 세 가지는 "어느 점을 기점으로 삼든 그것은 관계없으나 그 세 가지가 화합하여 한 완전한 소설 초안으로 되기 전에 붓을 들었다가는 완성되는 작품은 불명료하거나 불철저하거나 불완전한 것이 안 될 수 없다"고 하여 셋의 상호

21 위의 책, p.164.

22 위의 책, pp.164~165.

연관성을 강조하였고, 또 플롯을 짤 때 가장 귀한 것은 단순화, 통일, 연락의 세 가지라고 하여 유의해야 할 점을 들고 있다. "복잡한 세상에서 통일된 연락 있는 어떤 것을 집어내어 소설화하는 것"이 단순화이고, "목적지를 향하여 곁눈질 안 하고 똑바로 나아가는 것"이 통일이며, 이 셋을 유리되지 않게 묶는 것이 연락이다. 결국 좋은 플롯(소설)이란 "연락 있는 통일된 단순화한 인생의 일평면"에 지나지 못한 것이라고 하였다.[23]

문체(文體)는 소설의 서술에 관한 내용으로 요즘 쓰이는 소설 이론 용어로 말하면 시점에 관한 것이다. 김동인은 문체를 일원묘사체, 다원묘사체, 순객관적 묘사체의 셋으로 나누어 설명하고 있다.

일원묘사체(一元描寫體)라는 것은 다시 두 가지로 나눌 수 있는데, A형식은 "경치든 정서든 심리든 작중 주요 인물의 눈에 비친 것에 한하여 작자가 쓸 권리가 있지, -주요 인물의 눈에 벗어난 일은 아무런 것이라도 쓸 권리가 없는- 그런 형식의 묘사"를 말한다. 예를 들면 동인의 「마음이 옅은 자여」에서 K의 시선으로 본 것만 묘사하는 것이 이에 해당한다. 이 형식은 '나'라는 것을 주인공으로 삼은 일인칭소설의 그 '나'에게 어떤 이름을 붙인 것으로서, 이 일원묘사에서는 "작품 속의 주인공을 통하여서만 모든 국면을 볼 수 있고, 주인공이 미처 못 본 일이나 주인공 이외의 인물의 심리 등 주인공이 忖度치 못할 사물 등은 작자 역시 촌탁할 권리가 없는" 서술 방법이다. 그에 비해 B형식은 "절 혹은 장을 따라서 주요 인물을 바꾸어 가면서 쓰는 법으로서, 최근의 서양 장편 소설은 대개 이 형식을 좇

23 위의 책, pp.166~167.

는다"고 하면서, 그 예로 현진건의 「지새는 안개」를 들고 있다.[24]

다원묘사체(多元描寫體)는 "때와 장소를 구별하지 않고 아무 데서나 아무 때나 그 작중에 나오는 여느 인물에게든 묘사의 筆을 가할 수 있는 방법"으로 염상섭과 나도향이 쓰는 문체가 그에 해당된다 하였다. 다시 말해 이 방법에서는 "작품 중에 나오는 모든 인물의 심리를 통관하며 일동일정을 다 그려내는 것"이 가능하고, 더 나아가 "주요인물이 보도 듣도 못한 일일지라도 그 사건에 관련되는 일일지면 작자는 쓸 권리가 있으며 심한 경우에는 그 작품의 주인공이 누구인지 얼른 알아보지 못하게까지 불필요한 인물의 관점이며 심리를 그려낼 권리를 작자는 가지고 있는" 서술 방법으로 『전쟁과 평화』를 비롯한 모든 장편은 이 서술 방식을 택하고 있다 하였다.[25]

순객관적 묘사(純客觀的 描寫)는 "절대로 중립지에 서서 작중인물의 행동뿐을 묘사하는 것으로서 작중에 나오는 인물의 심리는 직접 묘사치 못하며 다만 그들의 행동으로 심리를 알아내게 하는 것"으로, 최근 대부분의 단편소설에 이에 해당되는 것이 많으며 체홉의 작품에서 많이 찾아볼 수 있다 하였다.[26]

이 셋의 우열을 따져보면, "어느 것이 좋고 어느 것이 못하다고 한 마디로 말할 수는 없고, 제각기 일실일득이 있다고 보아야 한다."고 했다. 다만 이 셋을 비교해 볼 때, "일원묘사는 간결하고 명료한 점은 다른 방식보다

24 위의 책, pp.167~169.

25 위의 책, pp.169~170.

26 위의 책, p.170.

낫다 할지나 주요 인물 이외의 인물 행동이며 심리를 쓸 필요가 있을 때에는 그 행동이며 심리를 주요 인물의 시점권 내에 끄을여 들여야 하니까 저절로 얼마간의 모순이 생기지 않을 수 없다"고 하여 그 취약점을 지적하였다. 다원묘사는 "작중의 주요 인물이고 아니고를 불관하고 아무의 심리든 작자가 자유로 쓸 수 있으므로 독자로서 번잡함을 일으키게 하며, 나아가서는 그 소설의 역점이 어디 있는 지까지 모르게 하는 일이 생길 수 있는" 약점이 있으며, 따라서 탈선, 주지의 몽롱, 성격의 불명료 같은 현상이 나타날 수 있다고 하였다. 순객관적 묘사는 "3, 4項 이내의 단편에는 응용하여 효과를 얻는 일이 있으나 그 이상의 작품이 되려면 절대로 불가능"이라 하였다. 이렇게 이 세 가지 방식은 일실일득이 있으므로 "작가는 자신의 필법이나 작품의 플롯에 비교하여 적합한 방식을 취할 것이지 누가 이것을 취하라 저것을 취하라 할 수는 없다"[27] 하였다.

「조선근대소설고」는 '비평 무용론자에 가까웠던 김동인의 뛰어난 비평적 공적'[28]으로서 "이인직으로부터 춘원을 거쳐 1920년대에 이르는 한국 근대소설의 발전과정을 구체적으로 명시한 조선현대소설사에의 중요한 암시를 준 것"[29]으로 평가 받고 있는 글인데, 귀의 성, 춘원, 동인 · 늘봄 · 상섭 · 빙허 · 도향 · 서해, 나와 소설, 결말 등 다섯 부분으로 나뉘어 있다.[30] 이 글은 소설론이 아니고 작가를 중심으로 한 소설사적인 글이기 때

27 위의 책, p.171.

28 조연현, 『한국현대문학사』, 인간사, 1968, p.517.

29 위의 책, 같은 곳.

30 앞에서 언급한 단행본 『춘원연구』(신구문화사, 1956)에는 두 번째 항목이 작가 한 명당 한 항목으로 독립되어 모두 아홉 개 항목으로 되어 있다. 참고로 목차를 적어 보면, 1. 귀

문에, 다른 부분은 간략히 넘기고 소설론적인 「나와 소설」 부분을 상세하게 살펴보도록 하겠다.

이인직의 소설이 가진 새로움은 다음 네 가지로 집약된다. 새로운 성격, 교묘한 대화 묘사, 동일어 중복 사용, 자연 묘사의 뛰어남이 그것이다.[31] 춘원은 모든 면에서 조선에서 다시 찾아보기 어려운 인물이지만[32], 그의 문학이 가진 가장 큰 한계는 당시 사회에 대한 반역이라는 목표 아래 진행된 효용론으로서의 문학이라 지적하고 있다. 즉 소설은 권선징악을 제시한다거나 풍속의 개선 방책을 지시하여 사회교화 기관이 되어서는 안 되는데 춘원의 소설은 이에서 벗어나지 못하고 있다는 것이다.[33] 반면 춘원의 소설이 갖는 긍정적 요소로서는 "청년 계급과 소설을 친근케 하여 조선 문학사에서 가장 귀중한 페이지를 차지할 공로를 잊을 수 없다"[34]고 하여 문학의 저변을 확대한 점을 강조하였다.

춘원 이후 우리 소설계는 『창조』 발간으로 문학이 '조선사회 풍속 개량

의 성, 2. 춘원, 3. 염상섭, 4. 현진건, 5. 나도향, 6. 늘봄, 7. 최서해, 8. 나의 소설, 9. 결말이다. 두 자료의 전체적인 내용에 큰 차이는 없으나, 신문연재분 한 회의 누락, 문단 구분의 차이, 부분적인 문장의 변개 등 세부적으로는 달라진 곳이 꽤 있다. 따라서 텍스트로서는 가장 최근에 만들어졌고, 또 원본이 게재되었던 신문사에서 만든 전집(조선일보사, 1988)의 신뢰성이 가장 높다고 보아야 할 것 같다. 다만 전집의 「나와 소설」 항목 제목은 단행본의 「나의 소설」로 하는 것이 문맥상 더 옳은 것으로 판단되어 오자로 보이지만 확단할 수는 없다.

31 전집, pp.15~18.

32 "지식의 풍부함, 경험의 광범함, 교양의 많음, 정력의 절륜함, 필재의 원만함이 춘원을 따를 자 없다."(위의 책, p.19)

33 위의 책, p.20.

34 위의 책, p.21.

에서 인생과 삶의 고통을 그리는 것'으로 바뀌었고, 상섭의 작품은 '산만함'이기는 하나 '무기교, 산만, 방심 이러한 아래도 인생의 일면은 넉넉히 발견할 수 있다'하여 그 가치를 인정하였고, 빙허는 '비상한 기교의 천재'이며, 도향은 센티멘탈이 없지 않으나 그에 지배되지 않은 '열과 힘'이 있었고, 늘봄은 약자를 주인공으로 하여 인도주의를 실천하였는데 '拔劍하고 위협하여 선을 행케 하려 한' 춘원과 다른 점은 '악의 더러운 면을 보여서 사람으로 하여금 선을 행하도록 깨닫게' 한 점이며, 서해는 '소설단에 뛰쳐들어온 괴한'으로 '무산무식 계급을 제재'로 하여 문단에 센세이션을 일으켰으나 '설교적 강박력'이나 '클라이맥스의 박진력 부족' 등이 결점[35]이라고 지적하고 있다.

「나의 소설」은 "1919년 구체적 신소설 운동이 비롯된 지 10년 수개월, 많은 변천과 이동 뒤에 많은 무시와 모멸 아래서 그래도 끊임없는 운동을 계속한"[36] 과정과 그 내용에 대한 기록이다. 김동인은 소설 창작에서 춘원의 극복을 위해 "박해보다 더한 고통"을 감수하며 "개척자의 고통"을 받았다고 했다. 그 결과 몇 가지 자랑스러운 성과를 얻었다고 자부한다. 첫째 구어체 문체의 사용, 둘째 삼인칭 대명사 '그'의 사용, 셋째 부족한 형용사와 명사의 개척, 넷째 완전한 과거사의 사용[37]이 그것이다. 구어체의 사용은 상당 부분 남아 있던 문법체의 흔적을 지웠고, 고유명사로 표기되던 것을 몰아서 대명사로 대체한 것은 '장쾌한 용기'의 소산이었다고 자부한다.

35 위의 책, pp.23~28.

36 위의 책, p.35.

37 위의 책, pp.29~31.

또한 형용사와 명사의 부족이라는 곤란을 각고의 노력으로 개척했는데, 이는 “전인미답의 광야에 길을 만들어 나아가는 유쾌함과 자랑스러움”으로 긍지를 느끼는 일이라 했다. 이로써 육당이 시작하여 춘원이 노력하던 길(구어체-필자)이 완성되었다는 것이다.

이러한 구어체의 완성과 함께 또 하나 특기할 것은 소설 창작에서 과거사 사용을 정착한 일이다. 현재사를 사용하게 되면 “주와 객체의 구분이 명료치 못할” 뿐 아니라 “근대인의 날카로운 심리와 정서를 표현할 수 없는데” 과거사 사용으로 인해 이를 극복할 수 있었다는 것이다.

또한 동인은 자신의 처녀작부터 소설 창작 역정을 회고하면서 자신만의 독특한 문학 세계를 구축한 일과 ‘문체를 발명’한 일을 내세우고 있다. 그가 작품 내용에서 갈등한 것은 미와 선의 이원성이었다. 그는 갈등 끝에 친구(요한)에게 조언을 구하기도 했으나 냉랭한 회답만 받았을 뿐이요 문학을 포기하려고까지 하다가 마침내 선을 배격하고 미를 택하였고, 그것이 때로는 작품이나 생활에 광포성으로 나타나기도 했다. 한편 1924년 「遺書」를 쓰면서는 “오랫동안 계획하던 일이 무의식중에 발아 생장”하였는데 그로 인해 마침내 “동인만의 문체 표현 방식을 발명”[38]하기에 이른다. 그 발명의 긍지와 의식하에 쓴 작품이 「명문」과 「감자」다. 그러나 그 후 개인적인 사업 실패와 막대한 빚, 그리고 아내의 출분으로 작품을 쓰지 못하고 있고, 소설 문단에도 인재가 출현하지 않는 안타까움을 토로하는 것으로 글을 맺고 있다.

「춘원연구」는 1934년에 시작되어 1939년까지 월간지에 16회에 걸쳐 간

38 위의 책, p.34.

헐적으로 발표되었던 글이다. 햇수로 6년이나 썼음에도 완성되지 못하고 미완으로 끝난 글이기도 하다. 그렇지만 이 글은 "우리 근대비평사에서 작가 쪽으로는 최대의 분량과 깊이와 날카로움을 가진 작품이며 동인이 아니고는 도저히 불가능한 특징을 담고 있다"[39]는 평가를 받는다. 이 글은 춘원의 생애를 비롯해서 전 작품에 대해 비판적으로 고찰하고 있어서, 동인의 소설론을 살피는 자리에서 상세하게 전체를 다룰 필요성은 없을 것이기에 몇몇 작품을 분석하는 과정에서 부분적으로 언급된 소설론만을 간략하게 살피고자 한다.

『무정』을 분석하면서 '조선 구어체 사용', '새로운 감정 제시', '대중에게 환영 받은 점'은 수확이라고 평가하면서, '대단원의 훌륭함'은 인정되지만 '성격의 불일치'나 '구성에서의 우연성 남발', '126회 사족' 등은 문제점으로 지적하고 있다.[40] 즉 '성격의 모호함'과 '플롯의 필연성 부족'을 지적하고 있는 것이다.

동인은 춘원의 작품을 물어(物語)와 사화(史話)와 소설(小說) 셋으로 나누는데, 소설로 분류된 것이 『재생』, 『흙』, 『유정』 등이다. 이 중에서 동인이 주목한 작품은 『재생』이다. 그는 춘원의 전 작품 중에서 이 작품만큼 기교에서 완전한 것이 없다고 하였다. 비록 "『금색야차』식의 통속소설의 비방은 받을지언정 기교에 있어서는 만점"[41]이라 하였다. 그 근거로는 전형적 인물로서의 성격의 일관성과 플롯의 전개가 흥미를 지속하는 것을 들었

---

39 김윤식, 「김동인의 춘원소설 비판」, 『우리근대소설론집』, 이우출판사, 1986. p.55.

40 전집, pp.55~63.

41 위의 책, p.84.

다. 그러나 이는 상편에서의 일이요 하편에 가서는 혼란된 서술과 합리적 심리 진전이 되지 않는 등 신파조의 전개를 보이고 있어서 완전히 실패하였다고 혹독하게 비판하고 있다. 흥미는 있으나 "독파한 뒤에 深思할 근터리를 주지 못한 이 소설은 따라서 '읽기를 강제하고 생각키를 금한 작품'으로 볼 수밖에 없다"[42]고 결론짓고 있는 것이다.

『흙』은 당시 전 세계를 표랑하던 적조(赤潮, 사회주의 물결–필자)가 조선에 들어와 맹위를 떨치고 있을 때 그에 일부 영합하고, 거기에 민족주의와 노농 대중에 대한 관심, 그리고 조선농민 계발운동에 흥미를 붙여 창작된 작품이다.[43] 또한 이 작품은 『무정』이나 『재생』과 비슷한 작품으로 남자 주인공의 경우 비장벽, 지사벽, 부동성, 영웅감, 자기학대벽 등이 있는 거의 같은 인물이고, 여자 주인공의 경우도 허영벽, 무성격성, 부약성(浮弱性), 무정성(無貞性), 미모, 우이독경 식의 무지 등이 공통적으로 나타나는 인물들이며, 거기에 선배 노처녀와 색마(色魔)와 미국 박사 설정, 그리고 결말의 유사성을 보이고 있는 것이 그 근거라고 할 수 있다.[44] 즉 흥미나 대중성의 면에서는 의미 있을지 몰라도 소설 미학적으로는 그 가치를 인정하기 어렵다는 판단을 하고 있는 것이다.

이상 세 편의 글을 중심으로 김동인이 가지고 있던 소설에 대한 인식이나 소설 서술에 대한 기법 내지 전략에 대한 살펴보았다. 이외에도 단편

42 위의 책, p.95.

43 위의 책, p.124.

44 위의 책, 같은 곳.

적으로 소설에 대한 견해를 피력한 글[45]이 더 있으나, 큰 범위에서 모두 이 세 편에 포괄되고 있다고 판단되어 상세한 언급은 생략하기로 하겠다.

3. 김동인 소설론의 현대소설론적 의의

앞 장에서 김동인의 소설론을 담고 있는 글 세 편을 중심으로 그 실체가 무엇인지를 살펴보았다. 편의상 개별 글 내용을 순차적으로 정리하는 방법을 택하다 보니 다소 장황스럽게 된 느낌은 있으나, 이로 인해 김동인이 소설에 대해서, 그리고 소설의 기법에 대해서 어떤 생각을 가지고 있었는지는 충분히 살필 수 있었다고 생각된다. 이를 바탕으로 하여 이 장에서는 그 내용들이 현대소설의 관점으로 보았을 때 어떤 의미나 가치가 있는지, 또 그 성과나 한계는 무엇인지를 살펴보기로 하겠다.

그런데 이 문제를 논의하기 전에 먼저 짚어보아야 할 사항이 있다. 우리에게 과연 근대(또는 현대)란 무엇이고, 또 그것을 바탕으로 성립되는 근대소설은 그 내용이나 형식을 명확하게 규정할 객관적인 기준이 존재하는가 하는 문제다. 이것은 대단히 어려운 과제이기는 하지만 그렇다고 회피할 수 있는 성질의 문제도 아니다.[46] 가능한 범위 내에서 지속적으로 관심을

45 예컨대 전집에 수록된 「근대소설의 승리」, 「창작 수첩」 등이 이에 해당될 것이다.

46 한 학자는 우리 문학사에서 근대에 관한 논의가 왜 복잡하고 또 어떻게 진행되어야 하는지에 대해 다음과 같이 말하고 있다. "근대를 자본주의와 계몽주의로 정의한다면 앞으로의 문학사는 이를 추구하던 문학과 이를 극복하려던 문학을 함께 다루는 것이 되어야 할 것이다. 원론적인 의미로 보면 근대의 극복은 '문학적 근대성'의 범주에 포함될 수 있겠지만 서양과 달리 근대의 순차적인 진행이 없었던 우리 현실에서 두 경향은 함께 다루어질 것이다, 실제에 있어서도 한민족은 이 두 가지 방향에 입각해서 근대를 체험하고 인식했

유지하면서 보완하고 심화해 나가야 할 문제인 것이다.

주지하듯 전통단절론(이식문화론)과 계승론은 해묵은 논제이지만, 최근 보수 인사들에 의해 식민지 근대화론 같은 주장이 공공연하게 제기되면서 새삼 근대에 대한 관심이 일어나고 있다. 또 우리 소설을 논의하면서 작품에 나타나는 근대성이나 작가의식의 근대성 같은 것을 따지는 것은 이 분야 연구자들이 꾸준히 높은 관심을 보이는 주제의 하나다. 즉 근대나 근대소설에 대한 논의는 우리에게 여전히 현재 진행형이라는 말이다. 하지만 근대에 대한 학문적 논의는 그 자체만으로 하나의 학문이 될 만큼 방대하고 복잡하기에 섣불리 접근하기가 어렵다. 마찬가지로 근대소설에 대한 논의는 무성하지만 정작 근대소설의 내용이나 형식적 기준에 대한 천착에는 여러 난점이 도사리고 있는 것을 부인하기 어렵다.

이런 사정을 감안해서 이 글에서는 근대 자체에 대한 논의나 근대소설의 개념에 대한 원론적인 접근은 피하고자 한다. 다만 근대소설의 개념을 논할 때 지금까지 작품 내용이나 작가의식에 치중하고 그 형식이나 기법적인 면이 소홀하게 다루어진 점을 반성적으로 성찰해야 한다는 점만을 문제로 제기하고 싶다. 이런 차원에서 김동인의 소설론이 가진 근대성 내지 현대소설적 의의를 살피되 주로 서술 기법이나 전략과 관련되는 것을 논의의 중심에 두도록 하겠다.

앞에서 살핀 김동인의 소설론은 크게 나누어 보면 소설 장르에 대한 인

으며, 근대화를 추구했고 또 그 근대적 모순으로부터 벗어나려고 했다."(김한식, 「현대문학사 기술에서 '근대'를 보는 관점의 비교 연구」, 『한국현대소설의 서사와 형식 연구』, 깊은샘, 2000. p.315)

식, 소설의 구성 요소에 관한 이론, 소설의 서술 방식에 대한 견해 등 셋으로 구분할 수 있다.

이 중에서 근대소설의 장르에 대한 인식은 허구성과 사실성에서 찾을 수 있다. 김동인은 소설의 허구성에 대한 인식을 충분히 하고 있었다. 즉 원시시대의 사냥꾼이 자신의 용감성을 강조하기 위해 거짓을 꾸며 자랑하는 것이 소설의 기원이 되었다는 인식[47]이나, 소설의 기원을 '영리한 원시인의 거짓말에 두지 않을 수 없다'[48]는 언급이 이를 입증한다. 그리고 근대소설의 특징에 대해서는 진실성을 바탕으로 한 리얼리즘과 성격소설의 발달을 들 수 있다고 하면서, "성격적 방면을 대표하는 리얼리즘의 골자와 사건적 방면을 대표하는 로맨티시즘의 가미가 잘 조화되어 여기서 비로소 근대인의 기호에 맞는 근대소설이 대성"[49]하였다고 보고 있다. 소박하기는 하지만 이 정도의 인식만으로도 근대소설 장르에 대한 이해가 충분히 되어 있음을 확인할 수 있다.

다음으로 근대소설의 구성 요소에 대한 이해인데, 여기에 대해서도 사건과 성격과 분위기(배경)의 셋을 들고 있어서, 요즘 출간된 소설 이론서에 보이는 것과 별 차이가 없음을 알 수 있다. 이는 김동인이 인식하고 있던 소설 구성 요소의 이론이 시대에 뒤떨어지거나 독단적인 것이 아님을 반증한다 하겠다. 다시 말해 그의 소설 이론에 대한 인식은 시대를 초월하여 효용성을 유지하고 있는 보편성에 맞닿아 있다고 볼 수 있다는 것이다.

---

47 김동인, 「소설작법」, 전집, p.159.

48 김동인, 「근대소설의 승리」, 전집, p.220.

49 위의 글, p.222.

그런데 이 두 가지 분야의 이론은 김동인뿐 아니라 대부분의 소설 이론가들도 조금만 노력하면 쉽게 구하고 언급할 수 있는 성격의 것들이다. 그리고 여러 사람이 말하는 내용들에 차별성이 있기도 어려운 것들이다. 즉 김동인이 아닌 다른 사람도 얼마든지 비슷한 내용을 구해서 소개할 수 있고 그 내용도 달라지기 어려운 성질의 이론이라는 것이다. 그러나 다음에 살펴볼 소설 서술에 관한 이론은 전혀 성격이 다르다. 실제 작가들이 유사한 제재를 가지고 소설을 써도 다른 작품이 나올 수밖에 없는 것은 작가 개개인의 개성과 관련되기도 하지만 소설의 서술 방식이 다르기 때문이라고 할 수 있다. 즉 서술 방식은 작가별로 개성적 차이가 있기도 하고, 또 그 개성적 차이가 바로 독창적인 창의성을 형성하기도 하는 것이다. 따라서 소설 서술에 관한 이론이 매우 복잡하고 다기하게 개발되고 전개되는 것은 아주 자연스러운 현상인 것이다. 이 문제에 대해 좀 더 상세히 논의해 보기로 하자.

요즘 소설의 서술 이론은 매우 다양하고 또 정교하게 개발되어 눈이 어지러울 정도다. 한 학자는 서술의 개념을 '말이나 글로 진술하는 담론, 사건들이 갖는 다양한 관계, 서술하는 행위로서의 사건'[50]의 세 가지로 정의한다. 충분하지는 않아도 서술이 무엇인가를 아는 데는 꽤 유용한 언급이라고 볼 수 있다. 그런데 이 서술이 구체적 행위로 들어가면 서사 전략과 연결되지 않을 수 없다. 서사 전략을 논하면서 "세계에 대한 서사적 인식과 형상은 역사적으로 결정되며 항구적 모델은 없다"[51]고 토로하는 학자도 있

50 제라르 쥬네트, 「서술 이론」, 『현대 서술 이론의 흐름』, 솔출판사, 1997, pp.40~41.
51 황국명, 「머리말」, 『한국현대소설과 서사 전략』, 세종출판사, 2004.

다. 즉 시대가 변하면서 서사 양식이나 전략도 변할 수밖에 없다는 것이다.

이에 관한 구체적 연구 사례를 몇 들어보면, 1960년대 소설의 서술을 논하면서 '비유적 병치 서술, 모순적 다중 서술, 방법적 부정 서술'로 나누어 단일한 서술자의 자기동일성에 균열이 일어나는 모습을 분석한[52] 경우도 있고, 1910년대 단편소설의 서사 기법을 분석하면서 '서사 시간, 서사 시점, 서사 구조'의 세 층위에서 분석한 연구[53]도 있다. 김동인 소설의 서술자를 다룬 것으로는 '이종 서술자의 초점 서술과 객관화, 이종 서술자의 교차 서술과 입체화, 동종 서술자의 타자 서술과 간접화'의 셋으로 나누어 분석한 연구[54], 그의 소설을 고백체 소설로 보고 화자를 '자전적 화자, 주변적 화자, 주석적 화자'로 나누어 고찰[55]한 것이 있다. 또한 이 시기를 포함한 초창기 근대소설을 연구할 때 '서술방식이나 기법적 측면에 주안점을 두고 접근해야 1910년대를 문학사의 공백으로 간과하는 폐단을 극복할 수 있다'는 주장[56]을 하는 학자도 있다.

김동인의 소설 서술에 관한 인식은 앞에서 본 것과 같이 '문체'라는 항목 이름 아래 '일원묘사체(A, B 두 유형이 있음), 다원묘사체, 순객관적 묘사체'의 세 가지로 설명되고 있다. 이 중에서 김동인이 가장 중시한 것은 일원묘사 A형식이다. 이 A형식은 김동인이 '자부해 마지않은 리얼 문학의 핵

52 정혜경, 『한국현대소설의 서사와 서술』, 도서출판 월인, 2005, pp.128~129.

53 곽인숙, 「1910년대 단편소설 연구」, 서강대 대학원 석사학위논문, 1996.

54 정연희, 「김동인 소설의 서술자 연구」, 고려대 대학원 박사학위논문, 2002.

55 유국환, 「김동인 소설의 기법 연구」, 서울대 대학원 석사학위논문, 1987.

56 김용재, 「한국 근대소설의 일인칭 서술 상황 연구」, 『국어국문학』 105호, 국어국문학회, p.101.

심이자 인형 조종술의 거점'[57]이다. 따라서 나머지 시점은 안중에도 없었다. 이처럼 김동인의 서술 방식에 대한 설명은 시점에 관한 현대소설 이론과 다소 차이는 있으나 '작품 세계를 관찰하는 존재와 서술하는 존재를 고려하고 있다는 점에서 시점 분류에 대한 매우 타당한 견해'를 보여 주고 있다는 평가[58]를 하는 학자도 있다.

김동인은 스스로 근대소설을 의식하고 소설을 창작하기도 했지만 근대소설에 대한 이론적 무장도 꽤 높은 수준으로 성취하고 있었다. 물론 그것이 가진 한계도 있다. 즉 그 이론들이 대부분 일본을 통해 수용된 소박한 수준의 것들이라는 점이다. 실제로 '김동인 소설의 비밀을 밝히는 일이 일본 근대소설의 비밀을 밝히는 일'이라는 견해[59]나, 자신과 생애나 기호가 비슷한 아리시마 다케오와의 간접적 접촉과 동인에게 다대한 영향을 미친 것으로 보이는 구니키타 독보와의 문학적 접촉 과정을 밝힌 연구[60]는 이런 사정을 여실히 뒷받침한다 하겠다. 김동인의 소설론은 외국 문학 이론을 그대로 수용함으로써 그만큼 독창성이 결여되었다[61]고 보는 견해도 이와 궤를 같이 하는 의견으로 볼 수 있다.

그러나 외국 문학 이론, 그것도 일본을 통한 수입 이론이었다고 해서 그

57 김윤식, 「김동인 문학의 세 가지 형식」, 『한국근대소설사 연구』, 을유문화사, 1986, p.100.

58 최병우, 「근대소설의 형성과정」, 문학과문학교육연구소편, 『한국현대소설사』, 삼지원, 1999, p.90.

59 김윤식, 주 57의 책, p.94.

60 방희경, 「김동인 초기 일인칭소설에 미친 일본 근대소설의 영향」, 충북대 대학원 석사학위논문, 1999.

61 김봉진, 「김동인 소설론 연구」, 한양대 대학원 석사학위논문, 1984, p.6.

가치를 전면적으로 부인하는 것은 옳은 태도가 아닐 것이다. 우리는 종종 과거의 문학을 논하면서 당시의 환경이나 조건을 고려하지 않고 보편적 성격만 중시해서 그 가치 평가에 인색한 경우가 많았다. 김동인이 이런 소설론을 펼칠 당시 우리 문단의 사정은 어떠했던가. 근대가 무엇인지, 문학이 무슨 가치가 있는 것인지, 소설 이론이라는 것이 존재하는 것인지, 이런 문제에 대해 거의 황무지나 다름없는 시기였던 것이다. 또한 어떤 분야를 막론하고 완전히 독창적인 것이라는 것은 존재하기 어렵다고 보아야 한다. 문학 이론 또한 마찬가지다. 선진 외국 이론을 도입해서 자기를 갱신(更新)하고 발전을 도모하는 것은 결코 수치스러운 일이 아니다. 아주 자연스러운 현상인 것이다. 따라서 이 시기에 김동인이 펼쳤던 소설론은 그 시대를 기준으로 보아야 할 필요성이 있고, 또 외국 이론 여부를 불문하고 그것이 우리 문단에 어떤 영향을 미쳤는지는 따지는 것이 필요하다 하겠다. 그런 관점에서 보았을 때 김동인의 소설론은 근대성 인식과 근대적 소설 이론으로서 일정 부분 그 효용성을 발휘했고, 또 나름대로 그 가치를 확보하고 있다고 평가해야 된다는 생각이다.

4. 결론

현대소설의 개념이나 범주를 따질 때는 그 시기, 작품 내용이나 작가의 의식, 작품의 서술 기법이나 방식 등이 함께 고려되어야 한다. 지금까지는 대체로 앞의 두 요소만을 중심으로 논의가 진행되어 왔다고 할 수 있다. 소설의 서술 기법이나 전략은 소설의 근대성 논의에서 소홀하게 취급되어 온 것이다.

김동인은 우리 근대소설 논의 과정에서 매우 중요한 인물이다. 초창기에 의식적으로 문학의 근대성을 문제 삼으며 문학 활동을 시작했고, 우리 근대문학 형성에 직간접으로 지대한 영향을 미친 일본에서 문학 수업을 했으며, 또 우리 문학사에서 보기 드물게 문학 이론을 탄탄히 구비하고 있었던 작가라는 점 때문이다. 지금까지 김동인에 관한 연구는 주로 앞의 두 면을 중심으로 진행되어 왔고, 문학 이론에 관한 연구는 충분하게 다루어지지 못했다고 보인다.

김동인의 소설론은 근대소설 장르에 대한 인식, 소설의 구성 요소에 대한 이론, 소설의 서술 방식과 기법에 대한 견해 등으로 나누어 볼 수 있다. 장르에 대한 인식이나 구성 요소에 대한 이론은 요즘 기준으로 보아도 손색이 없는 보편적 수준에 도달해 있다고 볼 수 있다. 다만 소설 서술에 관한 이론은 그동안 다양하고 정교한 이론이 엄청나게 개발되어 그 자체로 보면 아주 소박한 수준에 머물러 있다고 볼 수 있는데, 그럼에도 불구하고 관찰자와 서술자를 구분해서 고려하고 있는 점 등은 주목할 가치가 있다고 본다.

아울러 이 논의 과정에서 잊지 말아야 할 것이 있다. 어떤 사항을 논의할 때 절대적 기준과 상황에 따른 유연한 접근이 어디까지 허용될 수 있는가 하는 점이다. 김동인의 소설론은 물론 독창적인 것은 아니다. 상당 부분 일본을 통한 수용임을 부인하기 어려울 것이다. 그러나 이 경우에 우리가 기억해야 할 것은 그것을 오늘의 기준으로 볼 것이 아니라 황무지나 다름없던 당시 기준으로 보아야 한다는 것과, 선진 외국의 이론을 도입해서 자기를 갱신(更新)하고 향상을 도모하는 것이 결코 수치가 아니라 문명사회의 보편적인 현상이라는 점이다. 물론 주체를 방기한 채 무조건적인 외국에의 경사(傾斜)는 경계해야 마땅하겠지만 말이다.

결론적으로 논의를 종합하면, 김동인은 다양한 유형의 소설을 창작하는 활동을 통해 우리 현대소설의 형성과 발달에 큰 영향을 미쳤고, 동시에 깊이 있고 보편성 있는 소설론을 통해 우리 현대소설의 골격을 튼튼하게 세운 작가로 볼 수 있다. 그 가운데 가장 주목할 것은 그가 현대적인 소설의 서술 기법과 전략을 충분히 인지한 상태에서 문제를 제기하고 또 직접 그것을 실천하여 우리 현대소설 양식을 완성하는 데 일정 부분 기여한 작가였다는 점이다. 이는 그동안 우리 소설의 근대성을 따질 때 주로 작가의 의식이나 작품의 내용에 치중하고 작품의 서술 방식이나 기법에 대해 소홀했던 점을 보완하는 중요한 근거를 제공해 주는 의미가 있으며, 또한 이 점이 김동인 소설론의 독특한 성격이면서 동시에 소설사적인 가치를 지닌 것으로 판단된다는 것이 필자의 생각이다.

제4장

홍효민(洪曉民) 문학론

■■■

1. 서론

홍효민(洪曉民)은 우리 현대문학사에서 그 이름이 빈번하게 나오는 분이다. 대략 1920년대부터 1960년대에 이르기까지 각종 신문이나 잡지에 많은 글을 써서 당대 우리 문학에 관한 의견을 줄기차게 개진하였을 뿐만 아니라, 적지 않은 분량의 소설을 창작하여 발표하는 등 매우 활발하게 문학 활동을 펼쳐 왔다. 그럼에도 불구하고 아직까지 그에 관한 연구는 전무하다고 할 정도로 이루어지지 않았다. 그 숱한 대학원 석사논문에서도 그는 거의 다루어진 적이 없고, 본격적으로 그를 다룬 전공 학자들의 논문도 없는 형편이다. 그 이유는 무엇일까. 그가 쓴 글들이 우리 문학 연구에 있어 논의의 가치가 없기 때문일까. 아니면, 연구자들의 무관심 때문일까. 두 가지 이유가 복합된 것으로도 보이지만, 전자의 이유는 별다른 설득력을 가지지 못할 것 같다. 왜냐하면 학술적으로 검증을 거치지 않았기 때문이다. 적어도 그와 같은 결론에 도달하려면 그가 남긴 모든 글이 수집되어 당대 문학사의 전개 과정과 면밀하게 연관 검토된 다음, 가치 평가가 이루어져야 하는 것이 순리인데, 아직까지 그러한 작업은 수행되지 못하였다. 따라서 그러한 생각은 경박한 인상비평적 태도이거나 무책임한 비학문적 독단이라고 할 수밖에 없다.

그가 남긴 글이 얼마나 되는지에 대하여 명확한 자료는 작성되어 있지 않다. 그에 관한 본격적 연구가 이루어지지 않은 상황에서는 당연한 결과라고 할 수 있겠다. 그러므로 기초 자료집의 성격을 갖는 몇몇의 문헌에서도 차이가 많이 난다. 권영민 교수가 만든 『한국근대문인대사전』에 의하면 1927년 7월 발표한 「문예시평」에서부터 1963년 3월 「역사와 역사소설의 기본 이념」에 이르기까지 40년에 가까운 세월 동안 모두 126편의 글을 발표한 것으로 되어 있다.[1] 여기에는 수필이나 창작 소설 등은 물론 빠져 있고, 평론으로 분류할 수 있는 글들만 그렇다는 것이다.

이선영 교수가 오랜 작업 끝에 완성시킨 『한국문학논저유형별총목록』에서는 1927년 7월에 처음 발표한 「문예시평」을 필두로 하여, 1965년 6월 「행동지성과 민족문학」에 이르기까지 모두 114편의 글을 발표한 것으로 되어 있다.[2]

그의 사후 아들에 의해 출간된 평론집 『행동지성과 민족문학』은 꼼꼼하게 자료를 수집하여 이주홍(李周洪)과 조연현(趙演鉉)의 도움을 받아 자료를 배열하고 편집한 책인데, 모두 85편의 글이 수록되어 있다.[3] 그러나, 이 책

1 권영민, 『한국근대문인대사전』, 아세아문화사, 1990, p.1346~1352.

2 이선영, 『한국문학논저유형별총목록』, 한국문화사, 1990, p.668.

3 홍효민, 『행동지성과 민족문학』, 동문사, 1978. 이 책은 1980년 일신출판사에서 재출간되었음.

에는 많은 글이 누락되어 있다고 말하고 있는 만큼[4] 실제 홍효민의 모든 글, 또는 중요한 글이 이 책에 다 들어 있다고 단정하기는 어려울 것 같다.

이처럼 기본적인 자료조차 수집 · 정리되어 있지 못하지만, 거의 40여 년 동안 백 수십 편의 평론을 쓴 평론가로서의 활동이 논의의 가치조차 없다는 판단은 분명히 문제가 있어 보인다. 우선 활동 기간이나 작업의 양이 결코 만만찮을 뿐만 아니라, 일제강점기와 남북분단, 그리고 한국전쟁 이후의 우리 문단사에서 각 시기에 제기되었던 문제에 대해 나름대로 의견을 개진하고, 우리 문학의 나아갈 길에 대하여 모색을 멈추지 않았던 작업은 가볍지 않은 무게를 지닌다고 볼 수 있기 때문이다. 이런 사정을 감안하여 본 연구에서는 그의 문학론 가운데 중요하다고 판단되는 몇 가지의 것들만 검토하여 보기로 하겠다. 그가 쓴 글을 수집해서 분류하고 분석하여 논의하는 것이 정도임을 모르지 않으나, 그러한 작업은 후일 그를 본격적으로 연구하려는 사람에게 맡기고, 여기서는 한국 근대비평사에서 그의 위치와 위상을 점검하는 일환으로서 대표적인 문학론 서너 가지만 살펴보도록 하겠다는 말이다.

그가 제기한 문학론 가운데 비평사적으로 의미가 있는 것은 '행동주의 문학론', '역사소설론', 그리고 '민족문학론'이 가장 비중이 높을 것 같다. 쓰인 글의 분량으로서도 그러하지만, 그가 만년에 쓴 자전적 성격의 글[5]을 통해 그러한 점을 확인할 수 있다. 이 가운데 '행동주의 문학론'은 1930년대 통제되었던 우리 문단의 위기 타개책의 하나로 그가 신념을 갖고 도입,

4 「책을 펴내면서」, 위의 책, p.404 참조.

5 홍효민, 「행동지성과 문학」, 『현대문학』 1965년 6월호.

제기한 것이고, '역사소설론'은 그가 직접 여러 편의 역사소설을 집필하여 발표하면서 체험적으로 부딪쳤던 문제들과 다른 작가들의 역사소설을 보고 느낀 점을 바탕으로 역사소설의 본분과 본질을 여러 차례에 나누어 논의한 것이며, '민족문학론'은 그의 문단 생활 초기에서부터 면면하게 일관된 것으로 문학에 관한 그의 신념과 실천을 담는 그릇이었던 것으로 보인다. 그밖에도 중요한 것들이 더 있겠으나, 이 글에서는 일단 위의 세 가지 문제를 중심으로 논의를 전개하도록 하겠으며, 그에 관한 연구 논문이 거의 없는 점을 고려하여 그의 생애와 문학 활동을 간략히 정리하는 작업도 아울러 수행해 보도록 하겠다. 그리고 그가 쓴 글이 여기저기 널려 있어 체계적으로 수집 정리되어 있지 않으므로, 완벽한 것은 못 되지만 그의 아들에 의해 출간된 평론집을 바탕으로 자료를 인용하고 검토하도록 하겠다는 점을 밝혀 둔다.

2. 생애와 문학 활동

홍효민은 1904년 1월 21일 경기도 연천에서 한학자인 홍종길(洪種吉)의 외아들로 출생하였다.[6] 그의 부친은 구한국 내각 서기과장을 지냈는데, 이는 정3품의 품계였으니 가정환경은 꽤 좋았던 것으로 보아야 할 것 같다. 또한 외아들이었으므로 가족의 관심과 애정도 매우 깊었을 것으로 짐작된다. 어렸을 때의 본명은 순준(淳俊)이었으며, 필명 또는 아호로 사용한 것은 안재좌(安在左), 은성(銀星), 정복영(鄭復榮), 홍훈(洪薰), 효민학인(曉民學

6 「저자연보」, 주 3)의 책, p.405에 의함. 이하 같음.

人), 성북동인(城北洞人) 등이 있다.[7] 1917년 서울 계산보통학교를 졸업했고, 일본으로 유학하여 1929년 도오쿄세이소꾸(東京正則)학교를 졸업했다. 그 해 귀국하여 동아일보사 기자로 입사하였으며, 1936년 정신여고 교사였던 최양희(崔良喜)와 결혼식을 올렸다. 이때 주례는 춘원 이광수가 맡았다고 한다. 1940년 매일신보사 기자가 되었고, 해방된 뒤 1945년 조선일보사 학예부장 일을 했으며, 그 다음해 문학신문사의 주간으로 자리를 옮겼다. 1947년에서 1948년까지는 동방문화사와 새한민보사의 편집국장 일을 맡는 등 계속해서 언론계에서 활동하다가, 1949년 교육계로 옮겨 배재고교 교사가 되었으며, 동국대학교 강사로 출강하기도 했다. 한국전쟁 중인 1951년에는 충남전시연합대학에서 강의했고, 1952년 홍익대학교 국문과 교수가 되었다. 1954년 홍익대 국문과 학과장을 지냈으며, 이후 줄곧 이 대학에서 근무했다. 1975년 9월 21일 향년 71세의 나이로 성동구 능동 자택에서 별세하였으며, 경기도 양주군 남면 상수리 선산에 안장되었다.

문학 활동의 출발은 1922년 매일신보 현장모집에 소설 「운명」이 입상함으로부터 비롯된다. 이때 그는 나이 18세의 소년이었다.[8] 그것을 계기로 그는 문학의 길로 들어서 많은 책을 섭렵하게 되는데, 당시의 시대적 상황과 젊은 나이로 인해 프롤레타리아 문학론에 깊이 빠져들게 된다. 드디어 그는 동경에서 그쪽 노선을 취하는 성격의 동인지 『제3전선』의 핵심인물로 참여하게 된다. 이 『제3전선』이 그 후 카프(KAPF)가 생기는 계기가 되었

7 권영민, 『한국근대문인사전』, 아세아문화사, 1990, p.1345.

8 홍효민, 주 5)의 글, 앞의 책, p.401. 이후 특별한 표시가 없는 것은 모두 이 책을 가리킨다.

고, 그는 그 단체의 조직부장 일을 맡았다고 한다.[9] 그러나, 이 부분의 회고에는 착오가 있는 것 같다. 두루 알려진 바와 같이 카프가 결성된 것은 1925년의 일이고, 『제3전선』이란 동인지가 창간된 것은 1927년이므로, 문맥 그대로 믿기 어려운 차이가 발생한다. 아마도 이는 부정확한 기억을 바탕으로 한 노년의 회고에서 생기는 착오가 아닌가 여겨진다. 그러나 그는 곧바로 카프의 공산당 문예정책에 순응하는 노선에 반발하여 홍양명(洪陽明), 안석주(安碩柱), 김동번(金東煩) 등과 함께 카프를 탈퇴해 버리고, 카프에서는 그들을 제명하여 결별하게 된다.[10] 당시에 그는 민족문학이 계급문학보다 우위에 있다는 확신을 가지고 논리를 전개하였기 때문에 카프 쪽 사람들로부터 반동분자라는 낙인과 함께 '민족문학파'라는 이름이 붙여지게 되었다. 그 후 그는 그런 생각을 구체화하기 위해 『문학』이라는 잡지를 민병휘, 김철웅 등과 함께 창간하였고, 올바른 민족문학을 하기 위해서는 우리 역사를 알아야겠다는 판단 아래 역사 공부에 주력하게 된다. 그러한 공부를 바탕으로 그는 여러 편의 역사소설을 직접 집필하여 발표한다. 그래서 평론가라는 호칭보다는 역사소설가라는 호칭이 더 타당하다고 본인 스스로 생각할 정도까지 된다.[11] 한편, 그가 젊은 시절을 보낸 시기는 운명적으로 일본제국주의 통치 시기였기 때문에, 그는 정치보다는 다소 숨통이 트이는 문학의 길을 택하였던 것이고, 그 결과 그의 인생은 '반항에 젖어 왔고 분노에 살지 않을 수 없었던' 것이다. 이런 그의 생각에 활로를 찾

9 위의 글, p.402.

10 위의 글, 같은 곳.

11 위의 글, 같은 곳.

게 해 준 것이 프랑스를 중심으로 일어난 극우 보수주의에 대한 반발로서의 '행동주의'였다. 그는 이 이론을 도입하여 가장 통제가 심했던 1930년 후반기 우리 문학이 나아가야 할 한 방향으로 제시했던 것이다.

따라서 그의 문학론의 핵심은 서론에서 말한 대로 민족문학론, 역사소설론, 행동주의 문학론으로 어렵지 않게 집약될 수 있다. 중간에 부분적으로 거론될 수 있는 것들로는 해외문학파에 대한 공격[12], 가톨릭 문학론에 대한 반발[13] 등이 있는데 이는 크게 보아 그의 민족문학론의 범주에 포함시킬 수 있는 것들이다.

해방 이후 그는 '조선프롤레타리아문학동맹'에 가담하였으나 '조선문학건설본부'와의 통합 과정에서 자신의 기능 분담론이 수용되지 않자 조직을 떠난다. 그는 '문건'과 '프로예맹'이 기능을 분담한 상호보완적 관계로 정립할 것을 제안하였는데, 그것은 '문건'을 과도 단체로 '프로예맹'을 기본 단체로 설정하고, 후자가 전자의 반동화를 감시할 의무를 갖는다는 내용이었다. 그러나 이 제안은 거부되었고, 그는 결국 침묵을 지키다가 중간파의 입장을 표방한다.[14] 그 후 그는 '조선적 리얼리즘'을 주장하다가 앞에서 본 대로 민족문학론 쪽으로 선회하게 된다. 한국전쟁 이후 대학에서 문학을 강의하면서부터는 한국문인협회 평론분과 위원장, 한국문인협회 이사 등의 직함을 맡는 등 제도권 안에서 원로로서의 자리를 지켜 나가게 된다.

이상 간략하게 그의 생애와 문학 활동을 더듬어 보았으나, 워낙 한정된

---

12 김윤식, 『한국근대문예비평사 연구』, 일지사, 1976, pp.147~149.

13 위의 책, p.261.

14 권영민, 앞의 사전, pp.1345~1346.

자료의 탓으로 인해 상당히 많은 부분이 보완되어야 하리라고 생각된다. 부족한 부분은 차후 본격적인 연구자들의 몫으로 남겨두고자 한다.

3. 문학론의 양상

1) 행동주의 문학론

'행동주의(Behaviourism)'란 용어는 원래 심리학에서 설정된 개념이다. 즉, 왓슨(J. B. Watson)이 고전 심리학의 내관의 방법을 비판하고, 심리학의 대상을 내부의식이 아니라 밖에서 관찰이 가능한 행동이라고 주장한 이래, 심리학은 행동의 과학이라는 견해가 정립되었다. 이것이 문학에 도입된 것은 제1차 세계대전 후의 프랑스에서였다. 그 당시 프랑스를 비롯한 유럽에서는 인간의 내면 세계를 파헤치고 자의식을 추구하는 문학이 매우 성행했었는데, 1920년대 후반기부터 미증유의 경제공황과 파시스트 정권의 출현, 그리고 좌우 정치 이데올로기의 첨예한 대립 등으로 인하여 사회가 극도의 무질서와 혼란에 빠지게 되었다. 이런 사회 현상에 반발하여 문학도 현실에 적극적으로 개입하여 영웅적으로 행동해야 한다는 주장이 제기되었는데, 이것이 바로 행동주의 문학의 기본 입장이었다. 한 마디로 요약한다면, 행동주의란 반파쇼투쟁에 궐기하려 젊음과 정열을 불태운 탈서재파 문인의 정신 경향을 가리킨다고 할 수 있다.[15] 그것의 전개 과정과 우리나라에의 도입을 좀 자세히 살펴보기로 하자. 1930년대 독일과 이태리에

15 김용직, 『문예비평용어사전』, 탐구당, 1985, pp.277~278.

서 히틀러와 무솔리니의 파쇼 정권이 수립되자, 프랑스에서도 자연히 파쇼 세력이 힘을 얻어 그 세력이 확대되기 시작하였고, 그에 대립되는 또 하나의 정치 세력이 대두되었으니, 그것이 바로 1936년부터 약 3년간 유럽의 큰 정치 세력으로 활약한 인민전선파이다. 이 인민전선은 파쇼 세력에 대항하는 좌익 제파의 공동전선이라고 할 수 있는데, 1935년 7월 모스크바에서 열린 제7회 코민테른 대회에서 결정된 방침의 실천적 행동으로 결성된 것이다.[16] 이후 이 인민전선은 프랑스와 스페인에서 정권을 획득하는 성공을 거두었으나, 그 대립은 격화되어 결국 세계대전의 전초전이라 할 스페인 내란을 유발하게 된다. 이 과정에서 유럽의 다수 지식인들이 인민전선에 긴밀한 유대관계를 맺게 된다. 그들이 자신들의 임무라고 생각했던 것은 '문명을 지키고 그것을 야만으로부터 구출'해 내고자 하는 것이었기 때문에, 파쇼 세력과의 투쟁이라는 명분만 있다면 인민전선보다 더한 세력과도 당연히 제휴했을 가능성이 있다. 따라서 그들이 좌익 세력으로 전향한 것은 필연적 결과였는지 모른다. 1935년 그런 생각을 공유한 지드, 아랑, 랑주방, 페르낭데스를 중심으로 '지식계급인연맹'이라는 것이 결성되었으며, 그들은 작품과 글을 통해서뿐만 아니라 직접 현장에 뛰어들기도 하였다.[17] 앙드레 말로, 생텍쥐페리, 오든, 헤밍웨이 등의 활동은 바로 그러한 행동의 실천이라고 할 수 있다. 이러한 행동주의는 곧바로 일본에 유입되었고, 1935년에 일본 유학생이었던 이헌구, 함대훈, 홍효민 등에

16 백철, 『신문학사 조사』, 신구문화사, 1968, p.462.

17 위의 책, p.463.

의해 우리나라에도 소개되었다.[18] 특히 홍효민은 이 행동주의를 한국 문학의 진흥을 위해 우리 문학에 적용해야 한다고 강력하게 주장하여, 이후 그의 대표적 문학론처럼 인식되기에 이르렀다.

그가 이 문제에 관해 자신의 견해를 피력한 글은 다음의 세 편이다.

- 행동주의 문학의 이론과 실제 (1935년)
- 행동주의 문학운동의 검토 (1936년)
- 문학에 대한 이상과 행동 (1939년)

이 가운데 맨 먼저 쓴 「행동주의 문학의 이론과 실제」는 모두 8개의 부분으로 이루어져 있는데, 행동주의 문학론이 나오게 된 역사적 · 사회적 조건, 그 이론이 갖고 있는 특징, 철학과 심리학적 배경, 실제의 작품 소개와 앞으로의 전망 등이 그 주요 내용이다. 먼저 그가 제기하는 것은 세계 문학이 진통기에 와 있다는 진단이다.

> 러시아의 볼셰비즘, 이태리의 파시즘, 독일의 나치즘은 신장할 수 있는 한 신장시키고, 또 일방 막다른 골목에 들은 자본주의적 자유주의는 파시즘이나 나치즘에 분해될 때 중간계급으로의 인텔리겐차는 그들이 공들여오던 자유주의가 여지없이 붕괴되어 허망하게 됨과 아울러 그들의 전위적이요 중추적이요 지도적인 환상이 희박해오고 소멸되게 되었다. 그리고 그들 인텔리겐차에게 새로이 늘게 된 것은 우울과 불안과 초조와 절망이 뒤미처 엄습하게 되었다.[19]

---

18 위의 책, p.464.

19 홍효민, 「행동주의 문학의 이론과 실제」, 『신동아』 1935년 9월호. 주 3의 책, p.78. 이하 특별한 표시가 없는 것은 모두 이 책의 인용이며 한자어를 한글로 바꾸어 썼다.

이러한 처지의 지식인들은 쉐스도프의 비극 철학이나 하이데거의 불안의 철학, 도스토엡스키의 우울의 문학, 니체의 초인 철학 등에 빠져들 수밖에 없었는데, 이때 페르낭데스를 중심으로 한 행동적 휴머니즘이 대두되었고, 이는 지식인과 문학 예술을 침체로부터 구할 수 있는 지위를 가진 것이었다.[20] 페르낭데스가 이런 선언을 하게 된 배경에는, 프랑스를 중심으로 한 유럽의 정세와 문학의 위기가 내재해 있었다. 파시즘의 강력한 득세와 아울러 20세기 초의 문학이 보여 준 양상—부르주아의 내면생활의 혼란상과 기성도덕의 부패 및 위선 등이 바로 사회의 위기였고, 지식인의 위기였으며, 문학의 위기였다. 따라서 자유주의적 신념을 바탕으로 한 행동적 휴머니즘은 정치와 문학을 통합한 실천적 문학운동의 성격을 갖게 된다.[21]

이 행동적 휴머니즘은 그 사상적 기반으로서 데카르트의 이성주의와 동양적 철학 정신의 합류인 스피노시즘(Spinosism)을 가지고 있으며, 이는 동시에 다다이즘과 쉬르레알리즘에 반발하는 것으로서, 인간의 전체성을 제창한 네오 이성주의요 정신적 자유주의라고 할 수 있다.[22] 따라서 이는 반부르주아 사상이며 반베르그송 철학이라 할 수 있고, 자연스레 유물사관의 영향에서 자유로울 수 없는 성격을 갖는다고 할 수 있다.

그러므로 이것이 문학에 적용될 때 리얼리즘이나 내추럴리즘, 심리주의에서와는 다른 모습을 보일 수밖에 없다.

---

20 위의 글, p.79.

21 위의 글, p.81.

22 위의 글, p.83.

> 문학에 있어서 행동적 휴머니즘은 전인격적 표현을 의도하는 것이며, 기계론적 · 결정론적인 세계관과 인생관을 배척하느니만큼 종래의 문학－고전주의, 낭만주의, 리얼리즘, 내추럴리즘, 심리주의가 항상 범하고 있는 悟性的 思惟의 과중 혹은 관념화시킨 감정의 일면적 표현에 스스로를 대척적 위치에 두는 것이다.[23]

따라서 행동주의 문학은 반주지주의적이라 할 수 있고, 당연히 이지적 통제에 의한 인간의 전체성 파악은 믿지 않는다. 그 결과 소설의 서술에 있어서도 양식화된 의도의 합리적 발전인 플롯을 부정하며 순간마다 형식을 재구하여 가는 자발적이고 창조적인 전개의 방법을 취한다. 또한 이는 다른 모든 예술 활동에도 적용되는 것으로, 일순간마다 볼 수 있는 비약적인 변화에 약동하는 창조적인 행동적 진실이 있다고 보는 것이다. 이와 같은 견지에서 그들은 '個的 人間을 全體性과 獨自的 리얼리티의 위에서 보기 위하여는 다만 行動的 角度에서만 可能하다'는 명제에 도달하게 된다.

이러한 행동주의를 실현한 작품으로는 말로의 『인간의 조건』, 『정복자』를 들 수 있고 일본에서는 '후나바시 세이이치(舟橋聖一)', '도요타 사부로(豊田三郎)', '후쿠다 세이이치(福田青一)', '다무라 다이지로(田村泰次郎)', '이노우에 모이치로(井上友一郎)'의 작품들이 그에 해당된다고 할 수 있다. 우리나라에서는 아직 그 이론이나 문학운동이 일어나고 있지 않으나, 필연적으로 앞으로 선전되고 화려한 전개를 볼 것인데, 그 이유는 두 가지다. 하나는 이것이 신자유주의의 진보적 문학운동이기 때문이며, 또 하나는 이를 통해 우울 · 불안 · 회의 · 절망으로 초조해 하는 심리와 행동을 해결

23 위의 글, p.85.

해 줄 수 있기 때문이다.[24]

이상이 이 글의 내용을 대충 요약한 것인데, 이 글은 그 제목에서 이미 드러나 있듯이 아직 우리 문단에 생소한 행동주의 문학 이론을 개략적으로 소개하는 성격을 가지고 있다. 따라서 그것의 개념과 발생하게 된 역사적 · 문학적 배경 및 실제 문학에서의 적용과 방법에 관해 극히 소박하게 자신의 견해를 표명하고 있는 글로 보인다.

「행동주의 문학운동의 검토」는 앞의 글과 그 내용이 상당 부분 중복되고 있다. 이 글은 물론 그 부제(행동주의 문학의 조선적 가능)에서 보다시피 그것의 한국적 적용과 그 장래에 초점이 두어져 있는 것으로 보이지만, 실제 내용은 앞의 글과 큰 틀에서 일치하고 있다고 볼 수 있다. 우선 일곱 개로 나누어진 소제목을 일별해 보아도 그것을 알 수 있다.(1. 머리말(제출의 원인), 2. 세계불안과 지식계급, 3. 일본지식계급과 불란서지식계급, 4. 신자유주의와 행동주의 문학, 5. 행동주의 문학과 조선문단 및 그 문학, 6. 행동주의 문학의 장래, 7. 결어의 순서로 되어 있다.)

먼저 이 글에서는 오늘의 문학상의 신 문제는 재래의 지식계급의 각성으로부터 오는 행동주의 문학이 아닐 수 없다고 하면서[25], 지식계급이 당면한 딜레마인 혁명과 반혁명의 갈림길에서 그 피동성을 떨쳐 버리는 새로운 자유주의로서의 능동정신이 곧 행동주의인 바 이는 그들의 새로운 발견이라 할 수 있다고 하였다.[26] 왜 그들이 그렇게 되었는가를 프랑스 문

---

24 위의 글, p.86 요약.

25 홍효민, 「행동주의 문학운동의 검토」, 『조선문단』 1936년 7월호. 앞의 책, p.87.

26 위의 글, p.88.

학사에서 점검하고, 일본에서 이것이 나타나게 된 이유로는 '주관적 정세와 객관적 정세의 일치', 또는 '순문학의 진보적 문인과 좌익의 패배주의자들의 악수'로 보고 있다.[27]

이어서 행동주의 문학의 이론적 근거를 철학과 심리학, 그리고 전 시대 문학의 문제점에서 따져 본 다음, 이 글의 핵심이라 할 우리 문단에의 적용 가능성을 타진해 보고 있다.

> 이는 세계적 한 개의 뚜렷한 조류로서 만도 다분의 가능성을 갖고 있거니와 그 중요한 이유는 조선의 객관적 정세가 일방의 브르조아 문학과 프롤레타리아 문학이 타협적으로 흐름과 병행하여 이 신자유주의에 의한 행동주의 문학은 필연적으로 일반지식계급에게 어느 정도까지 합류의 가능성을 부여하고 있느니만큼 환영되지 아니치 못할 정세에 놓여 있는 것이다.[28]

인용에서 보다시피 그는 행동주의를 중간적 존재로 파악하고 있으며, 당시 우리 문단의 실정으로 볼 때 그 침체와 위기를 타개해 줄 하나의 신경향으로 보고 있다. 두루 알려진 바와 같이 이 글이 쓰인 1936년은 카프의 해산 이후 우리 문단의 전형기로서 다양한 위기 타개책이 제시될 무렵이다.[29] 그는 행동주의 문학이 당시 우리 정세나 문단의 실정, 또 지식인 계급이 나아가야 할 방향 등에서 볼 때 가장 적합한 것이라고 판단한 듯하며, 또한 그것은 일시적이거나 유행적인 것이 아니라는 소신을 가지고 있었던 것처럼 보인다. 그래서 행동주의는 현재보다도 장래에 전 세계적으

---

27 위의 글, p.90.

28 위의 글, p.92.

29 김윤식, 앞의 책, pp.461~462.

로 활발히 전개될 것이라고 서슴없이 예언하고 있는 것이리라.[30]

「문학에 대한 이상과 행동」은 앞의 두 글보다 몇 년 뒤에 발표된 것인데, 여기에 와서 그의 생각은 상당한 선회를 하고 있는 것처럼 보인다. 능동정신에 의거한 인간적 행동주의가 마르크스주의와 파시즘의 문학이나, 순수문학이라는 옷을 걸친 회의 · 불안 · 초조 등의 혼란과 무질서의 문학을 지양하는 하나의 신경향임은 틀림없는 사실이지만, 그것이 문학자의 이상에는 미치지 못하고 있음을 조심스럽게 거론하고 있다. 다음의 일절은 그의 이러한 생각을 잘 보여주고 있다.

> 그러나 금일에 이르기까지 문학에 있어서 찾는 바 인간정신은 이 능동정신만이 아닐 것이며, 또 찾는 바 인간이 행동주의만이 아닐 것을 吾人은 감히 말하고 싶다. 그것은 왜냐하면 능동정신에 의거한 인간행동주의는 현대문학의 위기에 있어서 그 타개책 또는 일시적 선언은 될 수 있으나 역시 파시즘과 방사하게 그 철학적 근거가 희박한 것이다.[31]

이렇게 선회하게 된 이유가, 극악하게 그 도를 더해가던 유럽의 파시즘이나 일본 군국주의자들의 진보적 사상에 대한 대대적 탄압이라는 객관적 정세의 탓인지, 아니면 이 글의 제목에 따른 문학의 영원한 이상을 논하는 논리의 연장에서 기인하는 것인지는 분명치 않다. 하지만 그가 소신과 확신을 가지고 제기하였던 행동주의 문학에 관해 초기의 생각이 바뀐 것만은 분명해 보인다.

우리 문학사에서 1930년대 중반에 행동주의 문학 이론이 소개된 것은

---

30 홍효민, 앞의 글, p.93.

31 홍효민, 앞의 책, p.78.

몇 가지 면에서 그 의의가 있다고 볼 수 있다.

첫째, 당시 우리 문단 사정은 카프의 해산 이후 주도적 흐름을 잃고 침체와 위기의 국면을 맞고 있었는데, 그 해결책으로 제기된 여러 방안 가운데 하나로서 의의를 갖는다. 문학은 시대정신(Zeitkeist)의 산물이자 동시대 현실의 반영이기 때문에 현실을 초월하려는 속성과 함께 현실의 속박으로부터 자유로울 수 없는 이중성을 지닌다. 당시의 우리 문인들 가운데 카프의 소속 맹원이었든, 아니면 그 반대편에 서 있었든, 창작의 자유가 통제된 환경에서 그 활로를 찾아보려는 노력은 소중한 책무이자 양심적 행동으로 평가할 수 있다. 그것은 최소한 친일로 떨어지지 않으려는 노력의 일환이며, 현실을 외면하지 않는 고뇌의 움직임일 수 있기 때문이다.

둘째, 세계적 문학의 흐름에 능동적으로 동참하는 의의를 둘 수 있다. 이 이론이 소개된 시점은 프랑스나 일본에서도 막 그 이론이 수립되고 또 실천되는 시기다. 비록 일본이라는 여과 장치를 통하기는 했으나, 우리 문학이 세계문학의 조류에 진행형으로 동참하는 현상은 당시의 실정에 비추어 볼 때 흔한 일일 수 없다고 할 수 있다.

셋째, 그 내용상 당시의 우리 문학이 나아가야 될 올바른 방향을 지시하고 있었다는 점에서 그 의의를 찾을 수도 있다. 문인이라는 지식인이 현실을 살아갈 방향성을 담고 있으며, 또 작품 창작 시에 지켜야 할 방법론을 담고 있는 이 이론은, 시대적 위기와 문학적 위기를 동시에 타개할 그런 성질을 갖고 있었다. 다만 그것이 지나친 도식적 이론의 틀이라는 한계는 있으나 (그래서 그 이론에 부합되는 작품이 많이 못 나오고 이내 사그라졌는지도 모른다) 명분상으로나마 그런 가능성을 담지한 이론이 쉽게 수립될 수도 없는 일이다.

결과적으로 이 이론은 다만 하나의 이론으로 소개되고 곧바로 소멸되고 말았지만, 또 필자 자신도 얼마 후 스스로의 소신을 선회시킨 점이 인정되긴 하지만, 당대의 우리 문학사 논의에서 무시되어도 괜찮을 그런 것은 아니라고 판단된다. 앞으로 이에 대한 상세한 검토와 그 의의를 찾는 작업이 계속된다면, 1930년대 중반의 우리 문학사 탐구와 기술에 적잖은 기여를 하리라고 여겨진다.

2) 역사소설론

앞에서 밝힌 바와 같이 홍효민은 여러 편의 역사소설을 써서 발표했고, 또 역사소설에 관한 이론적인 글도 상당량을 남기고 있다. 그가 역사 쪽으로 문학의 방향을 돌리게 된 계기는 카프에서의 제명 이후로 본인이 회고하고 있다. 즉, 그는 "단일민족으로 구성된 민족국가에 있어서는 그 민족적인 것이 선행하지 않을 수 없는 일면 계급문학이 성립될 여건이 박약함을 알고", "순문학으로 들어서면서 다시금 민족적 민족주의적 문학으로 방향을 전환"한 것이다.[32] 그리하여 그는 한국사를 새로이 공부하고 연구하는 일변, 김동인 · 이광수 · 박종화의 역사소설을 기반으로 역사소설을 몇 편 쓰게 된다. 그가 쓴 역사소설을 출간된 연도 중심으로 나열해 보면 다음과 같다.

- 仁祖反正(성문당, 1941)
- 女傑閔妃(삼중당, 1948)
- 太宗大王(대성출판사, 1948)

---

32 홍효민, 「행동지성과 민족 문학」, 『현대문학』 1965년 6월호. 위의 책, p.402.

- 永生의 密使(치형협회, 1948)
- 楊貴妃(삼중당, 1949)
- 구리개기담(삼중당, 1949)
- 仁顯王后와 張禧嬪(삼중당, 1949)
- 新羅統一(창인사, 1952)

그 외, 『한국역사소설전집－7』(을유문학사, 1960), 『한국야담사화전집－11』(동국문화사, 1960), 『한국대표야담사화전집－4』(서정출판사, 1972) 등이 있고, 연재만 되고 단행본으로 나오지 않은 것으로는

- 새벽별(새벗)
- 東方의 王子(소년세계)
- 王子三兄弟(학원)
- 백제(대전일보)
- 남이장군(대전일보)

등이 있다. 이들 작품에 관한 검토나 연구는 본고의 의도와 맞지 않기 때문에 다른 연구자에게 맡기기로 하고, 여기서는 그의 역사소설에 관한 이론적인 글들만 대략 짚어 보기로 하겠다. 그가 이 분야에 관해 쓴 글은 8편 정도가 확인되는데, 발표된 연도의 역순에 의해 제시해 보면 다음과 같다.

① 역사와 역사소설의 기본 이념(1963년)
② 역사소설의 근대문학적 위치(1958년)
③ 역사소설의 문학적 위치(1956년)
④ 역사소설의 사적 고찰(1955년)
⑤ 역사소설과 시대의식(1955년)
⑥ 역사소설의 성격과 기준(1954년)
⑦ 역사소설과 현실(1954년)

⑧ 역사소설의 구성과 성격(1953년)

①은 권오돈(權五敦)이 「考證의 모랄」(『사상계』, 1963년 1월호)이란 글로 홍효민의 「역사소설의 고증」에 가한 비판에 관해 반론 형식으로 쓴 글이다. 이 글에서 그는 권씨가 역사소설의 내용이 역사적 사실과 어긋나는 사례를 공격한 것에 대해, 역사소설의 내용이 반드시 역사적 사실과 일치해야 하는 것은 아니며, 오히려 역사소설은 역사와 별개의 독립된 예술임을 강조하고 있다. 그 근거로서, 역사소설은 소설이라는 예술에 속하기 때문에 '구성'이 제1의요 사실이나 사건은 제2의라고 하면서,[33] 작가의 의도에 따른 구성 여하에 의해 사실과 부합되지 않는 것이 있을 수 있다고 하였다. 이를 좀 더 확장시켜 말한다면, 역사소설도 분명 소설 예술로서 허구의 진실화를 지향하느니만큼 인간 탐구나 성격 창조에까지 나아가지 않을 수 없고, 그러다 보면 세세한 고증이 반드시 필요치 않을 수도 있다는 것이다. 그가 리얼리티를 위한 고증 자체까지 부정하는 것은 물론 아니지만, 너무 고증에만 매달리다 보면 예술로서의 역사소설이 되지 못할 수 있음을 경계한 것이라 보인다.

②는 역사소설이 한 개의 특질을 가진 고도의 근대문학임을 전제하면서, 그렇게 되기 위해 역사 소설가들이 가져야 할 태도에 관해 쓴 글이다.

> 우리는 역사에서 역사소설을 가져온다. 그러나 이것이 근대문학이어야 한다는 것은 거의 철칙에 가까운 바가 있다. 아직도 설화문학과 혼동하거나 혼용하는 일이 많거니와 이는 우선 작가 자신이 역사소설은 좀 더 어려운 것이

33 홍효민, 「역사와 역사소설의 기본 이념」, 『현대문학』 1963년 3월호. 위의 책, p.202.

라는 관념을 가져야 함에도 불구하고 도리어 안이하게 생각하는 경향을 경계하지 않으면 아니 된다.[34]

그래서 역사 소설가는 소설적 기술 못지않게 역사에 관한 깊은 공부가 있어야만 한다는 것이다.

③은 당시 발표된 몇 편의 역사소설에 관하여 그의 의견을 개진한 글이다. 소설가들이 역사소설을 오해하고 왜곡하여 통속소설로 전락시킨 것을 우려하고 개탄하는 이 글은, 역사소설도 엄연히 하나의 창작이요 예술품이기 때문에 당연히 근대소설 창작 과정과 마찬가지로 작가의 사상까지 들어가야 한다는 것이다. 따라서 적당한 자료의 나열이나 흥미 위주의 사건 전개로 이루어진 것들이 역사소설의 이름으로 범람되는 세태는 결코 바람직하지 않다는 것이다.

④는 근대역사소설의 발생과 전개 과정을 일별하는 글이다. 중국, 영국, 프랑스, 독일, 이태리, 서반아, 러시아, 미국 등지에서 역사소설이 시작되고 발전된 모습을 개략적으로 설명하고, 우리나라의 경우 이광수, 김동인, 윤백남, 박종화의 작품을 들어 설명하고 있다. 그러면서 현대는 역사소설의 시대이고, 역사소설은 역사에 대한 계몽의 보편화, 인류의 정신적 양식으로 적합한 문화유산이란 말을 덧붙이고 있다.

⑤는 역사소설의 의의에 대해 쓴 것이다. 역사는 조상에 대한 경모의 인간의식과 조상을 배우려는 관념의 대상이므로 죽은 것이 아니라 살아 있는 것이며[35], 따라서 역사가 우리에게 산 교훈을 주는 것이라면, 역사소설

34 위의 책, p.208.

35 위의 책, p.217.

은 산 교훈 위에 생활을 두는 것이라고 할 수 있다. 그러므로 역사를 살아 있는 것으로 파악할 때, 현대는 현대로서의 성격과 개성을 가질 뿐만 아니라 과거 연장으로서의 성격과 개성도 아울러 가지므로, 역사소설은 새로운 역사 해석에 의한 작가의 개성이 드러나야만 한다는 것이다.

⑥은 역사소설의 일반적 원칙을 간략히 쓴 것인데, 역사소설도 하나의 예술 작품이라는 점, 다른 순수소설처럼 각각의 사상성이 있어야 한다는 점을 말하고, 소설에서 새 것을 찾고 역사에서 새 것을 찾는 것이 역사소설의 성격이요 기준이자 원칙이라고 하였다.

⑦은 역사소설의 독법에 관한 짤막한 글이다. 역사소설에는 그 시대의 분위기, 또는 시대적 성격이 나오고, 작가의 모럴이나 사상성이 들어 있으므로, 그 민족의 전통을 살리는 한 개의 민족사며 풍속사며 고고학의 의의를 가지고 있다. 따라서 역사소설을 읽을 때는 현대의 사물과 대조해 볼 일, 역사상의 허물을 시정해서 그것을 되풀이하지 않을 일, 그 시대의 성격이 현대에 어떻게 작용하고 있는가를 볼 일 등이 중요하다고 하였다.[36]

⑧은 역사소설의 구성 방법과 성격 창조에 관해 언급한 글이다. 역사소설은 근대 이후에 나온 근대소설의 한 장르이기 때문에 근대소설의 창작 방법론에서 벗어날 수 없다. 그 구성은 역사의 번역이나 연의일 수 없고 이미 알려진 사실을 재료로 이용하므로 비상한 연구로 특출한 구성을 하여야 하며[37], 성격 창조에 있어서도 사실주의나 낭만주의적 방법을 사용하여야만 한다. 그렇게 하지 않았을 때, 통속소설로 떨어질 수밖에 없으며,

36 위의 책, p.226.

37 위의 책, p.229.

이 점이 역사소설을 쓰는 사람들이 명심해야 할 사항이라고 하였다.

이상으로 그의 역사소설에 관한 글들의 내용을 간략히 살펴보았거니와, 한마디로 말하면 그 양적 풍요에도 불구하고 그 내용의 빈약함을 지적하지 않을 수 없다. 거개의 글들이 역사소설의 근본적인 이념이나 그것이 갖는 현재적 의미의 깊은 뜻에 미치지 못하고 있고, 극히 상식적이거나 막연한 추상성에 머물고 있다. 또한 역사소설의 성향에 따른 분류 같은 것을 시도해 보지도 않았고, 자연히 역사소설이라는 큰 덩어리로 묶여 구호적인 일반론만 되풀이 되고 있다. 이미 필자도 알고 있을 김동인이나 현진건의 20~30년대 역사소설론 수준에조차 미달하고 있는 느낌이다. 아마도, 그 문제에 관해 본격적으로 학술적 접근을 하지도 않았고, 대부분의 글이 신문이나 잡지의 청탁에 의해 즉흥적으로 쓰인 데서 오는 필연적 결과인지도 모르겠다. 따라서 그의 역사소설론은 다른 이론가들의 그것과 뚜렷한 차별성도 없을 뿐더러, 어느 한 유파의 이론에 기울어지지도 않았기 때문에, 뚜렷한 특징이나 독자성이 있다고 보기도 어렵다. 막연하고 추상적인 일반론의 범주에서 벗어나지 못하고 있는 그의 역사소설론은, 그러므로 상식의 표명이거나 보통 독자를 위한 계몽용 정도에 머무는 것이라고 할 수 있겠다.

다만 적지 않는 분량의 역사소설 창작과 함께 몇 년간에 걸쳐 이만한 분량의 글을 썼다는 것은, 그의 역사소설에 대한 애정과 집념, 그리고 지속적인 관심을 보여주는 것으로 평가할 수 있을 것이다. 그가 쓴 역사소설이 그가 펼친 이론에 얼마나 접근하고 있는가의 여부는 또 다른 차원의 문제며, 차후 다른 연구자들이 수행해야 할 작업임을 덧붙여 둔다.

3) 민족문학론

이 문제에 관해 쓴 글은 꽤 많은 편이며, 그 시기도 문단생활 초창기부터 말년에까지 이어지고 있다. 그러나 그 많은 글을 다 검토할 수는 없으므로 이 문제가 직접적으로 다루어진 다음의 네 편만 검토해 보도록 하겠다.

① 민족적 사실주의의 수립 (1949년)
② 민족문학의 중심 과제 (1955년)
③ 한국문학의 문학사적 의의 (1955년)
④ 행동지성과 민족문학

①에서는 문학에 있어서 사실주의가 갖는 중요성을 언급하면서, 사실주의의 근본정신은 비평정신에 있다고 보고 있다. 이 비평정신이야말로 객관적 진실을 그려 그 민족의 문화 창조의 길을 열 수 있다는 것이다. 그러한 예를 그는 러시아 사실주의 전개 과정으로 고찰하고 있다. 즉, 푸시킨의 예술적 사실주의, 고골리의 사회적 사실주의, 곤자로프의 객관적 사실주의, 투르게네프의 심리적 사실주의, 도스토옙스키의 종교적 사회주의 내지 신비적 사실주의, 톨스토이의 민족적 사실주의, 체호프의 소시민적 사실주의, 고리키의 사회주의적 사실주의까지 발전하여 세계문학을 제패하게 된 것이 전적으로 이 사실주의의 확립 때문이라는 것이다.[38] 현 단계에서 세계문학은 사회주의적 사실주의와 혁명적 낭만주의가 그 과제로 되어 있으나, 우리 조선은 조선적 특수성이 있어 민주주의적 혁명 단계이므

38 위의 책, p.183.

로[39], 그것을 그대로 수용할 수가 없으며, 문학이나 학문 모두 민족적 내지 민족적 사실주의가 필요하다고 하였다. 러시아에서 슬라브주의가 수립된 후에 국제주의를 받아들인 것처럼, 우리도 맹목적으로 세계주의를 수용할 것이 아니라 민족적 사실주의 수립이 급선무라는 것이다.

②는 민족문학의 윤리적 질서에 관해 쓴 글이다. 민족문학은 어느 때나 윤리와 계몽을 그 노선으로 하며, 정치적 문화적으로 향상됨을 목표로 하는데, 우리나라의 평론가들은 그러한 임무를 소홀히 하고 있다는 것이다. 그 실례로서 3 · 1운동 이후의 우리 문학을 부정적으로 규정하는 이론에 대해 논박하고, 올바른 민족문학은 윤리와 계몽과 모럴이 있어야 함을 강조하고 있다. 계급문학은 결국 투쟁 지향이기 때문에 소멸될 수밖에 없고, 윤리 · 계몽 · 모럴을 형상화하는 민족문학이 수립되어야 함을 역설하고 있다.

③은 '민족문학의 올바른 이해를 위하여'라는 부제가 붙어 있는데, ②에서 잠깐 언급된 3 · 1운동 이후의 우리 문학을 보는 관점이 개진되어 있다. 주로 백철의 견해를 비판하는 데에 중점이 두어져 있는 바, 3 · 1운동 이후의 우리 문학을 '짙은 황혼시대'로 규정하는 것에 대해 강력한 이의를 제기하고 있다. 3 · 1운동은 윤리운동이며 동시에 정치운동이었고, 그것은 실패한 것이 아니라 성공한 운동이기 때문에[40], 그 이후에 이루어진 문학을 참다운 민족문학의 출발로 볼 수 있다는 것이다. 쉬르나, 다다, 데카당스의 모습을 띤 문학이 있었던 것은 사실이나, 그것은 우리 문학의 정통적

39 위의 책, p.185.

40 위의 책, p.168.

유파가 아니고, 오히려 검열과 싸우는 저항의 문학, 일시적으로 주도권을 넘겨받았던 프롤레타리아 문학이 그 주류라고 할 수 있으며, 또한 해외에의 망명문학이 그 정통이라고 할 수 있다는 것이다. 그러므로 우리나라의 민족문학은 약소민족이 정상적으로 가지는 바 항쟁의식 과정을 밟아 왔고 일부의 망명문학이 있다는 사실을 알아야 한다는 것이다.[41]

④는 앞에서도 잠시 언급한 바와 같이, 그의 문학적 생애를 회고하는 자전적인 글이다. 여기에서 그는 카프에서의 제명 이후 민족문학의 길로 들어섰고, 그것의 실천적 행동으로 역사 공부와 역사소설 집필에 주력했으며, 계급문학은 결국 민족문학보다 하위 개념이라 할 수 있기 때문에 인생과 문학 모두 자연적으로 민족문학에로 깊이 들어가게 되었다고 밝히고 있다. 그러면서 결론적으로 그의 문학을 정리하여 다음과 같이 말하고 있다.

> 그것은 객관적으로도 우리 민족이 성장해 가고 우리의 민족문학이 성장해 감에 따라 한 개의 추세로도 되고 한 개의 기술로도 되고 있다. 문학은 한 개의 행동지성으로 문학실존이란 위치에서 언제나 빛나고 있고 움직임을 가지고 있음을 새삼스럽게 뼈저리게 느끼고 있다. 또한 우리가 가지고 있는 문학 긍지도 이곳에 있음을 말해두지 않을 수 없다.[42]

요컨대 그의 문학은 민족문학으로 일관돼 왔으며, 그것은 문단이나 사회 현실로 볼 때 피할 수 없는 추세이며 창작 기술이라는 것이다.

이상에서 검토해 본 바와 같이, 민족문학에 관한 그의 논리는 소박하면서도 강도가 높은 것이라고 할 수 있다. 최근 전개되고 있는 것과 같은 민

---

41 위의 책, p.170.

42 위의 책, p.403.

족문학에 관한 복잡하고 심도 있는 개념 정립이나 그 노선의 다기한 분파 같은 것은 전혀 찾아 볼 수 없으나, 우리 문학이 나아가야 할 근원적인 방향에 대한 인식은 매우 투철하며 확고하다고 볼 수 있다. 다만 그것이 너무 보편적이고 소박한 상식 차원의 논리라는 아쉬움이 있는 것은 사실이지만, 그것을 주장하는 신념과 의지는 높이 평가하지 않을 수 없다. 특히 3 · 1운동 이후의 우리 문학을 진정한 민족문학의 출발로 보는 시각은[43] 매우 독특한 논리로서, 일제강점기의 우리 문학사를 연구하는 사람들에게 하나의 연구 과제가 된다고 할 수 있을 것이다.

4. 결론

홍효민은 우리 문학사의 전개 과정에서 적지 않은 활동을 한 평론가임에도 불구하고 아직까지 본격적인 연구 대상으로 되어본 적이 없는 문인이다. 심지어는 그를 연구하기 위한 기초 자료조차 제대로 정리되어 있지 않으며, 연구자들의 관심 또한 별로 없는 듯하다. 그러나 그는 40여 년 가까운 세월 동안 백 수십 편의 글을 써서 우리 문학의 현실을 점검 · 진단하고, 그 나아갈 바를 줄기차게 모색해 온 분으로, 현재처럼 방치되어도 좋을 그런 평론가는 아니다. 물론 그의 문학론이 한 시기를 획할 중대한 의미를 지닌다거나, 문학사 기술에서 한 부분을 점유할 정도로 비중이 높지 않은 것은 사실이나, 한 나라의 문학 연구가 격렬한 논쟁 또는 인기 위주

43 이 문제에 관해서는 그의 독립된 다른 글 「3 · 1운동의 문학사적 위치」(『자유문학』, 1960년 3 · 4월호)라는 논문을 참조할 수도 있다.

의 화제 중심으로만 이루어지는 것도 결코 바람직스런 일이라고는 할 수 없다. 오히려 변방에 방치되고, 세인의 관심에서 멀어진 그런 사람과 이론을 발굴하고 천착하여, 의미 부여와 함께 논의해 보는 일은 그 나라의 문학을 풍요하게 하고 기반을 단단하게 할 수도 있다.

이런 관점에서, 본고는 지금까지 거의 연구가 이루어지지 않은 홍효민의 문학론 전모를 개괄하기 위해, 그의 생애와 문학 활동을 개략적으로 정리하고, 그의 핵심적 문학론이라 할 행동주의 문학론과 역사소설론, 그리고 민족문학론에 관해 그의 글을 중심으로 살펴보았다. 그 결과, 역사소설론은 소박하고 추상적인 일반론에 머물고 있어 그 나름의 독특한 견해가 거의 발견되지 않는 것이 확인되었으며, 행동주의 문학론은 당시 문단 사정과 우리 사회상황에 비추어 매우 적절한 도입과 소개라고 평가될 수 있는 반면에, 프랑스와 일본의 상황에 맞게 수립된 이론 자체의 도식성 때문에 작품으로 실천될 수 없는 한계가 있어서 그 스스로에 의해 부정되는 종말을 볼 수 있었다. 한편, 민족문학론은 그의 문학 생애를 일관하는 이론이자 실천적 논리로서 작용했는데, 그에 대한 심도 있는 이론 개발이나 개념 정립, 실제 적용의 방법론 수립 등이 안 돼 있는 아쉬움은 있지만, 그것에 대한 소신과 의지, 그리고 열정적인 주장만은 높이 평가할 수 있다는 결론을 얻었다.

이 세 가지의 문학론 외에도 그의 글 속에는 다양하고 중요한 것이 더 있을 가능성이 많다. 앞으로 그에 관한 연구가 활발히 이루어져, 그가 우리 문학사에 남기고 끼친 영향 및 업적이 있는 그대로나마 인정될 수 있었으면 하는 희망을 말하는 것으로 글을 맺겠다.

제2부

작품, 미학과 의식의 변증법

제1장

시대와 삶으로서의 『고향(故鄕)』

■■■

1. 과거로서의 고향

고향은 과거형이다. 그 과거가 아늑한 꿈과 추억의 것이 되었든, 진저리나고 몸서리쳐지는 것이 되었든, 현재적 삶의 바탕이 되며 고달픈 정신의 휴식처가 되는 것이 고향이다. 따라서 그것은 싫거나 좋거나 간에 부정될 수 없으며 벗어날 수 없는 굴레이기도 하다. 또한 고향은 우리가 돌아가야만 하는 숙명의 장소이기도 하다. 번다한 일상사에 매몰되어 가장 소중한 스스로마저 망각한 채 살아가는 현대인도 그 의식의 밑바닥에는 귀향에의 잠재 욕망이 강하게 자리하고 있음을 부인할 수는 없을 것이다. 어쩌면 그 잠재 욕망이야말로 오늘의 고통과 가중되는 불안을 다스릴 수 있는 원초적이며 최후의 에너지인지도 모른다. 그 힘이 없다면 보다 많은 사람들이 더 깊은 절망과 좌절에 빠질지도 모르는 일이다.

인류의 삶은 그 현재성에 있어서 늘 미완성이며 불만족의 속성 위에 있다. 그래서 개인이나 집단은 부단히 완성과 만족을 향한 투쟁과 노력을 하는 것이고, 동시에 그것이 우리의 삶을 유지하게 하는 원동력이 된다고 볼 수 있다. 유사 이래 끊임없이 추구해 온 이상적인 사회는 실현 가능성이 희박하기도 하지만, 만약 그것이 달성되었다고 하면 그 사회는 그때부터 정체와 답보에 빠져 버린다고 볼 수도 있다. 인간 자체가 무한한 가능성을 담지한 미완성의 존재에서 완전히 탈각하지 못하는 한, 그 삶은 완전을 향한 지향 과정임을 자각하고 인정하지 않을 수 없다. 그 지향 과정은 개인과 민족, 집단과 계층에 따라 천차만별이겠지만 한 가지 분명한 사실은 그 목표점에 유사성이 있다는 것이다. 생명 보존과 종족 보존이라는 기초적 조건이 달성된 이후에 추구되는 목표는 표현이야 여러 말로 달라질 수 있겠으나 그 내용은 '삶의 질 향상'이란 말로 집약될 수 있을 것이다. 이론이 있을 수 있지만, 그 실천 방법으로 구안된 것들이 바로 종교요, 예술이며, 학문이라고 할 수 있다.

'어떻게 살 것인가'. 이 명제는 원래 철학의 몫이었다. 칸트가 간명하게 정리한 철학의 세 명제 중에 하나를 차지하고 있는 것이 그것을 잘 말해 주고 있다. 그러나 이 명제는 더 이상 철학의 영역에만 국한되어 있을 수 없다. 고도의 산업화와 과학화가 이루어진 이후 물질의 풍요와 합리성의 극대화가 이룩되었지만 행복의 지수는 얼마나 상향되었는가. 현대인의 고독과 소외와 불안은 더욱 증가되지 않았는가. 과학은 신앙에서 신비의 너울을 벗겨내는 데 성공했지만, 오히려 우매했던 과거가 더 살기 편했다는 향수를 완전히 잠재우지는 못하고 있다. 어떤 이론가의 말대로 '별빛을 보고 가려고 하는 목적지를 찾아갈 수 있었던 때가 더 행복'했었는지도 모른다.

왜 이런 초보적이며 또 치기스럽기까지 한 논의를 하는가. 그 이유는 다음과 같다. 소설 장르는 이미 끝나 버렸다는 금세기 초반의 몇몇 선언들이 있었지만, 아직도 소설 장르는 강한 생명력으로 살아남아 이 시대의 지표와 증언의 존재로서 기능하고 있다. 그렇게 된 근원적인 이유는 무엇인가. 영웅이 존재하기 어려운 시대적 여건에 거스르려는 우매한 대중들의 욕구 때문인가. 기계적으로 반복되는 자동화된 일상성을 벗어나려는 해방과 탈출 의지의 대리 충족 기제 때문인가. 오락성 확보를 위한 적은 비용과 노력의 조건이 작용한 결과인가. 하지만 그러한 이유들만으로는 고통스럽고 고집스럽게 소설을 찾아 읽는 독자들의 심리적 기저를 설명할 수는 없다. 보다 중요한 이유는 오히려 그들의 삶과의 연계성, 달리 말하면 시대와 현실에 대응하는 삶의 양식을 모색하고 탐구하려는 진지한 의도에서 찾아져야 할 것이다. 철학에서처럼 메마르고 건조한 형해로서의 그것이 아닌, 싱싱하게 약동하는 그것으로서의 가능성 말이다.

이 경우에, 추구되는 방법 또는 지향점을 '고향'이란 말로 대체해 볼 수도 있지 않을까. 과거형으로만 존재하는 고향은 우리 발이 가 닿을 수 있는 실체이면서 동시에 우리의 꿈과 기대를 배반하는 관념이기도 하다. 세파에 찌든 심신을 포근히 감싸 안을 넉넉하고 너그러운 품으로 인식은 되지만, 우리 스스로 변화를 거부할 수 없는 생명체인 이상 과거 속의 정지된 모습으로서 고향이 남아 있기를 바라는 기대는 난망이다. 하지만 관념과 배반으로서의 고향이라 해도, 그 결과가 그렇게 될 것이 명백하다 해도, 고향은 우리에게 있어 언제나 가능성으로서의 유토피아임을 의심할 수 없다.

위와 같은 소설과 삶과 고향에 관한 단상들은 이 글에서 논의하고자 하는 민촌(民村)의 『고향(故鄕)』에 관한 입론의 정지 작업으로 수행된 것이다. 이미 괄목할 만한 연구 업적들이 쏟아져 나와 새삼스레 학구적 입장에서 이 작품을 새롭게 조명해 볼 터전은 그리 넓지 않다. 또한 이 글을 읽어 줄 독자나, 이 글이 수록될 지면의 성격을 고려해 보면 본격적 학술 논문의 체제로 이 글을 전개시켜야 할 이유도 없다. 따라서 전문가의 입장에서는 심각하게 읽어야 할 필요가 전혀 없는 외도 비슷한 글이 될 것이고, 덜 훈련된 독자들에게는 좀 어렵게 느껴질지도 모르는 그런 글이 될 수밖에 없을 것 같다. 대체로 작품의 이해와 감상에 도움이 될, 그런 선을 유지하면서 필자의 몇 가지 생각을 피력해 보고자 한다.

2. 국토 분단과 문학의 분단

우리 민족의 자체 의지와는 무관하게 외세에 의해 분단이 이루어진 후 반 세기가 넘게 흘러갔다. 그동안 역대 정권들은 민족 통일이라는 지상 과제를 정면에서든 이면에서든 정권 유지의 수단으로 삼아 온 적이 많았다. 특히 6 · 25라는 민족적 비극은 강대국의 허황한 이데올로기의 대리 각축장이었는데도, 결과적으로는 그것이 민족보다도 상위의 자리를 차지하게 되는 계기가 되었고, 또한 민족 내부에 적과 동지라는 이분법적 분열을 조성하여 고착시키는 결과를 낳았다. 그 이후 민족보다 우선하는 이데올로기는 정권 담당자들에 의해 그들의 정적을 제어하는 수단으로 그 효용성이 극대화되는 현상을 빚어낸다. 기본 모순의 성격을 가진 식민통치 기간 중에 그 모순의 해결책으로 채택되었던 이데올로기가 민족 분단이라는 비극을 가져오고, 한 줌도 못 되는 정권 담당자들에 의해 그것이 도깨비 방망이로 작용되는 사이 대다수 민족 구성원은 이산가족의 고통과 정치적 자유를 박탈당하는 질곡 속에 살아야 했다. 부끄럽게도, 강력한 외세를 등에 업은 채 그들의 대리전을 수행해 온 남북의 지도자들은 첨단 무기의 그늘 아래서 권력을 향유해 왔다. 이데올로기란 무엇인가. 결국 우리 삶을 향상시키고 행복의 지수를 높이자는 수단 내지 도구 아니던가. 그런데도 이 땅의 지도자들은 그걸 절대시하고 우상화하여 두 세대 가까운 시간을 전횡하고 있는 게 우리 현실이다.

그동안 이루어져 온 가시적인 국토의 분단은, 세월의 흐름에 따라 언어, 문화, 예술 등 눈에 보이지 않는 여러 분야의 분단을 가속화하고 강화해 왔다. 어느 날 갑자기 정치 지도자들이 구두선처럼 외치는 통일이 온다 해도, 그 통일은 국토와 정치의 통일일 뿐, 골 깊은 비가시적 분야의 통일은 상당 기간을 경과해야만 이루어질 수밖에 없을 것이다. 이에 대비한 투자와 사업이 어느 정도인지는 비공개의 베일에 가려 있다. 또 민간 부문에서의 그런 시도는 종종 실정법과 제도에 의해 된서리를 맞는다. 참으로 딱한 일이다.

시야를 좁혀 문학 연구 쪽으로 이 논의를 옮겨 보자. 분단과 더불어 당시의 문인들은 외형상 재북, 재남, 월북, 월남의 네 그룹으로 재편성된다. 개인적 이유가 됐든, 신봉하는 이념의 이유가 됐든 일단 그렇게 재편성된 문인들은 견고한 정치 체제의 장벽으로 인해 창작 활동과 연구 활동에서 서로를 적대시하는 노선을 걷지 않을 수 없었다. 그렇게 문학 활동이 양분되어 시간이 흐르는 동안 두 체제 내의 창작과 연구 성과는 이질화의 길을 걸어 마침내는 서로 만나기 어려운 양극으로 고착화되었다.[1] 물론 이런 현

---

1 그러한 이질화의 실상은 민족문학사연구소, 『북한의 우리 문학사 인식』, 창작과비평사, 1991 등 참조.

상은 타파되어야 마땅하지만 그게 그리 용이한 일은 아니다. 더구나 체제 내 봉사를 이상으로 하는 북한 쪽의 경우는 더욱 폐쇄적이어서 과거의 작품들을 모조리 이념의 필터로 걸러내는 관계로 대다수의 작가와 작품이 미아 신세가 돼 버렸고, 우리의 경우는 좌파 이데올로기에 대한 알레르기 반응으로 인해 이념의 개재 여부는 부차적일 뿐 작가의 행적에 따라 상당수의 작품을 금기의 대상으로 몰아붙인 탓에 우리 문학사의 주요 작가와 작품이 실종되어 버리는 결과를 초래하였다. 유연성의 면에선 우리가 한 발 앞서 소수(5명)의 작가를 제외한 대부분의 월북 문인이 해금 조치되었지만, 아직도 독서와 연구에서 완전히 자유로운 것은 아니다.

그런 가운데도, 남북 양쪽에서 모두 긍정적으로 찬사를 보내고 있는 작가와 작품이 있다는 것은 희귀한 경우이자 또한 다행스러운 일이기도 하다. 몇 안 되는 그런 사례 가운데 대표적인 사람이 바로 민촌 이기영이다. 물론 우리의 경우 아직 미해금작가로 남아 있지만 그건 공식적인 처리 기준일 뿐이고, 현실적으로는 별 제약 없이 연구와 독서가 이루어지고 있다. 뒤에 상론되겠지만 통일문학사 서술이 시작되는 날 이런 작가는 매우 유용한 기초적 토대를 제공해 줄 가능성의 존재가 된다 할 것이다.

3. 『고향』을 보는 남북의 관점

지금까지 상당히 많은 길을 우회해 온 것 같다. 우리 삶에서 지름길이 최선이라는 생각은 자칫 편의성과 실용주의의 독선에 빠질 우려를 내재한다. 때로는 먼 길을 돌아가는 것이 사물의 핵심과 진면목을 볼 수 있는 지혜이기도 한 것이다. 그런 면에서 앞의 장황스러워 보이는 서술은 『고향』

을 잘 살피기 위한 환경 설정이라 이해해 주었으면 한다.

먼저, 이 작품에 대한 기존의 해석 내지 평가를 잠시 살펴보기로 하자. 북한에서는 문학사 서술에서 이 작품이 매우 비중 높게 다루어진다. 몇 가지 사례만 보기로 한다.

'당시 농촌현실을 구체적으로 폭넓게 반영하면서 농촌에서의 계급분화 과정과 농민들의 계급적 각성 과정을 예술적으로 훌륭히 일반화'하였으며, '언어 구사에서 우리말의 풍부성과 우수성을 잘 살린' '1930년대 소설문학의 대표작'이라는 평가가 있다.[2]

이 작품이 보여 주려 한 것은 '일제와 지주, 자본가들의 가혹한 착취와 약탈로 인하여 빚어진 우리나라 농촌의 비참상과 계급 분화 과정'이며, '노동자, 농민들의 계급적 각성과 대중적인 투쟁'을 그렸고, '일제 식민 통치하에서의 인텔리들의 동향과 운명'을 보여 주고 있다. 또한 '농촌 현실의 제반 특성을 감명 깊은 예술적 화폭을 통하여 사실주의적으로 반영'하고 있어 그 후 '장편소설의 발전에 긍정적 영향을 주었다'는 평가도 있다.[3] 동시에 이 책에서는 '혁명 발전의 새로운 단계의 높이에서 일반화하지 못한' 한계도 지적되고 있기도 하다.[4]

'리기영의 10년간의 창작성과를 집대성하고 새롭게 발전시킨 장편소설로서 해방 전 프롤레타리아 문학의 대표적 작품'으로서, '주체사상적 측면에서 당시까지의 창작 성과를 집대성하고 발전'시킨 작품이며 '사실주의

---

2 박종원 · 류만, 『조선문학개관(下)』, 온누리, 1988, p.68. 이 책은 북한의 것을 복제한 것이다.

3 김하명 외, 『조선문학사(1926~1945)』, 과학 · 백과사전 출판사, 1981, pp.438~448.

4 위의 책, pp.447~448.

적 전형화에서 새로운 성과를 이룩'했다는 평가도 있다.[5]

'사회주의적 사실주의를 우리 문학에 확립한' 작품으로서 '민족적 특징이 발현되고 민족적 향기가 그윽하여' '당시 조선 인민들의 생활의 본질과 힘과 풍습이 진실하게 반영'되었다는 언급도 있다.[6] 또한 이 책에서는 기존의 통설[7]과는 달리 이 작품이 천안 근교의 성불사라는 절에서 40일 만에 탈고되었다고 언급하고 있어서[8] 매우 흥미로운 바, 그 사실 여부는 뚜렷한 근거 제시가 없어 알 수가 없다. 다만 김일성의 항일 무장 투쟁에 고무되어 그 혁명의 태풍이 민촌으로 하여금 이 작품을 40일 만에 탈고케 하였다는 이야기는[9] 견강부회의 서술이 아닌가 한다.

이상에서 보다시피 북한에서는 이 작품을 계급의식 각성, 반제 반봉건 투쟁, 사회적 사실주의 방법 확립, 민족 현실 반영과 모국어 구사 등의 관점에서 평가 내지 인식하고 있음을 알 수 있다. 이런 결과는 물론 작품 해석이나 문학사 서술에서 특정한 의미망을 미리 설정한 데서 유래하는 것이지만, 나름대로 작품을 분석하고 의미를 부여하는 하나의 방법론임을 부인할 수는 없을 것이다.

다음은 우리의 경우를 보기로 한다. 워낙 많은 언급이 있어 일일이 다 찾아 검토할 수는 없고 대표적인 몇 가지만 살펴보도록 하겠다.

김윤식은, '총체성의 개념에 거의 유일하게 도달한' 작품으로 '서사시적

---

5 은종섭, 『조선근대 및 해방전 현대소설사연구 2』, 김일성 종합대학 출판사, 1986, pp.65~70.

6 신구현, 「민촌 리기영」, 『현대작가론(2)』, 조선작가동맹 출판사, 1960, pp.134~135.

7 작가의 구속으로 인해 후반부 40회 정도를 김기진이 대필했다는 이야기.

8 주 6의 책, p.126.

9 위의 책, p.127.

체계를 처음으로 우리 소설사에 보여준' 것으로 규정한다.[10]

정호웅은 '전형적 상황에서의 전형적 인물들의 집단적 창조에 성공함으로써 당대 농촌 현실의 총체성을 담지해 내는 일반 농민문학의 새로운 형식을 확립'했다고 평가한다.[11]

한형구는 '한층 본질적인 것으로서의 '두레'라는 공동적 노동 양식을 포착함으로써 작가의 세계관의 진보적 성격을 한층 고양시킨 것에 해당'된다고 보고 있다.[12]

또 다른 글에서 한형구는 이 작품이 작가 개인에게 있어 경향문학의 성공적 대표작이며, 식민지 반봉건의 사회 현실을 밀도 있게 형상화했고, 프롤레타리아 문학의 이데올로기를 나름대로 잘 실천하여 이 작품의 '오른편에 나설 작품을 당대에서는 찾아보기 어려운 것이 사실'이라고 평가하고 있다.[13]

권일경은 '원터라는 소작 농촌을 배경으로 점점 궁핍해져 가는 식민지 조선 농촌의 실상과 그 속에서 축제를 도모하는 매판 세력 사이의 대결을 서사적 총체성'으로 보여주며, '모든 현실적 요소를 운동성으로 귀결시켜 풍부한 서사성이 훼손되었던 이전의 편향성을 극복'하여 작가에게 '이전

10 김윤식, 「농촌현실의 형상화와 소설적 의미」, 『한국현대장편소설연구』, 삼지원, 1989, pp.107~131.

11 정호웅, 「리얼리즘정신과 농민문학의 새로운 형식」, 『한국근대리얼리즘작가연구』, 문학과 지성사, 1988, p.94.

12 한형구, 「농민소설의 발전과정」, 『한국리얼리즘소설연구』, 탑출판사, 1987, p.161.

13 한형구, 「『故鄕』의 문학사적 의미망」, 『문학사상』 1988년 8월호(별책부록－월북문인연구), pp.407~420.

의 문학 행위를 총결산하고 새로운 시기의 도래를 암시'하는 의미가 있다고 보고 있다.[14]

김병걸은 주로 해설적 입장에서 이 작품에 들어 있는 당대의 농촌 실정, 작중인물들의 특징, 작가의 '계급적 의식'을 중심으로 한 사상 등의 문제를 다루고 있다.[15]

조동일은 '통속성이 지나쳐 파탄을 일으키며' '설익은 이론의 폐단이 적지 않게 보이는' 작품으로 '신파조의 대화와 독백', '어색한 외래어의 남발' 등이 있어 거북하다고 보고 있어[16] 여타 연구자들과는 매우 다른 시각을 보이고 있다.

이밖에도 당대의 김남천[17], 민병휘[18], 박영희[19], 안함광[20] 등의 논의를 비롯하여 많은 연구 논문과 문학사에서의 언급이 있으나 이 정도에서 그치기로 하며, 이제까지의 연구 결과들을 종합해 보면, 김윤식을 필두로 하여 루카치의 이론에 의거해 조명한 것이 압도적으로 많고, 그 다음으로 당대 농촌 현실의 수용이나 민족적 조건인 언어와 풍속 및 정서와 관련해서 보

14 권일경, 「이기영장편소설연구」, 『현대문학연구』 104집, 서울대 현대문학연구회, 1989, pp.34~41.

15 김병걸, 「이기영의 『故鄕』론」, 『1930년대 민족문학의 인식』, 한길사, 1990, pp.346~365.

16 조동일, 『한국문학통사 5』, 지식산업사, 1988, pp.317~319.

17 김남천, 「지식계급 전형의 창조와 『故鄕』의 주인공에 대한 감상」, 『조선중앙일보』, 1935. 6. 28~7. 4.

18 민병휘, 「민촌 『故鄕』론」, 『백광』 3~6호, 백광사, 1937.

19 박영희, 「민촌 이기영론—『故鄕』을 중심으로 한 제작」, 『조선일보』, 1937. 8. 17.

20 안함광, 「로만 논의의 제과제와 『故鄕』의 현대적 의의」, 『인문평론』 13호, 인문평론사, 1940.

려는 관점이 다소 눈에 띄고, 일부 학자에 의해서는 통속적인 작품이라는 냉혹한 평가를 받기도 하는 것으로 요약해 볼 수 있겠다.

이상에서 보다시피 극히 부분적인 이의를 제외하고서는 남과 북에서 모두 긍정적 평가를 하고 있는데, 대체로 그 근거는 계급주의 내지 투쟁성, 문제의 인식과 그 해소 방안으로서의 전망 등이 뼈대를 이루고 있는 것 같다. 그런 시각이 근본적으로 선명한 논거를 제공해 주는 것은 사실이다. 특히 민족모순과 계급모순이 혼재하여 가중되는 이중의 고통 속에 살아야 했던 당대 민족 현실과 관련하여 더욱 설득력이 있는 논리임을 부정할 수 없다. 하지만 그것만이 문학 작품 연구의 유일한 절대적인 기준이 될 수 없음은 너무나 당연한 일이다. 앞에서 말한 바와 같이 이데올로기란 그 자체로서 허망한 것이며, 그것에 의해 구축된 세계는 그 근거가 의심스러울 때 존립의 의미를 즉각 상실해 버리고 만다. 긴 인류의 역사에 비추어 볼 때 얼마나 많은 이데올로기가 명멸했는가. 또한 유토피아라는 외피를 입고 인권을 유린하면서까지 얼마나 많은 전횡이 이루어졌는가. 결코 잊어서는 안 되겠지만, 일제 36년이란 시간이나 중세적 봉건체제에서 근대적 시민 사회로 전이하는 데 야기된 계급 내지 계층 대립이나 투쟁의 기간은 그리 긴 세월이 아니다. 그것만으로 현재적 우리 삶을 모조리 규제해 버리는 태도는 또 다른 경직성에 다름 아니다. 보다 유연한 태도로 우리 근대사와 현실을 볼 필요가 있다. 동시에 긴 안목으로 민족사의 흐름을 투사해 볼 수도 있어야 한다.

우리에게 있어 보편성 내지 영속성의 차원에서 문학 작품을 살필 때, 그 자리에 뚜렷이 남는 개념은 '민족문학'이라고 할 수 있을 것이다. 1980년대 후반 활발하고 다기하게 전개되는 민족문학의 여러 노선과 개념을 여기에서 세세히 정리할 겨를은 없으나, 그 개념을 '현실과 유리된 협소한 자율적 문학을 거부하고 사회 및 역사와의 튼튼하고 올바른 관계에 기초해 있으면서 예술적으로도 질 높은 문학'[21]이라고 볼 때, 요즘의 우리 창작 문단이나 연구 동향을 살피는 데는 물론 과거의 우리 문학을 공부하는 데도 이 개념은 매우 유효하다고 할 수 있다. 반복되는 얘기지만 문학이 어떤 이데올로기에 봉사하게 될 때 그 자율성은 실효되며, 생명력 또한 제한될 수밖에 없다. 언필칭 국제화니, 세계화니, 지구촌이니 하는 말들도 민족의 개념을 부정하는 것이 아님을 명심해야 한다. 상식적인 얘기지만, 세계성이란 것은 따로 존재하는 독자적 개념이 아니고, 민족성이 보편성을 획득하여 변환된 것임을 잊어서는 안 된다. 그렇게 봤을 때 우리에게 중요한 것은 이념이나 투쟁성이 아니라, 또한 어느 정도 도식성을 띤 미래에의 낙관적 전망 같은 것이 아니라, '민족성'이 되어야 한다는 것을 어렵지 않게 짐작할 수 있을 것이다.

따라서 민족문학의 노선을 떠나 논의되는 주장들은 아무리 그 선명성과 논거를 확보하고 있다 해도 그 본질에 있어 공소함을 면치 못할 것이며, 시대적 분위기에 편승한 일시적 유효성밖에 없을 것임은 자명하다. 멀리 통일 후의 우리 민족사를 상정해 보더라도 이런 사정은 더욱 명백해진다 할 것이다.

그렇다면 우리는 현재의 문학 활동이나 과거의 문학 유산을 연구하는 기본 패러다임으로 민족문학의 개념을 받아들이는 데 주저할 필요가 없다. 이는 현실적으로 민족의 존립을 부정할 수 없는 것과 궤를 같이 하며,

---

21 이선영, 「문학연구 및 비평의 과제와 방향」, 『현대문학의 연구 1』, 바른글방, 1989, p.78.

조국의 분단과 이질화의 왜곡 현상을 문학적으로 시정할 수 있는 유일한 방도이기 때문이기도 하다.

4. 성과와 한계

민족문학의 개념을 정립하는 일은 용이하지 않다. 다만, 앞에서 인용한 바처럼 잠정적으로 몇 가지 조건을 상정해 볼 수는 있을 것이다. 첫째, 현실과 유리된 협소한 자율적 문학의 거부, 둘째, 사회 및 역사와의 튼튼하고 올바른 관계에 기초, 셋째, 질 높은 예술성의 확보 등이 그것이다. 완벽하지는 못하지만, 이제 이런 조건을 염두에 두면서 『고향』을 검토해 보도록 하자.

첫째, 현실과 유리된 협소한 자율적 문학의 거부라는 점에서 이 작품은 일단 기준선을 상회한다. 개인의 실존을 문제 삼아 잠재의식 속에 깊숙이 침잠해 버린다거나, 새로운 창작 방법론을 시험하기 위해 생경한 서술로 독자들을 현실에서 박리시키지 않는다는 면에서 그런 사실을 확인할 수 있다. 또한 지나친 흥미를 빌미로 하여 현실 몰각을 꾀하지도 않으며, 국적 불명의 보편성이란 외피를 두르지도 않았다.

둘째, 사회 및 역사와의 튼튼하고 올바른 관계에 기초해야 한다는 조건도 충분히 준수되고 있다고 볼 수 있다. 당시의 우리 농촌 현실이 거의 모자람 없이 수용되어 있으며, 그 현실 속에 살고 있는 사람들도 역사성의 존재로서 기능하도록 설정되어 있다. 단지 그들이 갖고 있는 의식 내지 가치체계가 어느 정도 이념의 편향성을 보이고는 있으나, 그것은 당대 지식인들이 가졌던 보편적 세계 인식 구조의 모습이자 현실 타개의 수단이었다는 점을 감안해 보면 큰 문제가 된다고는 할 수 없을 것이다.

셋째, 질 높은 예술성의 확보라는 조건은 쉽게 판단되기 어려운 속성의 문제다. 그 확인의 척도 마련이 어려울 뿐만 아니라, 그 척도에의 부합 여부를 살피는 일도 쉽지 않기 때문이다. 그렇지만 작품 서술에 동원된 언어의 양이나 질, 사건 설정과 진행의 뒷면에서 작용하는 민족 고유의 제도와 풍속, 독자들의 정서를 촉촉이 적셔 주는 인물들의 관계 및 갈등과 그 해소, 핍진하게 다가서는 진실에의 의지 등은 이 작품의 미학을 밀도 있게 형성해 준다. 대개 소설의 미학이 언어 구사, 배경 설정, 정서적 반응, 사건의 조화로운 짜임새, 특정한 대상의 묘사 등에서 이루어진다고 볼 때, 이 작품은 상당 수준 그 목표를 달성한 것으로 보는 데 별 무리가 없을 것이다. 그것은 당시의 다른 작가나 현재의 상황과 비교해 볼 때도 어렵지 않게 확인이 가능하다.

이상에서 보다시피 이 작품은 민족문학의 조건을 잘 구비하고 있다. 앞으로 더욱 밀도 있는 조건의 마련과 세밀한 분석이 있어야 하겠지만, 거칠게나마 살핀 이런 조건을 구비하고 있는 작품도 그리 많지 않다는 사실은 역설적으로 이 작품의 가치를 크게 드러내 준다고 할 수 있다.

다만 한 작품이 어떤 분석 방법을 적용했을 때에나 모두 긍정적 결과를 얻을 수 있는 것은 아니라는 점은 상기할 필요가 있을 것 같다. 앞의 인용에서도 나왔지만[22], 이 작품에는 보다 큰 성과에 가려져 상대적으로 사소해 보이기는 하나, 몇몇의 문제점들도 산견되는 게 사실이다. 이념의 미약이나 방법적 한계를 말하는 게 아니다. 그것은 크게 보아 감상성의 범람과

---

22 주 16 참조.

통속성의 문제로 집약할 수 있다.

감상성은 작품의 도처에서 발견된다. 갑숙의 고뇌, 경호의 갈등, 심지어는 문제적 인물로 설정된 희준의 경우에까지 영탄에 가까운 독백과 비이성적 감정의 토로가 이어진다. 그것이 혹 인간 감정의 솔직한 내면의 형상화가 아니냐는 반론도 가능하겠으나 성격의 일관성이나 진실성의 확보를 위해서라면 그런 감정의 범람은 부조화를 형성할 뿐 아무런 도움도 주지 못한다. 오히려 절제된 감정의 서술이나 선택적 묘사가 훨씬 효율적일 것이다. 따라서 인동이와 방개와 막동이의 삼각연애 관계가 훨씬 솔직하고 사실성 있게 설정되어 건강성을 드러낸다. 이들에 비해 갑숙과 경호, 희준과 갑숙, 희준과 음전이 등의 지식인 애정관계는 과장되고 희화화된 것 같기도 하다. 그런 느낌의 조성에 이런 감상성이 크게 기여하고 있다.

통속성은 신문 연재소설이 갖는 숙명적 한계인지도 모른다.[23] 또한 소설 장르의 속성상 어느 정도의 통속성은 불가피한 면도 있다. 하지만 이 작품의 상황 설정에서 보이는 통속성은 그런 한계를 넘어선 것 같은 면을 보이고 있다. 대표적인 것이 경호의 출생담이다. 떠돌이 중과 빼돌려 온 남의 아내, 그리고 머슴 사는 곽 첨지와의 잠시 동거, 그리고 사라져 버린 승려 부부, 그런 사실의 확인 절차 등이 전형적인 고소설적 가정 비극 소재로서 통속적인 처리 과정을 보여준다. 현실 속에서는 그런 기구한 운명적 일이 얼마든지 가능하나, 그것이 소설적 진실성을 획득하려면 치밀한 가지치기와 재창조의 과정을 거쳐 설정되지 않으면 안 된다. 그러나 이 작품에서는 그것이 단지 안승학이란 인물을 굴복시키고 파탄에 이르게 하려는 장치로

23 최재서, 「연재소설에 대하여」, 『조선문학』 1939년 1월호, p.22.

서만 기능하도록 설정되어 있다. 이런 점이 그 통속성을 더욱 가중시킨다 할 것이다. 그 외에도 희준의 조혼한 아내와의 관계, 갑숙과 경호의 관계 등이 그런 면을 보여 주고 있다.

성격은 좀 다른 얘기나, 배경의 설정도 좀 문제가 있어 보인다. 잘 알려져 있다시피 원터라는 천안 근교의 소작 마을은 이 작품의 주 무대인데, 전형적인 농촌 마을인데도 불구하고 철도가 지나가고, 수백 명 직공의 큰 공장이 들어서고, 제방이 쌓여지고, 더구나 넓은 들판과 함께 바다가 내려다보인다고 해서 한꺼번에 너무 많은 조건을 부여한 것이 아닌가 한다. 물론 현실적으로 그런 마을이 존재할 수는 있다. 그렇지만 그 마을이 소설 속에 들어와 전형적 상황으로서 기능하려면 그 당시 우리 민족이 살던 대다수 농촌 소작 마을로서의 대표성을 가져야만 할 것이다. 그렇지 못하다면 그것은 특수한 공간에 불과하며 조작의 혐의마저 받을 위험성이 있다.

이상과 같은 소설 미학적 측면에서의 한계는 이 작품이 거두고 있는 여타 성과에 비하면 아주 미미한 것들이라고도 볼 수 있다. 단지 이데올로기적 관점을 떠나 민족문학의 관점에서 조명할 때 예술성의 완벽함을 위해 지적될 수 있는 자질구레한 문제들일 뿐이다.

5. 이념을 넘어서

앞에서 이 글의 성격과 관련하여 어느 정도의 한계를 말한 바 있다. 본격적 학술 연구 논문도 아니고, 비평론적인 글도 아니며, 그렇다고 아무렇게나 쓰는 잡문이 될 수 없다고 하였다. 이런 글의 수준과 체제를 어떻게 유지하는가 하는 것은 쉽지 않은 일이다. 필자는 주로 문학과 시대와 삶이라는 축을 머릿속에 담고 이도저도 아닌 글을 여기까지 진행해 왔다. 욕심 같아서는 작품을 인용해 가며 세부적인 분석을 하고도 싶었으나 글의 성격이나 지면의 제약 상 자제하였다. 이 작품을 이미 읽어 본 사람은 다시 그 의미를 되새겨 보고, 아직 읽지 못한 사람은 독서할 때 약간의 도움이 될까 하여 쓴 글이라고 보아 주었으면 한다.

이제 앞에서 거칠게 논의된 내용 가운데 핵심적인 사항을 요약하고 글을 맺도록 하겠다.

첫째, 이 작품은 민족문학의 관점에서 보아야 하며, 그럴 경우 제반 조건을 충분히 가지고 있는 드문 예에 속한다.

둘째, 분단 이후 남북 양측에서 모두 긍정적인 평가와 해석을 하고 있는 작품으로 차후 통일문학사 서술 시에 그 기반이 될 수 있는 층위의 작품이다.

셋째, 루카치류의 방법으로 소설을 분석하는 하나의 자료로서 이 작품이 자주 거론되는 것은 바람직스럽지 못하다.

넷째, 문학의 체재 내 봉사를 신봉하여 이 작품을 혁명사상이나 계급주의적 투쟁으로 파악하는 폐쇄성도 극복되어야 한다.

다섯째, 미미하기는 하나 예술성을 훼손하는 부분적인 한계도 솔직하게 인정될 필요가 있다.

여섯째, 작품 서술 언어나 작품 내에 수용된 당대 현실 및 역사적 기능으로서의 제도와 풍속 등이 더욱 세밀하게 고찰되어야 한다.

물론 이와 같은 몇 가지의 논의 내용은 첫째의 '민족문학'이라는 큰 범주 속에 모두 포괄될 수 있는 것들이며 따라서 이 글의 초점은 그 하나에 모아져 있다고 해도 좋다.

소설이 무엇이며, 좋은 소설은 어떠해야 한다는 여러 답변이 있다. 그러나 그 어느 것도 절대적일 수는 없다. 시대와 상황의 변화에 따라 가변적일 수 있기 때문이다. 비교적 그 가변성의 영향을 덜 받는 것이 바로 민족의 개념이다. 따라서 지구상의 어느 민족이고 간에 그 자신의 말과 그 문학을 소중히 하지 않는 경우가 없다.

요즘 우리는 삶의 질 향상이란 꿈을 위해 모든 것을 건다. 때로는 그 열망이 지나쳐 허황된 이념의 노예가 되기도 하고, 국적 불명의 미화된 세계성 속에 함몰하기도 한다. 어지럽고 고약한 시대에 살고 있는 셈이다. 종교나 도덕에 기대기에도 한계가 있는 것 같다.

누구의 가슴속에나 가능성으로 남아 있는 유일한 유토피아는 바로 고향이다. 비록 그것이 관념과 추상에 지나지 않는다 해도 그 소망은 소중하지 않을 수 없다.

민족과 고향과 유토피아. 시대와 삶과 고향. 그것은 동질적이며, 보편적이며, 영원한 우리의 존재 그 자체의 조건이다. 민촌의 『고향』은 우리에게 그런 것을 보여 주며 일깨워 주는 거울이자 동시에 종소리이다.

제2장

민촌(民村)의 『대지(大地)의 아들』 연구

■■■

1. 서론

민촌 이기영(民村 李箕永)은 홍명희, 한설야, 백인준, 조영출과 더불어 공식적으로 미해금작가 가운데 한 사람이다.[1] 북한에서의 행적이 중요한 해금 조건으로 고려된 상황에서 그의 미해금 조치는 당연한 결과라 할 것이다. 그러나 식민지시대의 소설을 연구하는 사람치고 그를 도외시하는 사람은 아무도 없다. 그것은 광복 이전의 그의 작품과 문단에서의 역할이 그만큼 비중이 크다고 판단하기 때문일 것이다.

지금까지의 그에 관한 연구는 그리 활발히 진행되어 왔다고는 할 수 없을 것 같다. 그 이유는 대략 세 가지 정도로 생각해 볼 수 있을 듯하다.

첫째, 그의 작품을 공개적으로 읽을 수 없는 사정이다. 5공이 끝날 무렵

1 1988년 7월 19일 당시 문화공보부에서는 120여 명에 이르는 납·월북작가의 작품 출판과 시판을 허용하는 조치를 취했다. 이 조치에서 위의 5명은 제외되었다.

불어 닥친 민주화의 열풍으로 몇몇 출판사에서 그의 작품집을 간행했으나 그것은 현실적으로 아직까지는 불법 출판물이다.

둘째, 연구자의 제한성이다. 아직도 보수적인 연구 층에서는 그를 경원하고 있으며 진보적 성향의 연구자들만이 그를 대상으로 한 연구를 하고 있는 것이 우리 학계의 풍토이다.

셋째, 위의 두 이유와 관련되는 문제이기는 하나, 연구의 결과 공표가 암묵적으로 통제되는 여건을 생각해 볼 수 있다. 이것은 조국의 분단 현실이 지속되는 한, 그리고 통일 정책의 획기적 전환이 없는 한 개선되기 어려운 문제일 것이다.

그러나 최근 우리 학계의 변화도 많이 이루어졌다. 국제 정세의 급격한 변모와 국내 정치상황의 영향으로 국문학계 연구 동향에도 과거와는 다른 기류가 형성되고 있는 것 같다. 특히 식민지시대의 문학을 연구하는 데서 그런 변화는 두드러지게 나타난다. 이데올로기 문제로 거의 금기시되었던 카프 계열의 작가와 작품에 관한 연구, 방법적인 면에서 리얼리즘의 이론 탐구와 적용 등이 그 대표적인 현상이라 할 수 있다. 이런 경향은 우리가 살고 있는 현실과 그것의 바람직한 극복을 위해 필요한 일임을 부인할 수 없을 것이다.

이런 경향의 일환으로 최근 들어 민촌에 관한 연구도 꽤 진지하게 이루어지고 있음을 볼 수 있다. 하지만 아직도 연구 성과의 집적이 불충분한 상태이기 때문에 거개의 논의가 해설 류의 작가론, 또는 대표작 몇 편에 관한 소개 및 분석에 머무르고 있는 실정이다. 북한에서의 창작 활동을 제외한 광복 이전의 그의 작품 목록조차 완벽하게 정리되지 못했기 때문에 앞으로 그에 대한 연구는 여러 분야에서 심도 있게 진행되어야 할 것이다.

우선적으로 해야 될 일은 작품 자료의 수집과 정리가(전집의 간행을 위한) 이루어져야 할 것이고, 전기적 사실의 자료 수집과 정리도 병행되어야 할 것이다. 다음으로는 작품 자료의 유형화 작업 및 개별 작품에 관한 세밀한 분석적 연구가 있어야 할 것이고, 기존의 연구 성과를 집약하는 작가론적 연구도 뒤따라야 한다. 또한 문학사에서의 올바른 자리매김과 아울러 그의 창작 활동 시기를 중심으로 한 시대적 의미의 검증도 있어야 할 것이다. 더 나아가 북한에서의 창작 활동과 그 작품에 대한 연구도 필요하나 이것은 통일문학사 서술의 시점에서나 가능해질 것이다.

본고에서는 그에 관한 연구의 일환으로 그의 작품 중 일반인에게 거의 알려지지 않은 『대지(大地)의 아들』이란 장편을 분석해 보고자 한다. 분석 방법은 작품에 나타난 배경을 추출하여 그 결과를 중심으로 작가의 의도를 추론해 보는 식으로 하도록 하겠다. 배경을 중심으로 소설을 분석하는 방법은 소설 구성 요소의 비중상 작품 전체의 의미를 드러내는 데 한계가 있음을 부정할 수 없지만, 작가의 사회의식이나 미학적 토대를 살피는 데 일정 부분 유용할 수 있으며, 또한 다른 분석 방법 적용 시와는 변별되는 작품의 의미 해명이 이루어질 수도 있고, 또 숨겨진 작품의 특질이 규명될 수도 있다는 기대가 있기 때문이다.[2]

2 졸고, 「소설의 배경에 관한 연구」, 『하동호 교수 재경오 기념논총』, 탑출판사, 1990, pp.270~283 참조.

2. 본론

본론에 들어가기에 앞서 텍스트에 관해 잠시 언급하기로 하겠다. 이 작품은 1939년 10월 12일부터 1940년 6월 1일까지 『조선일보』에 연재되었던 것인데, 연재 이후 단행본 출간이 되지 않았다. 따라서 현재 이 작품을 접할 수 있는 방법은 연재 당시의 신문을 이용하는 수밖에 없다. 다행히 신문 연재물을 복사한 것으로 만든 단행본 형태의 책자가 나와 있고,[3] 또 신문 연재물을 그대로 편집한 것도 있어서[4] 연구자의 편의를 돕고 있다.

다음으로는 이 작품의 성격에 관해 창작 당시의 시대상황과 관련하여 간략히 살펴보도록 하겠다. 1930년대는 일제에 의한 가혹한 탄압이 극심했던 시대다. 특히 대다수 농민들이 삶의 근거를 박탈당한 채 도시로 밀려가 값싼 노동력이 되거나 해외로 추방되다시피 이주하지 않을 수 없었다.[5] 해외 이주 가운데 만주와 연해주에 150만(1930년대 기준) 이상이 집중되었고, 일본으로도 70만(1937년 기준) 정도가 도항하였다.[6] 국내에 있는 우리 민족 대다수도 궁핍화의 길을 벗어날 길이 없었다.[7] 만주 지방으로의 우리 민족 이주는 역사를 거슬러 멀리까지 올라갈 수 있지만 대거 이주가 시작된 것은 19세기 후반기였다. 봉건 통치의 억압을 견디다 못해 발각되면 단

---

3 권영민 · 이주형 편, 『한국 근대장편소설대계 14』, 태학사, 1988.

4 편집부, 『신문연재소설전집 4』, 깊은샘, 1987.

5 강만길, 『한국현대사』, 창작과비평사, 1985, p.101.

6 한국민중사연구회, 『한국민중사Ⅱ』, 풀빛, 1986, p.206.

7 이 문제에 관해서는 강만길 교수가 농촌빈민, 화전민, 토막민으로 나누어 상세히 소개하면서 고찰하였다. 『일제시대의 빈민생활사 연구』(창작사, 1987) 참조.

두대에 올라야 하는 월강죄(越江罪)를 알면서도 우리 민족은 압록강과 두만강을 건너지 않을 수 없었던 것이다.[8] 그리하여 이들은 온갖 어려움을 극복하며 이곳에 정착하게 되는데, 1930년대에 접어들면서 조선 내부의 빈농화 및 탈농화, 일본 국내 사정으로 인한 도일의 억제, 만주 침략과 개발에 따른 노동력의 필요 등의 조건이 어우러져 이주가 정책적으로 장려되고, 식민 통치에 반발한 망명성 이주와 독립 운동을 위한 이주가 곁들여져 엄청난 숫자의 민족 이동이 이루어지게 되었던 것이다.[9]

이렇게 이주해 간 동포들이 그곳에 정착하면서 겪은 고초는 이루 헤아릴 길이 없을 정도였다.[10] 생명을 잃기까지 해 가며 고초를 극복하면서 이룩한 만주 개척은 그야말로 '피와 땀의 기록'이 아닐 수 없다 할 것이다.[11] 그런 어려움을 예상하면서도 왜 많은 동포가 이주해 가야만 했는가? 그 이유는 자명하다. 국내에서의 삶은 그보다 더 못했으리라는 점과 일제 당국의 강제성을 띤 정책이 그런 결과를 가져오게 했을 것이다. 특히 1930년대 말은 전시동원체제가 성립되어 있던 때로서 만주 이주는 '장려'가 아니라 '강제'로 이루어질 수 있는 시점이었다. 그런 시기에 만주 개척민을 소

8 현룡순 외, 「머리말」, 『조선족 백년사화 I』, 거름, 1989 참조. 원래 이 책은 요녕 인민출판사에서 1985년 출간된 것인데 국내에서 재간행된 것이다.

9 이형찬, 「1920~1930년대 한국인의 만주이민연구」, 한국사회사연구회편, 『일제하 한국의 사회계급과 사회변동』, 문학과지성사, 1988, p.212.

10 이 문제에 관해서는 앞의 책(주 8)에 상세한 실례가 리정문 기록으로 「동북의 벼농사」란 제목 아래 소개되어 있다. 1928~30년까지 동북 각지에서 조선족 농민을 구축, 박해하는 사건이 무려 200여 건이나 된다 하였다(p.79). 또 본고에서 다루는 작품 속에도 현지 원주민의 행패, 관리의 횡포, 마적과 비적의 약탈 등 여러 사례가 나온다.

11 이 작품 연재 예고의 타이틀이 '血汗記'임.

재로 한 소설을 연재하려 한 신문사의 의도는 어렵지 않게 추측이 가능할 것이다. 그런 사정은 다음과 같은 연재 예고의 사고(社告)에서도 어느 정도 확인이 가능하다.

> 검은 티끌이 휘날리는 아득한 벌판에 낙토(樂土)를 찾아 헤매던 조선이주민 백여 년의 만주 이주사(移住史)는 그대로 혈루(血淚)의 기록이었다. 박해와 희생의 이주 전사(前史)는 장정권의 몰락과 함께 흘러가고 만주건국의 새 군호에 맞추어 백만의 조선 이주민들은 어둠을 떨치고 일어나서 낙토 건설의 역사적 대업의 전선에 등장하였다 (띄어쓰기와 표기는 요즘말로 바꾸었음.)[12]

만주국 건국을 미화하면서 이주 동포를 예찬하는 이런 시각은 쫓기다시피 이주해 온 비극의 주체로서의 민족 현실과 거리가 있는 것이라 하지 않을 수 없다. 따라서 식민 당국의 정책에 어느 정도 경사된 것으로 보는 것이 무리라고만은 할 수 없을 것이다.

한편, 이 당시 일본에서 제창되었던 '생산문학'에 관한 이론과 주장도 이 작품의 성격을 살피는 데 중요한 관점이 될 수 있을 것이다. 생산문학이란 '국책적 정신에다 기록적, 보고적 방법으로 농 · 어 · 광 · 공장 · 이민 등을 취급하는 것'인데,[13] 만주사변과 중일전쟁의 발발을 계기로 생산 확충과 농촌부흥을 위해 대두되었던 것이다.[14] 이는 그 취재 방식이나 관찰법에서 퍽 리얼리스틱하여 과거의 경향문학과 유사한 점이 있지만 그 정신에 있

12 『조선일보』, 1939. 10. 5.

13 김윤식, 『한국근대문예비평사연구』, 일지사, 1976, p.466.

14 이재선, 『한국 현대소설사』, 홍성사, 1979, p.361.

어 국책적인 점이 판이하게 다른 것이다.[15] 보다 상세한 논의는 임화의 글에서 볼 수 있다.[16] 이러한 생산문학론의 정신이나 방법에 비추어 볼 때, 직접 현지를 답사하고 자료를 수집하여[17] 창작된 이 작품은 국책 순응적 색채가 다분히 내재되어 있다고 보아야 할 것이다.

위에서 말한 두 가지 관점은 이 작품의 성격을 살피는 데 유용한 근거를 제공해 준다. 즉, 일제 말기 강제적으로 이루어졌던 만주 이주를 긍정적으로 그리면서 전쟁 수행을 위한 제국주의자들의 정책에 근접하는 듯한 서술은 시대적 여건상 불가피한 점도 있기는 하지만 상당 부분 식민 당국의 정책에 호응했다는 점을 부인하기 어려울 것이다. 그럼에도 불구하고 이 작품은 논의의 가치가 있다고 보인다. 우선은 공인으로서의 작가가 발표한 작품인 이상 성패를 떠나 논의가 있어야 한다는 점을 들 수 있고, 다음으로는 작품의 내용이 농민이 주인공으로 되어 있으며(다른 농민소설의 경우 상당수가 지식인의 시혜적 농촌 활동이 위주인 점과 비교됨), 농사 일이 작품의 중심을 이루고 있어 농민소설로의 요건을 잘 갖추고 있다는 점, 그리고 당시 시대상과 관련된 만주 이주와 개척을 다룬 제재상의 의미가 적지 않다는 점 등이 그 이유가 될 수 있겠다.

다음으로 작품의 제목이 갖는 의미에 관해 잠깐 살펴보고 앞에서 말한 방법에 따라 작품의 의미를 탐색해 보도록 하겠다. 이 작품의 제목은 두 가지의 의미를 갖는 것으로 되어 있다. 하나는 광활한 황무지를 개척하여

---

15 최재서, 「모던문예사전」, 『인문평론』 창간호, p.114.

16 임화, 「생산문학론」, 『인문평론』 1940년 4월호, pp.8~11.

17 연재 예고의 사고(社告)에 "농민 소설의 제일인자인 이기영씨가 월여에 걸쳐 남북만주를 몸소 걷고 수집한 재료를 기초로……"라고 쓰여 있다(『조선일보』, 1939. 10. 5).

쌀을 생산해 내는 동포가 바로 '大地의 아들'이란 것이고(현지인들은 물을 무서워하여 한전(旱田)만 짓지 수전(水田)은 못 짓는다), 또 하나는 밭곡식만 생산되던 땅에서 쌀을 생산하게 되었으니 다른 곡식이 쌀보다 못한 '딸'이라면 쌀은 바로 대지의 '아들'에 해당되는 것이 아니겠느냐는 것이다. 제목의 설정에서도 어렴풋이 시류(時流)와의 관련성을 살필 수 있을 것 같다.

1) 가을 중심의 계절 설정에 숨겨진 의미

이 작품은 총 22개의 장으로 구성되어 있는데 각기 소제목이 붙어 있다. 각 장은 연재 기준으로 짧게는 3회, 길게는 18회까지로 되어 일정하지는 않다. 모두 158회(마지막 회가 157회로 되어 있으나 '탈출'에 1회가 중복되어 있음)에 걸쳐 연재되었는데, 시작은 초가을인 8월이고 끝 역시 초가을인 가을 학기 시작으로 되어 실제 작품 진행은 1년간으로 되어 있다. 이 가운데 4개의 장은 회고담으로 계절과 관련이 없고, 봄과 겨울이 3, 여름이 5, 가을이 10개의 장으로 되어 있다. 특히 여름은 가뭄과 강 상류의 보를 트는 한 가지 사건으로 되어 실제 진행은 가을에 집중되어 있는 셈이다. 이렇게 가을 중심으로 설정된 이유는 무엇일까? 대략 다음과 같은 추론이 가능하지 않을까 생각된다.

첫째, 이 작품의 목적의식과의 관련이다. 앞에서 본 것처럼 이 작품은 소위 국책 순응의 성격이 다분히 있는 바, 만주와 같이 광활하면서 개척 가능한 땅을 강조하여 묘사하고, 가을 추수기의 풍성함을 그림으로써 그곳에 대한 동경심을 불러일으킴과 동시에 생산 의욕을 고취하려는 의도가 개재되어 있는 것 같다. 당시 대다수의 국내 농민들이 농사를 짓고 싶어도

지을 땅이 없고, 애써 지어봤자 엄청난 소작료와 경작비 등으로 지주들의 치부를 돕는 것에 지나지 않는 상황에서, 만주의 경작 가능한 광활한 땅, 가을 추수기의 풍요한 곡식과 추수, 그리고 추수한 곡식의 상당량이 내 소유가 되는 등의 서술은 위의 목적의식을 달성하는 데 유효하게 작용한다고 볼 수 있을 것이다.

둘째, 농업을 중시하고 장려하려는 작가의 의도와 연관하여 생각해 볼 수도 있다. 그런 생각의 구체적 실현을 위해서는 가을이란 계절은 매우 유효하다고 할 수 있다. 왜냐하면 농사꾼에겐 일 년의 시간이 가을을 위하여 있다고 해도 과언이 아닐 정도로(특히 벼농사에 있어서) 가을이 생활의 중심 시간대가 된다. 겨울은 농한기로 준비 기간이며, 봄부터 여름까지는 씨 뿌리고, 제초하고, 가꾸는 시간이다. 특히 여름이 짧은 만주에서는 더욱 그러하다. 중심 시간대인 가을은 농민에게 계절 순환의 축이 되면서 일 년의 마무리를 하는 계절이다. 이런 점에서 가을이 작품 진행의 중심을 이루고 있는 것은 농업에 대한 지지와 권장 및 장려(그것은 일제의 정책이기도 하다)와 밀접한 관련이 있다 할 것이다.

셋째, 작품의 미학적 구조의 면에서 작가가 상당한 비중을 부여하고 있는 인물인 덕성과 귀순의 연애 이야기와 관련하여 생각해 볼 수도 있다. 14~5세의 청소년들인 이들은 의협심과 정의감이 있는 인물로서 양가의 부모는 물론 본인들도 서로 좋아하는 사이로 약혼까지 한 관계다. 그런데 물욕에 빠진 귀순의 부모와 비적의 약탈 사건으로 끝내 파혼이 되고, 귀순은 부락장 홍승구의 바보 아들 황식에게 시집을 가도록 강요당한다. 그 결혼식이 가을에 치러지도록 되어 있는데, 이는 가난한 농가에서의 관례라 할 것이다. 그러나 귀순은 혼인식 당일 새벽에 가출하여 봉천으로 유학을 간 덕성에게로 가고, 결국 두 사람이 재결합하는 것으로 반전이 되는데, 이는 강요된 결혼식과 덕성의 가을 학기 시작이라는 계절 요인 때문에 가능해진 일이다.

이상, 가을 중심으로 설정된 계절 배경이 갖는 숨겨진 의미를 살펴보았거니와, 요약하면 시대적 요청에 순응하여 식민정책에 근접하는 의도와 작품의 효과적 결구를 위해 그렇게 설정했다는 추론이 가능할 것 같다.

2) 식민정책에 근접하는 국책 순응의 양상

바로 앞의 항목에서 계절 설정 요인을 중심으로 식민정책에의 접근 모습을 살펴보았다. 그러나 그것은 대체로 추정적인 것이었고, 여기서는 자연 공간 묘사와 예술 · 오락이라는 배경 요소를 중심으로 좀 더 구체적인 서술을 해 보도록 하겠다.

이 작품에 나타나는 자연 공간은 성격상 매우 제한되어 있다. 작품의 거개가 '개양둔'이라는 고립된 지역에서만 진행되기 때문이다. 그곳은 광활한 평원의 조그만 지역으로 외부와는 단절되다시피 동떨어진 곳이다. 따라서 자연 공간도 평원과 강 등이 전부다. 두 장면만 인용해 보겠다.

> 망망한 광야가 끗업시 내다보인다. 그것은 언제 보아도 실치 않은 히망과 동경을 자아내게 한다. 참으로 아득한 저 한울 박게는 아지 못할 무엇이 잇는 것 갓다. 그만큼 끗업는 벌판을 미처서 것고 십게 한다.[18]

18 전집 3, p.81. 텍스트는 주 4의 것을 이용하며 편의상 '전집 3'이라 약칭한다.

멀리 끗업시 내뚤린 벌판은 일면으로 풀바다와 갓치 퍼렇게 보이는데 굽이 굽이 올망졸망한 구름은 바다의 파도가 굼실거리는 것 갓다. 어디를 보나 넓은 들이다. 산 하나 안 보이는 광막한 벌판이 오직 하늘과 맛부터서 질펀이 깔렷슬뿐이엇다.[19]

이런 묘사는 작품의 곳곳에 산재해 있다. 광막한 대지, 광활한 땅, 경작이 가능한데도 버려진 황무지, 작가는 왜 이런 묘사를 되풀이하고 있을까. 또 문체에 스며 있는 예찬 투의 묘사는 무슨 의도일까. 당시 일제는 정책적으로 만주 이민을 장려 내지 강요했는데 그 이유는 반일운동의 국외로의 전가와 대륙 침략 및 노동력의 충당 때문이었다.[20] 그리하여 1940년의 경우 만주 이주민은 무려 1,309,053명이나 되었다.[21] 이러한 국책 이민에 대한 호응이 위와 같은 묘사를 하게 된 것처럼 보인다. 즉, 자연 공간에 대한 이상화 내지 예찬은 이 작품이 표현의 자유가 대대적으로 탄압되었던 시절 중앙 일간지에 버젓이 연재된 사실과 함께 식민정책에의 근접이라 하지 않을 수 없다.

예술과 오락의 배경에서도 이 사실은 확인된다. 이 작품에 오락이나 예술에 관한 것은 거의 나오지 않는데 이는 제재의 성격과도 관련되겠으나 시대적 상황과도 깊은 연관이 있다 하겠다. 1937년 중일전쟁 후 일제는 황민화 교육에 혈안이 되어 갖가지 악랄한 탄압을 계속 강화해 갔는데,[22] 그

19 전집 3, p.102.

20 이형찬, 앞의 논문, p.230.

21 위의 논문, p.213 표에 의함.

22 한기언, 「일제의 동화정책과 한민족의 교육적 저항」, 『일제의 문화침탈사』, 민중서관, 1970, pp.111~113 참조.

들이 내건 교육 강령은 '국체 명징, 내선일체, 인고단련'의 세 가지였다.[23] 이를 통해 우리 민족성을 말살하고 자기들에게 동화시키고자 하는 의도였다. 따라서 모든 부문에서 내핍과 근로 및 봉사가 강요되었고, 이런 점은 검열 장치를 통해 작가들에게 더욱 강조되었을 것이다. 이런 면에서 보면 오락이나 예술을 다루지 않고 오직 생산을 미화하는 태도는 쉽게 그 저의를 짐작할 수 있다.

그러나 위와 같은 식민정책에의 접근 모습이 있음에도 불구하고 이 작품을 친일 작품으로 매도해 버리는 것은 좀 문제가 있어 보인다. 당시 여러 작가들이 노골적인 동조 내지 선동적인 친일 작품을 썼는데 이 작품은 그런 작품과는 일정 부분 구별될 뿐더러, 이 작가가 가지고 있던 이념이나 사상적 편향도 정면에서 일제와 야합할 수 있을 만큼 타락되어 있지는 않았다고 할 수 있다(이 문제는 뒤에 상론하겠음). 하지만 그런 요소가 일부 존재하는 것만은 사실이며, 다만 그것이 행간에 은폐되거나 직접적으로 외현되지 않은 것은 이 작가의 원숙한 기량과 일말의 민족적 양심 및 이념 때문이라 할 것이다.

3) 농민의 삶과 그 현장성

우리 문학사의 상당수 농민소설이라 불리는 작품들이 농민의 삶 대신 청춘 남녀의 연애담이나 단편적인 농촌의 모습만을 담고 있음에 비해, 이 작품은 초지일관하여 농민의 삶을 그 현장에서 작품에 수용하고 있다. 또

23 위의 논문, p.114.

한 그것이 피상적 관찰이나 추상성에 떨어지지 않은 것은 농촌에서 태어나 성장한 청소년 시절의 체험과[24] 만주 현지 방문 및 취재[25] 때문이라고 볼 수 있다. 이 점에서 우선 이 작품은 농민소설로서의 첫째 요건을 충족한다. 군림이나 시혜의 대상으로서의 농민이 아니라, 삶 그 자체로서의 농민 생활상은 농민소설이 취해야 할 기본 조건이기 때문이다. 다만 그것이 시대적 상황과 연관된 이주와 개척의 특이한 소재라는 점에서 당시 국내 농민의 참다운 실상이냐 하는 것이 문제될 수 있겠으나, 그런 것들도 당대 전체 농민들 삶의 한 부분으로서 충분히 가치가 있다고 볼 수 있는 것이 아닌가 한다. 오히려 탈농 내지 이농이 필연적으로 이루어질 수밖에 없었던 당시 농촌의 실정을 고려해 보면 이런 소재는 생생한 당대 농촌 현실의 한 단면이라고도 할 수 있을 것이다.

여기서는 농민의 삶을 구체적으로 다룬 실상을 지역 공간 설정, 낮 시간대의 활용, 강우 장면의 세 배경 요소를 중심으로 살펴보도록 하겠다.

먼저, 지역 공간 설정을 보면 총 22장 중 17장이 개양둔이라는 곳에서 진행되고, 나머지는 장소 불명의 국내 공간과 개양둔 위의 강 상류, 봉천, 그리고 과거 회상에 잠깐씩 나오는 장소 등에 불과하다. 다시 말해 작품 거의 전부가 개양둔이라는 한 곳에서 진행된다고 해도 과언이 아니다. 이

24 그의 생애에 관해서는 정호웅의 「이기영론」 참조(정호웅, 『한국근대리얼리즘작가연구』, 문학과지성사, 1988, pp.57~61).

25 "만주견문 '大地의 아들'을 차저"라는 제목으로 6회에 걸쳐 1939. 9. 26~1939. 10. 3까지 『조선일보』에 연재됨. 그 내용은 풍토 생활상태 소작관계 부동성 안전농 자작농으로 되어 있으며, 비슷한 성격의 글로 「만주와 농민문학」(『인문평론』 1939년 11월호, pp.20~22)이란 글도 있음.

렇게 된 이유는 농민의 삶이라는 본질적 조건과 깊은 관련이 있다. 주지하다시피 인류 역사의 초기 단계에서 농경 사회의 성립은 유랑 이동생활에서 정착생활로의 전환과 함께 이루어진다. 농사를 짓는 일은 필연적으로 고정된 장소를 필요로 하기 때문이다. 따라서 농민의 삶을 그 현장에서 다루기 위해서는 고정된 지역 공간이 필수적으로 설정되어야 할 것이며, 그것은 거꾸로 말해도 마찬가지가 된다. 즉, 농민소설로서 농민의 생생한 생활 모습이 작품의 주요 내용으로 되어 있다는 증거로서의 기능이 이런 데서 발견된다는 것이다.

다음으로는 하루 시간대에 배분을 생각해 보기로 하겠다. 전체 작품을 세부 장면으로 분석해 본 결과 112장면이 되는데 이를 세분해 보면 '새벽: 2, 아침: 7, 낮: 53, 밤: 46'이 된다. 이 가운데 밤에 해당되는 사건은 추수기의 비적 침입과 강 상류의 보를 제거하는 일에 한정되었기 때문에 대부분의 작품 진행은 낮 시간대에 집중되어 있다고 할 수 있다. 이런 사실도 농민의 생활, 농사 현장의 취급이라는 성격을 잘 말해 주는 것으로 해석할 수 있다. 두말할 필요 없이 농업 노동은 낮 시간대에 이루어지는 것으로서, 결과적으로 농사 현장을 구체적이고도 사실적으로 다루게 되어 리얼리티를 획득함과 동시에 주제 구현에 기여하는 효과를 거두게 하는 것으로 볼 수 있다.

끝으로 강우 장면을 살펴보면 두 가지 성격의 비가 있는데, 하나는 대결하고 극복해야 하는 대상으로서의 비고, 다른 하나는 곡식의 성장에 절대적으로 필요한 자연이 주는 혜택으로서의 비다. 전자에는 열악한 환경을 이겨내는 강인한 이주 동포의 의지를 드러내는 기능이 있고, 후자는 가뭄을 해소하여 곡식 생산에 절대적인 조건을 형성하는 것으로서 농민의 삶에 환희를 가져다주는 것이다. 이와 같은 상반된 성격의 강우 장면 설정은 작가의 의도 실현과도 관계되겠으나 농민들의 삶을 피부로 느끼게 하는 현장성이 더 크다고 할 수 있다. 수리 시설이 불완전한 상황의 농민들에겐 적당한 시기에 적당한 양의 비가 내리는 것은 생존과 직결되는 문제이기 때문이다. 이런 점에서 강우 장면의 적절한 설정은 농민의 삶을 구체적으로 취급하는 중요한 실례가 된다 하겠다.

이상에서 살핀 바와 같이 국외 이주 농민의 삶을 제재로 하였다는 한계가 있긴 하지만, 농민소설의 기초적 요건을 충족시켰다는 점, 다시 말해 농민의 삶의 현장을 구체적으로 다루어 사실감을 살리고 당대 현실의 일면을 잘 수용한 성과는 결코 간과될 수 없는 성질의 것이라 하겠다.

4) 잠재된 이념의 잔영

거개의 경우 작품을 통해 작가가 나타내려는 이념은 외현되지 않고 작품 속에 은폐되는 것이 보통이다. 간혹 작가의 이념이 표면에 노출되어 있는 경우도 없지는 않으나 그것은 저급한 작품에나 있을 수 있는 일이다. 따라서 작가의 이념이나 의식은 작품을 분석하여 찾아내야 하며 그때 불가피하게 추정이나 추리의 방법이 사용된다. 때로는 그 추정이 잘못되어 오해가 발생할 소지도 있다. 그러나 분석 방법이 정밀하고 객관적 근거만 제시할 수 있다면 그런 오해는 사라질 것이다. 여기서는 가뭄 극복, 신앙과 사상, 교육의 세 가지 면에서 작가의 숨겨진 의도와 이념을 탐색해 보도록 하겠다.

이 작품에서 가뭄 장면의 묘사와 그 극복을 위한 투쟁은 작품의 핵심을 이룬다고 할 정도로 비중이 크며 눈물겹기까지 한다. 주인공 건오가 새로운 농사법을 시험적으로 적용하여 짓는 농사는 모내기 후의 가뭄이라는 시련을 만난다. 비가 오지 않아 모가 타들어갈 정도인데 유일한 수원(水源)인 강물이 줄어들기 시작한다. 모두들 자연의 재해로만 여기고 있을 때, 건오는 동네 사람의 비웃음을 사며 일백 오십 리의 험로를 걸어 마침내 강 상류에서 보를 막아서 물이 줄어들게 된 것을 발견한다. 현청에 진정을 했으나 일이 해결되지 않자 마을 사람 100여 명은 일사불란한 조직을 꾸려 상류로 몰려가 그 보를 제거한다. 이러한 집단행동의 성공은 그들에게 '전에 맛보지 못했던 새로운 쾌락'[26]을 제공하는데, 이것은 생존의 문제를 넘어선 중요한 체험이라 할 수 있다. 즉 그들은 그 순간에 진정한 의미의 군중이 되었던 것이다.[27] 여기서 군중에 관한 의식은 카프 계열 문인들의 사상적 토대와 맥락이 닿아 있는 게 아닌가 한다. 다시 말해 가난한 사람들이(이때의 가난은 개인의 능력 차이에서 기인되는 게 아니고 사회의 제도적, 계급적 모순에서 유래된 것으로 보는 것이 그들의 주장임) 힘을 합해 모순을 타파해야 한다는 그의 생각이 이런 제재를 통해 상징적으로 제시된 것이 아닌가 하는 생각이다. 물론 이런 해석은 도식성에 빠질 위험이 있는 게 사실이지만 이 작가의 다른 작품이나 사상적 흐름을 감안해 볼 때 무리한 억측만은 아니라고 본다.

신앙과 사상의 면에서도 그런 점은 확인된다. 이 작품의 신앙관계 장면

---

26 전집 3, p.139.

27 엘리아스 카네티, 반성완 역, 『군중과 권력』, 한길사, 1982, p.13. 그에 의하면 진정한 의미의 군중은 군중내부에서 해방(Entladung)이 되었을 때 생겨나고, 해방은 군중 속의 모든 사람이 상이성을 벗고 동일하게 느껴지는 순간이라고 하였다.

은 기독교가 두드러지는데 그것도 매우 혁신적 성격의 것으로서 영혼의 구원이나 내세의 삶 같은 것을 도외시한 현실주의적 색채가 강한 것이다. '조선과는 분리된 만주에서 새로 생긴 독립교회'[28]로서 '모든 교인으로 하여금 자작자급의 실력을 양성시키는 것이 목적'[29]인 교회가 바로 그것이다. 따라서 이 교회의 교역자는 모두 직접 농사를 지으며 전도를 하고 신도에게 부담을 지우지 않아야 한다. 교역자도 모두 농민인 셈이다. 또한 교리 설명에 있어서도 '거룩한 노동은 곧 천당이다' '죽은 뒤의 천당은 믿을 수 없다' '물질적 실력(농업)과 영혼의 양식(기독교)을 쌓아 곳곳마다 천당을 만들자'[30] 등으로 내세보다 현실을 더욱 강조하고 있다. 이런 혁신적 성격의 기독교에서도 앞에 말한 이념적 모습을 살필 수 있다.

많지 않은 교육관계 장면에서도 강한 현실주의적 색채가 나타난다. 건오의 회고담에 나오는 어린 시절의 백일치성(상급학교 진학을 위한) 장면이라든지, 개양둔 학교의 마을 구심체로서의 역할 묘사, 특히 덕성의 봉천 농림학교 유학 등은 그런 점을 잘 보여준다. 덕성은 조모와 모친의 반대에도 불구하고 아버지 건오의 뜻에 따라 농림학교로 진학을 하는데, 이는 '농촌건설과 농사 개량'이라는 목적 때문이다. 물론 이것은 민족의 편에서 볼 때 왜곡된 신념일 수도 있지만 작가의 현실주의적 이념이 착색된 것만은 틀림이 없는 사실이다.

이상 세 가지 배경 요소를 중심으로 살펴본 결과 카프 계열의 이념이 그

28 전집 3, p.105.

29 위의 책, 같은 곳.

30 전집 3, p.108.

잔영으로서 숨겨져 있다는 점과, 강한 현실주의적 색채가 깔려 있다는 것을 확인할 수 있었다. 이 두 가지는 서로 상통하는 것으로 이 작가가 가지고 있던 의식 내지 이념이 위장된 모습으로 표현된 것이라 해석할 수 있을 것 같다.

5) 당대 현실 수용의 기교

소설이란 양식은 기본적으로 동시대 현실을 그 내질(內質)로 하고 있다. 특히 근대 이후의 소설은 작품 산출 당시의 시대적 상황과 더욱 밀접한 연관을 맺고 있다. 따라서 작가는 자신이 살고 있는 현실을 작품 속에 수용하려 노력하되 양적인 면보다는 질적인 면을 반영하려 애쓰는 것이 당연하다 할 것이다. 질적인 반영이라는 것은 대상이 되는 현실의 인식, 다양한 현실 중에서의 적절한 선택과 종합, 그리고 그것의 유효한 서술 방법 등의 문제를 포괄한다. 이러한 문제들은 일률적으로 어떤 공식을 만들어 말하기는 어려우나 거기에 작가의식과 더불어 창작 기교가 개재된다는 것만은 틀림없는 사실이다. 여기서는 생활 공간의 설정, 가족의 양상, 작중 인물의 신분 부여 등을 바탕으로 그런 문제를 살펴보도록 하겠다.

이 작품에 선정된 생활 공간은 가옥, 만인의 아편굴, 학교 교실, 전도대 회장, 졸업식장, 봉천의 역 등이 있고, 더 세밀히 따져 보면 부엌, 방, 가게, 술집, 하숙집 등 대단히 다양하다. 단조로운 구조의 작품임에도 불구하고 이처럼 생활 공간이 여러 방면에 걸쳐 세밀히 묘사된 이유로 대략 두 가지를 생각해 볼 수 있다.

첫째, 동시대 현실의 수용이다. 앞서 살핀 대로 이 작품에 식민정책에의 접근 모습이 배어 있음은 부인할 수 없다. 하지만 우리 민족의 만주 이주와 개척은 부인할 수 없는 역사적 실체에 해당된다. 역사에는 긍정적인 것과 부정적인 것이 공존한다. 유리한 것만 선택하고 불리한 것을 버리거나 망각하는 것은 올바른 태도가 아니다. 아무리 수치스럽더라도 거기에서 귀중한 교훈을 얻을 수 있는 것이 바로 역사를 대하는 올바로 태도다. 당시 우리 민족 구성원의 대다수가 농업에 종사하고 있었고, 그중 상당수가 만주에 이주하여 고난을 겪었던 사실은 비록 그 의도가 순수하지는 못하더라도 그런 제재를 선정한 자체에 당대 현실을 외면하지 않았다는 해석을 부여할 수 있다. 또한 이주민의 삶이라는 제재를 다루기 위해 농장 개척 피압박의 실상, 현지 주민과의 교섭, 타향에서의 새로운 생활, 이주민의 과거, 현지인의 생활 모습 등이 주요 소재가 되었고, 그런 것들을 서술하면서 생활 공간의 다양한 설정과 묘사가 필연적으로 뒤따르게 된 것으로 볼 수 있다. 다시 말해, 제재의 선정과 그 서술에서 생활 공간의 다양한 설정이 필연적이며, 이는 당대 현실의 수용이라는 결과로 나타나게 되었다는 것이다.

둘째, 소설의 서술 과정에서 리얼리즘 수법과의 관련이다. 리얼리즘은 그 폭과 깊이가 다양하여[31] 한 마디로 규정하기가 어려우나 대체로 현실 인식의 태도, 그리고 소설 서술 방법의 두 가지 면에서 살피는 것이 일반적이다. 그러나 리얼리즘이라는 용어 자체의 기본 정신의 바탕에서 본다면 일상적 현실의 세부 묘사라는 근본 원리를 벗어나서는 안 된다. 이 작

31 조남현, 『소설원론』, 고려원, 1983, p.103 참조. D. Grant는 리얼리즘의 종류가 26가지나 된다고 하였다.

가의 창작에 임하는 태도는 리얼리즘으로 일관했다고 보는 것이 통설이다. 그렇다면 자질구레한 현실의 세부 묘사는 필연적일 수밖에 없고 그것의 구체화된 모습이 생활 공간의 다양한 설정과 상세한 묘사로 나타난 것이 아닌가 한다.

다음으로 가족 설정의 자료를 통해 이 문제를 살펴보기로 하자. 이 작품에는 모두 일곱 가족이 나오는데 구체적으로 정리해 보면 다음과 같다.

- 황건오 : 모친, 처, 아들 2
- 윤석룡 : 처, 딸, 아들
- 홍승구 , 모친, 본처, 첩, 아들 2
- 김병호 , 모친, 처, 아들
- 강주사 : (언급 없음)
- 정대감 : 처
- 원일여 : 아들

이들 중 황건오, 윤석룡, 김병호는 국내의 같은 동네 출신으로 각기 개양둔에 정착하게 된 경로는 다르나 비슷한 처지의 농사꾼이다. 홍승구는 화약 장사로 치부하여 국내의 가족과 현지의 첩을 거느린 인물이다. 정대감은 소작농, 술 장사, 갈보 장사 등을 전전하다가 음식점을 차린 인물이고, 강주사는 한말 우국지사로서 존경을 받는 마을의 지도자이며, 원일여는 아홉 번이나 결혼했으나 여자가 모두 도망가서 아들 하나를 데리고 품팔이를 하는 떠돌이다. 이 시기의 만주 이민이 대부분 가구 이동의 성격을 갖는다는 지적도 있지만[32] 이들 대부분은 전 가족이 이주한 경우이며, 마

32 이형찬 , 앞의 논문, p.282.

을을 위해 합심하고 단결하는 모습을 보여준다. 이러한 여러 모습의 가족 설정에서도 당시 시대상의 반영이 엿보인다. 즉, 사명감을 가진 꼿꼿한 강주사, 부의 축적을 위해 골몰하는 홍승구와 정대감, 생활고로 이국의 땅에 들어온 황건오, 윤석룡, 김병호, 대표적인 유랑 품팔이 원일여 등 여러 계층의 가족이 설정됨으로써 이 시대 우리 민족이 겪어야 했던 비극의 한 단면을 여실히 드러내고 있다고 할 수 있다.

다음은 작중인물의 신분 부여를 검토해 보기로 하겠다. 작중인물에게 어떤 신분을 부여하느냐, 바꾸어 말해 어떤 신분의 작중인물을 창조하느냐 하는 것은 작품의 제재나 작가의 의도에 따라 달라지겠으나 대체로 그 시대상황과도 깊은 관계가 있다고 할 수 있다. 따라서 어떤 작품의 작중인물이 어떤 신분을 갖느냐 하는 것은 그 시대 현실을 수용하는 사례의 하나로서 의의가 있다고 할 수 있을 것이다. 이 작품의 주요 작중인물 신분을 정리해 보면 아래와 같다.

- 농업(소작) : 황건오, 윤석룡, 김병호
- 지주 겸 농업 : 홍승구(부락장), 강주사(지도자, 교장)
- 주부 겸 농업 : (여러 가족)
- 학생 : 덕성, 황식, 서치달 (신학생, 예비교역자)
- 교사 겸 통역 : 이상렬
- 노동(원일여), 음식점 주인(정대감), 학교 일꾼(양서방), 만인(왕노인), 황건오 회고담 속의 국내 인물(면장, 교장, 교사), 아이들
- 기타 : 정미소 주인, 기생, 마적, 비적, 토벌대, 현청 관리, 주재소 순경, 품팔이꾼, 아편중독자, 밀수꾼, 역장, 상인, 거지, 하숙집 주인 등

위에서 보다시피 갖가지 신분의 사람들이 등장하는데 이들은 이주 동포들의 삶을 사실적으로 드러내는 기능과 함께 당시 우리 민족이 겪었던 수

난과 고통을 잘 보여주도록 배려되어 있다. 다시 말해서 당시의 시대상이 이러한 신분 부여를 통해 유감없이 수용되고 있다는 것이다.

지금까지 생활공간의 설정, 가족관계, 작중인물의 신분 부여라는 세 가지 배경 자료를 중심으로 당대 현실을 폭넓게 수용하려 한 작가의 의도를 검토하여 보았다. 그 결과 이 작품은 대체로 당대 현실의 사실적 수용이란 리얼리즘 기반 위에 서 있음을 알 수 있었다. 물론 이러한 성과가 식민정책에의 접근이라는 시류 편승의 타협적 자세와 상쇄될 만큼 큰 것이라고는 할 수 없다. 그러나 그것은 그 자체로서 적지 않은 의미가 있음도 전적으로 부인될 수만은 없다고 본다. 한두 가지 시각만으로 문학 작품의 전모가 평가되는 것이 옳지 않다는 것은 상식이기 때문이다.

6) 작가적 양심과 민족의식의 단편

앞에서 이 작품이 식민 정책에 접근하고 있는 모습을 여러 근거를 들어 살핀 바 있다. 분명히 그런 점이 있는 건 사실이다. 하지만 작품 전편이 그런 것만으로 채워져 있는 것은 아니다. 또한 그것이 노골적으로 표면화되어 있지도 않다. 그렇다고 해서 작가의 그런 태도가 합리화될 수는 없다. 그런 점은 비판을 받는 것이 당연할 것이다. 하지만 그것 하나만으로 이 작품 전체의 가치를 규정하는 것은 문제가 있다고 보인다. 왜냐하면 이 작품 속에는 그와 정면으로 배치되는 것도 다소나마 있기 때문이다. 그것은 바로 민족의식에 관한 것이다. 여건상 그것이 강하게 표현되지는 못했지만, 이는 작가의 심층 심리 속에 숨어 있는 양심의 한 단면이 드러난 것이라고 할 수도 있을 것 같다. 그것은 민족적 전통과 풍속이라는 구체적 자료를 통해 암시적으로 제기된다. 이 문제를 좀 상세히 검토해 보기로 하겠다.

만주 이주 동포들은 어쩔 수 없이 고국을 떠나기는 했지만 분명히 조선인으로서의 위치를 버리지 않았다. 우선은 언어의 보존에서 그것을 찾을 수 있고(이 경우에는 대량의 이주가 오히려 유리했을 것이다), 다음으로는 전통과 풍속의 유지에서 그런 사실을 확인할 수 있다. 남부 만주에 거주하는 동포가 주로 북부 조선 출신이고 북부 만주의 동포는 남부 조선 출신이 많다는 사실은[33] 지리적 선취(先取)의 결과라 하겠거니와 이들은 각기 그 지역에 거주하며 적응하기 위해 부분적으로는 동화되어 가면서도 다른 한편으로는 조선인 고유의 문화뿐만 아니라 영농 기술까지 보급해 줄 정도로[34] 우리의 전통을 잘 지켜 오고 있다 한다. 최근 중국과의 교류가 활발해지면서 이곳 동포들의 생활상이 우리 매스컴에 많이 소개되고 있거니와 아이러니하게도 국내보다 더 한국적인 것이 잘 보존된 모습을 목격할 수 있음은 바로 그 증거가 된다고 할 수 있을 것이다.

이 작품 속에는 한국 고유의 풍속, 음식, 의상, 명절의 모습이 적지 않게 묘사되고 있다. 만인들과 함께 즐기는 명절인 추석의 음식 마련과 놀이(전집 3, p.114. 이하 페이지만 표시), 음력 정초의 즐거운 놀이판(p.126), 동제(洞祭) 비슷한 성격의 김시중 노인 추모제(p.116), 흥겨운 농악놀이(p.116) 등은 국내 어느 농촌에서나 벌어지는 것으로서 머나먼 이국에서도 그대로 보존, 전승되고 있다. 어쩌면 낯선 산천을 배경으로 생존해야 하는 그들에겐 그

---

33 김성훈, 「만주 '삼강평원'을 가다」, 『동아일보』, 1989. 2. 9 참조. 현재 북만주인 흑룡강성 동포 45만 명 중 3분의 2가 경상도와 전라도 출신이라 한다.

34 이형찬, 앞의 논문, p.280.

런 전통적 행사가 더욱 의미 있고 소중한 것일 수도 있을 것이다.

한편, 만인들의 풍속도 몇 가지가 소개되고 있는데 야만적인 모습의 장례 제도라든가(p.103), 미개하고 원시적인 절차의 기우제 모습(pp.128~129)은 상대적으로 우리 민족의 우월성을 강조하는 효과를 거두고 있다 할 것이다.

음식에 있어서도 붕어조림, 닭찜(p.84), 추석날의 여러 가지 음식(p.114), 혼인 잔치 준비의 갖가지 음식(p.141) 등 우리 고유의 음식이 대부분이며, 지역적 특성상 빼주, 호떡 등이 있으나 이도 보편화된 중국풍의 우리 음식이라고 볼 수 있을 것이다.

의상도 굿복(p.84), 한복(p.117), 고쟁이(p.121) 등 조선인 고유의 옷이 거의 전부를 차지하고 있어서(자료가 그리 많지는 않음) 여기에서도 우리 고유의 것이 그대로 지켜지고 있음을 볼 수 있으며 그것은 바로 민족적인 것과 연관시켜 볼 수도 있을 것이다.

이상에서 살핀 바와 같이 작가는 전통과 풍속의 자료를 통해서 민족적 우월성을 강조하면서 한국적인 것에 가치를 부여하고 소중히 다룸으로써 민족의식을 드러내 보이고 있다. 이것은 어려운 여건 아래서 불가피하게 현실 타협적 자세로 창작 활동을 하면서도 일말의 작가적 양심이 살아 발현된 모습이라고 보아도 크게 무리는 없을 것 같다.

3. 결론

이 작품은 발표된 지 오랜 세월이 흘렀지만 아직도 학계에서 본격적인 논의가 거의 이루어지지 못했다. 우리 쪽에서는 작품의 내용과는 아무 상관없이 작가의 행적 때문에 논의가 봉쇄되어 있지만, 지금까지 알려진 자료로는 북에서도 논의가 이루어지지 않았다. 작품의 가치가 낮아서라기보다는 자료 접근의 어려움(남), 그들이 지향하는 이데올로기의 미약함(북)이 그 원인이 아닌가 한다.

본 연구에서는 이 작품을 배경 자료를 중심으로 하여 분석하여 보았다. 그 결과, 현실 타협적 자세로 인한 식민정책에의 접근 양상이 보인다는 점, 농민의 삶을 현장에서 다루면서 당대 현실을 폭넓게 수용하려 한 리얼리즘의 수법을 보이고 있다는 점, 표면화되지는 못했으나 카프 계열의 이념이 잔존하여 잠재되어 있다는 점, 일말의 작가적 양심으로 인한 민족의식의 단편이 엿보인다는 점, 원숙한 창작 기교로 구호나 선동에 빠지기 쉬운 제재를 문학적으로 무난히 소화해 냈다는 점 등이 확인되었다. 이런 사실은 배경 자료만을 바탕으로 한 것인 만큼 앞으로 다른 방법과 시각으로 이 작품을 조명하여 작품의 의미를 캐내고, 그것을 토대로 소설사에서의 올바른 자리매김이 이루어져야 하리라는 생각이다. 특히, 만주 이주와 개척이라는 1930년대의 민족적 비극을(그 비극은 이산가족의 애타는 재회 염원 등으로 미루어 아직도 끝나지 않았다) 정면에서 다룬 희귀한 제재의 작품이라는 면에서 그런 생각은 더욱 설득력을 갖는 것이 아닌가 한다.

제3장

한설야(韓雪野)의 『초향(草鄕)』론

상황변화와 작가의 대응 양상

■■■

1. 서론

한설야는 북한에서 숙청된[1] 작가임에도 불구하고 아직 미해금작가로 남아 있다. 아마도 '카프'의 핵심 맹원으로서 일관되게 활동해온 점과 숙청 이전까지 북한에서 고위층으로 활약한 전력이 그 이유인 듯하다. 따라서 아직까지 그의 작품은 자유롭게 대하기가 어려운 실정이다. 하지만 한국 현대소설을 논의하는 자리에서 그를 배제할 수 없는 것이 또한 사실이다. 그만큼의 비중을 갖고 있기에 여러 연구자들이 계속해서 논의하고 있다고 보아야 할 것이다.

이 작가에 관해 학계에 적지 않은 분량의 연구 성과가 있으나, 그 내용을 자세히 살펴보면 본격적인 천착과는 거리가 있는 것이 대부분이다. 오

---

1 1962년에 종파주의자, 복고주의자, 일제시대 군수 아들, 부화방탕의 죄목으로 숙청되었다(김윤식, 「한설야론」, 『현대문학』 1989년 8월호, p.373).

랫동안, 근원적 이유 아닌 이데올로기의 금제에 의해 작품을 대하기가 어려웠고, 작품을 구해 연구를 해도 그 결과의 공표가 자유롭지 못한 상황에서는 그런 결과가 당연한 것일지도 모른다.

5공화국 시절의 권위주의적이고 강압적인 통치는 사회 전반에 걸쳐 비판적이고 저항적인 분위기를 조성하는 아이러니의 양상을 보여주게 된다. 현대소설을 연구하는 사람들에게도 정부 당국에서 금지하고 있는 작가나 작품을 논의하는 것이 떳떳한 학자로 인식되는 풍경이 연출되게 된다. 그런 사정으로 인해 리얼리즘에 관한 이론서가 은밀하게 유포되고, 월북작가들의 작품이 복사본으로 널리 확산되는 계기를 맞게 되었다. 그런 사정이 절정을 이룬 것은 5공 말기라고 할 수 있다. 대담하게도 북한 문학 작품의 원전이 출판되어 지하로 유통되는 선에까지 이르게 된다. 드디어 1987년도 대통령선거를 전후해서는 통제 불능의 상태에 이를 정도로 거의 모든 자료가 공개되는 실정을 맞게 되었다. 그리하여 공부하는 사람에게 이제 우리 과거 문학 유산 가운데 손길이 미치지 못하는 것은 없게 되었다.[2]

요즘 시점에서 그 당시를 회고해 보면, 우리 연구자들이 너무 흥분해서 과거의 그 많은 자료들을 차분하게 소화해내지 못한 느낌이 짙다. 너도나도 경쟁적으로 미처 소화되지 못한 연구 결과를 내놓다 보니까, 거개가 거의 차별성 없는 해설 수준의 글들이 난무하게 될 수밖에 없었다. 또한 그것들은 약간의 예외가 있긴 하나, 대부분이 리얼리즘 이론의 틀로서 작품

---

2 정부 당국에서는 1988년 7월 1일에 5명의 문인을 제외한 월북작가의 해금 조치를 취하였다. 이는 그동안의 현실을 감안한 불가피한 추인 작업이라고도 할 수 있다. 또 그해 열린 서울 올림픽도 이런 조치에 일정 부분 작용한 결과라는 평가도 있다.

을 분석하는 공통점을 갖고 있다. 당시나 지금이나 그 방법 자체가 문제 있는 것은 아니나, 천편일률적인 연구 방법의 적용은 학문의 다양성을 생각할 때 꼭 긍정적이라고만은 할 수 없다. 더욱이 상황이 많이 바뀐 요즘은 방법 자체에 대한 반성도 어느 정도 필요한 것이 아닌가 한다.

한설야에 대한 그동안의 연구도 예외는 아니다. 연구의 기본 토대라고 할 수 있는 자료 정리(작품 자료, 전기적 자료, 연구 자료)도 안 된 상태에서 몇 작품의 분석만으로 성급하게 결론을 내려 버리는 연구가 많았다. 차근차근 자료를 정비하고 분류하는 한편 개별 작품에 대한 깊이 있고 다양한 분석이 이루어지고, 그를 바탕으로 한 작가론이 작성되어 문학사에서의 올바른 위상 정립이 이루어지는 것이 순서일 것이다. 그러고 보면 이 작가에 관한 연구도 이제부터 시작이라고 할 수 있을 것 같다.

그런 가운데도 지금까지의 연구 성과 가운데 주목할 만한 것이 없는 것은 아니다. 만족할 만한 것은 못 되지만 한설야의 소설을 집중적으로 다룬 석사논문이 있고,[3] 당대 현실과 관련한 '귀향'의 관점에서 고찰한 서경석[4], 암울한 시대의 민족문학사를 대표할 만큼 현실에 충실하고 고투의 흔적을 남겼다고 보는 조정래[5], 전향의 관점에서 세밀히 분석한 김윤식[6] 등이 있다. 또한 작품 연구의 입장에서 쓰여진 것들도 있는데, 『황혼』

---

3 송기섭, 「한설야 소설 연구」, 충남대 대학원 석사학위논문, 1989; 송호숙, 「한설야 연구」, 연세대 대학원 석사학위논문, 1990.

4 서경석, 「한국경향소설과 '귀향'의 의미」, 『한국학보』 1987년 가을호.

5 조정래, 「한설야론」, 이선영 편, 『1930년대 민족문학의 인식』, 한길사, 1990.

6 김윤식, 「한설야론」, 『현대문학』 1989년 8월호.

을 다룬 것으로 권영민[7], 김철[8], 한점돌[9], 이선영[10] 등이 있고, 『탑』을 논한 것으로 신희교[11], 이은봉[12] 등이 있으며, 초기 소설만을 집중적으로 연구한 장석홍[13]도 있다. 그밖에 식민지시대 소설을 연구하는 과정에서 부분적으로 언급된 것들도 있다. 그리고 해방 이전의 짤막한 글들도 있는데 박영준[14], 임화[15]가 그것이다.

이와 같은 연구 성과들은 앞서 말한 바와 같이 시작 단계에 불과하다. 그간 꾸준히 연구되어온 다른 작가들(비카프계 작가들, 민족주의 · 반공주의 작가들)과의 상대적 비교에서도 그렇거니와, 거의 일률적인 연구 방법론의 적용에 따른 반성의 관점에서도 그러하다. 따라서 앞으로 기초적인 자료의 수집과 정리는 물론 작품에 대한 본격적 분석과 의미 검출이 이루어져야 하겠고, 특히 널리 알려진 대표작 중심의 논의도 필요하겠지만, 연구자들의 눈에서 벗어나 있는 작품들도 완벽한 작가론의 전초 작업으로서 검토가 필요할 것이다. 본 연구에서는 그런 관심의 일환으로서 지금까지 연

---

7 권영민, 「『황혼』에서 보는 한설야의 작품세계」, 『문학사상』 1988년 8월호 별책부록.

8 김철, 「『황혼』과 『여명』에 대하여」, 『황혼』, 풀빛, 1989.

9 한점돌, 「전형기 문단과 프로리얼리즘의 가능성」, 구인환 외, 『한국현대장편소설 연구』, 삼지원, 1989.

10 이선영, 「『황혼』의 소망과 리얼리즘」, 『창작과 비평』 1993년 봄호.

11 신희교, 「『탑』의 인물 유형 분석」, 『어문론집』 24 · 25, 고려대 국어국문학연구회, 1985.

12 이은봉, 「한설야의 장편 『탑』 연구」, 『숭실어문』 6, 숭실어문연구회, 1989.

13 장석홍, 「한설야 초기 소설 연구」, 건국대 현대문학연구회 편, 『한국현대문학의 이해』, 서광학술자료사, 1992.

14 박영준, 「한설야론」, 『풍림』 1937년 3월호.

15 임화, 「작가 한설야론」, 『동아일보』, 1938. 2. 22~24.

구자들에게 거의 소외되어 있었던 이 작가의 『초향』이란 작품을 살펴보고자 한다. 이 작품은 통속적인 성향이 농후하여 논의 가치가 없다고 논객들로부터 외면당해 온 것인데, 과연 일고의 가치도 없는 저급한 작품인지, 아니면 당대 현실 속에서 어느 정도 의미를 갖고 있다고 볼 수 있는지를 한번쯤 점검해 보는 일도 무의미하지만은 않을 것이다. 작품을 살피는 데는 상황 변화와 그에 따른 작가의 대응 자세, 보다 근원적인 문제로서 쉽게 결론을 내리기는 어려운 문제이나 창작에 임하는 작가의 윤리적 책임과 한계 등을 주요 고려 대상으로 하도록 하겠다.

2. 작가와 시대, 그리고 대중성

작가는 누구인가? 이런 소박하고 상식적인 질문은 한국현대문학 연구에서 꽤 유효한 질문이 된다. 그 이유를 차근차근 생각해 보자. 이 물음에 대한 가장 간명하고도 확실한 답변은 '작품을 쓰는 사람', 또는 과거에 '작품을 쓴 사람'이 될 것이다. 즉 이 답변은 과거형이나 현재형으로만 가능하다. 그중에서도 보다 엄격한 의미에서의 호칭으로서는 현재형 쪽만 가능하다고도 할 수 있다. 과거에는 작품을 썼지만 지금은 쓰지 않는(못하는) 사람은 계속해서 쓰고 있는 사람과는 구별되어야 하기 때문이다. 물론 이 경우에 다음 작품을 준비하기 위해 침묵하고 있는 사례가 포함되지 않는 것은 두말할 필요가 없다. 또, 서양 어느 시인의 말처럼 '시는 시 이전에 온다. 따라서 진정한 시인은 시를 쓰지 않는다.' 따위의 본연적 역설 표현이 여기에 해당되지 않는다는 것도 재언할 필요가 없는 것이다. 작가는 어디까지나 작품을 쓰고 있는 시점에서만 진정한 작가로서의 자격을 갖는다고 할 수 있다.

왜 이런 기본적인 문답을 진행하는가? 그것은 식민지시대를 살았던 우리 문학사의 주역들이 이 문제와 관련하여 심각한 고려의 대상이 되기 때문이다. 루카치는 그의 『소설의 이론』 서두에서 널리 인용되는 '별이 빛나는 밤에 그 빛을 보고 나그네가 자기의 가고자 하는 방향을 찾을 수 있었던 시대는 행복하였다'는 뜻의 말을 한 바 있다. 나그네가 별빛을 보고 목적지를 찾을 수 있는 시대는 진정 행복한 시대다. 암흑 속에서 방향도, 목적지도 가늠하지 못하고 이리저리 헤매야 한다는 것은 불행일 수밖에 없다. 그러나 이미 그 불행한 시대는 도래하였고, 행복하였던 시대는 종언을 고하였다. 그 시대가 바로 현대이고 지금이다. 그가 비유적으로 말한 불행한 시대의 작가들은 따라서 과거 작가들보다 몇 배의 고통을 감수하지 않으면 안 된다. 교훈을 적당히 흥미로 포장한 이야기를 만들면 되던 시대는 끝난 것이다. 스스로 방향을 찾고, 방법을 마련하고, 실천에까지 이르러야 하게 되었다. 어디에도 방향을 지시해 주는 별 하나 보이지 않는 어둠 속에서 나그네로서의 작가는 오로지 스스로의 판단과 의지로 벽을 타개해야 한다. 그것이 옳은 것인가 아닌가는 늘 불확실성에 싸여 있다. 어쩌면 그런 불안 위에서 줄타기를 하는 사람이 현대의 작가들인지도 모른다.

그런데 더 큰 문제는 그런 작가를 둘러싸고 있는 환경에 있다. 작가들이 아무리 엄청난 고뇌 끝에 스스로의 판단과 의지로 최선의 길을 찾아냈다 하더라도, 그것을 실현하고 표현하는 데 외적 여건의 방해를 받게 된다면, 그것은 중첩되는 또 다른 불행일 수밖에 없다. 우리의 경우, 그 외적 여건의 방해는 두말할 필요 없이 식민지 당국의 정책이다. 주지하다시피 40여 년의 식민 통치 기간 중 세계 역사에 그 유례가 드문 가장 야만적인 탄압이 이루어진 시기는 1930년대 후반기라 할 수 있다. 나라를 뺏긴 것도 억울한데, 민족정기의 최후 보루라 할 수 있는 말과 글자를 박탈했고, 심지어는 인간 최후의 자존심과 생명이라 할 성과 이름조차 강탈했으니 더 말해 무엇하겠는가. 이러한 야만적인 폭압은 우리 민족의 일상생활에서부터 예술 창작에 이르는 곳곳에 빈틈없이 가해졌다. 이에 대한 우리 민족의 대처는 대략 세 가지 유형으로 이루어졌다.[16]

작가들은 이 시기에 어떻게 대처하였는가. 고약한 시대를 살아가는 작가들의 형태는 여러 가지로 나뉠 수 있다. 개인적 성향이나 가치관에 따라 그 대처 유형이 천차만별로 세분될 수도 있겠으나 대체로 크게 나눈다면 다음과 같은 세 유형이 아닐까 한다.[17]

- 첫째 : 치열한 투쟁적 작품을 쓰거나 당분간 절필하는 유형
- 둘째 : 탄압자에게 접근하여 동조하고 아부하는 유형
- 셋째 : 위장과 암시의 방법을 사용하면서 계속 활동하는 유형

이 가운데서 가장 바람직한 것은 물론 첫째 유형이지만, 앞에서 제기한 작가의 요건 충족이라는 면을 상기해 보면 셋째 유형의 의의를 결코 무시할 수 없다. 치열한 투쟁적 작품을 쓰는 것이 현실적으로 불가능할 경우, 그에 저항하는 의미에서 붓을 꺾는 행위와, 주어진 여건 아래서 최선을 다해 작가적 책무를 수행하는 행위의 가치 판단은 쉽게 이루어지기가 어렵다. 전자가 고고한 지사적 풍모와 유가적 전통이라면, 후자는 결과적으로

16 조동길, 『한국현대장편소설연구』, 국학자료원, 1992, pp.12~14.

17 위의 책, pp.61~62 참조.

문학사의 명맥을 잇는 작업으로서 시대적 증언과 실용적 효용의 의미가 있기 때문이다. 우리는 과거의 문학 작품을 평가하면서, 이런 측면을 경시하고 그 시대적 여건을 무시한 채 작품에 드러난 작중인물의 행위와 의식, 그리고 묘사된 부분적 현실을 재료로 하여 가혹하게 재단해 버린 경우가 적지 않았다. 특히 작가의 행적과 연관하여 그의 모든 작품을 매도해 버리는 경우도 많았다. 다시 말해서 도덕과 윤리라는 척도 아래 격앙된 감정으로 가혹한 흑백논리 식의 평가가 많았다는 것이다. 이 말은 결코 그런 평가를 받아온 사람을 옹호하거나 변호하자는 얘기가 아니다. 또한 성경의 말씀처럼 '죄 없는 사람이 이 여자를 돌로 쳐라'는 식의 모두가 죄인이라는 논리로 그 시대의 모든 사람을 무차별로 다루어야 한다는 얘기도 아니다. 작가도 분명히 민족 구성원의 한 사람이지만, 일본군의 식량이 될지 모른다 하여 농사짓기를 포기하는 농군이 거의 없었던 것처럼 작품 쓰기를 포기하는 것만이 능사라고는 할 수 없는 것이다. 오늘의 시각에서, 저항적 문인이 적었던 사실을 아쉬워할 수는 있지만, 그렇다고 하여 그 시대의 작품 모두를 항일 대 비항일의 이분법으로 나누어 부정적 유산으로 치부하는 것이 꼭 옳은 일인가는 재고가 필요하다.

그렇다면 작가의 시대적 책무는 무엇인가. 외적 여건의 작용으로 인해 작품 쓰는 일이 방해받았을 때 여하히 대처하는 것이 작가로서 올바른 처신이라 할 수 있을까. 참으로 어려운 문제이기는 하나, 위에서 논의한 사실을 바탕으로 하여 생각해 보면 우선은 작품 활동을 계속하되, 최선을 다해 현실을 작품 속에 수렴하여 시대적 증언자로서의 위치를 지키면서 위장과 암시의 방법으로라도 질곡의 현실을 타개해 나가려는 의지를 견지하는 것이 가장 바람직한 처신이라고 볼 수 있을 것 같다. 그러나 이 정도의 수준을 지킨다는 것은 대단히 어려운 일이다. 또한 그 수준의 한계를 정하는 일도 매우 어려운 게 사실이다. 보는 사람의 주관적 판단에 의해 그 기준이 달라질 수도 있기 때문이다. 따라서 좀 애매하긴 하나, 주변 자료까지를 총망라하여 창작 당시 작가의 태도를 역추적해 보는 수밖에 없는 것이 아닌가 한다. 그리하여 작가 자신이 검열 등의 외적 여건을 최대한 고려하여 그로서의 최선을 다했으면, 그 결과로 나타난 작품 속의 현실 타협적 요소나 민족주의와 배치되는 여타 요소를 다른 친일적 작품과는 구별해야 하는 것이 아닌가 하는 생각이다. 요컨대 작가가 외적 여건의 방해에 대하여 양심을 걸고 최선을 다해 대처했느냐의 여부가 그 판단의 기준이 되어야 한다는 것이다. 그런 점이 인정된다면 우리는 그 작가의 작품에 나타나는 부정적 요소만 들추어 공격하는 대신, 아주 작게라도 숨겨져 있는 긍정적 요소를 찾아내는 데 인색하지 말아야 할 것이다. 그것이 어느 면에서는 공허한 미학 논쟁보다 훨씬 가치 있는 일이 될 것이다.

이런 점을 염두에 두면서, 과거 우리 연구자들이 터부시했던 소설의 '대중성' 문제를 잠시 생각해 보기로 하겠다. 우리의 관행상 대중소설이란 이름이 붙은 작품은 연구의 대상에서 제외되어 온 것이 현실이다. 그런 것을 거론하는 자체가 아카데믹한 문학 연구 풍토를 더럽히는 일처럼 생각하여 철저히 배격해 버린 것이다. 그러나 조금만 거슬러 올라가 보면 소설의 근본 뿌리는 바로 이 대중성에 있음을 쉽게 발견할 수 있다. 리얼리즘 소설 이론이 정립되기 이전엔 소설의 존립 기반이 흥미와 오락성, 즉 대중성에 있었다(또 하나의 중요한 소설의 기능인 교훈성은 예나 지금이나 그 형태상에 약간의 변화가 있을 뿐 여전히 지속되고 있다). 그런데 리얼리즘 이론이 정립되면서부터 과거의 그러한 대중성은 부정되기 시작하였다고 할 수 있다. 그리하여 수십만, 수백만의 독자를 가지고 있는 소설이라 해도 일단 대중성이라는 너울을 쓰게 되면 학문적 탐구의 세계에서는 추방되어 버리는 것이다. 대중성의 참된 의미와 그것이 연구 영역에서 도외시되는 부당함에 대해서는 정한숙의 자세한 연구[18]가 있으므로 여기서 재론하지는 않겠으나, 한계 짓기 애매한 대중성을 이유로 어떤 작품을 아예 치지도외하는 것은 연구자의 올바른 태도라 하기 어려울 것이다.

지금까지 매우 상식적인 선에서 시대상황에 따른 작가의 처신 문제와 대중성 문제를 살펴본 것은 본 연구에서 논의하고자 하는 한설야의 『草鄕』을 살피기 위한 정지 작업이었다. 이 작품은 대중성을 이유로 연구자들이 거의 거론하지 않은 작품일 뿐 아니라, 이 작가의 현실 대처 자세와 태도를 살필 수 있는 작품으로서 나름대로 의미가 있는 작품이라고 여겨지기 때문에 본고에서 다루어 보고자 하는 것이다.

3. 현실성과 대중성의 양면

먼저 이 작품의 텍스트에 관해 살펴보기로 하겠다. 이 작품은 1939년 7월 19일부터 같은 해 12월 8일까지 총 140회에 걸쳐 『동아일보』에 연재 발표되었다. 신문 연재 당시의 작품 제명은 『마음의 鄕村』으로 되어 있다. 그때는 신문의 발행이 휴일 없이 이루어졌기 때문에 실제 143일 중 3일을 제외하고 매일 연재된 셈이다.

그런데 흥미로운 것은 연재 당시의 착오로 인해 13개의 소제목 연재 횟수

18 정한숙, 「대중소설론」, 『현대한국소설론』, 고려대 출판부, 1977, pp.97~148 참조.

합계는 143으로 되어 공교롭게 일치하고 있다. 몇몇의 작품 목록에 이 작품의 최종회 발표 일자가 12월 7일로 되어 있는데, 이는 잘못인 것 같다. 참고로 이 작품의 소제목과 연재 횟수, 날짜를 정리해 보면 다음과 같다.

- 群像(10회), 1회~10회, 7월 19일~7월 28일
- 꽃 없는 시절(12회), 11회~22회, 7월 29일~8월 9일
- 거리의 순례자(9회), 23회~31회, 8월 10일~8월 18일
- 奇遇(8회), 32회~39회, 8월 19일~8월 26일
- 소와 닭(9회), 40회~48회, 8월 27일~9월 4일
- 아버지와 딸(11회), 49회~59회, 9월 5일~9월 15일
- 明暗譜(11회), 60회~70회, 9월 16일~9월 26일
- 찬 人情(11회), 71회~81회, 9월 27일~10월 7일
- 訃音(9회), 82회~90회, 10월 8일~10월 16일
- 거짓말 피리(15회), 91회~105회, 10월 17일~11월 2일
- 勝敗(9회), 106회~114회, 11월 3일~11월 13일
- 後日潭(15회), 115회~129회, 11월 14일~11월 27일
- 마음의 鄕村(11회), 130회~140회, 11월 28일~12월 8일

(「승패」는 1회~11회까지 되어 있음. 그러나 10 · 11회는 「후일담」의 1 · 2회에 해당. 「후일담」은 3회~16회까지로 되어 있으나 1 · 2회가 빠져 있고 16회는 「마음의 향촌」의 1회에 해당. 「마음의 향촌」은 2회~11회로 되어 있어 1회가 빠져 있음.)

연재 당시의 위와 같은 착오는 1941년(소화 16년)에 단행본으로 출간할 때 바로 잡혀졌으며, 문맥상 어색한 곳이나 맞춤법에 어긋난 것은 부분적으로 정정되고 윤문되었다. 또한 가장 큰 변화는 작품 제목을 바꾼 것인데, 주인공 이름을 따 『초향』으로 하였다. 본 연구에서는 이런 점을 고려하여 단행본(1941년 4월 1일, 박문서관 발행, 652면)을 텍스트로 하여 고찰하도록 하겠다. 우선 논의의 편의를 위해 작품의 경개를 요약해 보기로 한다.

현재 22세인 기생 초향은 본명이 선영으로 7세 때 어머니를 잃고 12세 때 하나밖에 없던 오빠마저 국외로 나가 혈혈단신이다. 아버지는 당시 명문가인 이 후작이나 자신은 모르고 있고, 오빠는 어머니의 첫 남편 소생으로 성이 다르다. 외조부의 손으로 길러지던 그녀는 17세 때(여학교 4학년) 서외조모가 데리고 온 아들(영진)의 친구인 김삼철에게 송도원 피서지에서 몸을 더럽힌다. 영진의 방조와 몰래 먹인 약 기운으로 순결을 잃은 그녀는 바다에 투신자살하려 하였으나 어선의 구조로 뜻을 못 이루고 외조부가 틈틈이 주었던 저금한 돈을 찾아 상해로 간다. 오빠를 만나려 했으나 종적을 찾을 길 없던 중 이우식을 만나 도움을 받게 되지만 그의 야심을 알고 난 후에 헤어진다. 그동안에 이우식의 후원으로 영어를 배우게 되고 사교춤도 익힌다. 돈이 떨어져 댄서로 취업했는데 우연한 기회에 정향이란 여자를 알게 되고, 그에게서 가야금과 조선 소리를 배우게 된다. 만주사변이 터져 귀국한 후 기생이 된다. 기생으로서의 초향은 인기가 대단하다. 미모에다 영어와 중국어를 구사하고, 문학에 조예가 깊으며 교양이 풍부하기 때문이다. 그녀를 탐내는 남자는 여럿 있지만 광산으로 졸부가 된 박치호와 그의 아들 박용주, 은행 전무인 한상오와 그 은행 행원으로 유력자의 신분인 유형식 등 넷이 대표적이다. 이들 넷을 모두 경멸하는 초향은 각각 따로 약속하여 박치호 부자는 한강다리에서, 한상오와 유형식은 청량리 숲속에서 한밤중에 조우하게 하여 망신을 시킨다. 한편 오빠 친구인 권이라는 사람이 은밀히 귀국하여 활동하는 중에 가명으로 초향의 출생 비밀을 알려준다. 초향은 망설이다 이 후작을 찾아가나 임종 직전까지 딸임을 인정하지 않는다. 권과 초향은 서로 좋아하는 사이가 되고, 모종의 정보로 권의 잠입을 알게 된 경찰은 초향을 호출한다. 초향은 경찰에서 제시한 사진 확인 과정에서 권이 오빠와 함께 찍은 중국에서의 사진을 발견하고 그의 신분을 알게 된다. 드디어 권은 초향에게 자금의 필요성을 말하게 되고, 초향은 그동안 자기에게 접근하려던 남자들에게서 기생으로서의 은근한 암시로 쉽게 많은 돈을 취하여, 권이 남기고 간 오빠의 주소를 가지고 행방을 감춘다.

이상의 경개에서 볼 수 있다시피 이 작품에서 우선 눈에 띄는 것은 제재나 사건 전개에 두드러지게 나타나는 대중성이다. 신문 연재소설의 속성상 얼마간의 대중성이야 불가피하다 하겠으나, 근본적으로 예술성을 훼손하는 선에까지 이른다면 문제는 심각해진다. 우리의 장편이 여건상 신문 연재로 발표되는 경우가 많았고 그것은 또한 상업성과 결탁되지 않을 수 없어 신문소설의 성공이 작가 정신의 상실과 직결된다는 지적[19]을 상기해 보면 그런 사정은 어느 정도 이해가 가기도 한다. 그렇다고 해서 모든 신문소설이 대중성을 기반으로 한다고 일률로 규정할 수는 없으며, 앞에서 논의한 것처럼 대중성의 한계를 규정짓기도 쉬운 일은 아니다. 요컨대 창작 당시의 작가가 가지고 있는 사상적 경향, 역사와 현실을 보는 태도 등이 고려되어 종합적으로 판단되어야 한다. 그런 작업은 현실적으로 용이한 일이 아니지만 그렇다고 포기할 수도 없는 일이다.

김윤식은 전향[20]의 관점에서 한설야를 살피며 일곱 가지 유형의 전향자들 가운데 그를 마지막 유형으로 분류하였다. 이 마지막 유형에는 한설야 한 사람만 해당되며, 그것은 다른 전향자를 증오에 가깝게 비판하며 비전향자인 것처럼 행동하는 유형이다. 그의 그런 행동은 해방 직후 프로예맹의 조직으로 나타나며, 이는 카프의 정통파임을 자처하는 행위라고 볼 수 있고, 이후 월북하여 숙청될 때까지 지속되는 흐름이다.[21] 다시 말해 그는 생명을 걸고 옥고를 치르며 그의 사상을 고수하지는 못했지만, 작가로서 활동하면서 사상적 입지를 변경하는 표면적 활동은 하지 않았다는 것이다. 이 말은 현실적 제약으로 인해 부득이 공개적 활동은 못하지만 그 이념을 포기하지는 않았다는 말로 대체해 볼 수 있다. 이랬을 때, 우리는 그

---

19 최재서, 「연재소설에 대하여」, 『조선문학』 1939년 1월호, p.22.

20 물론 이때의 '전향'이라는 말은 카프 해산 이후 그 조직원들의 카프 이념으로부터의 전향을 뜻한다.

21 김윤식, 앞의 논문, pp.362~366 참조.

의 작품 속에 은폐되어 있는 긍정적 요소의 발굴과 가치 부여의 정당성을 얻게 된다. 비록 그것이 강도가 미약하고 부분적인 것이라 해도 작가의 사회적 책무와 관련하여 가볍게 취급할 수는 없는 것이다. 여기서 고려되어야 할 것은 그의 문학이 갖는 우리 문학 연구의 핵심과제인 민족문학의 개념과 범주와의 관련 문제인데, 이는 식민지시대의 특수한 사정상 연구자들 사이에 어느 정도 공감대가 형성되어 있다고 볼 수 있으므로 별 문제가 되지 않는다고 생각된다.

그러면, 이 작품에 나타나는 긍정적 측면은 어떤 것인가. 바꿔 말해서 이 작품의 현실성―작가의 현실을 대하는 태도는 어떠하며 또 그것은 작품에 어떻게 반영되어 있는가. 그것은 대체로 다음과 같은 몇 가지 면에서 얘기될 수 있을 것 같다.

첫째, 국권회복운동의 암시다. 작품 속에 명시적으로 이 문제가 드러나 있지는 않지만, 그런 징후는 여러 곳에서 발견할 수 있다. 선영의 오빠인 민상기는 중학 졸업 후 상해로 간다. 상해라는 도시는 단순한 지명이 아니다. 주지하다시피 그곳은 우리 임시정부가 있던 곳이다. 그곳에서 상기가 어떤 일을 하고 있는가는 언급이 없지만 "의기 있는 청년"으로 "청운의 꿈"[22]을 품고 간 그가 사사로운 개인 이익을 위해 살았을 리는 만무하다. 더구나 그는 경찰 고등계에서 혈안이 되어 찾고 있는 인물이다. 친구인 권이 "자금"을 모으러 왔다는 것도 장사를 위한 자금이 아닐 것은 뻔하다. 그러기에 경찰에서 사진까지 비치해 놓고 잡으려는 것이 아니겠는가. 문제

22 한설야, 『草鄕』, 박문서관, 1941, p.76. 이하 작품 인용은 본문에 페이지 수만 표기하기로 한다.

는 이들의 구체적인 행동이 서술되지 않았다는 점인데[23], 거기에는 과연 현실적으로 그런 부분의 서술이 가능했겠는지에 대한 고려가 필요하다고 생각된다. 알려져 있다시피 이 시기의 검열 강도는 그 전보다 훨씬 강화되어 그러한 표현은 활자화될 수 없었던 시절이다. 그런 시절에 확실한 국권회복운동의 실체를 작품 속에 담아내라는 요구는 불가능한 것을 해내라는 촉구나 다름없다. 선택은 단 두 가지뿐이다. 쓰지 않거나, 우회해 가는 방법 양자택일의 기로에서 어느 쪽 방향을 잡는가는 전적으로 작가의 선택이고 책임이다. 미래가 닫혀 있는 상황에서 쓰지 않고 버티는 것은 민족 구성원으로서 존경받을 만한 행동임에 틀림없다. 그러나 그 행동은 동시에 작가로서의 임무 포기 행위임도 부인할 수 없다. 어떻게 할 것인가. 이 어려운 시기에 작가로서 어떤 태도를 취해야 할 것인가. 앞에서 말한 바처럼, 변화된 상황에서 작가가 현실과 야합하여 개인적 영달을 도모하지 않는 선에서의 창작 활동은 의미를 부여해야 하지 않겠는가 하는 생각이다. 그것은 어떤 면에서 작가로서의 최선의 선택이 아니겠는가. 이런 면에서 본다면, 비록 작품의 중심축이 못 되고 부분적 암시에 그치고는 있으나 이 작품의 의미는 일언지하에 매도될 만큼 무가치한 것이라고 볼 수는 없을 것 같다.

둘째, 현실 비판적인 요소가 곳곳에 있는 점이다. 고등교육을 받은 미모의 기생 초향 주위에는 많은 남자들이 몰려든다. 기생 주위에 몰려드는 남

23 조정래는 「황혼」 이후 「청춘기」에서 현실 투영 및 비판 기능이 약화되어 암시적으로만 되어 있고 이 작품에 이르러서는 그러한 암시 기능마저 사라져 버렸다고 했다(앞의 논문, p.278).

자치고 돈이나 권력이 없는 사람은 없을 것이다. 그런데 그들은 하나같이 긍정적으로 그려져 있지 않다. 돈과 허세와 자만심을 가진 사람들로만 묘사되어 있다.

> 거게 모이는 사람은 명사도 모던 청년도 그저 어슷비슷하다. 대체로 영특한 사람이 없다. 또 사내 한 마리를 통으로 내대고 무슨 일을 결려볼만한 사내다운 사내도 없다. 말하자면 그저 참새잡이를 다니는 조심스러운 사냥꾼 같은 사람뿐이오 가까운 포구를 뱅뱅 도는 잔사리잡이 어부와 같은 인간뿐이다. (p.13)

기생 초향에게 이렇게 경멸받는 그들은 누구인가. 광산 졸부와 은행 전무, 재벌 2세들인 그들은 국가나 민족의 운명은 아랑곳없이 개인적 욕망 충족에만 바쁜 인간들이다. 다시 말해 그들은 기득권 옹호와 향락 추구에 골몰하는 친일파 군상들이다.[24] 그래서 초향은 이들을 골려주고 망신시키는 장난을 치는 것이다(앞의 경개 참조). 이와 유사한 효과를 지닌 장면은 또 있다. 장안 갑부 백연수의 저택에 으리으리한 호화 가구와 사치스런 장식이 즐비하고 돈을 흥청망청 쓰는 파티 장면의 묘사가 있는데(pp.110~119), 그 집에 책이 한 권도 안 보인다는 비판 같은 것도 졸부의 형태를 날카롭게 꼬집은 것으로 볼 수 있다. 또 재벌 2세 박용주의 경마장에서의 허세와 돈 쓰는 모습이라든지(pp.298~299), 당시 인텔리 계층의 대표라 할 만한 이우식의 선영에 대한 야수적인 태도와 현실 몰각의 안일한 생활 모습(pp.92~95), 은행 행원인 유형식의 자기도취와 자만심(pp.433~435) 등 당대 여러 계층 인물들이 사적인 욕망과 유흥에 빠져 타락해 있는 모습이 여러

---

24 이 작품의 첫 번째 소제목이 '群像'이다.

군데서 나온다. 이들은 결국 지도층 인사들로서의 역할에 역행하는 인물들이며, 식민지 당국의 정책에 동행하는 반민족행위자들인 셈이다. 따라서 이들은 거꾸로 작가의 현실 비판적 기능을 수행하고 있다고 볼 수 있는 것이다.

반면에, 당대 현실을 진실하게 수용하고 있는 부분도 없지 않다. 아버지인 이 대감이 죽었다는 소식을 듣고 초향은 집에서 소복을 입고 철야한 후 새벽에 거리로 나갔는데 그 장면을 인용해 본다.

> 시방 나다니는 사람은 거이다 노동복 입은 사람, 변또를 낀 사람들이다. 젊은 여인도 있고 십륙칠세의 소녀들도 있다. 개가운 화장은 한듯하나 역시 근로하는 여자들인 것은 분명하다. 모두 혈색이 나쁘고 기운이 없어 보이고 어깨가 쳐졌다. 전차를 타고 가는 사람도 거개 그런 사람들이다. (pp.396~397)

이 무기력한 새벽길의 사람들은 당시 대다수 우리 민족의 현실이라고 할 수 있다. 물론, 그들이 그런 처지에 빠진 것이 계급모순 때문이냐, 민족모순 때문이냐의 논란이 있을 수 있겠으나, 그런 원인 규명 차원의 구별은 당시 민족의 처지에 견주어 볼 때 그리 중요한 것이 아니다. 이미 말한 대로 식민지 극복이라는 명제 앞에서는 그 둘이 대등한 비중과 위치에 있는 것으로 보아야 하기 때문이다. 이러한 민족의 비참한 생활상으로는 행랑채에 살면서 자식을 학교에도 못 보내고 곤궁하게 살아가는 인력거꾼의 이야기(pp.145~147) 등 여러 군데가 있는데, 이런 장면들은 당대 현실의 진실한 수용이라는 면에서, 또 시대 증언자로서의 작가 임무 수행이라는 면에서 그 비중이 작지 않다고 보아야 할 것이다.

셋째, 좀 막연하기는 하지만 '죄 없는 백성'으로 살고 싶다는 의지와 희망의 표출이다. 초향은 모든 것을 정리하고, 오빠와 권이 필요로 하는 자금도 마련한 후 어머니 무덤에 가서 하직 인사를 하는 중에 '죄없는 백성으로 일생을 마치렵니다.'(p.637)라고 다짐한다. 이를 단순하게 해석하면 깨끗하고 순결하게 살겠다는 각오로 볼 수 있지만, 경찰의 수배자인 오빠에게로 상당한 액수의 활동 자금을 가지고 떠나는 시점에서의 맹세로 보면 그 말이 무엇을 의미하는지 어렵지 않게 가늠할 수 있다. 그것은 이 말을 뒤집어 볼 때, 지금까지 '죄 있는 백성'으로 살아왔다는 고백이며 또 대다수 우리 민족이 그렇게 살고 있다는 뜻으로도 해석할 수 있기 때문이다.

이러한 몇 가지 긍정적인 점이 있음에도 불구하고 선뜻 이 작품을 뛰어난 그 시대의 산물로 볼 수 없게 하는 것은 누차 언급해 온 대중성 때문이다. 사실 이 작품의 작중인물 설정이나 사건 전개, 전체적인 짜임새 등은 전형적인 대중소설의 면모를 보이고 있다. 주인공인 초향의 출생이 이 후작 대감의 하룻밤 외도로 이루어진 것이며, 씨 다른 오빠의 설정, 송도원 피서지에서의 정조 유린 사건, 서외조모의 포악함, 별다른 이유의 뒷받침이 없는 이우식의 행적, 조작적 느낌이 짙은 주인공의 영웅적인 행동 등 거의 전체가 필연성의 바탕을 상실하고 있다 해도 과언이 아니다. 게다가 권이라는 사람과의 몇 차례 만남이 우연성을 계기로 하는 등 사건 전개의 무리함도 여러 곳에서 발견된다. 이러한 전근대적 가정 비극이 중심 제재를 이루는 모습은 단순한 독자들의 흥미 유발 요인이 되기에 충분할 것이다.

그러면 이 대중성을 연구자들은 어떻게 처리해야 할까. 기존의 관행대로 아예 거론조차 않는 것이 상책일까. 필자는 앞에서 소설에 나타나는 대중성이 그 근원에 있어서는 문제되지 않는다는 것을 지적한 바 있다. 다만 그 정도와 수준, 그리고 창작 당시의 작가가 가지고 있는 사상적 노선 내지 현실 대처 태도가 그 판단에 있어 중요한 척도가 되어야 한다고 했다. 이런 생각을 바탕으로 해서 본다면, 이 작품에 나타나 있는 대중성을 단순히 독자의 흥미를 유발하는 요인으로 보거나, 또는 작가의 타락한 가치관에 근거한 상업주의와의 결탁으로 보는 것은 좀 문제가 있지 않은가 한다. 기존 여러 연구의 결과를 볼 때, 이 작가의 사상적 노선이 급격히 전환되었다거나 현실 대처 태도가 현저히 바뀌었다는 근거는 별로 없기 때문이다. 그렇다면 그 이념을 실천하고 실현시킬 만한 토양과 상황이 마련되지 못한 상황에서 작가로서의 임무를 포기하지 않는 이상, 그 작품에 얼마간의 대중성을 가미하여 우회하는 위장술은 불가피한 일이 아니었을까. 또 작가로서는 그것이 최선의 선택이라고도 할 수 있지 않았을까.

위와 같은 대중성 옹호의 발언은, 자칫하면 지나친 편의주의며 현실타협주의라는 비난을 받을 소지가 충분히 있다. 특히 일관된 작가의식을 탐구하는 연구자들이나, 리얼리즘 이론에 입각한 평가자들은 부분적인 것을 전체로 확대하는 오류에 빠질 위험성이 있다고 반론을 제기할지도 모른다. 그러나 변화된 시대상황이나 창작 여건을 전혀 고려하지 않고 절대적인 기준만을 고집하는 것도 능사는 아니라고 생각한다. 지나간 과거를 오늘의 시점에서 판단하는 것과 그 시대를 살던 사람들이 판단하는 것에는 차이가 있기 마련이다. 따라서 이 작품에 '전망'이 유보되고 있음에도 불구하고 동시대의 다른 작가들과 비교하여 '열악한 현실 속에 완전히 매몰당하지 않는 작가의식'[25]이 드러나고 있다는 평가는 꽤 적절한 분석으로

---

25 유제덕, 「카프'의 대중소설론과 대중소설」, 『국어교육연구』 23호, 1991, p.196. 「황혼」에서의 '낙관적 전망'이 「청춘기」에서 '추상적 전망'으로 바뀌고, 이 작품에서는 '전망의 유보'로 나타나고 있다 하였다.

여겨진다.

이상의 논의에서 보다시피, 이 작품은 양면성을 지니고 있다. 표면적으로는 우연성과 흥미 위주의 대중성이 두드러지게 나타나지만, 그 이면에는 통제된 상황 속에서 작가의 임무를 부끄럽지 않게 수행하려는 현실 수용과 비판, 그리고 위장된 모습이나마 현실을 극복하고 타개해 보려는 희망과 의지를 담고 있다고 보인다. 이러한 평가가 결벽주의자의 눈에는 무리한 의미 부여로 보일지 모르지만, 과거의 문학 유산을 재고의 여지없이 매도하여 매몰시키는 것만이 진정한 연구자의 태도는 아니다. 각도를 달리하여 끊임없이 작품을 다시 보고 거기에서 일말의 긍정적 의미라도 찾아내어 축적하는 것은 허전하기까지 한 식민지시대 문학 연구의 풍요를 위해서도 꼭 필요한 일이라고 할 수 있다.

4. 결론

유사 이래 험난한 시대를 슬기롭게 살아 넘기기 위한 고뇌는 지속되어 왔다. 그 방법을 아는 것은 어렵지 않지만, 그것을 실천하는 것은 쉽지 않음이 역사에 실증으로 많이 남아 있다. 우리의 경우 식민지시대라는 특수한 시기에 민족 구성원 모두가 생존과 명분 사이에서 크고 작은 고통을 겪으며 살아왔다. 특히 지식인들의 삶은 더욱 어려웠다고 할 수 있다. 대쪽 같은 절개로 신의를 지켜 그 이름을 빛내며 존경받는 사람이 있는가 하면, 당장의 보신과 명리를 추구하다가, 후손에게까지 아무런 잘못도 없이 움츠려 살아야 하는 멍에를 남겨준 사람도 적지 않다. 그 당시에는 정확한 시국 판단을 하기도 힘들었겠지만, 그 판단에 따른 일관된 실천은 더욱 힘

들었을 것이다. 민족정기의 차원에서 반민족행위자들의 잘못에 대한 단죄가 철저히 이루어지지 못한 여파는 오늘에까지 사회 곳곳에 그 흔적을 남기고 있어서, 우리 현대사의 왜곡되고 굴절된 모습을 부끄러움으로 되돌아보게 한다. 다행히 임종국 선생 같은 분들의 외롭고 끈질긴 작업으로 그 자료가 정비되고, 사실 밝히기의 연구가 계속되고 있지만, 이 시대를 사는 우리는 역사의 순리를 따르고 민족자존의 확립을 위해 반드시 그 실상을 드러내어 올바른 평가와 위상 정립을 해야만 할 것이다.

그런 관점에서 보면, 적어도 문학 연구에서만은 그 작업이 상당히 이루어졌다고 볼 수 있다. 친일적 성향의 작가와 작품에 대해서도 더욱 철저한 실체 밝히기의 여지가 남아 있지만, 그 반대 성향의 경우에도 좀 더 차분한 태도로 대처할 필요가 있지 않은가 한다. 지금까지 연구자들은 문제의 접근에 있어 너무 감성적으로 접근한 것 같은 느낌이 있다. 작가의 전기적 사실과 작품을 견강부회 식으로 연결하여 보려는 경향이 있는가 하면(윤동주 같은 경우), 이데올로기의 장벽으로 인해 실질적 국권회복운동과 하나의 방법이었던 카프 계열 작가의 작품에 대한 의도적 냉대 같은 것도 있었다. 또한 지나친 아카데미즘의 결벽주의로 인해 소설 작품에 통상적으로 개재되기 마련인 대중성을 빌미로 실제 영향력 있었던 많은 수의 작품을 방치하는 결과를 초래하기도 하였다.

이런 점들을 바탕에 두면서 본고에서는 그동안 거론 자체가 금기시되어 왔던 한설야의 장편 『초향』을 살펴보았다. 먼저, 창작의 환경이 극도로 악화된 상황에서 작가가 취할 수 있는 최선의 태도는 무엇인가 하는 문제에 대해 현실적으로 검토하였고, 다음으로는 '대중성'의 문제를 소설의 본질과 관련하여 언급하였다. 작가로서의 임무를 포기하지 않는 이상, 정면에서의 승부가 어려울 때 우회와 위장은 불가피하다고 볼 수 있으며, 대중성은 그 정도와 한계가 애매하여 궁극적으로는 작가의 사상적 노선이나 현실 대처 태도 등이 종합적으로 고려되어 판단되어야 한다는 것이 그 요지였다. 이런 기초 정지 작업의 바탕 위에서 『초향』을 살핀 결과, 이 작품은 현실성과 대중성의 양면을 가지고 있으며, 이 작가의 일관된 사상적 입지 등을 근거로 하여 볼 때 그 당시 상황에서는 최선의 선택이 아니었겠는가 하는 결론을 얻었다. 물론 그렇다고 하여 이 작품에 나타나는 우연성을 바탕으로 한 대중적 요소나 소설 미학을 훼손하는 여타 부정적 요소까지 모두 면책되는 것은 아니다. 다만 우리 식민지시대 문학 유산 가운데 매우 영성한 긍정적인 자료의 확충이라는 면에서 이런 작품의 재고가 필요하다는 하나의 문제 제기라고 보아 주었으면 한다.

불행했던 과거에 대해 자탄하고 선인들을 비난하는 것만으로는 그것을 극복할 수 없다. 또한 어느 시대이건 미래를 정확히 내다볼 수는 없는 법이다. 그 시대 최고의 지식인이라 할 작가들이 당대 현실에 대하여 어떤 태도를 취하고, 미래를 어떻게 예측하는가 하는 것은 일차적으로 개인의 능력과 소신과 신념이 중요한 요소로 작용하겠지만, 그 시대적 가치와 사회적 상황에서도 많은 영향을 받는다고 보아야 할 것이다. 변화된 상황에 작가가 어떻게 대응하는가. 참으로 어려운 문제이긴 하나, 우리는 그 작은 출구를 한설야의 『초향』에서 발견할 수 있다. 대중소설에 대한 옹호라는 비난에 앞서, 작가로서의 진정한 임무 수행이라는 점과 지식인의 양식에 바탕을 둔 최선의 선택이라는 것을 염두에 둔다면, 앞으로 방치되어 있는 많은 자료가 발굴되어 논의될 때 그것이 우리 문학사를 풍요롭게 하는 데 기여하는 바가 적지 않을 것이라 생각한다.

제4장

「명일(明日)」의 구조와 방법

■■■

1. 서론

백릉 채만식(白菱 蔡萬植, 1902~1950)은 우리 현대문학사에서 가히 일제 강점기를 대표하는 작가로 알려져 있다. 그러나 그의 사후 20여 년이 지날 때인 1970년대 초까지도 그에 관한 연구는 미미한 편이었었다. 그것은 한국 우리 현대문학 연구의 일반적 상황과도 연관되는 문제이겠으나, 시대적인 요인도 아울러 작용한 것이 아닌가 한다. 그에 대한 관심의 환기가 된 계기를 1970년에 열린 서울 PEN 대회(이때의 주제는 "東西文學의 諧謔"이었음)로 보는 견해[1]도 일리가 있지만 그보다는 문학 연구 역량의 축적과 당시 시대적 특성이 복합적으로 작용한 것으로 보아야 할 것이다. 즉 서구의 리얼리즘 문학론의 수용은 치열하게 전개되던 순수와 참여 논쟁과 결부되어

1 유준기, 「채만식소설에 나타난 풍자 및 해학성 연구」, 고려대 교육대학원 석사학위논문, 1971. 이외에도 여러 문학전집류의 해설 참조.

상승작용을 일으켰고, 자연스럽게 식민지시대 문학에 관한 그런 측면의 탐구가 이루어졌던 것이 아닌가 한다. 당시 정치상황은 점점 급박해지고 문학의 대사회적 의미에 관한 물음이 제기되면서 그에 관한 연구는 더욱 활기를 띠게 되어 학위논문만도 헤아리기 어려울 정도가 되었다.[2]

이렇게 많은 연구가 이루어졌음에도 불구하고, 그에 대한 논의가 계속되고 있는 것은 그의 작품이 가지고 있는 의미가 중요해서이기도 하겠으나, 한편으로는 기존의 연구들이 특정한 몇몇 작품만을 대상으로 하여 진행되었다는 데 대한 반성이 그 바탕이 되고 있는 것처럼 보인다. 물론 한 작가를 살피는 데 있어 그의 대표작을 중심으로 하여 논의하는 것이 잘못된 것이라고는 할 수 없다. 오히려 그 방법이 가장 좋은 것일 수도 있다. 그 작가의 작가의식을 비롯하여 문학적 특질을 밝혀내는 데는 대표작을 살피는 것이 제일 빠른 길이며 정확할 수도 있기 때문이다. 하지만 한 작가의 총체성을 밝혀 그를 문학사에서 자리매김해야 할 경우 그 방법은 한계를 지닐 수도 있다. 대표작의 선정이 문제될 수도 있고, 중요한 작품이 소홀히 취급될 수도 있기 때문에. 따라서 한 작가를 전반적으로 다루기 이전에 개별 작품에 관한 고찰이 필수적이라고 할 수 있다. 작가론을 쓰는 연구자는 나름대로 한두 개의 주제를 정해놓고 그 렌즈를 통해 작품을 보게 마련이다. 이 경우에 그 주제와 관련이 없는 작품은 당연히 제외되게

---

2 문학과지성사에서 1984년에 나온 『작가론총서 12 – 채만식』(김윤식 편)의 부록에는 1969년부터 1984년까지 채만식을 다룬 석사논문(碩士論文)이 15편으로 조사되어 있으나 이는 아주 미흡한 것 같다. 필자가 손에 잡히는 대로 본 것만 해도 7~8편이 누락되어 있다. 정확한 조사를 하면 숫자는 훨씬 늘어날 것이 확실하다. 이 이후의 연구는 더 많이 진행되어 현재는 기백 편을 넘는 연구논문이 축적되어 있다.

된다. 이런 점을 감안해서라도 한 작가, 나아가서 문학사의 올바른 기술(記述)을 위해 문제성 있는 개별 작품에 관한 탐구는 반드시 필요하다고 볼 수 있다.

본고에서는 채만식의 연구에 있어 비교적 많이 거론되지 않고 있는 「명일(明日)」이란 작품을 살펴보고자 한다. 이 작품이 많이 거론되는 것은 다른 작품에 비해 특히 뛰어나다거나 우수한 것이라는 생각은 들지 않으나, 그 구조와 방법에 있어서 채만식의 특징적인 한 단면이 들어 있다고 보이기 때문이다. 이런 점에서 이 작품에 관한 고찰이 채만식이란 작가를 이해하는 한 창구가 될 수 있지 않을까 하는 기대를 가져본다.

작품 분석의 방법은 여러 시각이 있을 수 있겠으나 한 편의 소설을 제대로 이해하려면 그 작품의 구성과 문체를 분석해야 한다[3]는 지적처럼 구조의 해명이 중요하다고 생각되어 거기에 중점을 두고자 한다. 아울러 채만식 특유의 소설 창작 원리를 살피기 위해 양면성을 띤 구조의 방법에 관해 집중적으로 살펴보기로 하겠다.

2. 구조의 양면

「명일」은 1936년 『조광』 12, 13, 14호에 3회에 걸쳐 발표된 작품이다. 200자 원고지 약 250매 분량의 것으로 중편으로서는 좀 짧고, 단편으로서는 약간 긴 그런 작품인데 대부분의 연구에서는 단편으로 다루고 있다. 1925년에 등단한 그가 10여 년 동안 별 주목을 못 받으면서, 여러 직업을

3 김인환, 『한국문학이론의 연구』, 을유문화사, 1986, p.133.

전전하던 끝에 귀토중래를 꿈꾸며 쓴 작품이라고 한다.[4] 사실 이 작품 이후에 그는 그의 대표작이라 할 여러 작품을 잇달아 발표하면서 직업을 갖지 않고 창작에만 전념하게 되니 개인사에 있어서도 특별한 의미가 있는 작품이라 할 수 있겠다.

종래의 이 작품을 보는 시각은 역설로 보는 경향[5], 풍자로 보는 경향[6], 지식인 소설로 보는 시각[7] 등이 있어 왔다. 본고에서는 이 작품의 성향을 따지는 것이 목적이 아니므로 이런 논의는 일단 유보하고자 한다.

이 작품은 그 구조에 있어 양면성을 갖고 있다고 보인다. 겉으로 드러난 표층구조와 안에 숨어 있는 심층구조가 그것이다. 두말할 필요 없이 모든 문학 작품이 겉에 보이는 표면적인 구조만 갖고 있는 것은 아니므로 얼핏 이런 구분이 무의미해 보이기도 하나, 이 작품 발표 당시가 식민지 통치 시대이며 더구나 여러 분야에 걸쳐 탄압이 가중되던 시기였던 만큼 작품을 통한 작가의 현실 진단이나 발언이 어느 면으로 보든 제약을 받고 있었을 것임은 명백한 사실이다. 이런 이유로 하여 작가는 하고 싶은 이야기를 자유롭게 할 수 없었을 것이고, 당연히 작품을 쓰면서 그것을 숨길 수밖에 없었을 것임을 추측해 볼 수 있다. 당시의 현실을 아프게 받아들이지 않은 일부 친일적 문인들에게는 해당이 안 되는 얘기지만,(백릉(白菱)의 일제 말기

4 송하춘, 「채만식 연구」(고려대 대학원 석사학위논문, 1974, p.32); 채만식, 「자작안내」(『청색지』, 1939. 5, p.76) 등.

5 송하춘, 위의 논문; 윤영옥, 석사학위논문(영남대 교육대학원, 1983) 등.

6 조병렬, 석사학위논문(영남대 대학원, 1981); 이대환, 석사학위논문(중앙대 대학원, 1985); 김문수, 석사학위논문(국민대 대학원, 1983) 등.

7 이재선. 『현대소설사』(민음사, 2000); 이보영, 『식민지시대문학론』(필그림, 1984) 등.

친일 행각은 또다른 별개의 문제다) 이렇게 숨어 있는 심층구조는 사실 그 작품의 본질이라 할 수 있으며, 그것을 밝혀내는 것은 작품 연구의 궁극적 목표와도 관련된다고 할 수 있다.

1) 드러난 구조

이 작품의 표면에 나타난 두드러진 구조의 특징은 대립이라는 양상이다. 이런 점은 조병열(趙秉烈)[8]이나 이보영(李甫永)[9]도 지적하고 있는데, 이런 선명한 대립은 일견 고소설의 선악의 대립과도 유사한 것 같이 보이나 실상은 그것과 거리가 먼 것으로서 어려운 시대를 어떻게 살아가느냐 하는 문제와 직결되어 있다고 볼 수 있다. 이주형(李注衡)의 말처럼 고약한 시대를 사는 방식에 현실에 적극적으로 동참하는 것, 적당히 타협하며 사는 것, 시대적 증인으로 살아가는 것 등의 세 가지가 있다고 볼 때[10] 채만식은 맨 나중의 경우에 속한다고 볼 수 있는데, 이때 작가는 여러 방법으로 작중인물을 설정하여 독자에게 보여줌으로써 자기의 문학관이나 세계관 같은 것을 전달하기 마련이다. 대립이라는 양상을 통해 작가는 대개 어느 한 쪽을 지지하는 태도를 취하는 것이 통례이나 이 작품에서는 이런 방식을 취하지 않았다. 그것은 그 시대가 그만큼 불확실성의 시대라는 점과도 관련된다고 볼 수 있다. 두 아들을 하나는 공장에 보내고 하나는 학교에 보내

---

8 조병렬, 「채만식소설연구」, 영남대 대학원 석사학위논문, 1981, p.83.

9 이보영, 위의 책, p.369.

10 이주형, 「채만식 문학과 부정의 논리」, 『한국현대소설사연구』, 민음사, 1984, p.245.

면서 누가 잘하는 짓인가 두고 보자는 마지막 부분은 외견상 공장에 보내는 게 낫다는 투로 되어 있으나, 정답을 아는 사람은 없다는 얘기와 같은 것이라 할 수 있다. 이와 같이 대립이라는 구조를 통해 작가는 그 시대에서의 삶의 문제를 추구하고 있다고 여겨지는데, 그 대립의 기능을 검증해 보기로 한다.

이 작품은 크게 아홉 개의 단락으로 구성되어 있는데(1에서 9까지 번호가 붙어 있음), 전체적으로 보면 범수와 영주라는 부부의 이야기로 되어 있다. 대학까지 졸업했으면서도 실업자 신세를 면하지 못하고 있는 범수와, 여자고보를 졸업했으면서도 무학력자나 다름없는 사람들의 바느질이나 해주고 사는 영주는 고학력 인텔리 부부이면서도 집세도 못 내며 곤궁한 생활을 하고 있다. 그에 비해 막벌이 부부인 문간방 내외나 싸전집의 부부는 학력은 없으면서도 이들 내외보다는 잘 살고 있다. 이런 대립을 통해 작가는 공부를 많이 한 사람보다 그렇지 않은 사람이 부를 누리며 사는 세태를 보여 주고 있다.

범수와 영주도 그 사고에서 극명한 대립을 보여 주고 있다. 범수는 굶어서 주린 배를 억지로 참으며 낮잠을 자는 위인인데, 영주는 '손을 놀게 하기 싫어서'라고는 하나 제철 아닌 옷을 손질하는 모습을 보여준다. 한 여름에 봄살이 옷을 손질하여 겨울에 입힐 요량을 하고 있는 것이다. 아침에 밀가루 십 전어치를 사다가 수제비로 네 식구가 요기하고 저녁거리가 없는 상황에서 문간방 색시의 남편처럼 막노동이라도 해야겠다는 범수에게 영주는 죽으면 죽었지 그 짓을 하느냐고 말린다. 공부한 사람의 일종의 자존심인 셈이다. 또 범수는 저녁거리 마련을 위해 전당포에 양복을 잡히라고 하나 영주는 취직 후에 입을 걸 걱정하며 못한다고 하고, 아이들에게 공부를 시키지 않겠다는 범수와, 무슨 일이 있어도 공부는 시켜야 한다는 영주는 또 대립한다. 이렇게 부부 간에 사사건건 대립하고 있는 것은 범수의 현실적인 사고와 영주의 이상적인 사고가 부딪치고 있기 때문이다.

이러한 인물 간의 대립은 거지 아이, 지게꾼, 친구 S, P와의 만남에서도 드러나고 있다. 너 푼을 가진 거지 아이가 한 푼만 보태주면 호떡을 하나 사 먹을 수 있다고 사정하나 그는 무일푼이다. 그래서 그는 '네가 나보다 낫다'고 한다. 어떤 신사가 '반도 못 탄 담배'를 버리자 그걸 주우려고 망설이고만 있다가 지게를 진 품팔이꾼에게 빼앗겨 버린다. 친구 S는 직장의 일이 고되고 월급이 적어 자기 영업이라도 해야겠다고 하나 그는 실업자 신세요, 친구 P는 주식 놀이에 300원을 잃고도 아무렇지 않은 활량이나 그는 '병정을 서며' 그에게서 술이나 얻어먹는 그런 사람이다. 이런 인물간의 대립은 크게 보아서 앞의 가정에서의 부부 간의 대립과 그 궤를 같이하는 것으로 볼 수 있다.

다음으로는 범수 자신의 내부에서의 갈등이 있다. 경성역 매표소와 금은방, 그리고 친구 P와의 점심 식사 장면에서 나타나고 있는 이 갈등(대립)은 당장의 궁핍을 모면하기 위해 훔치는 행위를 할까 말까 망설이는 양상으로 나타나 있다. 결행할 수 있는 직전까지 상황이 전개되었는데도 결단력이나 용기(?)가 없어서 그는 못하고 만다. 그는 그 행위를 못한 것을 다행으로 여기는 게 아니라 자기가 못나고 어리석기 때문이라고 자책한다. '도적질도 할 수 없는 인종'이라고 자신을 자책하고 있는 것이다.

이와 같은 세 층의 대립은 이 작품을 형성하는 골격이라고 보이는데, 개인→부부→가정으로 확대되면서 그것은 그 당대 현실 전체를 표상한다고 볼 수도 있을 것 같다. 다시 말해 그 당대 현실은 거시적으로 보아 빼앗긴

조국과 되찾아야 할 조국, 현실 긍정의 삶과 부정의 삶, 실재와 부재, 있어서는 안 될 것과 있어야 할 것 등의 문제로 집약할 수 있는 바, 이 대립은 이와 무관한 것이 아니라는 말이다. 다만 작가는 뒤에 숨어서 눈치 못 채게 어느 한쪽을 호의적으로 바라보고 있을 뿐 표면에서는 명백한 판단을 하고 있지 않을 따름이다.

한 작가가 두 개의 상반된 가치를 제시해 놓고 그에 대한 태도를 모호하게 할 때 작가의 책임 문제가 대두될 수 있다. 그러나 어느 면에서 보면 어려운 시대를 사는 작가는 그 시대의 삶을 제시하는 임무만으로도 비난을 벗어날 수 있다고 생각한다. 달리 말하면 투사적 면모를 보이다가 순절하는 작가도 물론 훌륭하지만 끊임없이 자신의 진실을 알릴 방법을 모색하면서 당대 현실을 은폐시켜서라도 표현하고자 노력하는 작가도 훌륭하다고 볼 수 있다. 어쩌면 후자가 문학인으로서의 삶으로는 더 의의가 있을지 모른다.

식민지 현실을 담는 장치로서 세 개의 층위를 가진 대립구조를 설정한 이 작품은, 겉으로 보기에는 아무 문제도 없는 가난한 한 가정의 모습을 그리고 있으나, 실상은 그 시대의 문제를 가장 심각히, 그리고 적확하게 나타내고 있다. 범상하게 스토리만 따라가는 독법으로는 그걸 잡아내기 어려울 따름이다.

한 가난한 인텔리 부부가 겪는 이야기를 다룬 이 작품은 가난의 원인이나 그것의 해소를 위한 방안 등이 명백히 제시되지 않은 구조임에도 불구하고, 대립이라는 양상을 취해 당대 현실을 작품 속에 수용하는 형식을 택함으로써 시대를 증언하는 의의를 지니도록 짜인 구조를 보여주고 있다. 앞서 말한 한계 같은 것은 그 시대의 실상을 감안해 보면 충분히 납득이 가는 문제라고 할 수 있다. 작품의 이러한 외면적 이해와 의의보다도 앞에서 말한 것처럼 드러나지 않은 구조를 해명함이 보다 더 중요하다고 할 수 있는 바, 우선 드러난 구조가 갖는 의미의 검색은 이 정도로 마치고자 한다.

2) 숨은 구조

숨은 구조란 말은 구조주의에서 특정한 개념으로 사용되고 있는 용어이나 여기서는 잠정적으로 작가가 외적 여건에 의해 자유로운 언로가 막혀 있을 때, 허용되는 드러난 구조의 방식을 취하면서 그 안에 진실을 숨겨 가지고 있는 것이라고 일단 그 개념을 규정해 두기로 한다. 앞에서 말한 것처럼 이런 작품에서 우리가 찾아내야 할 것은 바로 이 숨겨진 진실이며, 또한 그것은 용이하게 모습을 드러낸다고 볼 수 없는 것이다. 그렇지만 그 작품의 핵심이며 본질인 은폐된 진실을 찾는 작업은 포기할 수 없는 일이다. 설사 그것이 잘못되어 나중에 다시 되풀이하는 일이 있더라도 멈출 수는 없는 노릇이다.

김윤식(金允植)은 채만식 소설의 특성 중의 하나로 아이러니를 들면서 이 아이러니는 비판정신의 소산이며 채만식이 비판하려 한 것은 식민지 교육의 모순과 비정상적 자본 이동의 현상이라고 지적하고 있다.[11]

식민지 교육의 모순 문제는 이 작품에서 심각하게 비판되고 있는 것 중의 하나이다. 다른 작품, 가령 『濁流』나 『太平天下』, 「레디메이드 人生」 등

11 김윤식, 「채만식의 문학세계」, 김윤식 편, 『작가론총서 12－채만식』, 문학과지성사, 1984, p.21.

에서도 이 문제는 다루어지고 있는데[12] 한 마디로 식민지 백성으로서는 공부를 해 보았자 소용이 없으며, 오히려 안 한 것보다 못하다는 논리다. 우선 관련되는 몇 대목을 인용해 보기로 하겠다.

> 「괜한 객기를 부리지 말어요……있는 땅까지 팔어서 머리 속에다 학문만 처쟁였으니 그게 무에야? 씨어먹을 수도 씨어먹을 데도 없는 놈의 세상에서 공부를 했으니 그게 무에란 말이야? 좀먹은 책장허구 무엇이 달러?」
> 인제는 흥분조차 잊어버렸으나 범수가 늘 두고 염불하듯 두런거리는 말이다. 그는 어려서는 부모가 시키는 대로 또 중학 이후는 자기가 하고 싶어서 그래서 공부를 하였다.
> 자기 앞으로 땅마지기나 있는 것을 톡톡 팔아서까지 학자를 삼아 대학까지 마쳤다. 그러나 지금 와서 생각하면 비록 의식하지는 못했으나 천하 어리석은 짓을 하고 만 것이다.[13]

> 보통학교부터 쳐서 대학까지 십육 년이나 공부를 한 것이 조그마한 금비녀 한 개 깜쪽같이 숨기는 기술을 배우니만도 못하다－고.[14]

> 선불리 공부를 시켰자 허리 부러진 말처럼 아무짝에도 쓸데없는 반거청이가 될 것이요, 그러니 그것이 아이들 자신을 장래에 불행하게 할 뿐 아니라 따라서 부모의 기쁨도 되지 아니한다고 내내 우겨왔던 것이다.[15] (밑줄은 필자)

이처럼 식민지의 백성이 받은 교육은 '천하 어리석은 짓'이고, '아무짝에도 쓸데없는 반거청이'가 되는 것이며, 조그만 기술 하나만도 못한 것

12 위의 책, pp.22~29.

13 편집부, 『신한국문학전집 4권－채만식 선집』, 어문각, 1977, p.467. 이하 인용은 이 책에 의한다. 밑줄은 필자.

14 위의 책, p.468.

15 위의 책, p.474.

이 16년간의 교육인 것이다. 물론 그 시대에도 교육을 받고, 현실에 순응하고 타협하여 부귀를 누리며 사는 사람이 없었던 것은 아니다. 그러나 그런 인물은 채만식에 있어서 철저한 부정의 대상일 뿐이다.[16] 식민지 현실을 인정하는 인물을 긍정적으로, 부정하는 인물을 부정적으로 그린 것이 그의 작품 세계의 표면이나 실상은 그것을 뒤집은 것이 그의 문학의 참모습이다. 이런 면에서 그를 이해하는 한 척도로 역설을 드는 송하춘(宋河春)[17]이나 김윤식[18]의 논리는 정곡을 얻은 것이라 할 수 있다. 식민지 교육의 병폐는 이 작품에서도 숨은 의미로서 무거운 중량을 갖는다고 할 수 있다.

다음으로는 이와 관련되는 문제이면서도 또 다른 중요한 것으로서 지식인의 문제가 있다. 이재선(李在銑)[19]이나 정한숙(鄭漢淑)[20]도 채만식 작품의 특질로 지적하고 있는 지식인의 고뇌는 이 작품에서도 가볍지 않게 다루어지고 있다. 대학까지 졸업한 범수가 직장을 얻지 못하여 궁핍한 생활을 하고 있다는 사실은 그것 자체로서 그렇게 심각한 것이라고는 할 수 없다. 당시 시대적인 상황에서 그런 일은 특수한 것이라기보다는 보편적인 한 현상이었으며, 그렇게 보았을 때 그것은 표피적인 현실 인식의 차원이라고도 할 수 있다. 문제는 그런 상황을 받아들이는 작중인물의 태도에 있다고 보아야 한다. 시대가 그렇고 여건이 그러니 어쩔 수 없다는 체념의 자세를 보

16 이주형, 앞의 논문 참조.

17 송하춘, 앞의 논문, p.38.

18 김윤식, 앞의 글, p.19.

19 이재선, 『한국현대소설사』, 홍성사, 1979, p.322.

20 정한숙, 『현대한국문학사』 고려대 출판부, 1982, p.159.

여 주거나, 자포자기적인 사고에 빠져 무감각한 속물주의적 반응을 보이는 인물은 별로 주목할 필요가 없다. 그런 현상이 왜 야기됐으며 어떻게 해야 그런 상황이 해소될 수 있는가를 끊임없이 탐구하고 모색하는 인물이 소위 '문제적 개인'이라 부를 수 있는 의의를 지닌다고 할 수 있다.

「그러면 눈을 질끈 감고 되어가는 대루 한 세상 살든지……」
「그렇기라두 했으면 차라리 좋게?……아무것도 모르구 현재에 만족해서……」
「그러니 어쩔 셈이요?」(p.467)

부부의 대화다. 되어가는 대로 한 세상 살 수는 없다는 게 범수의 생각이다. 그는 머릿속에 지식만 가득 찬 단순한 지식인은 아니다. 김인환(金仁煥)은 이 작품과 비슷하다고 흔히 말해지는 「레디메이드 人生」을 분석하는 자리에서 지식인이란 전문 직업이 요구하는 조건을 갖춘 사람, 어떤 문제를 직업적 기준으로 해석하는 동시에 자신의 직업이 근거로 삼는 지식의 전제 자체를 비판적으로 반성할 수 있는 사람, 자기 직업의 내용을 일상생활의 커뮤니케이션 속으로 개방할 수 있는 사람이라고 규정하고 P와 같은 무산 지식층을 비판의 대상으로 삼은 것이 적절하다고 평가하고 있는데[21] 이 논리는 범수에겐 전적으로 해당된다고 보이지 않는다. 같은 무산 지식층의 인물을 다루고 있으면서도, 또 비슷한 사건 처리의 양상을 보여 주고 있으면서도(아들을 공부 안 시키고 공장에 취업시키는 일) 범수를 보는 작가의 시선은 좀 다른 것이 아닌가 생각된다.

---

21 김인환, 앞의 책, p.153.

「과학이 지금보다도 훨씬 더 발달되어서 가령 공기 중의 질소를 잡아다가 인공식량을 무제한으로 만들어 낼 수가 있다면? 아마 식량 문제가 그렇게 해결된다면 싸움은 없어지는 것이 아니겠습니까?」

「그렇게 된다더래도 그날까지는 싸울 것이고 또 그렇게 된 뒤에도 달리 싸움은 있겠지요……영영 없어진다면 인류에게는 로마의 말년이 오고 말겝니다.」(pp.480~481)

아들을 맡기기로 한 공장의 최씨와 나누는 대화인데, 범수의 세계 인식의 한 단면이 나타난 부분이다. 문제를 단순히 식량 문제로 보려는 최씨에 비해서 범수는 인류의 역사를 보는 나름대로의 한 시각을 열어 보이고 있다. 그럼에도 불구하고 범수가 식민지시대의 지식인상으로서 가장 긍정적인 평가를 받을 수 있느냐는 데에는 의문이 남는다. 그것은 작품 속에서 그가 보여 주는 자의적인 행동의 모습을 추적해 보면 쉽게 알 수 있다. 드러난 양상으로 보면 분명히 그는 비판의 대상이다. 하지만 숨은 구조의 면에서 보면 어떻게 살아야 하는가 하는 당위론적인 문제를 제기하고 있다고 보인다. 그런 면에서 공부를 많이 한 지식인으로 어려운 시대를 사는 방법에 대한 고뇌는, 시대적 진실을 탐구하는 문제와 직결되는 것으로, 일정 부분 의의를 갖는다고 할 수 있다.

셋째로 숨은 구조에서 지적할 수 있는 것은 진보적 이념의 문제다. 일찍이 김윤식은 채만식을 봄에 있어 진보에의 신념이란 것을 지적하고 있거니와[22] 『濁流』에서 남승재, 『太平天下』에서의 종학 등이 그에 해당한다 할 수 있다. 이 작품에서도 표면에 그게 선명히 드러나 있지는 않으나 몇 부분에 나타나 보인다. 그것은 우선 문간방 색시, 싸전댁이란 인물을 통해

22 김윤식 · 김현, 『한국문학사』, 민음사, 1973, p.185.

간접적으로 제시되는 병자년과 난리라는 것이다. 아무런 근거나 확증도 없는 이런 유언에 대해 범수가 보이는 태도는

「불감청이언정 고소원이야」(p.467)

로 나타난다. 답답한 현실을 핑계 대고 은연중 동조하고 있는 것이다. 그보다 더 직접적인 것으로는 몇 번 되풀이되고 있는 불란서 인민전선파의 내각에 대한 관심의 표명이다. 그것은 한갓 지식인이 갖는 세계정세에 관한 관심이나 호기심의 범위를 넘어서는 것이라고 할 수 있다. 다만 그것이 교묘히 은폐되어 있을 뿐 작가의 이 문제에 대한 경사(傾斜)는 단순한 것이라 볼 수 없다.[23] 이처럼 범수가 보여주는 숨겨진 생각의 진의는 현실 부정의 모습을 띠고 나타나 있으나 그것이 한낱 현실 부정에서, 또는 현실 붕괴의 기대 심리에서 그치는 것은 아니라고 생각된다. 그것은 보다 적극적인 관점에서 이 작가가 갖고 있는 사고의 일단이 노출된 것이 아닐까 한다. 이 점은 다음의 인용에서 확인이 가능해진다.

「못 알아듣기도 괴이찮지……그렇지만 세상은 부자사람허구 노동자의 세상이지 그 중간에 있는 인간들은 모두 허깨비야.」
「그렇지만 여보, 사람이 세상에 나서 벌어 먹구 살기는 일반이 아니우? 그런데 하필 부모된 사람이 앉아서 고되고 거센 일을 하고 남한테 하시 받는 노동자로 자식을 만들 거야 무엇 있우?」
「벌어먹는 게 첫째 문제라나? 누가? ……새 세상에서 쓰일 인간을 만든다는 거지……」(p.469, 밑줄은 필자)

23 위의 책, pp.185~188.

부부의 이 언쟁 투의 대화에서 우리가 착과할 수 없는 것은 바로 마지막 대화라고 볼 수 있다. '새 세상에서 쓰일 인간을 만든다'는 '새 세상'이란 무엇인가? 표면적으로는 사전적 의미로 해석할 수 있으나 내면에 들어 있는 속뜻은 딱히 그것만은 아니라고 보인다. 앞의 불란서 인민전선과 내각에의 관심과 더불어 그가 행간에 숨기고 있는 의미가 이 표현에 와서 어느 정도 분명해진다.

이 작품이 발표된 1936년은 KAPF가 해산되고 우리 문단에 창작 방법론에 관한 여러 논의와 시험이 계속되던 때다.[24] 그렇다고 해서 KAPF 계열의 작품이 일조에 다른 모습으로 변모된다는 것은 그리 쉬운 일이 아니었을 것이다. 다만 전에 비하여 안으로 숨기고, 은유화 내지는 상징화의 수법을 빌려 오는 정도로 그 잔상을 유지하지 않았을까 하는 생각을 해 본다. 더구나 이 노선을 걷던 작가들은 그 길이 최선이며 유일하다고 믿었을 테니까 작품 활동을 완전히 중단한다면 몰라도 작품 창작을 계속한다면 어떤 형태로든 자기들의 생각을 작품 속에 담으려 노력하지 않았을까 추측된다. 그런 시각에서 본다면 이 작품도 외형적인 표면의 지법이나 서술의 유형이 달라진 점은 분명히 인정된다 하더라도 이 작가의 현실 인식이나 대응 태도 같은 데서는 과거의 동반자 작가 시절의 흔적이 남아 있다고 보는 것이 큰 무리는 아닐 것이라고 여겨진다. 그것은 이후에 발표된 작품들에

24 1930년대 문학론에 관한 자료는 김윤식의 『한국근대문예비평사연구』(일지사, 1976)를 비롯하여 염무웅의 「1930년대 문학론」(『민중시대의 문학』, 창작과비평사, 1979), 강영주의 「1930년대 평단의 소설론」(『창작과 비평』, 통권 45호, 1977), 조계숙의 「1930년대 후반기의 장편소설론연구」(고려대 대학원 석사학위논문, 1984), 이주형의 「1930년대 장편소설연구」(서울대 대학원 박사학위논문, 1983) 등이 있다.

(앞의 김윤식의 지적처럼) 그런 점이 내재되어 있다는 사실로도 입증이 가능하다고 할 수 있다.

이상 숨은 구조의 의미를 대충 세 가지로 요약하여 살펴보았거니와 식민지 교육의 병폐와 지식인의 고뇌, 그리고 새 시대의 열망으로 얘기될 수 있는 진보에의 신념은 이 작가가 갖고 있는 시대인식의 기본 토대이며 또한 이 작품을 쓸 당시에 작가가 표출하려 한 원초적 명제가 아닐까 생각한다. 앞에서 말한 것처럼 한 작품이 표층구조와 심층구조를 갖는다면 그 작가의 작가의식은 후자에 두어지는 것이 상례이고, 이런 생각이 정당하다면 이 작품의 의미는 보다 선명하게 우리에게 다가온다고 할 수 있다.

3. 드러냄과 숨김의 방법

앞에서 이 작품의 의미를 드러난 구조와 숨은 구조로 나누어서 살폈거니와 여기에선 이 작품이 취하고 있는 소설 서술의 방법에 대해 살피려고 한다. 이것은 다시 말해 작가가 어떤 방식으로 자기의 하고 싶은 얘기를 들통 나지 않게 전달했느냐의 문제를 검증하는 일이다. 얼핏 소설 미학의 문제와 관련되는 듯하나 사실은 그런 기교적인 면은 배제하고 몇 가지 방법적인 특이성을 간략히 논의해 보고자 한다.

문체에 관해서 김인환은 소설을 읽을 때 쉽게 예측할 수 없는 측면이 거기에 해당한다면서[25] 문체의 바탕이 되는 것은 사건의 전개와 무관하게 작

25 김인환, 앞의 책, p.133.

가가 임의로 첨가 · 확대 · 부연 · 묘사한 자유 화소라고 말하고 있는데[26] 이는 우리가 통상적으로 이해해 온 스타일이란 측면에서의 개념과는 층위를 달리하는 개념 규정이라 할 수 있다. 한 작가가 독자에게 전달하려는 내용은 하나라고 해도 그 방법엔 여러 가지가 있을 수 있다. 또 같은 이야기를 하더라도 말하는 사람의 성격에 따라 이야기의 전달 방식이나 톤이 각양각색임은 우리가 많이 경험하는 일이다. 이런 점은 소설에 있어서도 예외가 아니다. 아니, 오히려 소설이란 장르는 그런 차이 자체가 존립의 기본 바탕이 된다고도 할 수 있다. 따라서 한 편의 소설에는 작가의 체질이나 취향에 따른 독특한 체취가 배어 있기 마련이다. 더 나아가 작가는 자신이 말하고자 하는 주제를 구현하기 위해 배경을 교묘히 상징화하기도 하고[27] 의도적으로 묘사하기도 한다. 이 작품에서도 곳곳에 그런 것이 눈에 띈다.

① 오늘도 해도 뜨지 않고 비가 오지 않는다. 날은 바람 한 점 없이 숨이 탁탁 막히게 무더웁다. (p.464)
② 갑갑하기라니 지구가 끄윽 멈춰선 것만 같다. (p.464)
③ 비는 필경 오지 아니하고 어설픈 구름떼가 이리저리 흩어져 달아난다. (p.469)
④ 어느 결에 구름은 흩어져 시퍼런 하늘가로 물러가고 불볕이 쨍쨍 내려쪼인다. (p.474)
⑤ 범수는 할 수 없이 남대문편으로 향하여 찌는 햇볕을 쪼이면서 타박타박 굳은 시멘트 길을 걸어간다. (p.479)

---

26 위의 책, p.170.

27 배경이 상징의 상태로 승화된 것을 분위기라고 한다고 정한숙은 『소설기술론』(고려대 출판부, 1980, p.172)에서 설명하고 있다.

①은 작품의 초두의 두 문장인데 해도 안 뜨고 비도 안 오는 무더운 여름의 날씨 묘사라는 의미 외에 주인공이 처해 있는 갑갑한 현실—당시 시대상황의 은유적인 묘사라 볼 수도 있다. 그것은 몇 줄 건너 있는 ②에서 더욱 선명하게 강조되고 있다.

피서를 할 수 없는 여건의 서민들에겐 여름날의 소나기가 자연의 혜택으로서 소중한 의미를 갖는다고 할 수 있다. ③과 ④는 그러한 서민의 기대를 외면한 더위를 가중하여 보여주고 있는 바 이는 바로 개선되기는커녕 그 강도를 더해가는 식민 통치의 횡포와 연관 지어 해석할 수 있을 것이다. 무력하게 그러한 횡포를 감내해야만 하는 당시 민족의 비극적 삶이 이런 형태로 은유되었다고 보는 것이 큰 무리는 아닐 것이다. 더위 앞에 내던져진 서민의 비애는 ⑤에서 범수의 타박타박 굳은 시멘트 길을 걷는 모습으로도 표현되는데, 이는 비단 범수 한 사람만이 겪는 고통이 아니라 그 시대 대다수 동족의 운명이라고 해석해 볼 수도 있다.

이러한 문체를 통한 작가의 현실 표현은 물론 채만식 특유의 것이라고는 할 수 없다. 또 위와 같은 의미 부여가 자칫 논리의 비약이나 의도의 오류에 빠질 위험성도 무시할 수는 없다. 그러나 앞의 구조를 살피는 자리에서 밝힌 대로 이 작품이 식민지 현실을 수용한 것으로 본다면, 그러한 우려는 크게 문제되지 않을 것으로 보인다.

다음으로는 시점의 이동 문제다. 이 작품은 크게 아홉 개의 단락으로 되어 있다고 앞에서 말했는데, 1~3까지는 부부가 함께 나오고, 4~6까지는 범수의 행동이며, 7~8은 영주의 행동이고, 9는 아내 영주의 행동과, 부부가 함께 나오는 부문으로 갈라져 있다. 단편에서 이렇게 시점이 범수에게서 영주로, 다시 영주에게서 범수로, 옮겨지는 것을 단편소설이 가져야 할 효과로 볼 때 긍정적으로 보기는 어려운 점이 있다. 「레디메이드 人生」처럼 한 인물에게 시점이 집중되어 있는 것이 훨씬 효과적일 수 있다. 중편도 아니고 단편도 아닌 어정쩡한 규모의 작품임이 이런 점에서도 드러난다고 볼 수 있는데, 문제는 채만식이 그런 점을 몰각했다고 보기는 어려울 것 같다. 그렇다면 왜 이런 구조를 택했을까? 그 의문은 범수 한 인물에 시점을 집중시켰을 경우를 가정해 보는 것으로 해명이 될 수 있지 않을까 한다. 즉 영주의 행동이 빠졌을 경우, 대비의 구조가 성립될 수 없으며, 범수의 행동에 균형감이 상실되어 자칫 관념의 어설픈 유희에 빠져버릴 우려가 있다. 시점의 이동으로 인하여 영주의 행동은 사실감을 얻게 되어 범수의 대응인물로서의 위치가 더욱 견고해진다고 볼 수 있다. 이런 효과를 노려 산만함의 위험성을 감안하면서도 굳이 그런 방식을 택한 것이 아닌가 여겨진다. 그럼에도 불구하고 단편소설 미학의 측면에서 본다면 통일성의 결핍으로 인한 부정적 요인으로 작용함은 부인할 수가 없을 것이다.

서두에서 말한 것처럼 이 작품의 서술 방법에 관해서는 역설과 풍자라는 두 가지 견해가 있다. 전체적으로 보아 이에 관한 논의가 작품의 해석과 평가에 큰 영향을 주는 것은 아니지만 작품의 서술 방법을 고찰하는 데서는 중요한 문제라고 보인다. 말할 필요 없이 역설과 풍자의 방법은 서로 넘나듦이 있는 것으로 확연히 구분되는 것은 아니다. 그러나 이 작품을 풍자로 규정하는 것은 좀 무리가 있는 것이 아닌가 보인다. 실제로 소설문학사에서 이 작가를 대표적인 풍자작가로 규정하고 있으나 그의 전 작품 가운데 풍자적 방법을 쓴 작품은 그리 많은 것이 아니라고 한다.[28] 김인환은

---

28 이래수는 채만식의 창작기간을 4기로 나누어 2기의 경우만 해당한다고 하였고(「채만식

풍자적 구성에 조소와 공격의 색채가 나타난다고 하였는데[29] 이런 면에서 보더라도 이 작품의 전체적인 구조를 풍자로 보는 것은 좀 무리가 있는 것이 아닌가 한다. 부분적으로 그런 요소가 없는 것은 아니나, 전체적으로 살필 때는 한 무산 지식층의 부부를 통해서 그 시대의 실상을 파악하고 전달하려는 의도를 중시해야 할 것이므로 부분적인 특성을 전체의 성향으로 확대 해석하는 일은 조심스레 다루어야 하지 않을까 한다. 그보다는 이 작품에서 못 배운 자보다 더 못 사는 배운 부부, 아들보다도 못한 아버지, 건달보다 훨씬 처량한 신세의 지식인, 이런 점으로 보아 역설의 수법이 사용되었다고 보는 것이 더 타당하지 않을까 한다.

아주 범박하게 이 작품의 서술에 있어서의 방법을 몇 가지 살펴보았으나 이런 것들은 실상 그다지 중요한 문제라고는 생각되지 않는다. 왜냐하면 채만식이 말하고자 하는 것은 이런 문제를 떠나서 작품 속에 녹아들어 있고, 독자가 읽어서 그걸 감지해 내었다면 이런 논의 자체가 무의미할 것이기 때문이다.

4. 결론

한 작가의 올바른 이해, 나아가 문학사 기술의 정당성 확보를 위해 개별 작품에 대한 탐구가 필요하다는 전제 위에서 「明日」이란 작품을 검토하여

문학의 전개양상」, 『국어국문학』 78호, 1978), 구인환은 역사의식이 투영된 『태평천하』, 「치숙」 등 일부의 작품만이 해당된다고 하였다(「채만식소설의 이원성」, 『국어국문학』 76호, 1977).

29 김인환, 앞의 책, p.177.

보았다. 이 작품이 특히 뛰어나다는 점에서가 아니고 권토중래를 꿈꾸며 내놓은 작품이라는 의미에서 채만식의 이해를 위한 한 창구가 될 수 있잖을까 하는 기대에서였다. 검토의 결과를 요약해 보면 다음과 같다.

구조는 양면성을 갖고 있다고 보고, 드러난 구조와 숨은 구조로 나누어 살펴보았는데, 드러난 구조에서는 대립이라는 설정을 통해 개인과 부부, 가정의 대립으로 위장하면서 그 당시의 시대상을 수렴하려 한 것처럼 보이고, 숨은 구조에서는 식민지 교육의 병폐, 지식인의 고뇌, 새 시대의 열망이라는 것으로 집약된 진보에의 관심 등이 은폐된 채 내재되어 있는 것으로 보았다.

소설적 서술의 방법에서는 문체를 통해 암시적으로 시대를 담으려 했다는 것과, 미학적 결손을 감수하면서까지 채택한 시점의 이동, 그리고 전체적인 방법으로 역설의 기법을 채용한 것 등을 검토하여 보았다.

요컨대 이 작품은 이 작가의 성가를 높여주는 다른 작품에 비해 그 수준이 높다고는 할 수 없겠으나, 작가가 생존했던 시대상황과 동시대의 진실을 외면하지 않고 작품 속에 수용하려 했다는 점에서 의의가 있는 점은 부인할 수가 없다고 판단된다.

제5장

신경숙의 「부석사」

접이불착(接而不着)의 인간관계 읽기

■■■

1. 세기말, 세기 초의 문학

출판사를 경영하고 있는 어떤 사람에게서 들은 이야기다. 요즘 경제 사정이 나빠져서 출판계도 말이 아니게 어렵지만, 그래도 출판을 하면 기본적으로 팔리는 책이 있다는 것이다. 바로 여성을 대상으로 한 책과 어린이를 겨냥한 책은 아무리 불황이라 해도 책을 내기만 하면 장사가 어느 정도는 된다는 것이다. 이 말은 간단한 것 같지만, 그걸 뒤집어서 해석해 보면 현재 우리나라에서 책을 읽고 있는 주 독자층은 여성과 어린이라는 정보를 담고 있는 이야기다. 사실 초등학교 학생 정도는 선생님의 지도에 의하든, 부모의 의도적인 노력에 의하든 책을 많이 읽는 편이다. 그러나 중·고등학교 정도 이상만 되면 대학 입시 준비를 위한 독서 말고는 제대로 된 독서라는 게 없는 형편이다. 가장 많이 책을 읽어야 할 대학생들의 독서 실태는 한심할 정도다. 최근 우리의 경제 형편이 어려워져서 대부분의 대학생들은 취업을 위한 공부 말고는 다른 데 정신을 쓰지 못한다. 머리 좀 좋은 일류대학교 학생들은 너나없이 고시 공부에 열중하고, 그 나머지 학생들은 도서관에서 밤을 낮 삼아 영어 공부요, 취직 시험 공부뿐이다. 그러니 학생 치고 책을 제대로 읽는 것은 아이러니하게도 유치원 아이들이나 초등학교 학생 정도인 셈이다.

사정이야 천차만별이겠지만, 여성으로서 결혼을 하고, 아이를 낳아 어느 정도 키워 놓고 나면 어느새 중년의 나이가 되고, 어느 날 문득 자신의 지나온 길을 되돌아봤을 때 자신의 정체성에 대한 회의가 홀연 엄습해 온다. 내 집 마련이나 되고 남편의 안정된 수입이 있을 경우, 여고 시절 나도 문학을 좋아하는, 그 방면에 소질이 있다는 국어 선생님의 칭찬을 받았던 문학 소녀였다는 기억을 되살려낸다. 그래서 은행 같은 데 들렀다가 잠시 짬을 내 읽은 여성지의 독자 시나 수필 같은 것을 읽고 나서 이 정도는 나도 할 수 있겠다는 자신감이 생기고, 이렇게 해서 다시 문학의 세계에 발을 들여 놓고, '늦게 배운 도둑질'에 앞뒤 가리지 않고 맹렬히 달리고 달려 '시인'이나 '수필가'의 호칭 하나 얻어 놓고 나면 주변에서 어엿한 문사로 대접해 주는 '명예'를 받게 되고, ……. 이런 주류(主流) 부대 뒤를 따르는 또 다른 예비 부대원들, 아이들 뒤치다꺼리하러 다니다 만난 어머니(아줌마)들의 모임, 지방자치가 점차 자리 잡아 가면서 여기저기서 마련하는 문화센터의 문예 강좌, 대학과 언론 기관에서 앞다투어 개설하는 평생교육 차원의 문예 창작반 강좌들, 이런 곳을 드나드는 여성들을 중심으로 결성되는 이런 저런 문예 관련 모임의 여성 파워는 현재 가히 폭발적이라 할 만하다. 이들 가운데는 진흙 속에서 발견해 낸 진주처럼 영롱한 작품을 만들어 내는 재주꾼도 적잖이 있는 게 사실이다. 그리고 이들에 의해 우리 문학의 저변 확대는 물론 질적 상승을 힘입고 있음도 엄연한 현실이기도 하다. 이런 여성들은 싫든 좋든 시집을 읽고, 문예지를 구독하고, 나아가 문학 단행본들을 소비하는 엄청난 고객이 된다. 이런 여성들을 포함한 대한민국 주부들이 우리 독서계를 떠받치는 또 하나의 기둥을 형성하고 있는 것이다.

이런 세태를 재빨리 반영하는 것이 바로 출판계의 현실이다. 그러다 보니 문학 생산자들도 대중의 기호에 영합하여 얄팍하고 가벼우면서도 재치 있게 지적 호기심을 자극하는 교묘한 작품 만들기에 골몰하지 않을 수 없다. 그런 차원에서 현재의 우리 소설계를 일별해 보면, 저 80년대의 소위 거대서사의 도도한 물결은 어느 새 자작자작 말라붙고, 이곳저곳 작은 웅덩이에 미세(미소)서사의 음습한 탁류만이 맴돌고 있을 뿐이다. 물론 이런 현상은 현실사회주의의 몰락과 함께 방향 감각을 상실한 진보적 진영의 방황과도 밀접한 관련이 있다. 또한 우리 사회의 경박한 외래 사조 의존도 중요한 몫을 차지하고 있을 것이다. 그렇다고 이런 현상을 개탄하며 문학의 위기니, 문학의 죽음이니 하여 호들갑을 떨 일은 아니다. 어차피 문학이란 세상을 비추는 거울이요, 대중들의 삶을 담는 그릇이기 때문이다. 눈만 뜨면 우리의 감각을 즐겁게 해 주는 매체들이 즐비하게 널려 있고, 실시간으로 지구 동네의 살림살이가 안방까지 중계되는 세상인데, 그들에게 골치 아프게 진지한 작품을 읽으라고 설교한다 해서 먹혀 들 리가 있겠는가.

90년대 들어 포스트모더니즘이란 물결이 지식인들 사이에 유행병처럼 번지더니, 21세기가 시작된 지금은 그야말로 정체성의 혼란이 극에 달해 무엇이 주류고 무엇이 중심인지 분간이 서지 않는 탈 이성, 탈 중심, 탈 이데올로기의 아노미 현상이 우리의 의식을 점령해 버렸다. 한 나라의 지적 재산을 가늠하는 인문학은 죽음의 문턱에서 허덕이고, 어설픈 세계화 논리 속에 민족의 정체성은 실종되어 버린 것이다. 이런 시대적 위기 속에 그나마 어린이와 여성층에 의해 독서계가 현상 유지되는 것만도 다행이라면 다행이랄까.

2. 뜬 돌 같은 삶의 진정성

서두가 좀 길어졌는데, 문단에 나온 이래 꾸준히 일정한 독자층을 확보하고 있는 이른바 '인기작가' 가운데 한 사람이 신경숙이다. 책을 내놨다 하면 기본적으로 판매 부수가 확보되는 작가니 출판사로서도 놓치기 아까운 '상품' 중의 하나일 것이다. 그녀의 『풍금이 있던 자리』, 『오래 전 집을 떠날 때』, 『외딴 방』, 『기차는 일곱 시에 떠나네』 등은 아직도 베스트셀러 목록에 오르내리는 '잘 나가는 작품'들이다.

이상 문학상 수상작인 「부석사—국도에서」(『창작과 비평』 2000년 겨울호)라는 중편은 '신경숙적'인 재치와 특성이 녹아 있는 작품이다. 부석사는 다 알다시피 신라의 의상대사가 창건한 절로서 경상북도 영주에 있는 사찰이다. 대부분의 절 이름이 불경의 구절이나 불보살의 명호로 지어지는 게 보통인 데 비해, 이 절 이름은 좀 엉뚱하게도 우리말로 하면 '뜬 돌 절'이다. 이 이상한 절 이름이 생기게 된 연유에는 의상대사에 대한 중국 선묘 낭자의 애틋한 사랑이 깃들어 있다. 이 절의 창건에 관해서는 이런 설화가 전해지고 있다.

> "의상은 입산 후 뜻을 품고 당나라로 갔는데, 양주성의 한 신도 집에 묵게 되었다. 그 집의 딸 善妙가 의상에게 사모의 정을 품었는데 의상이 의연하게 대하자, 선묘는 그의 굳은 의지에 道心을 일으켜 '영원히 스님의 제자가 되어

공부와 교화와 佛事를 성취하는 데 도움이 되어 드리겠다.'는 願을 세웠다. 의상은 지엄대사 밑에서 화엄학을 수학하고 고국 신라에 傳法하기 위해 귀국하는 도중에 신도의 집에 들러 그 동안의 은혜에 고마움을 표했다. 뒤늦게 이 사실을 안 선묘는 의상을 뒤쫓아 갔으나 배는 이미 저 멀리 바다로 떠나고 말았다. 선묘는 사라지는 배를 보고 의상에게 주고자 만들어 두었던 옷을 던지며 배에 닿길 축원하고, 자신은 용이 되어 의상의 귀국을 돕게 해 달라며 바다에 몸을 던졌다. 용이 된 선묘의 호위를 받으며 무사히 귀국한 의상은 그 뒤 護國을 기원하는 사찰을 건립하라는 왕명을 받고 봉황산에 터를 잡으려 하였으나 이곳에 자리 잡고 있던 異教徒들 때문에 뜻을 이룰 수 없었다. 이때 善妙龍이 큰 바위를 세 차례나 들어 올렸다 놓으니 이교들은 겁을 먹고 굴복하였다. 지금 그 큰 바위는 浮石이라 하여 무량수전 서편 암벽 밑에 자리 잡고 있고 선묘룡은 절의 수호신으로 安坐하였는데, 무량수전 主佛 밑에서 석등까지 뻗쳐 있는 石龍으로 化하여 현재도 그 비늘 모습까지 아련하다. ……"

(한국문원 편집실, 「문화유산－명찰」, 『한국문원』, 1996, pp.248~249)

이처럼 이 절 이름에는 의상 스님을 흠모하였으나 현세에서는 이룰 수 없는 연정이기에 그 몸을 스스로 죽여서 용이 되어 사랑하는 사람이 하는 일을 도운 여인의 지고지순한 사랑이 어려 있는 것이다. 그런 전설 같은 이야기야 한낱 꾸며낸 것이라 할지라도 그 속에 담겨 있는 깨끗하고 아름다운 의미조차 조작된 것이라고 무시하는 것은 현명한 일이 아니다. 인간의 역사라는 것은 바로 그러한 의미의 연속성 속에 계승되고 지속되는 것이기 때문이다.

이 작품의 내용은 신경숙의 다른 작품이 그러하듯이 긴박한 사건의 전개도 없고, 심각한 갈등 요소가 뒤틀리는 긴장감도 가지고 있지 않다. 이름도 갖지 않은 '그녀'라는 여자와 똑같은 처지의 '그'라는 남자가(그들은 같은 오피스텔에 살고 있으나 아무런 인연도 없는 남남이다.) 1월 1일 그녀의 차로 부석사로 가다가 날이 저물어 길을 잃고 산속의 절벽 바로 앞에서 차가 진

창에 빠져 오도 가도 못하는 사이 눈이 내린다는 아주 간단한 이야기다. 그들은 하필 그날 왜 부석사에 가는가. '그녀'는 이미 딴 여자와 결혼한 옛 애인 P가 찾아오겠다는 시간을 피하기 위해 '그'에게 부석사 행을 제의했고, '그' 역시 자신을 곤경에 빠뜨렸던 박 피디가 찾아오겠다는 약속을 피하기 위해 그 제의에 응했던 것이다. 말하자면 둘 다 만나기 싫은 사람을 피하기 위한 도피인 셈이다. 또한 그녀와 그는 서로는 모르고 있지만 공통점을 가지고 있다. 둘 다 사랑하던 사람으로부터 특별한 이유도 없이 버림을 받은 것이다. 그녀는 출세를 위해 자기 전공 분야의 원로 학자의 딸과 결혼한 P에게서 버림을 받았고, 그는 군대에 갔다 오는 사이 그의 홀어머니에게서까지 사랑을 받았던 K에게 버림을 받았다. 그들은 그런 사랑의 실패 이후 완전히 사람이 바뀌어 일에 몰두하며 홀로 살고 있다. '그녀'는 프리랜서 기자로 잡지사의 기사 같은 것을 만들어 주며 살고 있고, '그'는 자연 다큐멘터리 같은 걸 제작하는 회사에 소속되어 있기는 하나 장기간 사회와 떨어져 작품을 만드는 일을 하고 있다. 그들을 이어 주는 끈이라고는 늙은 개 한 마리와 산책길에서의 남의 채소 훔치기 정도밖에 없다. 이런 그들에게 만나기 싫은 사람으로부터 연락이 온다. 1월 1일에 술이나 한잔 하자는 일방적인 약속이다. P는 오후 세 시, 그를 곤경에 빠뜨려 직장까지 쉬게 한 박 피디가 오후 다섯 시에 찾아오겠다는 약속을 듣고, 그들은 각기 피하듯 집을 나와 부석사로 향하는 것이다.

이 작품에는 여러 개의 상징 장치가 중첩되어 있다. 우선, 1월 1일이라는 날짜는 새로운 출발의 의미가 담겨 있으니 그들의 삶에 이제까지와 다른 길이 시작될 수 있으리라는 의미가 숨겨 있다고 볼 수 있다. 그런 출발을 돕기 위한 장치로 한 번도 가보지 않은 낯선 곳으로의 여행, 한겨울의 외딴 산속, 눈이 내릴 것 같은 날씨, 때 맞춰 찾아오는 어둠 같은 것들이 적절하게 배치되어 있다. 무엇보다 주목할 것은 표제의 상징성이다. 뜬돌, 두 개의 바위 사이로 바늘에 꿴 실을 통과시킬 수 있다는 커다란 바위는 어쩌면 이들 두 남녀의 상징인지도 모른다. 사랑하는 사람으로부터 버림을 받고 성격까지 변할 정도로 의미 없이 거칠게 살아온 두 사람의 사이는 사랑했던 사람에 대한 복수이든, 아니면 자신에 대한 자학이든 남남이면서도 동질성을 갖고 있다. 그런 그들의 관계가 떨어져 있으면서 실은 붙어 있는 두 돌과 같이 새로운 출발의 따뜻함으로 다시 시작되리라는 암시가 표제에서부터 얼굴을 숨기고 있는 것이다. 그것은 산속에서 오도 가도 못하게 된 처지에서 달이 뜨고, 자동차의 앞 유리에 밖이 안 보이도록 눈이 쌓인다는 작품의 결미(結尾)에서 선명하게 확인된다.

같은 오피스텔에 살고 있으면서도 분명히 남남인 이들을 연결시켜 주는 장치로는 개가 있다. 그녀가 산책길에 우연히 양로원에 들어갔다가 거기서 발견하여 같이 살게 된 개는 정신적으로 피폐해진 이들 두 남녀의 동물 상징으로서 의미가 있다. 죽음 직전까지 이른 기진(氣盡)한 개, 눈물을 너무 많이 자주 흘려 내리는 개, 남들이 사랑해줄 만큼 귀엽지도 않은 늙은 개, 전 주인이 안락사(安樂死)를 시키려고 했던 그 개는 '그'가 데려왔다가 양로원에 갖다 버린 것인데, 이제는 '그녀'를 따라와 함께 살고 있다. 수의사의 말에 따르면 그 개는 독한 개에게 심하게 공격을 당한 기억으로 인해 다른 개에게 극도의 공포심을 느끼고 있는데, 이는 바로 믿고 사랑하던 사람으로부터 이유 없는 버림을 받고 정신이 황폐해진 이들 두 남녀의 처지와 상동성이 있다. 그래서 '그녀'는 개의 이름을 따로 짓지 않고 꼭 불러야 할 경우에는 그냥 '개야' 하고 부른다. 개는 홀로 사는 그녀의 분신이며 또 그녀 자신이기도 하기 때문에 굳이 개다운 다른 이름이 필요가 없었을 것이다.

눈은 또 다른 점에서 이 작품의 중요한 상징으로 기능하고 있다. 작품 첫머리에서부터 제시되고 있는 눈에 관한 복선(伏線)은 중간 중간 끊임없이 상기되곤 하는데, 초행길의 자동차 운전에서 두 사람의 서먹한 관계를 유화(宥和)시키기도 하고, 점차 인간 세상(속세)과의 단절을 예비하며 그들을 둘만의 장소에 유폐시키고자 하는 의도가 잠재되어 있는 것이다. 범종 소리가 들려오는 새벽, 오도 가도 못하고 외딴 산속의 절벽 바로 앞에서 자동차 속에 갇힌 이들은 속절없이 내리는 눈발 아래 하나의 공동운명체가 되지 않을 수 없다. 자동차 앞 유리에 눈이 쌓여 밖이 보이지 않게 되면, 그 안의 공간은 이제 그들 두 사람만의 특별한 '성소(聖所)'가 될 것이 분명하다 하겠다.

산책길에 남의 집 텃밭에서 상추를 훔치는 행위도 이들 두 사람을 연결시켜 주는 중요한 역할을 수행한다. 처음에 남자가 상추를 훔치는 것을 목격한 여자는 '그 반만 절 주세요. …… 그러면 비밀로 해드릴게요.'라고 말한다. 이는 이미 공범관계의 성립을 의미하며 이들 둘을 묶어 주는 하나의 끈이 된다. 혼자일 때는 엄두도 못 내다가 남자를 만나면 어김없이 발동이 걸리는 이 상추 훔치는 버릇은 '혼자일 때는 마음이 고요했다가도 남자를 만나게 되면 벌써 그 연한 것들을 씹었을 때의 신선한 맛이 혀끝에 감돌' 정도로 두 사람의 동일한 식욕과 일상생활, 그리고 정서적 동질성을 획득하는 요인이 되는 것이다. 약혼자라고 믿고 있던 사람에게서 버림을 받고 나서 가지런하게 정리되어 있는 것을 보면 꼭 흩뜨려 놓아야 직성이 풀릴 정도로 모나게 살아온 여자에게도, 연한 상추 잎 같은 신선한 삶에의 욕망이 고갈되어 있지 않음을 암시해 준다고 볼 수 있다.

남자가 버려두고 온 자기의 옛 고향 집을 가끔 방문하는 것에도 내밀한 의미가 숨겨져 있다. 그는 어린 시절 아버지를 잃고 홀어머니 밑에서 자랐다. 집이 어려워 이사를 자주 다녀 낯선 상황에 적응하지 못해 마음의 고통을 느끼는 꿈을 그는 어른이 된 후에도 자주 꾼다. 이는 심리적 불안의 깊은 원인이 된다. 그런 그에게 K라는 동반자가 생긴다. 헤어지기 싫어 깊은 밤에 가게 문을 닫을 때까지 치킨 한 조각을 앞에 놓고 마주 앉아 시간을 보내고, 집에 바래다주고 돌아서다가 여자가 길가로 난 창문을 열고 윗몸을 내밀면 발을 재겨 디디고 입맞춤을 하던 그들 둘 사이는 그가 군대에 간 사이에 변한다. 여자에게 딴 남자가 생긴 것이다. 친구들 앞에서 반지 하나씩을 나누어 낀 약혼식까지 한 사이인데, 어머니가 죽어 군대에서 잠시 나와 장례식을 치르고 귀대하기 직전에, 마지막 자존심을 누르고 그녀를 찾아가 동정심에라도 호소하여 옛 관계를 회복하고자 했던 그는 K가 그에게 했던 것과 똑같은 행위를 새로 생긴 남자에게 하고 있는 것을 목격하게 된다. 깊은 밤, 그는 결국 어머니의 죽음 앞에서도 흘리지 않았던 눈물을 '비질비질' 흘리고 만다. 그리고 그는 세상 사람들과 함께하기보다는 희귀 동물들과 함께하며 산속에서, 오지(奧地)에서 그들의 생태를 촬영하며 자초하여 고립된 사람이 되고 마는 것이다. 이 남자가 유일하게 자기가 태어났던 옛집에 데리고 갔던 사람은 K뿐이었다. 그런데 K가 돌아서고 난 지금 그 옛집은 산에서 뻗어온 귀룽나무, 누리장나무, 아카시아나무가 점령하고 있다. 신뢰하던 동료 박 피디가 자신의 작품에 대해 의도적으로 왜곡하여 구조 조정의 어수선한 분위기를 악용하려 한 것을 알게 된 그는 직장을 쉬고 옛 집터를 찾아가 나무뿌리를 쳐내는 일을 한다. 집, 특히 자신이 태어난 집은 그 사람에게 있어 아무리 부정하려 해도 부정할 수 없는 모태(母胎)와 같은 것이다. 이 집에 산에서 뻗어 내려온 나무들이 점령하고 있다면 그건 이미 집의 기능을 상실한 것과 다름없다. 다시 말해 그 집은 약혼자를 잃고 황량해진 그의 정신 세계를 대변하는 객관상관물이 되는 셈이다. 그렇기는 하나, 집 자체로서 보면 사랑하는 여인에게만 보여준 이 집은 그의 정신적 귀의처라고 할 수도 있다. 여자에게 까닭 모를 배신을 당하고, 동료에게서 인간적 회의를 불러일으키는 술수의 대상이 된 그는 세상에 대한 의욕을 상실하게 되는 것이 오히려 자연스럽다 할 것이다. 그래서 옛집에 가는 것도, 집 앞의 산을 산책하는 일도 멈추어 버리고 마는 것이다. 하지만 옛집을 점령한 나무뿌리를 쳐내는 일은 그에게 절망을 유예하는 의미를 감추어 가지고 있다. 마지막 장면에서, 그가 차 안에서 얼핏 옅게 잠이 들었을 때, 여자가 담요를 끌어다 덮어주는 것을 느끼며 가느스름하게 눈을 뜨고 그는 이런 생각을 한다. '혹시, 저 여자와 함께 나무뿌리가 점령해 버린 옛집에 가 볼 수 있을는지.' 이 상태에서 그가 옛집에 다시 가는 것은 새로운 출발을 의미한다. 만약 그가 여자와 함께 그의 옛집에 가게 된다면, 그것은 여자에 대한 K와 같은 무게의 회복이며, 고립 이전의 생활로의 복귀라 할 수 있을 것이다. 절망의 늪 앞에서도 한 가닥 끈을 놓지 않고 있던 그를 구원하는 희망의 한 줄기 빛, 그것은 바로 그의 옛집인 것이다. 그러므로 그의 옛집은 겉으로는 분명히 황폐한 폐가이지만, 실질적으로는 모태로서의 아늑한 귀의처가 된다 하겠다.

이밖에도 이 작품에는 도로 위에 내장이 터져 죽어 있는 동물, 전신주 위의 겨울새들, 잘 알지도 못하는 먼 길을 여행하면서도 핸드폰 하나 챙겨 가지고 오지 않는 비슷한 성격, 자끌린느 드 프레라는 비운의 여자가 연주하는 콜 니드라이라는 첼로 음악, 잘못 들어선 길에서 우연히 보게 된 마애삼존불상 등, 여러 장치들이 작품의 주제를 형상화하는 데 적절하게 배치되어 그 기능을 잘 발휘하고 있다. 중견작가 대열에 선 작가의 역량이 이런 장치들의 활용 기법 속에 만만치 않게 표출되고 있는 것이다.

그러면 이런 장치들을 포함하여 여러 제재를 가지고 만든 이 작품에서 작가가 궁극적으로 말하고자 하는 의도는 무엇일까. 우리가 사는 세상에는 많은 사람이 있고, 그 사람들 가운데는 당연히 서로 사랑하는 남녀들도 있게 마련이다. 그런데 그 사랑하는 사람들 사이에는 평탄하게 사랑이 이루어져 행복하게 사는 사람도 있지만, 반대로 예상치 못한 수많은 우여곡절 때문에 고통 받고 있는 사람들도 적잖게 있다. 이는 우리가 살아가고 있는 이 세상의 일상사이기도 하다. 남에겐 별것 아닌, 사소해 보이는 일이 정작 당사자들에겐 목숨이 왔다 갔다 하는 중대사가 될 수도 있다. 그것이 바로 남녀 간 사랑의 본질이며, 특질이다. 사랑이란 이처럼 불가사의하며, 따스한 보금자리일 수도 있고, 동시에 많은 사람을 다치게 할 수도 있는 독(毒)이 될 수 있을 정도로, 변화무쌍하며 예측 불허요 혜량 난측의 속성을 갖고 있는 것이다.

이 작품은 한 마디로 말하면 남녀 간의 사랑 이야기다. 그것도 각기 버림받고 상처받은 두 남녀의 흔해 빠진 사랑 이야기인 것이다. 그런데 이처럼 자칫 통속적일 수도 있는 제재를 가지고 만들어진 이 작품이 우리 가슴을 짠하게 울리는 것은 무슨 까닭인가. 그리고 작가가 우리에게 던지는 메시지는 무엇인가. 우선 이 두 남녀에게 특정한 이름이 없는 것에 주목해 볼 필요가 있다. 사람은 물론 모든 사물에 이름이 있기 마련인데, 이 작품에 나오는 두 사람에겐 이름이 없다. 그저 '그'와 '그녀', 그리고 '남자'와 '여자'로만 지칭되고 있다. 무슨 이유인가. 다른 이유를 끌어다 댈 수도 있겠지만 아마도 이는 이들이 우리 모두의 자화상일 수도 있다는 의미가 아닐까. 우리는 한평생을 살면서 마음속으로만 좋아하다가 기회를 놓쳐 버린 추억 속의 연인, 모든 것을 다 주어 버릴 정도로 신뢰하던 사람으로부터의 갑작스러운 배신, 세상을 살 기력마저 상실해 버린 상태에서 우연히 다시 찾아오는 새로운 인연, 그런 것의 반복으로 세상을 살고 있는 것이 아니겠는가. 그러고 보면 이 작품 속의 두 남녀는 단순히 특정한 사람들이 아니라 우리 모두를 대신하는 우리 자신의 또 다른 모습(바로 '나'라는 남자와 '너'라는 여자, '너'라는 남자와 '나'라는 여자)일 수도 있겠다. 다른 한편으로는 사랑을 하다가, 세상을 살아가다가 우리는 때로 목숨을 버려도 시원찮을 절망에 부딪칠 때가 더러 있다. 그 막막한 절망의 앞에서, 도저히 용서할 수 없을 것 같은 배신의 당사자 앞에서 자신을 옥쇄(玉碎)해 버리고 싶은 이글거리는 분노로 치를 떨 때도 있다. 그러나 이 분노라는 것도 돌이켜 생각해 보면 하찮은 한 줌의 착각에 불과할 수도 있다는 허망한 깨달음, 이런 불교적 가르침이 이 작가가 우리에게 나직하게 속삭이는 또 다른 설법(說法)의 주제가 아닐까. 특히 이런 작가의 주제의식은 부석사라는 절 이름의 표제와 함께 이 세상을 살고 있는 모든 사람들, 그들이 잠시 잊고 있는 자신의 참모습을 보여 주고 있는 것으로 형상화된 게 아닐까. 그것은, 산은 물이 아니고 물은 산이 아니라는(산은 산이요 물은 물이로다) 선승(禪僧)들의 화두와 같이 지독한 역설적 진리 표출의 수단일 수도 있는 것이다.

부석사의 뜬 돌은 실이 통과할 수 있을 정도로 붙어 있으되 떠 있는 돌이라고 한다. 붙어 있되 붙어 있지 않은 접이불착(接而不着)의 돌, 그것이 바로 우리 인간들의 관계라는 것이 아니겠는가. 천륜이니, 인륜이니 하여 무수히 맺고 있는 우리 사람들의 관계라는 게, 사실 따지고 보면 얼마나 하찮은 인연인가. 천년만년 갈 것 같은 굳은 맹세도 하루아침 이슬처럼 사라져 버리는 것이고, 목숨과도 바꿀 수 없다고 믿던 금석(金石) 같은 사랑도 회오리바람에 날리는 버들 솜처럼 순식간에 날아가 버리는 것이 인간사다. 친구, 사제(師弟), 동료, 심지어는 부부, 형제, 부자간의 관계까지도 종잡을 수 없이 전도(顚倒)되고 혼효(混淆)되고 있는 것이 작금의 현실이다. 그러고 보면, 우리는 항상 남남이면서 동료요, 서로 타인이면서 자신으로, 적이면서 동지로 착각 속에 세상을 살아가고 있는 것인지도 모른다. 그것이 정작 우리가 진실이라고 믿고 있는 인간관계의 진면목이 아닐까. 따라서 이 작품은 너무도 평범한 인간사의 재료를 통해 삶의 진정성을 추구하는 소설의 세계를 극명하고도 절묘하게 증명하여 보여 주고 있는 셈이다.

3. 엄정한 글쓰기의 필요성

끝으로 이 작가에게만 해당되는 것은 아니지만, 요즘 우리 작가들 사이에 그 제재의 가벼움만큼이나 소설 서술의 언어에 치열하지 못한 안타까움을 한 마디 보태고 싶다. 특히 컴퓨터가 일상화되면서 사이버 공간의 언어가 뒤틀리고 오염되는 심각한 현상에 비추어, 최소한 소설을 쓰는 작가들만은 정확하고 아름다운 언어 구사에 전력을 다해야 한다. 그것은 작가로서의 최소한도의 의무이며 책임이기도 하다. 굳이 말하지 않아도 작가는 모국어의 전도사이자 최후의 수비병이 되어야 한다. 특히 많이 팔리고 읽히는 작품을 쓰는 작가는 이 점에서 더욱 큰 책임을 지지 않으면 안 된다. 눈에 띄는 대로 이 작품의 비논리적이거나 의미상, 또는 문맥상 뜻에 어긋나는 표현을 몇 개 추출해서 같이 생각해 보기로 하자.

- '그녀는 자신이 같은 사람의 싸인이 되어 있는 그릇을 자신도 모르게 고른다는'(172) : 같은 사람의 싸인이 되어 있다는 표현은 싸인의 주체가 사람이므로 싸인한 사람이 같다고 하거나, 되어 있는 싸인이 같다는 표현으로 해야 정확할 것이다.
- '화단엔 온갖 기화요초들이 만발해 있었다.'(174) : 물론 요즘엔 호화판 양로원도 많이 생겨나고 있으나, 아무래도 양로원의 화단에 심은 화초들을 기화요초라고 한 표현은 그다지 어울려 보이지 않는다.
- '개가 쓰는 샴푸'(175) : 요즘은 개 용품 전문점도 생겨날 정도로 개에 관한 상품이 많이 개발되어 있는데, 개가 가서 그걸 사다가 쓰는 것은 물론 아니다. 사람이 주체가 되어야 하므로 '개에게 쓰는 샴푸'라고 해야 할 것이다.
- '안전벨트를 해 두는 게 이로울걸요.'(180) : 이로울걸요, 라는 표현은 이 경우 일상적 표현으로 어색해 보인다. 작중인물의 특이한 언어 습관과도 별 관련이 없으니 더욱 그렇다. '좋을 걸요'가 적당할 것 같다.
- '누군가 그 밭에 사시사철 열심히 채소를 가꾸었다.'(182) : 사시사철 속에는 겨울도 있으니 엄밀히 말해 이 표현은 맞지 않는다. 작품의 다른 곳에는 겨울에 밭이 비어 있다는 표현도 나온다. 그곳은 비닐하우스도 아닌 노천 밭이다.
- '추수를 마치고 걷어가지 않은 낟가리들'(187) : 낟가리는 낟알이 붙은 채로 있는 곡식을 쌓은 큰 더미를 가리키는 단어니 앞의 '추수를 마치고'와는 어긋난다.
- '눈 쌓인 길을 걸어왔는지 군화에 희끗희끗 눈이 묻어 있다.'(189) : 자동차가 다니는 큰 길(현재는 눈이 오고 있지 않음)을 행군하고 있는 군인들의 군화에 어디에서 묻었는지 모르는 눈이 그냥 묻어 있을까.
- '대학 한방병원 의료부 직원이었던 조류협회장이'(190) : 대학 한방병원에 의료부라는 직제가 있는지 잘 모르겠다. 의료부라면 대개 의사가 소속되어 있을 것이고, 병원 직원이라면 의료부보다는 원무과 같은 행정부서에서 일하는 것이 통례일 것이다. 그리고 그가 만든 사설협회 명칭이 '조류협회'라고 되어 있는데, 말 그대로 하면 새들이 모여 만든 협회라는 뜻이 된다. 정말 그런 사설협회가 있는지는 잘 모르겠으나, 만약 부상당한 새들을 치료하고 조류를 보호하는 단체라면 이름을 그렇게 짓지는 않을 것이 분명하다.
- '민머리로 어깨에 총을 메고'(195) : 민머리는 모자를 쓰지 않은 머리, 대머

리, 쪽지지 않은 머리를 가리킨다. 해안 경비 초소에서 보초 서고 있는 군인 에게는 어울리지 않는 말이다.

- '충격이 덜하도록 액셀을 단계적으로 밟는다.'(201) : 상식적인 사실이지만, 자동차 엑셀은 단계적으로 밟게 되어 있지 않다. '부드럽게' 또는 '조심스럽게' 밟는다고 하는 것이 자연스러울 것 같다.
- '이름도 모르겠는 마을'(203) : 미래 시제 또는 추측을 나타내는 선어말어미 '겠' 다음에 현재 관형형 어미 '는'이 연결되면 어색한 표현이 된다.
- '나무뿌리를 쳐내고 오는 일'(208) : 폐가에 침입해 온 나무는 그 줄기나 가지를 치는 것이고, 뿌리는 캐낸다고 하는 것이 정확할 것이다.

위의 예들은 보기에 따라, 작가 특유의 문학적 표현으로 일반 어법에는 어긋나지만 문학적으로는 틀리지 않은 것으로 해석할 수도 있다. 또한 소설가는 끊임없이 기존의 언어체계를 파괴하고 새로운 언어 질서를 창조해 내는 고독한 개척자의 사명을 수행하고 있는 것도 감안해야 한다. 그러나 소설이란 장르는 그 내용도 중요하지만 일차적으로 서술 언어가 정확해야 한다. 정확하면서 아름다우면 금상첨화다. 소설을 읽는 사람들은 그 내용과 형식의 아름다움에 감동하기도 하지만, 동시에 소설을 읽으면서 정확하고 아름다운 모국어 공부를 하고 있는 것도 엄연한 현실이기 때문이다. 따라서 모름지기 작가는 모국어를 지키고 교육하는 최후의 파수꾼이자 교사 역할을 하지 않으면 안 된다. 그것은 세계적 문호나 대가들이 한결같이 지켜온 원칙이다. 제대로 된 모국어 구사 능력도 없이 소설을 쓰겠다고 덤비는 것은 총과 실탄도 없이 전쟁터에 나가려는 것과 다름없다.

이와 같은 지적을, 많은 문장 가운데 겨우 몇 개를 골라 가지고 좋은 작품에 괜한 트집을 잡는 일로 오해하지 않았으면 한다. 앞에서도 말한 바와 같이, 요즘 우리의 글 쓰는 세태가 너무나도 심각한 오염과 훼손에 시달리고 있어서, 오랜만에 만난 좋은 작품을 제재로 경각심을 촉발해 보고자 하는 의도 외의 다른 뜻은 전혀 없다. 비록 누가 읽어 줄지도 모르는 짤막한 토막글을 쓴다 해도 나를 표현하는 글에는 항상 엄정해야 하거늘, 하물며 불특정 다수를 감화하고 교육하는 글은 더 말해 무엇하겠는가. 글 쓰는 사람들은 자기가 쓴 글이 다른 사람에게 은연중 그 내용뿐 아니라 글쓰기에 있어서도 교육의 자료가 된다는 사실을 늘 명심하고 또 명심할 일이다.

제3부
시대, 지역의 문학

제1장

1930년대 소설의 특성

■■■

1. 서론

1930년대라는 용어는 이중적 개념을 갖고 있는 말이다. 이 용어는 일차적으로 숫자적 개념의 성격을 갖는다. 즉, 우리는 1930년 1월 1일부터 1939년 12월 31일까지를 1930년대라고 부르고 있는 것이다. 이런 숫자적 개념 외에 1930년대라는 용어는 2차적으로 문학사 시대 구분으로서의 개념으로 사용되기도 한다. 우리 근대문학사를 서술하고 설명할 때 그 역사가 짧기 때문에 시기를 세분해야 할 필요성이 생기고, 이로 인해 어느 때부턴가 10년 단위의 시대 구분 방식이 보편화되어 사용되고 있는 것이다. 그러나 이렇게 10년을 단위로 하여 기계적으로 시대를 구획하는 것은 편의주의적 발상일 뿐 엄격한 의미에서의 시대 구분법이라고 보기에는 어렵다. 왜냐하면 문학사를 포함한 역사에서의 시대 구분이란 그렇게 기계적인 구획으로 나누어질 수 있는 것이 아니기 때문이다.[1]

그렇다면 과연 1930년대라는 용어는 문학사 시대 구분 용어로서 손색없이 사용될 수 있는 조건을 갖추고 있는가. 이에 대해 필자는, 40여 년의 일제강점기 동안 이 시기에만 시행된 여러 시책, 이 시대가 갖고 있는 고유한 환경과 분위기, 문단의 성립과 그 발전, 이 시기에 산출된 작품들이 갖는 특정한 성향 등의 이유를 들어 이 용어가 충분히 성립되고 사용될 수 있음을 밝힌 바 있다.[2] 그리고, 1930년대는 숫자적 의미와 문단 내적 사정 등을 감안하여 대략 카프 맹원들에 대한 1차 검거 사건이 일어난 1931년부터 태평양전쟁이 시작되기 직전까지를 그 시기로 잡는 것이 좋겠다는 의견을 제기하기도 하였다.[3] 이 문제에 대해서는 더 깊이 있는 논의가 필요하겠지만, 1930년대라는 용어가 단순히 편의적인 발상 차원에서 사용되는 용어가 아니고, 문학사의 시기 구분 용어로서 상당한 타당성이 있다는 점은 다른 연구자들도 대체로 인정하고 있는 듯하다.[4]

---

1 문학사의 시대 구분에 대해서는 과거 우리 문학사를 서술하고자 하는 많은 학자들에 의해 논의가 이루어졌는데, 대체적으로는 문학 외적 사회 변화와 문학 내적 작품의 변화를 동시에 아우르는 구분이 가장 바람직하다는 데 동의하고 있다. 예컨대, 조동일은 "문학사의 시기 구분에서 '갈래'면과 '문학층'이 동시에 고려되지 않으면 안 된다."고 하여 문학 작품 자체 요인과 그 작품이 산출된 환경, 즉 외적 여건을 함께 고려해야 한다고 말하고 있다(조동일, 『문학연구방법』, 지식산업사, 1980, p.241). 또한 이런 내용을 담고 있는 단적인 예를 하나 더 들어보면 다음과 같은 것도 있다. "문학사를 서술해 나가는 데 있어 우리는 문학이 산출되는 현실적 조건을 무시하는 관념적인 정신사적 방법이나 문학과 현실 사이의 관계를 기계적으로 파악하는 속류사회학적 방법을 극복해야 할 것이다. 작가와 작품의 현실적인 토대에 기반을 두면서도 문학이 지닌 상대적 자율성 속에서 제 문학현상들을 파악함으로써 문학사 자체의 합법칙적인 발전 과정을 규명해야 하는 것이다."(김재용 외, 『한국근대민족문학사』, 한길사, 1993, p.58)

2 조동길, 『한국현대장편소설연구』, 국학자료원, 1994, p.10.

3 위의 책, p.19.

4 국회도서관 검색 화면의 학위논문 항목에서 '1930년대'라는 검색어에 약 800여 건, '1930

그러면 조금 더 구체적으로 기존의 학자들은 1930년대에 대해 어떻게 인식하여 언급하고 있는가를 간략히 살펴보기로 하자. 조연현은 특별한 언급 없이 1930년대 문학의 일반적 특징을 네 가지로 요약해 말하고 있고[5], 김현과 김윤식도 1930년대라는 용어를 사용하기는 하면서도 이 용어에 대해서는 별 언급 없이 주요 작가 중심으로 문학사를 서술해 가고 있다.[6] 이재선은 특정하여 서술하고 있지는 않지만, 1919년~1932년 전후, 1934~1941년 등으로 시기 구분을 하여 대략 1934년에서 1941년까지를 1930년대로 인식하고 있는 것처럼 보인다.[7] 최유찬은 가장 명료하게 1930년대의 시기 구획을 하고 있는데, 일제의 대륙 침략으로부터 2차 대전 종결까지를 그 시기로 잡고 있고[8], 다른 글에서는 1929년부터 1940년대 초반까지를 1930년대로 보기도 한다.[9] 김재용 외의 문학사에서는 1930년대를 두 시기로 구획하여 1927년부터 1935년까지를 프롤레타리아 주도 문학기, 1935년부터 1945년까지를 리얼리즘, 모더니즘, 순수주의 문학, 내면화 문학기로 보고 있다.[10]

년대 소설'이라는 검색어에 약 150건의 자료가 뜨는 것으로 보아 이미 많은 연구자들이 이 용어를 보편화하여 사용하고 있는 것을 확인할 수 있다.

5 조연현, 『한국현대문학사』, 인간사, 1968, p.639.

6 김현 · 김윤식, 『한국문학사』, 민음사, 1979, p.184.

7 이재선, 『한국현대소설사』, 홍성사, 1979, p.311.

8 최유찬, 「1930년대 문학 개관」, 이선영 편, 『1930년대 민족문학의 인식』, 한길사, 1990, p.9.

9 최유찬, 「1930년대 한국리얼리즘론 연구」, 이선영 외 편, 『한국근대문학비평사연구』, 세계, 1989, p.297.

10 김재용 외, 앞의 책, pp.60~61.

이처럼 학자에 따라 그 시기가 상이하게 이야기되고 있으나, 앞에서 말한 바와 같이 숫자적 개념과 당대 사회적 여건, 그리고 문학 내적 변화 등을 고려한다면 대략 1931년경부터 1940년대 초까지 그 시기를 잡는 것이 무난하지 않을까 한다.

1930년대에 발표된 소설이 얼마나 되는지에 대해서는 아직 정확한 통계가 나와 있지 않다. 여러 해 전에 나온 한 자료집에 따르면, 1930년 1월부터 1939년 12월까지 대충 잡아 약 2,100여 편의 소설이 발표된 것으로 조사되어 있다.[11] 그러나 이 자료집도 완벽한 것이라고는 보기 어렵기 때문에 이 시기의 정확한 소설 발표 현황을 명확하게 말하기는 어렵다고 보아야 할 것이다. 또한, 이들 개별 작품에 대한 연구도 충분히 수행되었다고는 보기 어려운 것이 사실이다.

이런 상황에서 1930년대의 소설 전반에 걸친 특성을 추출하여 얘기한다는 것은 자칫 위험한 모험일 수도 있다. 하지만, 이미 이 시기의 소설에 대해 상당한 연구 결과가 축적되어 있고, 문학사적으로 의미가 인정될 만한 작품에 대해서는 그 성과에 관해 검증 작업도 많이 이루어진 형편이다. 이런 점을 감안하여 이 글에서는 1930년대의 소설에 관해 그것을 몇 가지로 유형화해 보고, 그에 따라 그 특성을 몇 가지 지적해 보고자 한다.

---

11 권영민의 『한국현대문학사연표 1』(서울대 출판부, 1987)에서 155페이지(1930년 1월)에서 225페이지(1939년 12월)까지가 1930년대에 해당되는데, 한 페이지 당 대략 30편 정도의 소설 목록이 들어가 있으므로 대략 이렇게 계산해 볼 수 있다.

2. 시대적 상황과 성격

1930년대는 두말할 필요 없이 일본 제국주의에 의한 식민 통치 기간이었다. 사상의 통제와 경제적 궁핍, 그리고 무엇보다도 민족 자결의 권리를 박탈당해 비참한 삶을 영위해야만 했던 시대가 바로 1930년대였던 것이다.

1930년대에도 내내 동일한 식민 통치정책이 적용되었던 것은 아니다. 그 전반기가 대륙 침략을 자행하면서 1920년대의 문화 통치 방식에 전환이 이루어진 시기라면, 후반기는 소위 대동아공영권 건설을 추진하기 시작하면서 세계대전으로 진입하는 정책이 본격화하여, 군국주의 체제의 강화, 강제 인력 동원, 막대한 군수물자 조달 등으로 한반도에 대한 착취가 노골화되고, 이어서 강제 동원의 명분을 세우기 위해 내선일체정책과 우리말과 글에 대한 말살정책, 심지어 창씨개명이라는 전대미문의 민족성 개조정책까지 강행되었던 시기였다.

이렇게 우리 민족에 대한 전면적인 통제와 탄압이 강화되던 시기인 1930년대에 우리 민족 구성원들은 어디에서 무슨 일을 하든지 일제의 감시와 검열에서 자유로울 수가 없었다. 당연히 문인들도 창작의 자유를 누릴 수 없었음은 불문가지의 상황이었다. 당시 신문, 잡지 등에서 검열로 인해 일부 또는 전문이 삭제되거나 더 나아가 해당 언론의 정간 또는 폐간 사태가 속출했던 사정은 잘 알려진 사실이다. 어떤 문인은 작품 창작시의 검열 문제에 대한 고민을 털어놓으며 그 한계를 토로한 적도 있었다.[12]

---

12 꼭 이 시기에 해당하는 이야기는 아니지만, 김동인은 어떤 글에서 작가는 이중의 검열에 시달리고 있다고 하면서 1차는 자기 검열, 2차는 기관 검열인데, 그 검열을 의식하다 보면 쓰고 싶은 내용을 제대로 쓸 수 없다고 고충을 말한 바 있다.

이러한 시기에 산출된 1930년대 소설을 제대로 알려면 먼저 그 시대 우리 민족의 삶의 모습을 알아야 한다. 문학은 현실과 불가분의 관계에 있기 때문에 작품이 산출된 시대를 외면하고는 작품을 제대로 읽어낼 수가 없기 때문이다.

그런데 1930년대 우리 민족의 삶을 온전히 이해하는 일은 손쉬운 일이 아니다. 한 개인은 물론 어떤 집단의 삶이라는 것은 단선적으로 이루어지지 않고 복합적이고 중층적인 양상을 가지기 때문인데, 따라서 이런 복합적인 성격의 내용을 한두 마디로 압축하여 말한다는 것은 어불성설일 것이다. 이런 점을 감안하여 여기서는 대략 두 가지 관점으로 문제를 축소해서 이 시기에 관해 말해 볼까 한다.

먼저, 식민 통치에 대응하는 삶의 방식에 관해 살펴보기로 하자. 잘 알려져 있다시피 이 시기는 40여 년의 식민 통치 기간 중 그 통치술이 고도로 지능화되어 교묘하면서도 강압적인 탄압이 이루어졌던 시대라고 볼 수 있다. 일제는 1905년 을사보호조약으로 외교권을 박탈해 가고, 1907년 정미조약으로 군사권마저 무력화시킨 데 이어 1910년 두 나라의 합병조약을 강압적으로 조인케 한 후에 강권 정치로 반대 세력들을 억누르는 정책을 사용했다. 그러다가 1919년 기미독립운동이 일어나자 일단 유화적인 문화 통치로 그 방식을 수정하였으나, 1930년대에 접어들어 대륙 침략이라는 야심을 실현하고자 다시 군국주의로 회귀하여 일본 본토는 물론 한반도에서 사회주의를 비롯한 사상의 자유를 강력히 통제하는 정책을 사용하게 된다. 20여 년에 이르는 식민 통치의 노하우가 절정에 이르러, 소위 채찍과 당근을 병행하는 수법을 동원하여, 일부 조선인들의 재산과 권력을 유지케 하는가 하면 각종 지위를 활용한 명예를 부여하여 친일파를 양산해 내고, 반대로 독립운동이나 사회주의 운동을 하는 사람들에 대한 탄압은 상상을 초월할 정도로 가혹하게 다루어 자신들의 체제를 유지하려 했던 것이다.

이런 시기에 우리 민족이 보인 삶의 방식은 대략 세 가지 유형으로 나누어 볼 수 있을 것이다. 첫째는 열악한 환경 속에서도 국내나 해외에서 국권 회복을 위해 개인과 가족을 희생하며 싸운 독립운동가들, 둘째는 이유여하를 막론하고 일제의 정책에 앞장서서 순종하고 그들을 도운 친일파들, 셋째는 대다수 민중들의 삶으로서 잘못된 지도자를 만나 그 개인의 잘못이 아닌 이유로 하루하루를 힘겹게 살면서 고통과 핍박 속에 신음했던 사람들이다. 첫째와 둘째 유형의 사람들은 그 숫자는 많지 않을 것이나 영향력이라는 점에서는 대단한 힘을 발휘했던 사람들이고, 실제 대다수의 사람들은 셋째 유형에 속할 것인데, 이들이야말로 우리 역사를 이끌어 가는 참된 주체들이었다고 보아야 할 것이다. 실제 독립을 이루는 데 일부 투사들의 헌신적인 활동이 크게 작용한 것을 부정할 수 없지만, 이들 민중들의 호응과 뒷받침이 없었더라면 그들의 활동이라는 것도 가능하지 못했을 것임은 부인할 수 없는 엄연한 사실이다.

다음으로는 이 시기 우리 민족의 삶의 질에 관해 살펴보기로 하겠다. 이 문제를 정확히 알기 위해서는 특정 시점의 인구구조, 산업구조, 소득구조 등을 면밀하게 따져 검토해야 하나, 큰 틀 안에서 대략적으로 생각해 보면, 부귀와 영화를 누린 친일파들의 삶과, 목숨을 부지하기 어려울 정도의 궁핍과 고통을 감내하며 힘겹게 살아야 했던 민중들의 삶으로 대별하여 볼 수 있을 것이다.

한 역사서는 당시 친일파들의 모습에 대해 다음과 같이 말하고 있다.

"일제의 탄압이 강화됨에 따라 친일 지주들은 식민지 농업 약탈에 의한 피해를 농민에 대한 착취로 메웠고, 예속 자본가들은 새로운 시장 개척(만주, 중국)이라는 환상으로 식민정책을 지지했으며, 민족개량주의자들은 식민 지배를 정당화하는 참정권 운동의 전개로 식민 당국을 도왔다."[13] 즉, 지주, 예속 자본가, 민족개량주의자들로 대표되는 친일파들은 이런 활동의 대가로 기득권의 유지는 물론 새로운 부와 지위를 창출하면서 풍요로운 삶을 누렸던 것이다.[14]

반면, 대다수 민중들의 삶은 어떠했던가. 여러 통계에 보이듯이 당시 우리 민족의 약 8할 이상이 농업에 종사하고 있었는데, 일례로 1932년의 통계에 의하면 지주가 3.7%, 자소작농이 26.0%, 소작농이 54.2%의 비율을 보이고 있다. 그런데 이 통계를 앞 시대와 비교해 보면 자소작농의 비율이 현저하게 줄고 소작농의 비율이 상승한 수치다.[15] 그리하여 이들은 농토를 빼앗기고 도시로 나가 유랑민이 되거나 국외로 강제 이주를 하지 않으면 안 되었던 것이다. 한 연구에 의하면 이 당시 만주에만 약 130만 명의 이주민이 있었다고 한다.[16]

한편, 이 시기에는 한반도를 병참기지화하면서 많은 공장들이 세워지게

13 한국민중사연구회, 『한국민중사 II』, 풀빛, 1986, p.199.

14 문학 작품에서 보면 이런 유형을 대표하는 인물로 채만식의 『태평천하』에 나오는 윤두섭 영감 같은 예를 들 수 있다. 그의 사고에 의하면 친일파에게 있어 그 시대는 가장 살기 좋은 태평성대였던 셈이다.

15 강만길, 『일제시대 빈민 생활사 연구』, 창작과비평사, 1987, p.34.

16 이형찬, 「1920~1930년대 한국인의 만주 이민 연구」, 한국사회사연구회 편, 『일제하 한국의 사회계급과 사회변동』, 문학과지성사, 1988, p.213.

되는데, 이 공장의 근로 조건도 열악하기 짝이 없었다. 임금은 극도로 낮은데다 근로 시간은 하루 12시간에서 심한 경우 18시간까지 혹사를 당했으며, 안전 설비나 위생 설비가 미비하여 목숨을 잃는 경우도 허다했다. 단적인 예로 1936년 1년 동안 전체 광산 노동자의 5.2%인 약 8천 명이 사망했다고 하니[17], 근로 조건이 얼마나 열악했던가를 가히 짐작하고도 남음이 있다.

이와 같은 단편적인 사실들만을 놓고 보더라도 이 시기 우리 민족의 삶이 얼마나 황폐하고 참혹했던가를 쉽게 알 수 있다. 게다가 일상생활에서의 감시와 통제는 극에 달해 최소한의 인간적 삶마저 위협했으니, 문자 그대로 죽지 못해 사는 형국이었을 것이다. 더욱이 일제 말기에 이르면 대동아전쟁의 명분으로 강제 징용, 강제 공출, 정신대 차출, 각종 군수물자 모으기, 세금과 공과금의 증가 등으로 많은 가정이 파산을 하여 야반도주가 속출하고, 굶주림을 견디다 못해 아이를 팔거나 버리는 일까지 일어났을 정도니, 삶의 조건이라는 것이 최악의 상태에 있었음을 여실히 보여 주고 있다 할 것이다.

이상에서 1930년대의 시대적 상황과 성격에 관해 일별해 보았으나, 이 시대의 총체적인 실상에 접근했다고 보기는 어려울 것이다. 다만, 이 시기 소설의 특성을 말하기 위한 전제 작업으로서 그 한계를 인정하면서 소략하게나마 살펴본 것에 불과하다는 점을 감안해 주기 바란다.

---

17 한국민중사연구회, 앞의 책, p.205.

3. 문단의 여건과 대응 양상

1930년대에 구체적으로 몇 명의 문인이 활동하고 있었는가는 명확한 자료가 없어 언급하기 어려우나, 주로 연구자들의 연구 대상이 되었던 작가를 중심으로 작성된 한 통계를 보면 1906년부터 해방까지 대략 103명의 작가가 있었다고 하며, 이를 좀 구체적으로 살펴보면 1900년대 6명, 1910년대 10명, 1920년대 45명, 1930년대 40명의 작가가 등단한 것으로 조사되어 있다.[18] 물론 여기에는 학자들의 관심권에서 벗어난 작가들은 포함되어 있지 않으니 실제 활동했던 작가들은 이보다는 좀 많았다고 보아야 할 것이다. 또 다른 한 자료에 따르면, 1934년 현재 조선 문학의 문인들을 모두 11가지의 경향으로 분류하고 각각 거기에 속한 사람들을 열거하였는데 여기에 거명된 문인은 모두 77명이며, 표에 포함하지 않은 해외문학파 문인 5명을 포함하면 총 82명의 문인이 활동하고 있는 것으로 되어 있다.[19] 이런 자료를 바탕으로 대략 추정해 볼 때 이 시기에는 대략 100명 내외의 문인이 활동했다고 볼 수 있지 않을까 한다.

그러면 이들 문인들은 당시에 어떻게 활동하고 있었을까. 먼저, 당시 문단에는 가장 영향력이 큰 단체였던 카프가 있었다. 1925년 결성되어 1927년의 방향 전환을 거쳐 1930년 4월 중앙위원회 개최로 볼셰비키화 재조직

---

18 이선영, 『한국문학의 사회학』, 태학사, 1993, pp.108~111.

19 김기진, 「조선문학의 현재의 수준」, 『신동아』 1934년 1월호. 이 글에서 언급된 문인의 숫자는 서로 중복되는 사람이 몇 명 있으므로 실제로는 이보다 적을 것이다. 한편, 1930년대 중반에 여러 신문사에서 신춘문예제도를 도입하여 많은 문인이 문단에 진출하였고, 또 각종 문예지의 추천을 통한 문단 인구의 증가도 이루어졌으므로, 후반기에 이르면 문인의 숫자는 상당히 늘어났을 것으로 볼 수 있다.

에 나서고 1931년 그 플랜이 승인까지 되었으나 일제의 탄압으로 결국 중지되고 말았던 카프의 문학예술 운동은 우리 문단에 대단한 영향력을 행사했던 단체였다. 이 단체는 1931년 2월부터 8월까지 맹원들에 대한 1차 검거 사건이 일어나면서 현저히 위축되었고, 1934년 '신건설사' 사건으로 2차 검거 사건이 일어나 실질적으로 그 활동이 멈추어지게 된다. 이 당시 카프 내부에서도 내분이 일어나 소위 해소파와 비해소파의 대립이 있었는데, 끝내 1935년 공식 해산계를 제출하면서 문단에서 그 자취가 사라지게 된다.[20] 그러나, 카프가 해산되었다고 해서 거기에 소속되었던 사람들이 모두 카프의 이념이나 세계관을 포기했다고 보기는 어려울 것이다. 전향론과 관련한 연구[21]들이 꽤 이루어지긴 했으나, 실질적으로 작품의 성과를 놓고 볼 때는 '식민지시대의 어떤 문학도 카프를 떠나서는 그 정확한 좌표도가 설정되기 어렵다.'[22]는 말처럼 그 영향력이 미미하게나마 지속되고 있음을 확인할 수 있는 것이다.

반면, 비카프 계열 문인들은 어떤 활동을 하고 있었을까. 앞에 인용하였던 김기진의 글에서는 카프파와 동반자적 경향파를 제외한 문인들을 민족주의로 묶어 분류하고 있는데, 이들은 다시 국수주의(정인보, 최남선 등), 봉건적 인도주의(이광수, 윤백남 등), 소시민적 자유주의, 교회문학(정지용, 한용운 등), 절충적 계급협조주의(양주동, 정노풍)로 나누어지고, 그 가운데 소시

---

20 역사문제연구소 문학사연구모임, 『카프문학운동연구』, 역사비평사, 1989, pp.239~244 참조.

21 이 문제에 관해서 대표적인 연구 업적으로는 김윤식의 전향 유형을 일곱 가지로 나누어 본 연구와, 조진기의 한국과 일본의 전향 비교 연구 등을 들 수 있다.

22 역사문제연구소 문학사연구모임, 앞의 책, p.254.

민적 자유주의를 다시 세분하여 낭만주의(김억, 김소월 등), 기교주의(김기림, 박태원, 이태준), 이상주의(주요한, 김동환 등), 자연주의(현진건, 방인근 등), 사실주의(김동인, 염상섭 등) 등으로 분류하고 있다.[23] 그리고 이 분류에서 제외된 사람들로 민족주의 계열에 해외문학파(양백화, 정인섭 등)를 들고 있다. 물론 이 분류가 완벽한 것이라고 보기는 어려우나, 당시 문인들의 성향을 살피는 데는 꽤 유용한 자료라고 생각된다.

위의 글이 작성되기 이전에도 『시문학』이라는 잡지를 중심으로 한 일단의 문인들, 바로 전 해에 결성된 9인회, 해외문학 소개와 연구를 표방했던 해외문학파 등이 있었으며, 카프 해산 후에는 3 · 4문학, 단층파 동인, 주지파, 청록파, 생명파 등의 활동이 있었고, 문단의 이러한 그룹이나 단체에 소속되지 아니한 채 독자적으로 작품 활동을 했던 문인들도 있었다.

다음으로는 위와 같은 상황의 문인들이 활동했던 이 시기의 주요한 사회적 사건들과 문단의 변동상황을 간략히 정리해 보기로 한다. 왜냐하면 문학이란 항상 당대 사회 현실에 밀접히 관련되어 있을 뿐 아니라 문인들 또한 동시대의 사회 변화로부터 완전히 자유로울 수는 없기 때문이다.

1931년에는 만주사변이 발발하고, 좌우 합작 운동 단체였던 신간회가 해체되며, 카프 맹원들에 대한 1차 검거 사건이 일어난다. 1932년에는 일제의 영향력하에 만주국이 건국되고, 윤봉길 의사 의거가 일어나며, 그 다음해에는 조선어학회에 의해 한글 맞춤법 통일안이 발표되고, 1934년에는 진단학회 창립, 1935년에 카프 해산, 1936년에는 '조선 사상범 보호 관찰령'이 공포되어 시행되고, 1937년에 중일전쟁이 발발하며, 1938년에는 독일군이

23 김기진, 앞의 글, p.150.

오스트리아에 진주하고, 1939년에 문예지 『문장』이 창간되며, 10월에 국민징용제를 실시하였고(해방까지 이 법령에 의해 약 45만 명이 동원됨), 1940년 2월에 창씨개명을 강제적으로 실시하였으며, 8월에 『동아일보』, 『조선일보』가 폐간되고, 1941년에 『문장』과 『인문평론』이 강제 폐간되며, 12월에 일본군이 진주만을 습격함으로써 태평양전쟁이 일어나게 된다.[24]

이 시기 문인들은 최대 단체였던 카프의 해산 이후 각각 소수의 그룹 활동이나 개인적인 활동을 하였으나, 일제 말기에 이르면 그런 활동조차 제대로 수행할 수 없는 전시동원체제가 되어 결국은 조선문예회(1937년에 최남선, 이광수 등에 의해 결성)를 거쳐 조선문인협회(1939년 결성. 일본인들의 지도 아래 이광수 회장, 김동환 등 6명의 조선인 간사가 있었음)라는 조선총독부 어용 문인 단체가 결성되며, 급기야 1943년에 4개의 문인 단체가 해체, 재결성의 형식으로 '조선문인보국회'라는 친일 어용 단체를 만들게 된다. 여기에는 과거의 민족 진영이나 카프 진영에 속했던 다수의 문인들이 가입하였기 때문에 외형적으로 보아 우리 문단 최대의 단일 문인 조직이 만들어지게 되는 것이다.

이상에서 이 시기 문단의 여건과 문인들의 대응 모습을 소략하게나마 살펴보았다. 정리를 겸해서 요약하면, 이 시기 문인들은 카프의 해산을 분수령으로 하여 그 이전에는 계급주의 문학과 민족주의 문학으로 나누어 볼 수 있으며, 그 이후[25]에는 식민지 정책의 강화로 인해 소수의 그룹이나

24 이와 관련된 좀 더 상세한 내용은 김재용 외, 앞의 책, pp.635~638을 참조하기 바람.

25 김윤식은 이 시기를 전형기라 하여 문단 위기 타개책의 모색과 관련해 중요시하고 있다. (김윤식, 『한국근대문예비평사연구』, 일지사, 1976, p.461)

개인별로 분산되어 활동하며 여러 차원의 타개책을 모색하다가 끝내 외적 강요로 인해 어용 단체를 결성하고 그 범위와 노선 내에서 활동한 문인들이 많았다고 볼 수 있겠다. 즉, 이 시기 최대의 문단 사건은 1935년의 카프 해산이었으며, 이 사건을 계기로 문인들의 다양한 방향 모색이 있었고, 이는 당연히 작품의 창작에도 영향을 주어 이 시기 문학의 독특한 모습을 형성하게 되었다고 볼 수 있을 것 같다.

4. 소설의 내용적 유형

먼저, 이 시기 문학의 특색을 지적함과 아울러 작품들의 유형화를 시도한 몇몇 학자들의 견해를 살펴보기로 하겠다.

정한숙은 이 시기가 계급주의 문학의 격랑이 지나고 기법에 몰두하는 시기로서, 현대문학사에서 가장 중요한 문맥에 해당한다고 보고 있다.[26] 전광용은 식민지에 대한 억압과 수탈이 더욱 가혹해진 시기로 이 시기의 소설을 사회성이 거세된 예술성 위주의 작품, 현실과 멀리 떨어진 역사적 소재의 역사소설, 농촌 현실에 눈을 돌리는 소극적 항거의 작품으로 나누어 보고 있다.[27] 김윤식과 정호웅은 이 시기의 소설을 경향문학과 염상섭, 채만식의 작품을 묶어 리얼리즘이라 보고, 그 반대편에 이상, 박태원 등의 모더니즘 소설이 있는 대립 구도로 보고 있다.[28] 이재선은 이 시기의 소

26 정한숙, 『한국현대문학사』, 고려대 출판부, 1982, p.126.

27 전광용, 『한국현대소설사연구』, 민음사, 1984, p.16.

28 김윤식 외, 『한국소설사』, 예하출판사, 1995, p.163.

설을 한 마디로 관심의 다원화 현상으로 요약하면서, 수평적 확산과 수직적 확산으로 나누어 보고 있는데, 전자의 경우 도시소설, 지식인 소설, 농촌과 농민의 문제를 다룬 소설 등을 들고 있고, 후자의 경우 역사소설, 가족사 소설, 심리적 내면화 소설 등을 들고 있다. 그 외에 헤로이니즘의 여류소설, 대중소설, 장편화 경향을 이 시기의 특색으로 지적하고 있기도 하다.[29] 서종택은 이 시기가 '식민지적 연장선상에 있으면서 점증적으로 심화 확대되고 있던 식민상황의 경직성에 의해 그 문화적 현상이 규정된 시기'[30]로 보면서, 그 구체적 양상으로 최초의 한국 현대소설 기점인 염상섭의 소설과 한설야, 이기영, 김남천의 리얼리즘 소설, 이상, 박태원의 모더니즘 소설, 이태준, 이효석, 김동리의 의고주의 내지 원초적 자아와 자연을 다룬 소설 등으로 나누어 보고 있다.[31] 최유찬은 이 시기의 문학을 전 시대와 동일한 차원에서 비교할 수 없을 만큼 다양하고 성숙된 문학으로 보면서 크게 리얼리즘 문학, 모더니즘 문학, 항일혁명문학으로 대별하여 논의할 것을 제의하여 여타 학자들이 외면했던 항일혁명문학을 전면에 내세우는 주장을 하고 있다.[32] 신동욱은 이 시기의 소설을 서정소설, 심리소설, 토속적 소설, 세태풍자소설, 농민소설, 역사소설 등의 여섯 가지로 분류하여 문장, 인물의 성격, 서술자의 기능, 주제 등을 상세히 논의하고 있다.[33] 이밖에도 이 시기의 소설을 분류하여 논의하고 있는 연구가 꽤 있을 것이

29 이재선, 『한국현대소설사』, 홍성사, 1979, pp.313~134.

30 서종택, 『한국현대소설사론』, 고려대 출판부, 1999, p.3.

31 위의 책, pp.3~169 참조.

32 최유찬, 앞의 글, 이선영 외, 앞의 책, p.13.

33 신동욱, 『1930년대 한국소설연구』, 한샘, 1996.

나, 대략 큰 차이는 없을 듯하여 이 정도에서 그치기로 하겠다.

어떤 자료를 분류할 때, 그 분류의 기준을 무엇으로 하느냐에 따라 분류 내용이 달라진다는 것은 상식에 속하는 일이다. 그런데 위의 몇몇 학자들의 분류를 보면 분류의 기준이 혼재해 있는 것을 알 수 있다. 문학사조, 서술 방법, 제재 또는 소재, 작가의 사상 또는 세계관 등의 분류 기준이 서로 구분되지 아니한 채 혼용되어 여러 명칭이 들쭉날쭉 엇갈리게 되는 것이다.

이런 점을 감안하여 이 글에서는 분류의 기준을 명확히 하고 그에 따라 이 시기의 소설을 유형화해 보고자 한다. 물론, 분류의 기준을 명확히 한다고 해도 실제 분류의 과정에서는 명쾌하게 그 소속을 가리기 어려운 작품도 있을 수 있고, 또 경우에 따라서는 양쪽에 서로 중복되는 작품도 있을 수 있다. 하지만, 이런 기준을 적용하여 분류하는 것은 기존의 혼선을 피할 수 있는 유일한 방법임도 부인할 수 없다.

1) 문학사조에 따른 분류—이 경우 다음과 같이 분류해 볼 수 있을 것이다.

(1) 낭만주의 경향의 소설(이효석 등)
(2) 리얼리즘 경향의 소설(염상섭과 대부분의 카프 계열 작가들)
(3) 모더니즘 경향의 소설(이상, 박태원 등)

2) 제재에 따른 분류—이 분류 방식은 소설의 제재가 워낙 다양하기 때문에 이 시기 소설 모두를 대상으로 하자면 그 항목이 엄청나게 많아질 수밖에 없다. 따라서 기존 학자들이 주로 사용해 왔던 용어 중심으로 몇 가지 예시하는 정도에서 그치고자 한다.

(1) 농촌소설　　　　(2) 역사소설
(3) 노동소설　　　　(4) 도시소설
(5) 애정소설　　　　(6) 계몽소설
(7) 이념소설　　　　(8) 서정소설
(9) 탐정소설　　　　(10) 여성소설
(11) 가족사 연대기 소설 등등

3) 작가의 사상 또는 세계관에 따른 분류—작가의 현실에 대한 태도나 의식 등을 기준으로 한다면 다음과 같은 분류가 가능할 것이다.

(1) 친일소설(현실 순응 또는 타협의 소설)
(2) 항일혁명소설(현실 거부 또는 저항적인 소설)
(3) 순수소설(현실에 대한 무관심이나 회피의 소설)
(4) 전향소설(현실에 대한 자신의 태도를 변화시킨 소설)

4) 작중인물의 신분에 따른 분류—작중인물이 어떤 신분이나 직업을 가지고 있느냐에 따라 분류해 볼 수도 있다. 이 경우도 그 대상이 방대하기 때문에 여러 분류가 가능하겠으나 대체로 기존 연구에서 많이 사용된 용어 중심으로 예시해 보면 다음과 같다.

(1) 농민소설　　　　(2) 지식인 소설
(3) 노동자 소설　　　(4) 빈민소설
(5) 이민소설　　　　(6) 유랑민 소설 등등

5) 서술 방식이나 기법에 따른 분류—작가의 작품 창작 방식이나 실제 서술에 적용된 소설의 기법에 따라 분류해 볼 수도 있다.

(1) 심리소설　　(2) 세태소설
(3) 내성소설　　(4) 풍자소설
(5) 추리소설　　(6) 탐정소설
(7) 사소설(私小說) 등등

6) 배경에 따른 분류−작품의 배경이 어디로 설정되었느냐에 따라 분류해 볼 수도 있다. 이 경우에도 배경의 분류 기준에 따라 그 하위 항목은 더 많은 분류가 가능할 것이다.

(1) 농촌소설　　(2) 도시소설
(3) 공장소설　　(4) 해양소설
(5) 어촌소설　　(6) 향토소설
(7) 학원소설　　(8) 이주민소설 등등

이외에도 작품의 분량(단편, 중편, 장편, 대하소설 등)에 따른 분류나, 발표 형태(연재, 전작, 개작 등), 발표 시기(전반기, 후반기, 또는 초기, 중기, 말기 등), 작가의 위상(구세대, 중견세대, 신세대 등)에 따른 분류 등 다양한 기준에 의한 분류가 가능할 것이다. 그러나 이런 세밀한 분류는 자칫 소설 개론 류의 책에 언급된 소설 유형 분류의 반복에 떨어질 위험성도 배제할 수 없다. 또한 분류를 위한 분류의 이론 유희에 빠질 가능성도 상존한다. 그렇기는 하나, 이런 방식이 분류의 기준을 고려하지 않고 편의주의로 분류하여 혼란스러웠던 상황을 어느 정도 불식시킬 효용성이 있음도 부정할 수는 없을 것이다.

따라서 이 시기의 소설을 분류하여 논의하고자 할 경우에는 위에서 예시한 여러 기준을 참고로 하여, 각기 연구의 목적에 의해 명확한 분류를 한 다음 논의를 하는 것이 혼선을 막을 수 있는 방법이 될 것이다. 물론 위의 분류 방법이 절대적인 것이 될 수는 없는 일이고, 필요에 따라 다른 기준이 얼마든지 만들어질 수도 있을 것이다. 요체는 분류의 기준을 애매하게 적용하여 기준이 서로 다른 혼재된 분류를 했을 때, 실제 논의 과정에서 혼란이 올 수도 있다는 점이다. 이 점을 경계하기 위해 기준을 명확히 하자는 의견을 제기하는 것이다.

5. 1930년대 소설의 특성

필자는 다른 글에서 이 시기의 소설사적 의의를 범박하게 다섯 가지로 간추려서 지적한 바 있다.[34] 즉, 소설 작품 수준의 전반적 향상, 소설의 창작 이론과 실제 창작의 병진, 소설 작품의 상품성 제고, 다양한 형태의 작품 혼재, 창작 방법의 다원화와 작품의 기교 상승이 그것이다. 이 글에서도 그 의견을 기본적인 토대로 하되 그밖에 몇 가지 사항을 더하여 이 시기 소설의 특성으로 지적하고자 한다.

첫째, 1935년 카프 해산을 기준으로 이 시기를 크게 둘로 나누어 볼 때 전반기에는 카프의 경향문학[35]이 매우 우세했으며, 후반기에 이르면 다양

34 조동길, 앞의 책, pp.19~21.

35 이 용어는 잠정적인 것이다. 대개 프로 맹원들에 의해 창작되거나, 맹원은 아니나 그 노선에 동조하는 작가들의 작품을 지칭하는 용어로 우리 학계에서는 프로문학, 카프문학, 무산자 문학, 경향파 문학, 신경향파 문학, 계급문학(혹은 계급주의 문학), 프롤레타리아 문학, 카프 프로문학 등의 용어가 개별 연구자의 선택에 의해 혼란스럽게 사용되고 있다. 이 글에서는 우리 학계에서 두루 사용하는 확정적인 용어는 아니나 김윤식 · 정호웅의 견해를 따라 경향문학이라는 용어를 사용하고자 한다.

한 모색과 실험적인 작품이 많이 나타난다. 이는 일제의 식민 통치 방식의 변경과 직접적인 관련이 있으며, 통제와 검열의 강도 변화에 따른 외적 여건에 기인하는 현상으로 볼 수 있다.

둘째, 작가의 현실 대응 방식에 따라 이 시기의 소설을 보면 항일혁명소설[36], 친일소설, 현실 회피나 도피의 소설, 전향소설 등으로 분류가 가능할 것인데, 이는 이 시기 우리 민족의 삶의 유형을 대변하는 성격을 갖는 것으로서, 소설이 그 시대를 가장 극명하게 반영하는 양식임을 알 수 있게 하는 근거를 보여준다고 할 수도 있을 것이다.

셋째, 소설의 수준이라는 면에서 보면, 전 시기의 소설들이 작가의 희소로 인해 습작의 발표가 곧 문단 인사들의 비평 대상이 되었던 현상에 비해, 이 시기에는 어느 정도 능력을 갖추지 못한 작가는 문단에 진입하지 못할 정도로 추천이나 당선의 제도가 정착되어 전반적으로 소설의 질적 수준이 향상된 시기라고 볼 수 있다. 이는 문단 인구의 증가, 발표 매체(신문, 잡지, 전문 문예지 등)의 확대, 교육의 보급으로 인한 문맹율의 저하 등의 요인들과도 관련이 있을 것이다.

넷째, 전반기에는 카프의 지도 노선이 그 역할을 단선적으로 수행하였으나, 후반기에는 위기 타개책의 모색으로 다양한 소설 창작의 이론이 문

36 이는 앞에서 인용한 최유찬의 용어인데, 통일문학사를 염두에 둔 거시적인 용어로 소위 북한문학에서 주장하는 일단의 소설을 가리킨다. 남쪽에서 항일문학의 유산으로 몇 시인들(윤동주, 한용운, 이상화, 심훈, 이육사 등)의 작품을 들 수 있을 뿐 소설에서는 거론할 만한 작가나 작품이 거의 없다. 반면 북한문학에서는 소위 불후의 삼대 명작이라 하는 작품을 비롯한 일제강점기의 몇 작품들이 있는데, 이들 작품에 대해서는 그 작가나 창작 과정에 대해 차후 면밀한 연구와 검토를 거쳐야 할 것이나, 향후 통일민족문학사 서술 과정에서는 그 존재 가치가 인정되어야 하지 않을까 생각된다.

단 내에서 제기되었고, 이를 직접 실천하는 작품들이 다수 출현하게 된다. 또한 발표된 작품을 중심으로 이론가들 사이에 격렬한 논쟁이 전개되고, 그에 따른 반론과 재반론이 제기되기도 하였는데, 이런 현상은 문단에 새로운 창작 방법의 실험과 실천을 통해 다양한 형태의 작품들을 산출하게 하는 결과로 작용하였다.

다섯째, 이 시기의 소설은 그 작품의 상품성이 본격적으로 인식되기 시작한 특징을 갖고 있다. 특히 카프 내부에서 전개되었던 문학의 대중화 논쟁과, 그 이후 많은 신문사에서 연재소설의 상품성을 강조하기 시작한 것과 관련하여 소설이 독자층을 고려한 상품으로서 취급되기 시작하였다. 이미 문단에는 원고료만으로 생활하는 소위 전업 작가도 있을 정도로 '인기'를 염두에 둘 정도였으니, 근대 이후 자본주의 대응 양식으로서의 소설의 위상이 우리에게도 본격적으로 현실화되었던 것이다. 물론 이런 현상의 뒤에는 소설 읽는 것이 일상생활의 유일한 오락일 정도로 황폐했던 당시의 열악했던 삶의 환경이나, 한글을 읽을 수 있는 인구의 증가 등이 크게 작용했을 것임은 어렵지 않게 짐작할 수 있는 사실이다.

여섯째, 근대소설의 본질을 이루는 속성 가운데 가장 핵심적이라 할 수 있는 리얼리즘이 이 시기에 들어와 본격적이고 다양하게 전개되었는데, 이는 외적 여건의 강압 및 문단 내부의 대립상황과 상당 부분 관련이 있다. 그 진행 양상을 보면 변증법적 리얼리즘(김기진), 프롤레타리아 리얼리즘(한설야, 윤기정), 유물변증법적 창작 방법(신석초) 등의 논의를 거쳐 소련 공산당의 공식 문예정책인 사회주의 리얼리즘(임화, 한효 등), 그 이후(카프 해산 후)의 세태 묘사, 풍속 묘사, 내성 묘사 등에 이르기까지 폭 넓고 다양하게 당시의 문단 흐름과 시대 변화에 맞추어 이 시기 내내 문단에서 리얼

리즘이 계속 문제가 되고 작품으로 실천되었던 것이다.[37]

일곱째, 소설의 서술 기법이나 창작 기교가 상당한 수준으로 향상된 것을 들 수 있다. 이는 매우 역설적인 사실이라고 할 수 있는데, 일제의 검열이나 감시가 극도로 강화되면서 작가들은 어떻게든 그 검열에서 살아남기 위한(삭제나 압수 아닌) 고뇌를 하지 않을 수 없었을 것이고, 이렇게 검열하는 사람과의 보이지 않는 긴장 속에 자신의 의도를 담아 살려내려는 노력은 결과적으로 고도의 상징과 암시, 우회적인 표현과 비유 등의 방법을 택할 수밖에 없었을 것이며, 이는 바로 문학에서의 고급스런 기법으로 연결되는 것이 당연하다 할 것이다. 당시 작가들의 말할 수 없이 심한 고뇌가 문학사에서 큰 수확으로 남는 역설은, 큰 고통 속에서만 위대한 작품이 탄생한다는 상식을 다시금 상기케 해 준다.

여덟째, 일제 파시즘의 대두로 인한 압제와 통제의 강압적인 분위기 속에서 지식인들의 고뇌와 절망을 담아내는 모더니즘의 소설이 본격적으로 전개되고 심화되는 현상을 지적할 수 있다. F. 제임슨이 독점자본주의 시대의 대응문학으로 모더니즘을 지적한 바 있거니와, 일제 군국주의는 바로 독점자본주의 양식이라 할 수 있으므로 이 시기에 모더니즘 문학이 나타난 것은 어쩌면 필연이라고도 할 수 있을 것이다. 이상, 박태원을 비롯한 최명익이나 단층파 동인들의 작품은 극도로 통제된 시대에 지식인들이 보이는 반응을 자아 분열이나 내면 심리 묘사를 통해 잘 포착해 내고 있다.

---

37 김인환은 이 시기에 이루어진 최대의 소설적 성과로 염상섭과 이기영의 리얼리즘 소설을 들고, 이들을 우리 문단상황의 특수성을 고려하여 '토착주의 리얼리즘' 또는 '창작주의 리얼리즘'이라는 이름으로 부를 것을 제안하고 있다(김인환, 「현대소설의 계보」, 『기억의 계단』, 민음사, 2001, pp.81~83).

아홉째, 일제 말기에 이르면 해외로 옮겨간 일부 문인이나, 절필을 한 일부 문인을 제외하고 대부분의 문인들이 친일적인 행위를 보이면서 그 작품에서도 그런 현상이 노골화되는 경향을 보인다. 이 문제에 관해서는 일괄하여 그 도덕성이나 윤리성을 문제 삼기 어려울 정도로 그 문인들 사이에 다양한 상이성이 있을 것이나, 이 시기의 소설사를 살피는 데서는 결코 이 문제를 제외할 수 없을 것이다. 특히 해방 후 이 문제가 제대로 해결되지 못하여 현재에 이르기까지 계속 문제가 되고 있는 우리 현대사를 생각해 볼 때, 이 시기에 여러 형태로 문학 활동에서 친일 행위를 한 문인들의 역사적 사실과 작품의 실상들은 명백히 밝혀지고 논의되어야만 할 것이다.

이밖에도 더 많은 사실들을 언급해야 할 것이나, 자칫하면 상식적인 사실들의 반복에 머물 수도 있다고 여겨져 이 정도에서 그치고자 한다. 필자의 미지로 인해 미처 언급하지 못한 사실들은 차후 기회가 있을 때 더 보완하기로 하겠다.

6. 결론

1930년대라는 용어는 그 편의성으로 말미암아 이곳저곳에 쉽게 사용될 수 있는 용어이긴 하나, 문학사 시기 구분 개념으로서의 이 용어는 신중하게 사용되지 않으면 안 된다. 문단 외적 시대상황과, 문단 내부의 작품성과가 다른 시기와 현저하게 변별성이 인정될 수 있을 때에만 비로소 이 용어는 사용될 수 있는 것이다. 이 글에서는 이런 조건을 고려해 볼 때, 이 용어가 충분히 성립될 수 있음을 밝힘과 아울러, 그 시기를 1931년 카프의

1차 검거 사건이 일어난 때로부터 태평양전쟁이 발발한 직전까지로 보는 것이 좋겠다는 의견을 제시하였다.

문학은 언제나 시대상황과 밀접한 관련을 맺으면서 전개되는 것이니만큼, 이 시기의 소설을 제대로 알기 위해 당시 시대상황과 성격에 대해 알아야 한다. 이를 위해 이 시기 일제의 식민 통치 방식과 거기에 대응하는 우리 민족의 삶의 유형, 그리고 당대 우리 민족의 삶의 질 문제를 몇 가지 자료를 바탕으로 살펴보았다. 그 결과 이 시기는 한 마디로 통제와 강압의 시대였으며, 우리 민족은 경제적 궁핍과 심리적 황폐화의 삶을 살지 않으면 안 되었던 시대라고 요약할 수 있겠다.

다음으로는 문단의 여건과 대응 양상에 대해 논의를 했는데, 이 시기의 문학 활동은 카프 해산을 분수령으로 하여 전반기에는 계급주의 문학(경향문학)과 민족주의 문학으로 나누어 볼 수 있으며, 후반기에는 식민지 정책의 강화로 인해 문인들이 소수의 그룹이나 개인별로 분산되어 활동하면서 여러 차원의 타개책을 모색하는 시기로 볼 수 있다. 그리고 말기에 이르면 외적 강요로 인해 어용 친일문학 단체를 결성하게 되고, 결국 대부분의 문인들은 그 범위와 노선 내에서 활동을 하게 된다. 이 시기 최대의 문단 사건은 1935년의 카프 해산이라 할 수 있으며, 이 사건을 계기로 문인들의 다양한 창작 방법에 대한 고민과 모색이 있었고, 이는 당연히 작품의 창작에도 영향을 주어 이 시기 문학만의 독특한 모습을 형성하는 데 크게 영향을 미치게 되었다고 볼 수 있을 것 같다.

이 시기에 산출된 대략 2000여 편에 이르는 소설을 논의하려면 필연적으로 분류가 필요하므로, 이 글에서 소설의 내용적 유형에 대한 분류를 시도해 보았다. 어떤 사물을 분류할 때는 일관성 있고 체계적인 분류 기준이 중요한데, 기존 연구에서는 분류 기준을 명확히 하지 않은 채 기준이 서로 혼재된 분류를 하는 바람에 혼선을 초래하기도 하였다. 이를 극복하기 위해 이 글에서는 여섯 가지의 기준을 예시하여 이 시기 소설을 분류할 수 있는 방법을 제시해 보았다. 앞으로의 연구자들은 이 시기의 소설을 연구할 때 자신이 설정한 목적과 내용에 따라 적절한 기준을 마련한 후 그에 의해 분류하여 연구하는 것이 필요하다고 생각된다.

다음으로 이 시기 소설의 특성을 아홉 가지로 압축하여 그 의의를 논의해 보았다. 이런 인상적인 형식의 지적은 자칫 독선에 빠질 위험성이 있음을 충분히 알고 있으면서도, 이 시기의 소설을 나름대로 읽고 연구하며 평소 머리에 떠올랐던 것들을 거칠게 정리하여 본 것들이다. 물론 여기에는 미처 필자의 생각이 미치지 못했던 부분이 분명히 있을 것이며, 그런 것들은 추후 차츰 보완해 나갈 것을 말하는 것으로 그 책임을 일부나마 탕감하고자 한다.

1930년대는 단순히 과거의 문학 유산으로서만 중요한 게 아니다. 통제와 강압이 일상화되었던 시기에 문학이 보일 수 있는 반응을 가장 극명하게 보여 주는 것으로서 그 의의가 대단히 클 뿐 아니라, 분단 반세기가 넘는 동안 이질화와 반목이 심화된 우리 민족사의 회복을 위해 그 동질성의 단초가 발견될 수 있는 시기라는 점에서 또한 매우 중요한 시기이기도 하다. 그동안 이 시기 소설에 대한 연구가 많이 진척되고 그 성과도 만만치 않게 축적되었지만, 오늘의 우리 현실과 관련하여 이 시기가 끊임없이 관심의 대상이 되어야 하고 앞으로 더 많이 논의되어야 할 이유가 바로 여기에 있는 것이다.

제2장

격동기 사회(1980년대)의 문학적 대응*

■■■

1. 서론

인류 역사에 문학이라는 양식이 생긴 이래 그 기능과 역할에 대한 논쟁은 중단된 적이 없다. 이 문제의 핵심을 요약하면 문학에서 아름다움을 추구할 것인가, 아니면 현실을 보다 나은 방향으로 개선하고 교정하는 것을 택할 것인가로 압축된다. 이 둘은 각기 그 존재 이유와 타당성을 확고하게 가지고 있다. 따라서 이는 옳고 그름의 문제가 아니라 작가의 양심에 따라 한쪽을 선택해야 하는 속성의 문제라 할 수 있다.

20세기 한국의 역사는 우리 민족사에서 가장 험난했던 시기로 규정할 수 있다. 전반기가 이민족에 의한 강압적인 국권의 상실과 가혹한 식민통

* 이 논문은 2010년 4월 23일 중국 연대대학교에서 열린 "한중 근현대문학 비교연구" 국제 학술세미나의 기조 발제로 발표된 「1980년대 한국문학의 개황과 의미」의 제목을 변경하고 일부 내용을 수정 보완하여 재작성된 것임.

치의 시기였다면 후반기는 군부정권에 의해 국민의 인권과 개인의 존엄성이 여지없이 짓밟힌 암흑의 시기였다. 그 중간 지대에 6 · 25전쟁이 있었고, 5백만 명에 이르는 인명 피해를 낸 잔혹한 전쟁은 현재도 끝나지 않은 채 우리 사회 곳곳에서 파열음을 내고 있는 중이다.

이러한 현실 속의 한국 현대문학은 그 출발부터 이중 삼중의 질곡 속에 있었다. 전근대적 가치와 질서를 극복하는 일과 세계문학으로서의 보편성을 갖춘 한국 현대문학 건설이라는 명제 외에도 상실된 국권을 회복하는 일과 군부정권에게 빼앗긴 개인의 자유와 권리를 찾는 일을 멈출 수 없었기 때문이다.[1] 물론 모든 문학이 그런 내용의 일변도로 이루어지지는 않았다. 개중에는 그런 엄혹한 시절에도 목가적 낭만성에 도취된 문학도 있었다. 하지만 문학사에서 그 가치를 높게 인정받는 문학은 왜곡된 현실을 증언하거나 시대적 모순을 해결하기 위해 행동하는 작품이 중심을 이루고 있다. 이런 결과는 20세기 한국 현실이 일정 부분 그런 방향으로 강요한 면이 있는 동시에, 독특한 한국 근대문학의 특질을 형성하는 이유가 된다고 할 수 있다.[2]

1980년대 문학[3]을 살필 때도 이런 시각은 유효하게 작용한다고 생각된

1 김재용 외, 『한국근대민족문학사』, 한길사, 1993. p.57 참조.

2 가령 김윤식은 1960년대 문학을 논하면서 1960년대 문학의 과제가 민주화(평등)와 근대화(자유)의 역사적 방향성을 이루어나가는 데 있었고, 그것은 70, 80년대를 넘어 90년대까지 여전히 유효하다고 말하고 있다. 여기에 약간 설명을 덧붙이면, 분단체제에서 민주화와 근대화는 상호 보완적이면서 동시에 갈등적인 양상으로 노정될 수밖에 없고, 한국 근대문학이 외국의 근대문학과 변별되는 이유가 바로 여기에 있다 할 수 있다(김윤식, 『한국현대문학사』, 서울대 출판부, 2002, p.673 참조).

3 1980년대를 어떻게 규정할 것인가에 대해 두 가지 시각이 있을 수 있다. 숫자적 개념으로

다. 1979년에 박정희 정권이 부하의 총격에 의해 무너지자 그 뒷자리를 꿰어찬 전두환의 등장으로 시작된 1980년대는 그의 후계자인 노태우 정권으로 이어져 1990년대 초반까지 지속되었다. 그 명분과 정당성에 있어 박정희보다 훨씬 취약한 조건에서 출범한 전두환 정권은 1930년대의 파시즘 못지않게 우리 사회의 전반을 경직시켰다. 광주민주화항쟁 무력 진압, 삼청 교육대 창설과 과외 금지 조치 등 공포정치가 소위 '서울의 봄'을 다시 동토의 시대로 후퇴시켰다. 또한 언론 출판의 검열은 물론 진보적 성격의 잡지 폐간과 언론사 통폐합, 그리고 일체의 집회와 결사의 자유가 통제 체제에 들어가는 등 힘겹게 이루어온 민주주의가 송두리째 부정되는 시대가 되고 말았다. 이런 비상상황에서 정상적인 문학이 수행되지 못할 것은 너무도 당연한 일이었다.

따라서 이 시기에 산출된 문학 작품들에 대해 이러한 시대적인 분위기를 고려하지 않고 그 가치나 의의를 따지는 것은 문제가 있다고 볼 수 있다. 즉 1980년대의 문학 연구는 보편적인 문학 연구 기준과 방법 외에 시대상황과 문학의 사회적 기능을 고려하는 관점의 도입이 반드시 필요하다고 할 수 있다는 말이다.

이 글에서는 이런 점을 염두에 두면서 1980년대 한국 문학의 전반적인

1980년 1월 1일부터 1989년 12월 31일까지로 보는 사전적 개념과, 문학사 시기 구분 용어로 보아 시기적 개념과 문학의 내용적 개념을 동시에 고려하는 시각이 그것이다. 여기서 논의하는 1980년대는 당연히 문학사 시기 구분의 성격을 가지므로 1979년의 10 · 26 사태(혹은 1980년 5월의 광주민주화항쟁)에서부터 1990년대 초 문민정부의 출범(혹은 동구 사회주의권의 몰락)까지를 잠정적인 1980년대로 보고자 한다. 10년 단위 문학사 시기 구분 문제에 관해서는 조동길, 『한국현대장편소설연구』, 국학자료원, 1995, pp.9~11 참조.

전개 양상과 그것이 담지한 가치와 의미를 개략적으로 살피고자 한다.

2. 시대적 상황과 문학의 대응

앞에서 말한 바와 같이 1980년대는 20세기 한국의 비극적 근대 역사가 집약되어 있는 시기였다. 식민지 잔재의 모순, 군부정권의 연장, 정경유착으로 인한 부의 편중, 가속화된 서민의 빈곤화, 이념적 편 가르기, 이런 억압된 현실에 대한 저항과 투쟁 등등 1980년대는 하루도 편할 날 없는 나날의 연속이었다.

한편 이 시기의 정권은 자신들의 권력을 유지하기 위해 때로 유화적인 정책을 내세우기도 했는데, 정부 수립 이후 37년간 지속되던 야간 통행금지의 해제, 컬러텔레비전 방송의 조기 시행, 프로 축구와 야구의 창설, 아시안 게임과 서울 올림픽 유치 등 지극히 의도적인 대중문화의 확산 정책을 대대적으로 시행하여 국민들의 현실 비판 의지를 희석하고, 저항적 분위기를 누그러뜨리고자 했다.[4]

이런 1980년대의 정치 사회적인 현실은 동시대 구성원들의 삶에 어떤 형태로든 영향을 미칠 수밖에 없었다. 새로운 권력에 편승하여 개인의 영달을 꾀할 수도 있고, 부당한 권력의 횡포에 맞서 저항을 할 수도 있다. 혹은 유리한 기회를 포착하기 위해 좌고우면하는 기회주의자들도 있을 수 있다. 식민체제 시기나 해방 이후 좌우익 대립 시기, 군사정권 출범 시기 등에 지식인들의 이런 대응 모습을 우리는 잘 기억하고 있다.

---

4 장석주, 『20세기 한국문학의 탐험 4』, 시공사, 2001, p.283.

문학에 종사하는 사람들 또한 예외가 아니라 할 수 있다. 일찍이 최재서는 작가가 외부적 강압으로 창작의 자유를 누릴 수 없을 때의 반응을 세 가지로 나누어 살핀 바 있다. 거부적 태도와 수용적 태도, 그리고 비평적 태도가 그것이다.[5] 물론 이는 문단 위기 타개를 위해 풍자문학 이론을 내세우기 위한 전제이지만, 문인이 위기의 창작 현실에 대해 어떻게 대응할 수 있는가를 일반화할 수 있는 관점이라고도 생각된다.

1980년대에 문학에 종사했던 문인들 가운데는 실제로 권력 지향적인 작품을 창작하거나 정부 산하기관 책임자로 일하면서 정권을 도운 사람들도 적지 않다.[6] 그러나 대다수의 문인들은 강압적인 현실을 비판하는 작품을 발표하면서 문학의 사회적 기능과 역할에 관한 양심적 지식인의 모습을 보여 주었다.

이런 사실들을 바탕으로 하여 1980년대의 사회상과 그에 대응하는 문학의 양상 및 성격을 다음과 같이 요약해 볼 수 있다.

첫째, 강압적인 현실에 대하여 적극적으로 저항하고 투쟁하는 문학이다. 금기시 되었던 광주민주화항쟁을 소재로 한 문학, 외형적 경제 성장의 그늘에서 신음하는 노동자의 삶을 증언하는 문학, 개발 지상주의의 영향으로 소외된 빈민들의 삶을 다루는 문학 등이 그것이다.

둘째, 강고한 규범에 갇힌 문학을 탈피하여 새로운 형식과 기법을 실험하는 문학이다. 정제된 형식을 파괴하는 해체시, 노동 현장의 생생한 체험

---

5 최재서, 「풍자문학론」, 『조선일보』, 1935. 7. 14.~7. 21.

6 가령 당시 대표적인 원로 시인 서정주는 전두환의 생일을 축하하는 「처음으로」라는 시를 통해 '이 겨레의 모든 선현들의 찬양과/시간과 공간의 영원한 찬양과/하늘의 찬양이 두루 님께로 오시나이다.'라고 하여 전두환을 찬양하는 작품을 발표하였다.

을 다룬 르포르타주 문학, 탈장르의 혼합적 양식의 문학 등이 이에 해당한다. 여기에는 기존 문단 질서를 거부하는 소집단 문학운동, 부정기적인 무크지 운동, 지방 문학의 활성화 등이 크게 작용하였다.

셋째, 그동안 소외되었던 사회적 약자들을 문학의 중심으로 끌어들이는 문학이다. 여성들의 권익과 주체성을 강조하는 페미니즘 문학, 조악한 환경에서 인간 대접을 받지 못했던 노동자들의 현실을 다루는 문학, 장애자나 노인 문제를 다루는 문학 등이 여기에 해당된다.

넷째, 급격한 산업화의 진행과 외형적 경제 팽창 속에서 왜소화되고 물격화된 인간성을 고발하는 문학이다. 현대문명 속에서 소외된 인간을 다루는 문학, 기계문명의 발달 이면에서 형해화된 인간성을 고발하는 문학, 물신 숭배의 결과가 가져온 타락한 현실을 증언하는 문학 등이 여기에 들어갈 수 있다.

다섯째, 6월 항쟁으로 쟁취된 민주화의 승리와, 강압적 현실에 대한 투쟁 도구로서의 자생적 성격의 마르크스주의적인 문학이 퇴색한 후 새로운 방향을 모색하는 문학이다. 거대서사가 쇠퇴하며 시작된 미세서사의 문학, 포스트모더니즘의 물결로 인한 해체와 파괴의 문학, 민주화 투쟁 이후의 후일담 문학 등이 여기에 해당된다.

여섯째, 정치사회적 투쟁 성격으로서의 현장 중심 문학이 있다. 대학과 공장 등을 중심으로 한 민중극(마당놀이) 운동, 노동계의 파업 현장과 대중적 집회에서 성행했던 집단창작문학, 왜곡된 현실을 신랄하게 풍자하고 권력자를 희화화하는 문학 등이 이에 해당된다.

이밖에도 더 언급해야 할 내용이 있겠으나 이 정도만으로도 1980년대 사회상과 문학의 대응 양상을 개괄하는 데는 큰 무리가 없으리라 생각한다. 미진한 부분은 추후 다른 글로 보완하도록 하겠다.

3. 1980년대 문학의 전개 양상

1) 강압적 현실과 시적 대응(시)

당연한 말이지만 1980년대가 전 시대와 아무 상관없이 독립적으로 존재할 수는 없다. 특히 군부 출신자들에 의한 권력 독점이라는 특수한 상황을 감안해 보면 1970년대와 1980년대는 구분하기 어려울 정도의 연속적 성격을 갖는다고 볼 수 있다. 박정희시대가 산업화와 근대화로 요약될 수 있다면 전두환과 노태우시대 또한 그에서 멀지 않다. 따라서 1970년대에 노출되었던 여러 문제점은 1980년대에도 유효하다고 할 수 있다.

1980년대 문학도 이런 정치적 연속성과 마찬가지로 전 시기의 문학과 일정 부분의 연속성을 갖고 있다. 물론 이 시기의 문학에는 전 시대와 변별되는 비연속성의 성격이 존재하지만 그 정도는 미미하다. 이 시기의 시 문학 또한 여기서 크게 벗어나지 않는다고 보인다.

1980년대처럼 급박한 현실 속에서는 작품을 창작하고 감상하는 문학 행위가 차분하게 수행되기 어렵다. 이런 시대에는 수용하는 데 많은 시간이 소요되는 산문보다 짧고 강한 메시지를 전달하는 데 유리한 시 장르가 우세할 수밖에 없다.[7] 역동적인 삶의 현장에서 연극이나 시 장르가 서사 장

---

7 예컨대 채광석 같은 평론가는 1980년대가 '시의 시대'가 된 이유를 '능동적인 문화 전략 개념' 차원의 일로 파악한다.

르보다 더욱 효율적인 수단이 되는 것은 바로 이런 이유 때문일 것이다. 따라서 1980년대에는 상대적으로 시 장르 문학이 왕성했던 시기라고 할 수 있다.

권영민은 1970년대 이후의 시를 논하면서 세 가지 범주로 나누어 설명하고 있다.[8] 1960년대의 참여문학을 계승하는 민중시, 언어 자체의 본질과 창작 기법에 관심을 기울인 시, 도시화된 현실 속에서 인간 삶의 피폐성을 지적인 언어로 묘사하는 시가 그것이다. 첫 번째 계열에는 김지하, 고은, 조태일, 신경림 등의 시인이, 두 번째 계열에는 황동규, 정현종, 김영태, 오규원, 이승훈 시인 등이, 그리고 세 번째 계열에는 감태준, 김명인, 김광규, 이성복, 황지우, 최승호, 장정일 시인 등이 해당된다고 하였다. 이런 분류는 1980년대의 시를 살피는 데도 좋은 참고가 되리라고 판단된다.

이제 이런 분류를 감안하면서 1980년대의 시를 노동시, 해체시, 도시시 셋으로 나누어 고찰해 보고자 한다.

노동시는 노동 문제를 다루는 시를 말하는데, 이는 산업 현장의 노동 문제를 다룬 시와 교육 현장의 노동 문제를 다룬 시로 재분류가 가능하다. 이러한 노동시는 초기 노동운동의 저변 확대를 기약하는 노동가요와 구호가 투쟁 현장에서 구전되거나 유인물로 배포되는 형태에서 발전하여 시의 모습을 갖추는 방향으로 발전되었다고 볼 수 있다.

산업 현장의 노동시는 대표적 노동시인으로 일컬어지는 박노해를 비롯해서 박영근, 김해화, 백무산 등의 시인에 의해 창작되었다. 박노해는 노동 현장의 비참한 노동자 모습을 생생하게 시로 형상화하여 독자들에게

---

8 권영민, 『한국현대문학사』, 민음사, 1993, pp.232~288.

충격을 안겨 주었다. 그의 시집 『노동의 새벽』에는 독자들의 감성을 자극하고 눈물을 자아내게 하는 시들이 가득하다. 피, 눈물, 목숨, 분노 등의 시어는 원초적이면서 동시에 현실에 대한 강한 인식을 깨우치는 역할을 했다. 그의 「시다의 꿈」, 「손 무덤」 등의 시는 읽는 이에게 섬뜩한 공포를 불러일으킬 정도로 격정적이다. 결국 그는 이런 모순된 현실을 혁파하기 위한 투쟁에 뛰어들었다가 사노맹 사건으로 구속되어 무기징역형을 선고받기도 했다. 이와 비슷한 시인으로 『인부 수첩』의 김해화, 『취업 공고판 앞에서』의 박영근, 『만국의 노동자여』의 백무산 등이 있다. 이들의 시 역시 박노해의 시와 마찬가지로 노동자들의 비참한 삶이나 노동 조건의 열악함을 담고 있다.

교육 현장의 노동시는 도종환, 배창환, 정영상, 그리고 '민중교육지 사건'으로 유명한 다수의 현장 교사들이 주도하였다. 1980년대에는 교육 현장이 황폐화되고 학생들을 서열화하는 교육이 횡행하였다. 현장 교사들 가운데 이런 교육 현실에 대한 비판과 아울러 이를 사회 모순과 연계하여 파악하려는 노력이 있었고, 그런 노력의 결과로 진보적 성격의 교사 단체도 생겨났다. 도종환의 『지금 너희들 곁을 떠나지만』, 배창환의 『다시 사랑하는 제자들에게』, 고광헌의 『신중산층 교실에서』, 젊은 나이에 요절한 정영상의 『행복은 성적순이 아니다』 등이 대표적인 성과물이라고 할 수 있다. 이들의 문제의식은 현재의 교육에도 여전히 적용될 수 있다는 점 또한 간과할 수 없다.

해체시는 시에 대한 기존의 고정관념을 파괴하려는 전략으로 창작된 시를 말한다. 이는 1980년대 사회의 전반적 저항적 분위기와 일맥상통한다. 문학에서의 저항은 기존 질서나 형식 파괴의 형태로 나타날 수도 있기 때문이다. 실험적 성격의 해체시를 쓴 대표적 시인은 황지우와 박남철이다. 황지우는 언어에 대한 개방성을 바탕으로 그림이나 기호 등의 매체 언어나 광고, 만화, 방송 등 다른 장르의 과감한 도입으로 시의 형식을 파괴하고 해체하는 시를 창작했다. 시집으로는 『새들도 세상을 뜨는구나』, 『게눈 속의 연꽃』 등이 있다. 박남철은 야유와 조소, 조롱, 냉소, 속어, 욕설, 사투리 사용 등의 방법으로 기존 시의 언어나 전통을 무너뜨리는 시를 창작했다. 특히 표제가 없는 시, 거꾸로 된 글자, 콜라주 기법 등 형식 파괴의 시들을 통해 엄숙주의 이면에 감추어진 위선과 가식을 폭로하는 시를 창작했는데, 「독자놈 길들이기」나 「주기도문, 빌어먹을」 같은 작품이 대표적이다. 김대중의 정계 은퇴 선언 성명서를 한 글자도 고치지 않고 제목만 「이 아름다운 지하자원」으로 붙인 시도 있다. 시집으로는 『지상의 인간』, 『반시대적 고찰』 등이 있다.

도시시는 김기림, 박인환, 김수영 등에 의해 이미 오래 전부터 우리 현대시의 한 영역을 점유하고 있었다. 그러나 1970, 80년대의 강압적 현실에 대한 투쟁으로 도시시는 한동안 잠복할 수밖에 없었다. 그러다가 정치적 이데올로기의 퇴색에 따라 부담이 줄어들기 시작하면서 후기 산업사회의 징후와 함께 도시시가 다시 주목을 받기 시작했다. 이런 계열의 시를 쓴 시인으로는 장정일, 이하석, 최승호, 유하 등이 있다. 장정일의 시에는 다분히 해체시적 특징도 있지만 가족관계의 해체 속에서 정체성을 상실한 인물들의 도착적인 섹스, 소비사회의 삶을 형상화하는 포스트모더니즘적인 것이 많다. 시집으로 『햄버거에 관한 명상』, 『샴푸의 요정』 등이 있다. 이하석은 현대문명의 반인간성에 대한 고뇌, 소외되고 사물화된 인간 등을 냉혹하게 형상화하는 시를 창작했고 『부서진 활주로』, 『유리 속의 폭

풍』 등의 시집이 있다. 그 외에 최승호의 『공장지대』, 유하의 『바람 부는 날이면 압구정동에 가야 한다』 등도 이런 계열에 속한다고 볼 수 있다.

위의 분류에 속하지는 않지만 한 가지 1980년대 시에서 짚고 넘어갈 것은 초대형 베스트셀러 시집이 여러 권 나와 문학 독자 저변 확대에 크게 기여했던 사실이다. 도종환의 『접시꽃 당신』, 서정윤의 『홀로서기』, 이해인의 『오늘은 반달로 떠도』, 김초혜의 『사랑굿』 등이 바로 그런 시집들이다.

1980년대의 시는 전반적으로 진보적 성격을 띠면서 형식 파괴, 장르 해체, 중앙집권적 문화 거부, 도시 문제 취급 등으로 새로운 영역을 개척했으며, 변혁이 열망되던 시대의 문학이 어떠해야 하는가를 잘 보여주는 특징을 가지고 있다고 정리할 수 있겠다.

2) 거대서사와 리얼리즘의 실천(소설)

소설은 근본적으로 당대 현실을 제재로 하여 성립되므로 근대 사회에서 소설 장르가 차지하는 비중은 매우 크다. 따라서 근대를 산문의 시대, 소설의 시대로 명명하는 일은 낯설지가 않다. 그럼에도 1980년대는 한국 사회의 특수한 사정으로 시의 시대나 비평의 시대로 불릴 만큼 소설은 상대적으로 약세였다고 할 수 있다. 하지만 소설 장르가 가진 막강한 대중성이나 친근함으로 이 시기 역시 적잖은 소설이 창작되었다. 오히려 영향력의 면에서는 시나 비평을 넘어선다고 볼 수도 있을 것 같다.

이 시기의 소설문학에 관한 학문적 접근은 꽤 많이 이루어진 편이다. 먼저 조남현은 1970년대 소설을 살피면서 전통적인 가치관이나 사고체계가 붕괴하고 세계주의의 물결이 범람하는 시기에 작가들이 대응하는 방식을, 수동적으로 변화의 물결을 타고 가는 경우, 변화가 도달해야 할 길과 지점을 추구하는 경우, 그리고 변화가 주고 간 병리 현상과 쓰레기를 주목하는 경우의 셋으로 나누어 보고 있는데, 여기서 첫 번째가 흥미 위주의 대중성 작가, 두 번째는 문학 기능 확대를 도모하는 작가, 세 번째가 사실주의 방법과 정신을 표방하는 작가에 해당한다고 하였다.[9] 이런 견해는 1980년대의 소설을 살피는 데 적용해도 큰 무리가 없을 것으로 보인다.

이재선은 이 시기의 소설에 관해 심도 있는 논의를 펼치고 있다. 그가 먼저 주목한 것은 도시소설이다. 여러 작가들의 작품 표제에 도시라는 단어가 들어갈 정도[10]로 이 시기에는 도시소설이 성행했다. 이는 1970년대 이후 농경사회에서 급격하게 도시화되어 가는 현실을 반영한 결과로 보아야 할 것이다. 그는 도시소설을 여섯 가지 유형으로 나누어 자세히 고찰하고 있는데[11], 결론적으로 이 도시소설들이 가진 어둡고 부정적인 양상을 지적하면서 총체적 포용성의 부재를 아쉬워하고 있다.[12] 다음으로 그가 논의하는 작품은 역사소설이다. 안수길의 『북간도』, 박경리의 『토지』, 황석영의 『장길산』 등 세 편의 역사소설에 관해 상세한 분석을 통해 그런 소설들이 출현하게 된 시대적 배경과 작품의 가치를 평가하고, 아울러 작품의 한

9 조남현, 「70년대 소설의 몇 갈래」, 『한국현대문학사』, 현대문학, 1989, pp.380~381.

10 몇 사례를 들어보면, 「도시의 흉년」, 「도시의 늪」, 「도시의 사냥꾼」, 「잔인한 도시」, 「장난감 도시」, 「바람과 도시」, 「카인의 도시」 등이다(이재선, 『한국현대소설사』, 민음사, 1991. p.247).

11 이에 관한 자세한 내용은 위의 책, pp.278~314 참조.

12 위의 책, p.317.

계를 제시하였다.[13] 이어 70, 80년대 대학생이 등장하는 소설을 논의하고 있는데 이 소설들이 가진 의미와 문제점을 여섯 가지로 제시하고,[14] 김원일의 「도요새에 관한 명상」, 이문열의 「젊은 날의 초상」, 최일남의 「흐르는 북」, 임철우의 「볼록 거울」 등을 세밀하게 분석한 후 결론적으로 일곱 가지의 문제점과 한계를 지적하면서, 대학생의 행위가 언제나 긍정적이고 옹호되어야 할 대상은 아니기에 자성과 비판이 규제된 것은 명백한 문제라고 지적하였다. 반면 이인성의 「낯선 시간 속으로」는 성장 단계의 형성소설로서 비판적 성찰이 나타난다고 하였다.[15] 끝으로 파업과 폐업의 대응 역학이란 제목 아래 노동소설에 관한 논의를 수행하는데, 방현석의 「내딛는 첫발은」과 「새벽 출정」, 그리고 유순하의 「생성」, 「내가 그린 얼굴 하나」, 「새 무덤 하나」 등을 임의의 표본으로 삼아 분석한 끝에 노사의 대립적 갈등 설정, 사회주의 문학과의 친연성, 과도한 단순화 등의 문제점을 지적하고, 노동자들의 황막한 삶을 사실성 있게 제시하여 노동의 기여성에 대한 공감의 지평을 여는 작품이 필요하다는 대안을 제시하고 있다.[16]

백지연은 80, 90년대의 소설을 네 범주로 나누어 보고 있는데, 분단체제가 남긴 개인적 내상과 근대적 도시화의 소외 체험을 세밀하게 묘사한 소설(강석경, 고원정, 김성동, 김원우, 김향숙, 박영한, 양귀자, 유순하, 유시춘, 이균영, 이승우, 이창동, 하창수 등), 이야기의 세련된 축조와 미학적 주제의 다양성을

---

13 위의 책, pp.319~400.

14 위의 책, pp.407~410.

15 위의 책, pp.445~447.

16 위의 책, pp.454~468.

천착한 소설(이문열, 복거일, 이외수, 조성기, 최시한 등), 광주 체험 및 80년대 운동 현실을 생생하게 포착한 소설(김남일, 김하기, 방현석, 임철우, 윤정모, 정도상, 정화진, 홍희담 등), 부정적 현실에 대항하는 언어적 형식 실험에 집중한 소설(이인성, 최수철, 박인홍 등)이 그것이다.[17]

김재용은 1980년대의 소설을 세 범주로 나누어 보고 있다. 첫째로 예속적 자본주의와 군사 정부의 폭압성이 빚어낸 억압을 구체적 피해자인 민중의 생활과 투쟁의 현장을 통해 그려낸 작품들로 윤정모의 「밤길」, 김영현의 「그 해 겨울로 날아간 종이비행기」, 방현석의 「내일을 여는 집」, 김인숙의 「양수리 가는 길」 등이 있다. 둘째로 한국 현대사의 숱한 굴곡을 어렵게 헤쳐 나온 소시민들의 고통과 비애를 따뜻하게 그려내는 작품들인데, 이창동의 「소지」, 양귀자의 「한계령」, 임철우의 「사평역」, 김원우의 「소인국」 등이 대표적인 작품이다. 끝으로 물화된 현실 속의 우리 일상적 모습을 낯설게 제시하여 삶의 진정한 모습을 추구하는 작품들로 이인성의 「낯선 시간 속으로」, 이문열의 「필론의 돼지」 등이 있다.[18] 이 시기의 작가들은 열린 미래 속에 놓여 있으며, 늘 새로운 현실에 대응해야 하고, 부단히 새롭게 탐구해야 하는 고통을 안고 있으나, 이는 바로 작가들의 존재 이유가 된다 할 것이니 회피할 수 없는 문제라고 정리했다.

위와 같은 전문가들의 견해 소개에서 대체로 이 시기의 소설문학 전반에 관한 설명은 거의 이루어졌다고 생각되므로 구체적인 논의는 생략하

17 백지연, 「1980~90년대 소설의 전개 과정」, 『20세기 한국소설 길라잡이』, 창비, 2006, pp.96~97.

18 김재용, 「시각의 확대와 열린 미래」, 『해방50년 한국의 소설 3』, 한겨레신문사, 1995, pp.8~13.

고, 종합적으로 이 시기의 소설문학이 가진 특성을 몇 가지로 요약하여 보기로 하겠다.

첫째, 거대서사의 특징이 뚜렷하게 나타난다. 근대소설은 소시민의 일상성을 그 뿌리로 하고 있으므로 사회 변혁이나 투쟁 도구로서의 속성과는 거리를 두는 게 일반적이나 1980년대의 폭압적 정치상황과 저항적 사회 분위기에서는 자연스럽게 이런 문제가 주류로 떠오를 수밖에 없었다고 보인다.

둘째, 이론의 여지는 있겠으나 형식으로서의 리얼리즘이 창작 방법으로 많이 활용되었다. 이것 역시 불안하고 모순된 현실에 문학이 대응할 수 있는 효율적인 수단의 하나이기에 이 시대의 소설에서는 당연한 결과라고 할 수 있을 것이다.

셋째, 민중(노동자, 빈민)의 삶을 다루는 작품이 많이 산출되었다. 산업화의 진행 과정에서 필연적으로 발생할 수밖에 없는 사회적 약자는 민주주의 제도 미비와 기득권층의 빗나간 욕망 때문에 더욱 열악한 조건에 놓이게 되는데, 이들을 문학에 수용하는 것은 기성 권력에 대한 저항적 의미와 함께 휴머니즘의 실천이라는 문학의 기능과 상통하기도 한다.

넷째, 현대문명에 의한 인간 소외와 사각 지대에 놓였던 계층(특히 여성)을 다루는 작품이 많이 나왔다. 급격한 도시화 과정과 현대문명 기기들의 일상화로 인해 사람이 물격화되는 현상에 대한 문제의식은 양식 있는 작가들이 외면해서는 안 되는 과제라 할 수 있고, 또 오랜 가부장 사회에서 일방적 희생자였던 여성의 사회적 진출과 실존적 자각은 다수의 인기 여성 작가의 등장으로 이어졌다.

다섯째, 실험적인 성향의 작품도 많이 나왔다. 소련의 해체와 동구 사회주의권의 급격한 몰락은 문단의 중심을 이루던 거대서사의 쇠퇴로 귀결되고, 대안 모색 차원에서 미세서사의 유행과 후일담 소설, 해체적 성격의 작품 창작으로 이어졌다. 여기에는 뒤늦게 도입된 포스트모더니즘의 물결도 크게 작용하였다.

이밖에도 언급할 내용이 더 있겠으나 이 정도로 줄이면서 이 시대 소설의 특성을 압축해 말하면, 시대의 특성상 정치의 문학화 현상이 두드러지게 나타났으며, 민중에 대한 관심 등 문학의 사회적 기능을 극대화하는 소설이 중심을 이루었던 시대라고 할 수 있겠다.

3) 저항과 운동으로서의 연극(희곡)

희곡은 연극의 대본이고 연극은 희곡의 무대화다. 그러므로 연극과 희곡은 무대 실현과 문자 행위라는 차이가 있음에도 불구하고 교집합의 영역이 크며 상호 동질적이기도 하다. 영어의 드라마(drama)가 희곡과 함께 연극으로 번역되는 까닭도 여기에 있을 것이다. 따라서 어느 시기의 희곡과 연극을 분리하여 얘기하는 것은 필요할 수는 있어도 완벽한 논의라고 보기는 어렵다. 이런 사정을 감안하여 여기서는 편의상 희곡과 연극이라는 용어를 적절히 혼용하고자 한다.

다른 장르에 비해 희곡 분야는 1970년대와 1980년대를 나누는 일이 쉽지 않다. 시기적 차이는 있으나 타 장르에 비해 연속성의 성격이 강하기 때문이다. 그것은 두 시대의 유사성에도 그 원인이 있겠으나 연극이라는 양식이 갖고 있는 일정한 규범과 틀이 쉽게 바뀌기 어려운 사정과도 관련이 있다고 볼 수 있다.

김재석은 1970년대의 희곡문학을 살피면서 다음과 같이 네 가지 유형으로 나누어 설명하고 있다.[19]

> 첫째, 극양식상 실험적인 요소를 내포한 작품들
> 둘째, 역사적 사실을 소재로 한 작품들
> 셋째, 유신 치하의 사회 현실을 비판적으로 조망한 작품들
> 넷째, 극장 무대를 탈피하여 야외 공연을 의식한 작품들

첫 번째 유형에는 오태석의 「쇠뚝이 놀이」, 「초분」, 「약장수」 등의 작품과, 이현화의 「누구세요」, 「우리 둘끼리만의 한번」 등의 작품이 해당되는데, 오태석은 전통적 요소에 서구적 극 양식을 혼합하는 실험극적인 방법을 택하고 있고, 이현화는 부조리극의 영향을 독자적인 방법으로 재창조하는 기법을 보여 주고 있다. 두 번째 유형에는 김의경과 노경식의 작품이 해당되는데, 김의경은 「북벌」, 「남한산성」 등의 작품을 통해 나라의 위기에 지도자들이 가야 할 길을 묻고 있으며, 노경식의 「징비록」(유성룡)이나 「흑하」(홍범도) 등도 유사한 효과를 의도한 작품들이다. 차범석의 「새야 새야 파랑새야」나 윤대성의 「노비 문서」 또한 이 계열로 볼 수 있다. 약간 다른 차원에서 최인훈의 「어디서 무엇이 되어 다시 만나랴」나 「옛날 옛적에 훠어이 훠이」 등은 설화에서 소재를 구해 특유의 필치로 서술하여 독특한 연극 미학을 성취하고 있다. 세 번째 유형에는 공연 불가 판정을 받은 박조열의 「오장군의 발톱」이나 신명순의 「우보 시의 어느 해 겨울」 등의 작품과, 검열을 피해 우화적 수법으로 은유와 풍자 기법을 동원하는 이강백

19 김재석, 「광복 이후의 희곡」, 『한국대표희곡강론』, 현대문학, 1993, p.52.

의 「셋」, 「알」, 「개뿔」 등의 작품, 사회적 모순 속에서 좌절해 가는 인간을 그린 윤대성의 「출세기」, 「너도 먹고 물러가라」 등의 작품이 속한다. 네 번째 유형은 우리 민족에게 전승되어 오던 전통극(민족극)이 일제강점기에 쇠퇴되었던 것을 강압적 권력에 대한 비판과 저항의 목적으로 부활시킨 것이다. 이 시기엔 무대와 객석이 분리된 서양 연극 공연 형태를 거부하고, 배우와 관객이 하나가 되어 연극을 창조해 내는 마당극 형식이 활발하게 전개되었다. 마당극은 풍자와 해학, 그리고 즉흥적인 상황의 개입이 특징이다. 대학가를 중심으로 노동 현장에서 이런 형태의 연극이 성행한 것은 권력에 대한 야유와 조롱을 중심으로 한 민중의식의 성장 효과는 물론 참여자들의 카타르시스를 효과적으로 구현할 수 있기 때문인 것으로 해석할 수 있다. 김지하의 「진오귀 굿」, 「함평 고구마」 등이 대표적인 작품이다. 특히 마당극 대본은 연극 창작에 임하는 사람들에 의해 집단 창작 형태로 만들어진 것이 많은 것도 특징이다.[20]

이러한 1970년대의 희곡은 1980년대에도 유사한 양태로 지속되었다. 연극은 동일한 대본을 가지고 반복 재창조되는 성격을 갖고 있기 때문에 1970년대의 많은 작품들이 1980년대에도 배우와 연출가를 달리하여 그대로 공연되는 경우가 많았다. 이런 점에도 1970년대와 1980년대 희곡의 연속성을 부정하기 어려운 사정이 존재한다고 볼 수 있다. 그럼에도 1980년대에 새로운 희곡문학이 없는 것은 아니다. 다른 분야와 마찬가지로 시간의 흐름에 따라 기성 작가들의 활동이 저조해지는 대신 새로운 작가들이 왕성하게 활동한 이 시기의 희곡을 크게 서양 희곡 양식과 방법을 중시하

20 김재석, 위의 글, pp.52~55 참조.

는 사실주의 희곡과, 기존 희곡의 질서와 문법을 거부하면서 실험적 모색을 도모하는 비사실주의 희곡으로 나누어 그에 해당되는 대표적인 작가와 작품을 중심으로 간략히 살펴보기로 하겠다.

먼저, 사실주의 희곡은 일제강점기 일본 유학생 중심의 '극예술연구회'의 전통을 계승하면서 연극계의 주류로 자리 잡은 작가들에 의해 주도되었다. 이 계열에 속하는 대표적인 작가로 윤조병, 정복근, 윤대성 등을 들 수 있다. 윤조병은 농촌 3부작인 「농토」, 「농민」, 「농녀」와 광산촌 3부작인 「모닥불 아침이슬」, 「풍금소리」, 「초승에서 그믐까지」 등의 작품을 발표했다. 정복근은 남성적 필치로 역사극 창작에 주력했는데, 「검은 새」, 「지킴이」, 「숨은 물」 등의 작품을 통해 주체적인 역사의식을 반영하여 독자적인 연극 세계를 구현해 냈다. 윤대성은 가면극 기법을 도입하는 등 한국적 연극 만들기의 선두 주자라 할 수 있는데, 「신화」, 「꿈꾸는 별」, 「불타는 별」 등의 작품을 통해 동시대의 청소년 문제나 교육 현실에 대한 비판의식을 보여 주고 있다.

비사실주의 희곡은 새로운 방법 모색을 위주로 하는 작품을 말하는데 당연히 실험적인 방법의 창작물이 중심을 이룬다. 이 계열에 속하는 대표적인 작가로 오태석, 이강백, 이현화 등을 들 수 있다. 오태석은 희곡작가이면서 동시에 연출가로도 활약하는 연극인으로 수십 년 동안 기복 없이 활동하고 있는 중이다. 그는 전통적인 소재의 발굴은 물론 전통 연희의 기법을 도입하여 독창적이며 예술성 높은 작품을 연속적으로 내놓았다. 「춘풍의 처」, 「도라지」, 「한만선」 등의 작품이 대표적이다. 이강백은 사실주의적 작품과 비사실주의적 작품을 병행했는데, 「주라기와 사람들」 같은 작품은 전자에 속하고, 「족보」나 「유토피아 먹고 잠들다」 등은 후자에 속한다. 비사실주의 작품에서는 상징과 알레고리를 이용하여 관념적 세계를 형상화해 내는 게 특징이다. 이현화는 심리적 공포극을 도입하는 실험적 정신을 보여주는데, 「산씻김」이나 「불가불가」 같은 작품을 통해 성 도착증이나 부조리극적 요소를 보여주고 있다. 특히 제의를 통해 불안과 공포를 치유하려는 제의극적 기법 도입은 우리 현대연극의 확장이라는 점에서 의의가 크다고 볼 수 있다.

이제 이와 같은 서술을 바탕으로 1980년대 희곡에 대해 몇 가지로 정리를 해 보겠다.

첫째, 1980년대 희곡은 1970년대 희곡의 연장선상에서 진행되었다. 시대의 유사성 외에 타 장르와의 상대적 비교에서 희곡은 변화와 불연속성의 성격이 취약한 게 그 이유일 것으로 추정된다.

둘째, 연극계의 주류층에 의해 주도된 사실주의 연극이 여전히 큰 위치를 점유하는 가운데 강압적 현실에 대한 비판과 저항적인 작품이 많이 나왔다.

셋째, 농민과 노동자 등 서민을 등장시켜 연극을 통한 민중의식 고양이나 목적 달성을 위해 동원되는 사회운동적 성격의 작품이 다수 출현하였다.

넷째, 기존 희곡의 질서와 문법을 파괴하고 새로운 영역을 개척하려는 실험적인 작품이 계속 창작되었다.

다섯째, 공연 형식에서 마당극 형태의 연극이 성행했는데, 이는 서구적 연극을 지양하면서 한국적 연극을 모색하는 의의가 있고, 권력에 대한 야유와 희화화를 통한 저항과 카타르시스를 구현하는 역할을 하였다.

1980년대의 희곡에 관해 요약하여 말하면 1970년대의 희곡을 계승하면서 사회운동과 저항으로서의 성격을 갖는다는 게 그 특징이라고 정리할 수 있다.

4) 실천비평과 메타비평의 혼재(비평)

1980년대는 '비평의 시대'라고 불릴 만큼 창작 이론에 관한 논쟁과 문학의 사회적 기능에 관한 논의가 활발하게 이루어진 시기였다. 이런 결과는 정상적인 문학의 수행이 어려웠던 시대적 특성을 반영한 결과라고 볼 수 있다. 창작의 자유가 통제되고 일상생활에 폭력적인 억압이 작동하는 시대에 그런 논의가 우세하게 나타났던 것을 이 시기와 자주 비교되는 1930년대의 문학사에서도 확인할 수 있다.

일부 겹치기는 하겠으나 이 시기를 전후한 비평에서 가장 활발하게 논의되었던 주제는 리얼리즘론, 민족문학론, 민중문학론 등이라고 할 수 있다. 이런 논의들은 일제강점기 문단 위기 타개책의 모색 과정이나 해방 공간의 이론 투쟁, 1960년대의 순수 참여 논쟁에서 참여문학이 내세웠던 쟁점들과 맥락이 닿아 있다고 볼 수 있다.

권영민은 이 시기의 민족문학론이 전 시대의 그것과 변별되는 점을 세 가지로 요약하고 있다. 문학에 대한 민족적인 자기 논리를 정립하고자 하는 주체적인 노력이 구체화되는 것, 비평적인 논리 전개 과정이 구체적인 문학적 성과로 나타나는 것, 사회과학적 방법으로 문학 활동의 사회적 기능을 확대시키는 것 등이 그것이다.[21] 이어서 백낙청 등의 논의를 중심으로 그 구체적인 전개 양상을 설명하고 있다.

---

21 권영민, 앞의 책, pp.218~219.

김영민은 현대문학비평사를 서술하면서 독립적인 장을 설정하여 1960~1970년대의 리얼리즘 문학론을 상세하게 논의[22]한 다음, 1970~1980년대의 민족문학론과 민중문학론을 집중적으로 살펴보고 있다.[23] 그는 이들 논의들이 독립되어 있지 않고 상호 연계되는 계기성을 갖고 있다고 보는데, 1950년대 이후의 참여문학론이 리얼리즘 이론을 만나 논의의 깊이를 더하고, 리얼리즘론은 1970년대 이후 민족문학론을 만나 논의의 구체성을 확보했다고 보았다. 또 참여문학과 리얼리즘에서는 후자가 우세하고, 리얼리즘과 민족문학에서도 후자가 우세한 형태로 전개되는데 이는 창작 방법과 문학의 사회적 기능 때문이라고 파악하였다. 그리하여 1980년대에는 진보적 민족문학론이 중요한 문화적 기반으로 작용하게 되는데 이렇게 좌파 이데올로기적인 것이 문제로 제기된 데에는 분단 현실의 부정적 측면이 작용한 결과라고 볼 수 있다 하였다.[24] 민족문학론에 관해서는 백낙청, 김동리, 염무웅, 성민엽, 채광석, 김명인, 조정환, 정과리 등의 주장을 상세하게 소개하면서 보수적 민족문학론과 진보적 민족문학론으로 나누어 살피고 있고, 민중문학론은 큰 범주로 보아 진보적 민족문학론의 하위 개념으로 볼 수 있다 하였다. 이들 논의의 핵심은 창작 주체에 관한 것, 장르 확산에 관한 것, 그리고 문학의 운동성에 관한 것이 중심을 이루고 있다고 하면서, 결론적으로 우리 현대문학사에서 굴곡과 부침은 있었으나 민족문학론은 중단 없이 지속되어 왔고, 민족의 삶에서 이론이 나오고 그 이론이

22 김영민, 『한국현대문학비평사』, 소명출판, 2000. pp.303~376.

23 위의 책, pp.377~440.

24 위의 책, p.373.

다시 민족의 삶을 떠올릴 수 있는 그런 민족문학론이 되어야 한다는 당위성을 강조하고 있다.[25]

이런 중심적인 흐름 외에 1980년대에 이룩된 비평적 성과로 국문학 전공 학자 출신의 이론적 연구의 비평과, 신진 비평가 그룹의 선배 비평가들의 방법과 인식에 관한 비판을 토대로 실천된 메타 비평을 주목할 필요가 있다. 전자에는 김인환, 조남현, 최동호, 김재홍, 정현기 등의 비평가들이 있고, 후자에는 이남호, 김태현, 진형준, 홍정선, 이윤택 등의 비평가들이 있다. 이들의 활동에서 두드러진 성과를 한두 가지 적시해 보면, 김인환은 『한국문학의 이론 연구』 등의 저서를 통해 동양 철학과 고전으로부터 문학 이론을 정립해 내는 작업을 수행했고, 조남현은 실증주의와 분석주의적 방법을 조화시켜 학문적인 엄밀성을 드러내는 태도를 보여주었다. 이남호는 「창비가 섬기는 세 가지 우상」이라는 글을 통해 백낙청 식의 비평 태도에 대해 문제를 제기했고, 이윤택은 「민족주의 이데올로기의 중립을 위하여」라는 글을 통해 백낙청이나 김우창의 비평에 대한 문제 제기와 함께 '시민문학론'이라는 대안을 제시하였다.

반복되는 말이지만 1980년대는 그 시대적 특성 때문에 실제의 창작 성과보다는 창작 주체나 창작 방법에 대한 논의가 우세한 시기였다. 이는 결국 비평의 우위 현상으로 나타났고, 이로 인한 다양한 논의는 역설적으로 우리 문학의 질적 승화와 내적 발전을 가져오는 역할을 담당했다고 볼 수 있다.

25 김영민, 위의 책, p. 440.

4. 1980년대 한국문학의 특성과 의의

지금까지 1980년대 문학에 관해 그 시대적, 사회적 특수성을 바탕으로 하여 전반적 성격 논의와 아울러 장르별로 이룩된 문학적 성과를 중심으로 그 개략적인 내용을 살펴보았다. 이제 이런 앞의 논의를 종합하여 이 시기 문학이 가진 특성과 의의를 몇 가지로 정리해 보기로 하겠다.

첫째, 이 시기의 문학에는 전반적으로 진보적, 저항적 성격을 보여 주는 것이 많았다. 이는 강압적이고 폭압적인 현실에서 문학이 보일 수 있는 보편적인 반응의 결과로 볼 수 있을 것이다.

둘째, 문학의 사회적 기능에 대한 관심이 높게 나타났다. 이 시기에는 아름다움을 추구하는 문학보다는 현실을 개혁하고 변화시키려는 문학이 우세했는데 이는 양심적 지식인의 큰 흐름에서 문학인도 예외일 수 없었기 때문일 것이다.

셋째, 장르의 특성상 소설이나 희곡보다는 시와 비평의 장르가 비교 우위의 모습을 보였다. 투쟁의 현장에서는 직접성이나 호소성의 면에서 시가 효율적이고, 창작의 자유가 통제되는 상황에서는 대안 모색에 창작보다 비평적 발언이 더 유리했기 때문일 것이다.

넷째, 민족 현안 문제인 분단 체제를 다루는 작품이 다수 출현하였다. 복잡하고 모순된 현실을 파악하는 과정에서 한국 현대사의 모든 본질적 비극이 여기에서 유래했다고 보는 시각 때문일 것이다.

다섯째, 소외된 사회적 약자에 대해 관심을 둔 작품이 많았다. 첨예하게 노정된 여러 계층적 대립을 해소코자 하는 의도에서 상대적으로 약자인 여성, 노동자, 민중에 대한 애정 어린 시선을 보낸 결과일 것이다.

여섯째, 기존의 형식을 파괴하거나 새로운 창작 기법을 실험하는 작품이 많았다. 사회의 전반적인 저항 분위기의 반영 혹은 창작계의 위기를 타개해 나가려는 의도의 실천이라고 볼 수 있을 것이다.

이상으로 이 시기의 문학에 대해 그 특성과 의의를 살펴보았으나 중요한 내용이 누락되었을 수도 있고, 또 관점에 따라 이의가 제기될 수도 있다고 생각한다. 모자란 부분은 추후 보완하기로 하고, 또 타당한 이의 제기에 대해서는 겸허히 수용하고자 한다.

5. 결론

모든 문학에는 어떤 형태로든 창작 당시의 현실이 반영되기 마련이다. 창작 행위는 현존재로서의 자신을 성찰하는 효율적인 수단인 동시에 보다 나은 현재와 미래를 정립하기 위해 유토피아를 갈망하는 속성을 갖기 때문이다. 다만 문인들이 활동하는 동시대의 현실 조건에 따라 현실 반영의 내용과 방법에 차이가 존재할 수는 있을 것이다.

1980년대는 20세기 한국 역사의 온갖 비극적 모순과 갈등이 집약되어 있는 시대였다. 청산되지 못한 식민지 모순, 어렵게 성취한 민주주의의 후퇴, 급격한 산업화 추진의 역기능, 강압과 통제 일변도의 정치 행위, 기형적 경제 소유제도의 심화, 이념과 지역 갈등의 확산, 경쟁 중심의 비인간화 교육, 향락적 대중문화의 범람 등등 열거하기 어려울 정도로 많은 병폐와 모순이 혼재되어 나타났다. 부와 권력을 독점한 사람들은 자신들의 정당하지 못한 기득권을 연장하고자 의도적으로 이런 것들을 악용하거나 조장하기도 했다.

이런 상황에서 과연 문학은 어떤 역할과 기능을 수행해야 할까. 문인들은 작품에 어떤 내용을 담아내야 하고, 또 이를 어떤 방식으로 독자들에게 전달해야 할까. 양심적 지식인으로서의 문인들에게 이에 대한 응답은 하등 어려울 게 없다. 험난한 시대를 살았던 선배 문인들이 이미 그 삶과 작품을 통해 모범적인 해답을 내놨기 때문이다. 태평성대의 문학과 험난한 시대의 문학이 같을 수는 없다. 내용과 형식이 비슷한 작품들이라도 산출 시대에 따라 천양지차의 가치 평가를 받는 것을 우리는 잘 알고 있지 않은가. 따라서 1980년대 문학이 진보적, 저항적 성격을 갖는 것은 지극히 당연하고도 정당한 일이라고 할 수 있다. 부당한 권력과 왜곡된 현실에 대해 침묵하는 문학은 존재 이유를 인정하기 어렵다. 뒤틀린 시대를 외면하지 않는 정신과 철학, 그리고 양심적 용기가 오랜 생명력의 문학을 탄생시키는 것은 결코 우연이 아니다.

그러나 문학에서 미학적 완성도 또한 비켜갈 수 없는 과제다. 이 시대의 문학이 그 내용에 있어 강경한 현실 개혁적 신념을 보여주는 반면 미학에서 아쉬움을 노정하는 것은 불가피한 사정이 있었다고는 해도 무조건 정당화할 수는 없는 일이다. 다급한 현실과 효용의 필요성 이라는 해명은 부분적으로 유효하지만 항상성을 갖기는 어렵기 때문이다.

한편 이 시기의 문학에 실험적 방법의 작품이 많이 산출된 것은 어느 시기에나 문학이 추구해야 할 보편적 과제와 연결되어 우리 문학의 질적 수준 향상에 크게 기여한 의의가 있다고 볼 수 있다. 문학의 본질적 속성의 하나로 인습적인 것에 대한 거부와 저항이 있다는 것을 상기하면 기존의 형식이나 구조를 파괴하는 실험적 행위는 문학의 진보와 향상을 위해 꼭 필요한 과정이라고 할 수 있기 때문이다.

끝으로, 1980년대 문학에 관한 개략적 논의를 마무리하면서 느낀 소회를 한 마디 하는 것으로 어지러운 글을 마치고자 한다. 험난한 시대를 사는 문인들이 문학의 사회적 기능에 대한 관심을 포기하지 않을 때만 그 자신의 문학적 성공은 물론 자신이 소속된 사회를 보다 나은 미래로 전진시킬 수 있다는 사실이다. 이것은 문인 이전에 한 지식인 혹은 올바른 인간으로서의 책무이기도 할 것이다.

제3장

문학에 나타난 계룡산(鷄龍山)

■■■

1. 서론

빅뱅(거대한 폭발)에 의해 137억 년 전에 우주가 탄생하고, 그 후 지구라는 별이 생겨났다. 약 45억 년 전의 일이라고 한다. 처음에 뜨거운 불덩어리였던 지구는 점차 식어 가면서 화산 분출과 강우 등의 조건에 의해 수륙의 구분이 생겼을 것이고, 지각운동을 거쳐 산이 형성되었으리라. 식물이 생겨나고 그 식물을 먹이로 하는 동물의 발생은 훨씬 후의 일일 것이다. 어떤 학자는 바다의 물 성분에 벼락과 같은 강한 전기 에너지를 가하여 유기체가 합성되는 실험을 했다고 하는데, 아직까지는 생명 기원에 관한 정설이 확립되지 못했다고 한다. 더욱이 고등 동물인 인류의 출현에 관해서는 진화론과 창조론이 아직도 대립되어 있으며, 진화론을 믿는다 해도 몇 십만 년 이상은 거슬러 올라갈 수가 없다.

그러고 보면 산은 인류가 생겨나기 이전인 아득한 옛날부터 그 자리에 그렇게 있어 왔으며, 산에 이름이 붙여진 것은 산의 나이에 비하면 지극히 최근의 일이라고 할 수 있다. 이름이 있건 없건 산은 의연히 그 자리에 서서 인간들에게 삶의 터전을 제공해 주고, 어떤 경우에는 신앙과 외경의 대상으로 혹은 즐거움과 휴식의 공간으로 존재해 왔다.

계룡산이 언제, 어떻게 해서 생겨났는지 정확히 아는 사람은 아무도 없을 것이다. 그러나 다른 모든 산과 마찬가지로 '계룡산'이란 이름을 가지기 훨씬 이전부터 그 자리에 그렇게 있었을 것이다. 어느 시기엔가 그 언저리에 사람이 살기 시작하면서부터 그 산은 이름을 가지게 되었을 것이고, 사람을 포함한 나무와 바위와 새와 짐승들을 그 품에 포용하면서 오랜 세월을 지내왔을 것이다. 따라서 계룡산과 인간의 만남, 또는 교섭의 역사는 인류의 역사를 헤아리는 것만큼이나 모호하고 어려운 것일 수밖에 없다.

이 글에서는 우리가 가지고 있는 문학 유산 가운데 계룡산과 관련 있는 것에 관해 일별해 보고자 한다. 그런데, 미리 밝혀둘 것은 바로 앞에서 말한 바와 같이 인간과 계룡산의 만남이 인류의 역사 그 자체라는 점이다. 다시 말해서 그 기간이 엄청나게 길고, 또 내용이 워낙 넓고 깊어서 제한된 범위의 이 글에서 다룰 수 있는 부분은 한계가 있을 수밖에 없다는 것이다. 물론 여기에는 필자의 얕은 지식과 섭렵의 제한도 중요한 이유가 됨은 부인할 수 없다.

2. 계룡산과 문학

문학이라는 인류의 빛나는 정신 작업은 그 범위가 무척 넓기 때문에 그 한계를 명확히 정하기 어렵다. 그러나 한 가지 분명한 것은 그 어느 경우에도 인간의 '삶'을 떠나서는 문학이 존립할 수 없다는 것이다. 또한 그것은 언어라는 표현 수단을 거쳐 표출되어야 하는 조건을 가지고 있다. 요즘은 문자 언어로 표현된 것만을 문학으로 생각하는 경향이 없지 않으나, 문자가 생긴 것(특히 세련된 표기 수단으로서의 문자는 더욱 그러하다)은 인류의 전체 역사에서 볼 때 그리 오래된 것이 아니다. 문자 언어가 생기기 이전엔 물론 음성 언어로서 문학이라는 행위가 이루어졌다. 그러나 음성 언어로 이루어진 문학은 그 전승에 많은 제약이 있을 수밖에 없다. 음성을 보관할 수 있는 기계 장치가 없을 경우, 그 전승은 필연적으로 기억에 의존해야 한다. 그런데 기억이라는 것은 개인차가 있을 뿐만 아니라 부정확성을 내포하고 있다. 또한 끊임없이 망각이라는 악조건을 극복해야 하는 속성이 있다. 그리하여 우리가 구비문학이라 이름 붙인 음성 언어로서의 문학은 본래 생성 당시의 모습이 보존되기 어려운 그런 것이다. 물론 이런 부정적 측면과는 반대로 여러 사람을 거치는 동안에 더욱 정교하고 세련된 모습으로 다듬어지는 긍정적 측면이 없는 것은 아니다. 그러나 그것은 동시대 사람들의 취향이나 기호에 따라 확대 과장되는가 하면, 완전히 소멸되어 버리는 경우도 있을 수 있다. 바꿔 말하면 구비문학의 현재 모습만을 가지고는 정확하게 옛 선인들의 삶을 재현시키기는 어렵다는 것이다.

이런 점들을 감안하면서 이 글에서는 계룡산을 제재로 하는 문학을 크게 둘로 나누어 구비문학과 기록문학으로 하고, 기록문학은 다시 고전문학과 현대문학으로 나누어 개략적으로 살피고자 한다. 그렇게 함으로써 미흡하나마 계룡산과 인간과의 교류, 혹은 계룡산과 그 주변에 살았던 사람들의 삶의 모습을 규지해 보자는 것이다.

3. 구비문학

상식적인 얘기지만 구비문학은 신화, 전설, 민담, 민요, 속담, 수수께끼 등등 그 포괄 범주가 매우 광범위하다. 또한 그것들은 문자로 정착되어 있는 경우가 드물기 때문에 그 수집이 용이치 않은 면이 있다.

아직까지 계룡산에 관한 전반적인 구비문학의 자료가 집성되어 있는 것은 없는 듯하다. 한두 사람의 노력이나 단시일의 기간으로는 그것이 불가능하기 때문이 아닌가 한다. 여러 전문가들이 팀을 구성하여 서로 역할 분담을 하고 장기간에 걸쳐 세밀한 조사가 이루어져야 할 것이다. 특히 산업화의 물결에 밀려 기존의 문화유산들이 급속도로 사라져 가고 있는 사정을 고려할 때, 노인 세대들이 타계하기 이전에 이런 작업은 시급히 추진되지 않으면 안 된다.

필자의 입장에서 계룡산에 관한 구비문학의 자료를 개관한다는 것은 매우 어려움이 있다. 앞에서 말한 바와 같이 그 자료가 집성되어 있지도 않을 뿐더러, 이것을 수집하러 다닐 여력도 없기 때문이다. 따라서 이 글에서는 아주 제한적인 범위에서 매우 적은 분량만을 다룰 수밖에 없음을 전제하고자 한다. 특히 구비문학의 주요 장르라고 할 수 있는 민요(동요, 노동요, 선소리, 향도가 등)나, 속담과 민담 등은 그 자료의 구득이 어려워서 이 글에서는 전설 쪽을 중심으로 서술하고자 한다.

계룡산에 얽힌 전설은 굉장히 많은 편이다. 다른 산과 마찬가지로 그 산이름이나 계곡, 산봉우리, 바위 등등에 관한 전설이 널려 있다. 특히 근세 조선의 멸망을 예언하고 새로운 도읍지로서 계룡산이 얘기된 『정감록』과 관련된 것이 엄청나게 많다. 부단한 외침과 탐관오리의 횡포에 시달려온 백성의 입장에서 새로운 메시아인 정도령을 갈망하는 심리가 그런 많은 전설을 형성시켰을 것으로 보인다. 조선 건국 482년 만에 나라가 망할 것이라는 뜻을 지녔다고 하는 연천봉의 바위에 새겨진 '方白馬角口或禾生' 이란 글이나, 1910년 경술년에 나라가 없어질 것을 예언했다고 하는 계룡산의 석시제명(石時題名)인 '方未人才 口或禾多' 같은 것들은 단적으로 그러한 사실을 말해 주고 있다.

강귀수 교수의 「계룡산 지역 답사 연구보고(鷄龍山地域踏査硏究報告)」에는 모두 10편의 전설이 조사, 수록되어 있다. 간략히 그 내용을 요약하여 소개해 보기로 한다.

계룡산 산신의 전설은 계룡산을 다스린다고 하는 할머니 신에 관한 것이다. 이성계가 꾼 꿈을 해몽하여 그가 대업을 이룰 것을 예언해 주고, 천기누설을 염려해 그의 칼에 죽음을 당한 노파가 산신이 되었다는 것이다. 태조는 그 후 조선 개국을 하고 그 팥거리 할머니를 위해 절을 짓고(신원사) 그 혼령을 위로했다고 한다.

용추는 신원사에서 산을 넘어 신도안으로 가는 길 도중에 있는 바위 웅덩이인데 50미터 사이를 두고 두 개가 있어 각기 상탕, 중탕의 명칭으로 불린다. 이것이 숫용추인데 예전에 중탕에서 도를 닦은 용이 상탕에 와서 승천했다고 한다. 두 웅덩이는 수로로 연결되어 있는데 용이 옮겨간 자취라고 한다. 일제강점기시대와 1970년대에 이 용추에 관련된 신비한 일이 있었다 하여(부녀자들이 던져 넣은 패물을 찾으려 물을 퍼냈는데 아무것도 없었다는 것과, 공사 중에 흘러들어간 돌덩이가 저절로 나왔다는 것) 많은 사람들의 관심의 대상이 되기도 하였다.

계룡산은 풍수지리상 매가 꿩을 쫓는 산세를 하고 있다고 하는데, 매는 내국인을, 꿩은 외국인을 뜻해 계룡산에서는 외국인이 힘을 못 쓴다는 전설이 있다. 일제강점기에 일본인이 백암동에 주재소를 설치했는데 하나둘씩 일본 사람들이 죽어 결국 자리를 옮겼다거나, 6 · 25 때 북한의 군인 중 부상자가 백암동에서 치료 받을 때 사망자가 하나도 없었다는 얘기, 또는 상봉에 미군이 통신소를 짓고 통신을 시도했으나 안 되어 한국군이 해 보니 잘 되더라는 얘기 등이 전해지고 있다.

갑사 입구 마을의 당산제에 얽힌 전설은 한국 고유의 토속 신앙인 무격 신앙과 불교 신앙의 혼합된 형태를 보여주고 있다.

갑사 경내의 우공탑에 얽힌 전설은 두 가지가 있는데 모두 소와 관련되어 있다. 화재 후의 갑사 절을 짓는데 소가 그 재료를 구해 운반해 왔다는 것과, 비구니들의 일용품을 늙어 죽을 때까지 운반해 주었다는 것이 그것이다. 아마도 불교의 참선에서 소를 찾는다는 것과 관련이 있지 않나 한다.

천진보탑은 석가모니 부처님의 진신 사리를 모신 곳이라고 하는데 갑사의 부속 암자인 신흥암에 있다. 인도의 아쇼카왕 때 사천왕이 신통력으로 사리를 이 계룡산의 자연 암석 속에 봉안한 것이라고 한다.

그 외에 화헌리(화마루)의 성당과 임산림(任山林)의 묘소에 관한 것이 더 있다.

임헌도 교수의 「한국전설대관(공주편)」에는 남매탑 전설과, 신원사 부근의 노파와 백호라는 두 편의 계룡산 관련 전설이 수록되어 있는데 대체로 불교적인 것이라고 할 수 있다.

위에서 본 바와 같이 계룡산과 관련된 전설은 불교적인 것과, 『정감록』과 관련된 것, 그리고 자연물에 관한 것이 대부분이다. 그러고 보면 계룡산은 유서 깊은 고찰 갑사, 신원사, 동학사를 포함하는 불교의 성지로서,

또는 새 시대 열망의 정도령 도읍지로서의 민간 신앙 등이 그 주변에 살던 사람들과의 교섭 내용이라고 할 수 있다. 다시 말해 계룡산은 신성성을 바탕으로 하여 신앙과 경외의 대상으로서 사람들의 마음속에 자리하는 산이라는 것이다.

4. 고전문학

다음으로는 고전문학에 나타난 계룡산의 모습을 보기로 하겠다. 이 부분의 서술에도 광범위한 고전문학 모두를 대상으로 할 수 없는 한계가 있다. 여기서는 주로 정신문화연구원(현 한국학중앙연구원)에서 펴낸 『민족문화대백과사전』의 내용을 중심으로 하고, 거기에 누락된 몇 가지를 추가하여 보도록 하겠다.

계룡산은 산세가 웅장하지는 않으나 그 풍모가 수려하고 그윽하여 신비감을 자아낸다. 그리하여 예로부터 온갖 종교가 번성하였고, 도참설이 성행했으며, 시인 묵객들의 탐승이 끊이지 않았다. 심지어는 점을 치는 사람들조차도 자신의 명성을 선전하기 위해 계룡산에서 몇 년간 도를 닦았다는 말을 하는 경우가 많다. 그만큼 계룡산은 신비한 영험의 산이며 구도자들의 수도장으로서 적합하다는 것을 말해 주고 있다 할 것이다. 이런 원인으로 수많은 문인들이 이 산을 찾았으며, 그 내용을 글로 남겼기 때문에 많은 양의 작품이 남겨졌다고 볼 수 있을 것이다. 그러나 그러한 작품들은 한 곳에 모이지 못하고 여기저기 개인 문집이나 기타 책자의 부분 속에 들어있기 때문에 그 전모를 보는 것은 매우 어려운 일이다.

이중환은 『택리지』에서 경도진산(京都鎭山)으로 넷을 들었는데 개성의 오관산, 한양의 삼각산, 진잠의 계룡산, 문화의 구월산이 그것이다. 그 네 산을 비교하면서 계룡산에 관해서는 다음과 같이 논평하였다.

> "계룡산은 웅장하기가 오대산에 미치지 못하고 수려하기도 삼각산에 미치지 못하나 골짜기가 깊숙하게 들어앉은 것이며 국(局) 안 서북쪽에 용연이 있어 심히 깊고 넓게 흘러서 큰 시내를 이룬 것은 개성이나 한양에는 없는 것이다…."

서거정은 공주 십경 시에서 「계악한운(鷄嶽閑雲)」이란 시를 통해 다음과 같이 계룡산을 읊었다.(원문 시는 생략하고 번역만 싣기로 한다.)

> 계룡산 높이 솟아 층층이 푸름 꽂고 맑은 기운 굽이굽이 장백에서 뻗어왔네
> 산에는 물웅덩이 용이 서리고 산에는 구름 있어 만물을 적시도다.
> 내 일찍이 이 산에 노닐고자 하였음은 신령한 기운이 다른 산과 다름이라.
> 때마침 장마비가 천하를 적시나니 용은 구름을 부리고 구름은 용을 좇는도다.

남수문은 『독락정기』에서 "남쪽으로 계룡산을 바라보니 은하수 위로 솟아난 것 같다"고 표현했다.[1]

남하정은 그의 문집 『동소집』에 실린 「계룡기행」에서 동학사, 밀묵령, 신도안 등의 모습과 전설 등을 세밀히 관찰하고 기록하였다.

이해는 「유계룡산기」라는 글을 통해 신도안, 신원사, 갑사 등의 계룡산 유적을 탐승하면서 당시 사대부들의 유람 모습이나 절의 풍속, 선비들의 여유 있는 풍류 등을 묘사하고 있다. 이 글은 1712년에 쓰인 것으로 그 원

---

1 『독락정기』에 관해서는 필자의 「독락정기 소고」(『웅진문화』 2 · 3합집, 공주향토문화연구회, 1990)라는 논문을 참고할 것.

문을 한글로 번역하고 해설한 윤여헌 교수의 글을 참고할 수 있다.[2]

고전문학은 아니나 계룡산 기행문으로 주목할 만한 것으로는 1923년 12월 1일부터 1924년 1월 11일까지 『동아일보』에 36회에 걸쳐 발표된 「계룡산기」라는 것이 있다. 이것은 분량도 매우 많을 뿐만 아니라, 동학사에서 시작하여 갑사와 신원사를 거쳐 신도안에 이르기까지의 상세한 여정과 당시 사람들의 생활 모습이나 생각까지 담고 있어서 무척 소중한 자료라고 생각된다. 특히 절에서 만난 스님들과의 대화 내용 중에 계룡산과 관련된 전설이나 절의 창건에 관한 얘기 등이 있어서 더욱 의의가 크다고 할 수 있다.

역시 고전문학은 아니나 현대의 한학자인 김철희는 계룡산에 관해 다음과 같은 한시를 남기고 있다.(원문은 생략)

> 한번 계룡산에 오르니 만산의 꼭대기인데 여기 서서 황도가 크게 열리는 때를 보네
> 곤륜산의 원기가 뻗어오기를 멀리했고 황해의 정신이 나와 모이기를 멀리했네
> 안으로 불교요 밖으로 유교를 믿는 것이 까닭이 있고, 하늘을 높이고 땅을 낮추는 것이 이치가 모두 그렇겠도다
> 내가 온 것은 아름다운 경치 보려는 것뿐만 아니라 산신령께 빌어 함께 신선이 되려는 것이었네
> 거꾸로 계룡산에 오르니 높다랗게 하늘에 닿았는데 사방으로 둘러싸인 모든 산이 비단 병풍과도 같네

끝으로 그 내용은 보지 못했으나 김철희의 글 속에 언급된 '계룡시첩'이란 것이 있는데 이것은 이장(李丈)이 계룡산에 수년간 살면서 봉우리 이름과 물의 명칭의 연유와 대 · 바위 · 절 · 민사(民社) 등의 토속 유래까지 다

2 윤여헌, 「유계룡산기(遊鷄龍山記)」, 『웅진문화』 5집, 공주향토문화연구회, 1992.

조사하고 가는 곳마다 절구 한 수씩을 지어 합친 것으로서 사람들로 하여금 한걸음도 걷지 않고서 산의 안팎 모든 명승을 빼놓지 않고 볼 수 있게 한 것이라고 한다. 그 자료를 구할 수 없어 소개하지 못함을 매우 아쉽게 생각한다.

이상에서 본 바처럼 우리 선인들은 계룡산에 관한 한시나 기행문 등을 통해 그 산세의 아름다움이나 계절에 따른 풍치뿐만 아니라 산의 덕과 말없는 교훈을 겸허히 받아들이는 것임을 주목해야 할 것이다. 개발과 정복이라는 미명 아래 파괴와 변화에만 초점을 맞추는 요즘 세태와는 사뭇 대조적이라 하지 않을 수 없다.

5. 현대문학

마지막으로 현대문학 작품에 나타난 계룡산에 관해서 살피고자 한다. 현대문학 작품으로서 계룡산에 관한 시나 수필, 소설이 얼마나 있는지 필자의 좁은 안목으로서는 가늠할 길이 없다. 아마도 충청권의 문인으로서 계룡산 소재의 작품 한두 편을 안 쓴 문인은 없을 것이다. 이것을 일일이 다 조사하여 살피는 것은 매우 힘든 일일 것이다. 따라서 이 글에서는 필자의 손이 닿는 범위의 것들로만 한정하여 다룰 수밖에 없음을 양해하여 주기 바란다.

박용래의 「계룡산」은 지방 신문 창간 25주년 기념 시로 쓰여진 것인데, 박용래 특유의 서정성이나 섬세한 언어 구사 대신 남성적이며 강인한 토운을 보여주고 있어서 이채롭다. 언론 매체를 위한 기념 시이기 때문일 것이다. 매우 긴 장시이므로 그 일절만 인용해 본다.

고즈넉한 새벽
첫번 닭이 울고
먼동이 트일
때
그대는 비로소
龍이 되어
만호에 우뚝 솟았다.

그대
隱士의 정기
삼백 오십만
충남 도민의
젖줄이여

할아버지의 할아버지,
할아버지가 그대
품을 찾을
때

강물은 벌써 도도히 흐르고 있었으니
우리들의 강물이여
백제의 맥박이여
천년의 맥박을 그대 靈峰에 새겨라.

조남익은 「忠淸道」란 연작시를 발표한 바 있는데 그가 이 시에서 주로 관심을 표명하고 있는 것은 한국 농촌의 근본적 뿌리, 백제의 한을 포함한 역사적 자취, 순진무구한 평화의 땅, 어린이들의 시선을 빌린 추억과 그리움, 현대사의 비극, 강인한 끈기로서의 서민들의 힘, 현대문명의 격랑 속에 흔들리고 사라지는 전통적인 것들이다. 그중에 계룡산이 제재로 다루어진 시의 한 부분을 보기로 한다.

에잇,
오른다, 춤춘다
주검은 땅에서 덮어도
머언 鷄龍山
山그늘에 내리어 노는
魂들의 묵밭을 가면

머저리 같은 내 울음은
아직 땅 속에서 오고,
깡마른 우리 얼굴
風雲에 핥아먹힌 얼굴은
아직 역사에서도 오고…

김백겸은 주로 패배한 역사의 한을 민중들의 울분과 분노로 파악하고 그것을 다시 '불'이란 이미지로 환치시켜 계룡산을 노래하고 있다. 새로운 도읍지로 선정되어 공사가 진행되기까지 했으나 끝내 중단되어 버린 역사적 사실로부터 이끌어 내어진 '한'은 '빈터의 질경이 풀'로 현실화되고, 그것은 좌절이나 절망으로 가라앉는 대신 뜨거운 불로서 재생되어, 새로운 세계 또는 우리가 지향해야 할 목표를 달성하기 위한 강력한 에너지로서의 불로 나타난다. 그 한 부분을 인용해 본다.

신도안, 세상에 활을 겨눈 마음들이 모이는 곳
삼불봉에서 쏟아지는 지열을 모아
백성의 심장에 불을 놓은 셈이 되는 곳
불을 꿈꾸며 흐른다
커다란 세력으로 내를 이루고 강을 이룬다.

언젠가는 단숨에 태우리라
호남평야와 함경산맥과 마라도 끝까지

천년왕국에 꺼지지 않는 횃불을 마련하리라
주춧돌만 남은 옛 도읍지 빈 터
정감록의 참언이 질경이 풀로 자라 오른다.

조정권은 겨울날 오후 한 순간의 이미지를 짤막한 시 구절 속에 최대한도로 압축하여 겨울 산사(山寺)의 적요함과 불립문자라는 참선의 세계를 엿보도록 하고 있다. 소품이긴 하나, 심오한 불교적 세계를 압축이라는 시의 특성을 잘 살려서 나타내고 있다. 「甲寺」라는 제목의 이 시 전문은 다음과 같다.

僧房에 홀로 남아
먼 하늘에서 참나무 장작 패는 소리를
藥으로 듣는 늦은 겨울날 오후

조재훈의 「또 계룡산을 넘으며」라는 시에는 이 시인 특유의 섬세하고도 힘 있는 시어의 구사와 함께, 사물의 이면에 숨겨진 의미와 진실을 캐내 밝히려는 끈질긴 집념 같은 것이 강하게 드러나고 있다. 신비한 산의 외양이 인간에 의해 오염되어 가는 것에 대한 안타까움이 있는가 하면, 산이 감추고 있는 진실이 짓밟히고 있는 현실을 질타하기도 하고, 그러면서도 우리가 마침내 도달해야 할 우리만의 그 어떤 것을 향한 시인의 외침이 있다. 우리는 이 시에서 단순히 계룡산이란 제재를 떠나 혼란과 외래문화에 찌든 우리 현실, 소중한 것을 상실하고 무의미하게 세속화되어 버린 우리의 삶을 성찰하는 지혜의 번득임을 놓치지 않아야 할 것이다. 다음은 이 시의 전문이다.

풀이 죽어 있었어
누가 그대 정수리에 안테나를 꽂고
누가 그대 아랫도리 내장을 다 긁어내는가
신경을 죽인 이빨처럼
아프다는 말도 못하고
누워 있었어
道人을 키우던
山峽마다
한 맺힌 작은 봉우리마다
살기가 어려 있었어.
새들도 주눅이 들었는가
떠는 나뭇가지에서 나뭇가지로
조심스럽게 옮겨 앉고
이제 道도 죽었는지
바람의 야윈 흐느낌만
가늘게 가늘게 들렸어
기우는 햇살에
떨어지는 잎들이 울었어
못 핀 꿈들이 떠 정처도 없이
어디메를 떠돌아야 하는가
바다 건너 먼 나라에서 사온
무기들이 숨을 죽이고 있었어
방아쇠 당기기를 기다리고 있었어
빌어야 할 하늘도 쫓겨나
머리 풀고 있었어
겨레의 산 우리 계룡은.

위에서 소개한 시들은 계룡산을 노래한 수많은 시들의 일부분에 불과할 것이다. 그러나 그들 시를 다 모은다 해도 비록 시인의 개성에 따른 언어적 표현의 차이는 있겠으나 근본적인 시 정신에 있어서는 대체로 큰 차이가 없으리라는 생각이다. 그것은 오랜 세월 그 자리에 그렇게 서 있는 산의 모습이나, 많은 사람들의 머릿속에 자리 잡고 있는 신비스러움의 이미지가 갖는 공감대가 있을 것이기 때문이다. 따라서 그 시들을 다 보지는 못했지만, 그 내용이 계룡산의 아름다운 풍광을 노래했거나, 산과 함께 한 우리 역사의 쓰라린 한, 새로운 세계 건설과 이상을 향한 염원, 우리 선인들이 가졌던 산에 대한 외경심, 산 그 자체가 지닌 신비스런 이미지가 훼손되는 데서 오는 안타까움 등으로 되어 있지 않을까 한다. 그렇게 본다면 아주 부분적으로 미흡하게 살핀 위의 시들에서 그런 점은 거의 드러나고 있는 것이 아닌가 하는 생각이다.

수필 쪽에서도 계룡산을 제재로 한 것은 대단히 많을 것이다. 특히 앞에서 본 바처럼 먼 옛날에도 이 산을 탐승하고 그 느낌이나 풍치를 기록한 기행문이 많이 있음을 볼 때, 이 산을 찾는 사람치고 한두 편, 한두 줄의 글을 써 보지 않은 사람은 없을 듯하다. 그러나 그러한 글들이 수합되어 있지 못한 고로 체계적으로 살필 수 있는 길은 막연하다.

그런 중에서도, 고등학교 국어 교과서에 수록됨으로써 널리 알려진 이상보의 「갑사로 가는 길」이란 작품은 전국의 고등학교 학생들에게 계룡산과 동학사, 갑사를 매우 인상 깊게 기억에 남기는 데 큰 기여를 한 글이라 할 수 있다. 물론 그 글은 남매탑에 얽힌 전설의 소개가 중심 내용으로 되어 있기는 하나, 감수성이 예민한 청소년들에게 계룡산에 관한 또 다른 이미지 하나를 확고하게 심어주고 있다 할 것이다. 그것이 계룡산의 실체와 숨겨진 진실을 왜곡하는 부정적 측면이 있음도 사실이기는 하지만 우리 현실에서 계룡산을 그만큼 널리 오래 선전해 주는 것이 없음도 사실이다.

소설 장르에서 계룡산을 다룬 작품은 그리 많지 않다. 장르의 속성상 시나 수필처럼 순간적인 이미지의 포착이나 짤막한 단상을 가지고 소설이 창작될 수는 없다. 인물이 있고, 이야기가 있어야 하며, 거기에 작가의 현실과 역사를 새롭게 보는 눈이 있어야 하는 소설은 겉으로 보이는 산의 모습이나 표면적 관찰만 가지고는 다루어질 수가 없다. 물론 어떤 작품에서 부분적으로 계룡산을 공간적 배경으로 하거나, 문장 표현 속에 이 산이 언급되는 경우는 적지 않게 있을 것이다. 그러나 그런 것은 계룡산을 제재로 했거나 내용으로 하는 소설이라고는 할 수 없다. 적어도 작품 전체가 계룡산의 어떤 정신적인 것을 다루고 있다거나, 공간적 배경의 상당 부분이 이 산으로 되어 중심을 이루고 있는 경우만이 그에 부합된다고 할 수 있을 것이다. 그렇게 봤을 때, 계룡산을 소설로 다룬 것은 많지 않다는 것이다. 몇 편 안 되는 작품을 간략히 소개해 보도록 하겠다.

박용구의 『계룡산』은 어느 면에서 가장 계룡산다운 측면을 다루고 있다 할 수 있을 것 같다. 신문 연재 당시는 물론 단행본으로 출간된 뒤에도 끊임없이 그 내용의 외설성이 문제 되어온 이 소설은 실상 작가의 근본적 의도는 뒷전에 밀린 채 그 지엽적인 것이 표면적으로 화제가 되어 왔다. 이 작품은 한 마디로 말하여 사이비 종교의 사이비성과 사기성을 다룬 것이다.

계룡산의 신비와 미래의 도읍지라는 예언서의 기록들, 그리고 난세의 피난지라는 민간 신앙을 믿고 조선 후기 때부터 많은 사람들이 이 산으로 몰려와 살았다. 그 사람들은 나름대로의 믿음과 신앙체계를 가지고 갖가지 형태의 유사종교 외피를 입게 된다. 최근 국방 주요 시설이 들어설 때까지 신도안을 비롯한 계룡산 주변은 신흥 종교의 메카라 할 만큼 여러 종교 단체들이 난립해 있었다. 그것은 기성 종교인 불교나 기독교, 유교적 색채를 띤 것들로부터 동학의 여러 분파, 무속 신앙에 이르기까지 다양했었다고 한다. 그 가운데는 교주 하나에 신도 하나인 것들도 많았다고 한다.

『계룡산』은 바로 그러한 문제를 다루고 있다. 아주 무식한 건달 하나가 여자 교주 비슷한 사람을 만나 종교적인 절차나 규범을 습득하고 난 후에 독립하여 새로운 교를 창시하게 되고, 우연히 그의 말이나 행적이 비일상적인 현상들과 적중되어 나가자 주변에 사람들이 몰려들어 세력이 커지기 시작한다. 그는 신도들의 절대적인 추앙과 신뢰를 얻게 되고, 신도들은 재물을 갖다 바쳐 물질적 풍요를 누리게 된다. 경찰에 잡혀간 것을 뇌물을 써서 나오게 하고는 그것을 전화위복의 계기로 삼아 무식한 신도들로 하여금 경찰도 꼼짝 못하는 사람으로 떠받들게 한다. 선비 하나가 들어와 이론적 틀을 마련하게 하여 교세는 더욱 커지고 많은 사람들이 재물은 물론 여자까지 바쳐 환심을 사려 한다. 또 여자 신도들을 위협과 회유로 가까이 하여 많은 여자들과의 무질서한 성생활이 펼쳐진다. 그러면서도 그는 자기 가족을 위해서는 재산을 빼돌리고 도시의 학교에서 교육을 받게 한다. 전국 여러 곳에 포교소를 설치하고 경전 비슷한 것을 만들기도 한다. 그러나 교세가 커질수록 그걸 카리스마적으로 통활할 힘이 부족한 그는 점점 기괴한 행동으로 빠져들어 남의 부인, 심지어는 자매를 동시에 범하는 등 인격 파탄적 모습을 보여준다. 하지만 괴상한 주문을 외우게 하고 비일상적 형태의 기도를 드린다고 해서 일시적 충격 효과는 있을지언정 근본적 해결책이 될 수 없을 것은 자명하다. 그는 결국 늘어난 교세를 감당하지 못하고 스스로 자멸하고 만다.

이 작품은 사교 집단을 소재로 한 점에서 백백교를 다룬 박태원의 『遇氓』(나중에 『金銀塔』으로 개제)과 상당 부분 유사하다. 차이가 있다면 『우맹』은 잔혹성이 두드러지고, 이 작품은 남녀 성관계가 노골적으로 자주 묘사된다는 정도다. 필자는 『우맹』을 분석한 논문에서 그러한 소재를 다룰 때 나타날 수 있는 한계를 다각도로 지적한 바 있다. 이 작품에도 똑같은 논리를 적용할 수 있을 것 같다. 흥미와 오락성, 나아가 선정성까지 가세된 이런 부류의 작품은 그 문학성이나 미학적 가치가 떨어질 수밖에 없다. 이 소설은 계룡산다운 측면을 다루어 그리기는 했으나, 그 문학적 가치는 논의의 여지가 없는 오락적 수준의 작품이다.

이문열의 『황제를 위하여』는 『정감록』의 예언을 허구 속에서나마 실현시킨 장편소설이다. 잡지사의 기자인 나는 데스크의 명에 따라 특집 기사를 마련하러 계룡산 취재에 나섰다가 길을 잃는다. 수풀 속을 헤매던 중 이상한 무덤을 하나 발견한다. 그 무덤에는 비목(碑木)이 서 있었는데 거기에 "南朝鮮國 太祖 廣德大悲白聖帝之陵"이라 쓰여 있었고, 그 무덤에 제사를 지내러 온 한 노인을 만난다. 그 노인으로부터 『百帝實錄』이란 남조선국의 사서(史書)를 얻어 보게 되는데, 이 소설은 바로 한문으로 된 그 역사서를 연의(演義) 형식으로 풀어쓴 형태로 되어 있다.

『정감록』의 내용을 굳게 믿고 있는 백석리의 정씨는 천 년 전에 만들어진 옛 거울 하나를 얻게 되는데 거기에는 이씨가 망하고 정씨가 흥하리라는 참문이 쓰여 있었다. 그 무렵 그 아내는 임신 중이었는데 어느 날 스님 하나가 지나가다가 엎드려 절을 하면서 하늘 아래 한 분이고 땅 위에 한 분인 사람이 태어날 것이라고 예언한다. 그 후 아들이 태어났는데 그 날 누른 안개가 끼는 기적이 일어나고, 아기 시절에 밭가에 뉘어져 있을 때 호랑이가 나타나 이마를 치고 갔는데 그 흔적이 '皇'이란 글자 모양이 되었다. 그 아이는 매우 뛰어난 지능과 능력을 갖추어 학문과 무예를 익히게 되며, 그 아버지는 '鄭眞人'이 황제가 되는 때를 위해 재물과 사람을 모은다. 16세가 되던 때에 열병에 걸려 일단 숨이 끊어지나, 그 순간에 삼한(三

韓)을 거두어 너를 준다는 하늘의 명을 받게 된다. 그해가 바로 한일합방이 되던 해다. 그 다음에 왜적을 치기 위해 군사를 일으켜 그 규모는 백여 명이었는데 대부분 노인과 아이들이었고, 무기도 칼과 활 등 원시적인 것들이었다. 이동하는 일본 헌병대 1개 분대를 공격하기 위해 옛 전법에 따라 공격했으나 모조리 잡혀서 끌려가 실패한다.

그 후 그는 세상을 알기 위해 집을 떠나 신문명을 접하고, 일본인도 만나고, 사기꾼에게 당하기도 하다가 고향에 돌아온다. 1919년 독립만세 사건 때 장터거리에서 술을 마시던 황제는 사람들이 부르는 만세가 자기를 위한 것(군중들이 '황제폐하만세'를 외쳤다.)이라 착각하고 일본 순사와 맞서 다투던 중 그의 칼에 일본 순사가 죽는다. 그는 당국의 수사를 피하기 위해 만주로 옮겨가 터전을 마련한 후, 1934년 귀국하여 어지러운 세태를 견디다가 6 · 25를 겪게 된다. 공산주의자가 된 아들(太子)의 도움으로 북한군의 위험에서 벗어나게 되고, 수복 후에 간교한 배대기란 사람이 황제를 극진히 모시던 둘째 아들인 효명태자가 빨갱이인 그 형과 내통했다는 약점을 이용하여 모든 토지와 재산을 빼앗아간다. 아들은 일본으로 피해 가고, 그는 매우 궁핍한 생활을 하다 1972년에 죽게 된다.

이문열은 '금세기의 한국 역사가 보여 주는 의식 과잉 내지 이념에 대한 과민 반응을 역설적으로나마 지우기 위해', 그리고 '나날이 희미해져 가고 있는 동양적인 것에 대한 향수를 일깨우기 위해' 이 작품을 썼다고 한다. 어쨌든 이 작품은 우리 현대사의 과정을 한 영웅주의자(또는 정신이상자)의 또 다른 시각에 의해 점검해 보고 있다는 점에서, 혹은 우리 민간 사이에 그처럼 끈질기고 강하게 자리 잡고 있는 『정감록』의 예언(새로운 시대와 세계의 도래)을 허구 속에서나마 실현해 보고 있다는 점에서 의의가 있다고 할 수 있겠다. 특히 이문열 특유의 화려한 문체와 종횡무진으로 인용되는 동양 고전의 문구들은 일면 현학적 느낌을 주면서도 고급 독자들의 지적 호기심을 충족시켜 준다고 볼 수 있을 것이다.

위의 두 작품 외에 본격적으로 계룡산을 다룬 소설은 없는 것 같다. 시중에는 『정감록』이란 제목의 소설 두 종류가 팔리고 있는데, 이는 얼핏 계룡산을 다루고 있는 것처럼 보이나 부분적으로만 취급되고 있을 뿐 내용의 초점은 다른 데 있는 작품이다.

유현종의 『정감록』은 표지 제목 글자의 배경으로 '계룡산'의 글자가 사용되고 있기는 하지만 실제 내용은 조선 왕조 후기에 개혁정치를 실현해 보려다가 실패한 홍국영의 이야기를 쓴 것이다. 얼마 전 한 텔레비전 방송에서 〈왕도〉라는 제목으로 방영된 것이 바로 이 작품을 각색한 것이다.

정다운의 『정감록』은 한국 현대사의 미래를 예언했다 하여 화제가 된 적이 있는데(87년의 대통령 선거 결과), 변산반도의 울금 바위에서 하늘과 땅의 이치와 원리를 통달한 사람들에 의해 비기(秘記)로 전승되는 미래 예언을 우리 역사의 전개 과정에 따라 풀어쓴 것이다. 그에 의하면 감여(堪輿)사상의 제일성(第一聖)은 원효대사이고 제2가 진표율사, 제3이 도선국사, 제4가 묘청, 제5가 일연스님, 제6이 무학대사, 제7이 서산대사요, 제8은 아직 나타나지 않았다고 한다. 혹은 제8성이 바로 정도령, 정진인이라고도 하나, 저자에 의하면 제8성은 진인으로서 천지의 이치에 달통해야 하며, 화엄법계를 이해해야 하고, 역학과 무극을 터득해야 하며, 우주와 통하는 진리의 소리를 들어야 하는 감여사상의 대가를 말한다. 따라서 제9성이 바로 정도령은 아니며 우리의 새 시대를 이끌어갈 정도령은 백제정신의 근거지인 호남 땅에서 태어날 사람으로 하나가 아니며 셋이고, 그 성이 반드시 정씨여야만 하는 것은 아니라고 했다. 그 사람은 바로 제8성인 진인에게서 비기를 받아 남북통일을 이룩하고 태평양시대의 주인공이 되어 세계사의 주역으로서 인류 역사를 끌어갈 것이라 했다. 그 세상이 바로 미륵 용화 세계라는 것이다.

한때 성행했던, 우리 민족의 세계지배설을 또 다른 측면에서 구체화한 이 책을 문학적으로 보면 소설도 아니고 수필도 아닌 일종의 야사이며 독단주의적 사상서라 할 수 있다. 일각에서 민족의 자긍심을 키워주고 낙관론적인 세계관을 형성시켜 주는 긍정적 요소가 있는 것은 사실이지만, 지나친 민족주의의 강조가 오히려 허황된, 현실 몰각의 폐해를 가져올 수도 있는 책이라고 할 수 있을 것이다.

6. 결론

지금까지 문학에 나타난 계룡산을 구비문학, 고전문학, 현대문학의 셋으로 나누어 간략히 살펴보았다. 수차 언급한 대로 광범위한 자료를 모두 수집하는 데는 한계가 있으므로 필자가 접할 수 있는 것들만 대상으로 할 수밖에 없었다. 섭렵의 제한으로 인해 중요한 자료들이 누락되었을 가능성도 충분히 있다. 그런 점을 감안하고 위에서 살핀 내용들을 요약해 보면, 계룡산을 다룬 문학은 크게 두 가지로 대별되는데 하나는 산 그 자체의 아름다운 풍광을 미화하고 예찬하는 것들이고, 또 하나는 『정감록』과 관련된 새로운 시대의 터전으로서 다룬 것들이다. 그 분량으로 보면 후자가 압도적으로 많다.

인류는 항상 현재보다 나은 미래의 이상을 지향하는 속성이 있다. 그러한 면에서 본다면 어려운 시대를 살아온 우리 민족에게 계룡산은 늘 희망의 대상이요 유토피아의 대명사였다고 할 수 있다. 실현될지의 여부는 아무도 알 수 없는 메시아로서의 정도령은 우리 민족의 가슴에 영원히 살아 있는 하나의 '힘'으로서 작용해 왔고 앞으로도 길이 남아 있을 것이다.

그런 산 가까이에 사는 우리는 행복하다. 귀중한 보물을 가까이에 두고 엉뚱하게 먼 곳을 헤매서는 안 된다. 자주 계룡산을 찾아, 가시적인 오염을 막기도 해야겠지만, 무분별한 외래 사조에 의해 만신창이가 된 우리 것을 되찾고 지켜내는 힘을 얻도록 하는 일도 중요하다고 생각한다.

제4장

공주의 근대 문예지 『백웅(白熊)』 연구 (1)

■■■

1. 서론

공주는 우리나라 최초로 구석기 유적이 발견된 곳이며, 한성 이후 60여 년 동안 부여로 천도하기 전까지 백제의 도읍지였던 도시다. 백제가 멸망한 이후에도 고려와 조선시대 내내 지방 행정 거점 도시로서 충청도의 중심지 역할을 수행해 왔다. 이는 현재의 '충청도(충주+청주)'라는 이름 대신 '공청도(공주+청주)' 혹은 '공홍도(공주+홍주)'라는 명칭이 사용되었던 역사적 사실에서도 확인할 수 있다. 특히 근대적 국가체제를 갖추기 시작한 19세기 말 고종시대에 충청도의 도청 소재지가 됨으로써 1932년 대전으로 도청이 옮겨가기 이전까지 충남 제1의 근대적 도시 위상을 계속 유지해 온 것은 주지의 사실이다.

이러한 이유로 공주에는 일찍이 기독교가 전래되었고, 또 충남에서는 물론 전국적으로 보아도 영명학교를 비롯한 여러 근대적 학교가 다른 도시에 앞서 설립된 곳이다. 일제강점기가 시작된 이후에도 충남 최초의 극장인 '금강관'이 개설되는가 하면, 일간 신문이 발행되기도 했고, 역시 충남 최초로 자동차 회사가 설립되어 운행되기도 했다. 또 서양 선교사나 일본인 등 외국인이 가장 많이 거주했던 곳도 공주였다. 즉 공주는 여러 면에서 충남의 가장 앞서가는 도시였으며, 새로운 문물이 제일 먼저 유입되는 통로이기도 했던 것이다. 그럼에도 불구하고 유독 공주의 근대문학을 논할 때면 대체로 해방 이후 공주사범대학의 설립과 그 구성원에 의해 처음 시작된 것으로 보는 게 지금까지의 통설이었다.[1]

그러나 지역 중심 도시의 근대적 학교에 근무하던 교사들이나 당시 경성에서 발행되던 일간 신문사의 지국을 운영하던 기자 겸업의 언론인들, 신식 학문을 공부하는 학생들 사이에 근대문학에 대한 관심이 없었다는 것은 도저히 이해가 안 되는 일이다. 당시의 시대 분위기나 사회적 상황을 미루어 볼 때 분명 공주에는 어떤 형태로든 근대적인 문학 활동이 존재했다고 보는 것이 상식에 부합되는 일일 것이다. 어려서부터 공주에서 살아오며 공부를 했고, 이후 공주 소재의 대학에서 학생들에게 문학을 가르치며 문학 활동을 해 온 필자는 오래 이런 의문과 관심을 갖고 있던 중에 우연히 공주에서 나온 근대 문예지 『백웅(白熊)』이라는 잡지의 존재를 알게 되었다. 이 잡지의 존재는 오래전에 학계에 알려져 있었지만[2] 그 실체를

1 가령 최근의 정리라 할 수 있는 『공주시지(公州市誌)』 하권 "공주의 문학" 편을 보면 공주의 근대문학은 1950년대 공주사범대학으로부터 시발되었다고 보고 있다. 그 밖의 다른 사람이 집필한 공주 근대문학에 관한 글에서도 이런 사실은 거의 동일하다(나태주, 「공주의 문학」, 『공주시지(公州市誌)』 하권, 공주시지편찬위원회, 2002. p.52; 조재훈, 『충청남도지(忠淸南道誌)』 23권(현대문학 편), 충청남도지편찬위원회, 2010. p.154).

2 1973년에 문원각에서 발행된 『한국문학대사전』의 "백웅(白熊)" 항목(p.309)을 보면 '1928년 2월에 공주를 중심으로 한 신진문학 청년들이 순수문학을 표방하며 만든 순문예지'로

확인하는 것은 쉬운 일이 아니었다. 여러 경로를 통해 그 소재를 탐문하고, 잡지 전문가에게 문의도 해 보고, 전산화된 검색 시스템을 통해 국내 유수의 도서관 자료를 뒤져 보았지만 별 성과가 없었다. 그러다가 최근 연세대 도서관에 그 자료가 소장되어 있는 것을 확인하고, 어렵게 열람 협조를 얻어 비로소 그 자료를 구해 볼 수 있게 되었다. 그런데 연대 도서관에 소장되어 있는 것은 이 잡지의 창간호 한 권뿐이다. 『동아일보』 기사에 의하면 이 잡지는 1928년 2월과 3월에 두 권이 나왔다. 이처럼 2호의 존재는 분명하나 그 실체는 알 수가 없는 실정이었는데, 다행히 얼마 전에 공주의 웅진교육박물관 관장에 의해 창간호와 2호가 동시에 세상에 공개된 바 있다.[3] 그러나 유감스럽게도 아직 2호의 내용은 보지 못해 논의를 진행할 수가 없다. 일단 창간호를 중심으로 이 잡지의 성격과 수록 작품들의 내용을 살펴보고, 나아가 이 잡지가 갖는 가치와 의의를 검토해 보고자 한다. 그리고 2호를 포함한 종합적인 이 잡지에 관한 논의는 차후의 연구 과제로 남겨두도록 하겠다.

2. 『백웅』 간행의 취지와 성격

이 잡지가 공주에서 간행되게 된 이유와 경위 및 그 성격을 알려면 이 잡지 간행 1년 전인 1927년 공주에서 결성된 '한글연구회'라는 단체에 관

서 단 1호로 끝난 순문학동인지라고 설명하고 있다. 이 항목 집필은 서지학자인 백순재가 담당했다.

3 「백제 땅 공주에서 나온 '백웅(白熊)'」, 『금강뉴스』, 2010. 3. 16 참조.

한 이해가 필요하다. 『백웅』은 다음 설명에서 보는 것처럼 한글연구회의 기관지 성격으로 출발했기 때문이다. 이 문제에 관해 좀 더 자세히 설명해 보도록 하겠다.

1927(소화 2년)년 11월 18일 『동아일보』 4면에 공주에서 '한글연구회'라는 단체가 결성되어 본격적으로 활동을 시작했다고 보도되었다.[4] 1년 전인 1926년 서울에서 현재의 한글날 전신인 '가갸날'이 제정되는 등 한글에 대한 관심과 연구가 활발해진 것이 계기가 되었겠지만, 지역 소도시인 공주에서 이른 시기에 이런 단체가 결성된 것은 매우 이례적인 일이라 할 수 있을 것이다. 공주에서 이 단체가 결성된 배경에는 당시 신간회에 관여하는 등 진보적 명망가였던 서덕순[5]이라는 지식인의 후원과 신진 청년들의 앞선 시대의식, 그리고 보수와 개혁적인 성격이 공존했던 공주라는 도시의 지정학적 특수성이 반영된 것으로 추정된다.[6] 그러나 이 단체가 구체적으로 어떤 활동을 어떻게 수행했는가에 관해서는 현재 아무런 자료가 남아 있지 않아 전혀 알 수가 없다. 어려운 시기에 생존에 급급하여 학술적 자료를 수집하고 보관하는 일을 소홀히 한 결과이기도 하겠지만, 숱한 전

---

4 이 단체의 조직 경위 및 활동에 관해서는 필자가 이미 논문으로 다룬 바 있다. 자세한 내용은 다음 논문을 참조하기 바란다(조동길, 「1920년대 공주에서의 한글 연구」, 『한어문교육』 18집, 한국언어문학교육학회, 2007. 9, pp.96~111).

5 김갑순과 더불어 공주의 대표적인 지주 가문 출신인 그는 일본 유학을 다녀온 지식인으로서 후한 인심으로 소작인들에게 존경을 받았다고 하며 해방 이후 충남도지사 직을 역임하기도 했다. 그의 부친 서한보는 대구의 명문가였던 이상화 시인의 가문과 혼맥을 맺기도 했는데, 이상화 시인의 부인이 서덕순의 누이로 둘은 처남매제 관계이다(지수걸, 『한국의 근대와 공주 사람들』, 공주문화원, 1999, pp.258~263 참조).

6 조동길, 앞의 논문, p.107.

란과 부침 속에 그나마 남아 있던 자료마저 소실되는 우리 근대사의 비극에도 그 이유가 있을 것이다.[7] 따라서 현재로서는 이 단체의 활동을 짐작할 수 있는 유일한 자료로 당시의 신문 보도 기사를 참조하는 방법밖에 다른 길이 없다. 『동아일보』 기사에 따르면 이 해 음력 9월 29일 공주에서 한글 기념 간담회가 열렸고, 이 사업을 추진하기 위해 상설기구를 만들자는 의견이 일치되어 준비 위원회를 결성하고 규약을 만드는 등 준비 과정을 거쳐 11월 15일 저녁 8시에 서덕순 씨 집에서 창립총회를 개최하였다고 한다. 창립총회에서는 규약을 통과시키고 상임위원 3명을 선출하여 업무를 맡게 했는데, 주목할 것은 이 단체에서 수행할 목적 사업 세 가지를 확정한 것이다. 그 세 가지 사업은 다음과 같다.

1. 한글의 硏究 發表
2. 한글의 雜誌 發刊 及 圖書 發行
3. 한글의 講演會 及 講座 開設[8]

이 중에서 두 번째 항목을 눈여겨 볼 필요가 있는데, 한글로 된 잡지와 도서를 발행한다는 목적은 여러 여건상 지역 소도시에서 실행하기가 쉽지 않을 것임에도 이를 목적에 포함시켰고, 실제로 이것을 구체화한 한 결과가 바로 『백웅』의 발행이라고 할 수 있다. 이런 사실은 당시 『동아일보』의

7 공주 지역의 대표적 지식인이자 부호였던 서덕순의 구술 기록에 의하면 6 · 25전쟁 당시 피난을 갔다가 돌아와 보니 3대를 세거하던 80여 칸 가옥 3동과 족보를 위시한 신구 서책 세 책장, 가보로 전해지던 수백 점의 골동 서화 등이 폭격으로 모두 회진(灰塵)되어 버렸다고 한다. 이 과정에서 혹 남아 있었을지 모르는 한글연구회 관련 자료도 모두 없어졌을지 모른다(서덕순, 「피난실기(하)」, 『웅진문화』 제18집, 공주향토문화연구회, 2005, p.239).

8 『동아일보』, 1927. 11. 18, 4면.

기사에 명확하게 밝혀져 있다. 그 기사를 인용해 보면 아래와 같다.

> 충남 공주 각 학계 급 사계 연구자를 중심으로 조직된 한글연구회를 위시하여 점차 문헌적 운동이 농후하여 일반의 이에 대한 기대가 많던 바 이 기회를 통찰한 나시영씨외 제위는 사등 운동의 진척을 위한 기관지를 발행하여 한 도움을 주고저 비상한 활동을 계속하던 중 일반 유지의 공명된 바가 많아 호성적을 득하였음으로 지난 3일 오후 8시에 당지 본정 동춘루에서 각 방면 찬동자 10여 인이 회집하여 제반 구체적 의결까지 보게 된 바 월간 잡지 『白熊』을 신년부터 발행한다더라(공주)[9] (* 한자로 된 단어를 한글로 바꾸고 띄어쓰기를 했음－필자)

이 기사에 따르면 『백웅』은 한글연구회의 기관지 성격을 갖는다고 할 수 있으며, 발행 목적은 한글의 보급과 연구에 기여하는 것으로 볼 수 있다. 그러나 실제 이런 성격과 목적이 『백웅』에 충실하게 반영되어 있는가는 쉽게 단정하기 어려운 점이 있다. 왜냐하면 이 잡지에 수록된 글들의 필자와 글의 내용을 살펴볼 때 특정 단체의 기관지라기보다는 순수 문예잡지의 성격이 훨씬 더 강하기 때문이다. 물론 이 잡지에 수록된 글들의 대부분이 당시 대부분의 다른 잡지와 달리 한자가 거의 섞이지 않은 한글 전용으로 된 사실이나, 한글 연구와 보급의 주요 수단으로 문학 작품이 선택되는 것은 상당 부분 자연스러운 현상으로서 이와 연결시켜 볼 수는 있다. 하지만 잡지를 구성하는 전체의 글과, 특정 단체의 기관지 성격을 고려해 보면 기사의 내용처럼 잡지의 성격을 규정하는 것은 타당해 보이지 않는다. 아마도 잡지를 만드는 사람들이 간행에 따르는 경비 조달은 지역 유지와 한글

9 『동아일보』, 1927. 12. 9, 4면.

연구회의 도움[10]을 받는 한편, 실제 내용은 그들의 근대문학에 관한 관심과 애정으로 채워 절충한 결과가 아닐까 추측해 본다.

다음으로 이 잡지의 외형과 체제, 서지사항을 간략하게 소개해 보도록 하겠다. 『백웅』 창간호는 국판 세로쓰기 체제로 되어 있고, 표지와 목차 5페이지, 광고와 뒤표지 5페이지를 제외한 실제 글의 내용은 51페이지로 구성되어 있다. 글의 장르에 따라 활자 호수가 다르고, 또 편집도 글의 성격에 따라 1단과 2단으로 차이가 나는 등 일정치는 않으나 산문과 소설을 기준으로 했을 때 한 페이지 당 1단 편집 체제로 21행에 한 행의 글자 수는 약 48자로 되어 있다. 표기는 당시의 관행대로 띄어쓰기가 거의 되어 있지 않으며 한자는 괄호 안에 들어간 것도 있고 그대로 노출된 것도 있다. 소설이나 산문에는 한자가 거의 사용되지 않았고 평론이나 기타의 글에는 많이 노출되어 사용되고 있다. 편집체제는 글의 종류에 따라 테두리 선이 들어가기도 하고 빠지기도 한 형식을 취했다.

이 잡지의 편집 겸 발행인은 공주의 윤상갑이고 인쇄인은 배상인이며, 인쇄는 경성의 대동인쇄주식회사에서 담당했고, 지방 총주문은 공주의 복음서관, 경성총판매부는 박문서관으로 되어 있다. 발행소는 공주 소재 백웅사(白熊社)이고, 인쇄 날짜는 소화 3년(1928년) 1월 30일, 발행은 소화 3년 2월 1일로 되어 있다. 잡지의 정가(定價)는 20전, 우세(郵稅)는 2전으로 표기되어 있다.

10 이 잡지의 말미 4페이지에 걸쳐 공주의 유력 인사 및 대표적인 상점, 회사, 각종 조합, 의사, 변호사 등 20여 개인과 단체가 창간을 축하하는 광고를 게재하고 있다. 뒤표지에는 동아일보와 조선일보의 광고가 실려 있다. 당연히 이들이 부담한 광고료(찬조금)로 잡지 간행 비용의 상당 부분을 충당했을 것이다.

이 잡지 간행에 주도적 역할을 한 사람은 발행인 윤상갑(尹相甲), 인쇄인 배상인(裵相仁), 그리고 편집 실무를 맡은 운곡(雲谷)과 파운(把雲) 네 사람이다. 이런 사실은 이 잡지 편집후기에 해당하는 '백웅을 내여노흐며(남은 잉크로)'라는 글을 통해 확인할 수 있는데, 이 글은 네 사람이 나누어 쓴 것으로 글 끝에 각각 배상, 윤갑, 운곡, 파운이란 이름이 괄호 안에 표기되어 있다. 이 두 자로 된 이름은 본인 이름을 축약하거나 호를 사용한 것이고, 수록 순서는 아마도 연령순이 아닐까 추측된다. 즉 네 사람 중 유일하게 연령을 알 수 있는 파운(윤귀영)의 나이가 당시 23세[11]였던 것으로 보아 장유유서의 원칙으로 수록 순서를 정했던 것 같다. 또한 업무 분담은, 윤갑(윤상갑)의 글에 이번 잡지의 편집에 온갖 고생을 한 운곡, 파운 두 사람에게 감사한다는 표현이 있는 것으로 볼 때 원고 수집과 편집 실무는 이 두 사람이 담당했던 것으로 보이고, 발행인은 당연히 잡지 간행 업무를 총괄했을 것이며, 인쇄인은 발행자에 앞서 글을 수록한 예우로 보아 후원자 자격으로 참여하지 않았을까 추정해 본다.

유감스러운 것은 이 네 사람의 신상이나 이력에 대해 전혀 알 수가 없다는 점이다. 해당 성씨 종친회를 비롯한 여러 경로를 통해 노력해 보았으나 아직까지는 단서조차 잡을 길이 없다. 다만 윤귀영에 대해서는 독립운동 자료와 당시 신문 기사를 통해 일부 그 족적을 확인할 수 있으나 그마저 1930년대 중반 이후에는 실종되어 버려 더 이상 확인이 불가능한 상태다.

---

11 윤귀영이 보안법 위반 사건으로 검거되어 재판을 받아 실형이 확정된 기록(1930년 3월 8일 공주지방법원 판결)을 보면 1930년 당시 25세로 되어 있어 이를 역산해 보면 이 나이임을 알 수 있다. 이 재판 기록을 포함하여 소설가로서의 윤귀영에 대한 고찰은 다른 논문으로 다룰 예정이다.

파운이 윤귀영의 호임은 창간호 목차에 윤귀영이라 되어 있고, 해당 작품에 윤파운이라 표기되어 쉽게 확인이 된다. 그는 이미 『개벽』 창간 4주년 현상 모집 발표 특집호(1924년 7월호)에 선외가작으로 소설이 뽑힌 이력이 있는 소설가이고, 당시 일간 신문 공주의 주재 기자 일을 하던 언론인이었다. 운곡은 창간호에 운곡이라는 이름으로 시를, 운곡산인(雲谷山人)이라는 이름으로 평론(연구)을, 강운곡(康雲谷)이라는 이름으로 수필을 게재하고 있는 것으로 보아 다양한 재능을 가지고 있던 문인으로 보인다. 이 사람에 대해서도 현재로서는 알려진 정보가 없어 더 이상은 서술할 수가 없다. 다만 이 두 사람이 주도하여 이 잡지가 준비되고 실제 출간으로 이어진 것만은 분명하다.

이 잡지에 관한 학계의 논의는 현재까지 한 번도 이루어지지 않았고, 해설 수준의 소개만 나와 있다. 그러나 문학사전이나 일부 인터넷 사전에 나와 있는 이 잡지에 대한 소개는 부정확한 사실의 동어반복에 머물고 있는 실정이다. 즉, 앞서 소개한 각주 4의 문학사전에 이 잡지를 공주를 중심으로 한 신진 청년들의 순문학 동인지라고 서술한 것이나, 잡지 전문가인 최덕교가 충남 공주에서 나온 문학 동인지라고 소개[12]한 것 등이 그 대표적인 사례인데, 대부분의 이 잡지 소개는 이 두 자료를 근거로 하여 동일한 내용이 되풀이되고 있다. 그런데 이 두 자료는 두 가지 점에서 사실을 정확하게 전달하지 못하고 있다. 그 하나는 이 잡지를 동인지로 규정하고 있는 것이고, 다른 하나는 창간호가 종간호가 되었다거나 단 1호로 그쳤다는 설명이다.

12 최덕교, 『한국잡지백년』, 현암사, 2004, p.417.

우선 결론적으로 말해서 이 잡지는 동인지로 볼 수 없다. 우리 신문학 초창기에 동인지가 막중한 역할을 수행한 사실은 누구나 인정하는 바이며, 또 동인지 발행을 위해서 그 이름의 회사를 창설하여 책을 내는 체제를 택하는 것이 당시의 일반적인 형태였다. 『창조』나 『백조』 등이 모두 그러했다. 『백웅』 또한 이와 동일한 형태였기에 아마도 그런 오해가 생긴 것 같다. 하지만 당시의 동인지들은 그 책에 작품을 수록하는 사람들이 동인 위주로 되어 있고, 그보다 더 중요한 것은 참여 동인들의 문학적 성향이 일정한 동질성을 가지고 있었다는 사실이다. 동인지를 만드는 목적이 발표 지면 확보라는 이유 외에 특정한 문학적 경향이나 사조를 공유하는 데 있다는 점을 상기하면 이 잡지가 동인지가 아니라는 게 더욱 명료해진다. 앞서 인용한 편집후기의 글에 인쇄인을 제외한 세 사람 모두 특정한 경향이나 하나의 사조를 배격한다고 강조하고 있고, 참여 문인들 또한 고정된 소수의 사람들(동인)이 아니라 청탁과 투고에 의한 개방적인 형식을 택하고 있으며, 전국적 지사를 모집하는 광고를 통해 상업적 월간 잡지를 표방하고 있는 점들 역시 그런 사실을 뒷받침한다. 아마도 잡지의 내용 전체를 정밀하게 검토하지 않고 단순하게 외형적 체제로만 판단한 데서 기인한 오해인 듯하다.

다음으로 이 잡지가 창간호가 종간호가 되었다거나 단 1호로 끝난 동인지라는 설명은 명백한 오류다. 문예잡지 『백웅』 2호가 출간되었다는 신간 소개 기사[13]는 말할 것도 없고, 앞의 각주 3에서 소개한 기사처럼 2호 잡지가 세상에 엄연히 실물로 존재하기 때문이다. 이제는 더 이상 이런 부정확

13 『동아일보』, 1928. 3. 31, 3면.

한 설명이 반복하여 유통되는 일이 없었으면 한다.

3. 수록 작품들의 내용과 의미

창간호에 수록된 글들을 살피기 위해 먼저 목차를 보면, 크게 세 부분으로 내용을 나누어 편집한 체제로 되어 있다. 맨 먼저 '創作'이라는 장르 구분 이름 아래 소설 세 편과 희곡 한 편이 들어 있는데, 희곡은 제목과 작가 이름만 있고 페이지 표시 대신 "(삭제)"라고 표기되어 있다. 다음에 '詩歌' 라는 장르 구분 이름이 있고, 그 안에 한시 번역 세 편, 시 네 편, 소곡 두 편, 시조 한 편이 들어 있다. 그중에 시 한 편과 시조 한 편은 "(삭제)"라고 되어 있다. 끝으로 '隨筆, 小品, 想華'라는 구분 안에는 소품 두 편, 연구 한 편, 일기 한 편, 감상 두 편, 상화 한 편, 수필 한 편이 들어 있다. 그리고 말미에 「문단 꼬십」과 「백웅을 내여노흐며」라는 편집후기가 붙어 있다. 따라서 목차로만 보면 창간호에는 모두 20편의 글과 두 건의 작품 외적인 글이 수록되어 있으며, 그중에서 세 편의 내용이 전문 삭제되었으므로 실제로는 17편의 글이 게재되어 있는 셈이다. 이 중에서 좀 특이한 것은 문학의 장르 개념으로 편집한 체제에서 '상화(想華)'라는 용어가 사용된 점이다. 다 알다시피 상화는 수필과 동일한 개념으로 사용되는 말이다. 그런데 같은 항목에서 이 두 용어를 나란히 사용한 것을 보면 편집한 사람들이 두 용어의 의미에 차이가 있다고 본 것 같다. 그 차이의 실체를 지금 확인해 볼 길은 없으나 혹 당시에는 이 두 용어를 구분해 사용하는 게 관행이었는지 모르겠다. 아니면 전통적인 한자문화권의 용어와 일본을 통한 근대적인 서구 문학 용어 유입의 혼재 현상으로 볼 수도 있겠다.

다음으로 참여 문인들의 면면에 대해 살펴보도록 하겠다. 전술한 것처럼 창간호에 수록된 글은 모두 20편인데, 내용이 삭제된 세 편을 빼면 실제 글이 게재된 문인은 17명이다. 그중에 세 편의 글을 수록한 사람이 한 명, 두 편의 글을 수록한 사람이 세 명(그중 한 편은 삭제)이어서 정확하게 15명이 필진으로 참여했다.(아직 확증할 수는 없으나 여러 정황으로 보아 소설을 발표한 강철수를 운곡의 본명으로 본다면 14명이 된다.) 이들 중에는 당시 문단에 진출해 있던 기성 문인도 있고, 아직 이름이 알려지지 않은 신인도 있다. 논의의 편의를 위해 장르별로 다시 분류하여 고찰해 보겠다.

소설을 발표한 사람은 셋인데, 양재응(梁在應)과 윤귀영(尹貴榮), 강철수(康喆洙)가 그들이다. 양재응의 호는 고봉(孤峯)인데 실제 수록 소설의 작가명도 양고봉으로 되어 있다. 그는 이후 『어린이』 등의 잡지에 여러 편의 동화를 발표하는 등 아동문학가로 활발하게 활동하였다. 윤귀영은 1905년 공주에서 출생하여 19세의 나이에 『개벽』의 현상 모집에 소설이 입선[14]되는 등 문재를 떨치던 소설가로서 전국의 문인들과의 교유가 활발했던 것으로 보이며, 그 인연으로 『백웅』을 만드는 원고 수집에 주도적 역할을 했을 것으로 생각된다. 강철수는 그 행적이나 이력을 전혀 알 수 없는 인물이다. 다만 이 잡지에 시와 연구(평론), 수필을 운곡이라는 호를 변용하여 세 편이나 수록한 것, 그의 글(연구)에 에멜슨이라는 사람의 미학이 영어 문장과 함께 다루어지고 있는 것, 작가 이름으로 사용한 강운곡의 '강'이

14 『개벽』, 1924년 7월호, p.115의 현상입선문예 발표에 소설 부문은 1등은 없고, 2등에 최석주의 「파멸」, 3등에 이기영의 「옵바의 비밀편지」, 선외가작에 윤귀영의 「흰 달빛」을 비롯한 4명이 당선자로 공고되어 있다.

라는 흔치 않은 성씨가 강철수의 '강'과 일치하는 것, 습작기의 문학청년들이 장르를 가리지 않고 글을 쓰는 경향 등을 고려해 볼 때 혹 운곡의 본명이 아닐까 조심스럽게 추측해 본다. 내용이 삭제된 희곡작가 한형택(韓亨澤)은 인천에서 소인극 연극운동에 참여하면서 『습작시대』 동인으로 활동했던 연극인이다.[15]

시를 발표한 사람은 '우촌(雨村)', '엄흥섭(嚴興燮)', '운곡', '박아지(朴芽枝)' 네 사람이다. 우촌은 진종혁의 호다. 그는 1904년 인천에서 출생했으며 1923년 『동아일보』 일천호 기념 문예 공모에 당선했고, 시, 소설, 동화 등 다양한 창작 활동을 했다. 그 후 주로 연극계에서 활동하며 낭만성 짙은 희곡 「암탉」, 「두뇌수술」 등 여러 편을 발표했으나, 한국전쟁 중에 행방불명되어 행적을 알 수 없다. 엄흥섭은 논산에서 출생하여 진주에서 학교를 다녔으며 인천의 『습작시대』 동인으로 참여하여 활동했다. 카프의 핵심 구성원으로 활동하다 제명되었고, 『길』, 『세기의 애인』, 『파경』, 『수평선』, 『행복』, 『흘러간 마음』, 『인생사막』 등 여러 권의 소설집을 간행한 작가로 한국전쟁 중에 월북했으며, 문학사에서도 비중 있게 다루어지는 작가다. '박아지'는 '박일' 또는 '박재청'의 필명으로 알려져 있으나 분명치는 않다. 1927년 『동아일보』 신춘문예 당선으로 문단에 나왔으며 카프에 열성으로 가담했던 농민시인으로 알려져 있다. 시집으로 『심화』와 『종다리』가 있으며 작품 전집이 간행되는 등 학계의 연구가 활발한 시인이다. 그밖에 '왕

15 「광복 60년 인천의 항일운동사—울분에 찬 민족의 마음 연극에 담아」, 『인천일보』, 2005. 6. 17 참조. 이 신문 기사는 인터넷 검색으로 찾은 것으로, 실제의 신문 기사와는 발행날짜가 다를 수 있다.

유' 등 중국의 시를 번역한 '김종국(金鍾國)'은 철고(鐵鼓)라는 호로 작품을 싣고 있고, '금원(琴園)'과 '낙랑(樂郎)'은 소곡(小曲)을 발표하고 있으며, '오성(梧城)'은 「참성단(塹星壇)」이란 시조를 발표했으나 삭제되었다. '금원'은 수필도 발표하고 있는데, 목차의 같은 작품에 '안신영(安信永)'이라 되어 있어 '금원'이 그의 호임을 알 수 있으나 '낙랑'과 '오성'은 그 본명을 알 수가 없다. 이 세 사람을 포함하여 김종국까지 이후의 문학 활동 행적이 확인되지 않아 더 자세한 내용은 알 길이 없다.

수필(산문)을 발표하고 있는 문인은 7명인데, 그중 안신영, 운곡(2편), 진우촌, 박아지 등은 앞의 시가 부분에도 작품을 발표하고 있어 중복이 되며, 나머지 셋은 방인근(方仁根), 홍은성(洪銀星), 남호한인(藍湖閑人)이다. 방인근은 예산에서 출생하여 공주 영명학교에서 수학하였으며 일본 유학 후 이광수와 함께 『조선문단』을 간행하는 등 근대문학 초기에 큰 역할을 수행한 문인이다. 시, 소설, 평론 등 다양한 글을 발표했으며, 1930년대 「마도(魔都)의 향불」, 「방랑의 가인(歌人)」 등으로 대단한 인기를 누렸다. 나중에 영화 제작에도 관여했으나 그의 이름으로 된 대중소설이 범람하여 문학사에서 외면되는 작가이기도 하다. 남호한인은 해당 작품에 아호와 함께 노세순(盧世順)이라는 본명이 밝혀져 있으나 홍은성과 마찬가지로 그 행적이 확인되지 않는 인물이다.

이상에서 본 바와 같이 이 잡지에 글을 발표한 문인들은 기성 문인과 신인들이 섞여 있으며, 지역적으로 보아도 공주와 서울, 인천 등의 문인이 골고루 참여하였고, 연령적으로도 다양성을 보여 주고 있다. 즉, 소수의 동질적인 동호인들이 모여 만든 동인지 수준이 아니라 상업적 판매를 목적으로 한 월간 종합 문예지 성격을 갖고 있다고 볼 수 있다.

다음으로 이 잡지에 수록된 글들을 구체적으로 살펴보겠는데, 개별 작품에 대한 상세한 논의는 한정된 논문의 분량 때문에 다음 기회로 미룰 수밖에 없고, 주목될 만한 작품 몇 편에 대해서만 그 내용과 의미를 간략히 언급하도록 하겠다.

소설 세 편 중에 가장 주목되는 작품은 윤귀영의 「첫치위와함씌」다. 양고봉의 「토요일밤」이나 강철수의 「가을은짓터가는데」가 감상적(感傷的) 낭만성으로 점철되어 문학청년의 치기마저 배어 나오는 데 비해 윤귀영의 작품은 문체나 구성이 산뜻하고, 주제의식 또한 선명하게 부각되어 한 차원 높은 수준을 보여 주고 있다. 1인칭 서술로 된 이 작품은 이른 아침에 낯선 여인의 방문으로 시작되는데, 학창 시절 5백 리 밖 외가에서 잠시 만났던 그 여인은 도움이 필요하면 찾아오라는 가벼운 내 말 한 마디를 믿고 찾아왔으나 직접 만나지는 못하고 아내의 전언을 통해서만 그 사실을 알게 된다. 그 후 ××운동을 하는 친구들의 만남에서 어떤 제사공장 여직공 2백여 명의 파업으로 한 사람이 희생되게 되는데, 그 여인이 바로 그를 찾아왔던 사람임을 최숙희라는 이름을 통해 확인하게 된다는 내용이다. 낯선 여인의 방문으로 인한 젊은 부부의 미묘한 심리 묘사, 당시로서는 조심스러울 수밖에 없는 ××운동과 공장의 스트라이크 문제를 슬쩍 끼워 넣어 현실의식을 보여주는 솜씨, 결말에 여인의 이름을 통해 갈등을 해결하는 서프라이즈 엔딩의 기법 등이 단편소설로서 부족함 없는 미학을 성취하고 있다고 평가할 수 있다.

시 중에서 눈여겨 볼 작품은 금원의 「흰곰이낫네」이다. 이 시는 『백웅』 출간을 축하하는 마음을 시로 표현한 것인데 그 전문은 다음과 같다.

흰곰이 낫네! 흰곰이 낫네!
곰나루언덕 넘어
곰고을에서
소문도 업시
흰눈이 나릴 때
흰옷을 두른 흰곰이 낫네!

흰곰아! 흰곰아!
네가 누리에 나오기 전에 어대 잇섯더냐?
하날 우에냐! 따 아래냐?
아니란다 아니란다
놉히 여섯자 못되고 넓이 자 가웃 못 되는
움즉이는 것의 마음 속에라네

흰곰아! 흰곰아!
귀여운 너를 나은이는 누구이냐?
산 넘어 총각이냐? 물 건너 새악씨냐?
아니란다 아니란다
무궁화라는 꼿이 피는 곳에 사는
흰옷을 입은 사람이라네

흰곰아! 흰곰아!
쓰라린 바다에 네가 웨 나왓느냐?
부귀를 얻으러? 공명을 얻으러?
아니란다 아니란다
생의 마음 밧을 갈어주는
장기가 되랴고 나왓다네[16]
(* 원문의 낱자 고어 표기는 현대 표기로 바꿨으며 띄어쓰기를 했음－필자)

16 『백웅』 창간호, p.27.

이 시는 표현이 소박하기는 하나 리듬이 비교적 정형적이며, 전체 구성이 기승전결 식으로 잘 짜여 있다. 또 '백웅'의 우리 말 '흰 곰'을 자연스럽게 '흰 옷(백의)'과 연결시키면서 무궁화 꽃을 등장시키는 등 민족성을 은근히 강조하고 있다. 그리고 잡지 창간을 축하하는 마음과 함께 이 잡지가 부귀공명 등 세속적 욕망이 아니라 '삶의 마음 밭'을 경작하는 목적의식을 갖고 있음을 출발했음을 천명하는 창작 의도를 드러내고 있기도 하다. 이로 미루어 아마도 금원은 이 잡지 창간에 직간접으로 관여한 인물이 아닐까 추측해 볼 수도 있겠다.

산문(수필) 쪽에서 괄목할 작품은 금원 안신영의 「물구경, 불구경」과 방인근의 「두 명작을 들어서」다. 전자에는 제목 뒤 괄호 안에 '小品'이라 표기되어 있고[17], 후자에는 '白熊을 위하여'라는 부제가 붙어 있다.[18] 금원의 작품은 공주에서 한낮에 발생한 화재를 구경하면서 소방관에 의해 불이 꺼지자 구경하던 사람들이 서운해 하는 모습을 통해 인간 심리의 이중성과 다른 사람의 곤경을 즐기는 세태를 날카롭게 비판하고 있다. 또한 불구경을 계기로 여름의 장마철에 공산성에 올라가 불어난 금강을 구경하던 일을 떠올리면서 집이나 소, 돼지 등이 떠내려 오지 않는 걸 섭섭해 하던 구경꾼의 심리를 마찬가지로 비판하고 있다. 표현에 있어서도 불 끄러 출동한 소방차의 종소리를 음악의 음표를 동원한 속도 변화로 묘사한 솜씨며, 구경꾼들의 외양과 심리를 예리하게 포착한 묘사 등이 만만찮은 문장력의 내공을 보여주고 있다. 나아가 타인의 재앙을 구경거리로만 생각

17 위의 책, p.28.

18 위의 책, p.36.

하면서 더 강력한 자극을 내심 기대하는 사람들의 삐뚤어진 심리가 자신에게도 내재해 있음을 자각하여 그것을 인간의 본성으로 연결시키는 주제의식의 심화 과정은 일상성에서 보편성을 발견해 내는 전형적 기법이라 평가할 수 있다. 방인근의 글은 모파상의 작품 등 프랑스 소설 두 편을 예로 들어 문학이 지향해야 할 목표와 이상을 말하면서 당시의 우리 문학이 처한 현실을 비판하고, 새로 출발하는 『백웅』이 그러한 역할을 잘 수행해 내기를 기대하는 내용을 담고 있다.[19] 또한 12세부터 15세까지 공주에서 생활하던 기억을 떠올리며 공주에 대한 애틋한 마음을 정감 있는 필치로 표현하고 있고, 공주에서 출간되는 『백웅』이 충청인의 미약함을 넘어 굳센 의지로 문예운동의 선구가 되기를 당부하는 말로 글을 맺고 있다. 이 글은 기성 문인의 글답게 문장이 차분하고 논리도 비교적 정연한 편이다. 특히 카프 소속 문인들의 작품을 비롯하여 낭만주의, 자연주의, 예술지상주의 등 특정 경향의 문학이 횡행하던 당시 문단의 현실을 날카롭게 비판하면서 문학의 순수성을 강조하는 그의 문학관이 뚜렷하게 드러나 있으며, 이런 소신과 신념을 내세우는 방식에 비교적 비평의 정신을 유지하고 있어 평론가로서의 그의 편모를 보여 주고 있는 글이라고 볼 수도 있겠다.

---

19 위의 책, p.37. 이 부분에서 그는 "……絶望의 人生을 그리고('고'는 '는'의 오자인 듯-필자) 自然主義 作品에서 떠나 希望의 人生, 奮鬪의 人生을 그려내는 作이라야 할 것이다. 달콤한 詩, 技巧로만 된 小說, 戱作의 隨筆, 센티멘탈인 感想文學은 一掃해 버리고, 새로운 健實한 文藝, 人生에 裨益을 주는 文藝, 思想과 目的을 明白하게 表現하는 文藝를 貴紙는 歡迎하고 실리기를 바란다.……"고 하여 구체적인 내용까지 제시하고 있다. 좀 추상적이기는 하나 좋은 문학이 배격해야 할 내용과 지향해야 길을 비교적 정확하게 짚고 있다고 보인다.

이상의 검토를 종합해 볼 때, 이 잡지는 지역 소도시에 국한된 신진 문인들의 습작을 모은 동인지가 아니라 그 당시 다른 지역에서 발간되던 다른 문예잡지에 비해 보아도 전혀 손색없는 수준의 종합 문예지라 평가할 수 있다. 여기서 논의하지 못한 다른 작품에 대한 고찰은 추후의 과제로 미룰 수밖에 없다.

4. 『백웅』의 가치와 의의

지금까지 이 잡지에 대한 학술적 논의는 한 번도 이루어지지 않았기 때문에 그 가치와 의의를 따지는 일은 어려울 수밖에 없고 동시에 조심스럽게 진행할 수밖에 없다. 하지만 이 잡지에 관한 부정확한 사실이 반복 유통되는 현실을 고려하면 완전치는 못하더라도 일단 이 잡지의 문학적 가치와 의의를 학술적으로 판단하는 일이 필요하다고 생각된다. 이런 점을 염두에 두면서 이 잡지가 갖는 의의를 몇 가지 점에서 검토해 보고자 한다.

첫째, 충남 제1의 근대적 도시였던 공주의 근대문학 출발 기점을 앞당길 수 있는 중요한 역할을 수행한 잡지다. 대부분의 논자들이 공주 근대문학의 출발을 해방 이후 공주사범대학 교수와 학생들에 의해 시작되는 것으로 보고 있는데, 이 잡지로 인해 그런 견해들은 더 이상 설득력을 가질 수 없게 되었다. 나아가 공주의 근대문학은 곧 충남의 근대문학으로 볼 수도 있으므로 이 잡지는 충남 근대문학의 출발이라는 의의도 동시에 갖는다고 볼 수 있다. 즉, 대전은 충남도청이 이전해 가기 전까지 공주의 영향권 아래 있었고, 대전의 근대문학은 해방 이후에야 본격적으로 출발했기 때문에[20] 이 잡지는 대전을 포함한 충남의 근대문학을 출발시킨 문학사적 의미를 가지고 있다고 볼 수 있다는 것이다.

둘째, 지역 유지를 포함한 유력한 인사들의 전폭적인 재정 지원으로 발행된 종합 문예지이다. 이 잡지는 전술한 바와 같이 일단 한글연구회의 기관지 성격으로 출발했다. 그런 이유로 잡지 간행에 따른 경비를 수십 명의 지역 인사들로부터 후원받았다. 당시 대부분의 동인지나 문예지가 관련 문인의 개인 재산 출연으로 발행되었던 사실에 비추어 볼 때 이는 매우 특이한 사례에 해당한다고 할 수 있다. 다시 말해 이 잡지는 몇몇 문학 애호가들이 호주머니를 털어 습작을 발표하던 동인지 수준이 아니라 지역 인사들의 전폭적인 지원 아래 간행된 월간 종합 문예지의 성격을 갖는다. 또 그들은 단순히 금전적 후원만 한 것이 아니라 잡지의 독자이기도 했을 것이니, 이 잡지는 당시 공주의 문학청년들과 지역 인사들이 손을 잡고 만든 지역 문화 활동의 특별한 결과물이라고도 할 수 있겠다.

셋째, 우리의 근대문학사적으로도 일정한 의의를 보유한 잡지로 볼 수 있다. 당시는 우리 근대문학이 확고하게 자리를 잡지 못한 시기였다. 전체 문인의 숫자도 적었을 뿐 아니라 작품을 발표할 수 있는 지면 또한 많지 않았다. 따라서 그 발행 지역이 어디가 되었든 개방적 형태의 필진이 참여하는 문예지는 전국적인 관심의 대상이 된다고 할 수 있다. 이 잡지의 필

20 정순진, 『문학적 상상력을 찾아서』, 푸른사상사, 2002. 이 책의 「대전소설사」 부분을 보면 대전 출신 신채호에 의해 대전의 소설이 시작된 것으로 보고 있는데, 그는 대전이 아니라 주로 서울에서 활동했으며, 대전에서 본격적으로 근대소설이 출발한 것은 해방 이후 호서문학회 회원 등의 활동으로 출발되었다고 서술하고 있다.

진은 공주, 경성, 인천[21] 등의 문인으로 구성되어 있다. 그들 중에는 이미 문단에 진출해 있던 사람도 있고, 아직 습작 중인 문학청년도 있다. 또 발표된 작품들의 수준이 당시 여타 문예지나 신문에 발표되었던 작품들에 비해 크게 뒤지지 않는 모습을 보여 주고 있다. 이런 점을 종합해 보면 이 잡지는 지역 소도시를 넘어 우리 근대문학사에서도 언급될 만한 일정 부분의 가치를 지니고 있다고 평가할 수 있다.

이밖에도 전문이 삭제된 한형택의 희곡 「女」, 박아지의 시 「豆滿江畔의 가을밤」, 오성의 시조 「塹星壇」 등이나 부분적으로 삭제된 상당수의 글들을 볼 때 애초의 원고 내용들이 검열에 저촉될 만한 내용으로 되어 있었을 사실이나, 공주에서 나온 잡지답게 몇 편의 글 속에 당시 공주의 모습이 자세하게 묘사되어 있어 역사적으로 중요한 자료 역할을 담당할 수 있는 점 등을 더 논의하여 그 가치와 의의를 따져 보아야 하겠지만 이를 포함한 상세한 검토는 다음 기회로 넘기도록 하겠다.

5. 결론

유서 깊은 역사도시이자 충남 제1의 근대도시였던 공주의 근대문학이 해방 이후에야 시작되었다는 통설은 의심받기에 충분한 견해였음에도 그

21 인천 지역의 문인들이 필진으로 참여하게 된 것은 이 잡지를 만든 사람들과 『습작시대』 동인들과의 교유 때문인 것으로 보인다. 『습작시대』는 인천에서 1927년에 나온 동인지인데 발행인은 진종혁이었고, 박아지, 김도인, 엄흥섭, 한형택, 염근수, 유도순, 이성로, 윤귀영, 홍효민, 장정심, 양주동, 전영택 등이 동인으로 활동했다. 이들 중 네 명이 『백웅』 창간호의 필진으로 참여했고, 염근수는 표지를 도안했다.

것을 뒤집을 실증적 자료가 발견되지 않아 오래도록 지배적으로 통용되어 왔다. 그러나 이런 견해는 상식적으로 생각해도 수용하기 어려울 뿐 아니라 사실과도 부합하지 않는다. 물론 뒷받침할 만한 증거 자료가 없어서 불가피했던 사정을 이해할 수는 있으나, 그렇다고 하여 역사적 사실 자체를 왜곡할 수는 없는 일이다. 1928년에 공주에서 간행된 월간 종합 문예지 『백웅』이 결정적인 증거물로 존재하기 때문이다.

이 잡지의 존재는 일찍 알려졌으나 소장자들이 자료를 공개하지 않아 접근할 수 없던 중에 최근 연세대 도서관에 기증된 자료 중에서 이 잡지를 발견하여 그 실체를 확인할 수 있었다. 창간호 한 권만 볼 수 있는 것이 아쉽기는 하지만, 그것만으로도 의미가 크다고 판단하여 일단 이 잡지의 간행 경위와 수록 작품들의 내용, 그리고 그 의의와 가치를 처음으로 검토해 보았다. 그 결과 창간호만을 대상으로 한 한계는 있지만, 이 잡지가 갖는 가치와 의미를 대략 다음의 세 가지로 파악해 볼 수 있었다.

첫째, 충남 제1의 근대적 도시였던 공주의 근대문학 출발 기점을 앞당길 수 있는 중요한 역할을 수행한 잡지이며, 동시에 당시 충남의 지역 여건을 감안할 때 이 잡지에 충남의 근대문학을 출발시킨 의미도 부여할 수 있다. 둘째, 공주 지역 유지를 포함한 유력한 인사들의 전폭적인 재정 지원으로 발행된 종합 문예지로서 당대의 여타 동인지나 문예지와는 그 성격을 달리 하며, 이는 공주 지역만의 특별한 문화 활동의 산물로 볼 수 있다. 셋째, 우리의 근대문학사적으로도 일정한 의의를 보유한 잡지로 평가할 수 있는데, 그 필진의 구성이 지역적, 연령적으로 다양하게 분포되어 있을 뿐 아니라 수록 작품들의 수준 또한 일정한 문학적 가치를 인정할 수 있기 때문이다.

지역 소도시에서 일정한 수준을 갖춘 이런 전국적 규모의 월간 종합 문예지가 발행되어 우리 문학사에 의미 있는 역할을 수행한 일은 큰 성과라 하지 않을 수 없다. 이제 이런 사실이 밝혀져 이 잡지가 실체에 합당한 평가와 아울러 그 가치를 제대로 인정받았으면 한다. 안타까운 것은 이 잡지가 의욕적으로 출발했으나 어떤 이유에선지 두 권만 발행되고 중단된 사실이다. 또한 그 두 권 중에 창간호 한 권만으로 이 논문을 작성하게 되어 잡지 전반에 관한 논의를 진행하지 못한 점도 아쉽기 그지없다. 추후에 기회가 주어진다면 후속 작업을 통해 마무리를 하겠다는 말로 글을 맺는다.

제5장

공주의 근대 문예지 『백웅(白熊)』 연구 (2)

제2호의 내용을 중심으로

■■■

1. 서론

필자는 2011년에 1928년 2월에 충남 공주에서 출간된 월간 종합 문예지 『백웅(白熊)』 창간호 내용을 분석하여 그 문학적 가치와 의미를 학계에 소개한 바 있다.[1] 그 논문에서 밝힌 것처럼 이 잡지는 기존의 소개와 달리 회원 몇몇이 발표 지면을 확보하기 위해 습작을 모은 동인지가 아니었다. 즉, 이 잡지 발간 당시 우리 문단의 사정을 감안하여 볼 때, 지방의 작은 도시에서 이런 종합 문예지가 발간될 수 있었던 사실은 매우 희귀하며, 그 잡지에 참여한 필진이나 작품의 수준을 분석해 본 결과 단순한 동호회 수준을 넘어 문학사적으로 일정한 위상과 의의를 인정할 수 있는 본격 문학 잡지로 볼 수 있다는 의견을 밝혔다.[2] 실제로 이 잡지를 간행한 사람들은

1 조동길, 「공주의 근대 문예지 『白熊』 연구」, 『한국언어문학』 77집, 한국언어문학회, 2011.

2 위의 논문, p.279.

정식으로 '백웅사(白熊社)'라는 회사를 설립하고, 잡지를 유료화하여 전국적인 판매망을 구축하고,[3] 기성 문인들의 원고를 받아 이 문예지를 출판했다. 따라서 이 잡지를 한 지역 문학의 산물로 국한하여 논의하는 것은 타당하지 않으며, 우리 문학사에 편입될 만한 충분한 가치가 있는 잡지라는 것이 필자의 논지였다.

하지만 이 잡지에 관한 학문적 논의는 필자의 논문 이전에 전혀 이루어진 바가 없고, 또한 잡지의 존재에 대해서도 널리 알려지지 못했다. 아마도 쉽게 자료를 구하기 어려운 현실적 어려움이 가장 큰 이유가 아니었을까 추측된다. 그러다 보니 일부 소개되어 있는 이 잡지에 대한 전문가들의 견해조차 사실에 부합되지 않게 서술되어 있고, 그런 내용이 확인이나 검증 없이 반복적으로 인용되고 있는 실정이다.[4] 이는 2호의 존재를 몰랐기 때문에 빚어진 오류라고 볼 수 있다.

이 잡지 2호가 존재한다는 사실은 언론 보도를 통해 세상에 공개되었다.[5] 하지만 해당 자료가 일반인에게 공개되지 않아 그 내용을 즉각 확인할 수는 없었다. 이 잡지를 소장하고 있는 이재우 선생(당시 공주의 웅진교육박물관 관장, 현재는 강원도 영월의 영월초등교육박물관 관장 겸 경기도의 초등학교

3 잡지의 판권 면과 신문광고(『동아일보』 1928년 3월 20일자 등)를 통해 잡지 주문처는 공주의 복음서관, 총판은 서울의 박문서관으로 되어 있으며 각기 진체구좌번호와 전화번호가 명기되어 있다.

4 서지학자 백순재가 집필한 내용(김동리 외 공편저, 『한국문학대사전』, 문원각, 1973, p.309)이나 잡지 연구 전문가인 최덕교가 집필한 내용(『한국잡지백년』, 현암사, 2004, p.417) 모두 공주에서 간행된 동인지로서 창간호가 종간호가 되었다고 서술하고 있다. 온라인의 포털 사이트 해당 항목 검색에서도 비슷한 결과가 나온다.

5 「백제 땅 공주에서 나온 "백웅"」, 『금강뉴스』, 2010. 3. 16.

교장 선생님으로 봉직 중)과 여러 차례 접촉하여 그 2호 잡지를 열람할 수 있었다. 연구를 위해 흔쾌히 자료 열람을 허용해 준 높은 뜻에 다시 한 번 심심한 고마움을 표하며, 따라서 이 논문은 전적으로 이재우 선생의 배려에 의해 이루어졌음을 밝힌다.

이 연구에서는 『백웅』 2호 잡지 내용 분석을 중심으로 하여 그 가치와 의미를 고찰하려고 한다. 아울러 창간호와 비교하여 2호 잡지의 내용에는 어떤 차이가 있는지, 그리고 창간호와 2호의 내용을 함께 살펴 이 잡지의 위상과 의의를 종합적으로 논의해 보도록 하겠다.

2. 제2호의 체제와 참여 문인

2호 잡지의 외형상 체제는 창간호와 크게 달라지지 않았다. 판형은 국판 규모를 그대로 유지하고 있으며, 전체 분량 또한 광고와 표지 및 목차를 제외한 실제 내용이 49페이지로 51페이지였던 창간호와 비슷하다. 표지는 창간호 때와 마찬가지로 인천에서 활동하던 염근수가 담당했는데, 잡지 성격을 밝히는 '文藝月刊'이라는 네 글자가 세로로 들어가 있으며, '20錢'이라는 가격 표시가 노출되어 있는 게 창간호와 다르다. 검은색과 붉은색의 2도 인쇄로 된 표지는 창간호 때 아무 도안 없이 '創刊號'라는 세 글자만 세로로 크게 들어가 있었던 것과 달리 원과 세모, 화살표 등의 도안을 이용한 그림으로 채워져 있는데, 특이한 것은 도안 내용에 작은 별과 낫, 호미, 용수철 모양의 그림이 들어 있다는 것이다. 혹 이런 기호 비슷한 그림들이 어떤 사상적 상징일지 모르겠으나 표지 도안에 대한 해설이 없기 때문에 현재로서는 뭐라고 단정하여 말할 수 없다. 추후 이 분야의 전문가들이 살펴보아야 할 문제라고 생각한다. 그 외에 창간호 때 표지에 없던 인쇄와 발행 날짜의 간기(刊記),[6] 제1권 제2호라는 호수 표시가 하단 오른쪽에 노출되어 있는 게 달라진 점이다.

내용의 서지적 체제는 창간호와 유사하다. 글의 장르에 따라 활자 호수가 다르고, 또 편집도 글의 성격에 따라 1단과 2단, 혹은 3단으로 차이가 나는 등 일정치는 않다. 희곡과 소설을 기준으로 했을 때 한 페이지 당 1단 편집 체제로 21행에 한 행의 글자 수는 약 48자로 되어 있다. 소품 2편은 테두리 선이 들어간 2단 편집으로 한 행에 22자씩 한 페이지에 20행으로 편집되어 있으며, 수상 2편은 테두리 선 없는 2단 편집으로 23자씩 21행으로 되어 있다. 수필은 테두리 선 있는 3단 편집으로 한 행에 15자씩 20행으로 되어 있고, 평론은 2단 편집에 한 행 23자 21행으로 편집되었다.[7] 이처럼 다양한 편집을 한 것은 작품의 성격을 시각적으로 구분하기 위한 의도 외에 작품의 장르를 구분하려는 편집자의 의식이 작용한 것으로 추정해 볼 수 있을 것 같다. 표기는 당시의 관행대로 띄어쓰기가 거의 되어 있지 않으며, 한자는 괄호 안에 넣거나 그대로 노출하여 사용하기도 했는데, 소설과 산문에는 거의 사용되지 않았고 평론이나 기타의 글에는 많이 노출되어 있다.

목차는 창간호와 달리 분홍색 색지로 2페이지를 한 장으로 인쇄하여 반으로 접어 제책했는데, 앞면에는 글의 제목과 필자가, 뒷면에는 서울의

---

6 소화 3년 3월 11일 인쇄, 소화 3년 3월 12일 발행이라고 상단 우측에 세로로 표기했다.

7 '투고 환영'의 광고(p.33)에 보면 투고 규정에 종류(소설, 희곡, 시, 시조, 감상문, 소품문)와 규정이 있는데, 규정에 기한은 매월 10일 이내로 되어 있고, 용지는 23자 10행 원고용지로 되어 있어 요즘 흔히 사용되는 200자 원고지와는 다른데, 이는 잡지의 편집과 분량 계산의 편리함을 고려한 것 같다.

'대동인쇄주식회사'[8]와 평양에서 발행된 월간 취미잡지 『문예 · 영화』의 3월 창간호 광고가 게재되어 있다. 광고된 잡지의 문안(文案)에 '이 雜誌는 文人의 俱樂部'라고 되어 있고, 아울러 필진과 글의 목차가 소개되어 있는데, 이 필자들 속에는 2호 잡지에 글을 게재한 두 사람[9]의 원고가 들어가 있어 두 잡지를 만들던 사람들 간의 관계를 짐작해 볼 수도 있을 것 같다. 목차 윗부분에는 촛불과 꽃을 형상화한 그림이 들어가 있는데, 관례로 보아 표지를 도안한 염근수가 그린 것으로 추정된다.

목차 구성은 창간호 때의 장르 구분 방식이 아니라 아무 설명 없이 동그라미 표 두 개를 사용하여 모두 7개의 영역으로 구분했는데, 나와 있는 그대로 옮겨 보면 다음과 같다.

◇ 表紙 …… 廉根守

불 붓는 마을(戱曲) …… 秦雨村

葛藤에 억매인 무리(小說) ……嚴興燮

게 우(小品) …… 雲谷山人

처음 밧는 艶書(小品) ……佳惠

○○

남쪽한울을바라보며(詩歌) …… 朴芽枝

李道令(詩歌) …… 秦雨村

故鄕生覺(漢詩譯) …… 쇠북

8 대동인쇄주식회사는 서울 공평동 소재의 회사로 이 잡지를 인쇄한 곳이다.

9 최영태(崔永泰), 이경손(李慶孫)이 그들인데, 이 중에 이경손은 「農村劇의 對한 한마듸」와 영화 각본 「그의 죽엄」을 수록하고 있어서 영화와 연극 쪽에서 활동하던 인물임을 알 수 있다.

○○

눈오든밤(隨想) …… 梁在應

피리부는데(隨想) …… 金道仁

哀悼S君 …… 李錫一(削)

○○

全國圖書館印象 …… 李慶孫

正反對의 두 豫想 …… 樂浪

○○

病床雜記(隨筆) …… 洪銀星

小說革命(隨筆) …… 崔永泰

人間小考(隨筆) …… 崔秉和

○○

文學의 中毒(評論) …… 金炅元

詩壇漫筆(評論) …… 朴芽枝

○○

淸國菓子(趣味) …… XYZ

모던껄의 따귀(趣味) …… 第三席生

篇輯餘言 …… 編者

여기에서 보듯 2호 잡지에는 모두 21건의 글이 목차에 제시되어 있는데, 표지와 편집후기를 제외하면 창작 작품은 19편이고, 그중에 진우촌과 박아지가 각각 2편의 글을 싣고 있어서 2호 잡지에 참여한 실제 문인은 총 17명이 된다. 이 중에 이석일의 「哀悼S君」은 전문이 삭제되었고, 제삼석생의 「모던껄의 따귀」는 편집 완료 후 인쇄 중에 삭제가 결정된 것으로 보이는데, 전문이 복자(覆字) 활자인 기호 형태(소위 벽돌활자)로 인쇄되어 나왔기 때문이다. 따라서 2호 잡지에 내용이 게재된 작품은 15명 문인의 17편이 되는 셈이다. 그 내용을 구분해 보면 희곡 1편, 소설 1편, 소품 2편, 수상 2편, 수필 4편, 평론 2편, 시가 2편, 한시 번역 1건(3편), 취미 1편, 기타 1편이다.

참여 문인을 간략히 살펴보면 다음과 같다. 우촌은 진종혁의 호인데, 그는 1904년 인천에서 출생했고, 1923년 『동아일보』 일천호 기념 문예 공모에 당선했으며 시, 소설, 동화 등 다양한 장르의 창작 활동을 했다. 나중에는 주로 연극계에서 활동하며 희곡 「암탉」, 「두뇌수술」 등 여러 편을 발표했으나, 한국전쟁 중에 행방불명되어 그 행적을 알 수 없는 인물이다.

엄흥섭은 충남 논산에서 출생했으며, 경남 진주에서 학교를 다니며 인천의 『습작시대』 동인으로 참여하여 활동했다. 좌익 계열 단체인 카프의 핵심 구성원으로 활동하다 사상 문제로 그 단체에서 제명되었고, 『길』, 『세기의 애인』, 『흘러간 마음』, 『인생사막』 등 여러 권의 소설집을 간행한 작가로 6 · 25전쟁 중에 월북했으며, 현대문학사에서도 비중 있게 다루어지는 작가다.

박아지는 박일 또는 박재청의 필명으로 알려져 있으나 명확치는 않다. 1927년 『동아일보』 신춘문예 당선으로 문단에 나왔으며, 카프에 열성적으로 가담했던 농민시인으로 알려져 있다. 시집으로 『심화』와 『종다리』가 있으며 최근 그의 작품 전집이 간행되는 등 학계의 연구가 활발한 시인이다.

양재응의 호는 고봉(孤峯)으로 『어린이』 등의 잡지에 여러 편의 동화를 발표하는 등 아동문학가로 활발하게 활동한 작가다. 그밖에 쇠북이라는 호로 중국의 한시를 번역한 사람의 본명은 김종국(金鍾國)이며, 창간호 때는 철고(鐵鼓)라는 호를 사용했는데 동일 인물임이 확실하다. 운곡산인은 그 행적이나 이력을 알 수 없는 인물인데, 창간호 때 시와 연구(평론), 수필을 운곡이라는 호를 변용하여 세 편이나 수록한 사람으로 영문학을 공부한 사람처럼 보이며,[10] 2호에 게재된 「게우」라는 소품도 영국의 시인 테니슨의 작품을 번역한 것이다. 홍은성(洪銀星)과 낙랑(樂浪) 또한 창간호 때 수필과 소곡을 발표했던 사람인데, 홍은성은 홍효민(洪曉民, 1904~1975)의 필명으로 경기 연천 출신이며 일본 정칙영어학교를 졸업했고, 문학평론가 및 소설가로 활동했다. 특히 행동주의 문학을 우리 문학계에 소개한 평론가로 유명하며, 역사소설을 여러 편 신문 연재소설로 발표했다. 낙랑은 자세한 이력을 알 수 없는 인물이다.

이상의 문인들은 창간호 때 참여하였던 문인으로, 2호에서도 장르를 바꾸어 참여하거나, 많은 지면을 차지하는 비중 있는 작품을 발표하는 등 중요한 역할을 담당하고 있다.

2호에 새로 참여한 문인들은 가혜(佳惠), 김도인(金道仁), 이석일(李錫一), 이경손(李慶孫), 최영태(崔永泰), 최병화(崔秉和), 김경원(金炅元), XYZ, 제삼석생(第三席生) 등인데, 이 중에 김도인은 진우촌, 박아지 등과 함께 인천의 『습작시대』 동인이었다.[11]

이경손(1905~1978)은 경기도 개성 출신이며 일본 도시샤 대학의 분교로 세워진 경성신학교를 중퇴하고 배의 승무원과 전도사 등 여러 직업을 거쳤다. 1924년부터 1928년까지는 평론가로도 활발히 활동했다. 영화의 연기와 줄거리만이 아닌 영화 기법에 대한 비평을 시작하여 조선 최초의 본

10 필자는 앞의 논문에서 창간호에 소설 「가을은짓터가는데」를 발표한 강철수가 운곡의 본명일 수 있음을 조심스럽게 추정한 바 있다.

11 『백웅』과 『습작시대』 동인 간의 관계에 대해서는 조동길, 위의 논문을 참조하기 바란다.

격적인 영화평론가로 꼽힌다. 윤백남의 조감독으로 〈운영전〉 연출에 참여하였고, 감독 데뷔작으로 〈심청전〉을 촬영하였다. 윤백남이 일본으로 떠난 뒤에는 윤백남 프로덕션 동인들로 고려 키네마를 설립하여 〈개척자〉를 완성했으나 계속 흥행에 실패하여 어려움을 겪은 끝에 1920년대 후반에 중국 상하이로 떠났다. 상하이에서는 먼저 이주해 있던 전창근과 만나 활동을 재개하였고, 〈양자강〉(1931)을 찍었다. 이 작품을 마지막으로 태국으로 이주하여 그곳에서 사망했다.[12]

최병화(1905~1951)는 아동문학가로 호는 고접(孤蝶)이며 서울에서 출생했다. 연희전문학교를 졸업하고, 교원과 편집 기자를 지냈으며, 아동잡지 『별나라』 편집 동인이 되기도 하였다. 김영일(金英一), 연성흠(延星欽) 등과 함께 아동예술 연구단체 '호동원(好童園)'을 창립하고, 아동극단 '호동(好童)'을 조직하여 활약하였다. 1920년대 말 경부터 아동잡지 『어린이』, 『별나라』, 『아이생활』 등을 통하여 창작 활동을 하였고, 광복 후에도 『소학생』, 『새동무』 등의 잡지에 계속 기고하였다. 그의 작품 경향은 곱고 부드러운 필치로 아름답고 순정적인 미담가화를 엮어내어 '미담의 명수'라고 일컬어졌다. 저서로는 소년소설 『희망의 꽃다발』, 『꽃피는 고향』, 『즐거운 자장가』 등과 아동 역사소설 『낙화암에 피는 꽃』이 있다.[13]

김도인은 출생 연도나 이력이 명확히 밝혀지지 않은 인물이다. 그러나 그는 『경인일보』에서 기획한 인천 인물 100인의 한 사람으로 선정되었으

12 『한국민족문화대백과사전』(http://encykorea.aks.ac.kr), 『위키백과사전』(http://www.wikipedia.org) 등 온라인 사전의 "이경손" 항목 자료 참조.

13 『네이트 한국학』(http://koreandb.nate.com) "최병화" 항목 참조.

며, 연극인, 소설가, 신문 기자, 교육자로 활동한 인물이다. 『습작시대』 동인으로 출발했으나 후일 『월미』라는 종합 잡지를 편집하고 발행했으며, 해방 후까지 활발히 활동하다가 종적이 묘연해진 것으로 보아 아마도 월북하지 않았을까 추측된다. 그는 「나의 결투장」이란 글을 통해 『습작시대』 동인들의 미숙함을 비판한 김기진에게 공개서한을 보내기도 했는데, 그 글에서 '일보를 압섯다는 이들의 주제넘은 꼴이란 대개 이와가튼 모양이니 여긔서 더욱 습작시대의 출발한 뜻이 깁거니와 (…중략…) 우리의 칼날이 엇더한지도 몰으고 어는새 나대이는 것은 너무나 경망한 짓이 안일까 합니다.'라고 하여 단호함을 보이기도 했다.[14]

그 밖에 최영태와 김경원에 대해서는 아직 그 이력이나 활동 내용을 알 수 없는 상황으로 추후 더 확인해야 할 사람들이다. 가혜(佳惠) 역시 어느 문인의 호인 것 같으나 아직은 정확히 확인할 수가 없다. XYZ, 제삼석생은 그 단서조차 알 수 없는 인물로 아마도 당시 관행에 따르면 한 책에 동일한 이름을 쓰는 것을 피하기 위해 사용된 필명이거나 아니면 이름을 밝히기 꺼리는 선비 성향의 인물이었을 것으로 추정될 따름이다.

특이한 것은 창간호 때 원고 수집과 편집에 핵심 역할을 했던 윤귀영이 편집후기 외에 작품을 수록하지 않은 점이다. 편집후기 작성자 두 사람 중 하나인 운곡(雲谷)이 글을 게재하고 있는 것으로 보아 편집자라서 빠진 것은 아닌 것 같고, 아마도 잡지 원고 분량의 초과이거나 혹은 다른 사정으

---

14 「인천인물 100人－70 문인 김도인, '출판인 · 신문기자 · 교육운동가 · 연극인 · 소설가… 개화기 인천문화 중심에 서다'」, 『경인일보』, 2007. 3. 14 참조. 이 날짜는 온라인 자료에서 확인한 것으로 실제 신문의 발행 날짜와는 차이가 있을 수 있다.

로 참여하지 않은 것으로 보인다.[15]

이상의 내용을 종합해 보면 2호의 형식과 체제는 창간호와 크게 달라진 것이 없고, 참여 문인은 창간호 때와 유사하게 윤귀영 등과 친분관계가 돈독했던 인천의 『습작시대』 동인들이 주축을 이루었으며, 김도인과 이경손, 최병화 등 새로운 인물이 몇 사람 더 참여한 것이 달라진 점이라고 할 수 있다.

3. 게재 작품의 내용과 가치

여기서는 2호 잡지에 수록된 작품의 내용과 문학적 가치를 고찰해 보고자 한다. 앞에서 본 것처럼 이 잡지에 수록된 작품은 15명의 17편인데, 잡지 성격이 문예 종합지인 만큼 장르가 다양하다. 대체로 장르적 성격에 따라 분류된 편집체제이기 때문에 편의상 수록된 순서에 따라 논의해 보도록 하겠다.

진우촌의 희곡 「불 붓는 마을」은 맨 앞에 게재된 단막극 작품인데, 룡길

15 윤귀영은 신문기자로 일하면서 소설을 썼던 사람인데, 창간호에 꽤 수준 높은 작품 「첫 추위와 함께」라는 작품을 발표했을 뿐 아니라, 『개벽』에 소설이 당선될 정도로 이미 소설가로서 그 위치를 확고하게 가지고 있던 인물이다. 『개벽』 1924년 7월호, p.115의 현상입선문예 발표에 소설 부문은 1등이 없고, 2등에 최석주의 「파멸」, 3등에 이기영의 「옵바의 비밀편지」, 선외가작에 윤귀영의 「흰 달빛」을 비롯한 4명이 당선자로 공고되어 있다. 그는 공주소년동맹 위원장으로 1928년 4월 30일 어린이날 행사 준비를 하던 중 간부들과 함께 공주경찰서에 구속되어 10일간 구류 처분을 받았고, 이후 보안법 위반으로 구속되어 재판을 받아 실형을 선고 받는 등 수난을 당한 것으로 보아 아마도 이런 일과 관련하여 작품을 쓸 수 없었는지도 모르겠다.

이와 옥분이, 돌이, 옥분의 아버지인 최선달, 끠삼이와 바위, 동네 사람들이 등장인물로 되어 있다. 무대는 어촌인 작은 섬으로 설정되었고, 달이 뜨기 전의 밤 시간대에 일어나는 사건으로 전개되고 있다. 룡길이와 옥분이는 같은 마을에 사는 연인 사이인데, 옥분의 아버지가 딸의 의사와 관계없이 나이 많은 구장에게 시집을 보내기로 해서 갈등이 시작된다. 룡길이는 구장집에 사흘을 연달아 불을 내고, 혼인 전날 밤 절망 끝에 구장네 집에 불을 지르고 물에 빠져 죽으려고 바닷가로 나온다. 구장은 옥분이가 혹시 룡길이와 도망갈 것을 염려하여 천 냥 돈을 걸고 동네 청년들에게 바닷가를 지키게 하는데, 끠삼이와 바위는 돈 때문에 바닷가로 나와 그들이 도망 갈 길을 지킨다. 최선달은 딸이 없어졌다며 바닷가로 나오는데 그때 구장네 집에 큰 불이 난다. 최선달과 동네 사람들이 불을 끄러 몰려간 틈에 룡길이가 오고, 바로 뒤따라 옥분이도 등장한다. 끠삼이가 둘을 막는데 싸움이 시작되려는 찰나 끠삼이는 싸우기 싫다며 돌이에게 동네 사람을 불러 오라 한다. 돌이가 움직이지 않자 끠삼이는 자기가 가겠다며 마을로 간다. 룡길이와 옥분이는 배를 타고 떠나고, 돌이는 막지 않고 오히려 룡길이 없는 마을에 살기 싫다며 같이 가자고 한다. 룡길이는 부모가 있는 돌이는 같이 가서는 안 된다고 달래고, 돌이는 자신이 원수를 갚겠다며 멀리 가서 잘 살라고 한다. 마을에서는 불이 크게 번지고, 마을 사람들은 배를 띄워 둘을 쫓아간다.

이 작품은 젊은 청춘 남녀의 자유연애를 주제로 하고 있다는 점에서 의미가 있다. 부모가 자식의 의사와 상관없이 혼인 상대를 결정하는 전근대적 행태를 비판하면서, 스스로의 의지에 의해 자신의 운명을 결정하려는 생각은 일정 부분 근대의식과 맞닿아 있다고 볼 수 있다. 그런 것을 방해하는 세력에 대해 방화와 폭력으로 대응하는 것은 일면 카프 계열 작가들의 해결 방식을 연상시키지만, 낡은 질서에 대해 저항하면서 비판하는 작가의 의식이 비교적 잘 형상화되었다고 평가할 수 있다. 다만 갈등의 조성과 해결 과정이 약간 상투적인 점과 돌이의 갑작스러운 변심 등 우연적인 플롯의 요소는 작은 흠이 된다고 볼 수 있겠다.

엄흥섭의 「갈등에 억매인 무리」는 미완성의 소설이다.[16] 1인칭 화자인 박인호라는 K사범 학생이 방학을 맞아 친구 S를 찾아 기차를 타고 가다가 차안에서 여학생을 만나는데, 그 여학생이 알고 보니 자신의 절친한 친구인 고영찬의 누이동생이었다는 것이다. 이렇게 간단한 내용의 작품이지만 이 소설에는 몇 가지 주목할 점들이 있다. 기차에 탄 두 여학생을 비교하는 장면에서 화려한 차림을 한 여학생과 검소한 차림을 한 여학생 중 후자(이 여학생이 친구의 누이동생임)를 프롤레타리아로 표현한 점이 카프 소속 작가로서의 사상적 편향을 보여 주고 있다는 점, 그 여학생과 헤어질 때 '엇더튼조선녀성의 해방을위하야힘만히 써주실줄밋슴니다.'[17]라고 하여 여권 신장에 대한 관심을 표명하는 점 등이 그렇다. 즉 전근대적인 의식을 비판하고 새로운 가치나 진보적 이념을 중시하는 젊은이들의 가치관을 보여 주고 있다는 점에서 일정한 가치 부여가 가능할 수 있다는 말이다. 특히 이 작품에서 눈여겨 보아야 할 것은 작가의 묘사력이다. 새벽에 기차를 타러 나가는 대목에서, 눈이 내린 길을 걸어가며 눈 위에 찍힌 발자국 세 개를 세밀히 묘사하면서 그 발자국의 모양을 유추하여 그 주인을 추측하는 장면(pp.11~12)

---

16 소설 끝에 '미완(未完)'이라고 표기(『백웅』 2호, p.19)되었을 뿐 아니라 실제 내용 또한 결말 없이 중단되었다.

17 『백웅』 2호, p.18. 이후는 작품 인용의 경우 특별한 경우를 제외하고 괄호 안에 페이지만 표시하기로 한다.

은 작가의 탁월한 문장력을 과시하고도 남음이 있다. 이 소설은 미완성의 작품으로 플롯의 우연성이나 애상적 감상성이 남아 있는 등 습작의 냄새가 가시지 않은 미숙함이 있기는 하지만, 시대의 핵심을 파악하는 작가의 안목은 그런대로 그 가치를 평가할 수 있다는 판단이다.

운곡산인의 「게우」는 영국 시인 테니슨이 쓴 56행 원시를 챈들러(Chaundler)가 산문체로 바꾸었는데, 그것을 우리말로 번역하고 약간의 감상평을 붙인 것이다. 내용은 한 가난한 노파가 추위와 굶주림에 떨고 있을 때 어느 신사가 거위 한 마리를 주고 갔는데, 그 거위가 하루에 황금 알을 하나씩 낳아 그것으로 부자가 되어 하인도 두고 잘 살았지만 결국 사람이 견딜 수 없이 괴상한 소리를 내는 거위 때문에 그 거위를 내다 버리거나 죽이려고 할 때 다시 신사가 나타나 거위를 가져가고, 노파는 예전의 그 가난한 상태로 되돌아갔다는 이야기다. 운곡은 이 작품에서 황금주의에 대한 비판, 낭만적 환상, 시의 필요성에 대한 인식 등을 주목해야 한다고 감상평을 붙이고 있다. 창작물이 아니기 때문에 문학적으로 특별한 의미 부여를 하기는 어려울 것 같다.

가혜의 「처음밧는艷書」는 내가 누님 댁에 갔다가 조카에게 온 연애편지를 보고 나서 선생에게 도로 가져다 주라고 하는 내용이다. 감상에 젖은 전문학교 학생의 연애편지는 신문에 난 조카의 시를 보고서 짝사랑을 담아 합이빈에서 보낸 것인데, 조카는 그 편지의 처리를 아저씨에게 묻고 나는 편지를 전해 준 선생에게 도로 갖다 주라고 한다. 이 글은 당시 젊은이들의 연애 감정의 편린을 보여 준다는 점 외에는 문학적으로 별다른 의미를 부여하기 어려운 잡문에 속한다고 볼 수 있다.

박아지의 「남쪽하날만바라보며」는 제목 뒤 괄호 안에 민요시(民謠詩)라고 표기되어 있는데, 목차에는 '남쪽한울을바라보며(詩歌)'라고 되어 있어 차이가 있다. 아마도 교정 중의 실수인 듯하다. 3월 봄을 맞아 남쪽 하늘을 바라보며 '넷새'(제비)를 기다린다는 내용의 이 시는 대체로 7 · 5조의 자수율을 기본으로 한 리듬을 지키고 있어 목차에는 '시가'라 하고[18] 본문에서는 '민요시'라고 한 것 같다. 그의 다른 글인 평론 「시단만필(詩壇漫筆)」에서도 그는 우리 전통적인 시가의 리듬은 4 · 4조의 음수율이며, 농민 등 민중을 대상으로 한 시가에서는 그들에게 친근한 이 리듬을 사용하여 시를 창작해야 한다고 강조하고 있다(pp.46~48 참조).

진우촌의 「이도령(李道令)」은 춘향전의 내용을 시로 바꾸어 쓴 것인데, 3연 12행으로 된 이 시는 전체가 4 · 4조 외형률을 고수하고 있는 정형시다. 목차에는 '시가(詩歌)'라고 되어 있고 본문에는 제목 외에 아무런 부기가 없으나, 시조나 가사의 리듬을 활용한 것으로 보아 의도적으로 형식 실험을 한 것 같다. 혹시 인천에서 같이 활동하던 박아지의 민요조 리듬을 강조한 견해를 참조하여 창작했는지도 모르겠다. 쇠북이 번역한 한시는 삼령(參嶺)의 「故鄕生覺」, 송지문(宋之問)의 「山을나리는노래」, 두보(杜甫)의 「張氏幽居에 쓰노라」 세 편인데, 한시를 즐기던 독자를 배려한 한시 번역 소개라는 의미가 있을 것 같다.

양재응의 「눈오든밤」과 김도인의 「피리는부는데」는 목차에 수상(隨想)이라 되어 있으나 본문에는 양재응의 글에만 그 용어가 사용되고 있다. 창간

---

18 창간호에서는 작품의 제목 뒤에 '시가'라는 용어가 쓰이지 않았고, '시'라는 장르 명칭만 사용되고 있다.

호에는 수필, 감상, 상화(想華) 등의 용어가 혼용되었으나[19] 2호에서는 수필과 수상이라는 용어만 사용되고 있다. 이들 두 용어를 구분해 사용한 것은 글의 성격이나 내용을 고려한 편집자들의 견해가 작용한 것으로 보인다. 양재응의 글은 돌아가신 어머니에 대한 아들의 뉘우침과 어머니의 지극한 사랑에 대한 감정을 담았다. 문장이 유려하고 심리 묘사가 세밀하기는 하나, 그 정조가 애상성에 머물러 치기를 거두어 내지 못하고 있는 것이 아쉽다. 김도인의 글은 겨울밤에 들려오는 피리 소리를 제재로 했는데, 피리 소리에 감정이 움직이는 젊은이와 그것에 대해 자책하는 내용으로 되어 있다. 특히 당대의 암울한 현실을 암시하는 몇몇 표현[20]은 주목할 만한 가치가 있다고 본다.

이경손의 「전국도서관인상」은 목차에 수필로 표기되었으나 편집에서는 수필 영역에 포함시키지 않고 따로 다루었다. 울산, 군산, 평양, 개성, 함흥 다섯 도시의 도서관을 방문하여 그 인상을 적은 글의 내용이 개인의 감정이나 느낌을 담은 수필과 다르다고 판단한 편집자들의 견해가 반영된 듯하다. 이 글은 문학적으로는 의미 부여를 하기 어려우나, 이 분야를 연구하는 분들에게는 당시 도서관의 건립과 운영, 장서, 이용자들의 실태 등 귀중한 자료로서의 가치가 있을 것으로 보인다.

이 글과 함께 분류된 낙랑의 「정반대의 두 예상」은 진우촌과 김남주(金南

19 이들 용어의 의미와 그 차이에 대해서는 조동길, 앞의 논문, pp.271~272를 참조하기 바란다.

20 '오늘날이처럼가련한처지에잇는조선민중'(p.34), '주림에느러져잇는것이오늘날우리민중의참상'(p.35), '찍으러져가는조선의사라날힘을기르는나는'(p.35) 등의 표현이 이에 해당한다.

柱)[21] 두 인물에 대한 예상이 실제 만나고 보니 완전히 정반대이더라는 반 페이지짜리 짤막한 글이다. 당시에 여러 잡지에서 유행하던 상호 인물평 형식의 글로 독자들의 흥미를 위한 목적의식을 가진 것으로 볼 수 있겠다.

홍은성의 「병상수필」은 목차에 '병상잡기'로 되어 차이가 있으며, 글 끝에 '3월2일 병상에서'라고 되어 있어 실제로 병환 중에 쓴 글로 보인다. 문단의 파벌주의를 비판한 「信義」, 극작가 입센의 출생 101주년 기념을 촉구하는 「입센生後百一年」, 자기 지위와 자기 명예에 급급한 문단 현실을 꼬집는 「焚詩書」, 남녀 간의 사랑의 정체는 알 수 없다는 「戀愛」, 계급주의자들의 독선을 비판하는 「階級的良心」의 다섯 꼭지로 된 이 수필은 당시 문단의 풍조와 현실을 개탄하고 비판하는 주제의식이 분명한 글이다.

최영태의 「소설혁명」은 소설은 어디까지나 오락적이어야 한다고 하면서, 프로 작가들의 계급의식이니 혁명의식이니 하는 것들은 소설의 본궤도에서 벗어난 것으로 제목만 다를 뿐 내용은 대동소이하다고 맹공하고 있는 내용이다. 하지만 이런 주장은 근대소설의 본질에 관한 이해가 부족한 상태에서 나온 오해라고 볼 수 있다. 소설이 오락적이어야 한다는 주장은 소설의 여러 기능 중 일부에만 해당되는 얘기이고, 근대의 소설문학이 현실과 현실 비판에 기반을 두고 탄생되었다는 것은 상식이기 때문이다.

최병화의 「인간소고」는 인생에는 양면성이 있다고 하면서 낙천주의자나 염세주의자나 모두 진리라고 보아야 한다는 내용이다. 현학성으로 포장된 젊은이의 치기가 드러나는 내용으로 문학적 가치를 따지기 어려운 수준의

21 글 내용에 '남쪽나라 바닷가에서 시와 동화를 쓰신'(p.19)이라고 되어 있어 대강 어떤 인물인지를 짐작할 수 있다.

글이라고 판단된다.

김경원의 「문학의 중독」은 목차에 평론이라고 분류했으나 그 내용은 앞의 수필들과 다를 바 없는 글이다. 명의(名義)의 명약(名藥)도 그 양이 과도하면 중독이 되는 것처럼 학자나 문학가도 어느 한쪽에 치우치면 중독이 되는데, 당대의 대다수 문인들이 겉으로는 고상한 척하면서 실제로는 원고 팔기에 동분서주하는 등의 태도가 바로 문학의 중독 현상[22]이라는 것이다. 그러나 글의 말미에서 문학의 중독자가 되지 말고 참된 문학자가 되라고 부탁하고 있는 말은, 구체적 해결책이라기보다 추상적인 원론에 머물고 있다고 할 수 있다.

박아지의 「시단만필」은 꽤 중후한 평론이라고 할 수 있다. 그는 이 글에서 조선 시단의 부진 원인을 진단하고, 그 대안으로 동요나 민요의 리듬을 활용하는 방안을 제시하고 있다. 시단 부진의 원인으로는 두 가지를 제시하고 있는데, 신문이나 잡지에서 산문을 중시하고 시를 홀대하여 산문화된 시대적 변화가 그 하나요, 또 하나는 시인들이 현실과 동떨어진 환상적 정서와 난해한 표현 수단을 사용하는 것이라고 하였다. 이를 타개하기 위해 그는 자신의 「농민시가소론」[23]을 인용하면서 이제 문단도 중앙 집중이 아니라 지방으로 확대되어야 하며, 농민을 비롯한 독자들이 쉽게 시에 접근하고 즐길 수 있게 하기 위해서는 조선인의 생활과 풍속, 도덕이 담겨 있음과 동시에 오랫동안 친근하게 전해져 온 민요나 동요의 리듬을 활

22 이에 대해 그는 '그들은 自己의 地位를 가장高尙한것이라고稱하면서도 世上에容納치못할 가장卑劣한半獸的醜行을긔탄업시한다 이것이實踐을떠난머리에만몰아넛는두려운文學의中毒이다'(p.44)라고 하여 좀 더 자세하게 부연하고 있다.

23 박아지, 「농민시가소론」, 『습작시대』 제1호, 1927, 습작시대사.

용해야 한다고 강조하고 있다. 다음으로 민요와 동요 몇 편을 인용하여 그 리듬이 음수율에서 4 · 4조가 중심이 되고 있음을 밝히고, 이를 시 창작에 적극 도입해야 한다고 주장하고 있다. 아울러 글의 서두에서 신진 시인으로 정지용, 김대준, 이응수 등을 거론하며 김대준의 「가을의 香氣」를 극찬하는 내용이라든지, 평양의 『문예와 영화』, 공주의 『백웅』, 부산의 『洛東江』, 성진의 『烽火』 등의 문예잡지를 거론한 것 등은 그 자료적 가치가 적지 않다고 판단된다.

이석일의 「哀悼S君」은 전문이 삭제되어 그 내용을 정확히 알 수 없고,[24] 제삼석생의 「모던껄의 따귀」는 앞에서 밝힌 것처럼 인쇄 도중 삭제가 결정된 것으로 보이는데, 부제가 'OO 君의 첫 日記 뒤푸리'라고 되어 있는 3단 편집의 1단짜리 글로서 사상적인 것이라기보다는 다른 문제[25]와 관련되어 뒤늦게 삭제된 것이 아닌가 짐작된다. XYZ의 「청국과자」는 위의 삭제된 글과 같이 3단 편집의 1단짜리 글로서 잡지 편집 과정의 공백을 메우기 위해 급히 작성된 글로 보인다. 분량은 원고지 두 장 정도의 짤막한 글이나 형식은 희곡 형태로 장소, 인물, 때가 앞에 나와 있으며, 시인과 그의 연인이 청국 과자를 먹으며 정담을 나누고 있는 방에 공주에서 온 『백웅』 편집

---

24 한국역사정보통합시스템(www. koreanhistory.or.kr) 검색 자료의 「일제경성지방법원 편철자료」에 따르면 이 글은 '치안방해'를 이유로 삭제되었으며, 일문(日文)으로 된 삭제 기사 번역문에서는 '中國에 망명하였다가 죽은 革命家에 대한 추도와 革命家 부인에 대한 감상'이라고 그 요지를 밝히고 있어서 글 내용의 대강만 짐작할 수 있을 뿐이다.

25 기관 검열의 삭제라면 사회주의 사상이나 독립운동 등의 경우 원고 검열 단계에서 삭제가 결정되어 아예 조판조차 될 수 없었을 것이니 그것은 아닌 듯하며, 다른 이유라면 관행상 아마도 미풍양속 저촉 등의 이유일 가능성이 있고, 편집진의 자체 삭제라면 글에서 거론된 사람의 명예와 관련되었을 가능성이 있으나 그 어느 것도 확단할 수 없는 추정일 뿐이다.

인인 문우(文友)가 등장하고, 애인은 안방으로 피하여 문우가 그 과자를 먹는 것에 눈총을 보낸다는 내용으로 재치가 돋보이는 글이다.

이상으로 2호 잡지에 게재되어 있는 글 17편에 대해 그 내용과 가치를 간략히 살펴보았다. 다양한 장르의 글이 수록되어 있는 것은 종합 문예지의 성격 때문이라고 볼 수 있으나, 반면 이는 문학 전문지로서의 품격에 약간의 장애가 되는 것도 사실이다. 작품 중에서 문학적으로 그 가치를 높게 평가할 수 있는 글은 진우촌의 희곡과 엄흥섭의 소설, 박아지의 평론, 그리고 홍은성의 수필이라고 할 수 있다. 이경손의 글은 자료적 가치가 높게 평가될 수 있고, 김도인의 글에서는 현실 비판의 젊은 패기가 주목된다. 나머지 글들도 나름대로 가치를 매길 수는 있겠으나 문학 작품이라는 척도로 보았을 때 그리 높이 평가하기는 어려울 것 같다. 이는 결국 편집진의 이상(문학 전문지 발행)과 현실(판매를 위한 독자 확보)이 타협한 흔적으로 해석해 볼 수도 있을 듯하다.

4. 제2호의 의의와 위상

『백웅』이라는 문예잡지가 공주에서 간행될 수 있었던 배경에는 앞의 논문에서 밝힌 것처럼 1927년 결성된 '한글연구회'가 있다. 이 단체에서는 세 가지 사업 중의 하나로 '한글의 雜誌 發刊 及 圖書 發行'을 결정했는데,[26] 이에 따라 이 잡지가 기관지 형식으로 발행될 수 있었던 것이다. 그러나 잡지 발간을 주도한 인물들은 한글 보급이나 연구 대신 문예지 성

26 『동아일보』, 1927. 11. 18, 4면.

격의 잡지를 선택했고,[27] 이는 결국 한글연구회에 후원자로 대거 참여했던 공주 유지 집단의 의사와는 약간의 거리가 있을 수 있는 일이었기 때문에 창간호에 동참했던 광고 형태의 후원이 2호에 와서는 급격하게 감소하는 결과로 나타난 것 같다.[28] 실제로 창간호에서는 한형택의 희곡 「女」, 박아지의 시 「豆滿江畔의 가을밤」, 오성의 시조 「塹星壇」 세 편이 삭제 처분을 당했는데, 그 이유가 민족주의적 독물(讀物)이라거나 사회주의적 독물로 분류되어 제시되고 있다.[29] 이런 사실은 기득권층이라 할 공주의 유지 집단들에게 이 잡지를 후원했을 때 따라올 수 있는 신분상 불안의 요소로 작용했을 가능성이 있다고 볼 수 있다. 따라서 창간호 발간 때의 특수성이 사라진 2호 잡지 발간에는 발간 경비 문제를 비롯하여 더욱 어려움이 많았을 것으로 추측된다.

---

27 필자는 그 이유를 '간행에 따른 경비 조달은 한글연구회의 도움을 받고 실제 내용은 자신들의 근대문학에 대한 관심으로 채워 넣는 절충의 결과가 아니었을까'라고 추정한 바 있다(조동길, 앞의 논문, p.268).

28 창간호에는 20여 건의 공주의 유력한 인사들과 주요 기업체 광고가 실려 있으나, 2호 광고에는 5명(이석일, 홍원표, 김종국, 서경순, 김영상)에 그치고 있으며, 대신 논산의 이달선, 김유현, 대전의 김창수, 아산의 윤치병, 경성의 윤회중 등이 참여하고 있다. 이 중 김창수, 윤치병, 김유현은 도평의원(道評議員) 신분이고, 이석일과 김종국은 잡지에 글을 수록하고 있는 필자들인데, 이석일의 글은 삭제되었고, 김종국의 한시 번역 원고는 창간호에 이어 수록되었다.

29 「일제경성지방법원 편철자료」에 따르면 1928년 1월 28일자로 삭제 및 출판 불허 처분된 이유가 '임신한 채로 경찰에 끌려가게 된 가난한 농부의 딸 이야기(연극)와 두만강을 건너는 사람들의 마음을 그린 시'로 되어 있으며, 목차에 나와 있지 않은 작품으로 '「片想」이라는 제목의 시로 투쟁심을 강조함'이라 되어 있어 실제 삭제된 작품이 더 있었음을 알 수 있다. 박아지의 시는 민족주의적 독물로, 한형택의 희곡은 사회주의적 독물로 분류되어 있다.

이런 어려움 속에 간행된 2호 잡지에 몇 가지 의의를 부여할 수 있다고 생각한다. 우선 강조하고 싶은 것은 우리 문단 초창기의 근대문학을 생산하고 유지하는 데 이 잡지가 일정 부분 기여하고 있다는 사실이다. 비록 지방에서 출판된 영세한 잡지이기는 하나 창간호와 마찬가지로 2호 잡지에는 인천과 서울에서 활동하던 기성 문인들이 필진으로 참여하고 있으며, 그들의 작품은 습작을 넘어 상당한 문학적 가치를 보유하고 있어서 우리 근대문학사의 한 영역을 점유하고 있다고 평가할 수 있기 때문이다.

다음으로는 중앙 집중의 문단 현실에서 지역의 문학을 선도하고 공백을 메우는 역할을 하고 있음을 지적할 수 있다. 지금도 크게 달라지지 않았지만 문학 활동이 중앙 집중으로 이루어지는 현상은 불가피한 면이 없지 않으나 결코 정상적이거나 바람직한 일이라고 볼 수 없다. 한 국가나 민족의 문학이 튼튼하게 발전하려면 세대적 균형은 물론 지역적 편차가 적어야 하기 때문이다. 하지만 현실은 그렇지 못해 지역문학은 늘 소외되고 푸대접을 받아 왔다. 그러다 보니 지역문학이 발전할 수 있는 기반은 점점 약해질 수밖에 없었다. 이런 점에서 이 잡지는 나름대로 그 균형적 역할을 수행한 의의가 있다고 할 수 있다.

또한 이 잡지는 공주, 나아가 충남 근대문학의 출발 시점을 앞당길 수 있는 자료적 가치가 크다는 점을 들 수 있다. 앞의 논문에서 밝힌 것처럼 당시 공주는 충남의 가장 큰 도시였고, 동시에 도청이 소재하는 중심 도시였다. 이런 도시에서 해방 이후에야 근대문학이 출발되었다고 보는 것은 상식에 부합하기 어렵다. 자료가 남아 있지 않아 확인할 수 없는 사정이 안타깝기는 하지만, 다행스럽게도 이 잡지의 존재로 인해 충남(공주)의 근대문학 출발점을 최소한 1920년대로 끌어올릴 수 있는 근거가 확보되었다고 할 수 있다.

그 밖에도 이 잡지는 공주라는 지방의 작은 도시를 근대문학 활동의 거점으로 자리매김하게 된 점, 일반적으로 보수적인 성향의 도시라고 알려진 공주에서도 민족주의적이거나 사회주의적인 청년들의 활동이 실재했음을 증명하는 자료적 가치를 보유한 점, 공주에 근대문학 작품을 수용할 수 있는 독자층이 일정 정도 존재했었다는 점 등을 주요한 의의와 위상으로 추가할 수 있을 것 같다. 차후 이에 대한 더 상세한 논의가 이어지기를 기대한다.

5. 결론

『백웅』은 1928년 충남 공주에서 2호까지 발행된 종합 문예지다. 3호는 발행하려고 했다가 검열 문제로 중단된 것으로 보인다.[30] 이후 이들은 휴간 중에 있던 『습작시대』와 합동으로 『신인』이라는 잡지를 발행하려고 준비했던 것[31]으로 보아 잡지 발행에 대한 강한 애착을 가지고 있었던 것을

30 제3호 발행을 위해 편집자들이 원고를 모아 준비했었음은 1928년 5월 21일 치안방해, 무산계급을 이유로 삭제 및 출판 불허가 처분되었다는 자료에서 확인된다. 이 자료에 따르면 대상이 『백웅』 3호라고 명기되어 있고, 작품 중에 「꿈속의 일기」라는 글이 '資本主義社會의 모순을 경험하고 혁명을 일으킨다는 꿈 이야기'라고 되어 있어 그 사실을 확인할 수 있다. 국사편찬위원회, 한국사데이터베이스(http://db.history.go.kr) "국내외 항일운동 문서" 중 해당 자료 참조.

31 '그간 휴간 중에 있든 문예지 습작시대와 백웅을 합하야 새로히 문예잡지 신인을 발행코자 시내 와룡동 140번지에 사무소를 두고 목하 준비 중이라는데 편집 책임자는 조재관 진우촌 김남주씨 등이라 하며 신시단도 방금 검열 중에 잇는 이호를 발행하고는 역시 신인에 합동하야 더욱 충실한 것을 맨들리라더라'(「3개 문예지 합동하야 『新人』을 발행」, 『동아

확인할 수 있다. 그러나 결과적으로 이 잡지는 지속되지 못했는데, 막대한 경비 문제 외에 검열 문제가 심각한 장애로 작용했던 듯하다.[32]

그럼에도 불구하고 창간호에 이어 2호까지 발행될 수 있었던 것은 발행인 윤상갑을 비롯하여 원고 수집과 편집을 맡은 윤귀영과 강운곡 등의 집념이 있었기에 가능했던 것 같다. 물론 창간호 때는 한글연구회라는 단체가 유력한 후원자 역할을 하여 공주의 기업체와 유지 집단이 광고를 통해 큰 도움을 주었다. 하지만 2호 때는 광고가 대폭 줄어들면서 잡지의 필자들까지 광고에 가담하는 현상이 빚어졌다. 게다가 민족주의적 색채나 사회주의적 성향의 글들은 가차 없이 검열에서 삭제 및 출판 불허가 처분을 받았다. 이들은 이런 이중의 어려움을 타개하기 위해 이 잡지가 특정한 조류에 속하지 않는다는 선언적 발언[33]을 하는 등 여러 면에서 고심하며 타협하려 한 흔적을 엿볼 수 있다.

이런 상황에서 발간된 이 잡지는 자료의 희귀성 때문에 그동안 학문적 논의가 전혀 이루어지지 못했다. 소장자는 학문적으로 논의할 여력이 부족하고, 전문가들은 자료에 접근할 수 없는 상황이 안 되어 빚어진 현상으로 볼 수 있겠다. 필자는 오랜 수소문 끝에 창간호 자료를 구하여 그 내용

일보』, 1928. 11. 9).

32 김병익 기자가 집필한 「문단 반세기(21) 검열과 필화」 기사에 따르면 '『肺虛以後』가 당한 고역 외에도 『新詩壇』과 『白熊』이 압수 삭제되었으며'라고 되어 있어 이 잡지가 발행 이후 압수를 당한 적도 있는 것 같다(『동아일보』, 1973. 5. 11).

33 창간호에서 윤귀영이 집필한 편집후기에 이런 대목이 있다. '이 雜誌 自體로서는 어느 곳으로 흐르겠다는 어떠한 潮流를 낫하내지 아니하려 합니다 惑 一部의 非難도 잇겟지요 하나 現段階에 處하야 이거시온당하다 생각한것이오며 더구나 우리의 根本使命을 다함에는 이길이조흘가합니다'(p.51).

을 분석한 논문을 발표했고, 이번에 이재우 선생의 호의로 2호 잡지를 볼 수 있게 되어 이 논문을 작성할 수 있었다.

창간호와 2호 잡지를 분석한 내용을 종합하여 이 잡지의 의의와 가치를 판단해 보면, 동인지가 아니라 순수 문예 종합잡지라는 점, 문단 초창기의 사정을 감안할 때 근대문학의 주요한 자산이 될 수 있다는 점, 공주(충남)의 근대문학 출발점을 앞당길 수 있는 자료적 가치가 크다는 점, 중앙 집중의 문단 현실에서 지역문학의 거점 내지 균형적 역할을 수행하고 있다는 점 등을 꼽을 수 있다.

지방의 작은 소도시에서 교통도 불편한 서울을 오르내리며[34] 경비와 검열 문제 등 이중의 고충 속에 이런 잡지를 발간할 수 있었던 것은 오로지 문학에 대한 집념과 사명감을 가진 젊은이들의 헌신과 희생의 결과라고 생각한다. 또한 보수적이라고 알려진 공주에서 근대문학에 대한 관심 자체가 진보적이라 할 수 있는 시기에 이런 성향의 잡지가 발행될 수 있었던 사실은 공주의 근대를 더욱 풍요하게 만드는 중요한 의미가 있다고 볼 수 있다. 동시에 이 잡지의 존재로 인해 공주는 근대문학에서도 중요한 거점이었다는 것을 역사적 사실로 확증할 수 있으며, 이는 역사나 관광, 교육 외에 공주의 또 다른 자부심의 하나가 될 수 있다는 의의를 부여할 수 있다고 생각한다. 차후 이 잡지에 대한 관심은 물론 심도 있는 논의가 더 이어지기를 기대한다.

34 강운곡이 쓴 편집후기에 '編輯 印刷 發行 이여러階段으로交通이不便한이시골구석에서 하는일인지라 숨은셔름이만습니다'(p.51)라는 말이 이를 말해 준다.

제6장

동학농민전쟁 소설에 나타난 공주전투 장면에 관한 연구

■■■

1. 서론

동학농민전쟁[1] 100주년을 맞는 1994년에 여러 기념행사가 곳곳에서 치러진 바 있다. 학술적 측면의 연구 성과도 많이 나와서 농민전쟁의 배경, 전개 과정, 주체, 조직, 이념과 지향 등의 연구물이 축적되었고, 최근에는 농민전쟁과 동학의 관련성, 집강소 개혁을 포함한 농민전쟁의 개혁 방향과 갑오개혁의 관련성, 그리고 농민전쟁의 세계사적 의의에 관한 문제 등이 발히 연구되고 있다.[2]

---

1 이 용어에 대해서는 아직 학계의 공통된 의견은 없으나 최근의 큰 흐름은 이 용어 사용으로 정착되어 가고 있는 듯하다. 공주대학교 개교 45주년 기념 학술회의(1993. 11. 4)의 주제가 '충청지역의 동학농민전쟁'이었으며, 최근 다수의 논문에서도 이 용어가 사용되고 있다(정창렬 · 최원식 · 박명규 · 김기정, 「좌담－1984년을 다시 본다」, 『창작과 비평』 1994년 봄호, pp.40~43 참조).

2 이영호, 「1894년 농민전쟁 연구의 방향 모색」, 위의 책, pp.58~59.

한국 근현대사를 연구하는 분들의 그러한 연구 결과는 주변의 여러 학문에 영향을 주어 대다수 민족 구성원들의 그 사실(史實)에 대한 인식을 바꾸어 놓고 있다. 사실, 아직까지도 동학란이니, 동비(東匪)니 하는 용어들이 사용되고 있는 곳도 있으니, 이 역사적 사건의 용어 규정은 정확한 의미 부여와 교육적 차원의 확산을 위해 매우 시급한 문제라고 할 수 있다. 물론 시대적 여건과 정치 현실에 따라 과거의 역사적 사실에 대한 평가 및 의미 규정이 영향을 받는다는 사실을 부정할 수는 없지만, 21세기 통일조국을 내다보는 오늘의 시점에서 단순히 '100'이라는 숫자적 매력이나, 일과성 행사로서만 지나친다면 아무리 많은 인력과 돈을 들여 행사를 갖는다 해도 별 뜻이 없을 것이다. 요컨대, 100주년이 되었기 때문에 중요한 게 아니라, 그 내용과 실체가 우리 민족사 전개 과정에 어떤 영향을 주었고, 오늘 우리에게 어떻게 유기적으로 연관이 되며, 앞으로 우리가 미래 개척에 유용하게 계승할 것이 무엇인지를 찾아내어 정립하는 일이 더 중요하다는 말이다. 떠들썩하고 호들갑스런 요란한 행사 뒤에 씁쓸한 적막만이 남는다면 그런 행사는 별 의미가 없을 게 뻔하다. 우리 공주는 농민전쟁 2차 기포의 최후 격전지로서 매우 중요한 곳이다. '동학란'으로 불리면서 불온시되던 시절에는 그런 사실조차 공개적으로 이야기하기 어려웠으나, 그들의 표현대로 '혁명'을 한 정치군인이 집권하고 있는 동안 그 내용이나 실체와는 큰 상관없이 오직 그 단어와의 공통성 때문에 우금티 고개에 위령탑이 세워졌다. 소위 10월 유신이라는 것이 단행된 직후의 일이다. 통치자에 대한 미사여구와 어용적 시각의 역사 왜곡 표현이 눈에 띄기는 하나, 그 탑이 세워짐으로 하여 시민의 관심을 높이고 관련 인사들이 자주 찾는 곳이 되었다. 최근에는 우여곡절 끝에 그곳이 정부에서 정한 사적지로 지정까지 되었다.

이 분야에 대해 관심을 가지고 있는 사람들에게 공주전투의 상황에 대한 정보는 매우 혼란스러울 정도로 상이한 통계 수치를 나타내고 있다. 전투가 일어난 일시와 장소, 적군과 아군의 피해상황, 피아의 무장 상태, 전투에 참여한 인원수, 구체적인 전투상황 등이 자료마다 차이를 보이고 있다. 이러한 차이는 학자들의 면밀한 검토와 실증적 연구 활동으로 사료의 가치 판단이 이루어진 후에 바로잡혀질 수 있겠으나, 아직 그러한 수준에까지는 이르지 못한 것 같다.

작가가 역사적 소재를 가지고 작품을 쓸 때에는 1차 자료인 역사 기록과 관련 학자들의 연구 성과, 그리고 자신의 상상력을 발휘하여 쓰는 게 보통이다. 그런데 사료를 구득한다 해도 그 신빙성에 의문이 간다면 그걸 토대로 창작된 소설은 문제가 생길 수밖에 없다. 또한 과도한 상상력을 바탕으로 작품을 쓴다면 역사적 사실과는 동떨어진 모습이 되고 말 것이다.

동학농민전쟁을 소재로 한 역사소설은 꽤 많은 편이다. 한 연구자에 의하면 광복 전에 동학을 소재로 하여 창작된 소설이 35편이나 된다고 한다.[3] 그러나 이들 작품은 모두 단편이며 포교를 위한 것이거나 동학사상을 다룬 것이라고 한다. 이 방면에 관한 연구로는 최원식의 논문도 참조할 수 있다.[4]

광복 이후 나온 동학농민전쟁소설을 시대 순으로 나열해 보면 다음과 같다.[5]

---

3 강인수, 『한국문학과 동학사상』, 지평, 1989, pp.116~117.

4 최원식, 「동학소설연구」, 『한국근대소설사론』, 창작과비평사, 1986.

5 임무출의 『回天記』 해설(윤백남, 『回天記』, 문창사, 1992, p.260)과 이상경의 「동학농민전쟁과 역사소설」(『변혁주체와 한국문학』, 역사비평사, 1990, p.55)를 참조했으며, 최근 자료는 필자가 추가한 것이다(1994. 5).

- 『回天記』: 윤백남, 1949
- 『동학란』: 김덕연, 1962
- 『혁명』: 서기원, 1965
- 『전봉준』: 최인욱, 1967
- 『동학』: 이용선, 1970
- 『들불』: 유현종, 1976
- 『여명기』: 박연희, 1978
- 『갑오농민전쟁』: 박태원, 1986
- 『타오르는 강』: 문순태, 1987
- 『소설동학』: 채길순, 1991
- 『녹두장군』: 송기숙, 1994
- 『황토마루』: 정하연, 1994
- 『동학제』: 한승원, 1994

이들은 모두 장편이며 10권이 넘는 대하소설도 있다. 발간 연도는 완간된 해를 기준으로 하였다. 그러나 이들 작품 가운데는 교단 지도자의 영웅담 형태, 또는 상층부 사회를 중심으로 한 역사적 사실의 나열 형태를 취하고 있는 것이 많아서 문학적 가치를 따지기 어려운 것들이 다수를 차지하고 있다. 루카치의 말대로 역사소설이 각 사회의 발전 단계에 대응하는 민중들의 의식을 규명하여, 부정의 부정 형식을 취하는 혁신 행위에 해당된다면[6] 여기에 합당한 작품은 더욱 찾기가 어려울 것이다. 또한 역사소설의 가치 평가에 있어, 역사상 중요하고도 현재적인 의미를 지니는 과거사가 소재로 선택되어야 하며 역사적으로 진실하면서도 구체적으로 묘사되어 현재에의 올바른 인식에 기여하는 것으로 그 기준을 잡을 때[7] 위의 작품들 가운데 과연 몇 편이 긍정적 평가를 받을 수 있을지 의문이다.

6 G. 루카치, 이영욱 역, 『역사소설론』, 거름, 1987, p.475.

7 강영주, 『한국역사소설의 재인식』, 창작과비평사, 1991, p.20.

본 연구에서는 일단 문학사적 위치나 소설로서의 형상성 및 문학성을 바탕으로 하여 위의 목록 가운데 『回天記』, 『들불』, 『갑오농민전쟁』, 『녹두장군』 네 편만을 취급하기로 하겠다. 이러한 판단의 근거는 선행 연구자들의 연구 성과[8]와 필자 나름의 가치 평가에 바탕을 둔 것이다. 또한 본 연구는 그들 작품 전반을 다루는 것이 아니고 공주전투 장면만 뽑아서 보려는 것이므로 경우에 따라서는 작품의 가치 평가에 한계가 있을 수도 있을 것이다.

서술 순서는 우선 그 사실성을 가리기 위해 역사 기록에 나타난 공주전투의 상황을 몇 가지 자료로서 살펴보고, 다음으로 각 작품에 묘사된 공주전투 장면을 고찰하되 사실성과의 부합 여부와 그 정도를 살펴보는 방식으로 하겠다. 이런 작업을 통해 이곳 공주에서 100년 전에 있었던 사실이(그 사실은 단연코 한 가지밖에 없다.) 얼마나 차이 나게 알려졌고, 또 사실과 다른 이야기가 떠돌아다니는지 알게 될 것이며, 혹 외지인들에게 공주 거주 당사자로서 당당하게 역사적 사실을 설명할 수 있는 바탕이 마련될 수도 있지 않을까 하는 기대도 가져 본다.

2. 기록을 통해 본 공주전투 상황

동학농민전쟁에 관한 기록 자료는 엄청나게 많은 편이다. 우선 동학교단 관계자의 기록이 있고, 정부 측의 공적 기록인 관변 사료(처형당한 지도

---

8 이상경, 앞의 논문.
이영호, 「1894년 농민전쟁의 역사적 성격과 역사소설」, 『창작과 비평』 통권 69호, 1990. 가을 등.

자의 문초 및 재판 기록 포함)가 있으며, 진압에 참여했던 일본군 부대의 기록을 포함한 당시의 신문 보도 기사 등 외국의 기록도 있고, 일반 백성의 입장에서 그 경과와 전말을 기록한 개인적인 것들도 있다. 이러한 자료들은 현재에도 새롭게 발굴, 소개되는 것이 있을 만큼 아직 완벽하게 다 드러났다고 볼 수 없으며, 기왕에 나온 자료조차 쉽게 구해 볼 수 있도록 정리, 보급되지도 못한 형편이다. 물론, 관련 자료집이 나와 있기는 하나 완전하다고는 볼 수 없다는 말이다.

여기서는 전문적인 자료나 연구 성과에 대한 본격적 검토와 분류를 할 계제가 아니므로 우리 주변에서 쉽게 접할 수 있는 몇몇 기록을 중심으로 공주전투의 실상에 관하여 간략히 살펴보고자 한다.(역사서는 그 숫자가 매우 많을 것이나 보수와 진보적 시각의 두 종류씩만 선정함.)

1) 동학혁명위령탑

현재 공주에서 부여로 가는 국도 중에 우금티의 오른편쪽으로 동학혁명군 위령탑이 서 있다. 이 탑은 1973년 11월에 천도교단을 중심으로 한 건립위원회가 세운 것인데 탑의 전면에 이선근 씨가 쓴 비문이 새겨져 있고, 후면에는 최덕신이 쓴 감사문이 새겨져 있다. 그 내용은, 1894년 1월에 시작된 항쟁이 같은 해 11월 공주전투로 막을 내리기까지의 경과를 간략히 요약하고, 그분들의 정신을 계승하자는 요지로 되어 있다. 그런데 공주전투에 참가한 인원이 20만 명이라고만 했고, 후면의 감사문에는 10만 희생영령이라고 하여 공주전투에서 10만 명이 죽은 것으로 되어 있다. 또한 탑의 앞에 세워진 안내판의 글에는 20만이 공주전투에 참가했는데 논산으로 후퇴하여 인원을 점검해 보니 천여 명밖에 안 되었다고 하여 문맥상 공주 전투에서 20여만 명이 죽은 것으로 되어 있다.

대개 역사적 유적지에 기념비나 탑을 세우는 목적은 두말할 필요 없이 그곳을 교육의 장으로 삼아 국민 교육적 효과를 거두기 위함일 것이다. 그렇다면 그곳의 역사적 사실에 대한 명확한 조사와 고증을 거쳐 가장 객관적이고 공정한 내용을 기록해야 함은 재언의 여지가 없는 일이다. 그럼에도 이곳의 기록이 이처럼 엉성하게 되어 있는 것은 시급히 시정되어야 할 것이다. 그곳의 비문에 나오는 '박정희'나 '유신' 등의 단어 글자가 훼손된 것은 역사적 업보이니 그렇다 치더라도, 학계의 주도적인 학설을 중심으로 바로잡아야만 진정한 국민 교육의 의의가 달성될 수 있지 않겠는가.

2) 한국사(진단학회)

1963년에 초판이 나온 진단학회의 『한국사(현대편)』에는 공주 접전 전후의 쌍방 진세가 10만의 농민군 부대와 일본군을 기간 부대로 한 5~6천 명의 파견군에 지방관군을 합쳐 만여 명에 해당하는 관군의 대결로 보고 있다.[9] 이들 병력이 실제 공주전투에서는 어떻게 접전하였는가.

(1) 이인전투[10]

10월 23일 서산 군수 성하영을 중심으로 한 관군(일군(日軍) 100명 포함)

9 진단학회, 『한국사－현대편』, 을유문화사, 1977, p.368.

10 위의 책, pp.369~370.

이 이인의 동학군을 공격하여 벌어진 전투. 관군의 피해는 전사 102, 전상 300명. 동학군의 승리.

(2) 효포전투[11]

10월 24일에 동학군이 성하영군을 공격하여 공주감영 뒷산(봉황산)을 포위하고, 또 다른 부대는 효포의 관군을 공격하여 공주 성내로 도망가게 함. 24일 밤 공주성을 완전 포위. 같은 날 밤 일병 일개 대대가 내합하여 관군의 사기가 오름. 25일 동학군 측 웅치(熊峙) 방면으로 총공격했으나 이곳을 지키던 일군에게 막대한 희생을 입고 후퇴. 신식 대포의 공격에 용감히 맞섰으나 승부가 안 나 해질 무렵 경천으로 철수. 관측 기록에 의하면 이날 전투에서 포살(砲殺) 70여 명, 생금(生擒) 2명이라 함. 초반 동학군 유리, 후반 불리하여 후퇴한 것임.

(3) 우금티전투[12]

11월 3일 경 관군 배치는 제1진 판치, 제2진 이인역, 제3진 공주성이었는데, 8일에 전열을 재정비한 동학군(김개남군 5000명 합류)이 공격을 시작하여 판치와 이인의 관군이 모두 읍내로 철수함. 9일 관군 재배치(금학동: 오창성, 웅치: 구상조, 효포봉수대: 장용진, 우금치: 일병과 성하영). 동학군은 효포, 웅치, 우금치의 3면에서 공격을 개시하여 패주함. 11일의 웅치전투에서는 동학군으로 위장한 관군의 기습으로 패퇴함. 결국 근대적 과학 무기 앞에

---

11 위의 책, pp.371~372.

12 위의 책, pp.371~373.

단순한 인해전술이 패한 것임.

이상의 기술 이외에 이 책에서는 종합적으로 공주전투에 참가한 동학군은 2~3만으로 보아야 하며, 관군의 병력은 일군 일개 대대 포함 1만여 명으로서 실제 병력의 대결은 3:1 정도로 보는 것이 옳다는 견해를 밝히고 있다.[13] 따라서 동학군이 비록 패퇴했으나 그 전투력이나 정신만은 높이 평가해야 한다고 결론짓고 있다.

3) 한국사강좌V(근대편)

논산에 집결한 동학농민군은 20만에 달했으나 막상 공주로 북상할 때 전봉준을 따른 수는 만여 명에 불과했다.[14] 당시 정부군은 이인과 효포, 일본군은 우금치에 진을 치고 대비했다. 11월 3일 이인역을 공격하여 정부군을 패퇴시켰으나, 다음날 이두황의 반격으로 후퇴했다.[15] 11월 15일 웅치에 대한 총공격을 했으나 일본군의 반격에 의해 경천으로 후퇴했고, 6~7일간 머무는 동안 김개남군 5천 명이 합세하여 판치와 이인역의 정부군을 공격하니 우금치의 일본군 진지로 퇴각하였다. 이에 우금치에서 6~7일간 40~50차의 공방전을 전개했으나 우세한 화력의 일본군에게 당할 수 없어 다수의 사상자만 내고 논산으로 후퇴하였다. 만여 명 가운데 생존자는 500여 명에 불과했다.[16]

---

13 위의 책, p.375.

14 이광린, 『한국사강좌V－근대편』, 일조각, 1981, p.310.

15 위의 책, 같은 곳.

16 위의 책, p.311.

4) 한국 민중사 II(근현대편)

이 해 11월 충청, 전라도에서 봉기한 농민군은 10만 명에 달하였다고 하나 실제 주력부대는 전봉준 인솔의 4천 명을 포함하여 1만 명 정도였다.[17] 정부군은 신정희가 이끄는 3천 명의 중앙군과 우수한 장비를 갖춘 1천 명의 일본군이었는데 공주, 우금치, 이인, 효포에서 치열한 전투가 벌어졌다. 우금치에서는 4, 50회의 쟁탈전이 벌어져 시체가 산을 이루었다. 그러나 농민군은 패배하여 논산 방면으로 후퇴하였다. 전주의 김개남 군 5천 명은 지원부대로서 합류에 실패했다.[18]

5) 조선통사(하)

9월 말 논산 일대에 총대장 전봉준과 손화중 · 김개남 · 김덕명 지휘하에 10만 명이 집결하였다.[19] 이 주력부대는 10월 중순부터 공주를 공격하여 이인 등지에서 관군을 격파하고 공주 뒷산인 봉황산을 점령하였으나 수많은 사상자만 내고 전투는 교착 상태에 빠졌다. 효포에서 수일 동안 가열하고 처참한 육박전을 계속했지만, 훈련이 없고 열악한 무기로 싸운 농민군은 크게 패배하였다.[20]

이 책은 북한의 원본을 복제 출판한 것인데, 최해월의 소극적 태도와 미

---

17 한국민중사연구회, 『한국민중사 II』, 풀빛, 1985, p.86.

18 위의 책, p.86.

19 과학원 역사연구소, 『조선통사－하』, 오월, 1989, p.74.

20 위의 책, 같은 곳.

영제국주의의 협조를 받은 일본군의 신식 무기를 실패의 원인으로 언급하고 있어서 흥미롭다.

6) 주한일본공사관기록 I

이 기록엔 두 건의 공주 부근 전투 상보가 있는데 일본군 대위 '森尾維一'이 보고한 것이다. 11월 22일 오전 6시, 3백 명이 공주 동면으로, 3천 명이 냉천으로 공격. 당시 일본군 2중대, 한국군 810명이 방어. 8시 30분에 능치와 월성산에서 교전. 일본군 월성산과 능암산 중앙에 배치하여 오후 1시까지 사격하며 대치. 냉천 뒷산의 농민군 후퇴. 오후 2시 철수.

△ 피해상황
– 아군 : 전사자 없음, 부상 1명
– 적군(농민군) : 전사 6명, 부상자 미상
· 소비탄약 : 약 500발[21]

12월 4일 오후 4시에 판치의 경비병이 적의 공격으로 퇴각했다고 보고. 한국군 250명(통아영병)은 월성산에, 또 다른 한국군 280명(경리영병)은 향봉에서 지키도록 배치하고 이인의 280명은 우금치로 후퇴시킴. 향봉에서 정찰하니 적은 약 2만 명인데 포와 총을 쏨. 다음날 아침까지 대치.

5일 오전 10시 우금치와 이인가도로 1만 명의 적이 나타나 공격. 다른 1만 명은 오실 뒷산으로 공격. 10시 40분 1개 분대 견준산 산허리, 1개 분대

21 국사편찬위원회, 『주한일본공사관기록 I』(등록번호 14638 東學黨征討關係ニ關スル諸報告 중 7. 공주전투상보), 1986에 의함.

우금치 산허리, 150m까지 진격. 일군이 가장 용감하게 싸움. 오후 1시 40분 봉황산의 병력 50명 이동하여 우금치 꼭대기에서 150m 전방의 적 왼쪽에 사격. 적이 동요하자 1개 소대와 1개 분대 적진에 돌입시킴. 적군 퇴각하기 시작. 추격하여 이인가도 나감. 한국군에게 경계 맡기고 공주로 오후 8시경 철수.

△ 피해상황
– 아군 : 없음
– 적군(농민군) : 전사 37명, 부상자 미상
· 노획품 : 창, 총 등 다수
· 소비탄약 : 약 2천 발[22]

7) 동학농민전쟁과 공주전투

공주대학교 개교 45주년 기념 학술회의(1993. 11. 4.)에서 발표된 이 논문에서는 공주전투의 전초전으로 세성산, 홍주성, 대교전투를 들고 나서 1차 공주전투 상황에 대해 10월 23일부터 25일까지 4만 명의 농민군이 효포, 판치, 능치를 중심으로 하여 감영군, 경리청 군대, 일본군(약 100명), 우선봉진, 좌선봉진의 관군과 싸웠다고 되어 있다. 이 전투에서 무기가 열세인 농민군은 상당한 피해를 입고 논산으로 후퇴하여 전열을 가다듬고 2차 접전을 준비했다.[23]

---

22 국사편찬위원회, 『주한일본공사관기록 I』(등록번호 14647 各地東學黨征討ニ關スル諸報告 중 2. 공주부근전투상보), 1986,

23 박맹수, 「동학농민전쟁과 공주전투」, 『공주대학교 개교 45주년 기념 학술회의 자료집』

2차 전투는 11월 8일 이인과 판치의 관군에 대한 공격으로 개시되어 초반전에 관군을 격퇴했고, 9일에는 효포, 능치, 우금치 일대에서 총공격을 감행하였다. 당시 관군의 배치는 견준봉에 백락완의 경리청부대, 맞은편 봉우리에 일본군, 고개 바로 밑에 성하영군, 주봉 일대에 이기동의 감영군, 금학동에는 오창성의 통위영대관, 봉황산에는 민병, 능치에는 홍운섭의 경리청군대(구상조 포함), 봉수대는 통위영의 장용진, 금강나루와 산성은 비장 최규덕군으로 되어 있어 주력부대가 우금치에 있었음을 알 수 있다. 9일에 농민군 역시 주력부대를 우금치로 배치하여 4, 50차의 공방전이 전개되었다. 그러나 1:250의 전투력(예천 유생 박주대의 말)이라고 하는 무기의 열세로 농민군은 공격에 실패하고 후퇴하였다. 2차 접전 후 남은 군병은 불과 500여 명에 지나지 않았다 한다.[24]

8) 전봉준과 갑오농민전쟁

현장 답사 형식으로 작성된 이 책에서 공주전투는 공주대회전이란 용어로 표현되고 있다.

10월 23일 오후 농민군이 이인의 관군을 공격하여(성하영군) 저녁때까지 밀고 밀리는 싸움이 계속되었으나 농민군이 감영 뒷산인 봉황산을 공격하자 관군이 퇴각하였다. 관군 피해는 전사 120, 부상 300여 명으로 농민군의 승리였다.

(주제는 주1 참조), 1993, p.68.

24 위의 논문, pp.69~70.

24일 곰티에서 해가 넘어가도록 일진일퇴의 싸움을 벌였다.

25일 전봉준이 직접 지휘하는 농민군이 곰티에서 많은 희생을 내며 처절하게 싸웠으나, 일본군 100여 명까지 가세하여 공격하자 농민군은 할 수 없이 새벽에 경천으로 후퇴하였다. 이날 농민군은 많은 사상자를 냈고 무기도 상당수 뺏겼다.

11월 8일 농민군은 2차 공격을 시작한다. 주 공격로는 우금치로 잡고, 보조 공격로 네 곳을 선정했는데, 곰티 · 새재 · 하고개 · 금학동이 그것이다. 관군은 방어선으로 우금치 · 금학동 · 곰티 · 봉수대를 설정하고 군대를 배치했다.

9일 공격이 시작되었다. 전봉준이 주력 부대를 이끌고 우금치 밑에 대기하는 동안 다른 보조 공격로에서 전투가 시작되었다. 드디어 전봉준은 정예 부대를 이끌고 우금치를 향해 진격했다. 관군의 주력 부대도 이곳에 배치되어 있었는데 중앙에 일본군을 포함한 부대, 좌측에 이기동 부대, 우측에 조병완 부대가 있었다. 4~50차의 치열한 전투가 있었으나 막강한 화력 앞에 농민군의 희생만 늘어날 뿐이었다. 전봉준은 끝내 막대한 희생만 치른 채 500여 명의 생존자와 후퇴하였다. 우금치전투가 진행되는 동안 일대의 농민군은 하고개를 넘어 기습 공격을 감행했으나 여기서도 많은 희생만 낸 채 실패하였고, 금학동의 농민군도 공격에 실패하여 많은 사상자를 냈다.[25]

지금까지 몇몇 기록에 나타난 공주전투의 내용에 관해 살펴보았다. 가

25 이상은 우윤의 『전봉준과 갑오농민전쟁』(창작과비평사, 1993)의 제10부 「공주대회전」과 「최후의 항전」(pp.244~260)의 내용을 요약한 것이다.

급적 1차 사료의 인용은 피하고 연구자 나름으로 분석하고 검토하여 판단한 2차 자료를 중심으로 그 내용을 살피려 하였는데 자료마다 각기 상이한 기록이 많아 매우 혼란스러움을 볼 수 있다. 이제 위의 내용들을 하나의 도표로 만들어 그 공통점과 차이점을 살펴보기로 하겠다.

(1) 전투일자

전투일자에 관해서는 어느 자료에도 양력과 음력의 표기가 없다. 6의 자료는 당시 양력을 쓰던 일본 관공서의 관행으로 볼 때 가장 정확한 일자라 할 수 있을 것이다. 그렇게 보면 나머지 자료들의 일자 표기는 모두 음력으로 보이는데 1894년의 일자대조표(진단학회 『한국사』 별책부록)를 보면 음력 10월 23일은 양력 11월 8일에 해당하며, 음력 11월 8일은 양력 12월 4일이다. 이렇게 볼 때 3과 5의 자료는 신빙성이 없으며, 2차 전투 3일 중에 일본군이 참여한 것은 마지막 날 하루였음을 알 수 있다.

자료	전투일자	참전 농민군수	희생자수	전투장소	관군의 수	김개남군 합류여부	일본군의 수
1	언급없음	20만 명	10만 명	언급없음	언급없음	언급없음	언급없음
2	10월 23일 10월 24일 11월 8일(6~7일)	2~ 3만 명	언급없음	이인, 효포, 우금치	1만 명	합류	2천 명
3	11월 3일 11월 14일(6~7일)	1만 명	생존자 500여 명	이인, 웅치, 우금치	언급없음	합류	숫자미상

4	언급없음	1만 명	언급없음	공주, 우금치, 이인, 효포	언급없음	합류실패	1천 명
5	10월 중순	10만 명	언급없음	이인, 효포, 봉황산	언급없음	언급없음	숫자미상
6	11월 22일 12월 4, 5일	2만 명	43명	웅치, 월성산, 우금치, 이인	810명	언급없음	2개 중대
7	10월 23~25일 11월 8일(6~7일)	4만 명	생존자 500여 명	효포, 판치, 능치, 우금치	언급없음	합류못함	숫자미상
8	10월 23~25일 11월 8일(6~7일)	언급없음	생존자 500여 명	이인, 봉황산, 곰티, 새재, 우금치, 하고개, 금학동	언급없음	합류못함	200명
비고	양력, 음력 미구분						

(2) 참전 농민군 수

참전 농민군의 숫자에 대해서는 자료마다 1만에서 20만까지 차이가 난다. 논산에 집결한 남북접 합동군의 숫자도 10만에서 20만까지 차이가 난다. 1, 2차 합쳐 도합 10여 일을 오직 숫자의 우세로 싸웠다고 볼 때 1만이란 숫자는 믿기가 어렵다. 한 곳에서만 싸운 게 아니고 적어도 6~7곳에서 동시 다발적으로 공격하자면 상식적으로 1만의 숫자로는 부족하다고 보는 것이 옳을 것 같다. 그렇다고 논산에 모였던 10만 또는 20만 전부가 전투에 참여했다고 보는 것도 무리한 일이다. 그러고 보면 2와 7의 자료에서 제시하고 있는 2만에서 4만 명 정도가 실제 전투에 참가했다고 보는 것이 합당할 것 같다.

(3) 희생된 농민군의 수

전투에 참가했다가 희생된 농민군의 숫자에 대해서도 자료마다 차이가 난다. 최소 43명에서 문맥상 10만의 숫자가 희생된 것으로 볼 수 있는 자료도 있다. 그런데 희생자 수는 실상 참전자 수와 밀접한 관련이 있다. 2만에서 4만, 그 중간을 잡는다 해도 3만 정도의 인원이 참전자 수라고 볼 때, 대량 학살 무기인 대포나 신식 무기에 희생된 숫자는 몇 십 명 단위는 넘을 게 분명하다. 또한 여러 자료에서 전봉준 공초기의 자료를 근거로 생존자가 500여 명뿐이라고 하여 마치 그 나머지가 모두 죽은 것으로 해석하는 것은 좀 문제가 있어 보인다. 그 숫자는 끝까지 전봉준을 따라간 측근 정예부대거나 골수 신자들일 것이요, 실제 상당수의 사람들은 후퇴하는 도중 딴 길을 잡아 도피했을 가능성도 많다. 계룡산 주변에 구전되는 이야기 중엔 패잔 농민군의 도피담이 적지 않게 존재하고 있다. 한편 당시 군보(軍報)에 기재된 전투상황의 표현 중에 '積屍滿山'이란 구절을 근거로 무수히 많은 사람이 죽었다는 해석을 하는 경우도 있는데, 이는 한문 표기의 상투적 구절이며 추상적(과장적) 표현이라고 보는 것이 좋을 것이다. 다만 아군이나 적군 어느 쪽에서도 사상자의 숫자를 정확히 헤아리지 않았으며 이로 인해 명확한 희생자 수를 가려낸다는 것은 현재로서는 불가능한 일이며, 잠정적으로 참전자 수를 참고로 하여 추정해 볼 수밖에 없을 것 같다. 일본군의 기록에 1, 2차 전투에서 43명을 사살한 것으로 기록한 것은, 일부러 사실을 축소한 것으로 보기보다는 군의 특성상 그들이 참여했던 전투 지역의 가시적 범위의 전과 기록으로 보는 것이 옳을 것이다.

(4) 관군의 수

당시 방어에 임했던 관군의 수는 두 자료에만 숫자가 언급되어 있는데 6의 자료 810명은 읍내에 있던 정규군의 숫자만 말한 것이고, 나중에 합류한 증원 부대나 민병들의 숫자는 고려치 않은 것으로 정확하다고는 보기가 어려울 것 같다. 2의 1만 명이란 숫자는 나름대로 당시의 여러 자료를 나열하고 그 합계를 추정한 것인데 여기에는 공주 외곽이나 타 지역에서 싸우던 관군의 수까지 포함된 것 같다. 일군이나 관군 지휘자의 직함과 숫자를 미루어 볼 때(기록에 나오는 관군 지휘자의 이름은 열 명이 넘는다.) 1만 명까지는 안 간다 하더라도 5~6천 명은 넘지 않았을까 추정된다. 더욱이 농민군과 교전한 장소가 동시적으로 7, 8군데나 된다는 사실을 고려하면 그런 추정은 전연 무리한 것만은 아니라고 생각된다.

(5) 전투장소

전투가 벌어진 장소에 대해서도 기록마다 조금씩 차이가 있다. 이인역과 효포, 우금치에서 전투가 있었던 것은 모든 기록에 공통되나, 판치 · 새재 · 하고개 · 금학동 등의 전투는 기록된 것도 있고 안 된 것도 있다. 그런 면에서는 현지를 면밀히 답사하고 고증한 8의 자료가 가장 정확한 것이 아닌가 한다. 실제 공주전투는 1, 2차 전투로 시기상 구분할 수도 있지만, 공주 외곽에서의 전투와 공주성 직접 공격의 전투로 공간상 구분해 볼 수도 있다. 외곽 전투로는 멀리 천안 세성산과 홍주성의 전투를 비롯하여[26]

---

26 주 23의 논문 참조.

장기면 대교리의 전투와 판치(무너미)의 전투, 그리고 이인과 효포전투[27]까지 포함시킬 수도 있다. 주지하다시피, 공주전투의 최대 격전이며 농민군의 패퇴로 귀결된 전투는 우금티전투다. 그러나 우금티전투는 우금티에서만 이루어진 게 아니다. 6, 7일 계속된 전투에서 농민군은 공격의 효율성을 높이고 관군의 방어선을 혼란시키기 위해 주 공격로와 보조 공격로를 나누어 동시다발적 전투를 벌이는 전략을 구사한다. 물론, 주력 부대는 우금티에 배치했지만 곰티와 새재, 봉황산과 하고개, 그리고 금학동 지역이 보조 공격로였다. 이 전술은 매우 타당성이 있으며 충분히 실천될 수 있었으므로 이런 여러 지역에서 전투가 있었던 것으로 보는 것은 당연한 일이라고 할 수 있다.[28] 그러고 보면 우금티전투는 공주 시내의 일부 지역만 빼놓고 공주의 전 지역에서 벌어진 전투라고 그 성격을 규정지을 수 있을 것 같다.

(6) 김개남군 합류 여부

김개남군의 공주전투 합류 여부는 매우 중요한 사실이다. 당시 농민군 부대 중 최강의 전력을 보유하고 있다고 알려진 김개남군이 합류하고도 실패했다면 문자 그대로 '天運'이라고도 할 수 있겠지만, 합류하지 못해 실패했다면 그건 전략의 부재나 지휘부의 갈등 등 얼마든지 다르게 해석될 수 있는 가능성이 있기 때문이다. 2와 3의 자료에는 합류한 것으로 되

---

27 효포는 공주 공격로의 초입이긴 하나 월성산 아래의 공주 반대 지역 마을로서 공주성 공격의 직접 싸움은 아니라고 볼 수 있다.

28 하고개 초입에 '송장배미'란 논이 있는데 그곳에서 사람의 뼈가 많이 나왔다는 증언이 그곳 주민들 사이에 사실로서 전승되고 있다.

어 있고, 4와 7, 8의 자료에는 합류하지 못한 것으로 되어 있는데, 전자에는 합류하게 된 구체적 증거 자료가 제시되어 있지 않은 반면, 후자에는 합류하지 못한 이유와 그 경과가 구체적으로 서술되어 있어 합류하지 못한 것으로 보는 것이 사실에 가까울 것 같다. 4와 7의 자료에서는 공주전투 패배 원인 분석을 하면서 첫 번째로 김개남군의 미합류를 들고 있다.[29]

(7) 참전한 일본군의 수

공주전투에 참가한 일본군의 수에 대해서도 최소 2백에서 최대 2천까지 차이가 나고 있다. 그러나 이는 일본군 당사자의 기록인 6의 자료를 근거로 할 때 2개 중대와 2명의 지휘관(계급 대위)으로 보는 것이 실상에 가까운 것이 아닌가 한다.

이상, 여러 기록에 나타난 자료를 중심으로 공주전투의 실상에 관해 필자 나름으로 정리하여 보았는데, 아직도 자료 발굴이 완벽하게 안 돼 있고, 관변 측의 기록과 재야의 기록, 국내의 기록과 국외의 기록, 그리고 개인 기록들 사이에 차이가 많이 나서 어느 한쪽의 자료만으로는 실상에 접근하기가 어렵다는 사실의 확인에 도달한 셈이다. 이런 점을 감안하면서, 본고의 주제인 동학농민소설의 서술 양상에 관해 얼마나 실상과 멀고 가까운가를 고찰해 보고자 한다.

---

29 주 23의 논문, p.71.

3. 소설에 나타난 공주전투

동학농민전쟁을 소재로 한 소설은 상당히 많은 편이다. 멀리는 우리 근현대소설의 출발기라고 할 수 있는 개화기시대의 소설에서부터 최근의 진행 중인 소설에 이르기까지 그 양은 매우 많다. 그러나 그것을 다루는 작가의 시각은 시대에 따라 상당한 변모를 겪어 왔다. 흔히 개화기시대의 신소설에 동학농민군을 폭도나 난당, 비적의 무리라고 표현한 것이 많은데 이는 친일적 사고와 긴밀한 사고와 긴밀한 맥락을 갖는 것이라고 볼 수 있다.[30] 그 후 식민지시대에는 민중들의 구국 항쟁이었던 농민전쟁 자체가 불온시되고, 더구나 식민사관에 의해 역사의 주체적 해석이 불가능한 상황이었기 때문에 작가들이 정면에서 그 주제를 다루기가 어려웠을 것이다. 따라서 이 시기의 많은 동학 관련 소설들은 동학교단의 종교적 외피를 입고 포교 활동이나 동학사상의 전파에 중점을 둔 것이 대부분이었다.[31] 해방 후에도 상당기간 식민사관은 철폐되지 못했다. 그 단적인 예는 50~60년대까지도 제도권 교육의 장에서 '동학란'이란 용어가 그대로 사용된 것을 들 수 있다.[32] 이러한 사회적 분위기와 정치 현실의 영향으로 인해 50~60년대에 창작된 동학 관련 소설들은 교단 지도자들의 개인적 영웅담 비슷한 형태를 취하거나, 역사적 사실들을(그것도 주로 관변 측 기록들을 중심으로 한) 흥미 위주로 나열하는 형태의 것들이 대부분이었다.

---

30 홍일식, 『한국개화기의 문학사상연구』, 열화당, 1980, pp.215~217 참조.

31 주 3과 4의 논문 참조.

32 3공화국 이후 '동학혁명'이란 용어가 쓰였고, 80년대에 와서 '동학농민혁명'이란 용어가 중 · 고교 교과서에 쓰이고 있다.

정치 현실이 1인 독재체제로 강화되어 국민의 주권이 극도로 제한되었을 때, 역설적으로 자유와 민권에 대한 자각과 투쟁은 강화될 수밖에 없다. 그런 상황을 여실히 보여주는 것이 1970년대였다. 당시 각계각층의 용기 있는 지식인과 시민들은 개인의 희생을 감수하면서 정권과 체제에 저항했다. 문학계도 예외는 아니었다. 60년대부터 이어지던 순수와 참여 논쟁에서 참여 쪽의 문인들이 대거 행동으로 나섰다. 그들은 다른 부문의 사람들과 연대하여 투쟁하는 한편으로 작품 창작에서도 '힘의 문학'을 실천하였다. 문인 자신의 투옥은 물론 창작된 작품의 삭제, 판매금지가 잇따랐다. 이러한 시대적 여건을 반영하는 결과로서 동학농민전쟁을 다룬 소설들이 새로운 모습을 띠게 되었다. 그야말로 힘없고 약한 존재였던 농민, 이름 없는 하층민을 주역으로 하여 농민전쟁의 진행 과정을 다룬 소설들이 출간되기 시작했다. 그런 상황은 80년대 들어 광주민주항쟁과 군사정권의 연장으로 인해 더욱 강화되었다고 볼 수 있다. 금기시되었던 북한 쪽의 역사 해석 시각이 공공연히 도입, 유포되고 그것이 정치 민주화를 이루는 한 투쟁 방법으로서 지식인 사이에 성행하기도 했다. 그쪽의 문학 작품들도 여과 없이 상당 부분 유입되었다. 90년대 들어 그런 사정은 많은 자성과 시민적 가치 판단으로 꽤 정리되어 가고 있으나, 우리 사회에 '갑오농민전쟁'[33]이란 용어를 별 거부감 없이 수용하게 하는 결과를 가져오기도 했다.

이상의 서술에서 보다시피 동학농민전쟁을 소재로 한 소설은 시대에 따

---

33 이 용어는 북한쪽의 역사 용어인데, 단순한 '갑오'와 '동학'의 단어적 차이를 넘어서 역사 해석상의 거대한 차이를 내재한 성격을 갖는다고 할 수 있다.

라 그 방향과 방법이 달라져 왔다. 그러나 역사소설이 단순하게 역사적 소재를 흥미 위주로 나열하는 것에서 벗어나 늘 현재적 의미에서 유의적으로 연관되도록 쓰여야 한다는 당위성을 인정한다면 문학 작품으로서의 가치 판단은 그리 어려운 문제가 아니다. 그런 관점에서 볼 때 지금까지 쓰인 동학농민전쟁을 제재로 한 소설 가운데서 서론에서 밝힌 네 편의 작품만을 대상으로 하는 필자의 의도는 충분히 이해될 수 있으리라 생각한다. 그러면 이제 그 네 편의 작품에 나타난 공주전투 장면의 서술을 검토해 보면서, 그것이 앞 장에서 설명한 역사 기록의 실상과 얼마나 근접하고 차이가 나는지 고찰해 보도록 하겠다.

1) 『回天記』

이 소설은 1949년 4월 10일부터 9월 23일까지 139회에 걸쳐 『자유신문』에 연재된 '윤백남(尹白南)'의 장편이다. 지금까지 동학농민전쟁을 제재로 한 최초의 장편소설로서 서기원의 『혁명』을 들거나(홍사중), 최인욱의 『전봉준』을 드는 학자(이이화)가 있지만 이는 전적으로 이 작품의 존재를 모르는 데서 나오는 오해라고 할 수 있다.[34]

이 작품은 1894년 당시 농민들이 회천대업(回天大業)을 위해 동학군을 조직 봉기하여 1차에는 성공하였으나 2차에는 외세와 관군에 의해 좌절되고 마는 역사적 사건의 기록이다. 그러나 단순한 기록에 머물지 않고 상상력에 의해 인물을 새로이 창조하고, 소설적 구성을 긴밀히 하는 등 문학 작

---

34 임무출, 앞의 글, p.261.

품으로서의 조건을 훌륭히 갖추었으며, 특히 동학농민전쟁이 순수한 민중의 자주운동임을 강조한 점이 높이 평가되어야 하리라고 본다.[35] 또한 이 작품은 소설사적으로 볼 때도 사건 50여 년 후, 일제의 강압적인 제재가 풀린 직후 처음으로 이 제재를 다룬 문학사적 의의를 가지며, 그 취급 태도에 있어서도 역사적 재료를 적당히 재조립하는 소재주의적 입장을 벗어나 있다는 점에서 중요한 가치가 있다고 볼 수 있다. 다만 한 가지 아쉬운 것은 동학농민전쟁의 발발 당위성에만 초점을 모은 나머지 1차 봉기의 성공에 이르기까지의 과정은 매우 상세히 서술되고 있는 반면, 2차 봉기 이후의 과정은 아주 소략한 분량의 서술이 이루어지고 있는 점이다.

이 작품의 공주전투 장면은 2, 3페이지의 서술에 불과하다. 논산에 집결한 농민군은 대본영을 설치하고 남북접의 전봉준과 손병희가 의형제를 맺는다. 일본군에 패한(성환 싸움) 청나라 군사 수백 명이 합류하고 여산 부사 김윤식도 합류한다.[36] 시월, 농민군의 공격을 대비하는 관군(일군 수백 명 포함)은 효포와 봉황산에 대포를 설치하고 농민군의 도주로를 차단하는 계획을 세운다. 이인으로 향한 농민군(김방서)의 일대는 성하영이 거느린 관군을 격파한다. 농민군은 공주 감영으로 쳐들어와 봉황산을 에워싼다. 봉황산에는 관군이 웅거하고 있어 부중으로 들어갈 수 없었기 때문이다. 효포 쪽으로 향한 농민군도 전초전에 관군을 격파하고 공주성으로 들이닥쳤다. 그러나 이는 모두 관군의 전략이었다. 동학군을 공주성 내로 모아 놓

35 위의 글, p.262.

36 청나라 군사가 농민군에 합류했다는 것은 믿기 어려우며, 여산 부사 김윤식은 김원식을 혼동한 것 같다. 김윤식은 당시 중앙정부의 고위 관료였다.

고 섬멸전을 개시하자는 게 그들의 책략이었다. 드디어 공주성으로 유인되어 간 농민군에게 공격이 퍼부어진다. 봉황산 고지의 일본군 포격, 노성 뒷산 일대에 매복해 있던 관군, 그리고 봉황산 일대에 웅거한 관군이 삼면에서 공격해 오자 농민군은 수많은 사상자를 낸 채 퇴군하지 않을 수 없었다. 일단 퇴군령이 내리자 농민군은 사면팔방으로 흩어져 도망하는 혼란을 이루었다. 논산 본영도 관군에게 여지없이 파괴되고 결국 농민군은 치명적 대패를 하고 말았다.

이상이 공주전투의 내용을 요약한 것인데, 전투일자도 불분명하고 참전한 농민군과 관군의 수도 불명하며, 전투 경과의 서술도 1회로 한정하여 간략히 처리하고 있다. 또한 전투 과정에 있어서도 이인과 효포에서 일방적으로 농민군이 승전하여 공주 읍내로 진입하는 것으로 되어 있고, 동시에 그것이 관군의 전략이라고 함으로써 역사적 사실과는 많은 차이를 보이고 있다. 실제로, 관군 측에서는 공주의 모든 사람을 공산성 내로 피신시키고 농민군이 읍내로 진입하면 섬멸하려는 계획을 검토했다가 위험 부담 때문에 포기했는데, 이 작품에서는 그것이 그대로 실행된 것으로 되어 있다. 한편, 지리적 조건의 서술에 있어서도 농민군이 공주 감영으로 쳐들어와 봉황산을 에워쌌다는 것이나, 노성 뒷산에 관군이 매복하고 있었다는 것은 상식적으로 납득키 어려운 것으로 보인다. 농민군의 공주 공격 최종 목표는 감영의 점령에 있으며(감영은 봉황산 바로 아래에 있었다), 노성은 공주에서 40여 리나 떨어진 곳으로 봉황산의 관군과 동시에 공격한다는 것은 무리한 일이기 때문이다.

물론, 이 작품이 농민군 봉기의 당위성 제시와 1차 봉기 때까지의 성공적인 농민군 활약상의 서술에 그 핵심이 있다는 점을 인정한다 해도, 전체의 균형이나 2차 봉기의 대의명분 및 그 규모로 볼 때 공주전투의 장면이 너무 소략하게 다루어진 점은 큰 아쉬움이라 하겠다. 더욱이 간략하게 서술된 공주전투의 내용에 있어서도 역사적 사실이나 지리적 조건에 있어 실제와 거리가 있게 된 것은 작품의 가치를 떨어뜨리는 요인으로 작용한다고 볼 수 있다. 이는 무슨 사정이 있었는지는 모르나 서둘러 작품을 마무리한 결과로 보이며, 또한 당시 그 방면에 관한 자료가 제한적으로만 발굴되어 있었던 점도 그러한 한계를 형성한 주요 원인으로 볼 수 있을 것 같다. 하지만, 그러한 사정을 모두 이해한다고 해도 작품을 쓴 작가의 책임이 온전히 면탈될 수는 없는 노릇이다. 작가는 작품을 통해서만 말할 수 있고, 동시에 후학들은 작품 그 자체만 대상으로 하여 평가를 해야 하기 때문이다.

2) 『들불』

유현종이 쓴 이 소설은 1972년 11월부터 1974년 5월까지 『현대문학』이란 잡지에 연재되었던 작품이다(통권 215호~233호). 1976년에 연재분을 그대로 모아 세종출판공사에서 단행본으로 출간하였고, 당시 밝힌 「작가의 말」대로 3부작으로의 완결을 위해[37] 최근에 기존의 작품을 보완하고 제2부 상권까지 출간한 바 있다. 그 내용은 주인공 임여삼 일가의 3대에 걸친

37 『들불』은 원래 3부작으로 구상했고, 이것은 제1부에 속한다(유현종, 「작자의 말」, 『들불』, 세종출판공사, 1976, p.376).

인생 역정으로서 일제 암흑기와 광복의 시대까지가 그 배경이라고 한다.[38] 보완된 내용은 종전 작품의 부분적인 손질과 함께 소제목의 이름을 바꾼 경우가 있고(세 마당 '野火'→'들불'), 가장 두드러진 것은 원작에 없는 두 개의 장을 추가하여 넣은 것이다. 즉 원작에는 스물세 마당 '타오르는 십만의 들불'에서 끝나고 있으나, 새로 나온 책에는 스물네 마당 「끝나지 않은 장정」과 스물다섯 마당 「장군 김개남」이 더 추가되었다. 그리고 제2부 상권은 『忍冬草』라는 제명으로 출간되었다.(제1부 하권은 『녹두꽃』이란 이름이 붙여져 있다.) 따라서 본고에서는 '지양사'에서 간행된 것을 텍스트로 하여 내용을 전개하도록 하겠다.

이 작품의 공주전투 장면은 스물세 마당 「타오르는 십만의 들불」에 집중되어 있다. 다시 말해서 전체 작품 25장(원작은 23장) 가운데 1장만이 공주전투를 직접적으로 다루고 있다는 것이다. 분량으로 따지면 총 595페이지(상 · 하권이 각각 311, 306페이지이나 실제 내용은 11페이지부터 시작됨) 가운데 29페이지 정도에 불과하다. 그나마 주인공 임여삼이 색주가에 팔려간 누이동생 상녀를 만나는 장면이나, 곽무출이를 만나 그 과거와 현재를 서술하는 대목이 상당량의 부분을 차지하고 있어서 실제 전투 장면의 묘사는 매우 소략한 편이다. 물론 그 앞장인 스물두 마당 「결판을 냅시다」와, 뒷장인 스물네 마당 「끝나지 않은 장정」에도 부분적으로 공주전투와 관련된 곳이 더러 끼어 있으나, 그것은 실제 전투와는 거리가 먼 준비 단계이거나 후일담에 지나지 않기 때문에 공주전투에 포함시키기는 어려울 것 같다. 그러면 작품에 나타난 공주전투의 모습을 순차적으로 살펴보기로 하자.

---

38 유현종, 「책머리에」, 『들불 1부 상－새야새야』, 지양사, 1991.

당시 병력은 전라도 십오만, 북접에서 봉기한 군사의 수가 십만 명에 이르렀다. 그들의 공격 목표지는 공주성이었다. 관군은 경군 사천 명에 왜군 이천 명이 공주성을 방어하고 있었다.[39]

9월 10일, 십만 대군이 공주성을 향해 진군을 시작했다. 선봉은 김개남이었고, 전봉준이 중군, 김덕명이 후군이었다. 논산과 강경 사이 채운벌에 대군이 당도했다. 강경에선 촌민이 왜인을 습격하여 다섯 명을 죽이고, 나머지는 모두 도주하게 했다. 채운벌에 모인 농민군이 장막을 치자 그 둘레가 백 리를 넘었다.(p.221) 북접 5만 명이 이쪽 군사의 공주 공격 시에 배후를 협격하겠다는 연락을 받았지만 동시에 남쪽의 배후가 염려스럽다는 내용도 들어 있어 전봉준이 고민하고 있을 때, 농민군 최고의 용장인 김개남이 자원하여 전주성과 청주성을 지키겠다고 나섰다. 그는 이만 명의 병력을 이끌고 후방을 지킬테니, 안심하고 공주를 공격하라고 하면서 칠천 명을 전주로 보내고, 만 이천의 병력을 이끌고 청주로 떠났다.(p.224) 농민군의 공주성 공격 전략은 금강 줄기를 따라 이인으로 들어가는 좌익과, 노성 · 널치 · 지사막 · 신기로 들어가는 우익의 협공이었다.(p.225) 우익은 이유상, 좌익은 최현석이 지휘하게 되었고, 임여삼은 부하 다섯을 데리고 염탐 임무를 맡게 되었다. 여삼은 공주성 북쪽에 다다라 농민으로 변장하고 성내로 진입해서 술집 노파에게 정보를 얻는다. 관군이 사천, 감영에서 모은 군사가 사천, 왜군 이천 명의 군세였다. 감영에서는 젊은이를 무조건 군사로 뽑는 바람에 외아들을 뺏긴 노파가 여삼에게 이런저런 정보를 알려주고 변장용 양반 복색을 마련해 주기까지 했다. 성내에는 때 아닌 색주가

39 유현종, 『들불 제1부 하－녹두꽃』, 지양사, 1991, p.218.

가 생겨 흉청거렸는데 그건 왜군이 부녀자를 강간하는 사건이 빈발해 만든 것이었다. 그 색주가에서 여삼은 삼 년 전에 헤어진 누이동생 상녀를 만난다. 기구한 운명의 상녀는 그 다음날 자결한다. 만나기로 약속했던 부하는 못 만나고 여삼은 왜군 통역이 된 곽무출을 만난다. 그와 다투다가 발각이 돼 여삼은 봉황산으로 쫓겼다가 간신히 농민군 진지로 돌아온다. 여삼의 정보를 바탕으로 공격령이 내려졌다. 공주성엔 왜군 이천(우금치), 경군 이천(금학동), 지방군 삼천(금강변), 관군 삼천(봉황산) 명이 방어하고 있었다.(p.241)

10월 20일 농민군과 관군은 이인, 노성에서 대접전을 벌였다.(p.241) 이 싸움에서 농민군이 큰 승리를 거두었다. 왜군과 관군은 계속 공주성으로 밀려 우금치 밑에까지 이르렀다. 3일간의 이 전투에서 크게 패한 관군은 구원을 요청하여 왜군 5천 명이 공주로 들어왔다.(p.241) 다음 날 전봉준은 급히 김개남을 불러오라 이르고 농민군 육만 명을 우금치 옆 곰티재에 투입했다.(p.242) 밤낮 엿새를 싸웠으나, 농민군은 만여 명의 희생자를 낸 채 오십 리를 후퇴해야 했다. 다음날 우금치로 유인 당한 농민군 삼만여 명은 비장한 각오로 전투에 임했으나, 왜군의 대포 공격에 속수무책으로 죽음을 당했다. 해거름에 왜군 오천 명이 돌격전을 감행하여, 막 도착한 김개남군까지 처참한 살육을 당했다. 기병의 왜군은 보병인 농민군을 추격하며 무참히 살육하여 논산까지 온 군사의 수는 천여 명에 불과했고, 삼천여 명의 김개남군은 계룡산을 빠져 나와 청주로 퇴각했다.(p.243) 왜군은 계속 추격하면서 농민군을 기습 공격하여 학살했다. 특히 농민군을 따라 나온 가족 삼만여 명을 남녀노소 가리지 않고 몰살시키기도 하였다.(p.247)

이상의 내용 요약에서 보다시피 이 작품도 역사적 사실과는 거리가 있는 서술이 많다. 우선 1차, 2차 전투를 구분하지 않고 한 번의 전투로서 끝낸 것이 그러하고(10월 20일부터의 전투는 우금치를 중심으로 한 전투가 아니라 이인과 효포의 전투라는 건 주지의 사실이다.), 왜군이 기존의 이천에 증원군 오천이 가세하여 칠천 명이나 되는 것도 과장된 것으로 볼 수 있다. 김개남의 참전 사실도 실제와는 다르며, 왜군이 기병으로 농민군을 추격하여 학살했다는 것이나, 논산 본영에 가 삼만여 명을 몰살했다는 것도 역사적 사실로 입증하기는 어려운 서술로 보인다. 특히, 우금치를 지나 공주성의 남문이 있다는 설명이나(p.233) 봉황산에 있는 성벽을 넘어 도망했다는(p.240) 서술은 공주 전체가 성으로 둘러 싸여 있다는 인식 같은데, 지역적으로 국한된 공산성을 공주 전체의 성으로 오해한 데서 비롯된 것으로 보인다.

이 작품은 역사의 주체로서 민중을 인식한 점이나,[40] 유랑농민의 무장 조직인 명화적이 동학농민전쟁과 부분적으로 연결되는 점을 보여 주는[41] 면에서 그 가치를 찾을 수 있으나, 역사적 사실과의 괴리[42] 또는 작가의 주관적 민중상에 의해 왜곡되고 고립된 개인으로서 주인공 설정[43] 등의 면에서는 한계를 지닌다고 평가되고 있다.

역사소설이 작가의 상상력을 바탕으로 이루어진다는 사실을 인정한다 하더라도, 역사적 사실을 오인하거나 왜곡했을 때 문학적 진실성을 확보하기 어렵다는 상식을 상기해 보면, 이 작품이 갖고 있는 한계는 저절로

---

40 이상경, 앞의 논문, p.62.

41 위의 논문, p.63.

42 이이화, 「역사소설의 반역사성」, 『역사비평』 1집, 역사비평사, 1987 참조.

43 이상경, 앞의 논문, p.66.

드러나리라고 본다. 이런 판단을 가능케 하는 중요한 증거의 하나로서 역사적 사실과 거리가 먼 서술이나 공주 지역의 지리적 조건을 오해한 공주 전투 장면이 비중 있게 작용하고 있다고 본다.

3)『갑오농민전쟁』

월북작가 박태원이 쓴 이 작품은 3부작으로 된 대하소설이다. 그가 죽음 직전에 이르기까지 혼신의 힘을 다해 완성시켰다고 알려진 이 소설은 북한 역사학계의 농민전쟁론을 충실히 따르고 있다.[44] 즉, 19세기 이래 전개되어 온 농민항쟁(민란)의 연장선상에서 이 사건을 다루고 있는 것이다. 이 작품의 전편인『계명산천은 밝아 오느냐』는 3권으로 이루어져 있는데 1862년의 익산민란이 중심 제재다. 그 익산민란에서 희생된 오덕순의 아들 오수동은 아버지의 유언을 이어받아 반봉건의식을 토대로 갑신정변에 참가했다가 농민전쟁에 가담했고, 그의 아들이자 오덕순의 손자인 오상민은 전봉준의 제자로서 농민전쟁에 참가하여 영웅적 투쟁을 벌이는 소설의 중심인물이 된다. 이들 일가뿐 아니라 전봉준이나 덕보의 가문도 농민항쟁의 뿌리를 같이 하고 있다. 이 소설은 농민전쟁 당시의 역사적 구도와 그 전개 과정을 분명하게 그리는 것, 당시의 풍속과 기막힌 생활 정경, 사회상을 섬세하게 묘사하는 것, 지배층의 탐학상, 그들의 불건강성과 무능함을 신랄하게 폭

44 1894년의 농민전쟁을 취급하는 데 있어 대략 세 가지 관점이 있는데 동학운동론, 농민전쟁론, 절충론이 그것이다. 동학사상의 농민전쟁에서의 역할 수행을 부정하는 농민전쟁론은 1950년대 이후 북한쪽의 역사학계에서 정리된 이론이다.

로하는 것, 그에 대비하여 농민군들의 인간적 풍모를 생생하게 형상한 것, 그리하여 동학농민전쟁의 역사적 의미와 그 시대의 인간과 인간적 갈등을 예술적 진실로 증명해 낸 것 등[45]에서 그 가치를 높이 평가할 수 있으며, 반대로 전봉준이 처음부터 완결된 인물로 출현하여 영웅적 면모를 보이는 점이라든지, 전봉준의 처형으로 소설이 종결됨으로써 민중들의 낙관적 전망 제시에 한계를 보이는 점은[46] 이 작품이 갖는 아쉬운 점이라 할 것이다. 지주-전호관계의 모순을 바탕으로 한 농민전쟁의 사회경제적 배경 인식은 매우 주목되는 시각이나, 동학의 조직과 역할을 배제하고 활빈당 등의 조직으로 대체한 것은 이 작품이 갖는 한계라고 지적하는 학자도 있다.[47] 한편, 이 작품의 언어 구사에 대해 알기 쉽고 선명하며 뜻이 깊고 풍부한 고유의 우리말을 적극 찾아내어 적중하게 씀으로써 형상의 품위를 높였다는[48] 찬사도 있으나, 3부는 그의 아내가 완성시켰기 때문에 전반부에 빛나고 있는 풍속 묘사가 줄어들고 역사적 사건의 개요를 요약 제시하는 부분이 많아지면서 형상성의 수준이 낮아진다는 엇갈린 평가도 있다.[49]

그러면 이 작품에 서술된 공주전투의 내용을 살펴보기로 하자. 공주전투는 3부 상권의 후반부와 하권 전반부에 걸쳐 다뤄지고 있다. 13장 「농민군 월성산으로 간다」에서부터 16장 「전봉준이 심산 속에서 현숙한 녀인의

---

45 이상경, 앞의 논문, p.89.

46 위의 논문, p.92.

47 이영호, 주 8의 논문, p.294.

48 송양춘, 「장편력사소설 『갑오농민전쟁』의 언어 형상」, 『문화어학습』 제3호, 1988. 『갑오농민전쟁 3부-새야새야파랑새야 下』 부록, 공동체, 1989, p.219.

49 이상경, 앞의 논문, pp.82~83 각주 참고.

구완을 받고 떠나다」까지가 거기에 해당된다. 그런데 실제 공주전투는 13장에서 일부 다루어지고, 14장에서 3페이지에 걸쳐 장황하게 서술되고 있다. 즉 14장은 주인공 상민의 약혼자인 영아가 말을 타고 나타나 전봉준과 상민을 위기에서 구해 준 후 죽는 얘기가 중심이고, 15장은 상민의 어머니가 관군의 밥 짓는 일을 자임하여 맡았다가 왜놈의 대포에 밤중에 물을 퍼부어 농민군의 공격을 돕는 얘기가 중심이다. 15장의 제목은 「왜놈의 대포에서 물이 나왔다」이며, 이 일로 상민의 어머니는 관군에 잡혀 처형된다. 따라서 실제 공주전투 장면은 그리 많은 분량이 못 된다.

봉기한 농민군의 총수는 십일만 오천이었는데[50] 이들은 론산 소토산에 본진을 두고 있었다. 10월 20일 전군을 경천점으로 투입한다.(p.205) 10월 22일 좌편으로 효포를 공격한다. 관군은 쫓겨 성내로 들어가고 10월 23일 새벽 효포 뒷산을 공격한다. 승부가 나지 않고 날이 어두워 잠시 싸움을 멈춘다. 세성산 농민군이 패했다는 연락이 오고, 다음날 아침 농민군은 월성산을 향해 출진한다.(p.215) 리인 싸움에서 이긴 농민군은 봉황산으로 나가고, 효포를 공격한 농민군은 공주를 동쪽에서 에워싸고 공격한다. 전봉준은 웅치에서 치열한 전투를 벌인다. 구상조가 거느린 관군이 대교 계선의 농민군을 공격했으나 완강히 반공격하여 물리친다.(3부 하권, p.20) 일군을 포함한 관군은 계속 증강된다. 기존의 일본군만도 수천 명 수준이었다.(상권, p.204) 그러나 관일군의 막강한 화력으로 농민군은 공격에 실패하고 경천으로 후퇴한다.

---

50 박태원, 『갑오농민전쟁 3부－새야새야파랑새야 上』, 공동체, 1989, p.182. 이하 인용문은 본문에 페이지만 표시하기로 한다.

2차 공격은 11월 8일 리인과 널치에서 시작된다.(p.21) 그곳의 관일군은 쫓겨 가고 11월 9일 총공격이 개시된다. 6~7일간 치열한 전투를 했지만 우금치의 공방전은 막강한 일군의 화력으로 실패하고 농민군은 피눈물을 뿌리며 논산 방면으로 물러서지 않을 수 없었다.(p.22) 수천의 사상자를 낸(p.61) 처절한 후퇴였다. 봉황산 쪽에서 싸우던 농민군은 용감히 싸웠으나 일군의 화력으로 패하여 쫓기는 도중 웅포 강물에 빠져죽은 자가 수없이 많고 항복하기보다 스스로 물에 빠져죽는 것이 낫다고 하여 수천 명이 물에 뛰어 드니 강이 흐름을 멈출 정도였다 한다.(p.93) 후퇴하여 론산에 집결했다가 추격하는 관군과 한 차례 싸운 후 부상병을 포함한 남은 군사는 천오백 명에 불과했다.(p.66)

공주전투 장면만 놓고 봤을 때 이 작품 역시 역사적 사실을 과장하거나 부실한 자료로 인해 오인한 부분이 많다. 농민군의 참전 숫자나 공주에 있었던 일군의 숫자가 그러하며, 대교전투에서 농민군이 승리하는 것 등이 그 대표적인 사례라 할 수 있다. 특히 농민군이 나무 밑에서 휴식 도중 그 은행나무가 통정대부 벼슬을 받았다는 것을 인조 때의 이괄의 난 때와 결부시키고 있는 것은 공산성의 쌍수정 사적에 대한 몰이해에서 비롯된 것으로 보이며, 농민군이 봉황산 싸움에서 패하여 웅포강(이 이름도 불확실하다.)에 수천 명이 투신자살하였다는 것도 믿기가 어렵다. 또한 처녀의 몸으로 말을 타고 나타나 전장을 누비며 초인적으로 싸우다가 위기일발의 전봉준을 구하고, 첩자들의 교활한 간계를 알아내 상민이 탄 말을 활로 쏘아 몸을 굽히게 함으로써 상민을 겨냥한 총알이 빗나가게 했다는 영아의 활약상은 얼핏 고소설의 장면을 연상시킬 만큼 현실성이 약한, 과도한 상상력의 소산이라 할 수 있을 것 같다. 마찬가지로 상민의 어머니가 영아의 뒤를 따라와 관군의 밥해 주는 역할을 자원하여 맡은 다음 밤중에 산 위에 있는 일군의 대포 아가리에 물을 길어다 부었다는 것도 민중들의 투쟁을 총체적으로 보여 주려는 설정이라 볼 수는 있으나 현실적으로 가능한 일이었을지 의심이 간다. 이러한 장면의 설정들이 반봉건 반외세를 향한 농민군의 뚜렷한 목표의식을 성취하기 위한 총력적 투쟁의 비장한 모습임에는 틀림없으나, 그것은 그들 방식의 역사 인식과 사회의식을 투철히 보여 주는 것일 뿐, 문학 작품으로서의 가치와 감동을 따져야 하는 우리로서는 액면 그대로 수용하기가 어려운 일이라 할 수 있다. 오히려 그런 방향의 계급 투쟁적 사고가 작품에 강하게 작용함으로써 결과적으로 문학성을 떨어뜨리게 된 게 아닌가 생각된다. 아마도 북한 문단에서 작품 창작 시에 반드시 지켜져야 할 사회적 사실주의 기법을 적용하는 데서 오는 무리함과, 박태원 자신이 직접 작품을 집필하지 못한 데서 오는 한계가 아닌가 한다.[51]

결국 이 작품은 전체적으로 유지되고 있는 역사 인식이나 농민전쟁을 취급하는 태도 및 언어 구사, 인물 설정 등에서 큰 성공을 거두고 있다는 점이 충분히 인정되면서도, 공주전투의 장면만 독립시켜 고찰할 때는 적잖은 무리와 한계가 있다는 말로 요약해 볼 수 있겠다.

51 3부가 완성될 당시 박태원은 전신불수 상태였으며, 그의 아내가 원고를 써 가지고 읽어 주면 겨우 가부의 의사 표시를 하는 방식으로 이 작품이 완결되었다는 것은 여러 자료에서 쉽게 확인이 되는, 잘 알려진 사실이다.

4) 『녹두장군』

이 작품은 동학농민전쟁 100주년을 맞는 1994년 초에 완간된 기념비적 소설이다.[52] 무려 14년 동안 각종 자료를 섭렵하고 현지를 답사함은 물론, 거의 외부와의 접촉을 끊다시피 하고 절간 방에서 200자 원고지 1만 8천 매 분량의 대작을 완성시킨 것이다. 이 작품은 기존 동학농민전쟁소설들의 성과와 한계를 일거에 뛰어넘는 수작으로 평가된다[53]는 글도 있을 만큼, 그 시기에 있어서 뿐만 아니라 지금까지 나온 동학 관련 소설의 선두에 놓이는 작품으로 볼 수 있다. 완간 전에 나온 어느 학자의 논문에서 비교적 비판적이었던 논조는 완간 후 쓰인 같은 사람의 논문에서 상당 부분 수정되고 있는 것으로 보인다.[54] 이 논문에서는 농민의 시각으로 농민 주체의 전쟁을 그린 점, 동학사상과 조직의 민중에서의 수용, 대중 집회 장면의 생생한 묘사, 두레를 통한 민중의 생활상 재현, 허구적 인물의 개성 부여 등의 면에서 이 작품의 성과를 찾으면서,[55] 동시에 봉건 사회로부터 근대 사회로 변화하는 시대의 총체상을 드러내는 데는 미흡하다는[56] 아쉬운 점도 덧붙이고 있다. 어쨌든 12권에 이르는 방대한 분량도 분량이지만,

---

52 「동학 1백주년의 기념비적 작품 평가, 작가 송기숙 『녹두장군』 13년 집필 완료」, 『세계일보』, 1994. 1. 22.

53 「14년만에 대하소설 『녹두장군』 12권 완간 송기숙 씨, "민중의 위대한 각성 새삼 실감"」, 『한겨레신문』, 1994. 1. 19.

54 이상경, 「농민의 시각으로 그려낸 농민전쟁—송기숙 장편소설 『녹두장군』론」, 『창작과 비평』 1994 봄호.

55 위의 논문, pp.79~95 참조.

56 위의 논문, p.99.

당시 농민전쟁의 실상을 사실에 가깝게 재현해 보려 한 작가의 의도는, 최근까지 연구 발굴된 많은 자료의 덕분에 기존 어느 소설보다도 훌륭히 수행되고 있다고 보이며, 작가의 고백[57]이나 전문 연구가의 지적[58]이 있음에도 불구하고 소설적 재미와 감동을 함께 안겨 주는 작품이라는 점에 큰 의미가 있다고 생각된다.

이 작품의 공주전투 장면은 기존의 어느 소설보다도 세밀하게 서술되어 있다. 그 분량만 하더라도 11권 279페이지부터 시작하여 12권 253페이지까지 300여 페이지에 이를 만큼 많다. 참고로 그에 해당하는 소제목을 적어 보면 다음과 같다.

11. 논산대도소
12. 삼남대로(이상 11권)
13. 능티고개 전투
14. 화약선
15. 크루프포
16. 피가 내가 되어
17. 소작인들
18. 마지막 술잔
19. 우금고개 전투
20. 양총과 화승총
21. 공주대회전(이상 12권)

위의 소제목에 해당되는 공주전투 내용을 간략히 요약해 보도록 하겠다.

57 송기숙, 『녹두장군』 12권, 창작과비평사, 1994. 작가의 후기에서 독자들이 중간 부분의 지루함을 지적한 것에 동의한다고 했다.

58 이상경, 앞의 논문, p.98.

논산대도소에 모인 농민군은 송희옥이 거느린 선봉 2천 5백, 유한필의 좌선봉 2천 7백, 이유상의 우선봉 2천, 고영숙의 후군 3천, 전봉준의 특수 부대 1천 2백 등 북접 손병희가 거느린 3천을 제외해도 1만 명이 넘는 규모였다.[59] 또한 계속하여 농민군에 가담하는 사람이 늘어나 경천으로 이동할 때는 1만 5천이 넘었다.(p.305) 당시 관군은 일군 100명을 포함하여 경리청부대 8백, 영병 2천 등 3천 2백 명 정도였다.(p.300) 10월 20일 경천으로 전부대가 이동하였고, 10월 22일 6천 명을 동원하여 이인을 공격했다. 그 때 이인에는 일군 50명을 포함한 관군 5백 명이 지키고 있었다. 농민군 별동대를 지휘하는 전봉준 직속의 달주 부대는 밤에 기습을 하여 120명을 사살하고 많은 양총을 빼앗는 데 성공한다.

10월 23일 농민군은 능티고개를 향해 출전한다. 봉수대를 뺏기 위해 치열한 공방전을 벌인다. 비장의 무기인 대포를 동원하고, 돌격대를 투입하여 적지 않은 희생을 치른 후 봉수대를 점령한다. 그러나 믿었던 세성산의 김복룡 부대가 참패하고 후방 교란 작전으로 계획했던 대교전투에서도 패배했다는 소식이 전해진다. 관군 3백 명이 증원됐다는 불길한 첩보도 온다. 그날 밤 전봉준은 봉수대를 비롯한 여러 산봉우리에서 횃불을 밝히게 하여 농민군의 위세를 과시한다. 그때 농민군의 수는 2만, 관군은 3천에 불과했으므로(p.48) 겁을 먹고 있는 공주 부중으로 쳐들어가자는 의견이 있었으나 전봉준은 시민이 다칠 염려가 있다며 물리친다. 관군의 증원과 보급을 막기 위해 결사대(이싯뚜리 지휘)를 조직하여 밤중에 금강 나루에 가

---

59 송기숙, 『녹두장군 11권』, 창작과 비평사, 1994, p.298. 이하 인용은 본문에 페이지만 표시하기로 한다.

배 한 척을 탈취하여 도주하다가 관군의 포격으로 폭사한다.

전봉준은 25일 새벽 능암사에서 작전회의를 연다. 관군 5백 명이 증원됐다는 소식이 온다. 그날 농민군은 새재, 주미산, 두리봉에도 배치했지만 그곳에선 접전을 않고, 봉수대와 능티에서 치열한 전투를 전개한다. 관군과 농민군의 일진일퇴가 거듭되지만 결국 관군의 회선포 공격에 견디지 못하고 밤늦게 경천으로 후퇴한다. 우금고개 등에 배치했던 농민군도 철수시킨다. 사상자가 300여 명이나 나고(p.101) 다수의 농민군이 도망한 상태였다. 전봉준은 부상자를 치료하게 하는 한편, 농민군에게 휴식을 취하게 한다. 김개남군은 공주전투에 합류할 생각은 않고 지방 관리를 닦달하고 금산으로 가 17일이나 머물며 늑장을 부려 많은 농민군 지도자들로부터 불평의 대상이 되나, 전봉준은 깊은 뜻이 있는 행동이라며 그 불평을 물리친다.

11월 8일 관군들은 농민군을 막기 위한 전열을 정비한다. 봉수대, 금학동, 개좆배기, 두리봉, 봉황산, 우금고개 등 공주 경내는 물론 이인과 늘티까지 군사를 전진 배치한다. 이러한 작전 계획은 일본군 대위 미나미가 주재한 회의에서 결정된 것이며, 조선 군사는 물론 감사까지 일본군의 수중에 들어가 있는 형편이다. 일본군은 치밀한 정보의 수집으로 양총을 다수 가진 달주 부대를 방어의 초점으로 삼는다. 그들은 농민군이 가진 양총 실탄이 얼마 안 된다는 것까지 간파하고 있다. 그날 밤 달주는 이싯뚜리와 합동작전을 펴 관군에게 피해를 입힌다.

11월 9일, 전봉준은 주미산 줄기 위에서 전투를 지휘한다. 관군은 성황당이를 중심으로 나왔다 들어갔다 하며 농민군의 공격을 유도한다. 몇 차례의 공격으로 실탄이 많이 소비된다. 이를 알아챈 농민군은 더 이상 전투를 앓고 태봉으로 후퇴한다.

11월 10일, 농민군은 태봉에 진을 치고 전투를 하지 않는다. 그날 밤 거의 바닥난 실탄을 확보하기 위해 김확실이와 이싯뚜리는 결사대 20명을 이끌고 공주로 잠입하여 탄약고를 폭파하고, 약간의 실탄을 가지고 오다가 발각되어 김확실은 붙잡히고 이싯뚜리만 겨우 살아 돌아온다.

11월 11일 농민군은 총공격을 개시한다. 관군을 분산시키기 위해 주력 부대는 우금치에 배치하고, 다른 부대는 능티와 곰나루 등지를 공격하게 한다. 점심때쯤 여러 곳에서 전투가 시작되는데, 관군은 약한 곳부터 집중 공격을 하여 농민군이 밀리기 시작한다. 원래 밤에 공격하기로 한 주력 부대는 부득이 공격을 시작한다. 부족한 실탄과, 열세의 무기를 가지고 결사적으로 공격하여 일락산과 봉황산 초입까지 진출하나 관군의 엄청난 화력으로 결국 최선봉에 섰던 이싯뚜리가 전사하고 농민군은 쫓겨 후퇴하기 시작한다. 노성을 거쳐 논산까지 후퇴했을 때 남은 농민군은 3천 명에 불과했다. 얼마 후 전봉준은 공주전투에서 희생된 사람이 천 명이며, 청주에서도 김개남군이 천여 명의 희생자를 냈다고 말한다.(p.242)

이상의 요약에서 보다시피 이 작품의 공주전투 장면 서술은 매우 구체적이며 사실적으로 되어 있다. 1차, 2차 전투의 날짜와 전투 장소, 그리고 참전한 농민군의 수와, 방어에 나선 관군의 수도 역사적 기록에 거의 접근하고 있다. 특히, 당시 전투에 나섰던 농민군의 모습이나, 관군과 직접 전투를 벌이는 장면의 묘사는 아주 생생하게 되어 있어 현실감이 뛰어나다. 앞의 세 작품에서 추상적으로 소략하게 언급되었던 전투 장면이 이처럼 사실감 있게 묘사됨으로써 소설 작품으로서의 기본 조건을 충족함은 물론, 커다란 문학적 감동을 주는 것으로 볼 수 있다. 물론 이러한 성과는 우연히 이룩되는 것은 아니다. 관련 학자들이 연구해 놓은 결과를 최근의 것까지 활용할 수 있었던 이점은 물론, 작가 자신의 꾸준한 현지답사와 확인의 노력으로 그러한 성과가 이룩되었을 것이다. 실제로 작가는 공주에만 봄, 여름, 가을, 겨울 5~6차례에 걸쳐 돌아보면서 전투 중 앞산이 보이는가, 안 보이는가에 이르기까지 확인했다고 한다.[60] 다만, 이 작품에서도 소설로서의 재미를 고려한 나머지 몇 군데 어색하게 처리된 곳이 없는 것도 아니다. 상당히 길게 서술된 화약선의 탈취와 폭파는 매우 치밀하게 묘사되었음에도 불구하고, 관군의 군수물자 수송 과정이 그토록 허술하게 되었을까 하는 의문이 든다. 또한 시내의 화약고에 접근하여 실탄을 탈취하고 폭파하는 장면도, 공주시내의 지형상 금방 산으로 달아나 농민군 진지로 가야 한다면 현재의 금학동 방면에 있어야 하는데, 과연 중요한 군수물자인 실탄과 화약을 방어 본부인 감영(봉황동) 근방에 두지 않고 그곳에 두었을까 하는 의심을 해 볼 수 있다. 그리고 길례가 농민군의 후원자인 군자란의 술집에 와 기생으로 변장하고 일본군 장교 술자리에 합석한 다음, 술 주전자에 비상을 넣어 독살하려는 장면도 자연스러운 처리로 보기가 어려울 것 같다. 술집의 분위기와 인적 구성상(길례를 포함한 주인과 종업원 대부분이 농민군 편이다.) 꼭 술자리 현장에서 비상을 넣어야 하며, 술 따르는 손이 떨려 의심을 받고 발각되게 해야 했을지 납득이 잘 안 되는 대목이다. 그러나 이러한 부분적인 어색함이 있음에도 불구하고 전체적으로 볼 때, 공주전투 장면이 이처럼 역사 기록에 거의 근접하면서 생생하고 구체적으로 현실감 있게 서술된 작품은 이제까지 없었고, 앞으로도 이 소설의 성과를 뛰어넘

60 「동학혁명 송기숙 대하소설 『녹두장군』 완간」, 『국민일보』, 1994. 1. 31.

는 작품이 쉽사리 출현하기는 어려울 것 같다. 이 점만으로도 이 작품이 이룩한 문학적 성취와 감동은 찬연하다고 할 수 있을 것이다.

지금까지 필자는 동학농민전쟁소설 가운데 문학사적 의의나, 문학 작품으로서의 가치 평가를 기준으로 하여 네 편의 작품을 골라 그들 작품에 서술된 공주전투 장면을 살펴보았다. 물론 문학 작품을 연구하면서 작품 전체를 대상으로 하지 않고 특정 부분만 떼어 내서 고찰하는 것이 옳지 못하다는 것을 모르지 않으나, 특수한 연구 목적을 위해서는 그런 방법도 사용될 수 있을 것이므로 그대로 수행해 본 것이다. 관련 기록들이 자료마다 차이가 나기 때문에 그를 토대로 한 소설들이 공주전투 장면 서술에서 차이가 날 것임은 미리 예상한 일이었지만, 구체적으로 살펴본 결과는 역시 역사적 사실과 너무 거리가 먼 것이 많았다.

간단히 말하여 역사소설은 역사를 소재로 한 소설이다. 그때 소재가 되는 역사가 소설에서 실제와 다르게 서술되고 있다면 그건 이미 진정한 역사소설의 범주에서 벗어난다. 물론 역사소설도 분명히 소설인 이상 작가의 창의성이나 상상력이 개재되는 것은 당연한 일이며 또 그래야만 문학 작품으로서 제대로 형상화될 수 있다. 하지만 그 기본 토대가 되는 역사적 사실 자체를 무단히 왜곡하거나 자의적으로 변형시킬 수는 없는 일이다. 역사적 사건에 대한 문학적 형상화는 역사적 사실에 대한 정확하고 올바른 평가와 해석, 즉 역사적 진실에 근거할 때 비로소 사실성과 감동을 전달해 줄 수 있다는 지적이나,[61] 역사소설이 역사적 사실을 오인 또는 왜곡하는 경우 그 상

61 이영호, 주 8의 논문, p.295.

황 속에서 활동하는 인간의 삶은 문학적 진실성을 확보할 수 없다는 점[62]을 상기해 보면 그런 점은 더욱 분명해진다고 할 수 있다.

이러한 관점에서 볼 때, 본 연구에서 살핀 네 편의 작품은 공주전투 장면의 서술에서 전반적이든, 부분적이든 모두 얼마간의 문제점은 가지고 있다고 볼 수 있다. 특히 『回天記』와 『들불』은 관련 자료 활용의 부실함은 물론 공주의 지리적 조건조차 제대로 이해하지 못한 듯한 서술이 여러 곳에서 나타나고 있다. 또 공주전투를 1회로 처리한 점이나 참전한 농민군과 관군의 숫자 등도 역사적 사실과는 거리가 멀다. 『갑오농민전쟁』도 과도한 작가의 창의성 개입으로 인해 공주전투의 실상이 왜곡되고 있는 사정은 위의 두 작품과 유사하다. 극히 제한적인 역사 기록 자료만을 대상으로 하여 서술하다 보니 그런 결과에 도달한 것이 아닌가 한다. 『녹두장군』은 이 면에서 다른 세 작품과 상당히 다른 면모를 보인다. 전투의 준비 단계와 전략 수립, 실제 전투상황의 묘사, 공주의 지형적 조건, 전투에 참가한 농민군의 인간적인 정서 묘사에 이르기까지 아주 구체적이며 생생한 서술이 이루어져 현실감의 획득이 탁월하다. 그것은 관련 자료의 광범한 활용과 함께 현지답사의 세심한 수행 등에 이르는 작가의 노력으로 인해 얻어진 당위성 있는 귀결이라 할 수 있을 것이다. 한 마디로 말해 이 작품의 공주전투 장면 서술은 그 분량에 있어서도 다른 작품을 압도하지만, 실제 내용의 사실성에 있어서도 이 작품이 성취한 수준은 상당기간 극복되기 어려울 것 같다는 생각이 들 만큼 뛰어나다고 할 수 있다.

62 이상경, 주 5의 논문, p.64.

4. 결론

동학농민전쟁의 공주전투에 관해서는 문헌마다 그 내용이 다르게 기재되어 있다. 따라서 정작 공주에 살고 있는 사람들조차 서로 다른 이야기를 해야 하는 게 현실이다. 그러나 역사적 진실은 하나일 수밖에 없고, 서로 다른 기록과 내용은 종합적인 검토와 연구로 그 하나에 접근하도록 해야만 한다. 그것이 어렵다면 최소한 어느 범위만이라도 정해 교육의 장에서, 또는 역사적 현장에서 설명되고 활용할 수 있도록 해야 할 것이다.

관련 기록들이 그처럼 상이하기 때문에 그를 토대로 하여 창작되는 동학농민전쟁소설들이 작품마다 차이가 나는 것은 당연하다고 할 수 있다. 다만 작가가 얼마나 성실히 자료를 섭렵하고 객관성의 바탕 위에서 자료를 선별하느냐에 따라 그 내용이 달라진다고 볼 수 있을 것이다. 소설은 허구가 그 본질이지만 동시에 소설적 진실을 추구하기 때문에 독자의 입장에서 보면 진실인 것처럼 속기 쉽다. 특히 역사소설의 경우, 때때로 소설과 역사를 혼동하게 되는 수가 많다. 이런 점을 감안한다면 역사소설을 쓰는 작가들은 '역사적 사실'과 '허구적 소설'의 균형을 고심해야 마땅하다.

동학 100주년을 맞아 곳곳에서 기념행사가 행해졌다. 이곳 공주는 농민군 최후의 격전지이며, 동학농민전쟁이 좌절의 길로 들어서게 되는 분수령의 역사적 현장이다. 그러나 이곳에 살고 있는 주민들은 100년 전에 이곳에서 있었던 역사적 사건에 대해 그 실상을 자신 있게 말할 수 없다. 관련 기록들이 저마다 다르고, 그것을 책임 있게 종합 정리하여 놓은 자료도 없기 때문이다. 주변에서 쉽게 접할 수 있는 소설들 가운데 이 지역에서 있었던 일을 다룬 장면들도 작품마다 천차만별이어서 그런 사정을 더욱 부채질한다.

본 연구에서는 이러한 사정을 고려하여 우선 각종 기록 가운데 사적 가치나, 주변에서 일상으로 대할 수 있는 것을 기준으로 자료 8가지를 택하여 공주전투의 상황을 요약 정리하고, 그 결과를 도표로 만들어 제시하였다. 그 다음으로 객관성의 바탕 위에서 공주전투의 실상을 추출하기 위해 필자 나름의 견해를 덧붙여 항목별로 역사적 사실에 가까운 수치와 사항을 제시하려 노력하였다.

그 다음으로는 동학농민전쟁소설 가운데 네 편을 골라(선정 기준은 발표시기와 문학사적 의의 및 문학적 가치) 그 작품에 나타난 공주전투 장면을 집중적으로 검토하여 그것들이 역사적 사실과 어느 정도 편차를 가지고 있는지 고찰하였다. 그 작업 결과 가장 최근에 발표된 한 편을 제외하고 나머지 세 편 모두는 역사적 사실과 괴리가 있거나 공주의 지형적 조건 이해에서 오해가 개재돼 있음이 확인되었다. 이는 자료가 불충분했던 시기적 불리함이나, 작가의 과도한 목적의식, 또는 자료 섭렵의 불성실에서 기인하는 결과라고 판단된다. 그런 가운데도 『녹두장군』의 공주전투 서술은 그 사실성이나 현장감의 면에서 여타 작품을 압도하는 탁월함을 보여 주고 있어 다른 작품에서 보이던 미진함을 깨끗이 씻어 주고 있다.

문학 작품 평가에 있어 어느 한 부분만을 대상으로 하는 것이 올바르지 않음을 충분히 인정하면서도, 동학농민전쟁 중 공주전투가 갖는 비중이나 의의 및 지역적 특성을 고려하여 수행된 본 연구가 이 분야에 관심 있는 분들이나 지역 주민들에게 약간이라도 도움이 되었으면 하는 기대를 하며 글을 맺는다.

참고문헌

1. 자료

『개벽』 1924년 7월호.

「광복 60년 인천의 항일운동사－울분에 찬 민족의 마음 연극에 담아」, 『인천일보』, 2005. 6. 17.

「동학 1백주년의 기념비적 작품 평가, 작가 송기숙 『녹두장군』 13년 집필 완료」, 『세계일보』, 1994. 1. 22.

「동학혁명 송기숙 대하소설 『녹두장군』 완간」, 『국민일보』, 1994. 1. 31.

『白熊』 창간호, 백웅사, 1928.

『白熊』 제2호, 백웅사, 1928.

『백웅』 잡지 광고, 『동아일보』, 1928. 3. 20.

「백제 땅 공주에서 나온 "백웅"」, 『금강뉴스』, 2013. 3. 16.

「14년만에 대하소설 『녹두장군』 12권 완간 송기숙 씨, "민중의 위대한 각성 새삼 실감"」, 『한겨레신문』, 1994. 1. 19.

「인천인물 100人－70 문인 김도인, '출판인 · 신문기자 · 교육운동가 · 연극인 · 소설가… 개화기 인천문화 중심에 서다'」, 『경인일보』, 2007. 3. 14.

『주한일본공사관기록 Ⅰ』(영인본)

『충청남도지 제23권－현대문학』, 충청남도지편찬위원회, 2010.

김성훈, 「만주 삼강평원을 가다(下)」, 『동아일보』, 1989. 2. 9.

문원각 편집부, 『한국문학대사전』.

이기영, 「대지(大地)의 아들」, 『조선일보』, 1939. 10. 12~1940. 6. 1.

______, 「마음의 향촌(鄕村)」(연재예고, 작가의 말), 『동아일보』, 1939. 7. 10.

______, 「만주견문 '대지(大地)의 아들'을 찾아」, 『조선일보』, 1939. 9. 26~1939. 10. 3.

채만식, 「자작안내」, 『청색지』 1939년 5월호, 청색지사, 1939.

한국학중앙연구원, 『한국민족문화대백과사전』.

네이버 뉴스 라이브러리(http://newslibrary.naver.com).
"국내외 항일운동 문서", 국사편찬위원회 한국사데이터베이스(http://db.history.go.kr).
네이트 한국학(http://koreandb.nate.com).
위키백과사전(http://ko.wikipedia.org).

2. 단행본

강만길, 『일제시대 빈민생활사 연구』, 창작사, 1987.
______, 『한국현대사』, 창작과비평사, 1985.
강영주, 『한국 역사소설의 재인식』, 창작과비평사, 1991.
강인수, 『한국문학과 동학사상』, 지평, 1989.
사회과학원 역사연구소, 『조선통사 하』, 오월, 1989.
권영민 외 편, 『한국근대단편소설대계 17-이근영 편』, 태학사, 1988.
__________, 『한국근대장편소설대계 8-제3노예』, 태학사, 1988.
권영민, 『한국문학 50년』, 문학사상사, 1995.
______, 『한국현대문학사연표 1』, 서울대 출판부, 1987.
______, 『한국현대문학사』, 민음사, 1993.
______, 『한국현대문학비평사』, 소명출판, 2000.
김동인, 『김동인전집』 16, 조선일보사, 1988.
______, 『춘원연구』, 신구문화사, 1956.
김윤식 · 김현, 『한국문학사』, 민음사, 1973/1979.
김윤식 외, 『한국소설사』, 예하출판사, 1995.
________, 『한국현대문학사』, 현대문학, 1997.
김윤식 편, 『채만식』, 문학과지성사, 1984.
김윤식, 『80년대 우리 문학의 이해』, 서울대 출판부, 1989.
______, 『한국근대문예비평사연구』, 일지사, 1976.
______, 『한국현대문학사』, 서울대 출판부, 2002.
김인환, 『기억의 계단』, 민음사, 2001.
______, 『한국문학이론의 연구』, 을유문화사, 1986.

김재용 외, 『한국근대민족문학사』, 한길사, 1993.
나병철, 『모더니즘과 포스트모더니즘을 넘어서』, 소명출판, 1999.
문학과비평연구회, 『1930년대 문학과 근대체험』, 이회문화사, 1999.
박태원, 『갑오농민전쟁』, 공동체, 1989.
서경석, 『한국근대리얼리즘작가연구』, 문학과지성사, 1988.
서종택, 『한국현대소설사론』, 고려대 출판부, 1999.
송기숙, 『녹장군』 11 · 12권, 창작과비평사, 1994.
신동욱, 『1930년대한국소설연구』, 한샘, 1996.
엘리아스 카네티, 반성완 역, 『군중과 권력』, 한길사, 1982.
역사문제연구소 문학사연구모임, 『카프문학운동연구』, 역사비평사, 1989.
우　윤, 『전봉준과 갑오농민전쟁』, 창작과비평사, 1993.
유현종, 『들불』 상 · 하, 지양사, 1991.
윤백남, 『회천기(回天記)』, 문창사, 1992.
이광린, 『한국사강좌―근대편』, 일조각, 1981.
이문구, 『김동인 소설의 미의식 연구』, 경인문화사, 1995.
이보영, 『식민지시대문학론』, 필그림, 1984.
이선영, 『한국문학의 사회학』, 태학사, 1993.
이재선, 『한국소설사』, 민음사, 2000.
______, 『한국 현대소설사 : 1945~1990』, 민음사, 1991.
______, 『한국현대소설사』, 홍성사, 1979.
이주형, 『한국근대소설연구』, 창작과비평사, 1995.
임규찬 외, 『카프시대에 대한 회고와 문학사』, 태학사, 1989.
장석주, 『20세기 한국문학의 탐험 4』, 시공사, 2001.
전광용, 『한국현대소설사연구』, 민음사, 1984.
정순진, 『문학적 상상력을 찾아서』, 푸른사상사, 2002.
정한숙, 『소설기술론』, 고려대 출판부, 1980.
______, 『현대한국문학사』, 고려대 출판부, 1982.
정혜경, 『한국현대소설의 서사와 서술』, 도서출판 월인, 2005.
제라르 쥬네트, 「서술 이론」, 『현대 서술 이론의 흐름』, 솔출판사, 1997.

조남현, 『소설원론』, 고려원, 1983/1985.
조동길, 『한국현대장편소설연구』, 국학자료원, 1992.
조동일, 『문학연구방법』, 지식산업사, 1980.
______, 『한국문학통사 5』, 지식산업사, 1988.
조연현, 『한국현대문학사』, 인간사, 1968.
조용만 외, 『일제하의 문화 운동사』, 민중서관, 1970.
G.루카치, 이영욱 역, 『역사소설론』, 거름, 1987.
지수걸, 『한국의 근대와 공주 사람들』,공주문화원, 1999.
진단학회, 『한국사-현대편』, 을유문화사, 1977.
최덕교, 『한국잡지백년』, 현암사, 2004.
한국문학연구회편, 『1930년대문학연구』, 평민사, 1993.
한국민중사연구회, 『한국민중사 Ⅱ』, 풀빛, 1986.
한설야, 『초향(草鄕)』, 박문서관, 1941.
현룡순 외, 『조선족백년사화 Ⅰ』, 거름, 1989.
홍기삼, 『문학사의 기술과 이해』, 평민사, 1978.
홍일식, 『한국개화기의 문학사상 연구』, 열화당, 1980.
황국명, 『한국현대소설과 서사 전략』, 세종출판사, 2004.

3. 평론 및 논문

공종구, 「이근영 농민소설의 이야기 구조 분석」, 『국어국문학』 119호, 국어국문학회, 1997.
곽인숙, 「1910년대 단편소설 연구」, 서강대 대학원 석사학위논문, 1996.
구인환, 「채만식소설의 이원성」, 『국어국문학』 76호, 국어국문학회, 1977.
권영민, 「「황혼」에서 보는 한설야의 작품세계」, 『문학사상』 1988년 8월호(별책부록).
______, 「계급리얼리티의 선봉장 이기영」, 『월간 경향』 1988년 9월호.
김　철, 「「황혼과 여명」에 대하여」, 한설야, 『황혼』, 풀빛, 1989.
김기진, 「조선문학의 현재의 수준」, 『신동아』 1934년 1월호.
김문수, 「채만식 연구」, 국민대 대학원 석사학위논문, 1983.
김봉진, 「김동인의 소설론 연구」, 한양대 대학원 석사학위논문, 1984.

김용재, 「한국 근대소설의 일인칭 서술 상황 연구」, 『국어국문학』 105, 국어국문학회.
김우창, 「한국 현대소설의 형성」, 『궁핍한 시대의 시인』, 민음사, 1982.
김윤식, 「김동인 문학의 세 가지 형식」, 『한국근대소설사 연구』, 을유문화사, 1986.
______, 「김동인의 춘원소설 비판」, 『우리근대소설론집』, 이우출판사, 1986.
______, 「한설야론」, 『현대문학』 1989년 8월호.
김재석, 「광복 이후의 희곡」, 서연호 외, 『한국대표희곡강론』, 현대문학, 1993.
김재용, 「시각의 확대와 열린 미래」, 『해방50년 한국의 소설 3』, 한겨레신문사, 1995.
김한식, 「현대문학사 기술에서 '근대'를 보는 관점의 비교 연구」, 『한국현대소설의 서사와 형식 연구』, 깊은샘, 2000.
나태주, 「공주의 문학」, 『공주시지』 하권, 공주시지편찬위원회, 2002.
박맹수, 「동학농민전쟁과 공주전투」, 공주대학교 개교 45주년 기념 학술회의 발표 논문, 1993. 11. 4.
박아지, 「농민시가소론」, 『습작시대』 제1호, 1927. 2.
박영준, 「한설야론」, 『풍림』 1937년 3월호.
박재섭, 「해방기 소설 연구」, 서강대 대학원 석사학위논문, 1985.
방희경, 「김동인 초기 일인칭소설에 미친 일본 근대소설의 영향」, 충북대 대학원 석사학위논문, 1999.
백지연, 「1980~90년대 소설의 전개 과정」, 『20세기 한국소설 길라잡이』, 창비, 2006.
서경석, 「한국경향소설과 '귀향'의 의미」, 『한국학보』 1987 가을호.
서덕순, 「피난실기(하)」, 『웅진문화』 제18집, 공주향토문화연구회, 2005.
송기섭, 「한설야 소설 연구」, 충남대 대학원 석사학위논문, 1989.
송양춘, 「장편역사소설 「갑오농민전쟁」의 언어 형상」, 『문화어학습』 3호.
송하춘, 「채만식연구」, 고려대 대학원 석사학위논문, 1974.
송호숙, 「한설야 연구」, 연세대 대학원 석사학위논문, 1990.
신희교, 「「탑」의 인물유형분석」, 『어문론집』 24 · 25, 고려대 국어국문학연구회, 1985.
유국환, 「김동인 소설의 기법 연구」, 서울대 대학원 석사학위논문, 1987.
유제덕, 「카프의 대중소설론과 대중소설」, 『국어교육연구』 23호, 국어교육학회, 1991.
유준기, 「채만식 소설에 나타난 풍자 및 해학성 연구」, 고려대 교육대학원 석사학위논문, 1971.

이기영, 「만주와 농민문학」, 『인문평론』 1939년 11월호.
이대환, 「채만식의 풍자소설 연구」, 중앙대 대학원 석사학위논문, 1985.
이래수, 「채만식문학의 전개양상」, 『국어국문학』 78호, 국어국문학회, 1978.
이상경, 「동학농민전쟁과 역사소설」, 『변혁주체와 한국문학』, 역사비평사, 1990.
이선영, 「『황혼』의 소망과 리얼리즘」, 『창작과 비평』 1993 봄호.
이연주, 「이근영 소설 연구」, 연세대 대학원 석사학위논문, 1993.
이영호, 「1894년 농민전쟁연구의 방향」, 『창작과 비평』 1994 봄호.
______, 「1894년 농민전쟁의 역사적 성격과 역사소설」, 『창작과 비평』 1990 가을호.
이우용, 「해방소설의 인간상 연구」, 건국대 대학원 박사학위논문, 1991.
______, 「해방직후 소설의 현실인식문제」, 이우용 편, 『해방공간의 문학연구 Ⅱ』, 태학사, 1990.
이은봉, 「한설야의 장편 『탑』 연구」, 『숭실어문』 6, 숭실어문연구회, 1989.
이이화, 「역사소설의 반역사성」, 『역사비평』 1집, 역사비평사, 1987.
이주형, 「채만식 문학과 부정의 논리」, 김광용 외, 『한국현대소설사연구』, 민음사, 1984.
이형찬, 「1920~1930년대 한국인의 만주 이민 연구」, 한국사회사연구회 편, 『일제하 한국의 사회계급과 사회변동』, 문학과지성사, 1988.
임　화, 「생산문학론」, 『인문평론』 1940년 4월호.
______, 「신문학사의 방법」, 『문학의 논리』, 학예사, 1940.
______, 「작가 한설야론」, 『동아일보』, 1938. 2. 22~24
임명진, 「식민지시대 농민소설론 재고」, 『비평문학』 2호, 한국비평문학회, 1988.
임정지, 「이근영 소설 연구」, 숙명여대 대학원 석사학위논문, 1993.
임진영, 「8 · 15직후 단편소설 연구」, 연세대 대학원 석사학위논문, 1988.
장석홍, 「한설야초기소설연구」, 『한국현대문학의 이해』, 서광학술자료사, 1992.
전다래, 「소설의 시점 연구(김동인 소설을 중심으로)」, 건국대 교육대학원 석사학위논문, 2006.
전흥남, 「이근영의 문학적 변모와 삶」, 『문학과 논리』 제2호, 태학사, 1992.
정연희, 「김동인 소설의 서술자 연구」, 고려대 대학원 박사학위논문, 2002.
정한숙, 「대중소설론」, 『현대한국소설론』, 고려대 출판부, 1977.

정호웅, 「리얼리즘정신과 농민문학의 새로운 형식(이기영론)」, 『한국 근대리얼리즘 작가 연구』, 문학과지성사, 1988.
______, 「해방공간의 소설과 지식인」, 『한국학보』 1989 봄호.
조남현, 「70년대 소설의 몇 갈래」, 『한국현대문학사』, 현대문학, 1989.
______, 「해방직후 소설에 나타난 선택적 행위」, 이우용 편, 『해방공간의 문학연구 Ⅱ』, 태학사, 1990.
조동길, 「공주의 근대문예지 『白熊』 연구」, 『한국언어문학』 제77집, 한국언어문학회, 2011.
조병렬, 「채만식 소설 연구」, 영남대 대학원 석사학위논문, 1981.
조정래, 「한설야론」, 이선영 편, 『1930년대 민족문학의 인식』, 한길사, 1990.
조희성, 「동인의 『춘원연구』에 대한 고찰」, 숭전대 대학원 석사학위논문, 1977.
최금산, 「김동인의 「춘원연구」 시비」, 『현대문학』 1975년 5월호.
최병우, 「근대소설의 형성과정」, 문학과문학교육연구소 편, 『한국현대소설사』, 삼지원, 1999.
최원식, 「동학소설연구」, 『한국근대소설사론』, 창작과비평사, 1986.
최유찬, 「1930년대 리얼리즘론 연구」, 이선영 외 편, 『한국근대문학비평사연구』, 세계, 1989.
______, 「1930년대 문학 개관」, 이선영 편, 『1930년대 민족문학의 인식』, 한길사, 1990.
최재서, 「모던 문예사전」, 『인문평론』 창간호.
______, 「연재소설에 대하여」, 『조선문학』 1939년 1월호.
______, 「풍자문학론」, 『조선일보』, 1935. 7. 14~7. 21.
한기언, 「일제의 동화 정책과 한민족의 교육적 저항」, 『일제의 문화침탈사』, 민중서관, 1970.
한점돌, 「전형기 문단과 프로리얼리즘의 가능성」, 구인환 외, 『한국현대장편소설 연구』, 삼지원, 1989.
한형구, 「'고향'에서 보는 이기영의 작품세계」, 『문학사상』 1988년 8월호(별책부록-월북문인연구).
______, 「해방공간의 농민문학」, 『한국학보』 1988 가을호.

찾아보기

ㄴ

ㄷ

ㅇ

ㅊ

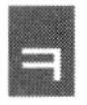

저자 약력

조동길 趙東吉

충남 논산에서 태어나 공주에서 성장하며 학교를 다녔다. 1969년 공주사대에 진학해 수요문학회의 회원으로 활약하면서 소설 창작을 시작했으며, 대학 졸업 후 고등학교 교사로 근무하며 고려대 대학원에서 학위를 받았고, 1985년 모교의 교수가 되어 소설을 가르치기 시작하면서 소설 연구와 소설 쓰기를 병행하고 있다. 공저 소설집으로 『네 말더듬이 말더듬기』(1992)가 있고, 창작집으로 『쥐뿔』(1995) 『달걀로 바위 깨기』(2000), 『어둠을 깨다』(2009), 전공서로 『한국현대장편소설연구』(1994) 『현대문학의 이해』(1997) 『우리 소설 속의 여성들』(1997) 『可畦 趙翊 선생의 公山日記 연구』(2000), 산문집으로 『낯선 길에 부는 바람』(2009) 『소설 교수의 소설 읽기』(2013), 2007 개정 교육과정 중학교 『국어』 『생활국어』 교과서(비상교육출판사, 총 12권) 등이 있다. 제8회 황금마패상 소설 부문 본상, 제1회 충남문학발전대상을 수상했으며, 공주문인협회장, 충남문협 사무국장을 역임했고, 현재 공주대 국어교육과 교수로 재직하면서 한국소설가협회, 한국작가회의, 한국작가교수회 회원으로 활동하고 있다.

한국 근대문학의 지실

인쇄 · 2014년 1월 6일 | 발행 · 2014년 1월 16일

지은이 · 조동길
펴낸이 · 한봉숙
펴낸곳 · 푸른사상
주간 · 맹문재

등록 · 1999년 7월 8일 제2-2876호
주소 · 서울시 중구 충무로 29(초동) 아시아미디어타워 502호
대표전화 · 02) 2268-8706(7) | 팩시밀리 · 02) 2268-8708
이메일 · prun21c@hanmail.net / prunsasang@naver.com
홈페이지 · http://www.prun21c.com

ISBN 979-11-308-0076-9 93810
값 33,000원

저자와의 합의에 의해 인지는 생략합니다.

이 도서의 국립중앙도서관 출판시도서목록(CIP)은 서지정보유통지원시스템 홈페이지(http://seoji.nl.go.kr)와 국가자료공동목록시스템(http://www.nl.go.kr/kolisnet)에서 이용하실 수 있습니다. (CIP제어번호 : CIP2013028805)

한국 근대문학의 지실

조동길